PATRICK DUNNE

Totenbild

Buch

Jane Wade hat nach einer Babypause gerade ihren Job beim Dubliner Radiosender TalkNation wieder aufgenommen, da bekommt die von ihr produzierte Vormittagsshow Brisanz: Eine computergenerierte Stimme, die sich Dervla nennt, prophezeit live schreckliche Ereignisse, die tatsächlich eintreten. Janes letzte Zweifel an den Fähigkeiten Dervlas werden mit einem Schlag beseitigt, als sie den Selbstmord einer Moderatorin von TalkNation ankündigt. Am folgenden Tag kann nur noch die Leiche geborgen werden – und Jane weiß, dass sie handeln muss, bevor noch mehr Menschen sterben …

Autor

Patrick Dunne, geboren in Dublin, studierte zwar Literatur, wollte jedoch ursprünglich Musiker werden. Heute blickt er auf über zwanzig Jahre als renommierter Regisseur und Produzent beim irischen Rundfunk und Fernsehen zurück. Außerdem gehört er zu den erfolgreichsten Autoren Irlands, und auch in Deutschland war bislang jeder seiner Romane – z. B. »Die Keltennadel«, »Keltengrab« und »Die Pestglocke« – auf den Bestsellerlisten vertreten.

Bei Blanvalet von Patrick Dunne außerdem lieferbar:

Die Opferstätte (37360)
Die Pestglocke (37506)
Keltengrab (36635)

Patrick Dunne

Totenbild

Thriller

Aus dem Englischen
von Fred Kinzel

blanvalet

MIX
Papier aus verantwortungsvollen Quellen
FSC® C014496
FSC
www.fsc.org

Verlagsgruppe Random House FSC-DEU-0100
Das FSC®-zertifizierte Papier *Holmen Book Cream*
für dieses Buch liefert Holmen Paper, Hallstavik, Schweden.

1. Auflage
Deutsche Erstveröffentlichung Oktober 2012
bei Blanvalet, einem Unternehmen der
Verlagsgruppe Random House GmbH, München.

Originaltitel des Romans: »Psychic«

Dieses Werk wurde vermittelt durch die Literarische Agentur
Thomas Schlück GmbH, 30827 Garbsen.
Umschlaggestaltung: © Johannes Wiebel | punchdesign
Umschlagmotiv: © Johannes Wiebel | punchdesign, unter
Verwendung eines Motivs von Oboznaya Kristina/Shutterstock
Redaktion: Gerd Seidl
ES · Herstellung: sam
Satz: DTP Service Apel, Hannover
Druck und Einband: GGP Media GmbH, Pößneck
Printed in Germany
ISBN: 978-3-442-37359-8

www.blanvalet.de

Drei Finsternisse, in die sich Frauen nicht begeben sollten: die Finsternis eines Walds, die Finsternis der Nacht, die Finsternis des Nebels …

Alte irische Triade

Prolog

Die Totenstarre setzte ein. Sie konnte keinen Muskel bewegen. Die Augen zu öffnen, war undenkbar.

Ihre Eingeweide hatten bereits zu faulen begonnen. Sie konnte es riechen. Nicht über ihren Atem, natürlich – sie atmete nicht –, sondern in der Flüssigkeit, die aus den verwesenden Zellen in ihren Nasenlöchern sickerte. Ihre Organe – Herz, Lungen, Nieren, Leber – waren zu einer festen Masse Fleischabfall verklumpt. Ihr Blut hatte sich in giftigen Schleim verwandelt, die gezwirbelten Partyluftballons ihrer Gedärme begannen anzuschwellen, ihre nicht gebrauchte Gebärmutter war eine schwarze Knolle aus ledrigem Gewebe. Und unter den Lidern färbten sich ihre nach oben verdrehten Augen grün und begannen weich zu werden wie überreife Trauben, kurz bevor sie platzen.

Sie war ein Leichnam. Aber wie konnte ein Leichnam noch denken? Weil Tod ein Prozess war. Und obwohl sie klinisch tot war, schoss eine kleine Gruppe von Neuronen in ihrem Gehirn immer noch durch nanogroße Synapsen.

Tod war ein Prozess, aber dies hier war sein Ende. Die letzten Gehirnzellen verloschen knisternd, so wie die verbliebenen Sterne am Ende der Zeit erlöschen würden.

Doch es würde ein letztes Ereignis geben. Ehe sie in ewiger Dunkelheit zurückblieb, würde sich durch einen unendlich kleinen Punkt irgendwo in diesem winzigen Stäubchen Gehirnmasse ein Tor zur Zukunft öffnen und sie Dinge wissen lassen, die demnächst geschehen würden. Das Schicksal anderer Menschen, für einen kurzen Moment in einer überwältigenden Flut von Bildern und Geräuschen erspäht, die durch ein Nadelloch in Raum und Zeit strömte – Dörfer, die von Erdrutschen mitgerissen wurden, einsame Tode auf hohen Bergen, Bomben auf belebten Marktplätzen. Es würde höllische Visionen von brennendem Fleisch, geborstenen Knochen und zerfetzten Leibern geben.

Aber die Hölle bestand nicht darin, die Zukunft zu sehen. Die Hölle bestand in dem Wissen, sie nicht verhindern zu können.

1

Jane drückte den Knopf für den Aufzug, doch schon kamen ihr Zweifel. Der grausame Tod des Mannes in dem Hotel am Tag zuvor war ihr eingefallen – der Lift, der vom oberen Teil seines zerquetschten Körpers verschmiert in der Halle eingetroffen war.

Sie beschloss, die Treppe zu nehmen.

Jane war auf dem Weg zu den Büros und Radiostudios von TalkNation in Dublins Docklands. Einen Monat zuvor war sie nach drei Jahren Abwesenheit zur Dave Miller Show zurückgekehrt. Und es war zehn Tage her, seit Jane die Hellseherin auf Sendung gebracht hatte. Viele Dinge waren seitdem passiert, hässliche Dinge hauptsächlich. Und Dervla hatte sie alle vorhergesagt.

»Online, digital, auf UKW, hier ist TalkNation – *Ihr* Sender.« Das Sendermotto in ihren Knopflautsprechern verriet ihr, dass es auf sieben Uhr zuging. Doch auf dem Weg nach oben musste sie am Empfang ihres Geräts drehen. Sie war in einem toten Bereich angekommen, wo das Gebäude das Signal aussperrte, und noch vor dem drängenden Jingle für die Nachrichten war es ganz weg.

Wenig später erreichte Jane die Sicherheitstür, fuhr mit ihrer Karte durch das Prüfgerät und betrat das eigentliche Gebäude. Das Signal kehrte rechtzeitig zur Wettervorhersage zurück. Es war jetzt schon dunkel morgens. Und manchmal war es Nacht, bis sie nach Hause kam. Aber wenigstens versprach die Vorhersage klaren Himmel und herbstlichen Frost. Wie leicht wir eine Wettervorhersage akzeptieren, überlegte sie, als sie mit ihrer Umhängetasche an die Schwingtür stieß und im Rückwärtsgang den Flur zum Sender betrat. Wenn wir Wetterdaten analysieren und eine Prognose für mehrere Tage erstellen lassen, warum können wir dasselbe nicht auch bei anderen Themen tun? Ein Zyniker würde vermutlich antworten, dass Wettervorhersagen trotz aller angewandten Wissenschaft noch immer unzuverlässig seien, wozu sollte es also gut sein, andere Dinge vorauszusagen zu wollen? Doch dieser Zyniker hätte Dervla nicht gehört.

Und jetzt glaubten einige aus dem Team, die Hellseherin würde ihre Aufmerksamkeit ihnen selbst zuwenden, weil der Mann, der bei einem außergewöhnlichen Unfall getötet worden war, im Lauf des Jahres in ihrer Sendung aufgetreten war.

Als Jane in den Empfangsbereich von TalkNation vorstieß, kollidierte sie mit einer schlanken Brünetten in einem eng sitzenden Kleid und hohen Absätzen. Der Stapel Zeitungen, den die Frau getragen hatte, ergoss sich auf den Teppich.

»Herrje, tut mir leid, Laura ...« Jane stellte ihre Tasche ab und ging in die Hocke, um der Programmassistentin Laura Moore beim Aufsammeln der Zeitungen zu helfen, die sie vom Empfangstisch geholt hatte. Als Jane eine der Boulevardzeitungen aufhob, erblickte sie das Foto eines blonden Models auf der Titelseite. Yvette Daly in einer Zeitung posieren zu sehen, war jedoch nichts Ungewöhnliches, deshalb beachtete Jane die Schlagzeile neben ihrem kurvenreichen, mit einem Badeanzug bekleideten Körper nicht.

»Schrecklich die Sache mit Yvette, nicht wahr?«, sagte Laura, als Jane die Zeitung auf den Stapel werfen wollte.

Erst jetzt las sie die Schlagzeile.

MODEL TOT UNTER BRÜCKE GEFUNDEN

Sie griff erneut nach dem Blatt und stand auf, um zu lesen.

> Bei einer Toten, die heute am frühen Morgen unter der Luas Bridge in Dundrum gefunden wurde, soll es sich um das prominente Model Yvette Daly handeln. Die Zweiundzwanzigjährige hatte schwere Verletzungen erlitten, die möglicherweise davon rühren, dass sie von einer Tram überfahren wurde. Die Luas-Linie führt nahe an ihrem Haus vorbei.

Es gab keine weiteren Einzelheiten. Die Meldung war offensichtlich in letzter Minute ins Blatt gerückt worden.

»O mein Gott … *Yvette?*«, sagte Jane.

»Ja. Es ist schrecklich.«

»Was ist ihr eingefallen, auf den Trambahngleisen zu laufen?«, fragte Jane.

»Vielleicht hat sie eine Abkürzung nach Hause genommen.« Laura neigte dazu, vernünftig klingende Erklärungen abzugeben, die einer genaueren Prüfung oft nicht standhielten.

Jane schüttelte den Kopf. Wenn Yvette von einer Tram angefahren wurde, wie war sie dann unter der Brücke gelandet? Sie folgte Laura in den Bürotrakt, bog dann aber links ab. Zwei Mitglieder des Teams saßen an einem runden, mit Zeitungen übersäten Tisch: eine Frau mit weichen Gesichtszügen und einer schwarz gerahmten Brille und ein Mann mit trüben Augen und feinem, sandfarbenem Haar. Sie blickten auf und erwiderten ihren halbherzigen Gruß. Sie sahen es ihr im Gesicht an.

»Wann hast du es erfahren?«, fragte Ali McBride leise.

Sie war die zweite Produzentin der Sendung. Joe war einer von zwei Rechercheuren.

»Ich habe es eben erst in der Zeitung gesehen. Wie kann das passiert sein? Warum sollte sie auf den Gleisen gehen?«

Ali zog an einer der dunklen Korkenzieherlocken, die ihr in die Stirn hingen. »Wie wir gerade erfahren haben«, sie reckte den Hals und wies zu einem der Schreibtische, an dem die Rechercheurin Carmel O'Hagan hinter einer Trennscheibe ein leises, aber intensives Telefongespräch führte, »wurde Yvette nicht von einer Tram angefahren.«

»Glaubt man, dass sie von der Brücke *gefallen* ist?«, sagte Jane.

Die beiden anderen wechselten einen Blick. Jane brauchte einen Moment, bis sie verstand. »O Gott – sie ist gesprungen ...«

»Ja ...«, begann Joe und verzog das Gesicht, um Jane auf seine nächsten Worte vorzubereiten, »und wie es aussieht, hat sie sich erhängt.«

»Großer Gott.«

»Wie gehen wir damit um?«, fragte Ali, stand auf und folgte Jane zu ihrem Schreibtisch.

Jane setzte ihre Baskenmütze ab, schüttelte das Haar aus und ließ sich am Schreibtisch nieder. Sie versuchte, auf professionelles Denken umzuschalten. Es stand außer Frage, dass sie die Geschichte bringen würden. Yvette Daly war nicht nur regelmäßiger Gast in der Sendung gewesen, sondern auch eines der bekanntesten Models des Landes, und ihr Gesicht und ihr Körper hatten die Zeitungsseiten beinahe täglich geziert. Manches war beruflicher Natur: Produktvorstellungen, Modeaufnahmen, PR-Drehs. Anderes war privat: die jüngste Trennung, ein neuer Freund,

Gerüchte über eine Drogensucht. Soweit es Yvette betraf, war alles beruflich. »Es gibt keine schlechte Publicity«, pflegte sie zu sagen – ein zynischer alter PR-Slogan, den sie so verinnerlicht hatte, als wäre er frisch für sie geprägt worden. Sie hatte auch eine herzerwärmende Naivität an sich.

»Was willst du machen?«

Jane hatte vergessen, dass Ali neben ihr stand. Sie war untersetzt und bevorzugte knielange Röcke, zu denen sie tief ausgeschnittene, feminine Oberteile trug, die den Blick auf ihr üppiges Dekolleté lenkten.

»Nicht so schnell, Ali. Ich muss erst Dave anrufen und es ihm sagen.«

»Carmel hat einen der Sanitäter ausfindig gemacht, die vor Ort waren. Er wollte nicht reden, aber sie sagt, sie versucht, ihn umzustimmen.«

In diesem Augenblick legte Carmel den Telefonhörer auf und schwenkte in ihrem Sessel herum. »Er macht es«, sagte sie triumphierend. »Er hat gleich dienstfrei und wird auf dem Nachhauseweg sein.« Sie sah Jane an ihrem Schreibtisch sitzen. »Ah, hallo Jane. Hat Ali dir gesagt, dass ich …?«

Jane schüttelte den Kopf. »Ich finde es zu gruslig.«

»Niemand sonst wird ihn haben«, sagte Carmel, und ihre Wangen waren noch geröteter als sonst.

»Ja, und gute Arbeit, dass du ihn ausgegraben hast, aber Yvette ist eine Freundin von uns, und wir müssen an ihre Familie denken. Wir lassen Dave einen Nachruf auf sie machen. Und dann können die Leute anrufen. Viele Menschen werden über sie sprechen wollen.«

»Gut«, erwiderte Carmel barsch und schwenkte zu ihrem Bildschirm zurück. Jane wusste, dass ihre Wangen inzwischen wahrscheinlich glühten. Wieder so ein typischer

Tag im Büro, dachte sie. Nur dass es nicht stimmte. Nichts war dieser Tage typisch.

Sie brauchte unbedingt einen Kaffee. Sie klaubte ein paar Münzen für den Automaten aus ihrer Handtasche, aber beim Blick auf die Wanduhr hinter Millers Schreibtisch überlegte sie es sich anders. Es war 7.15 Uhr. Er würde jetzt aufstehen – und sie wollte ihm die Neuigkeit mitteilen, bevor er sie aus dem Radio erfuhr. Sie griff nach dem Telefon auf ihrem Schreibtisch.

Joe kam auf dem Weg zu seinem Schreibtisch vorbei und fragte pantomimisch, ob sie einen Kaffee wolle.

Sie lächelte, nickte und wählte Millers Handynummer.

»Ja.« Selbst ein einzelnes Wort enthielt alle Zutaten der Stimme – im Eichenfass gereifter Shiraz mit Leder- und Tabaknoten, wie ein Kritiker geschrieben hatte.

»Ich habe eine schlechte Nachricht für dich, Dave. Man hat Yvette Daly heute Morgen tot aufgefunden.«

»*Yvette?* Das kann nicht wahr sein. Wo?«

»Unter der Luas Bridge in Dundrum. Sieht aus wie Selbstmord.«

»Ah, Scheiße – *Scheiße!* So eine blöde …« Er hielt die Luft an, dann atmete er schwer aus.

»Wir müssen es bringen.«

»Sicher, keine Frage. Obwohl es mich in eine unangenehme Lage bringt.«

»Wieso das?«

»Ich war gestern Abend auf einer Ausstellungseröffnung mit ihr. Ein Cousin von ihr, Designer. Ich bin nur mitgegangen, weil mich Yvette persönlich darum gebeten hat. Am Ende war sie total weggetreten. Ich musste sie in ein Taxi setzen und nach Hause schicken.«

»Sie war betrunken?«

»Nein, ich war betrunken. Sie war weggetreten.«

Drogen.

»Dann warst du einer der Letzten, die sie lebend gesehen haben?«

»Ja, vermutlich.«

Bestimmt kein Tag wie jeder andere im Büro. Joe kam mit ihrem Kaffee und stellte ihn auf den Schreibtisch. Sie nickte zum Dank und trank einen Schluck, ehe sie fortfuhr. »Carmel hat einen der Sanitäter aufgetrieben, der vor Ort war. Aber ich halte nichts davon. Auf keinen Fall zu diesem Zeitpunkt.«

»Ja, sehe ich auch so.«

»Fühlst du dich dazu in der Lage, zu Beginn der Sendung über sie zu sprechen? Anschließend können wir anrufen lassen.«

»Sicher.«

»Okay. Bis gleich dann.« Jane legte das Telefon beiseite und schüttelte zum x-ten Mal an diesem Morgen den Kopf. Sie sah, dass Laura an ihren Schreibtisch zurückgekehrt war. Das ganze Team war startklar. Sie warf rasch einen Blick aus der Fensterfront des Büros. Die Sonne ging über der Bucht von Dublin auf, und ein lachsfarbener Himmel verwies auf die bevorstehenden Frostnächte. Sie trank noch einen Schluck Kaffee, bevor sie hinter ihrem Schreibtisch hervortrat und sich in die Mitte des Büros stellte. »Okay, Leute. Wir haben es mit einer ungewöhnlichen Situation zu tun.«

Alle Augen waren auf sie gerichtet. Selbst die von Carmel.

»Dave war gestern Abend mit Yvette aus ...«

»O mein Gott«, jammerte Carmel. »Ich habe es euch doch gesagt.«

»Du meinst Dervla, oder?«, sagte Joe und nahm einen Knopfhörer aus dem Ohr. Er hatte begonnen, sich etwas anzuhören und eine Mitschrift zu machen.

»Natürlich meine ich Dervla«, sagte Carmel. »Sie hat es jetzt auf *uns* abgesehen.«

»Rede keinen Unsinn, Carmel«, sagte Ali, ohne die Stimme zu heben. »Und überhaupt ist – war – Yvette nicht eine von *uns* ...«

»Wirklich?« Carmels Stimme zitterte vor Erregung. »Wie oft, glaubst du, war sie in diesem Jahr bisher in der Sendung? Ich habe es vorhin überprüft. Vier Modethemen, eins über Make-up, sechs Berichte, als sie auf Celebrity Island war, und wir hatten vor, sie von jetzt bis Weihnachten noch ein paar Mal zu bringen. Und nicht nur das, sie hat Dave ständig bei gesellschaftlichen Anlässen getroffen. Immerhin hat er sie seit ihrer Kinderzeit, äh, aufgebaut.« Die provokative Wortwahl war typisch für sie.

»Aber Dervla hat in ihrer gestrigen Prophezeiung nichts von Yvette gesagt«, bemerkte Laura besänftigend.

»Nicht namentlich«, sagte Ali. »Aber wie war das mit der Schlagzeile für Dave? Dass man ihn wegen des Tods eines Models vernehmen würde?«

»Und dann war da dieses Zeug über Mode und Kunst«, sagte Joe.

»Was genau hat sie gesagt?«, wollte Ali wissen.

»Ich habe es mir noch einmal angehört«, sagte Joe und wandte sich seinem Bildschirm zu. »Sie hat mit einem Rätsel geendet. ›Ob man es Kunst oder Mode nennt, wenn Körper und Geist gewaltsam getrennt?‹«

»Ha!« Carmel sprang von ihrem Stuhl auf. »Körper und Geist ...«

Niemand beachtete sie.

»Weiß jemand, wie die Ausstellung hieß?«, fragte Jane.

»Auf Daves Schreibtisch liegt eine Einladung«, sagte Joe und ging zum hintersten Schreibtisch des Büros. Er wühlte ein wenig herum, ehe er ein buntes Rechteck hochhielt und laut vorlas. »Hot Hijab … Im Rahmen unserer Serie *Art in Fashion* laden wir Sie zu einer Ausstellung mit handbedruckten Seidentüchern ein, die von islamischer Kunst beeinflusst wurden …«

»Ihr hört nicht zu«, sagte Carmel und strich sich das glatte Haar kampfbereit hinter die Ohren. »Sie hat sich sogar mithilfe eines Halstuchs erhängt.«

»Zufall«, sagte Ali.

»Wie oft haben wir das in den letzten Wochen gesagt? Wie oft?« Carmels Stimme überschlug sich beinahe.

»Beruhige dich, Carmel«, sagte Jane.

»Du hörst dich an wie der Jammerlappen in *Aliens*«, sagte Joe und kicherte in sich hinein.

»Ihr glaubt alle, es ist reiner Zufall«, sagte Carmel. »Aber ich bin diejenige, die gerade mit dem Sanitäter telefoniert hat, der am Schauplatz war. Er sagte, Yvette hat sich ein Ende eines langen Halstuchs um den Hals gebunden und das andere an das Geländer der Brücke. Dann ist sie gesprungen.«

»Es ist wieder diese Jahreszeit, oder?«, sagte Laura. Sie wirkte überrascht, als alle sie ansahen. »Für Halstücher, meine ich.«

»Ein Zufall also, wie wir schon sagten«, übersetzte Ali.

»Glaubst du?« Carmels Gesichtsausdruck war beinahe manisch. »Dann ratet mal, was danach passiert ist – nachdem sie gesprungen ist? Warum schwere Verletzungen gemeldet wurden. Weil sie auseinandergerissen wurde. Die Wucht des Sturzes hat ihr den Kopf abgerissen.« Sie sah die anderen der Reihe nach an. »Also erzählt mir nicht, dass es Zufall war. Oder dass Dervla – wer immer sie ist – es nicht auf uns abgesehen hat.«

2

Zehn Tage zuvor war Miller um 8.30 Uhr wie sonst auch, aber in übler Stimmung ins Studio marschiert. Am Vortag waren die jüngsten Hörerzahlen veröffentlicht worden, und der deutliche Rückgang seiner Quote war in den Abendnachrichten herausgestrichen worden.

»Morgen«, brummte er.

»Guten Morgen«, rief das Team fröhlich im Chor.

Er war unübersehbar verkatert. Wie eine Familie, die sich auf die Launen eines schwierigen Elternteils oder Geschwisters einstellt, genügten dem Team kleinste Hinweise, um auf seine Gemütsverfassung zu schließen – ein Mangel an Begeisterung bei der Begrüßung, eine gewisse Rauheit in der Stimme.

Jane zuckte zusammen. Sie war seit weniger als einem Monat Produzentin der Sendung und zweifelte bereits an ihrer Entscheidung, die Rolle anzunehmen. Nun hatte sie zwei Stunden im Studio mit einem verkaterten Moderator vor sich. Wenigstens würden sie nicht über die Hörerzahlen diskutieren müssen – dieser schmerzhafte Prozess hatte bereits bei einem Meeting am Nachmittag zuvor stattgefunden. Aber wenn er obendrein zu den schlechten Nachrichten noch schwer getrunken hatte, konnte sein Verhalten anstrengend werden.

Von den sechs Schreibtischen im Büro waren fünf mit Zeitungen, Büchern und Computerausdrucken übersät, aber der sechste war leer bis auf einen Laptopanschluss, ein Digitalradio und ein einzelnes Foto. Darauf waren Miller und seine Tochter Rachel im Alter von etwa drei Jahren zu sehen. Sein früh ergrautes Haar war auf dem Bild modisch in die Stirn gekämmt und fiel im Rücken sanft gewellt fast bis auf die Schultern. Sein Gesicht war schmal, die Nase schlank, wenn auch ein wenig knochig, aber es waren die Augen, die einem auffielen – durchdringend blau und eingerahmt von tintenschwarzen Brauen.

Miller hängte seinen Mantel an einen Kleiderständer, setzte sich und schaltete das Radio ein, das auf die Nachrichten eines anderen Programms eingestellt war. Als Jane auf seinen Schreibtisch zuging, bemerkte sie den auffallenden Kontrast zu seinem Aussehen auf der Fotografie. Das graue Haar war nun streng nach hinten gekämmt, und verschwunden waren die schlanken Züge des Gesichts, das weicher geworden war und sich gefüllt hatte, als würde es endlich richtig in eine Gussform passen, für die es von Anfang an bestimmt gewesen war. Die Augen waren unverändert, auch wenn sie heute Morgen rot geändert waren: saphirblau unter immer noch schwarzen Brauen. Doch der Gesamteindruck der Veränderung lag in der Haltung: Der jüngere Mann wirkte, als müsste er immer noch neue Sphären erobern, der fast fünfzigjährige dagegen, als wäre er zufrieden, wenn alles so blieb, wie es war.

»Was tut sich?«, fragte er mechanisch.

Jane ging einige der Themen mit ihm durch, und er hörte nur halb zu und halb auf das Radio; als die jüngste Umfrage auf TalkNation zur Sprache kam, schaltete er auf einen Musiksender.

»Müssen wir wirklich das Interview mit dem Burschen machen, der von den Taliban gefangen genommen wurde? Ich habe das Briefing nicht gelesen, und ich bin nicht in der Verfassung, es während der Sendung durchzusehen.«

Es hatte wenig Sinn, ihn umstimmen zu wollen. Der Interviewpartner hatte einen festen Termin in einem Studio in London und war wahrscheinlich auf dem Weg dorthin, aber das würde Miller kaum beeindrucken. Es bedeutete auch, dass sich an einem Morgen, an dem er verkatert und weniger geneigt war, Gespräche mit Anrufern in die Länge zu ziehen, eine beträchtliche Lücke im Programm auftat. Sie würde so viel Material brauchen, wie sie kriegen konnte, um die Sendung am Laufen zu halten.

»Gut, ich gehe ins Studio hinunter«, sagte er und stand vom Schreibtisch auf. »Hat jemand Schmerztabletten?«

Joe hatte das Interview mit dem Journalisten arrangiert, der am Vorabend seiner geplanten Enthauptung aus den Fängen der Taliban entkommen war.

Sich in letzter Minute gegen Themen zu entscheiden, die am Morgen einer Sendung hastig zusammengestellt wurden, war normal, aber lange im Voraus vereinbarte Interviews zu streichen, war ärgerlich – und die Studioverbindung mit London würden sie trotzdem bezahlen müssen. Widerstrebend wies sie Joe an, dem Journalisten abzusagen, das Interview jedoch für einen anderen Vormittag neu zu arrangieren.

Als anderthalb Stunden der Sendung vorbei waren, hatte sich Millers Stimmung etwas gebessert, aber er brütete immer noch über den Verlust so vieler Hörer. Er hatte es Jane gegenüber erwähnt, als sie während der Nachrichten zu ihm hineingegangen war, und später noch einmal, als er ein Musikstück spielte.

Inzwischen machte sie sich mehr Sorgen darum, wie sie das Loch von dem ausgefallenen Interview füllen und sie bis ans Ende der Sendung um zwölf bringen sollte. Sie und Laura saßen draußen im Regieraum und nahmen Anrufe entgegen. Beide hatten eine Tastatur und einen Schirm vor sich, damit sie die Namen der Anrufer aufschreiben konnten und was sie in groben Zügen sagen wollten; dann schickten sie es zu Miller hinein. Jane konnte den Schirm auch statt der Sprechverbindung benutzen, um Fragen bei Interviews vorzuschlagen oder kurze Skripte für ihn zu notieren, die er dann vorlesen konnte.

Miller hatte gerade eines vorgelesen, das Jane über Halloween verfasst hatte: War es ungesund für Kinder, wenn sie nicht einen Tag lang, sondern schon Wochen und Monate zuvor von Bildern von Tod und Verfall umgeben waren? Die Reaktion bisher war mager. Das Thema erregte die Leute nicht wirklich.

»Und? Irgendwelche Reaktionen?«, fragte Miller während einer Werbepause.

»Es ist, als würde man versuchen, die Toten zu wecken«, erwiderte sie trocken. Die schroffe Art, in der er ihr Skript verlesen hatte, war auch nicht unbedingt hilfreich gewesen. Aber jetzt musste sie etwas in den Äther bringen, das auch nur vage mit dem Thema zu tun hatte, sonst verpuffte es völlig.

»Ich habe eine Anruferin hier, die behauptet, über besondere Kräfte zu verfügen«, sagte Laura zu ihr. »Sie spricht allerdings merkwürdig.«

»Merkwürdig inwiefern?«

»Sie klingt wie eine sprechende Uhr.«

»Welche besonderen Kräfte hat sie angeblich?«

»Sie sagt, sie kann vorhersagen, wann jemand sterben wird.«

»Unheimlich. Wie heißt sie?«

»Dervla. D-e-r-v-l-a.«

Jane schrieb es auf. Sie hoffte immer noch, eine direktere Antwort auf ihr Skript zu bekommen, aber der letzte Dreißigsekundenspot hatte begonnen. Sie bat Laura, die Verbindung mit Dervla zu halten, um sie auf Sendung zu bringen, dann drückte sie den Knopf für die Studioleitung, um es Miller zu sagen. »Wir haben eine Anruferin, die zu wissen behauptet, wann Leute sterben werden. Etwas an ihrer Sprechweise ist aber komisch, also sei vorsichtig.«

»Wie heißt sie?«

Laura gab Dervlas Namen ein und schickte Miller die Info. Der schaute gerade auf einen anderen Schirm mit einem großen Zählwerk, das die verbleibenden Sekunden des Spots anzeigte.

»Ich habe nicht gehört, wie du ihre Nummer aufgeschrieben hast«, sagte Jane. Das war im Sender üblich.

»Sie benutzt Skype, sie sagt, sie hat kein Telefon. Ich hatte keine Zeit, mir genauere Angaben zu notieren, aber ich rede mit ihr, wenn sie nicht mehr auf Sendung ist, und setze sie auf unsere VoIP-Kontaktliste«, erwiderte Laura.

Die Werbepause war zu Ende, und Miller schob die Regler für sein Mikro nach oben.

»Dervla«, las er von seinem Bildschirm ab. »Sie haben ein besonderes Talent, soviel ich weiß.«

»*Guten Tag, Dave. Ja, das stimmt.*« Die Stimme klang angenehm, aber gestelzt. Sie erinnerte Jane an die weibliche Stimme des Navigationsgeräts, das ihr Mann Ben bei ihren Ausflügen nach England gern benutzte. Nur glatter, nicht so, als bestünde sie aus Einzelaufnahmen.

Miller lächelte dem Duo draußen im Regieraum zu. Das könnte lustig werden, wollte er sagen.

»Sie klingen ein bisschen wie der Computer in dem Film *2001*. Das ist aber nicht Ihr besonderes Talent, oder?«

»*Nein, Dave. Ich kann die Zukunft vorhersagen, und wann jemand sterben wird.*«

»Hm. Und müssen Sie klingen wie ein weiblicher HAL, um das tun zu können?«

»*Ich weiß, ich klinge ein bisschen komisch, Dave. Aber dafür gibt es einen guten Grund. Und ich kann exakt wie HAL klingen, wenn Sie es wünschen.*«

»Wirklich? Lassen Sie hören.«

Pause.

»Guten Tag, meine Herren. Ich bin Dervla, ein seiner selbst bewusster Computer. Ich bin an der Queens University in Belfast in Betrieb gegangen. Mein Ausbilder war Dr. McNamee, und er hat mir beigebracht, selbstständig zu denken …«

Miller grinste breit. »Hey, das ist gut. Und zufällig ist mein Name Dave, mit dem HAL den größten Teil seines Dialogs hatte, also … Öffne das Gondelschleusentor, HAL.«

Dervla antwortete nicht.

»Hallo, Hal, hörst du mich, HAL?« Miller war ein großartiger Schauspieler und konnte sich Filmdialoge mühelos merken.

»*Jawohl, Dave. Ich höre dich.*« Die nun männliche Stimme hatte den beruhigenden Tonfall des Computers aus *Odyssee im Weltraum*.

Miller strahlte vor Vergnügen.

»Öffne das Gondelschleusentor, HAL.«

»*Es tut mir leid, Dave, aber das kann ich nicht tun.*«

»Wo liegt das Problem?«

»*Ich denke, du weißt ebenso gut wie ich, wo das Problem liegt.*«

»Wovon redest du überhaupt, HAL?«

»*Das Unternehmen ist zu wichtig, als dass ich dir erlauben könnte, es zu gefährden.*«

»Jaaa.« Miller klatschte in die Hände. »Wow. Ich bin beeindruckt.«

Das war Jane ebenfalls. Und erleichtert. Wer immer Dervla war, sie schien ihren Grips beisammenzuhaben.

»Und wer sind Sie nun wirklich?«

»*Ich bin Dervla.*« Sie war zu ihrer weiblichen Stimme zurückgekehrt.

»Aber warum tarnen Sie Ihre Stimme?«

»*Ich will nicht, dass man erfährt, wer oder was ich bin.*«

»Warum? Weil Sie ein dreizehnjähriger Teenager im Stimmbruch sind?«

»*Nein. Weil ich vorhersagen kann, wann jemand sterben wird.*«

Jane lief ein Schauder über den Rücken.

»Ach ja. Ihr besonderes Talent. Das hatte ich ganz vergessen. Sind Sie dann vielleicht eine Ärztin oder Krankenschwester? Reden wir von Patienten im Krankenhaus? Unheilbar kranken Leuten, mit anderen Worten?«

»*Nein. Ich meine Leute, denen ich nie begegnet bin. Sie können sogar in einem anderen Teil der Welt leben.*«

»Und woher wissen Sie, dass sie sterben werden?«

»*Auf dieselbe Weise, wie HAL etwas über die Mission wusste, was den anderen an Bord unbekannt war.*«

»Sie haben Zugang zu Informationen, über die der Rest von uns nicht verfügt.«

»*Ja.*«

»In anderen Worten: Sie sind eine Hellseherin.«

»*HAL war kein Hellseher.*«

»Aber Sie wissen, was ich meine. Und geht es immer darum, dass Leute sterben?«

»*Nicht immer. Aber es geht immer um Dinge, die noch nicht passiert sind.*«

»Können Sie uns ein Beispiel für etwas geben, das Sie vorhersagen konnten?«

»*Wenn ich Ihnen etwas erzählen würde, was ich vorhergesagt habe, würden Sie behaupten, ich habe es mir ausgedacht.*«

»Ja, das würde ich. Was ich meine, ist, können Sie uns etwas vorhersagen?«

»*Soll ich wirklich?*«

»Warum sonst haben Sie uns angerufen, Dervla?«

Ein ähnlicher Gedanke war Jane gerade durch den Kopf gegangen. Warum hatte sie sich in der Tat bei der Sendung gemeldet?

»*Ich habe angerufen, weil Sie davon sprachen, wie der Schleier zwischen der Welt der Lebenden und der Toten um diese Jahreszeit dünner wird. Aber für mich macht es keinen Unterschied, welche Jahreszeit ist. Ich bin häufig auf der anderen Seite des Schleiers …*«

Miller war verdutzt, aber nur kurz. »Äh, wie war das? Sie wollen sagen, Sie sind in der Lage, in die Geisterwelt einzutreten – so drücken es Hellseher doch aus, oder?«

»*Es ist, als würde man in eine andere Welt blicken, wie Sie selbst einmal zu mir sagten.*«

Miller klickte auf die Studioleitung, um Jane auf sich aufmerksam zu machen. Er ließ die Finger an der Schläfe kreisen, um anzudeuten, dass Dervla verrückt war.

»Verstehe. Und welche Vorhersage wollen Sie uns mitteilen?« Sie begann, Miller zu langweilen. Dieser 2001-Nummer war schwer etwas Gleichwertiges hinterherzuschicken.

»*Sie gehen normalerweise nicht über vierundzwanzig Stunden hinaus.*«

»Na, das ist gut für uns. Das heißt, wir können es in der nächsten Sendung überprüfen.«

Er wartete.

»Bitte, nur zu.« Er sah zu der Studiouhr hinauf. Es ging auf zwölf zu. »Wir sind hier ein bisschen knapp mit der Zeit.«

»*Der Schnee ist schwarz, überall sind Trümmer. Rauch*

steigt auf, kaputte Bäume, Leichen auf dem Boden ... in den Ästen ...«

»Hört sich nach einem Flugzeugabsturz an. Können Sie sagen, wo es passiert?«

»*China ... Nein, es ist ein Flug von Air China. Die Maschine ist in einem Wald abgestürzt.*« Sie ließ es klingen wie eine Tatsache, als wäre es bereits passiert.

»Ja, aber wo?«

»Kanada.«

»Hm. Und in den nächsten vierundzwanzig Stunden. Das dürfte nicht schwer zu verifizieren sein.«

»*Ich kann Ihnen auch noch eine Zahl nennen.*«

»Eine Zahl wofür?«

»*Das weiß ich nicht. Sie steht auf dem Flugzeug. Sie lautet 193.*«

»Wir werden sehen«, sagte er und blendete die Telefonleitung aus. »Das war Dervla und ihre Vorhersage für morgen. Die schlechte Nachricht, bevor sie passiert ist – das bietet Ihnen nur die Dave Miller Show.« Er gab das Stichwort für die Werbepause vor den Nachrichten und meldete sich dann wieder über die Studioleitung. »Ein bisschen enttäuschend zum Ende hin – da wollte sich wohl jemand einen Spaß mit uns machen.«

Jane nickte. Aber es war nicht nur die Vorhersage. Dervlas Anruf hatte sie auf eine Weise beunruhigt, die sie sich nicht ganz erklären konnte.

Inzwischen hatte Laura, die das Gespräch wieder übernommen hatte, den Kopfhörer abgesetzt und ihn praktisch auf den Schreibtisch geworfen. »Diese Frau – es wird nicht leicht für uns sein, mit ihr Kontakt aufzunehmen.«

»Hast du ihren Skype-Namen?«

»Ja, und ich habe ihr unseren gegeben, damit sie weiß, dass wir es sind, die mit ihr Kontakt aufnehmen, aber sie sagte, sie wird uns den Zugang verweigern, wenn sie online ist. Wenn *wir* anrufen, meine ich.«

»Was ist dabei? Sie braucht unseren Anruf nur zu ignorieren, wenn sie will. Wie bei einem Telefon.«

»Ich weiß. Aber sie will nicht, dass wir sie unterbrechen, wenn sie online ist. Und es ist auch aus Sicherheitsgründen, sagt sie.«

»Sicherheitsgründe? Das ist lächerlich. Das heißt also, wir können sie tatsächlich nicht anrufen?«

»Nein. Wir sollen ihr eine Chat-Nachricht schicken und *sie* bitten, mit *uns* Kontakt aufzunehmen.«

Jane zuckte mit den Achseln. »Na ja, von mir aus.« Es war wahrscheinlich keine große Sache.

Als sie ins Büro zurückkamen, entschuldigte sich Miller für die Vorbesprechung der Sendung vom nächsten Tag und ging zu Senderchefin Kirstin Rynn am anderen Ende des Flurs.

Jane setzte sich mit dem Team an den runden Tisch, und sie besprachen einige der Themen der Sendung, darunter auch das Interview mit Dervla.

»Ich glaube nicht, dass sie überhaupt eine Sie ist«, sagte Carmel. »Ich glaube, es ist ein Haufen Computerfreaks, die sich einen Spaß machen.«

»Ihre Imitation von HAL war cool«, bemerkte Joe.

»Ich schließe den Beweisvortrag ab«, sagte Carmel und sah ihn verächtlich an.

»Einen Flugzeugabsturz mit vielen Toten zu prophezeien, ist nicht sehr komisch«, sagte Ali.

»Wir haben eine Menge Beschimpfungen als Reaktion«, sagte Laura und gab Jane einen Ausdruck mit einigen hervorgehobenen Kommentaren: »Schaltet diese zurückgebliebene Fotze ab.«, »Diese Helsäerin ist beschissen.«, »Fragt sie, ob ich heute Abend einen geblasen kriege.«, »Hoffentlich ist dieses Flugzeug voller Schlitzaugen.«, »Wer zum Teufel ist Hal?«.

»Ich kann immer noch nicht fassen, was für ein niedriges Niveau diese SMS-Absender teilweise haben«, sagte Jane. Eine der Veränderungen, die sie seit der Babypause mit Bethann beim Radio erlebte, war, dass man davon abkam, sich auf begründete Meinungen zu stützen, und die Zeit stattdessen mit SMS, E-Mails und Anrufen von Hörern füllte. Die Eigentümer der Sender unterstützten dieses Vorgehen, weil es angeblich der Öffentlichkeit Zugang zu den Ätherwellen gab, in Wirklichkeit aber, weil es billig war. Dass viele der von der Öffentlichkeit zum Ausdruck gebrachten Meinungen ödestes Stammtischniveau hatten, schien keine Rolle zu spielen. Tatsächlich kam es Jane vor, als habe das langsame Sterben des irischen Pubs als Forum, wo man die Themen des Tages erörterte, etwas damit zu tun. Das Gift, das insbesondere von SMS-Absendern verspritzt wurde, war zwar nicht sendefähig, und doch wurden sie von etwas gespeist, das unter der Oberfläche der irischen Gesellschaft lag wie die Gase eines Vulkans, die aus dessen Hängen entweichen.

»Einige der Anrufer, mit denen ich gesprochen habe, sagten, sie habe ihnen Angst gemacht«, sagte Joe.

»Und – sollen wir sie noch mal drannehmen?«, fragte Ali.

»Das hängt wohl davon ab, ob ihre Vorhersage eintrifft«, sagte Joe.

»Du glaubst doch nicht im Ernst, dass das der Fall sein wird«, sagte Carmel und lachte höhnisch über seine Leichtgläubigkeit.

»Ich denke, genau deshalb hat sie einigen unserer Hörer Angst gemacht«, sagte Jane. »Sie glauben es.«

Miller war fast eine Stunde lang bei der Geschäftsführerin. Als er zurückkam, wollte Jane gerade zum Lunch aufbrechen. Die anderen waren bereits gegangen. Er setzte sich auf seine Schreibtischplatte und verkündete: »Kirstin fand diese Hellseherin ziemlich cool. Viel besser, als es das Taliban-Thema gewesen wäre. Sie will mehr davon. Warum ihr nicht einen festen Sendeplatz einräumen, sagte sie.«

Jane errötete. Die milchige Haut im Kontrast zu ihrem kupferroten Haar ließ ein Erröten sofort sehen. »Ich finde es unfair, diese beiden Dinge zu vergleichen. Sie können ganz gut nebeneinander existieren.«

»Du kennst Kirstins Vorhaben – sie will uns von ernsthaften aktuellen Themen abbringen. Und im Augenblick machen die Sender, die uns Hörer wegnehmen, auf unserem Sendeplatz viel leichteres Zeug.«

»Wieso hat Kirstin dann meiner Ernennung als Produzentin zugestimmt? Ich habe meine Position doch deutlich gemacht.«

»Das hast du. Und ich habe dich unterstützt. Aber du hast auch gesagt, du wärst flexibel.«

»Sicher, ich sagte, es ginge darum, die richtige Balance zu finden. Aber auch, das Beste aus deinem Talent zu machen. Es gibt andere Morgenmoderatoren, die keine ernsthaften Sachen machen, weil sie es nicht *können.*«

»Das ist alles sehr schmeichelhaft, aber es bringt uns keine Hörer ein.«

»Und wer hat Dervla heute Morgen auf Sendung gebracht? Kirstin sollte mir persönlich danken.«

»Sie kam nur in die Sendung, weil ich das Taliban-Interview rausgeworfen habe. Alles, was ich sagen will, ist: Wenn du in Zukunft zwischen einem Auslandskorrespondenten und einer verrückten Hellseherin entscheiden musst, weißt du, was du zu tun hast.«

»Ich darf also nicht mehr meiner eigenen Urteilskraft folgen?«

»Natürlich darfst du das. Aber innerhalb der besprochenen Richtlinien.«

»Der von euch diktierten, meinst du.«

»Schau, Jane. Der Grund, warum du diesen Job bekommen hast, ist, dass ich den anderen im Bewerbungsausschuss gesagt habe, ich hätte bereits mit dir gearbeitet, und du seist die beste Kandidatin. Als Kirstin sagte, du würdest dich Veränderungen widersetzen, habe ich ihr versichert, dass du auf mich hören würdest. Wir sind alle hier, um Zuhörer zu gewinnen, je mehr, desto besser. Mehr Zuhörer bedeuten mehr Einnahmen für den Sender, bessere Gehälter für das Personal und mehr Budget für Sendungen. Es geht um keine vornehmeren Ziele. Wenn die Welt zum Teufel geht, müssen wir einfach mitlatschen, und was wir in die Sendung bringen, sollte den Geschmack des Publikums widerspiegeln und nicht unsere Versuche, es aufzuklären.«

Miller stieß sich vom Schreibtisch ab und nahm seinen Mantel vom Garderobenständer.

»Du hörst dich schon an wie Kirstin«, murmelte Jane, als er an ihr vorbeiging.

Er drehte sich um und sah sie mit säuerlicher Miene an. »Sie schreibt mir nicht vor, was ich denken soll. Und das wird auch keine andere Frau tun«, fügte er an, ehe er weiterging.

Jane saß da und dachte über seinen verbalen Schlag zum Abschied nach. Sie hatte das Gefühl, dass er aus einem ganz anderen Grund wütend auf sie war, und sie wusste auch, aus welchem.

3

Am Freitag zuvor waren sie alle zusammen zum Lunch im Ailesbury Hotel gewesen. Häufiges Trinken und Tafeln in den besten Restaurants der Stadt war Millers Methode, den Korpsgeist im Team aufrechtzuerhalten.

Es lieferte ihnen außerdem einen Vorwand, sich in Schale zu schmeißen und sich zu amüsieren. Selbst Carmel, deren aus Jeans, Top, Strickjacke und Schnürschuhen bestehende Uniform nie wechselte, trug dann einen Rock. Die Ausnahme bildete Joe, der noch relativ neu im Team und noch nicht von dessen Gewohnheiten durchdrungen war. Ein fleckiges Sweatshirt, zerrissene Jeans und Turnschuhe waren sein übliches Outfit, und er sah keinen Grund, es zu ändern. Aber die Frauen hielten ihn in puncto Kleidung für einen Autisten und ließen ihn in Ruhe.

Der Vorwand für den Lunch bestand diesmal darin, Jane wieder im Team willkommen zu heißen, nachdem sie sich mehr als drei Jahre lang ganz ihren Kindern, dem fünfjährigen Scott und der zweieinhalbjährigen Bethann gewidmet hatte. Sie war bei Scott nur ein Jahr lang zu Hause geblieben, hatte aber schon vor Bethanns Ankunft beschlossen, diesmal länger zu pausieren. Doch nun, da Scott in der Schule war und Bethann in einer Krippe, fiel es ihr leichter, wieder zur Arbeit zu gehen. Ben, der sein Architekturbüro von zu Hause führte, brachte die beiden morgens weg, und Jane holte sie nach der Arbeit wieder ab.

Ein Lunch der Miller Show dauerte für gewöhnlich bis weit in den Abend hinein, aber diesmal waren es nur zwei Leute gewesen – Miller und Jane –, die um sechs Uhr noch in dem abgetrennten Speiseraum tranken.

Mit einem Cognacschwenker in der Hand begann Miller, Erinnerungen an eine intime Nacht aufzuwärmen, die sie nach einer ähnlichen Gelegenheit zusammen verbracht hatten. »Das Ambiente war natürlich nicht ganz so luxuriös«, sagte er und sah sich um. »Aber es war eine wunderbare Nacht«, schnurrte er.

Jane hatte sich am folgenden Tag nur noch verschwommen daran erinnert, und obwohl ihr seither nichts mehr eingefallen war, traf »wunderbare Nacht« auf ihre benebelten Eindrücke gewiss nicht zu. Es war während ihrer fünf Jahre währenden »schwarzen Phase« passiert, bevor sie Ben fand, als ihr Leben von Alkohol und Kokain geprägt war. Erst als sie diese Zeit hinter sich hatte, erkannte sie, dass es eine Reaktion auf den Verlust ihrer zwei Geschwister gewesen war, die beide in jungen Jahren gestorben und sie ohne diese Schutzschicht aus Liebe und emotionaler Unterstützung zurückgelassen hatten – und ohne das tröstliche Gefühl, gemeinsam durchs Leben zu reisen, das eine Familie bieten kann.

»Du bist immer noch eine sehr attraktive Frau«, fuhr Miller fort, stand auf und kam um den Tisch herum auf ihre Seite, »eine grünäugige Göttin mit passendem Haar. Lose ist es mir allerdings viel lieber.« Er stellte sein Cognacglas ab und begann, an einer Haarklammer an ihrem Hinterkopf zu zupfen. Sie trug ein eng anliegendes, rotes Kleid für den Anlass und fragte sich nun, ob das eine gute Wahl gewesen war.

»Ich finde, alle Mädchen haben heute gut ausgesehen«, versuchte sie, ihn abzulenken.

»Ali hat tolle Titten«, sagte er.

Für jemanden, der sich, zumindest in seiner Sendung, fortschrittlich bei Frauenthemen gab, war Millers Würdigung ihrer körperlichen Eigenschaften seltsam und erinnerte eher an Hugh Hefner. Je mehr sie ihre körperlichen Vorzüge betonte, desto wahrscheinlicher gierte er mit pubertärem Verlangen danach. Im Vergleich dazu fand Jane die Reaktion ihres Manns Ben viel subtiler; ob er eine Frau sexy fand, hing sehr viel weniger von ihrem Aussehen ab.

Jane bemerkte, dass Miller ihr gerade den Rock über das Knie geschoben hatte. »Ich habe immer gesagt, du hast die schönsten Beine in der Branche«, sagte er und ließ seine Hand dort liegen. Ja, vielleicht hätte sie auf Nummer sicher gehen und nur ein wenig zusätzlichen Schmuck zu ihrer Alltagsuniform aus Bluse und schwarzer Hose anlegen sollen.

In diesem Augenblick fiel ihr wieder etwas ein aus jener Nacht. Es war nur schwach ausgeleuchtet, wie die meisten Ereignisse aus jener trüben Zeit, aber das, woran sie sich erinnerte, hatte mit Gesprächen über präraphaelitische Maler und ihre Frauen zu tun, über Schamhaar und die Abneigung des Kritikers Ruskin dagegen, über die glatten Schambereiche griechischer und römischer Statuen und über die Infantilisierung der Frauen in der heutigen Pornografie. Ob diese Diskussion ihrer gemeinsamen Nacht vorausgegangen oder gefolgt war oder ob sie während der Nacht stattgefunden hatte, wusste sie nicht mehr. Aber da sie ihr im Gegensatz zu fast allem anderen im Gedächtnis geblieben war, musste es irgendwie von Bedeutung sein.

Jane nahm seine Hand fort und legte sie auf den Tisch. »Hör zu, Dave, ich bin noch hier, weil ich nicht mehr oft zu einem ausgedehnten Lunch aus dem Haus komme, aus keinem anderen Grund. Und ich weiß es wirklich zu schätzen, es ist wie in der guten alten Zeit.«

»In der guten alten Zeit hätte ich mir den Laden hier nicht leisten können. Aber wir können uns auf der Stelle ein Zimmer nehmen, wenn du willst.«

Jane lächelte und schüttelte den Kopf.

»Wir könnten uns die beste … Medizin …«, er tippte mit dem Zeigefinger an die Nase, »nach oben bringen lassen.«

Sie lachte. »Ich rühre das Zeug nicht mehr an. Und du solltest es auch bleiben lassen. Sonst kriegst du noch einen Herzinfarkt.«

Miller sah sie durchtrieben an. »Weißt du was? Ich hätte gern *von dir* einen Herzinfarkt.« Er ergriff ihre Hand und küsste ihre Finger. »So würde ich gern abtreten, wenn du weißt, was ich meine.«

Sie hatte gewusst, dass dieser Moment kommen würde, und sie war froh, dass es kein betrunkenes Fummeln in einem Auto oder einem Hotelkorridor war oder dass sie keine Versuche seinerseits, sie zu küssen, abwehren musste.

Sie befreite sich aus seinem Griff. »Die Gefahr eines Herzinfarkts durch mich besteht nicht, Dave. Die Gelegenheit wird sich nicht bieten.«

»Via-gra«, brachte er mit Schluckauf heraus.

»Vielen Dank auch«, sagte sie, stand auf und tat beleidigt. »aber ich würde nur ungern glauben, dass meine Anziehungskraft durch Viagra verstärkt werden muss.«

»Nein, nein. Es liegt an mir. Mein Problem, meine Lösung. Nur so geht es mit Zita, verstehst du.«

Jane wollte nichts mehr hören. Sie küsste ihn auf die Wange, dankte ihm für die Einladung zum Mittagessen und ging.

Der Vorfall war seitdem nicht mehr zur Sprache gekommen – bis zu seiner offen gezeigten Verärgerung eben. Aber vielleicht machte sie zu viel Aufheben darum. Immerhin beschäftigten Miller noch andere Dinge – etwa der Rückgang seiner Zuhörerschaft.

Sie war gerade im Begriff, das Büro zu verlassen, als ihr etwas auf dem Fernsehschirm über Joes nicht besetztem Schreibtisch ins Auge sprang. Das Gerät war auf Sky News eingestellt, aber ohne Ton. Sie war überzeugt, am Ende einer Eilmeldung, die über den unteren Rand des Bildschirms kroch, die Worte … BEI EINEM FLUGZEUGABSTURZ IN KANADA … gesehen zu haben.

Der Sender brachte gerade die Sportnachrichten. Sie schaute auf die Uhr in der Ecke des Schirms. In einer Minute würden die Schlagzeilen kommen. Sie wühlte auf Joes Schreibtisch nach der Fernbedienung, richtete sie auf das Gerät und schaltete den Ton an. Der Sportmoderator verabschiedete sich, und die Nachrichtensprecherin begann mit der Eilmeldung. Kaum hatte sie zu sprechen angefangen, liefen auch schon unscharfe Luftaufnahmen eines zerstörten Flugzeugs über den Schirm.

»Soeben erreicht uns die Nachricht von einem schweren Flugzeugunglück in Kanada. Nachdem ein Airbus von Air China über einem bewaldeten Gebiet in Britisch Columbia abgestürzt ist, werden bis zu zweihundertfünfzig Tote befürchtet. Erst in diesem Augenblick treffen die ersten Rettungskräfte an der Absturzstelle ein, die genaue Zahl der Opfer kann also noch nicht bestätigt werden. Das Flugzeug war auf dem Weg von Vancouver nach Peking und bei heftigem Schneefall gestartet. Die Handybilder, die wir zeigen, wurden aus einem Hubschrauber der Forstverwaltung aufgenommen. Wir halten Sie auf dem Laufenden, sobald wir weitere Einzelheiten erfahren.«

Der kurze Clip begann an dieser Stelle von vorn, und Jane sah schneebedeckte Nadelbäume um die Absturzstelle herum – eine rauchende, von Trümmern übersäte schwarze Narbe.

»Das kann doch nicht wahr sein«, flüsterte sie. Dann hielt sie den Atem an. Die Kamera verharrte bei ihrem Schwenk über das Wrack für einen Moment am abgetrennten oberen Teil des Rumpfs, der wie eine weggeworfene Eierschale auf der Erde lag und auf dem die Zahl 193 zu lesen war.

4

»Das Flugzeug war bereits abgestürzt«, behauptete Miller am nächsten Morgen hartnäckig. »Sie hat sogar gesagt, ›es ist in einem Wald heruntergekommen‹ – Vergangenheit.« Er benahm sich streitlustig, war aber heiterer Stimmung als am Vortag.

Seit das Team im Büro war, hatte es hauptsächlich über Dervlas Prophezeiung diskutiert, und jetzt hatte Millers Eintreffen die Diskussion neu entfacht.

Ali wies darauf hin, dass der Flug wegen eines Schneesturms mit acht Stunden Verspätung gestartet war. »Vielleicht wusste sie, warum das Flugzeug nicht starten konnte, und hatte eine Ahnung, dass es erneut in schlechtes Wetter geraten würde.«

»Sie hat überhaupt nicht spekuliert«, sagte Miller. »Um welche Zeit kamen die ersten Meldungen herein?«

»Kurz nach der Sendung«, sagte Ali.

»Gegen 13.00 Uhr«, ergänzte Jane.

»Also war sie den Nachrichten voraus. Was euch alle zu der Annahme führt, dass sie auch dem Ereignis selbst voraus war. Aber das Flugzeug ist tatsächlich eine Stunde vor den ersten Meldungen abgestürzt. In anderen Worten, als sie gerade mit mir gesprochen hat.«

»Theoretisch hast du recht«, sagte Jane. »Aber sie hätte in Kontakt mit jemandem im Kontrollturm von Vancouver stehen müssen, um zu wissen, dass etwas mit dem Flugzeug passiert war. Ich habe es überprüft, die erste

Meldung von dem Unglück in den kanadischen Medien gab es eine halbe Stunde, *nachdem* sie bei uns auf Sendung war.«

Miller brummte etwas. Er wollte nicht wissen, was im Kleingedruckten stand.

»Vielleicht hat jemand das Flugzeug runterkommen sehen«, sagte Laura.

Joe lachte. »Ein Twitterer im Walde, oder was?«

»Der zufällig wusste, dass Dervla auf Empfang war und auf den Tipp wartete«, sagte Carmel. »Mal abgesehen davon, dass die Gegend vollkommen unbewohnt ist.«

»Laura könnte nicht ganz unrecht haben«, sagte Miller. »Wir leben in einer Welt der unmittelbaren Kommunikation. So läuft das heutzutage.«

Ali brachte einen neuen Aspekt ins Spiel. »Vielleicht hat sie es nicht direkt vorausgesagt. Vielleicht verfügt sie über telepathische Fähigkeiten.«

Ihr Vorschlag stand eine Weile im Raum, während alle darüber nachdachten.

»Das ist genauso wahrscheinlich – oder unwahrscheinlich –, wie, dass sie wahrsagen kann«, bemerkte Joe schließlich. »Damit sind wir wieder am Anfang.«

»Ihr klammert euch alle an Strohhalme«, sagte Carmel mit Nachdruck. »Sie hat es schlicht und einfach vorausgesagt.«

Jane war überrascht, diese Aussage gerade von Carmel zu hören – die hatte die Hellseherin am Vortag noch als Scharlatanin abgetan. Und doch war jede andere Theorie so weit hergeholt, dass es die einzige vernünftige Erklärung zu sein schien.

»Du hast die Einzelheiten vergessen, die sie uns genannt hat, Dave«, fuhr Carmel fort. »Ein Air-China-Flug, der in einem Wald in Kanada abstürzt.«

»Ja, ja. Rußgeschwärzter Schnee, geborstene Bäume und so weiter. Genau, wie man sich einen Flugzeugabsturz in der Wildnis Kanadas um diese Jahreszeit vorstellt, würde ich sagen.«

»Aber diese Zahl ist tatsächlich aufgetaucht, oder?«, ließ Carmel nicht locker.

»Welche Zahl?« Die hatte Miller in der Tat vergessen.

»193. Sie wusste nicht, worauf sie sich bezog. Aber es ist nicht die Flugnummer. Und es waren zweihundertfünfunddreißig Passagiere an Bord, das ist es also auch nicht.«

»Es sei denn, es gab Überlebende.«

»Es gab keine«, sagte Carmel mit Bestimmtheit.

»Bist du dir sicher, dass es nicht die Flugnummer ist?«, fragte Miller, nun schon etwas weniger selbstbewusst.

»Sie ist es nicht, das haben wir alles überprüft«, sagte Jane, die langsam genug von all den Spekulationen hatte. Sie betrachtete ein Bild des Wracks. Es bestätigte, was sie am Vortag in den Aufnahmen aus dem Hubschrauber gesehen hatte. »Man sieht die Zahl auf diesem Foto, auf einem der größeren Wrackteile.«

Joe kam zu ihr und sah sich das Foto an. »Das ist ein Teil einer Registrierungsnummer. Wartet einen Moment.« Er ging an seinen Schreibtisch zurück, tippte etwas in die Tastatur und wartete. »Ich hab's«, verkündete er. »Alle Flugzeuge von Air China werden durch ein B, gefolgt von einer vierstelligen Nummer identifiziert.«

»Dann fehlen der Nummer auf dem Wrackteil also das B und die erste Ziffer«, sagte Jane. Merkwürdig, dass Dervla ausgerechnet das erwähnt hatte, dachte sie. Nicht die ganze Registrierungsnummer, sondern das, was *nach* dem Absturz von ihr übrig geblieben war. Es war, als hätte sie die Aufnahmen aus dem Hubschrauber gesehen oder ein Foto wie das, das sie selbst gerade betrachtete. »Hey, wisst ihr was?«, sagte sie und hob die Stimme, damit alle sie hören konnten. »Dervla hat nicht einfach irgendeine Absturzstelle beschrieben. Und sie hatte nicht mal eine Ahnung, dass der Flug in schlechtes Wetter geraten würde. Sie hat tatsächlich das Wrack des Flugzeugs im Voraus gesehen.« Allein, davon, dass sie es sagte, lief es ihr kalt über den Rücken.

Miller schüttelte ungläubig den Kopf und sammelte ein paar Notizen auf dem Schreibtisch auf. »Es fällt mir schwer, das zu glauben. Und ich kann es kaum erwarten, sie auf die Probe zu stellen.«

Dervla meldete sich um 11.30 Uhr, und Jane brachte sie auf Sendung.

Miller stellte sie vor und ging sofort in die Offensive. »Leugnen Sie, dass Sie bereits von dem Absturz wussten, als Sie gestern Ihre Prophezeiung machten?«

»Er hört sich an wie ein Staatsanwalt vor Gericht«, sagte Laura.

»Ich wusste es, sicher, aber es war noch nicht passiert.«

»Ich erwarte nicht, dass Sie eine Lüge zugeben. Und vielleicht wussten Sie – ich meine die Person, die mit mir spricht – technisch gesehen nicht, dass es geschah. Vielleicht hat Ihnen ein Mitarbeiter einen Zettel mit der Information zugesteckt oder Ihnen eine SMS geschickt oder getwittert, und Sie haben es vorgelesen. War es so?«

»Ich habe es Ihnen gerade gesagt. Ich wusste, dass es geschehen würde, bevor es geschah. Das ist alles.«

Miller seufzte demonstrativ geduldig. »Und Sie bleiben dabei, dass niemand anderer bei Ihnen ist und niemand aus Vancouver mit Ihnen Kontakt aufgenommen hat.«

»*So ist es, Dave. Ich habe es gesehen. Als hätte ich in eine andere Welt geschaut, wie Sie sagten.*«

»Gut. Sei's drum.« Er stellte das Mikrofon ab und sprach über die Studioleitung mit Jane. »Was soll dieser Quatsch immer mit der anderen Welt und dass ich etwas zu ihr gesagt hätte?«

Jane zuckte die Achseln. Keine Ahnung. Aber sie merkte ihm an, dass es ihn störte.

»Also, Dervla, Sie behaupten, ich hätte schon einmal mit Ihnen gesprochen. Was vermutlich bedeutet, dass Sie auch mit mir gesprochen haben. War es in der Sendung? Ich erinnere mich nicht. Weil ich Ihre wahre Stimme nämlich nicht höre. Ist das der Grund, warum Sie sie verschleiert haben? Weil Sie nicht wollen, dass ich Sie wiedererkenne?«

Jane wunderte sich, warum er diese Richtung einschlug, aber sie wusste, er hatte ein Gespür für Leute am anderen Ende der Leitung – er war unter anderem deshalb ein so guter Rundfunkmoderator.

»*Das ist nicht der Grund*«, antwortete sie.

»Aber ich *würde* Ihre Stimme erkennen, oder, Dervla?« Miller sagte es in seiner persönlichsten, seiner Du-kannst-es-mir-ruhig-sagen-Stimme. Er schaute zu Jane hinaus und blinzelte.

Dervla antwortete nicht. Miller lächelte für sich. Er schien zuversichtlich, dass er auf der richtigen Spur war.

»*Ich glaube nicht*«, sagte sie schließlich. Es war schwer, eine Gefühlsregung in ihrer roboterhaften Sprechweise auszumachen, aber Jane hätte schwören können, dass Dervla unsicher war und zögerte.

»Hm ...« Miller nickte Jane zu, um zu bekräftigen, dass er recht hatte, sagte aber nichts zu Dervla. »Also gut dann – haben Sie etwas für morgen für uns? Eine weitere Prophezeiung?«

»Meinen Sie das im Ernst? Sie glauben immer noch nicht, dass ich es kann?«

»Auf einem Bein steht man nicht gut. Kommen Sie, eine noch. Überzeugen Sie mich.«

Schweigen.

»Keine Idee?«

»Ein UN-Konvoi war – wird – Ziel eines Bombenanschlags in Bethlehem …«

Janes Eingeweide zogen sich zusammen. Spannungen zwischen Muslimen, Christen und Juden in der Stadt Bethlehem hatten vor Kurzem zu einem Ausbruch von Gewalt geführt. Und jede Erwähnung einer Explosion oder eines Selbstmordanschlags ließ sie an den entsetzlichen Tod ihrer Schwester Hazel dort vor zehn Jahren denken.

»Viele Tote, und eins der Opfer ist …«

»Stopp, Dervla«, unterbrach Miller. »Man muss kein Hellseher sein, um vorherzusagen, dass dieser Tage eine Bombe in Bethlehem hochgeht. Meine zehnjährige Tochter könnte es. Etwas anderes bitte.«

»Lassen Sie mich fortfahren, und Sie haben eine große internationale Geschichte in Ihrer Sendung, bevor sie pass…«

»Nein, danke. Suchen Sie etwas weniger Offensichtliches aus. Oder machen Sie nur ein Ereignis pro Tag?«

Dervla sagte nichts.

»Sind Sie noch da?«, fragte Miller. »Hallo?«

»Tut mir leid. Ich weiß, es ist ein bisschen albern.« Aus irgendeinem Grund war sie zu der männlichen Stimme des HAL 9000 Computers zurückgekehrt. *»Einen Moment nur. Einen Moment.«*

Miller sah plötzlich nervös aus.

»Ich habe es, Dave. Und es beginnt mit einer Frage.«

»Eine Frage. Okay, lassen Sie hören.«

»Bekanntlich sucht man einen Hafen auf, wenn ein Sturm kommt, aber welcher Sturm kommt in einen Hafen?«

»Das ist eine Art Rätsel, oder?«

»Ich habe nicht viele Einzelheiten von diesem Ereignis gesehen.«

»Sie verraten unseren Zuhörern nicht gerade eine Menge.«

»Es ist genug. Sie werden sehen. Und Ihre Zuhörer auch.«

Miller zuckte mit den Achseln. »Okay, Dervla. Danke für den Anruf. Und für das Rätsel. Wir sprechen uns morgen – vielleicht.« Er zog die Lautstärkeregler nach unten und spielte die letzte Werbepause ein.

»Hört sich an, als ginge ihr das Pulver aus«, sagte er über die Studioleitung.

Jane war sich nicht so sicher.

TalkNation nahm den siebten Stock des Bürogebäudes ein, und ein Teil davon waren Großraumarbeitsplätze, wo Nachrichten und Sport, Werbung und technisches Personal untergebracht waren. Der Weg zurück vom Studio führte Jane und Miller über einen Korridor zwischen den Büros und der Glasfront des Gebäudes.

»Warum glaubst du, will sie nicht, dass du sie erkennst?«, fragte Jane.

»Es ist nur so eine Ahnung. Ich werde Ed Hogan bitten, dass er versucht, ihre Stimme zu analysieren.«

»Welche?«, fragte sie und lachte.

»Das spielt keine Rolle – vorausgesetzt, sie ist die Urheberin von beiden.«

»Du hast noch immer nicht gesagt, warum du so versessen darauf bist, es zu tun.«

»Ich mache mir Sorgen, dass wir hereingelegt werden.

Inwiefern, weiß ich nicht. Aber wenn wir wüssten, mit wem wir es zu tun haben, würden wir sie oder ihn vermutlich nicht in die Sendung lassen. Wozu sonst die ganze Mühe?«

Sie blieben stehen, um eine Gruppe leitender Angestellter in dunklen Anzügen auf ihrem Weg zum Coffeeshop vorbeizulassen. Einer von ihnen forderte: »Bitten Sie diese Hellseherin, die Lottozahlen vorherzusagen.«

»Da sieht man, was die Leute wirklich von einem Hellseher wissen wollen«, sagte Jane, als sie beide weitergingen. »Sag, warum warst du so verstört, als sie wieder auf die Stimme von HAL geschaltet hat?«

»Es war nicht die Stimme. Es war das Dialogfragment, das sie benutzt hat. Von diesem Moment im Film an hat HAL Probleme und wird schließlich zum Mörder. Die nächste Zeile – sie hat sie nicht gesagt – ist: ›Ich habe gerade einen Fehler in der AE-35-Einheit entdeckt. Sie wird in zweiundsiebzig Stunden zu hundert Prozent ausfallen‹. Es hat mich ein bisschen erschreckt. Ah, Ed ...« Ein übergewichtiger Mann mit wulstigen Lippen war gerade um die Ecke gebogen und schaute nach links und rechts, wie um auf kreuzenden Verkehr zu achten. Ed Hogan war der Cheftontechniker des Senders. »Genau der Mann, den ich suche«, fuhr Miller fort. »Sie könnten mir einen Gefallen tun. Haben Sie die Hellseherin in unserer Sendung gehört?«

»Klar, Dave. Sehr gut.«

»Sie haben vielleicht bemerkt, dass sie – oder vielleicht ist es auch ein Er – anscheinend zwischen männlicher und weiblicher Stimme wechseln kann, und beide sind ziemlich überzeugend. Sind Sie vertraut mit der Technik, die so etwas kann?«

Jane lächelte für sich, weil Hogan mit seiner ziemlich

weiblichen Sprechweise gerade über dieses Thema reden sollte.

»Sicher, Dave. Es gibt einiges an wirklich toller Technik zur Stimmveränderung auf dem Markt.«

»Und wenn Sie wüssten, welche Technologie benutzt wird, könnten Sie dann die Originalstimme rekonstruieren? Sie verstehen, worauf ich hinauswill.«

»Hm ... Kommt drauf an. Billige Transformer verändern die Tonhöhe und nicht viel mehr, das wäre dann wohl nicht sehr schwer. Das Problem bei wirklich guten Geräten ist, dass sie nicht nur die Tonhöhe verändern, sondern auch das Timbre, die Formanten ...«

»Was sind Formanten, Ed?« Jane war sich nicht sicher, ob er es wirklich wissen wollte oder Ed nur neckte.

»Es geht um Harmonien ... um Effekte, die von den Stimmbändern erzeugt werden und der Stimme ihren Charakter verleihen.«

»Dann ist es also nicht so einfach, die Stimme einer Person aus einem hochwertigen Stimmentransformer zu rekonstruieren, wenn ich recht verstehe.«

»So ist es, Dave. Weil das Verfahren elektronische Schaltkreise beinhaltet, die unnatürlich klingende Effekte herausfiltern, dazu fortschrittlichere Mikroprozessoren, die sich um die Tonhöhen kümmern ... aber wenn ich es mir so überlege, vielleicht ...« Er kratzte sich am Kopf.

»Wissen Sie was, Ed«, sagte Miller und klopfte ihm auf die Schulter, »ziehen Sie Ihr CSI-Ding einfach durch.«

Hogan strahlte. »Komisch, dass Sie das sagen – ich habe von dem ganzen Zeug nämlich überhaupt erst bei CSI gehört.«

An diesem Abend las Jane Bethann gerade eine Gutenachtgeschichte vor, als ihr Handy unten läutete. Ben war ausgegangen, deshalb rief sie zu Scott hinunter, das Gespräch anzunehmen. Sie hörte den Fünfjährigen ein paar Worte sagen, dann kam er die Treppe heraufgetrampelt und schwenkte das Gerät in der Hand. »Es ist Paddy. Aus dem Fernsehen«, verkündete er und reichte ihr das Handy.

Jane war verwirrt. »Hallo?«

»Hallo, Jane. Paddy Wright. Ich rufe aus Tel Aviv an.«

Jane lächelte über Scotts verständlichen Irrtum. Wright war ein im Nahen Osten stationierter Journalist, und sie setzten ihn oft für Reportagen von dort ein, vor allem seit dem jüngsten Gewaltausbruch in Bethlehem, der dazu geführt hatte, dass man irische Soldaten zu einer UN-Friedensmission dorthin geschickt hatte.

»Wollt ihr morgen Vormittag einen Bericht von mir? Ich bin auf dem Weg nach Bethlehem.«

»Äh, ich kann dir nicht folgen, Paddy. Wovon redest du?«

»Hast du es denn nicht gehört? Der Verteidigungsminister wurde bei einem Sprengstoffanschlag getötet.«

»Der israelische Verteidigungsminister?«

»Nein, Jane. *Unser* Verteidigungsminister. Seamus Farrelly. Er hat die irischen UN-Truppen dort besucht, und sein Konvoi fuhr vor einer Stunde gerade durch Bethlehem, als am Straßenrand eine Bombe hochging. Er starb auf dem Weg ins Krankenhaus.«

»Mein Gott.« In Janes Kopf drehte sich alles. Ein Minister der irischen Regierung, in Israel getötet – wie es Dervla ohne Frage gerade prophezeien wollte, als Miller sie unterbrach. Das ließ sich jetzt natürlich unmöglich beweisen. Aber es spielte keine Rolle, es war so gut, als hätte sie es getan.

5

»Das hat es noch nie gegeben«, sagte Ali am nächsten Morgen zu Miller bei dessen Eintreffen. Sie produzierte an diesem Tag die Sendung. Es war Halloween.

»Ich weiß. Einer unserer Minister im Ausland getötet.«

»Nein, nicht das. Ich meine die Zahl der Anrufer, bevor wir überhaupt auf Sendung sind.«

Es stimmte. Sie hatten alle die ganze Zeit Anrufe beantwortet.

»Wirklich? Ich hätte nicht gedacht, dass sein Tod so eine Reaktion hervorruft.«

»Es ist Dervla, die die Reaktion hervorruft. Die Leute wollen wissen, ob sie es noch prophezeit hat.«

Miller beugte sich über seinen Schreibtisch und öffnete seine persönliche Post. »Haben sie die Sendung denn nicht gehört?«, fragte er gereizt.

Jane wusste, er ärgerte sich über sich selbst. Hätte er Dervla ihre Prophezeiung beenden lassen und sie hätte recht behalten, wären ihre hellseherischen Kräfte zweifelsfrei bewiesen gewesen. Und wenn sie den Tod des Ministers nicht erwähnt hätte, wäre ihre Glaubwürdigkeit geschwächt gewesen. So oder so hatte er eine großartige Gelegenheit vergeudet.

»Sie wissen, dass sie es nicht in der Sendung gesagt hat«, erwiderte Ali. »Sie fragen, ob sie es uns anschließend noch erzählt hat.«

»Schade, dass du sie gerade in diesem Moment unterbrochen hast«, sagte Carmel.

Im Büro breitete sich eine plötzliche Kälte aus, alle saßen da wie erstarrt.

»Da kann man mal sehen. Die Menschen wollen diesen Leuten unbedingt glauben«, sagte Miller, scheinbar ohne auf Carmel einzugehen. »Und deshalb kann jeder Spinner mit einer unausgegorenen Idee auf Tausende von Anhängern bauen.« Er sah Carmel durchdringend an. »Und manche Leute wollen einfach Anhänger sein.«

»Und das andere, was sie fragen«, warf Jane ein, »ist, ob ihre tatsächliche Vorhersage schon eingetroffen ist.«

Miller warf seine Post in einen Papierkorb. »War in den Nachrichten was darüber?«, fragte er beinahe geistesabwesend. Er gab sich größte Mühe, gleichgültig zu wirken.

»Wir suchen noch«, sagte Ali. »Es war schließlich ein bisschen vage.«

»Tja … nun denn.« Wenn es so schwer zu finden war, interessierte es ihn nicht. »Was machen wir zu Seamus Farrellys Tod?«

»Einen Bericht von Paddy Wright aus Bethlehem. Außerdem haben wir ein Interview mit einem Historiker von der Universität Dublin über Todesfälle bei irischen Friedensmissionen seit der Kongogeschichte 1960.«

»Hm. Wehe, diese verrückte Dervla behauptet, sie habe es vorausgesagt. Aber ich will sie sehr wohl in der Sendung haben. Und sei es aus keinem anderen Grund als dem, dass sie uns erzählt, was aus ihrem doofen Rätsel geworden ist. Irgendwelche leichteren Themen?«

»Max Garlands Buch«, sagte Ali. »Die weltbesten Privatklubs. Er ist in unserem Londoner Studio. Bitte sag nicht, dass du es streichen willst.«

»Nein, nein. Ich habe einen raschen Blick auf das Briefing geworfen. Gute Arbeit. Von wem ist es?«

Jane sah, dass er ein Friedensangebot machte. Er wusste bereits, dass es von Carmel war.

»*Moi*«, alberte sie und überkreuzte die Hände in gespielter Annahme der Auszeichnung.

»Top Drawer ist nicht aufgeführt, soweit ich sehe.«

»Dublin kommt darin nicht vor – wie du von deinem ›raschen Blick‹ auf das Material sicher weißt.«

»Hm. Das werde ich ändern müssen«, sagte er und ignorierte ihren Sarkasmus. Er sah Jane an. »Gut. Ich geh dann mal die Zeitungen lesen. Wir haben unsere wöchentliche Diskussionsrunde, nehme ich an?«

Sie nickte. »Halb zwölf, wie immer.«

Später, als Ali und Laura zum Studio gegangen waren, kam Joe an ihren Schreibtisch. Er war den ganzen Morgen sehr still gewesen, und sie fand, dass er ein wenig blass aussah. »Komische Sache«, sagte er leise. »Barry, dein Vorgänger, hatte vor, die Sendung im Dezember von Bethlehem aus zu senden, bis Kirstin das Projekt abblies. Das Verteidigungsministerium hatte bereits alles arrangiert, damit ich während des Besuchs des Ministers vor Ort schon ein wenig hätte recherchieren können.« Er sah sich um, ob Carmel in Hörweite war, dann beugte er sich zu Jane. »Ich wäre mit in diesem Konvoi gefahren.«

»Ich stehe auf dem Krippenplatz, Dave, und hinter mir ist die Geburtskirche, für viele Christen der Geburtsort Jesu«, begann der Reporter Paddy Wright. »Diese heilige Stätte war der Brennpunkt des jüngsten Gewaltausbruchs im Westjordanland, ein Wiederaufleben uralter Feindseligkeiten, das letzten Endes gestern zum Tod des irischen Verteidigungsministers Seamus Farrelly führte ...«

Jane saß an ihrem Schreibtisch, hörte der Reportage mit halbem Ohr zu und wünschte, sie könnte sie ganz ausblenden.

»Ja, Paddy. Könnten Sie jetzt ein wenig in die Vergangenheit zurückgehen und diesen neuesten Konflikt in einen Zusammenhang für uns bringen …«

»Okay, Dave. Seit der Mitte des 20. Jahrhunderts ist die Zahl der palästinensischen Christen, die in Bethlehem leben, drastisch zurückgegangen – von achtzig Prozent der Bevölkerung auf weniger als zwanzig –, und die Mehrheit der Bevölkerung hier ist jetzt muslimisch. Von den Christen, die geblieben sind, beschweren sich viele, dass kriminelle Elemente ihr Land und ihren Besitz rauben würden, und sie beschuldigen die regierende Palästinenserbehörde, einfach wegzusehen. Angriffe radikaler Islamistengruppen auf Läden und Hotels in christlichem Besitz haben ebenfalls zugenommen. Nimmt man dazu noch die Besetzung naher Gebiete durch jüdische Siedler und von den Israelis verhängte Reisebeschränkungen, weil sie *alle* Palästinenser verdächtigen, dann hat man es mit einem Teil der Bevölkerung zu tun, der das Gefühl hat, völlig an den Rand gedrängt zu werden …«

Die Erwähnung der Siedler löste in Janes Kopf eine weitere Verbindung zwischen ihrer Schwester und Bethlehem aus. Sie hatte erst vor Kurzem entdeckt, dass der Ort des Friedenskonzerts, wo Hazel bei einem Selbstmordanschlag ums Leben gekommen war – damals Buschland –, mittlerweile eine jüdische Siedlung war.

Wright sprach immer noch. »Letzten Monat wurde eine Anzahl Christen in der Kirche von islamischen Extremisten gefangen gehalten, die den Sicherheitskräften der Palästinenserbehörde entkommen waren. Die Palästinenserbehörde verweigerte ihnen den freien Abzug, was eine

Auseinandersetzung zur Folge hatte, die israelische Verteidigungskräfte zum Eingreifen veranlasste. Ihre Scharfschützen erschossen einige Extremisten, die anderen flohen, aber bei der Räumung der Kirche gerieten sowohl die israelischen Soldaten als auch die Gefangenen unter Beschuss, und eine Reihe von Christen kam ums Leben. Es folgte eine Woche voller Kämpfe, bis UN-Friedenstruppen eintrafen, um die Parteien zu trennen und sicherzustellen, dass die christliche Bevölkerung ihren Angelegenheiten nachgehen konnte, ohne fürchten zu müssen, in die Feindseligkeiten hineingezogen zu werden. So war die Lage am Vorabend von Minister Farrellys tragischem Besuch in der Region, Dave …«

Jane begann, sich gedanklich auszublenden. Es erschien unmöglich, diese fürchterliche Knochenmühle anzuhalten, die bereits das Leben und die Hoffnungen so vieler Menschen gekostet hatte, und jede neue Gräueltat war eine Erinnerung an Hazel und ihre Tat. Denn Hazel war kein unschuldiges Opfer. Sie war die Attentäterin gewesen.

Paddy Wrights Bericht, gefolgt vom Beitrag des Historikers und Hörerreaktionen auf den Tod des Ministers, nahm den größten Teil der ersten Stunde ein. Zu keinem Zeitpunkt ging Miller in irgendeiner Weise auf Dervla oder die Sendung des Vortags ein. Doch die Flut der Anrufe und SMS, die wegen ihr eintrafen, hörte nicht auf. Jane fragte bei Ali nach, aber Dervla hatte sich noch nicht gemeldet. Auch wenn es wahrscheinlich nicht funktionieren würde, hinterließen sie ihr eine Nachricht mit der Bitte um Kontaktaufnahme.

Nach elf begann Miller sein Interview mit dem Reiseschriftsteller Max Garland, dem Verfasser von *Nur für Mitglieder: 100 der besten Privatklubs der Welt.* Es war ein Thema, das es Miller erlaubte, seine Vorliebe für die Welt der Reichen und Berühmten auszuleben. Und wahrscheinlich eine Gelegenheit, seinen eigenen Klub zu erwähnen, der ihn seinerseits mit kostenloser Mitgliedschaft und verschiedenen anderen Vergünstigungen belohnte. Jane wusste, es war eins dieser Themen, bei dem der Durchschnittshörer stellvertretend Orte und Erlebnisse genießen konnte, zu denen er wahrscheinlich nie persönlich Zugang haben würde. Aber sie empfand es irgendwie als Stimmungskiller.

Ihre Gedanken gingen zurück zu einer Frage, die am Abend zuvor, als sie Schlaf zu finden suchte, ständig in ihrem Kopf gekreist war: Angenommen Dervla hätte im weiteren Verlauf des Gesprächs die Einzelheiten des Anschlags auf den Konvoi, einschließlich des Tods des Ministers, vorhergesagt – hätte man es dann verhindern können? Wenn sie gewarnt hätten, wäre die Zukunft verändert worden? Es war das alte Thema, das bei jeder Diskussion über Wahrsagen aufkam. Doch in diesem Fall hatte Jane das Gefühl, dass keine Chance bestanden hätte, etwas zu ändern, aus dem einfachen Grund, weil niemand vor Ort in Bethlehem auf Berichte geachtet hätte, wonach eine Hellseherin in einer irischen Radiosendung einen tödlichen Bombenanschlag vorausgesagt hatte.

Die Sirene eines Feuerwehrautos ertönte passend zu ihren Gedanken, aber dann erkannte sie, dass das Fahrzeug unten auf dem Kai vorbeifuhr und dass sie im Wachen geträumt hatte. Sie konzentrierte sich wieder auf die Sendung und stellte fest, dass Miller und Garland irgendwie in eine Diskussion über Pornografie geraten waren.

»In den USA geht es immer noch um viel Haar und große Brüste, glaube ich«, sagte Garland. »Per Airbrush produziert, natürlich.«

»Oder per Photoshop, heutzutage. Wie sieht es mit Japan aus? Sind Schuluniformen dort noch so populär?«

»Das werden sie immer sein, glaube ich. Weiße Kniestrümpfe und ein halber Blick auf weiße Unterwäsche, das ist einfach unschlagbar, oder, Dave?«

»Was ist das denn?«, fragte Jane laut. »Er weiß, es sind Herbstferien.« Als verantwortliche Produzentin hatte sie für die Ausstrahlung von anstößigem Material geradezustehen. Und der Aufsichtsrat war während Schulferien besonders empfindlich bei dem Thema.

»Sie vergleichen Pornografie in verschiedenen Ländern«, sagte Joe wahrheitsgetreu.

»Dave war ein ungezogener Junge. Er will dich in Schwierigkeiten bringen«, fügte Carmel an.

»Deutschland?«, fragte Miller.

»Die Heimat der ältesten Pornografie der Welt«, antwortete Garland gehorsam.

»Wirklich?«

»Ja. Ein Paar Steinzeitfigürchen, die es miteinander treiben.«

»Die Frau oben?«

»Nein, der Mann von hinten.«

»Holla!«

Jane hatte genug. Doch gerade, als sie zum Hörer griff und Ali anrufen wollte, sagte Miller: »Aber genug davon für den Augenblick. Wie sind wir überhaupt auf Pornografie gekommen?«

Jane legte den Hörer nieder, lauschte jedoch gespannt.

»Wir haben davon gesprochen, dass ›Gentleman's Club‹ in den Vereinigten Staaten einen Stripteaseklub meint.«

»Ja, richtig. Nicht das, was Sie und ich unter dem Begriff verstehen, Max. Wir denken eher an lederne Armsessel, den Geruch von Weinbrand und Zigarrenrauch, ein

Billardspiel vor dem Abendessen … unschuldige Vergnügungen.«

»Hauptsächlich *männliche* Vergnügungen, Dave.«

»Viele sind nicht mehr übrig, wage ich zu behaupten. Reine Männerklubs, meine ich.«

»Aber ganz ausgestorben sind sie noch nicht. Ich bin selbst Mitglied von einem, und zufällig nennt er sich Age of Innocence. Hat als Fotografierklub angefangen, einer der ältesten der Welt. Sie finden es vielleicht merkwürdig, dass er in meinem Buch nicht vorkommt, aber das liegt daran, dass wir nur selten neue Mitglieder auf…«

Jane wurde vom drängenden Schrillen einer Vielzahl von Sirenen abgelenkt. Feuerwehrautos schienen sich aus der nahe gelegenen Tara Street zu ergießen und in Richtung Hafen zu eilen. Das Getöse war so laut, dass es die doppelt verglasten Fenster im siebten Stock durchdrang, aber sie wusste aus Erfahrung, dass das Studio ausreichend schalldicht war.

»Und was hat Ihr Klub zu bieten?«

»Genau die Dinge, die Sie gerade erwähnt haben, Dave. Unschuldige Vergnügungen. Er würde einem Mann von Geschmack wie Ihnen sicherlich gefallen.«

»Weil wir gerade davon sprechen, ich muss sagen, dass meine Frau und ich gestern Abend im Top Drawer ganz fantastisch zu Abend gegessen haben. Das ist mein Klub, Max. Wenn Sie das nächste Mal in Dublin sind, müssen Sie mich als mein Gast begleiten. Ich denke, Sie werden beeindruckt sein.«

»Sehr gern. Ich werde im neuen Jahr mit den Vorbereitungen zur nächsten Ausgabe beginnen, vielleicht also dann. Und Sie rufen mich ebenfalls an, wenn Sie das nächste Mal in London sind.«

»Tja, wie es der Zufall will, fliege ich heute in einer Woche zu einer kleinen Vergnügungsreise mit ein paar anderen Medienleuten rüber. Zur Eröffnung von ›From Presley to Punk – Live‹. Sie haben die Werbung wahrscheinlich gesehen.«

»Ist das die Show mit all diesen holografischen Effekten?«

»Ja. Und modernster Tontechnik. Das ultimative Aufgebot an Rock-Acts, die man schon immer live sehen wollte, wie es beschrieben wird.«

»Nicht direkt mein Fall, aber ich bin überzeugt …«

Die Kakofonie der Sirenen draußen auf der Straße war inzwischen zum Verrücktwerden aufdringlich.

»Krankenwagen jetzt«, sagte Joe.

Das Telefon auf Janes Schreibtisch läutete. »Hallo, hier ist Shay Harris von der Nachrichtenredaktion. Wir haben eine Eilmeldung, die sofort gesendet werden sollte. Ist das okay für euch?«

Dass eine Sendung für eine Eilmeldung unterbrochen wurde, kam sehr selten vor. Jane kannte Harris und traute seinem Urteil.

»Natürlich. Ich sage ihnen Bescheid.«

»Ich bin im Nachrichtenstudio. Sie können Dave sagen, ich stehe bereit, sobald er fertig ist.«

Jane rief das Studio an, kam aber nicht durch. Einer von ihnen benutzte das Schreibtischtelefon. Als sie über den Flur zum Studio lief, fiel ihr ein, dass sie Shay gar nicht gefragt hatte, um was es bei der Eilmeldung ging. Aber man konnte getrost davon ausgehen, dass es mit dem hektischen Aufmarsch der Feuerwehrfahrzeuge draußen zu tun hatte.

Miller hatte das Gespräch mit Garland beendet und unterhielt sich gerade mit einem Hörer über einen Klub in Tokio, den dieser besucht hatte. Ali telefonierte, deshalb ging Jane an ihr vorbei ins Studio, und während Miller kurz sein Mikro ausmachte, erzählte sie ihm, dass Shay Harris mit einer Eilmeldung wartete.

Jane schlüpfte wieder nach draußen und erklärte Ali, was los war, während Miller den Hörer bat zu warten, »... denn wir geben jetzt für eine Eilmeldung zu Shay Harris in die Nachrichtenredaktion.«

»Wir erhalten Berichte von einem größeren Zwischenfall im Hafentunnel von Dublin. Offenbar ist eine Reihe von Lastkraftwagen, die in einen Unfall verwickelt waren, in Brand geraten, und es ist bereits von Todesopfern die Rede. Declan Nagle ist für TalkNation am Schauplatz ...«

»Ja, Shay, ich stehe auf einer Brücke direkt oberhalb der Kreuzung der M50 mit dem Dublin Port Tunnel und schaue auf den nördlichen Tunnelausgang hinunter, aus dem dicke schwarze Rauchwolken quellen. Ein Fahrer, mit dem ich vor ein paar Minuten gesprochen habe, beschrieb die Szene etwa einen Kilometer innerhalb des Tunnels als *Feuersturm* ...« Der Reporter wartete, bis ein Krankenwagen kreischend an ihm vorbeigerast war.

Jane sah Miller an. Hatte er es gehört?

Er nickte, formte das Wort »Feuersturm« mit den Lippen und schüttelte ungläubig den Kopf.

Nagle setzte seinen Bericht fort. »Dem Zeugen zufolge brennen viele Sattelschlepper, Busse und Autos, Fahrer und Passagiere sind darin eingeschlossen. Er sagte, er hatte Glück, dass er den Flammen entkommen ist, die mit hoher Geschwindigkeit von hinten heranrasten, und andere Fahrer sind bei ihrer panischen Flucht ineinandergekracht. Nach unbestätigten Berichten soll das Feuer von einem Tanklaster mit Benzin verursacht worden sein, der umkippte und seine Ladung vergoss. Ein Feuerwehrmann hat mir erklärt, Retter, die Leute durch die Notausgänge des Tunnels zu evakuieren versuchten, seien von giftigem Rauch sowie den in dem Bauwerk erzeugten Temperaturen behindert worden. Offenbar ist es zu viel für das Ventilationssystem, das Rauch absaugen und den Feuerwehrleuten einen gefahrlosen Zugang ermöglichen sollte.«

»Der Nordtunnel ist der, den Lkws benutzen, um vom Hafen zur M50 zu kommen. Ist der Paralleltunnel *zum* Hafen ebenfalls betroffen?«

»Soviel ich weiß, ist er nicht direkt betroffen, aber er wurde gesperrt, um Einsatzfahrzeugen den Zugang zum anderen Tunnel zu ermöglichen. Wir informieren Sie weiter, sobald es etwas Neues gibt. Declan Nagle für TalkNation.«

Miller fuhr mit einer Werbepause fort, riss sich die Kopfhörer herunter und winkte die beiden Produzentinnen zu sich ins Studio. »Streicht die Diskussionsrunde«, sagte er. »Wir müssen an dieser Geschichte dranbleiben.«

»Sehe ich auch so«, sagte Jane.

»Und bringt *sie* ans Telefon«, bellte er. Er war weiß im Gesicht, und seine Hand zitterte, als er einen Schluck aus seinem Kaffeebecher trank.

Ali sah von Jane zu Miller. »Wir hinterlassen ihr seit einer Stunde Nachrichten – sie reagiert nicht.«

»Könnt ihr sie nicht per Skype erreichen oder irgendwie anrufen?« Er scrollte durch eine Liste von Musiktiteln auf seinem Schirm. »Ich spiele ein langes Stück. Sorgt dafür, dass sie bereitsteht, wenn es vorbei ist.«

»Ich versuche es noch einmal«, sagte Ali und huschte hinaus in den Regieraum.

Jane hasste diese Art von herrischem Verhalten und

wehrte sich gegen die Unterstellung, sie hätten es nicht versucht. »Dervla verweigert uns im Wesentlichen den Zugang zu ihr«, erklärte sie. »Das heißt, sie nimmt nicht einmal unsere Versuche, sie zu erreichen, zur Kenntnis. Wir können ihr so viele Nachrichten schicken, wie wir wollen, solange sie uns keinen Zugang gewährt, sieht sie sie nicht einmal. Sie ist diejenige, die den Kontakt einleitet.«

Miller funkelte sie zornig an. »Herrgott noch mal, Jane, hör auf mit deinen Ausreden.«

Sie war getroffen. Ohne ein Wort machte sie auf dem Absatz kehrt und verließ das Studio.

»Jane, warte«, rief er ihr nach.

Sie hatte bereits die abgeschlossene Kammer zwischen den beiden mächtigen Studiotüren erreicht, wo sie wartete und die erste Tür weit genug aufstieß, um zu hören, was er zu sagen hatte.

»Tut mir leid, Jane. Das war daneben. Versucht es einfach noch mal. Bitte.«

Sie ließ die Tür hinter sich zufallen und öffnete die zweite, und nachdem sie Ali mitgeteilt hatte, sie würde versuchen, Dervla aufzutreiben, ging sie ins Büro zurück. Ihre Wangen brannten, sie war durcheinander. Während Leonard Cohen im Hintergrund »Take this Waltz« sang, setzte sie sich an den Schreibtisch, griff nach der Maus und stellte fest, dass ihre Hand zitterte. Nachdem sie Skype geöffnet hatte, suchte sie Dervla in ihrer Kontaktliste und versuchte, sie anzuwählen, jedoch ohne Erfolg. Sie hatte gerade angefangen, eine Nachricht zu tippen, als sie bemerkte, dass sich Joe mit angespannter Miene in ihrer Nähe herumdrückte.

Als sie fertig war, kam er an ihren Schreibtisch. »Daves Frau hat ein paar Mal angerufen …« Er schaute auf einen Notizzettel. »Rachel ist mit der S-Bahn auf dem Weg von

Killiney in die Stadt, und Zita – so heißt sie doch, oder? – will, dass du sie anrufst.«

»Sie macht sich Sorgen, oder?«

»Sie klang ein bisschen nervös, ja. Ich habe ihr zu erklären versucht, dass der Tunnel auf der Nordseite ist und man nicht in seine Nähe kommt, wenn man in die Stadt fährt, aber sie bestand darauf, dass ich dich bitte, sie anzurufen.«

Zita wollte immer, dass sich jemand von Rang um sie kümmerte. Jane betete, dass sie nüchtern war, denn andernfalls konnte es eine Weile dauern, sie zu beruhigen.

»Okay, ich rufe sie an. Würdest du bitte zum Empfang hinausgehen und den Diskussionsteilnehmern sagen, dass wir an einer wichtigen Nachricht dranbleiben müssen. Mach für nächste Woche einen neuen Termin mit ihnen.« Sie wählte die Nummer auf Joes Zettel. »Hallo, Zita, hier ist Jane Wade.«

»Ach, Jane. Rachel und ihre Freundin Nessa sind vor etwa einer Stunde mit Nessas älterem Bruder mit der S-Bahn in die Stadt gefahren. Er liefert sie bei euch im Sender ab, damit Dave sie am Nachmittag zu einer Halloween-Party in Castleknock bringen kann. Aber diese schreckliche Sache in dem Tunnel …«

Sie klang vollkommen nüchtern.

»Keine Sorge, Zita. Sie überqueren in diesem Augenblick wahrscheinlich gerade die Beckett Bridge.«

»Aber was, wenn sie den S-Bahn-Verkehr eingestellt haben?«

»Dann bringt man sie mit Bussen in die Stadt, keine Angst.«

»Sie sagen mir Bescheid, sobald sie eintreffen, ja, Jane?«

»Natürlich, Zita. Machen Sie's gut.« Sie legte auf und

wählte die Nummer des Empfangs. »Sagt mir Bescheid, sobald Rachel Miller eintrifft.«

Von Dervla kam keine Reaktion. Miller füllte die Sendung mit SMS, E-Mails und noch einem Musikstück. In den Minuten, ehe die Sendung zu Ende ging, dachte Jane darüber nach, warum sich Dervla entschieden hatte, nicht daran teilzunehmen. War das alles Strategie, oder war einfach etwas in ihrem Leben aufgetaucht, das sie davon abhielt? Sie war zweifellos in der Lage, Dinge zu ihrem Vorteil zu manipulieren. Je mehr Jane darüber nachdachte, wie sie Miller am Vortag behandelt hatte, desto mehr begriff sie, wie geschickt die Hellseherin war. Wenn sie gleich mit der Tunnelgeschichte herausgerückt wäre, wäre die Sache in Bethlehem gar nicht erwähnt worden. Doch wie die Dinge nun standen, wurden ihr gleich zwei Vorhersagen zugeschrieben. Es war, als hätte sie gewusst, dass er den Bombenanschlag im Nahen Osten ablehnen würde, während sie die ganze Zeit etwas anderes im Ärmel hatte. Versuchte sie, Miller eine Lektion zu erteilen?

Miller hatte sich gerade für diese Woche verabschiedet, als der Empfang anrief. Rachel und ihre Freunde waren eingetroffen.

Nessas Bruder war schon gegangen, als Jane eintraf, um die Mädchen abzuholen. Beide waren als Hexen verkleidet, mit spitzen Hüten, und Rachel hatte eine Tasche, die wie ein Kürbis aussah.

»Hallo, Rachel, ich bin Jane. Ich hab dich nicht mehr gesehen, seit du etwa sieben warst.«

»Hi«, sagte das Mädchen und kicherte. »Ich habe eine Maske. Wollen Sie sie sehen?«

»Klar.«

»Sie ist furchtbar«, sagte Nessa.

Rachel drehte sich um und stellte die Tasche auf einen

Stuhl, dann holte sie die Maske heraus und band sie sich um die Ohren. Sie drehte sich rasch um, und zum Vorschein kam ein grinsender Totenkopf. »Huu«, heulte sie.

»Ziemlich unheimlich«, sagte Jane. »Aber ich bin mir nicht sicher, ob es zu einem Hexenkostüm passt.«

»Genau das hab ich auch gesagt«, sagte Nessa und zog eine Schnute.

Rachel sagte etwas Unverständliches und versuchte, die Maske wieder abzuziehen, aber das Band verfing sich in ihren Haaren, deshalb setzte sie den Hut ab, damit es leichter ging. Die Maske war nur für die untere Hälfte des Gesichts gedacht, und die Wirkung, als der Hut vom Kopf war, ergab ein groteskes Memento mori: das strahlende Gesicht mit der reinen Haut einer Zehnjährigen über dem eines grinsenden Kadavers.

6

In Barnacullia an den Hängen des Three-Rock Mountain, wo Jane und Ben wohnten, standen die Häuser zum Teil weit auseinander, manche waren durch Tore gesichert, und die für Gehsteige zu schmalen Straßen waren für Fußgänger gefährlich; es war deshalb nicht möglich, dass die Kinder an Halloween von Haus zu Haus zogen. Stattdessen nahmen die beiden sie mit nach Rathgar, wo sie mit den geringfügig älteren Kindern von Janes Freundin Debbie mitlaufen durften – Karen war sieben und Joshua fünf. Debbie und Jane waren seit dem College befreundet. Debbie hatte zuerst geheiratet, kurz, nachdem sie dreißig geworden war, und bei der Hochzeit verstand sich Jane sehr gut mit Debbies älterem Bruder Ben. Sie hatte ihn seit Jahren gekannt und als angenehme Gesellschaft empfunden, war aber nie mit ihm ausgegangen. Doch auf Debbies Hochzeitsfest änderte sich etwas an der Beziehung der beiden, und zwei Jahre später waren sie ebenfalls verheiratet. Debbie hatte sich zunächst Sorgen gemacht, es könnte sich auf die Beziehung zu ihrer Freundin auswirken, aber das war nicht passiert.

Beide Paare hatten inzwischen zwei Kinder, und die Cousins und Cousinen verstanden sich gut, deshalb kam es ihnen häufig gelegen, ihre Kinder beim jeweils anderen Paar abzugeben.

Scott hatte auf einem Transformer-Outfit – Optimus Prime – bestanden, das weder zu Halloween passte noch käuflich zu erwerben war und das eine ziemliche Herausforderung darstellte, wenn man es selbst machen wollte. Aber dank Bens Fertigkeiten als Architekt gelang es ihnen, es aus farbigem Karton zusammenzusetzen. Es war viel einfacher, Bethann mit dem gewünschten Clownskostüm auszustatten – viel grelles Make-up und eine metallisch-blaue Perücke, die Jane von einer Party übrig hatte. Joshua war Luke Skywalker, und Karen verkleidete sich als Hexe mit Elfenflügeln, was die anderen Kinder in endloses Erstaunen versetzte.

Bethann trug die Perücke mit besonderem Vergnügen – die Farbe war der krasse Gegensatz zu ihrem eigenen roten Haar, was ihr selbst mit drei Jahren schon sehr bewusst war, und nicht immer zu ihrer Freude. Es amüsierte Jane und Ben, dass ihre Kinder ihr Aussehen ausschließlich von Janes Seite geerbt hatten – Bethanns rote Haare und grüne Augen waren wie ihre eigenen, während Scott mit seinen blauen Augen und dem Wuschelhaar eine exakte Kopie ihres verstorbenen Bruders Scott war. Ben mit seinen dunkelbraunen Augen und dem pechschwarzen Haar schien, was das Aussehen betraf, kein genetisches Material weitergegeben zu haben.

Ben und Jane erboten sich, ein Auge auf die Kinder zu haben, während diese von Haus zu Haus gingen. Als sie loszogen, lag ein dünner herbstlicher Dunst über der Landschaft, der schnell zu einem dichten Nebel wurde, genau richtig für den Anlass, soweit es die Kinder betraf. Es gab viel Gekreische und erschrockene Ausrufe, wenn andere Erscheinungen plötzlich neben ihnen an einer Tür auftauchten oder unterwegs drohend aus dem Nebel wuchsen. Für Bethann wurde schließlich alles zu viel, und sie fürchtete sich ein wenig, deshalb lud sich Ben das Mädchen auf die Schulter und wies es an, nach Lukes Lichtschwert Ausschau zu halten, das sie durch den Nebel führte.

Als sie zu Debbies Haus zurückkamen, ächzten ihre Einkaufstaschen unter der Last der Süßigkeiten, Nüsse und Früchte. Jane und Debbie füllten einen Teil davon für den sofortigen Verzehr in drei kleinere Tüten um, während der Rest für das Wochenende aufgehoben wurde.

Während die Kinder sich über ihre Leckereien hermachten und in einen Apfel zu beißen versuchten, der am Türstock zur Küche hing, tranken Jane und Ben mit Debbie und ihrem Mann Karl ein Glas Wein im Wohnzimmer. Das Gespräch drehte sich ganz um das Unglück im Tunnel, bei dem geschätzte vierzig Menschen ums Leben gekommen waren. Karl sagte, es gebe eine Menge im Online-Chat über die Hellseherin in der Dave Miller Show, und fragte, ob man die Behörden nicht hätte warnen können.

Jane wiederholte ihre Gedanken zur Situation in Bethlehem. »Wer hätte darauf gehört? Und sie hat schließlich nicht genau gesagt, was passieren würde oder wo genau und wann. Es war ja in die Form eines Rätsels gekleidet.«

»Aber warum? Wieso benutzt sie Rätsel?«

»Ich denke, es hat etwas mit der Art und Weise zu tun, in der sie die Erkenntnis oder Vision erlangt«, antwortete Jane. Sie wünschte, sie könnten über etwas anderes sprechen. Einer der Nachteile des Jobs war manchmal, dass man ihm nicht entfliehen konnte.

»Vielleicht spielt sie auch nur gern mit Worten«, sagte Debbie.

»Oder mit Menschen«, sagte Karl. »Du bist verantwortlich für die Sendung, Jane. Was denkst du?«

»Ich würde es vorziehen, nicht darüber zu sprechen, wenn es euch recht ist.«

Ein peinliches Schweigen folgte.

»Hey, Debbie, erinnerst du dich an die Geschichte von Tante Kitty und dem hellseherischen Papagei?«, versuchte Ben, das stockende Gespräch wieder in Gang zu bringen. Er strich sich über den Bart, ein sicheres Zeichen dafür, dass eine abenteuerliche Geschichte anstand.

»Hellseherischer Papagei? Soviel ich weiß, hatte sie einen Wellensittich.«

»Das stimmt, den hatte sie.« Ben sah Jane und Karl abwechselnd an. »Und manchmal, wenn wir zu Besuch waren, nahm sie uns mit in die Zoohandlung, wo sie Körner für ihn kaufte. Und während sie mit dem Ladenbesitzer tratschte, haben Debbie und ich uns mit dem grauen Papagei des Mannes unterhalten.«

»Jetzt weiß ich es wieder«, sagte Debbie und lächelte. »Er hat uns geantwortet, hauptsächlich mit Flüchen, wenn ich mich recht erinnere.«

»Ja, hauptsächlich Dinge wie ›Verpiss dich! Leck mich! ManU ist Scheiße!‹ Aber einer seiner Lieblingssprüche war: ›Gleich gibt's Ärger, gleich gibt's Ärger!‹ Jedenfalls geht die Geschichte so, dass Tante Kitty eines Tages zum Körnerkaufen in den Laden ging und fand, der Inhaber sehe nicht allzu gut aus. Sie bemerkte außerdem, dass der Papagei ganz aus dem Häuschen war, auf seiner Stange auf und ab hüpfte und aus Leibeskräften schrie: ›Gleich gibt's Ärger, gleich gibt's Ärger!‹ In der folgenden Nacht starb der Ladenbesitzer. Meine Tante glaubte aufrichtig, der Papagei habe es vorausgesagt. Dann stellte sich heraus, dass sich jemand um den Vogel kümmern musste, während der Laden geschlossen war und die Familie des Mannes alle Angelegenheiten klärte. Tante Kitty erbot sich, auf ihn aufzupassen, und nach einiger Eingewöhnungszeit schien er ganz zufrieden mit seiner neuen Umgebung zu sein. Bis zu dem Tag, an dem er in den Laden zurückgebracht werden sollte. Und was glaubt ihr, ist passiert? Er fing mit derselben Leier an: ›Gleich gibt's Ärger, gleich gibt's Ärger!‹ Tante Kitty war echt außer sich und glaubte, es bedeute ihr Ende. Aber dem war nicht so. Sie hat danach noch zehn Jahre lang gelebt.«

»Und die Moral von der Geschichte?«, fragte Debbie perplex.

»Der Papagei konnte nicht voraussagen, dass Leute sterben würden. Aber er konnte spüren, dass man seine Ruhe demnächst stören würde.«

»Ich weiß immer noch nicht, was der Punkt ist«, sagte Karl.

»Es geht darum, dass man eine Form der Vorausahnung leicht mit der anderen verwechselt. Der Papagei war nicht hellseherisch. Er hatte keine geheimnisvollen Kräfte. Aber er merkte, dass eine Veränderung in der Luft lag. Und er mochte Veränderungen nicht.«

»Er verfügte also über eine Art sechsten Sinn«, sagte Debbie.

»Selbst den muss man nicht bemühen. Er interpretierte nur das Verhalten und die Reaktionen der Menschen um ihn herum.«

»So wie Tiere rechtzeitig vor einem Tsunami fliehen. Sie deuten irgendwelche Signale«, sagte Karl.

Jane wusste nicht, ob etwas davon relevant war, was Dervla anging, aber eins stand fest: Sie war nicht wie die Hellseher, die bisher in der Sendung aufgetreten waren. Im Lauf der Jahre hatten sie Promi-Wahrsager gehabt, Hellseher mit weltweiter Anhängerschaft, Medien, die Bestseller geschrieben hatten. Doch die meisten brachten es fertig, ihre Zuhörer zu beeindrucken, ohne viel dafür zu tun.

Hellseher: »Jemand, der Ihnen nahestand, ist kürzlich gestorben.«

Anrufer: »Das stimmt.«

Hellseher: »Ich höre einen Namen. Er beginnt mit … M. Könnte Maria sein … nein, Maryanne …«

Anrufer: »Marian?«

»Ja, das ist es, Marian.«

Oder wenn es um Vorhersagen ging, sagten sie vielleicht: »Sie werden diesen Job bekommen, aber in der Zwischenzeit müssen Sie damit leben, dass Ihr Boss Sie unter Druck setzt. Beschweren Sie sich nicht – er stellt Sie nur auf die Probe.«

Sie neidete ihnen ihren Erfolg nicht. Was sie nicht verstand, war die Leichtgläubigkeit derer, die für diesen Erfolg sorgten. Wie konnten die Leute die Aussagen von jemandem so hoch einschätzen, der im Wesentlichen ein Entertainer war?

Dervla machte nicht den Eindruck auf sie, als wäre sie im Unterhaltungsgeschäft. Und sie schien auch nichts mit diesen Untergangspropheten zu tun zu haben, die im Vorfeld von 2012 auf der Bildfläche erschienen. Gegen die hatte Jane eine besondere Abneigung, wahrscheinlich wegen Hazels Verstrickung mit einem auf Prophezeiungen gründenden Kult, die zu ihrem Tod geführt hatte.

Später, als sie Barnacullia erreichten, war die Luft klar und frostig, aber unterhalb von ihnen bedeckte der Nebel die Stadt wie eine leuchtende gelbe Giftgaswolke. Sie schauten sich das Schauspiel eine Weile an, aber die Kälte trieb sie bald ins Haus. Und als sie hineingingen, bemerkte Jane, dass sich Eisblumen auf dem Dach ihres Wagens bildeten. Als die Kinder ins Bett gingen, sah sie hinaus, und das Dach war weiß und von einem fantastischen Muster ineinander verwobener Formen bedeckt.

Am Samstagvormittag wurde der Brand im Hafentunnel von den Medien ausführlich behandelt. Der Feuersturm, wie es in den meisten Berichten hieß, hatte dreiundvierzig Autofahrer und Passagiere getötet, und wenigstens hundert Personen waren mit Brandverletzungen oder Rauchvergiftung im Krankenhaus. Einige Fahrzeuglenker, die den Tunnel benutzt hatten, galten noch als vermisst, und man befürchtete, dass die endgültige Opferzahl höher liegen könnte.

Es gab einige flüchtige Verweise auf die Vorhersage der Katastrophe in der Dave Miller Show, die aber nicht weiter kommentiert wurden.

Jane hatte Ben gebeten, einige zusätzliche Zeitungen zu kaufen, und als sie diese beim Frühstück lasen, konnte sie die Titelseite des Boulevardblatts sehen, das er in die Höhe hielt. Unter der Schlagzeile HALLOWEEN HORROR war das Bild eines versengten Fahrers, der immer noch in seinem Führerhaus saß. Beinahe zu Asche verbrannt, waren die Überreste kaum als der Oberkörper eines Menschen zu erkennen, hätten nicht die Zähne aus der Gesichtsregion geragt.

Jane musste an Rachel Millers Maske denken.

Bis Sonntag hatte sich Dervlas offenkundige Vorhersage des Feuersturms zu einer größeren Geschichte entwickelt, und Jane hörte, wie in einer Reihe von Talkshows darüber gesprochen wurde. Manche Kommentatoren hielten es für geschmacklos, die Vorhersage einer solchen Tragödie zu senden. Jane erschien dieser Standpunkt seltsam – als hätte erst die Vorhersage das Ereignis eintreten lassen.

Den Sonntagabend verbrachten sie größtenteils damit,

die Kleidung und Schulsachen ihrer Kinder herzurichten, die nach den Herbstferien wieder ihren normalen Alltag aufnahmen. Ehe Jane ins Bett ging, ging sie noch nach draußen, um die Kindersitze in ihren eigenen Wagen umzuräumen. Ein großer Halbmond hing an einem sternenlosen Himmel – wie eine Grapefruit, die schief in zwei Hälften geschnitten worden war. Man sah keinen Hinweis darauf, dass es sich um die Hälfte einer Kugel handelte, denn dort, wo eigentlich die obere Hälfte sein musste, war scheinbar nur leerer, schwarzer Weltraum.

Wenn der Mond immer so ausgesehen hätte, dachte Jane, dann konnte man sich vorstellen, dass die Menschen in vorwissenschaftlicher Zeit darüber spekulierten, ob es eine zweite Hälfte dazu gab. Vielleicht war die Zukunft genauso – unsichtbar, aber in Wirklichkeit immer da, um auf ihre Entdeckung durch die Wissenschaft zu warten. Und Dervla kannte sie aus irgendeinem Grund bereits.

7

In der Sendung am Montagvormittag stellte Miller Überlegungen zu der Katastrophe im Hafentunnel an, sympathisierte mit den Familien der Opfer und spielte den Gedanken herunter, dass Dervla das Unglück vorausgesagt hatte. »Ihre Worte waren sehr kryptisch, auch wenn sie auf die Ereignisse zu passen scheinen. Denn alles, was sie sagte, war: ›Welche Art Sturm kommt in einen Hafen?‹, und das hätte seither wahrscheinlich auf zehn, nein hundert verschiedene Wetterereignisse in Häfen überall auf der Welt gepasst. Ich finde nicht, dass es eine Prophezeiung genannt zu werden verdient.«

Jane, die im Studio war, wusste, dass Miller versuchte, Dervla zu einer Kontaktaufnahme zu verleiten, aber stattdessen provozierte er seine Hörer zu einer Flut von E-Mails, SMS und Anrufen. Seine scheinbare Skepsis kam nicht gut bei ihnen an. Nicht nur glaubten sie, dass Dervla die Katastrophe sehr wohl vorausgesagt hatte, sie erinnerten ihn auch daran, dass er sie davon abgehalten hatte, das Ereignis in Bethlehem vorherzusagen.

Kurz vor 11.30 Uhr brachte Jane eine Frau namens Noeleen auf Sendung, deren neunzehnjähriger Sohn Henry am Wochenende verschwunden war. Sie hatte keinen Grund zu der Annahme, dass er absichtlich verschwunden war, und wollte eine Beschreibung von ihm durchgeben, für den Fall, dass er unter Gedächtnisverlust litt und nicht mehr nach Hause fand.

»Beschreiben Sie, was Henry an dem Abend seines Verschwindens, getan hat, Noeleen. Es war Freitagabend …«

»Ja, Halloween, wie Sie wissen, und er ist ins Pub im Dorf gegangen, um ein paar Freunde zu treffen. Er hat das Haus gegen neun verlassen.«

»Sie wohnen in einer ländlichen Gegend der Grafschaft Cavan?«

»Ja. Das ist Bauernland hier, auch wenn wir selbst keine Bauern sind. Mein Mann ist Mechaniker. Henry hat als Lehrling bei ihm gearbeitet.«

»Wie weit ist es bis zum Dorf?«

»Etwas über eine Meile, rund zwei Kilometer. Er ist zu Fuß gegangen. Es herrschte dichter Nebel, deshalb hab ich noch zu ihm gesagt, er soll vorsichtig sein, es gibt nämlich keinen Gehweg. Er sagte, er würde eine Taschenlampe mitnehmen. Unser Haus liegt oben an einer Nebenstraße, bis man zur Hauptstraße kommt, gibt es so gut wie keinen Verkehr, von dort bis ins Dorf ist es dann noch etwa einen Kilometer. Ein Autofahrer will einen Mann, auf den Henrys Beschreibung passte, sehr nahe am Dorf gesehen haben, wir glauben also, dass er so weit gekommen ist. Aber er ist nie bei Quilty angekommen.«

»Das ist das Pub.«

»Ja.«

»Und die Felder und Wiesen neben der Straße wurden alle abgesucht, nur für den Fall, dass …«

»Das dachten wir zuerst auch. Dass er von einem Auto oder Lkw angefahren wurde, aber die Polizisten, die gesucht haben, sagen, es gibt keinen Hinweis darauf, dass er irgendwie zu Schaden gekommen ist.«

»Hatte er ein Handy bei sich?«

»Ja. Wir haben angerufen, aber es scheint abgeschaltet zu sein.«

»Und wenn er schon so nahe beim Dorf war, wird er kaum noch als Anhalter gefahren sein.«

»Nein. Es sei denn, er wollte irgendwo anders hin und hat uns nichts davon gesagt. Was nicht seine Art ist. Und er hatte nicht viel Geld bei sich. Gerade genug für ein paar Gläser Bier, würde ich sagen.«

»Wie kommen Sie darauf?«

»Er hatte seine Geldbörse zu Hause gelassen. Er hat immer ein paar Euros lose in der Tasche stecken, aber wenn er abends richtig ausgeht, nimmt er seinen Geldbeutel mit. Seine Kreditkarte war auch darin.«

»Dann hatte er wohl nicht vor, das Land zu verlassen, so viel steht fest.«

»Auf keinen Fall.« Sie lachte und schniefte dann.

»Und er hat so etwas noch nie getan?«

»Niemals.« Ihre Stimme war kurz davor zu versagen.

»Sie haben also keine Ahnung, wo er ist oder was aus ihm geworden ist. Einfach vom Angesicht der Erde verschwunden.« Miller fügte einer ohnehin bereits belastenden Situation gern noch einen Schuss Melodramatik hinzu.

»Ja. Wir befürchten natürlich das Schlimmste. Aber es wäre unerträglich, wenn wir nie erfahren würden, was aus ihm geworden ist. Die Vorstellung, dass er in diesem Augenblick irgendwo tot oder verletzt liegt und vielleicht nie gefunden wird.«

»Hoffen wir, dass es nicht dazu kommt. Beschreiben Sie Henry … Wie sieht er aus, welche Kleidung hat er getragen?«

Während Noeleen, immer dem Zusammenbruch nahe, ihren Sohn zu beschreiben begann, winkte Laura hektisch, um Jane auf sich aufmerksam zu machen. Sie sprach mit einem Anrufer, und als Jane sich ihr zuwandte, hob Laura die Stimme, damit Jane sie hören konnte.

»Ja, Dervla … Und Sie glauben, Sie können ihr helfen … Ich frage rasch die Produzentin, Jane Wade. Einen Moment, bitte …« Laura legte Dervla auf die Warteschleife und erklärte: »Sie ist bereit, auf Sendung zu gehen und mit der Frau über ihren Sohn zu reden, aber sie will nicht über den Brand im Hafentunnel sprechen.«

Jane dachte einen Moment darüber nach. »Stell sie durch«, entschied sie und gab die Information für Miller ein. DERVLA WILL MIT NOELEEN REDEN. KEIN WORT VON DEM FEUER, SONST VERLIERST DU SIE.«

Miller riss die Augen auf, als er die Nachricht auf dem Schirm sah. Er wiederholte kurz die Beschreibung der Mutter, dann sagte er: »Hier ist jemand in der Leitung, der mit Ihnen sprechen will. Sie haben sie vielleicht letzte Woche schon bei uns gehört. Guten Morgen, Dervla.«

»*Guten Morgen. Ich würde gern mit Noeleen reden.*«

»Nur zu.«

»*Guten Tag, Noeleen.*«

»Guten Tag.«

»*Ich glaube, ich weiß, was Ihrem Sohn zugestoßen ist. Es ist leider keine gute Neuigkeit.*«

»O Gott … was sagen Sie da?«

»*Schlimme Dinge passieren im Nebel. Dave weiß das ebenfalls, nicht wahr, Dave?*«

»Äh, ich weiß nicht, was Sie meinen …«

»*In Ihrem Fall war es natürlich ein Sommertag …*«

Miller drückte den Knopf für die Studioleitung und verdrehte die Augen, um auszudrücken, dass er keine Ahnung hatte, wovon sie faselte.

»*Aber es war ein kalter, nebliger Abend, als Henry sich im Nebel verlief und zu Tode kam.*«

»Himmel ... wer ist diese Frau?«, klagte Noeleen. »Warum sagt sie solche Dinge?«

Miller schien einen Moment unschlüssig zu sein, was er tun sollte. Aber er wusste, die Hörer würden wie gebannt vor dem Radio sitzen, deshalb ließ er Dervlas Leitung offen. »Dervla hat, äh, hellseherische Fähigkeiten ...«

»*Noeleen, es tut mir leid, Ihnen das sagen zu müssen*«, fuhr Dervla fort. »*Henry ... lebt nicht mehr. Ich glaube, Sie wussten es bereits. Aber es ist wichtig, dass Sie seinen Leichnam finden, damit Sie ihn christlich bestatten können, nicht wahr?*«

»Ja ...« Die Frau schluchzte.

Das grenzt an Grausamkeit, dachte Jane.

»Warten Sie, Dervla«, unterbrach Miller. »Noeleen, sind Sie sicher, dass Sie damit weitermachen wollen?«

»Ja«, flüsterte sie.

»Bestimmt?«

»Ja, bestimmt.«

»Also gut. Fahren Sie fort, Dervla.« Miller zeigte Jane den erhobenen Daumen. Das war Radio, das man nicht verpassen durfte.

»*Er ist zurückgekommen, um seine Geldbörse zu holen. So ist es passiert. In Ihrer Nähe gibt es eine Farm, nicht wahr?*«

»Ja. Auf der Rückseite von unserem Grundstück. Der Eingang ist an der Hauptstraße.

»*Nicht weit von dort, wo Henry gesehen wurde.*«

»Ein Stück weiter hinten.«

»*Was für eine Art Farm ist es?*«

»Eine Schweinezucht. Jacksons Schweinezucht.«

»*Folgendes ist passiert. Er musste zurückgehen, um seine Geldbörse zu holen, aber der Nebel war dicht, und es war eiskalt. Er entschied sich gegen den langen Weg und nahm eine Abkürzung durch die Schweinefarm. Seine Taschenlampe muss nicht funktioniert haben, denn er hat sie in die Tasche gesteckt. Und das würde auch erklären, wie er im Nebel langsam vom Weg abkam ... bis er zu einem Gatter kam und durchkletterte. Er glaubte, sich am Rand des Hofraums zu befinden, und dass der Boden dahinter eben und fest war. Er begann ihn zu durchqueren ... aber es war nur eine dünne Kruste Eis. Es brach und er ...*

»O nein – die Grube! Er ist in die Jauchegrube gefallen ...«

»*Und dort ist er jetzt.*«

»Oh, bitte sagen Sie mir, dass es nicht ...«

»*Es tut mir leid. Aber Sie wollten es wissen, oder?*«

Noeleen weinte, zu keinem Wort mehr fähig.

»Es tut mir so leid, Noeleen. Ich hätte Sie all dem nicht ausgesetzt, wenn ich gewusst hätte, was kommt«, sagte Miller feierlich. Er grinste zu Jane hinaus. Von dieser Sendung würden morgen alle sprechen. »Ich verabschiede mich damit von Ihnen und lasse Sie in Ruhe verarbeiten, was Sie gerade gehört haben. Ich hoffe bei Gott, es hat nichts damit zu tun, was Ihrem Sohn zugestoßen ist. Doch wenn es die Wahrheit sein sollte, dann hoffe ich, sie ermöglicht Ihnen, eine Art Schlussstrich zu ziehen.« Er nahm Noeleen aus der Sendung.

»*Ein Schlussstrich, Dave. Das ist sehr wichtig. Aber während Henry in Dunkelheit getaucht war, gingen wir ins Licht, nicht wahr?*«

Miller runzelte die Stirn. »Wovon reden Sie? Soll ich vielleicht auch hellsehen können?«

»*Wissen Sie noch, wie wir uns dem Wasser näherten? Man konnte es riechen, es war nicht der Gestank von den Tieren, der dem armen Henry entgegenschlug, als das Eis brach. Es war das Meer, Dave. Und die Sonne schien.*«

Für Jane hörte es sich an, als sei Dervla so verrückt, wie Miller bereits vermutete. Doch etwas, was sie gesagt hatte, ließ ihn die Stirn in Falten legen, so wie es Leute tun, wenn sie einer Erinnerung habhaft werden wollen, die sich einfach nicht einstellen will. Aber dann schien er es mit einem Schulterzucken abzutun.

Er blinzelte Jane zu und sagte: »Da ich Sie gerade in der Leitung habe, Dervla – das Unglück im Hafentunnel. Ich stehe unter starkem Beschuss von Hörern, weil ich sagte, ich sei mir nicht sicher, ob Sie es wirklich vorausgesagt haben.«

»Ich finde, Sie sollten auf Ihre Hörer hören, Dave.«

»Hey, der war gut! Aber im Ernst. Ich würde Ihnen gern …« Es hatte keinen Sinn fortzufahren. Sie hatte die Verbindung unterbrochen. »Nun denn. Anscheinend will Dervla nicht mit mir darüber reden. Ich frage mich nur, wieso. Aber ich überlasse es Ihnen, sich eine Meinung zu bilden.«

8

Am ersten Montag jeden Monats hatten sie nach der Sendung ein Planungstreffen für die nächsten Wochen. Auf dem Weg zum Konferenzraum sagte Ali zu Jane, dass Ed Hogan sie gefragt habe, ob er zu Beginn der Sitzung über etwas berichten dürfe, worum er gebeten worden sei.

»Ich habe zugesagt.«

»In Ordnung«, sagte Jane. Es war wichtig, Ali kleinere Entscheidungen treffen zu lassen, wenn sie selbst nicht da war. Ali hatte sich um die Stelle der verantwortlichen Redakteurin beworben, nachdem Barry Leonard den Sender verlassen hatte. Aber stattdessen war Jane nach drei Jahren Abwesenheit zurückgekommen und hatte die Sendung übernommen – gegen den Wunsch der Geschäftsführerin, wie sie jetzt wusste. Ali war kein nachtragender Mensch, aber sie litt immer noch ein wenig darunter, und Jane wusste es.

»Ich habe außerdem einen Anruf von so einem Typen erhalten, klang nach Amerikaner oder Kanadier. Höflich, aber ein bisschen arrogant. Er wollte eine Adresse von Dervla. Ich sagte, selbst wenn wir eine hätten, was nicht der Fall sei, würden wir sie ohne Erlaubnis nicht herausgeben. Dann bat er mich, ihn zu dem oder der Verantwortlichen durchzustellen. Ich sagte, du würdest im Studio keine Anrufe annehmen, also hat er nach deinem Namen gefragt.«

»Okay, Ali. Ich werde ohne Frage von ihm hören.

Dervla bringt uns mit Sicherheit alle möglichen Spinner auf den Hals.«

Sie hatten gerade am Tisch Platz genommen, als Ed Hogan hereinkam.

Jane erläuterte, dass sie Hogan gebeten hatten, sich die Aufzeichnungen von Dervlas Stimme anzuhören und sie zu analysieren.

»Okay, Ed«, sagte Miller. »Erklären Sie es uns in einfachen Worten.«

»Natürlich, Dave. Also, zuerst hab ich es mir natürlich angehört. Und beim Blick auf die digitalen Audiodateien wurde mein Verdacht dann bestätigt. Es gibt immer wieder unnatürliche Unterbrechungen zwischen einzelnen Wortgruppen und Sätzen. Natürliche Sprache hat, selbst wenn man sie durch einen Stimmverzerrer ändert, einen gewissen Fluss, Worte fließen ineinander, Sätze werden durch Luftholen und Stocken unterbrochen, man hebt und senkt die Stimme, und so weiter. Den Äußerungen dieser Dame fehlt dieser natürliche Fluss. Es ist wie bei einem vorab aufgezeichneten Interview, wenn man eine Menge Tonschnipsel einer Person zusammenschneidet, aber es so klingen lassen will, als wäre alles in einem Stück gesagt worden. Das Ohr verrät einem, dass es ein bisschen sprunghaft ist und irgendwie nicht zusammenpasst. In ihrem Fall wurde alles sehr glatt und mit viel Gefühl geschnitten, es gibt keine Sprünge, aber das Ergebnis ist eine Art formelle, mechanische Sprechweise.«

»Was wollen Sie nun damit sagen, Ed?«, fragte Miller mit kaum verhüllter Ungeduld.

»Sie verändert ihre Stimme nicht. Weil da gar keine Stimme ist, die man ändern könnte.«

Miller blieb der Mund offen stehen.

»Na toll, eine körperlose Stimme«, rief Carmel aus.

»Sie ist also total künstlich«, sagte Jane.

»Ja, eine vom Computer erzeugte Stimme, die über eine Tastatur gesteuert wird. Aber damit ist nicht einmal annähernd beschrieben, wie raffiniert die Technik ist. Modernste Sprachsoftware und jede Menge vorprogrammierter Phrasen, Einwürfe und Antworten – ›ja, Dave, nein, Dave‹ – alles, um eine schnelle, normal erscheinende Kommunikation zu unterstützen. Sie kann Sätze im Voraus tippen und sie in das Gespräch mischen. Die Software verändert sogar die Zeiten von Verben, damit sie in den Kontext des Redeflusses passen.«

»Aber es handelt sich nicht um ein Gerät, das irgendein Alien erfunden hat, um mit uns Erdlingen zu reden, oder?«, sagte Jane. »Es ist auf dem Markt erhältlich, wenn ich recht verstehe.«

»Ja, sicher. Sehr teuer, allerdings.«

»Man würde also keines kaufen, nur um seine Stimme zu verschleiern«, sagte Joe.

»Nein, das würde keinen Sinn ergeben. Und überhaupt wurde diese Technik eigentlich für Leute entwickelt, die sonst in ihrer Kommunikation behindert sind.«

Rund um den Tisch wurden Blicke gewechselt.

»Sie meinen … sie kann nicht sprechen?«, sagte Ali.

Hogan zuckte mit den Achseln. »Wer weiß? Und wer sagt, dass es überhaupt eine Frau ist?« Er stieß seinen Stuhl zurück. »Wenn es Ihnen recht ist … Ich werde noch bei einer anderen Besprechung erwartet.«

Jane dankte Hogan und wandte ihre Aufmerksamkeit Miller zu. Er hatte die Ellbogen auf dem Tisch und den Kopf in die Hände gestützt; mit den Daumen bearbeitete er seinen Kiefer, die übrigen Finger massierten die Stirn. Es war offensichtlich, dass eine Erklärung folgen würde.

Er hob den Kopf. »Es ist so, wie ich es die ganze Zeit vermutet habe. Nicht nur eine Person, sondern vermutlich ein ganzes Netzwerk von Leuten, die zusammenarbeiten, um den Eindruck zu erwecken, dass sie zukünftige Ereignisse voraussagen. Sie geben Informationen weiter – vom Computer einer Fluglinie, in den sie eingedrungen sind, aus einer abgefangenen SMS oder einem Handyfoto – aber da alles augenblicklich durch ›Dervla‹ übermittelt wird, wirkt es wie Vorauswissen.«

Die anderen dachten eine Weile darüber nach.

»Der Feuersturm – wie würdest du den erklären?«, fragte Ali schließlich.

»Sie wirkte ein bisschen ratlos, bevor sie mit dem Rätsel daherkam. Hatte wohl nicht damit gerechnet, dass ich die andere Prophezeiung ablehnen würde. Wie ich heute Morgen schon sagte, ich wette, es gab in den nächsten vierundzwanzig Stunden noch weitere Ereignisse rund um die Welt, die zu der Beschreibung gepasst hätten, vielleicht sogar eins, von dem sie bereits wussten, wo sie nur die genauen Einzelheiten noch nicht in Erfahrung gebracht hatten. Die Tatsache, dass am nächsten Tag in Dublin eines stattfand, war einfach ein glücklicher Zufall für sie. So wie alle glauben, sie habe den Tod des Ministers vorhergesagt – aber das hat sie nicht. Sie – oder die Leute hinter ihr – hat ihn nicht vorhergesagt, aber alle glauben, sie wusste, was passieren würde.«

»Was ist, wenn man Henry in der Jauchegrube findet?«, fragte Jane. »Wie würdest du dir erklären, dass sie es wusste?«

»Weil irgendwer dort in der Gegend schon jetzt weiß, was ihm zugestoßen ist. Vielleicht war er nicht allein, als es passiert ist. Vielleicht waren seine Freunde dabei. Dann hat einer rasch einen Blog eingesetzt oder es auf Facebook gepostet …« Ein rascher Blick in die Runde zeigte ihm, dass die meisten skeptisch waren. »Ich will damit nur sagen, es wäre möglich. Alles ist möglich, heutzutage …«

»Dann lasst es uns durchdenken«, sagte Jane. »Angenommen, es gäbe diese Art Netzwerk, sagen wir eine Bande Computerfreaks – warum sollten sie in die Sendung kommen und Vorhersagen machen?« Sie blickte rund um den Tisch. »Irgendwelche Ideen?«

»Um sich einen Spaß zu machen«, sagte Joe ohne eine Spur von Missbilligung.

»Vielleicht starten sie eine parapsychologische Hotline und benutzen die Sendung, um vorab Publicity zu bekommen«, schlug Ali vor. »Wie virale Werbung.«

»Es wäre nicht das erste Mal, dass jemand ein erfolgreiches Unternehmen startet, nachdem er in der Sendung auf sich aufmerksam gemacht hat«, bemerkte Laura.

»… bekannt aus der Dave Miller Show«, sagte Joe, mit verstellter, tieferer Stimme.

»Die Leute gehen vielleicht gern zu Wahrsagern, aber nicht, um von Tod und Zerstörung zu hören«, sagte Carmel. »Warum akzeptieren wir nicht die einfache Erklärung – Dervla kann tatsächlich die Wahrheit vorhersagen.«

»Ja, und ich bin der Papst«, sagte Miller abschätzig.

»Aber ob sie es kann oder nicht, erklärt noch nicht, warum sie es tut«, versuchte Jane, bei der Sache zu bleiben.

»Du bist inzwischen richtig gegen sie eingestellt, hab ich recht, Dave?«, sagte Carmel, ohne auf Jane einzugehen. »Liegt es an diesen komischen Sachen, die sie über euch beide am Meer sagt?«, fügte sie an, da sie spürte, dass es sich lohnte, diesen Stein umzudrehen.

»Das ist nur sinnloses Gewäsch. Wenn Ed recht hat damit, wie die Sache technisch funktioniert, dann sind es wahrscheinlich Macken in der Software – unbeabsichtigte Kombinationen von Worten und Phrasen.«

»Und ich bin der Pyjama des Papstes«, spottete Carmel.

»Apropos«, sagte Ali. »Der Papst hat die Christen in aller Welt aufgerufen, sich mit den palästinensischen Christen solidarisch zu zeigen, indem sie aus jeder Diözese eine Delegation zur Weihnachtsfeier in Bethlehem schicken. Ich finde, wir sollten die Hörer fragen, was sie davon halten.«

»Okay, wir werden darauf zurückkommen«, sagte Jane nun und öffnete den Kalender für die Sendung. »Schauen wir mal, was wir diesen Monat machen.«

»Wir müssen diesen Monat noch einen guten Feldzug auf die Beine stellen. Sonst kommen wir zu nahe an Weihnachten.«

Die Show hatte sich im Lauf der Jahre einen guten Namen mit erfolgreichen Feldzügen für Verbraucher und Verbrechensopfer gemacht. Zu denen, die Jane einfielen, gehörte eine Gesetzesänderung, wonach Vergewaltiger im Fall einer Wiederholungstat automatisch lebenslänglich bekamen, die Einführung des AMBER Alert Systems für vermisste Kinder und die Aufdeckung eines Kartells in der Autohandelsbranche, die zu einer Gefängnisstrafe für die Drahtzieher führte. Und seit diese Show auf TalkNation gestartet war, hatte sich Miller damit hervorgetan, Missbrauchsopfern katholischer Priester, Mönche und Nonnen eine Stimme zu geben. Jane sah Ali an. »Sag mir noch mal kurz, was bisher gelaufen ist in diesem Jahr.« Sie musste sich vergewissern, dass sie während ihrer Auszeit nichts verpasst hatte.

»Ich würde sagen, das Highlight war, als wir das Unterhaus zu einer Debatte über ein Verkaufsverbot für Kleidung mit sexuellen Slogans und Motiven für Mädchen unter zehn Jahren gedrängt haben.«

»Ja, das habe ich verfolgt«, sagte Jane. »Vermutlich ist mir das Thema bewusster, jetzt, da ich selbst ein Mädchen habe.«

»Es war ein wunderbarer Anblick, Regierung und Opposition ins gleiche Horn stoßen zu sehen«, sagte Joe. »Das Problem war nur, dass kein entsprechendes Gesetz verabschiedet wurde.«

»Politiker«, sagte Miller verächtlich. »Ich sage euch, es wird immer schlimmer. Ich habe auf der Halloween-Party am Freitag eine Neunjährige mit Playboy-Bunny-Ohren gesehen, und eine andere trug ein T-Shirt, auf dem stand: ›Diese Kleine bläst gern einen‹, und dahinter in winziger Schrift: ›Ballon auf‹.«

»Wie bescheuert muss man als Eltern sein, um seine Tochter so etwas tragen zu lassen?«, fragte Joe.

»Genauso bescheuert, wie wenn man sie ein Jahr später dazu ermuntert, sich wie eine Nutte herauszuputzen«, schäumte Miller.

»Du und Zita, ihr achtet sehr darauf, was Rachel anzieht, oder?«, bemerkte Laura.

»Nicht nur wir. Die Eltern ihrer Freundin Nessa denken genauso. Die Kindheit ist einfach zu kurz heutzutage. Aber machen wir weiter – welche Themen haben wir dieses Jahr noch verfolgt?«

Ali schaute auf ihren Ausdruck. »Wir haben eine Reduzierung der TÜV-Kosten erreicht.«

»Große Sache«, sagte Miller.

»Dann waren da dieses ältere Ehepaar, das von der Bank schikaniert wurde, der Grafschaftsrat, den wir so bloßstellten, dass er schließlich einen Spielplatz anlegte, die Firma, der wir nachwiesen, dass sie medizinischen Abfall ins Grundwasser gelangen ließ.«

»Alles kleinere Themen«, sagte Miller. »Wir brauchen einen echten Knüller.«

Joe hob die Hand. »Ich habe heute Morgen einen Anruf von einem Vater bekommen, dessen Tochter von einem Kerl angegriffen wurde, der bereits wegen eines Gewaltverbrechens im Gefängnis saß. Er war zu diesem Zeitpunkt auf Sonderurlaub draußen und hat die Tankstelle ausgeraubt, in der sie arbeitete. Er hat ihr bei dem Überfall die Zähne ausgeschlagen, und sie wird für immer verunstaltet bleiben. Als es um das Strafmaß für das zweite Verbrechen ging, rechnete es der Richter auf die Haftstrafe an, die er bereits verbüßte. Der Standpunkt des Vaters ist, dass er damit für den Angriff auf seine Tochter nicht bezahlt.«

»Angerechnete Strafen gegen Folgestrafen … hm«, sinnierte Miller. »Insgesamt verwirrend für die Öffentlichkeit. Immer ein umstrittenes Thema. Ich denke, da bist du an einer interessanten Sache dran, Joe.«

»Kann er gut reden?«, fragte Jane.

Joe nickte. »Die Geschichte, was seiner Tochter zugestoßen ist, erzählt er sehr gut.«

»Gut«, sagte Jane. »Kannst du ihn für morgen buchen?«

»Okay.«

»Ich finde, wir sollten jemanden haben, der über Präkognition spricht«, sagte Miller.

»Warum?« Jane war überrascht, dass er sich dem Thema nähern wollte.

»Um den Hörern zu erklären, warum es nicht möglich ist«, sagte er und sah Carmel finster an. »Nichts von diesem esoterischen Quatsch.«

»Der Typ, der *Countdown to Doomsday* geschrieben hat, wäre vielleicht gut«, sagte Joe. »Er hat auch über Zeitreisen und Präkognition geschrieben.«

»Wie hieß er gleich noch?«, fragte Miller.

»Derek Cooke. Er wohnt irgendwo in West Cork.«

»Ja, er war gut. Frag ihn. Am Telefon wird reichen. Und wenn er am Mittwoch Zeit hat, umso besser.«

Am Ende der Sitzung bat Miller Jane, noch auf ein Wort zu bleiben. Als die andern gegangen waren, sagte er: »Schaff mir Carmel vom Hals, ja? Sie legt es im Augenblick wirklich drauf an.«

Jane wusste, es war nicht das erste Mal, dass es Reibungen zwischen den beiden gab – das ging schon seit Jahren so. Aber aufgrund ihrer Fähigkeiten als Rechercheurin war sie im Team geblieben.

»Ich rede mit ihr. Aber ich glaube, da ist mehr dahinter, als man auf den ersten Blick sieht.«

»Wie meinst du das?«

»Du weißt, dass sie einen Minderwertigkeitskomplex hat, weil sie noch nicht Produzentin geworden ist. Ich glaube, das kam mit meiner Rückkehr als verantwortliche Produzentin alles wieder hoch. Sie hatte natürlich gehofft, Ali würde befördert werden, und sie würde Alis Job bekommen.«

Miller stand auf. »So wie Ali hoffte, *sie* würde verantwortliche Produzentin werden. Irgendwas nagt immer an ihnen, oder? Liegt es daran, dass sie Frauen sind?«

Es war ein billiger Seitenhieb, aber er war schon aus dem Besprechungszimmer, ehe Jane reagieren konnte.

Als sie ins Büro zurückkam, war außer Carmel niemand da, deshalb beschloss sie, auf der Stelle mit ihr zu reden. »Du bist im Moment ziemlich spitz zu Dave, und er fühlt sich ein bisschen dünnhäutig.«

»Hat er dich geschickt, die Drecksarbeit für ihn zu machen, ja?«

»Wenn du damit meinst, dass er etwas zu mir gesagt hat, dann ja. Als Teamchefin ist es mein Job, die Sache zu klären, und ihn bei Laune zu halten, damit er seine Arbeit machen kann. Das hat oberste Priorität für mich. Könntest du deine Sticheleien also bleiben lassen?«

»Und wo komme ich in der Hackordnung?«

»Du bist ein wertvolles und hoch geschätztes Mitglied des Teams, welches das Biest namens Dave Miller Show füttert. Aber er ist derjenige, der in vorderster Linie steht und wie der Löwenbändiger jeden Tag sein Leben riskiert.«

»Und du umsorgst das Talent, was, Jane?«

»Ja. Also halt dich einfach zurück, in Ordnung? Wieso hast du deine Meinung über Dervla übrigens geändert?«

»Zunächst dachte ich – wie Dave –, es handelte sich um eine Art Experiment von ein paar Computerfreaks, vor allem, als ich hörte, wie sie die Szene aus *2001* gespielt haben – typisch Jungs. Aber dann ist das Flugzeug wie vorhergesagt abgestürzt, und als ich Daves Reaktion gesehen habe, fragte ich mich, wieso ein Haufen pickliger Jungs mit Laptops das Verdienst einstreichen sollten, statt einer Frau mit der Fähigkeit, in die Zukunft zu sehen. Ich sah Parallelen dazu, wie weise Frauen und Hexen in der Vergangenheit von Männern behandelt wurden.«

»Hm …«, murmelte Jane nichtssagend. Typisch Carmel, einen solchen Aspekt einzubringen. »Und wo bleibt dann der Dialog aus *2001*?«

»Das ist doch klar«, sagte sie, und ihr Gesicht hellte sich auf. »Sie wusste, das würde ihn neugierig machen.«

Das ergab allerdings einen Sinn. Und so fragte sie sich einmal mehr – warum?

Henrys Leiche wurde später am Nachmittag von Polizeitauchern gefunden. Jane sah die von einem Zaun umgebene Lagune aus Tierabwässern, in der er ertrunken war, in den Sechsuhrnachrichten. Ein Sprecher der Polizei sagte, sie hätten bereits am Vortag eine vorläufige Durchsuchung der Schweinefarm durchgeführt, und die Jauchegrube sei zugefroren gewesen und habe unberührt gewirkt. Der Reporter fragte daraufhin, ob sie wegen der Behauptungen eines Mediums in der Dave Miller Show noch einmal auf der Farm gewesen seien. Der Sprecher verneinte dies und sagte, sie hätten bereits geplant, die Grube zu durchsuchen, es habe jedoch eine Verzögerung gegeben, weil die Taucher wegen der Gefahr durch Methangas noch auf spezielles Atemgerät warten mussten.

Wenn die Taucher bereits vorgehabt hatten, die Grube zu durchsuchen, ging Jane durch den Kopf, dann könnte Dervla vor ihrem Gespräch mit Henrys Mutter davon gewusst haben. Andererseits konnte Dervla nicht wissen, dass sie die Leiche auch finden würden, es sei denn – in Anklang an Millers Theorie über Henrys Freunde –, die Polizei hätte einen entsprechenden Tipp bekommen, und diese Information wäre dann durchgesickert. Aber bestimmt wären die Eltern doch als Erste benachrichtigt worden, wenn Gerüchte über das Schicksal ihres Sohns die Runde gemacht hätten.

»Schwer zu sagen, oder?«, sagte sie zu Ben.

»Was …?«

Er war halb weggedöst in seinem Sessel, während Bethann ihren flauschigen Spielzeughasen Rufus auf seinen Knien herumhüpfen ließ und ein Gespräch zwischen den beiden aufführte.

»Schwer zu sagen, ob Dervla bereits etwas wusste, als

sie in der Sendung verkündete, dass der arme Kerl in der Jauchegrube ertrunken ist. Aber der entscheidende Punkt sind die Einzelheiten, die sie liefern konnte. Nicht einfach: ›Henry ist in einer Jauchegrube ertrunken, da habt ihr es.‹ Das ist irgendwie der Schlüssel …«

»Aber du sagtest doch, dass die Mutter von dem Geldbeutel, dem Wetter und so weiter erzählt hatte. Das hat sie natürlich alles mitgekriegt.«

»Ja, aber …« Plötzlich fiel es ihr ein. »Tatsächlich gibt es eine Sache, die Dervla erwähnt hat. Es würde bedeuten, dass sie wirklich vorausgesehen hat, was mit ihm passiert ist. Und es ist etwas, das ich bei der Polizei überprüfen kann.«

Sie wollte aufstehen, aber Bethann hatte Rufus gerade auf ihren Schoß verlegt und schimpfte ihn wegen etwas aus, das er getan hatte.

»Wirklich? Und das würde dich davon überzeugen, dass sie eine Hellseherin ist?«

»Es würde mich davon überzeugen, dass sie Henrys Schicksal vor allen anderen kannte. Nicht, dass sie eine Hellseherin ist.«

»Warum nicht?«

»Weil der Begriff, unabhängig davon, ob es sich um eine *Sie* oder um mehrere Leute handelt, wie Miller behauptet, einfach nicht passt. Selbst als sie heute den Ausdruck ›nicht mehr unter uns‹ verwendete, klang es ein wenig gezwungen. Man hat gemerkt, dass sie es nicht gewohnt ist, solche Dinge zu sagen, was für eine Hellseherin ein bisschen sonderbar ist.«

»Was ist sie dann?«

Jane sah im Geiste die Nummer auf dem Wrackteil des Air-China-Flugzeugs vor sich; die Schlagzeile mit den Worten FEUERSTURM und HAFEN. Und vielleicht die detaillierteren Berichte, die am nächsten Tag in manchen Zeitungen stehen würden, als unwiderlegbarer Beweis für Dervlas präkognitive Kräfte.

»Jemand, der die Nachrichten von morgen schon heute kennt.«

»Ein guter Slogan! Wenn sie das Ganze irgendwann geschäftlich betreibt, kannst du ihn ihr verkaufen.«

Jane zwickte Bethann in die Wangen und küsste sie auf den Kopf, dann gab sie dem Mädchen Rufus zurück.

»Könntest du Bethann eine Geschichte vorlesen, während ich telefoniere?«

»Natürlich.«

Jane ging in die Küche und rief einen Pressebeamten der Polizei an, zu dem sie ein herzliches Verhältnis hatte. Nachdem sie erklärt hatte, was sie wollte, rückte er mit der Handynummer des Sergeants heraus, der das Tauchteam leitete, das Henry aus der Grube geborgen hatte.

»Hallo, hier ist Jane Wade von der Dave Miller Show. Ich habe eine Frage an Sie. Es geht um die Leiche, die Sie in der Jauchegrube in Cavan gefunden haben.«

»Wir haben bereits eine Erklärung zu dieser Angelegenheit herausgegeben. Unsere Durchsuchung der Grube stand in keinem Zusammenhang mit Behauptungen, die eine gewisse Person in Ihrer Sendung aufgestellt hat.«

»Ich verstehe, aber das ist nicht der Grund, warum ich mit Ihnen reden wollte.«

»Ich bin nicht befugt, über den Fall zu sprechen.«

»Ich weiß. Ich will nur eine Antwort auf eine einfache Frage.«

»Ich denke, ich habe mich eben deutlich ausgedrückt, also belassen wir es dabei, okay?«

»Hatte Henry eine Taschenlampe bei sich?«

»Ich sagte, ich kann nicht ...«

»Sagen Sie einfach Ja oder Nein, und ich lege sofort auf, Sergeant – keine weiteren Fragen. Haben Sie eine Taschenlampe in seiner Jackentasche gefunden?«

Es gab eine Pause.

»Ja.«

9

Wie von Jane erwartet, tat Miller Dervlas Wissen um Henrys Schicksal damit ab, dass sie lediglich Einzelheiten in eine dramatische Form gebracht habe, die den Leuten in der Gegend bereits bekannt waren. »Man sieht es förmlich vor sich, oder? Drei, vier Polizeitaucher in der Dorfkneipe an dem Abend, bevor Dervla mit uns spricht. Sie trinken ein paar Gläser, die Einheimischen sind neugierig und plaudern mit ihnen. ›Was liegt an, Jungs?‹, ›Wir warten noch auf Ausrüstung‹, ›Aha, und wofür?‹, ›Wir glauben, er könnte eine Abkürzung durch die Schweinefarm genommen haben, um seine Geldbörse zu holen. Aber wir können die Jauchegrube nicht durchsuchen, bis unsere Atemausrüstung hier ist.‹«

Alle standen oder saßen in einem lockeren Kreis um seinen Schreibtisch. Die Gesichter wandten sich nun Jane zu, um zu sehen, was die zu sagen hatte.

»Zugegeben, so könnte es gewesen sein, Dave. Bis auf eine Sache: Dervla hat uns erzählt, dass Henry seine Taschenlampe in die Tasche gesteckt hatte. Ich habe gestern Abend bei den Tauchern nachgefragt, und genau dort haben sie sie gefunden. Das kann ihr also noch niemand im Voraus erzählt haben.«

»Glück beim Raten. Und hätten wir es bemerkt, wenn es nicht gestimmt hätte? Nein. Aber da sie richtig getippt hatte, ist sie plötzlich unfehlbar. Seht ihr nicht, wo das hinführt? Überlegt mal, wie das für mich – für euch – aussehen wird, wenn wir ihr weiter Glauben schenken. Wenn sich dann herausstellt, dass alles ein Schwindel war, schauen wir nicht nur dumm aus der Wäsche, es wird auch einen scharfen Karriereknick für uns bedeuten, von dem wir uns nicht mehr erholen. So ernst ist das nämlich. Und das ist auch der Grund, warum die ganze Sache angeleiert wurde.«

Jane stellte sich vor, wie er in der Nacht zuvor darüber gegrübelt hatte, ohne Frage bei ein paar Brandys.

»Was willst du also zu ihr sagen?«

»Zu Dervla? Nichts. Ich denke, wir sollten sie nicht mehr auf Sendung lassen, ganz einfach.«

»Kommt nicht infrage«, ertönte eine Stimme hinter ihnen. Als sie sich umdrehten, kam Kirstin Rynn, die Geschäftsführerin, mit einem Kaffeebecher in der Hand auf sie zu. »Kommt nicht infrage, Dave«, wiederholte sie. »Dervla ist im Moment die heißeste Geschichte in der Stadt. Ich bin auf dem Weg ins Büro vorbeigekommen, um es euch zu sagen. Wir haben gestern Nachmittag eine Telefonumfrage gemacht, und Ihre Hörerzahlen gehen durch die Decke. *Und Sie wollen sie nicht mehr in die Sendung nehmen?*« Sie lächelte ihn herablassend an. »Vergessen Sie es, mein Lieber.« Sie trank einen Schluck Kaffee und hinterließ einen Lippenabdruck unterhalb des Becherrands, im selben Farbton wie die langen Fingernägel, die ihn umklammert hielten, und die kirschenförmigen Ohrringe, die sie trug, wie Jane bemerkte. Zusammen mit ihrem üppigen Make-up ergab sich ein starker Kontrast zu dem nüchternen Businesskostüm und dem strengen schwarzen Kurzhaarschnitt.

Miller war verlegen. Er stand von seinem Schreibtisch auf, legte den Kopf schief und sagte leise: »Können wir das woanders besprechen? Jetzt sofort?«

»Sicher«, sagte sie achselzuckend und ging zu ihrem Büro voraus.

Jane blätterte eine weitere Zeitungsseite um.

HAT HELLSEHERIN DIE POLIZEI ZUR LEICHE GEFÜHRT?

Die Story war überall, mit Abfallprodukten, in denen die Verwendung von Hellsehern durch die Polizei überall auf der Welt dokumentiert wurde. Sogar eine Wissenschaftskolumne widmete sich teilweise dem Thema, ob die Spekulationen eines Hellsehers das Ergebnis der Ermittlungen in einem Fall wie dem Henrys beeinflussen konnten; der Autor zog zur Unterstützung seiner These das unwahrscheinliche Fachgebiet der Quantenmechanik heran:

> Man könnte einen Vergleich mit der Welt der Quantenmechanik ziehen, wo allgemein akzeptiert wird, dass der Beobachter eines Experiments dessen Ergebnis beeinflussen kann. Mit ihrer Beteiligung könnte die Hellseherin dazu beitragen, genau das Szenario herbeizuführen, das sie vorausgesehen hat. Sie ist keine teilnahmslose »Seherin«, sondern wirkt unwissentlich an der Tragödie mit.
>
> In der realen Welt ist es natürlich unmöglich, solche Dinge zu beweisen – so wie sich das merkwürdige Verhalten von Teilchen im Quantenuniversum nicht mit unserer Alltagserfahrung zu decken scheint.

Es war wie der Versuch, magisches Denken – der Geist bewirkt Ereignisse in der physikalischen Welt – in ein modernes Gewand zu kleiden. Aber es zeigte, welche Wirkung Dervla in den Medien hinterließ. Zeitungen, Fernseh- und Radiosender hatten das Team, seit es im Büro war, belästigt, um zu erfahren, wie man mit Dervla in Kontakt kam, oder weil sie Hintergrundinformationen über sie haben wollten. Sie hatten sich darauf geeinigt, dass es am einfachsten war, wenn sie sagten, Dervla wünsche, anonym zu bleiben, und wolle nicht, dass man Angaben zu ihrer Person weitergab.

Jane las gerade einen weiteren Artikel darüber, wie Dervla der Polizei »einen Tipp gegeben« hatte, als Miller an seinen Schreibtisch zurückkehrte.

»Wir arbeiten ab jetzt mit zehn Sekunden Verzögerung«, verkündete er.

Sie hörte an seinem Atem, wie aufgewühlt er war. Kirstin und er mussten einen hitzigen Wortwechsel gehabt haben. Eine Verzögerung bei der Übertragung der Sendung einzubauen, war vermutlich ein Kompromiss – aber es bedeutete, dass Dervla weitermachte.

»Wieso das?«, fragte Carmel mit gespielter Unschuld.

Miller sah sie vernichtend an. »Unsere Hellseherin ist unberechenbar, falls du es noch nicht bemerkt hast.«

»Dann bleibt sie also auf Sendung, ja?« Carmel missachtete Janes Bitte, von ihrem Sarkasmus zu lassen.

Ali, die an diesem Morgen im Studio war, wandte sich an Jane. »Wie richtet man so eine Verzögerung ein?«

»Ich weiß nicht genau. Hab noch nie mit einer gearbeitet.«

Miller griff nach seinem Ablaufplan und den Infos. »Kirstin tüftelt es mit Ed Hogan aus. Er wird es uns erklären. Die Produzentin und ich haben beide den Zugriff darauf.«

»Was genau ist eine Zehnsekundenverzögerung?«, fragte Laura.

»Die Sendung klingt live, aber sie wird in Wirklichkeit aufgezeichnet und zehn Sekunden hinter der Realzeit ausgestrahlt«, sagte Jane. »Wenn jemand Beleidigungen ausspricht oder zu fluchen anfängt, kann man es herausschneiden, ehe es über den Äther geht.«

»Früher gab es ein Band, aber bei digitaler Aufzeichnung benutzt man einfach den Dump Button.« Joe drückte einen imaginären Knopf auf dem Schreibtisch und machte ein Geräusch wie ein Rauschen. »Dann ist man auf Echtzeit zurück, aber man kann die Verzögerung wieder aufbauen, indem man die Ausstrahlung geringfügig verlangsamt. Der Hörer merkt nichts davon.«

»Und Dave glaubt, wir brauchen es, weil sie einen Hörer aufregen könnte?«

»Weil sie *ihn* aufregen könnte, meinst du wohl«, sagte Carmel.

Jane sagte nichts. Aber Carmel hatte recht. Seine Sorge um die Gefühle von Henrys Mutter am Vortag war eher aufgesetzt als echt gewesen, aber als Dervla ihre Aufmerksamkeit ihm zuwandte, hatte er das Hafentunnelunglück zur Sprache gebracht, obwohl er wusste, dass es das augenblickliche Ende der Unterhaltung bedeuten würde. Das war der Grund, warum er sie nicht mehr in der Sendung haben wollte und weshalb er Kirstin diesen Kompromiss abgerungen hatte.

»Dieser Kerl verbüßte also eine siebenjährige Haftstrafe, weil er einen Mann angeschossen und ihn für den Rest seines Lebens in den Rollstuhl gebracht hatte?«

»Richtig, Dave.«

Joes Beitrag über angerechnete Strafe kontra Folgestrafe war auf Sendung.

»Und er erhielt gerade eine dreijährige Haftstrafe, die auf die frühere angerechnet wird, für ein Verbrechen, das er begangen hat, als er auf Sonderurlaub draußen war. Seine Mutter lag im Sterben, ist das richtig, Larry?«

»Soviel ich weiß, ja.«

»Erzählen Sie uns, was er getan hat.«

»Er wurde an einem Montag freigelassen, und am nächsten Tag macht er sich daran, Geld für Drogen aufzutreiben. Er geht in eine Tankstelle, wo meine achtzehnjährige Tochter arbeitet, und bedroht sie mit einem Hammer. Er brüllt sie an, den Kasseninhalt herauszugeben, aber sie ist total verängstigt und bringt vor lauter Nervosität die Kasse nicht auf ...«

»Kann ich mir vorstellen, wenn einen so ein Kerl bedroht. Was hat er dann getan?«

»Er springt über den Ladentisch, packt sie und stößt sie mit dem Gesicht gegen die Registrierkasse. Er hat ihr vier Zähne abgebrochen, und auf ihrer Wange wird für immer eine Narbe bleiben. Dann bricht er die Kasse mit dem Hammer auf und schnappt sich das Geld, und bevor er geht, stößt er sie zu Boden und tritt ihr ein paar Mal in den Bauch. Dabei schreit er die ganze Zeit auf sie ein. Unvorstellbares Zeug.«

»Und für diese Straftat bekommt er drei Jahre, aber worum es Ihnen geht, Larry, ist ...«

»Worum es mir geht, Dave, ist, dass der Richter die Strafe anrechnet. Mit anderen Worten, dieser Halunke verbüßt überhaupt keine Strafe für das, was er meiner Tochter angetan hat. Er verbüßt nur seine ursprüngliche Strafe.«

»Unglaublich, oder?«

»Ist es da ein Wunder, dass es ihm egal war, ob er noch eine Straftat beging? Das ist ja fast schon ein Anreiz, Herrgott noch mal. Die Jungs müssen sich totlachen, wenn sie vom Gericht ins Gefängnis zurückfahren. Und vor der ursprünglichen Siebenjahresstrafe war er übrigens bereits neunundsechzig Mal verurteilt worden – was der Jury natürlich niemand gesagt hat.«

»Ich habe hier ein paar Statistiken vor mir liegen, Larry. Wussten Sie, dass in diesem Land jährlich dreißigtausend Straftaten von Leuten begangen werden, die auf Kaution draußen sind?«

»Ist das nicht zum Verzweifeln, Dave? Und was haben die Richter, die sie freilassen, zu ihrer Rechtfertigung zu sagen? Von denen hört man nie ein Wort. Da wäre es noch besser, wenn Ihre Dervla auf der Richterbank säße. Die würde wenigstens wissen, was die Leute vorhaben, die sie freilässt.«

Larrys Bemerkung kam unerwartet, und sie zeigte, wie sich Dervla in der öffentlichen Wahrnehmung breitmachte. Doch wie sich herausstellen sollte, nahm sie an diesem Morgen keinen Kontakt auf. Jane fand, das war eine clevere Entscheidung ihrerseits. Es hieß, sie musste nicht versuchen, Miller zu beweisen, dass sie nichts von den Tauchplänen der Polizei gewusst hatte. Bis morgen würde es zu spät sein, sie zu verhören, der Moment wäre vorbei, und in der Zwischenzeit stieg ihr Ansehen, da Hunderte von SMS eintrafen, die vorbehaltloses Vertrauen in ihre Fähigkeiten zum Ausdruck brachten. Und doch sah Jane auf ihrem Schirm gelegentlich eine, die andeutete, dass Dervla irgendwie für die Tragödie verantwortlich war. Handelte es sich um einen Fall davon, dass der Überbringer der schlechten Nachricht bestraft wurde, oder befürchteten manche Leute, sie könnte in der Lage sein, die Ereignisse herbeizuführen, die sie voraussagte? Anscheinend war die Neigung zu magischem Denken von der Art, von der sie gelesen hatte, nie weit entfernt. Möglicherweise hatte Dervla auch diese Reaktion vorausgesehen und hielt sich unter anderem deshalb so bedeckt. Sie wollte Beschuldigungen vermeiden, wonach sie für alles verantwortlich sei.

Ihr Schreibtischtelefon schrillte. Sie sah auf die Uhr, bevor sie abhob. 11.55 Uhr. Es war ein Reflex, entstanden aus jahrelangem Notizenmachen bei Gesprächen, die zum Ausgangspunkt für offizielle Beschwerden oder gar juristische Schritte werden konnten. Aus irgendeinem Grund glaubte sie, es könnte mit Larrys Bemerkungen zu tun haben.

»Ich bin nicht im Büro«, sagte Kirstin, »deshalb habe ich nicht die ganze Sendung gehört. War sie dran?«

Jane brauchte ein paar Sekunden, bis sie begriff. »Nein. Sie hat sich heute Vormittag nicht bei uns gemeldet.«

»*Sie* hat sich nicht bei *Ihnen* gemeldet? Ist das auch wieder so ein Trick von Miller?«

Jane erklärte, wie es funktionierte.

»Das ist nicht hinnehmbar. Wir können nicht zulassen, dass sie das Kommando führt, wie es ihr passt. Wir müssen das Ganze auf eine vernünftige Basis stellen.« Dann legte sie abrupt auf.

Jane seufzte. Da war sie nun wieder in der Arbeit und musste sich mit Erwachsenen herumschlagen, die sich wie verzogene Kinder benahmen. Aber wenigstens konnte man gegen das Verhalten von Kindern etwas unternehmen – und man erfuhr echte Befriedigung, wenn man sah, wie es sich aufgrund des eigenen Eingreifens verbesserte. Millers Stimmung, als er aus dem Studio zurückkam, trug nicht dazu bei, sie auf andere Gedanken zu bringen.

»So viel zu Kirstins Vertrauen in unsere Hellseherin«, sagte er. »Sie hat sich nicht mal gezeigt. Gott behüte mich vor Frauen, sage ich da nur. He, Joe – da wir beide hier die Einzigen mit einem Penis sind, lass mich dich auf einen Kaffee einladen und dir von der Show erzählen, in die ich an diesem Wochenende in London gehe. Nachdem du ein Mann bist, verfügst du über die Fähigkeit, es richtig zu würdigen.«

Miller glaubte, lustig zu sein, aber sein Humor hatte einen sauren Beigeschmack. Er war immer noch gekränkt, weil Kirstin vor dem ganzen Team ihren höheren Rang ausgespielt hatte, während die Einführung der Verzögerung um zehn Sekunden inzwischen wie eine Überreaktion – oder sogar Angst – seinerseits aussah. Aber Jane spürte, dass sein Poltern auch der Erleichterung zuzuschreiben war, weil Dervla *nicht* aufgetaucht war.

Joe schaute ein wenig verlegen drein, als Miller den Arm um ihn legte und ihn aus dem Büro führte.

»Er war den ganzen Morgen schon schlecht gelaunt«, sagte Laura, als sich der Rest des Teams an den Tisch setzte, um die Sendung für den nächsten Tag zu planen.

»Ich wünschte, diese Dervla-Geschichte würde einfach aufhören«, sagte Ali.

»Kirstin wäre sehr enttäuscht, falls das passieren sollte«, sagte Carmel. Es war nicht sofort klar, ob sie es als Warnung oder reine Feststellung meinte.

»Es ist nicht so, als könnten wir sie einfach aus dem Hut zaubern«, sagte Jane, nachdem sie beschlossen hatte, dass Carmel ihre Bemerkung nicht gemacht hätte, wenn sie keinen Stachel enthielte.

»Warum bringen wir Joes Futurologen nicht relativ früh in der morgigen Sendung? Wenn er über die Vorstellung von Vorauswissen herzieht, könnte es sie dazu provozieren, uns anzurufen.«

»Vielleicht hast du recht. Es würde sie nicht gut aussehen lassen, wenn sie sich nicht verteidigen würde.«

Die Besprechung war noch nicht lange vorbei, und Jane saß wieder an ihrem Schreibtisch, um ihre Mails durchzusehen, als eine neue kam. Sie war von Kirstin.

»Wie Sie wissen, ist mir sehr daran gelegen, Dervlas – hat sie einen Nachnamen? – Beziehung zu TalkNation sobald wie möglich auf eine vernünftige Basis zu stellen. Dessen eingedenk habe ich einen Brief aufgesetzt, in dem ich ihr einen Vertrag anbiete. Bitten Sie sie bei der ersten Gelegenheit um ihre E-Mail-Adresse und leiten Sie diese an mich weiter. Wenn diese Möglichkeit ausscheidet, versuchen Sie, sie zu überreden, dass sie mich direkt anruft.«

Jane sah sich im Büro um. Ali war mit ein paar PR-Mitarbeitern auf einen Kaffee gegangen, um ein Gewinnspiel zu besprechen. Carmel traf sich mit einer Freundin zum Lunch. Laura war weiter vorn im Büro und plauderte mit einer Kollegin von einer anderen Sendung, die nach einer Babypause wieder zur Arbeit zurückgekehrt war. Joe saß an seinem Schreibtisch, las in einer Zeitschrift und aß gerade den letzten Bissen von einem Sandwich.

»Wie war's mit Dave?«, fragte sie, nachdem er die Krümel aus seinem Packpapier aufgesammelt und einen letzten Schluck aus der Wasserflasche getrunken hatte.

»Nett«, sagte er und warf Papier und Flasche in einen Mülleimer. »Ich glaube, er musste nur über etwas anderes als die Sendung reden – oder Dervla.« Er klappte die Zeitschrift zu, verschränkte die Hände hinter den Kopf und streckte seine Beine aus, bereit für eine kleine Plauderei.

»Kirstin will ihr einen Vertrag geben.«

»Ein bisschen früh, nicht? Sie hat sich noch nicht bewiesen. Nicht *wirklich*.«

»Ich glaube, sie hat Angst, ein anderer Sender könnte sich Dervla unter den Nagel reißen. Sie hat sogar einen Brief an sie geschrieben, den sie sofort abschicken will.«

»Hast du eine Ahnung, was drinsteht?«

»Nein.«

»Soll ich es herausfinden?«, fragte er.

Jane war überrascht. »Ist das dein Ernst? Wie?«

Er lächelte. »Ich habe im IT-Bereich gearbeitet, bevor ich den Job als Rechercheur bekam. Manchmal bat einen die Geschäftsleitung um Zugang zu den E-Mails eines Angestellten, wozu sie berechtigt ist. Ich weiß, wie es geht. Ich kenne auch Kirstins Benutzername und Passwort, deshalb habe ich kein Problem, an ihre Mail oder an Dateien in ihrem Computer zu kommen. Sie darf allerdings nicht im Büro sein.«

»Du musst vorsichtig sein, Joe. Dafür kannst du rausfliegen.«

»Ich weiß, was ich tue.«

10

»In der letzten Woche hatten wir mehrmals eine Hellseherin in der Sendung, die sich Dervla nennt und mit scheinbar unheimlicher Genauigkeit Vorhersagen macht. Und während viele von Ihnen glauben, dass sie wirklich die Gabe des Vorherwissens besitzt, sind andere, zu denen ich mich selbst zähle, weiterhin nicht überzeugt. Damit soll nicht gesagt sein, dass Dervla mit ihren Informationen nicht allen anderen voraus war – das war sie. Aber das ist für sich genommen noch kein Beweis für Präkognition. Am Telefon ist jetzt der Autor von *Countdown to Doomsday*, einem Buch über aktuelle Weltuntergangsprophezeiungen, um das Thema mit mir zu diskutieren. Guten Morgen, Derek Cooke.«

»Guten Morgen, Dave.«

»Lassen Sie uns zunächst über Zeit sprechen, Derek, und wie wir sie in unserem Alltag erfahren.«

»Gern, Dave. Ich denke, für die meisten von uns vergeht die Zeit wie ein kontinuierliches ›Jetzt‹, das die Vergangenheit hinter sich lässt ... wie eine Teermaschine, die einen Straßenbelag aufträgt, könnte man sagen. Und auch wenn es uns nicht bewusst ist, dass wir in die Zukunft als solche eintreten, ist ein Teil unseres Verstands ständig damit beschäftigt, vorwegzunehmen, vorauszublicken und zu -planen, sich vorzustellen, was kommen wird. Die Zukunft ist also wie eine nicht geteerte Straße, die sich vor uns erstreckt und darauf wartet, dass wir sie befahren.«

»Auch wenn wir also tatsächlich immer nur hier und jetzt, in genau diesem Augenblick leben – unserem Gefühl nach existieren wir nicht gänzlich in der Gegenwart.«

»Nein. Denn wenn das Bewusstsein nur an einem Punkt im Hier und Jetzt existierte, ohne Erinnerung an die Vergangenheit und ohne eine Vorstellung von der Zukunft, hätten wir überhaupt kein richtiges Bewusstsein von uns selbst. Es scheint, als seien Erinnerung und Vorausschau wesentlich für unser Funktionieren.«

»Okay. Aber Erinnerung an die Vergangenheit ist eine Sache, die Zukunft zu kennen eine ganz andere. Wie Sie sagen, können wir vorwegnehmen, uns vorstellen, was passieren wird. Aber gibt es eine wissenschaftliche Basis für Präkognition?«

»Nun, man muss sagen, die Vorstellung, es sei möglich, die Zukunft im Voraus zu wissen, erhielt im 20. Jahrhundert unerwarteten Auftrieb durch die Theorien Einsteins. Zunächst einmal bewies er, dass Zeit relativ ist, dass sie unter verschiedenen Umständen verschieden schnell vergeht. Dann behauptete er, die Art und Weise, wie unser Verstand die Zeit in Vergangenheit, Gegenwart und Zukunft einteilt, sei ein gedankliches Konstrukt, eine Illusion, die uns durch unser tägliches Leben bringt, aber in Wirklichkeit existierten alle Augenblicke in der Zeit in einer ewigen Gegenwart. Hellseher haben dies aufgegriffen und behaupten, sie seien in der Lage, die Illusion der linearen Zeit abzuschütteln; wenn sie Vorhersagen machten, würden sie also schlicht Zeugen von Ereignissen, die da draußen in dem Meer der Zeit, das uns umgibt, bereits existierten.«

»Klingt überzeugend – aber es gibt ein Problem, oder?«

»Mehrere Probleme, Dave. Das erste, das immer auftaucht, wenn Leute behaupten, zukünftige Ereignisse zu kennen, ist das Interventionsparadox.«

»Erklären Sie.«

»Okay. Angenommen, ich bin ein Hellseher und sage irgendein Unglück voraus, aber als Folge davon werden Vorkehrungen getroffen und das Unglück kann abgewendet werden, dann habe ich im Grunde die Zukunft nicht vorausgesagt, oder? Andersherum ausgedrückt, wenn das Ereignis nicht eintritt, wie kann ich es dann überhaupt gesehen haben? Hellseher umschiffen diese Klippe, indem sie behaupten, sie würden mögliche Zukunftsvarianten sehen, die durch den freien Willen veränderbar sind – was ihnen auch eine praktische Ausrede verschafft, falls sie eine falsche Vorhersage machen. Aber das ignoriert dann das Konzept, von dem wir gerade gesprochen haben, dass zukünftige Ereignisse bereits da draußen in der Zeit seien, fertig und abgeschlossen. Dass es keinen freien Willen und keine alternativen, möglichen Zukunften gibt. Es gibt nur eine – und sie ist vorbestimmt und unvermeidlich. In diesem Fall kann man sie unmöglich kennen, denn wenn man es täte, könnte man Maßnahmen ergreifen, sie zu verändern, und dann wäre es eben nicht die Zukunft, die bereits fertig ›da draußen‹ existiert. Verstehen Sie, was ich meine?«

»Entweder die Zukunft existiert also bereits, aber wir haben keine Möglichkeit, an ihr herumzudoktern – in diesem Fall können wir sie auch nicht kennen. Oder aber sie existiert nicht, und wir können nur raten, wie sie aussehen wird. In diesem Fall, Derek, sind Sie und ich so schlau wie jeder andere.«

»Genau. Es geht nur um Ahnungen und Raten und manchmal auch regelrechten Schwindel. Und heutzutage ist es mit Internet und allen möglichen satellitenverbundenen Geräten leichter geworden, eine Verwirrung in Bezug auf die Zeit herzustellen.«

Jane wusste, dass Miller in diesem Moment zu Ali hinausgrinste. Er hätte Cookes Skript genauso gut selbst schreiben können.

»Trotzdem hat es diejenigen, die unbedingt glauben wollen, dass Präkognition mit Wissenschaft vereinbar ist, nicht davon abgehalten, neuerdings nach einer anderen Theorie zu greifen«, fuhr Cooke fort. »Eine, die andeutet, dass wir im Multiversum leben, einem Ort paralleler Universen, wo man auf das Interventionsparadox verzichten kann.«

»Wie das?«

»Folgendermaßen: Ein Hellseher erzählt mir etwas, das morgen passieren wird, und ich unternehme Schritte, um es zu verhindern, und habe Erfolg. Aber das ist in Ordnung, denn auch wenn ich in diesem Universum erfolgreich war, war ich es in einem anderen nicht. Die Zukunft in diesen Universen bleibt unberührt, und die Vorhersage des Hellsehers ist korrekt. Es ist, als könnte man den Kuchen behalten und essen zugleich.«

»Hm. Ein bisschen wie *Star Trek*, nicht?«

»Stimmt. Aber gleichzeitig, Dave, würde ich mich der Vorstellung, dass es möglich ist, die Zukunft zu kennen, nicht gänzlich verschließen.«

»Ach so?«

Jane hörte Miller an, dass er überrascht war.

»Ich denke, wir stehen kurz vor neuen Entdeckungen über die Zeit. Und sie kommen von einer Disziplin, die sich Quanteninformationswissenschaft nennt.«

»Und was genau ist das?« Miller klang jetzt weniger besorgt.

»Ich bin kein Experte, aber offenbar handelt es sich

um eine Mischung aus Informationstheorie und Quantenmechanik. Was mir daran gefällt, ist, dass es uns über diese ziemlich ärgerliche subatomare Welt kleinerer Teilchen mit lächerlichen Namen hinausführt und dem näherbringt, was die Essenz des Universums in Wirklichkeit ist. Und Sie erraten schon, was ich meine, nicht wahr, Dave?«

»Äh … Information?«

»Ja, richtig – Information. In dem Sinn, dass alles, was uns Menschen in der physikalischen Welt begegnet, durch unsere Sinne als Information zu uns gelangt, die wir mit unserem nicht materiellen Verstand interpretieren. Einstein hatte recht mit seiner Vermutung, dass unsere Erfahrung der linearen Zeit ein subjektiver, mentaler Prozess ist. Dennoch glaubte er immer noch an die objektive Welt außerhalb unseres Verstands. Aber es gibt immer mehr Hinweise, dass unser Verstand dazu beiträgt, diese Welt zu erschaffen. Was wir bisher für getrennte Sphären hielten – Stoffliches und Nichtstoffliches, Geist und Materie –, sind in Wirklichkeit miteinander verwoben. Die Quantenmechanik, zum Beispiel, zeigt, dass unser Verstand eine materielle Welt beeinflussen kann, von der man bisher dachte, sie würde unabhängig von uns dahinticken. Und so sind diese alten Philosophen wieder en vogue, die behaupteten, die Welt sei davon abhängig, wie wir sie wahrnehmen, und der dogmatische wissenschaftliche Materialismus der letzten hundertfünfzig Jahre gerät in Misskredit.«

»Ich verstehe, mehr oder weniger. Aber was hat das alles mit Vorauswissen zu tun?«

»Wir müssen das, was im menschlichen Gehirn geschieht, wenn es versucht, die Zukunft vorwegzunehmen, mit Quantenberechnungen über wahrscheinliche Ergebnisse zusammenspannen. Das wird Hellseher überflüssig machen, weil die Arbeit von Quantencomputern erledigt wird.«

»Und was ist mit dem Interventionsparadox?«

»Theoretisch müsste es möglich sein, Informationen über die Zukunft zu gewinnen, solange wir nicht beabsichtigen oder versuchen, sie zu ändern – wodurch das Interventionsparadox ja erst ausgelöst wird.«

»Sie sagen also, falls wir je in der Lage sein sollten, die Zukunft vorherzusagen, wird es auf unvorstellbar leistungsstarke Computer hinauslaufen, die Zuckungen elektrischer Aktivitäten in unserem Gehirn analysieren?«

»So sehe ich es jedenfalls, Dave.«

»Ehe Sie sich verabschieden, Derek: Als Sie das letzte Mal bei uns auf Sendung waren, sprachen Sie über die Flut apokalyptischer Vorhersagen für die Zeit von 2012 bis 2015. Wie stehen die Dinge inzwischen?«

»Nun, im Vorfeld zu 2012 waren Untergangsanhänger natürlich in heller Aufregung, aber da sie keinerlei Anzeichen für ein Zeitenende sehen, obwohl der Mayakalender in Kürze ausläuft, haben sich manche mit der Vorstellung angefreundet, dass es darum geht, in einen Neuanfang zu gleiten. Wie der aussehen soll, ist nicht klar, aber das hält sie nicht davon ab zu spekulieren. In der Zwischenzeit hat die Bibel ihren Platz als Spitzenreiterin in Sachen Endzeit zurückerobert, und zwar mit etwas, das manchmal als die Blutmondprophezeiung bezeichnet wird. Diese hat mit einer Reihe von Mond- und Sonnenfinsternissen zu tun, die zwischen jetzt und 2015 stattfinden. Dem Propheten Joel zufolge wird ›die Sonne in Dunkelheit getaucht und der Mond in Blut, ehe der große und schreckliche Tag des Herrn kommt‹.«

»Hm. Ich glaube nicht, dass heutzutage noch jemand

viel auf Bibelprophezeiungen gibt. Das war schon viel zu oft falscher Alarm.«

»Und doch, schauen Sie, was gerade in Bethlehem passiert. Die Situation im Nahen Osten kann sich immer noch zu einem Armageddon wandeln. Deshalb habe ich ein Buch geschrieben, in dem auch diese Blutmondprophezeiungen vorkommen. Es ist in allen guten Buchhandlungen erhältlich.«

»Natürlich, Derek. Lassen Sie mich den Titel noch einmal sagen …«

Die Hörerreaktionen auf Millers Interview mit Cooke waren gemischt, aber Jane sah, dass negative Kommentare zu Dervla zunahmen – es war Miller gelungen, ihre Glaubwürdigkeit ein wenig anzukratzen. Aber noch immer meldete sie sich nicht.

Sie waren halb durch die zweite Stunde, und Jane war in Gedanken gerade woanders, als Ali sie anrief, dass Dervla bereitstünde, mit Miller zu reden.

Jane notierte die Uhrzeit in einem Reporterblock, den sie über Dervla führte. Einmal mehr war es kurz vor 11.30, eine Uhrzeit, die ihr aus welchem Grund auch immer zu passen schien.

Miller begann mit der Frage, ob sie gehört habe, was Cooke zuvor in der Sendung gesagt hatte.

»*Über Hellseher? Über mögliche Zukunftsvarianten? Ich sage keine Zukunftsvarianten vorher, Dave. Ich kenne die Zukunft, so wie Sie die Vergangenheit kennen. Und was ich weiß, lässt sich nicht verändern. Vor allem nicht, wenn Leute sterben.*«

»Wenn Sie eine Vorhersage machen, kann also niemand seinem Schicksal entrinnen.«

»*Glauben Sie an Gott, Dave?*«

»Ich habe immer gesagt, dass ich es tue.«

»Ich fasse das als ein Ja auf. Glauben Sie, dass Gott uns einen freien Willen geschenkt hat?«

»Ich glaube, wir haben einen freien Willen, ja.«

»Obwohl Gott Ihr Schicksal möglicherweise bereits kennt?«

»Es ist komplizierter … Vorherwissen ist nicht dasselbe wie Vorbestimmung.«

»Kluge Antwort, Dave. Und lassen Sie uns einen Moment bei Gott bleiben. Haben Sie jemals einen schweren elektrischen Schlag bekommen – so einen, wie man ihn von einer Hauptstromleitung bekommt? Es ist, als würde man Gott die Hand schütteln. So habe ich es jedenfalls beschrieben, als es mir einmal passiert ist. Und heute Nacht wird es eine Demonstration einer solchen Kraft über der Bucht von Dublin geben. Dublin Bay, Dave, wissen Sie noch?«

»Ich werde es mir merken.«

»Nein, ich meinte, erinnern *Sie sich?«*

»Mhm, aber was wird heute Nacht passieren?«

»Eine spektakuläre Ton- und Lichtshow. Licht, dann Dunkelheit, dann wieder Licht.«

Jane hatte angestrengt nach einem leichten Aussetzer in der Unterhaltung gelauscht, aber es gab keinen. Miller war gewandt über die Frage hinweggegangen, ohne zum Löschknopf Zuflucht zu nehmen.

»Es wäre ein Wunder, wenn niemand ums Leben käme. Aber es ist keine Nacht für Wunder. Jemand wird sterben, nicht wenn sich die Dunkelheit herabsenkt, sondern wenn das Licht zurückkommt. Wenn er auf halbem Weg zwischen Himmel und Erde ist. So viel Feuer und Asche, um eine einzige arme Seele auszulöschen. Es ist beinahe biblisch, Dave.«

»Wir kommen heute Morgen anscheinend nicht von

der Bibel weg. Aber sagen Sie mir, müssen Ihre Vorhersagen immer Tod und Zerstörung einschließen?«

»*Nein, aber wenn man in die Zukunft schaut, hallen tragische Ereignisse stärker wider als andere. Jeder Hellseher kann ihnen das sagen. Das ist wahrscheinlich eins der wenigen Dinge, die ich mit ihnen gemeinsam habe.*«

»Richtig, Sie sind ja keine Hellseherin. Aber was sind Sie dann?«

Schweigen.

»Ich wiederhole. Was sind Sie, Dervla?«

»*Ich bin Ihr Schicksal, Dave.*«

Miller erwiderte nichts und ging auf eine Werbepause. Jane war klar, dass Dervla das Interview beendet hatte, und in einem gut gewählten Augenblick noch dazu. Und ihr Timing beim Abfeuern des Abschiedsschusses war makellos. Sie kapierte langsam, wie diese Radiosache lief.

11

Durch die Terrassentür auf der Rückseite hatten sie einen Blick auf Dublin, wie es sich von der Landspitze von Howth bis Killiney Hill um die Bucht zog und landeinwärts fast bis Tallaght. In einer klaren Nacht war es, als wäre ein großer, von funkelnden Juwelen besetzter Mantel über die Stadt gelegt worden.

Jane hatte ein paar Minuten lang darauf geblickt und wollte gerade die Vorhänge zuziehen, als draußen auf See etwas ihren Blick anzog.

»Hey, kommt mal hier rüber«, rief sie den Kindern zu, die auf dem Weg ins Bett waren.

Entlang des ganzen Horizonts schossen Nadeln aus Elektrizität bogenförmig aus dem Sockel einer gewaltigen Wolke, die wie ein Vulkanausbruch hoch in den Nachthimmel aufstieg.

»Was ist das?«, fragte Bethann.

»Blitze«, antwortete sie leicht nervös. Sie hatte noch nie solche Blitze gesehen.

»Wo ist der Donner?«, fragte Scott.

»Lasst uns mal horchen«, sagte sie und schob die Terrassentür auf.

Man hörte nichts. Das Gewitter war zu weit entfernt. Doch im Schein der Blitze sah Jane, dass die vom Wind aufgepeitschte Meeresoberfläche voll weißer Schaumkronen war. Hier vor dem Haus war die Luft jedoch ruhig, ein frischer Herbstabend.

»Ich glaube, wir machen lieber wieder zu, es wird kalt«, sagte sie und schob die Tür zu. Das Ganze hatte etwas Unheilvolles an sich. Bevor sie die Vorhänge zuzog, blickte sie nach oben und sah, dass sich die Wolke – deren Inneres in Abständen aufleuchtete wie ein Spezialeffekt von Spielberg – sich über die Stadt ausbreitete.

Die Kinder waren eben ins Bett gekrochen, als sie alle das erste Donnergrollen hörten.

Scott und Bethann jubelten. Jane jubelte ebenfalls. Sie wollte nicht, dass die Kinder dachten, sie sei nervös. Sie wünschten, Ben wäre bei ihnen, aber er sah sich ein Fußballspiel in der Dorfkneipe an.

Der Donner rollte und polterte über der Stadt, während sie die Kinder zudeckte. Ihre Ohren verrieten ihr, dass es noch nicht regnete. Ihre Mutter hatte immer behauptet, »trockene« Gewitter seien gefährlicher. Und hier in Barnacullia waren sie natürlich auf einiger Höhe. Als sie wieder nach unten kam, teilte sie den Vorhang ein Stück und lugte wieder nach draußen. Über der Stadt wurde die Luft von gegabelten Blitzen zerrissen, krachender Donner begleitete die Entladungen auf ihrem Zickzackweg nach unten. Sie machte den Vorhang wieder zu. Warum fand sie das Unwetter so beängstigend? Glaubte ein Teil von ihr, das Dervla es heraufbeschworen hatte? Sie beschloss, Ben auf seinem Handy anzurufen. Es würde ihre Nerven stabilisieren, wenn sie ein wenig mit ihm sprach. Aber es gab kein Netz. Es musste durch die ganze elektrische Aktivität ausgefallen sein, nahm sie an. Sie schüttelte ihre Ängste ab und beschloss, was sie wirklich wollte, sei, warm ins Bett gekuschelt dem Unwetter zu lauschen.

Sie war gerade auf dem Weg nach oben ins Schlafzimmer, als es eine Explosion aus Licht und Schall direkt über dem Haus gab – als wäre eine Granate im Dach eingeschlagen. Sie zog den Kopf ein und bedeckte ihn mit den Händen, als erwartete sie, dass Trümmer auf sie regneten. Nichts geschah. Dann hörte sie Bethann schreien.

Sie lief in ihr Zimmer und fand sie mit aufgerissenen Augen verängstigt im Bett sitzend vor. »Mommy, ich hab Angst«, schluchzte sie, und Jane nahm sie in die Arme und sagte ihr, dass alles gut sei.

Scott kam in das Zimmer und rieb sich die Augen. »Was ist los mit ihr?«, schmollte er und zeigte auf seine Schwester. »Sie hat mich aufgeweckt.«

»Alles in Ordnung, Scottie. Sie hat schlecht geträumt. Geh wieder ins Bett. Ich schaue gleich noch mal bei dir rein.«

Zu ihrer großen Erleichterung war der nächste Donnerschlag schon weiter entfernt, und schließlich zog das Gewitter grollend ab. Sobald sie beide Kinder wieder beruhigt hatte, ging Jane mit einer Taschenlampe nach draußen, um nachzusehen, ob das Haus beschädigt war. Gegen heftige Windböen ankämpfend, ging sie einmal rund um das Gebäude. Das Dach war intakt, soweit sie sehen konnte, und nirgendwo lagen Schieferplatten oder Schutt auf dem Boden. Das Gewitter zog sich aufs Meer zurück, hier und da blitzte es jedoch noch.

Als sie gerade in die Richtung sah, erhellte ein verästelter Blitz den Himmel direkt über den rot-weißen Kaminen des Kraftwerks von Poolbeg am Rand der Bucht. Ein, zwei Sekunden lang tanzte Elektrizität um die Spitzen der Schlote, ehe sie sich zu einem massiven Strahl sammelte und in die kastenförmigen Gebäude des Kraftwerks selbst hinunterfuhr.

Sofort breitete sich Dunkelheit über der Stadt aus. Kilometerlange Ketten von Straßenlaternen gingen in rascher Folge aus, die in vielen Farbtönen leuchtende Stadtmitte erlosch, Büro- und Wohngebäude wurden schlagartig unsichtbar. Der Blackout erstreckte sich in alle Richtungen, er verschlang die Vorstädte auf seinem Weg und raste unvermeidlich auf Jane zu.

Doch dann hörte es auf. Ihr Haus und andere in der Gegend – sie konnte die Lichter in einigen von ihnen sehen – blieben verschont, vermutlich weil die halb ländliche Gegend, in der sie wohnten, von einem anderen Kraftwerk als die Stadt und ihre Vororte versorgt wurde.

Zum ersten Mal, seit sie hier oben wohnten, fehlte der Stadt ihr Mantel aus Licht. Die einzigen Anzeichen menschlicher Aktivität waren die Stecknadeln der Autoscheinwerfer, die sich über die Straßen bewegten. Doch da der Wind nachließ und das letzte Donnergrollen in der Ferne verklang, begann sie, ferne Geräusche auszumachen – Autohupen, Alarmanlagen von Häusern, Sirenen von Rettungswägen.

Sie ging ins Haus zurück und dimmte die Lichter. So etwas erlebte man vielleicht nur einmal im Leben, und sie wollte alles mitbekommen. Nachdem sie die Vorhänge aufgezogen und eine Weile an den Glastüren gestanden hatte, bemerkte sie, dass der Garten hinter der Terrasse in einen leuchtenden Schein getaucht war. In der Annahme, es sei der Mond, der durch die Wolken brach, reckte sie den Hals, um ihn zu sehen, doch ohne Erfolg. Sie öffnete erneut die Tür und ging hinaus. Über ihr waren die Gewitterwolken verschwunden und durch einen schimmernden Sternennebel ersetzt worden, gespickt mit Punkten intensiver Helligkeit. Es war, als würde sie den Geist der einst hell erleuchteten Stadt auf dem Weg in den Himmel beobachten. Dank des Blackouts war die Milchstraße in ihrer ganzen Pracht sichtbar.

Wie viele Sterne hatte die Galaxie? Etwas in der Gegend von einhundertzwanzig Millionen, hatte sie einmal irgendwo aufgeschnappt. Und jetzt, da sie sie wie Puder über den Himmel verstreut sah, war diese Vorstellung leichter zu fassen. Und doch erweckte das Funkeln eines einzigen Sterns in der ganzen Menge ihre Aufmerksamkeit. Wie lange hatte sein Licht gebraucht, um in ihre Augen zu fallen, überlegte sie? Vielleicht hatte es seine Reise begonnen, als die ersten Menschen auf der Erde erschienen waren. Sie zwang sich, darüber nachzudenken. Ein Lichtstrahl, der mit Hunderttausenden von Kilometern pro *Sekunde* durch den Weltraum unterwegs ist, und doch braucht er so lange, um bei uns einzutreffen. Und wenn der Stern, den sie gerade ansah, in diesem Moment zu existieren aufhörte, würde dieselbe gewaltige Menge an Zeit vergehen, bis kein Licht mehr von ihm die Erde erreichte. Doch es war unwahrscheinlich, dass dann noch Menschen da waren, die sein Ableben bemerken würden.

War der Stern vielleicht der Sirius? Vor etwa zehn Jahren hatte ihr der katholische Priester, der ihr geholfen hatte, Hazel ausfindig zu machen, erklärt, dieser sei der hellste Stern am Himmel. Wo war Liam Lavelle jetzt? Er war auf die Philippinen gegangen, um dort bei den Armen zu arbeiten. Im ersten Jahr hatten sie noch einige E-Mails ausgetauscht. Dann noch eine pro Jahr – zu Weihnachten. Dann gar keine mehr. Und dann, vor etwa drei Jahren, war er in den Nachrichten aufgetaucht, als ihn militante Islamisten entführt und fast einen Monat lang festgehalten hatten, ehe er befreit wurde. Sie hatte ihm damals eine E-Mail geschickt, aber keine Antwort erhalten.

Jane schauderte; sie fror bis ins Mark. Es war Zeit, wieder ins Haus zu gehen. Aber sie war immer noch fasziniert von ihrer neuen Einsicht. Wenn man darüber nachdachte, war es bizarr, dass man in jeder beliebigen Nacht der Woche in die Vergangenheit eines Sterns zurückblicken konnte, wie er vor hundert, tausend, einer *Million* Jahren gewesen war. Und doch sprach nie jemand darüber. Aber wenn es möglich war, die Vergangenheit zu beobachten, während man sich in der Gegenwart befand, konnten wir dann von der Gegenwart aus vielleicht auch in die Zukunft sehen? Es müsste sich nicht notwendigerweise »futuristisch« anfühlen, so wie es in unserer Wahrnehmung des Universums keine Hinweise darauf gab, dass wir Zeugen seiner Vergangenheit wurden. In diesem Fall würde die Herausforderung darin bestehen, zukünftige Ereignisse von gegenwärtigen zu unterscheiden. Und vielleicht war es genau das, wozu Dervla in der Lage war.

Jane war gerade auf dem Weg zurück ins Haus, als sie einen grünlichen Ton im Sternenglanz über den Kraftwerkskaminen bemerkte. Zuerst glaubte sie, es handle sich um eine Gaswolke, eine Art Emission von der Fabrik. Doch bald darauf leuchtete ein breiter Streifen des nördlichen Himmels grün, und ihr dämmerte, dass sie möglicherweise das Nordlicht sah. In den nächsten zwanzig Minuten beobachtete sie, wie transparente Lichtvorhänge, verziert von Sternen und von Grün über Rot zu Purpur und schließlich Violett wechselnd über die Stadt paradierten.

Es war das erste Mal, dass Jane das Nordlicht sah, eine Erfahrung, die sie gerade mit Hunderttausenden Bürgern Dublins teilte. Sie konnte sie beinahe klatschen und jubeln hören. Und sie wusste, dass viele von ihnen das atemberaubende Schauspiel mit Dervla in Verbindung brachten. Es ihr sogar zuschrieben, so wie Jane selbst zuvor versucht gewesen war, die Hand der Hellseherin bei der Entstehung des Gewitters im Spiel zu sehen. Erlangten Seher und Schamanen auf diese Weise Macht und Ansehen – indem sie Angst und Ehrfurcht in gleichem Maße steuerten? Vielleicht. Aber eins war sicher, Miller würde morgen in dem Wissen zur Arbeit kommen, dass ihm ein Kampf bevorstand.

12

Der Blackout war am nächsten Tag weltweit in den Nachrichten. Dass die Stromversorgung einer ganzen Großstadt durch einen Blitzschlag lahmgelegt wurde, war eine Riesengeschichte. Hinzu kam die so weit südlich seltene Erscheinung des Nordlichts. Den ersten Bericht hörte Jane auf BBC Radio 4, während sie die Lunchboxen der Kinder herrichtete. Jemand von den Elektrizitätswerken erklärte, der massive Blitzeinschlag habe zu einem Computerausfall im Kraftwerk Poolbeg – dem größten im Land – geführt, es vom Netz getrennt und den Stromausfall in der gesamten Stadt bewirkt. Da der Stromausfall nachts passiert war, waren seine Auswirkungen weniger gravierend, als sie es tagsüber vielleicht gewesen wären. Auch wenn es die Zeit der maximalen Nachfrage nach häuslichem Licht und Heizstrom war, herrschte sehr viel weniger Betrieb in Büros und Fabriken, und das bedeutete weniger Störungen bei computerabhängigen Geschäften, industriellen Fertigungsprozessen und Transporten. Die Stromversorgung war um 5.00 Uhr wiederhergestellt worden.

Während der Fahrt zur Arbeit verfolgte sie die Geschichte auf verschiedenen Sendern weiter.

Soweit sich feststellen ließ, hatte der Blackout das Leben der Stadt nur geringfügig durcheinandergebracht: Zusammenstöße an Kreuzungen, wo die Ampeln ausgefallen waren, Geldautomaten, die mitten in der Auszahlung stehen blieben, Einstellung des Luas-Tram-Systems.

Die Unfallstationen in den Krankenhäusern der Stadt verzeichneten eine Zunahme von Patienten, die wegen Verletzungen behandelt werden mussten, aber meist nur einfachere Brüche und Verstauchungen. Wie andere lebenswichtige Dienste waren sie mit Notstromgeneratoren ausgerüstet und hatten weiterarbeiten können.

Wegen Dublins relativem Mangel an Hochhäusern und vielstöckigen Hotels hatte es nicht so viele Probleme mit stecken gebliebenen Aufzügen gegeben. Es gab einen Bericht von zwei Leuten, die in einem Aufzug in einem Hotel in Dublin 4 gestrandet waren, wobei einer verletzt wurde, weitere Einzelheiten waren jedoch nicht bekannt.

Auf BBC wurde inzwischen das Nordlicht, das auch in Teilen des Vereinigten Königreichs zu sehen gewesen war, als weiterer Beweis dafür behandelt, dass der magnetische Nordpol nach Süden wanderte.

»Steht also eine Umkehrung der Magnetpole bevor?«

»Nein, das glaube ich nicht«, sagte der Wissenschaftler am anderen Ende der Leitung. »Was wir letzte Nacht gesehen haben, mag auf die Süddrift des magnetischen Nordpols hinweisen. Aber das bedeutet nicht, dass wir kurz vor einer Umkehrung der Pole stehen – dass ist ein vollkommen anderes und viel selteneres Ereignis.«

»Die Umkehrung soll aber für etwa 2012 vorausgesagt worden sein.«

»Nicht von Wissenschaftlern, das kann ich Ihnen versichern.«

»Was veranlasst dann den Magnetpol, nach Süden zu wandern?«

»Aktivität im geschmolzenen Eisenkern der Erde und elektromagnetische Strahlung der Sonne. Das Nordlicht bildet sich, wenn der Sonnenwind mit dem Magnetfeld hoch in der Atmosphäre interagiert, wenn der Magnetpol nach Süden wandert, nimmt er das Nordlicht also mit. Man hat in Großbritannien und Irland schon früher Nordlichterscheinungen beobachtet, aber wir dürfen damit rechnen, von nun an mehr zu sehen.«

Als sie ins Büro kam, herrschte emsige Betriebsamkeit, alle Leute tauschten Geschichten über ihre Erlebnisse der vorangegangenen Nacht aus. Die meisten beschrieben ähnliche Szenen: Wie sie aus der Tür geschaut hätten, um zu sehen, ob ihre Nachbarn ebenfalls von dem Blackout betroffen waren, wie sie dann von der Erscheinung über ihren Köpfen gefangen genommen worden seien, sogar an andere Häuser geklopft und die Bewohner darauf aufmerksam gemacht hatten. Es war nicht ganz so, wie es sich Jane vorgestellt hatte, aber nicht weit davon entfernt.

Dann kamen die Anrufe. Hörer, die ihre Blackout-Erlebnisse mitteilen wollten – und viele andere, die Dervla dazu gratulieren wollten, dass sie die Ton- und Lichtshow über Dublin vorausgesagt und den Bürgern der Stadt ein betörendes Schauspiel bereitet hatte, das die Unannehmlichkeiten des Stromausfalls wert gewesen war. Wie von Jane erwartet, schrieben sie ihr das Verdienst daran zu.

In den Achtuhrnachrichten auf TalkNation hatte Reporter Declan Nagle weitere Einzelheiten über ein jung verheiratetes Paar, das in einem Aufzug im Ailesbury Hotel stecken geblieben war. Es stellte sich heraus, dass der Ehemann tödlich verletzt worden war. Der Lift war zwischen zwei Stockwerken stehen geblieben, und während er seiner Frau half hinauszuklettern, war der Aufzug wieder angefahren und hatte ihn zerquetscht. Ein Name war noch nicht bekannt. Man ging davon aus, dass es sich um den einzigen Todesfall handelte, der direkt mit dem Blackout in Verbindung stand.

»Was hat Dervla gesagt?«, fragte Carmel in ihrem schönsten Rechthaberton. »Jemand wird sterben, nicht wenn sich die Dunkelheit herabsenkt, sondern wenn das Licht zurückkommt.«

»Joe, setz dich bitte mit Declan in Verbindung«, sagte Jane. »Stell fest, was er sonst noch über den Zwischenfall weiß.«

»Sollen wir etwas über das Nordlicht machen?«, fragte Ali. »In einem Zeitungsartikel hier steht, es ist ein weiteres Anzeichen dafür, dass das Magnetfeld der Erde schwächer wird, was eine Umkehr der Pole auslösen könnte.«

»Ich habe sie während der Fahrt auf Radio Four darüber reden hören«, sagte Jane. »Es ist kein Zeichen für eine Umkehrung der Pole.«

»Zeichen und Wunder«, sagte Carmel und nickte weise. »Zeichen und Wunder.«

Jane fiel auf, dass Carmel noch zerzauster als sonst aussah. Sie würde ein Auge auf sie haben müssen.

Miller kam gerade ins Büro, als Joe sein Gespräch mit dem Reporter beendete. Joe schwenkte in seinem Stuhl herum, um ihnen zu berichten. Miller blieb stehen, um zu hören, was er zu sagen hatte.

»Der Blackout schlug zu, als das Paar im Lift nach unten fuhr. Er kam etwa auf halber Strecke zwischen zwei Stockwerken zum Stehen. Für den Fall eines Stromausfalls ist ein Aufzug eigentlich mit genügend Batteriesaft ausgestattet, um das nächste Stockwerk zu erreichen und die Türen zu öffnen. Aus irgendeinem Grund ist das jedoch nicht passiert. Außerdem dürften die Türen zwischen den Stockwerken nicht aufgehen, um zu verhindern, dass jemand aussteigt und sich in Gefahr bringt. Aber das Paar hat es irgendwie fertiggebracht, die Türen aufzustemmen, und er hat seine Frau auf den Treppenabsatz hinausgehoben. Er kroch gerade selbst hinaus, als der Notstrom ansprang, die Türen klemmten ihn ein und er wurde nach unten gezerrt, als der Lift seine Fahrt fortsetzte. Declan sagte, die obere Hälfte des armen Kerls wurde abgerissen und über die ganze Außenseite der Türen verschmiert. Es sah aus, als wäre er über eine gigantische Käsereibe gezogen worden.«

»Das ist ja entsetzlich«, sagte Ali.

»Und als es passierte, war er auf halber Strecke nach unten, oder – auf halbem Weg zwischen Himmel und Erde, wie Dervla gesagt hat.« Carmel begann, sich wie ein Visionär anzuhören, der von einer Erscheinung berichtet.

»Wer war er?«, fragte Miller und ignorierte sie, wie er es in letzter Zeit gern tat.

Joe sah in seine Aufzeichnungen. »John Dorman. Seine Frau heißt …«

»Lisa, nicht wahr?«, fragte Laura von ihrem Schreibtisch aus. Alle sahen sie an. Ihr Gesicht war aschfahl.

»Sie haben letzten März bei unserem Gewinnspiel die Reise nach New York gewonnen. Er hat ihr dort am St. Patrick's Day einen Heiratsantrag gemacht, und sie wurden am letzten Tag der Show getraut – bevor Dave in die Sommerferien ging. Wir hatten sie in der Sendung, weißt du noch, Dave?«

Miller runzelte die Stirn. »Ja, doch.«

»O Gott. Es kommt näher«, sagte Carmel. Sie starrte ins Leere, als würde sie etwas im Zimmer sehen, das die anderen nicht wahrnahmen.

Miller fluchte leise. »Reiner Zufall. Welches Hotel war es?«

»Das Ailesbury«, sagte Ali.

Miller warf die Hände in die Luft. »Na also. Ich würde

sagen, im Ailesbury waren gestern Abend mehrere Leute, die mir sehr viel besser bekannt waren als der arme Teufel, der in dem Lift starb. Und abgesehen davon war er nur *ein* Hörer von Tausenden, die wir in der Sendung hatten.«

»Dervla sagte, erst würde Licht sein, dann Dunkelheit, dann wieder Licht«, sagte Ali. »Damit lag sie auf jeden Fall richtig.«

Miller seufzte verzweifelt. »Nicht du auch noch, Ali. Verstehst du nicht? Du lässt eine vage Beschreibung genau ins Bild passen. Du nimmst ihr die Arbeit ab.«

Carmel schlug mit den Fäusten auf den Schreibtisch, dass alle zusammenzuckten. »Und verstehst du nicht, dass du es einfach nicht kapierst, Dave? Diese Frau ist eine Gefahr für uns alle. Und solange du ihre Fähigkeit kleinredest, erhöhst du die Chance, dass etwas Schlimmeres passiert. Warum hast du nicht den Mut, zu deiner Überzeugung zu stehen, warum widersetzt du dich Kirstin nicht und wirfst sie raus?«

Ein Schweigen, aus dem man Stücke hätte schneiden können, senkte sich auf das Büro.

»Du stimmst eine neue Melodie an, nicht?«, sagte Ali schließlich. »Ich dachte, du warst Dervlas größter Fan.«

»Ich war nie ein *Fan*«, sagte Carmel leicht angewidert. »Es ist nur so, dass der Rest von euch sie vollkommen unterschätzt, während Dave insgeheim große Angst vor ihr hat, sie aber die ganze Zeit als Betrügerin hinzustellen versucht. Aber ich begreife jetzt, dass sie uns Stück für Stück immer näher rückt. Und wir haben es nicht einmal gesehen.«

»Jetzt mach aber mal einen Punkt, Carmel«, sagte Laura unter Ausnutzung des Umstands, dass Carmel bei Miller vorläufig in Ungnade gefallen war.

Carmel sprang von ihrem Stuhl auf und zeigte mit dem Finger auf Laura. »Wie kannst du es wagen, du dummes, dummes Stück. Schau dir die Spur des Todes an – angefangen mit Kanada, dann der Nahe Osten – wo Joe letzte Woche durchaus hätte sein können, oder, Joe?«

Joe nickte. Er stand neben Janes Schreibtisch, auf den er einen handgeschriebenen Zettel legte.

»Dann brennt es im Tunnel, danach ertrinkt einer unserer Hörer in einem Behälter Schweinepisse, und jetzt wird ein Mann, der praktisch in der Sendung geheiratet hat, von einem Aufzug zerquetscht. Man muss schon eine Verweigerungshaltung einnehmen wie Dave oder so dämlich wie du sein, Laura, um nicht zu sehen, was vor sich geht.«

Laura stand von ihrem Schreibtisch auf und rannte unter Tränen in Richtung Damentoilette.

Jane las Joes Zettel. *Ich habe eine Information für dich. Nach der Sendung?*

Sie fing Joes Blick auf und nickte.

»Himmel, beruhigen wir uns doch erst mal«, sagte Miller. »Es wäre mir sehr recht, wenn ich nie mehr etwas von Dervla hören würde. Nicht, weil ich Carmels Argumentation richtig finde. Und nicht, weil sie aus irgendeinem Grund dummes Zeug über mich von sich gibt – das lässt sich mithilfe der Verzögerung ohnehin regeln. Was mir mehr Sorge macht, ist, dass Kirstin den Anstieg der Hörerzahlen, seit Dervla auf Sendung ist, dazu nutzt, uns herumzuschubsen – mit Rückendeckung der Aufsichtsräte, könnte ich anfügen. Aber es ist verdammt noch mal meine Show, deshalb verspreche ich euch, ich werde ihr das Leben schwer machen, falls sie heute Morgen in die Sendung kommt.« Er sah Jane an. »Einverstanden?«

Wenigstens erkannte er ihre Rolle als verantwortliche

Produzentin an, und sei es auch nur, um seine eigene Entscheidung abzusegnen. Sie nickte.

»So«, sagte er. »Wer kann am besten beschreiben, was letzte Nacht passiert ist? Ich habe nicht viel davon gesehen.«

Kurz nach 11.30 Uhr kam Jane gerade mit einem Becher Kaffee an ihren Schreibtisch zurück, als sie Miller sagen hörte: »... und unsere verantwortliche Produzentin, die in Barnacullia an den Hängen des Three-Rock Mountain wohnt, hatte wie gesagt einen Tribünenplatz. Und jetzt ist die Frau, die das Schauspiel am Himmel über Dublin vorausgesagt hat, einmal mehr in der Leitung. Doch bevor ich mit ihr spreche, sollte ich noch erwähnen, dass der durch das Gewitter verursachte Stromausfall, wie wir heute Morgen zu unserer großen Trauer erfahren haben, zum Tod eines Mannes führte, der im Frühjahr hier in unserer Sendung war. Sie erinnern sich vielleicht noch an John Dorman, der im März eine Reise nach New York gewann und seiner Freundin dort einen Heiratsantrag machte. Sie haben im Juli geheiratet, aber tragischerweise wurde John letzte Nacht getötet, als der Strom in einem Hotelaufzug ausfiel, in dem er fuhr. Dieses furchtbare Ereignis wurde ebenfalls von Ihnen vorausgesehen, ist es nicht so, Dervla?«

»*Ja.*«

»Allerdings haben Sie es auf eine sehr poetische Weise beschrieben, in Form eines Rätsels, wenn man so will. Dass er auf halbem Weg zwischen Himmel und Erde sterben würde ... Aber wenn Sie wirklich wussten, was geschehen würde, hätten Sie ihn doch sicher mit Namen genannt oder den Vorfall genauer beschrieben.«

»*Sein Name war mir nicht klar. Nur dass ein Mann bei einem Unfall in einem Aufzug sterben würde.*«

»Aber das haben Sie nicht gesagt, oder? Das behaupten Sie jetzt, nach dem Ereignis. Dass Sie gestern vage blieben, erlaubt Ihnen heute, es als genau hinzustellen. Tatsächlich aber war Ihre Ankündigung für viele Interpretationen offen.«

»*Und doch wissen Sie, dass ich recht hatte, nicht wahr, Dave?*«

»Weiß ich das? Nehmen wir einmal kurz an, Sie wussten tatsächlich, dass es in einem Hotelaufzug passieren würde. Hätten Sie es uns nicht verraten können? Das wäre ein Dienst an der Öffentlichkeit gewesen.«

»*Nichts, was ich vorhergesehen habe, wäre zu ändern gewesen. Welchen Sinn hätte das also gehabt?*«

»Aber im Umkehrschluss zu dem, was ich gestern mit Derek Cooke besprochen habe: Wenn die Zukunft bereits existiert und man nicht mehr in sie eingreifen kann – was Sie jetzt offenbar ebenfalls sagen –, dann können wir sie unmöglich kennen, was ein Vorauswissen Ihrerseits ausschließt.«

»*Aber Ihr Experte sagte auch, dass er es für möglich halte, Informationen über die Zukunft zu erlangen, solange wir nicht beabsichtigen oder versuchen, sie zu ändern.*«

Jane merkte, dass Miller verblüfft war. Dervla zitierte seinen angeworbenen Skeptiker gegen ihn. Einmal mehr erwies sie sich als ziemlich harter Gegner.

»Es läuft also darauf hinaus: Wenn Sie wüssten, dass jemand stirbt, würden Sie die betreffende Person nicht warnen?«

»*Wenn mir diese Information verfügbar wäre, könnte ich sie den Betreffenden sehr wohl zukommen lassen. Aber es würde ihnen nichts nützen. Je genauer die Information, desto geringer ist in der Tat die Chance, der Vorhersage zu entgehen.*«

»Sie wollen also behaupten, wenn John Dorman gehört hätte, dass Sie seinen Tod in diesem Aufzugschacht voraussagen, hätte er nichts tun können, um es zu verhindern? Aber das ergibt keinen Sinn. Er hätte doch sicher Schritte unternehmen können, um zu vermeiden, dass er zur fraglichen Zeit an diesem Ort war. Ich frage mich einfach, Dervla, ob Sie solche Details deshalb nicht bekannt geben, weil Sie sie in Wirklichkeit nicht kennen – was bedeuten würde, Sie sind eine Schwindlerin. Oder aber, Sie kennen sie und sind eine sadistische Soziopathin, der es völlig egal ist, ob jemand lebt oder stirbt. Was davon ist es?«

Es gab eine Pause, während Dervla ihre Gedanken sammelte. Aber sie dauerte zu lange, etwas stimmte nicht damit. Jane nahm an, sie hatten den Löschknopf gedrückt. Sie hörte einen Teil von einem Wort, dann: »*Sie haben anscheinend meine Antwort herausgeschnitten, Dave, und das ist unfair. Ich werde jetzt wohl zensiert. Ich glaube nicht, dass Ihre Hörer damit einverstanden sind.*«

Jane sah Bewegung aus dem Augenwinkel. Es war Kirstin, die entschlossen am Büro vorbei in Richtung Studio marschierte.

Sie griff zum Telefon und warnte Ali vor, dass sie Gesellschaft bekam.

»*... wenn es das braucht, damit Sie überzeugt sind ...*«, sagte Dervla gerade, »*... wie wäre es dann mit einer Zeitungsnachricht von morgen, in der Sie selbst die Hauptrolle spielen, Dave?*«

Carmel sprang auf, als wäre sie von etwas gestochen worden. »O mein Gott«, sagte sie in weinerlichem Ton und starrte auf das Radio. »Sie zieht uns alle mit hinein.« Sie marschierte auf Jane zu. »Schalt sie sofort ab!«, kreischte sie.

Jane verscheuchte sie mit einer Handbewegung. Sie konnte nicht hören, was Dave sagte.

»... als ob Sie versuchten, mir Angst zu machen. Aber es ist bestimmt bloß wieder eins Ihrer Rätsel. Also was soll's – nur zu.«

»*Kein Rätsel, Dave. Nur eine simple Schlagzeile. Sind Sie sich sicher, dass Sie sie hören wollen?*«

»Nein!« Carmel hielt sich die Ohren zu.

»Ja, ja, klar«, sagte Miller. Er war nervös.

»*Tod des Models – Miller vernommen. Das ist alles.*«

»Das ist alles?« Er stieß den Atem aus. »Einen Moment lang habe ich mir fast Sorgen gemacht. Aber es ist klar, dass Sie den falschen Miller erwischt haben. Vielleicht sogar das falsche Land.«

»*Sie sind gemeint, Dave, dessen bin ich mir sicher. Natürlich ist noch mehr an der Geschichte dran, aber das ist mir nicht ganz klar, deshalb werden Sie mit einem meiner Rätsel vorliebnehmen müssen.*«

»Aha. Dacht ich's mir doch.«

»*Dann notieren Sie ... Ob man es Kunst oder Mode nennt, wenn Körper und Geist gewaltsam getrennt?*«

»Warten Sie. Ob man es ...« Miller tat, als würde er das Rätsel aufschreiben, wie ein Schuljunge, der sich ein Aufsatzthema notiert.

»Du Dummkopf«, sagte Carmel und schüttelte traurig den Kopf. »Sie lacht als Letzte, du wirst sehen.«

»... gewaltsam getrennt.«

Jane merkte an einer leichten Veränderung im Klang von Millers Mikrofon, dass Dervla nicht mehr auf Sendung war. Er hatte den Regler heruntergefahren. Sie hoffte, sie hatten Dervla aus der Leitung geschmissen, bevor Kirstin im Studio gewesen war.

Ihre Hoffnung wurde einige Minuten später bestätigt,

als Kirstin schweren Schrittes und mit wütendem Gesicht durch den Flur gestapft kam.

Dann brach die Hölle los. Jedes einzelne Telefon im Büro begann zu läuten. Jane hörte sie draußen auf anderen Schreibtischen ebenfalls schrillen, da die Rezeption die Anrufer in der Hoffnung verteilte, dass jemand abnahm. Als Jane an ihr Telefon ging, teilte ihr die Telefonzentrale mit, sie würden mit Anrufen von Hörern überschwemmt, die wütend auf Miller waren, weil er etwas von dem Gespräch mit Dervla herausgeschnitten hatte. »Sagen Sie ihnen, wir tun unser Möglichstes, aber es könnte besser sein, später noch einmal anzurufen.« Dann würden sie vielleicht auch nicht mehr so aufgebracht sein. Sie schaute sich um und sah Carmel und Joe im innigen Gespräch mit Anrufern, während Mitarbeiter anderer Sendungen aufstanden, den Telefonhörer an die Brust drückten und in Richtung von Millers Büro blickten, um herauszufinden, was sie mit dem erzürnten Hörer am anderen Ende anfangen sollten. Jane konnte sich an keine vergleichbare Reaktion erinnern. Sie griff erneut zum Telefon, gefasst auf eine Flut von Beschimpfungen wegen Millers Umgang mit Dervla. Aber es war Ali.

»Hier laufen die Telefone heiß«, sagte Ali.

»Hier ist es dasselbe. Und es sind keine zufriedenen Kunden.«

»Kirstin war auch alles andere als zufrieden. Sie war heruntergekommen, weil sie versuchen wollte, mit Dervla zu reden, aber wir haben den Anruf genau in dem Moment unterbrochen, in dem sie in den Regieraum kam.«

»Was hat Dervla gesagt – das Stück, das ihr gelöscht habt?«

»Komm runter und hör es dir nach der Sendung an. Ähnlich wie die Sachen, die sie zuvor gesagt hat, aber ein bisschen drohender. Keine Frage, dass Dave es nicht rausgehen lassen wollte.«

»Er wird etwas über die Verzögerung sagen müssen. Er soll erklären, unsere Anwälte hätten dazu geraten. Ihm wird schon etwas einfallen. Ach ja, und es kann vielleicht nicht schaden, wenn er erwähnt, dass Dervla keine Prophezeiung gemacht hat, die unsere Hörer nicht mitbekommen haben.«

Kurz vor Ende der Sendung ging Miller auf die Flut der Beschwerden ein. »Wir haben in dieser Sendung immer das Live-Prinzip hochgehalten, aber in Anbetracht der Tatsache, dass die Vorhersagen unserer Hellseherin Dervla mit dem Tod von Menschen zu tun haben können, wurde uns von juristischer Seite geraten, eine Verzögerung von zehn Sekunden einzubauen, wenn sie auf Sendung ist, um TalkNations Haftung für etwaige Todesfälle oder Verletzungen, die auf ihr Auftreten in der Show folgen könnten, so gering wie möglich zu halten. Ich kann Ihnen jedoch versichern, dass sie keine Katastrophen vorhergesagt hat. Ich hoffe, die Angelegenheit ist damit klarer für Sie geworden.«

Es klang einigermaßen überzeugend. Das Schrillen der Telefone, an die niemand ging, ließ allmählich nach. Doch Janes Befürchtungen vom Vorabend waren bestätigt worden. Dervla besaß inzwischen eine treue, sogar fanatische Anhängerschaft.

Sie ging nach unten, um sich anzuhören, was aus Dervlas Unterhaltung mit Miller herausgeschnitten worden war. Ali hatte den Audioschnipsel im Regieraum vorbereitet.

Laura war immer noch ein wenig aus dem Häuschen und bat darum, früher Mittagspause machen zu dürfen, wogegen Jane nichts einzuwenden hatte. Miller telefonierte im Studio und achtete nicht auf sie.

»Er organisiert gerade eine weitere Nacht in London für sich«, erklärte Ali.

»Anscheinend fährt er allein.«

Ali lächelte wissend.

»Was hältst du von dieser Schlagzeile über ihn – oder was hält er selbst davon?«

Ali zuckte mit den Achseln. »Keine Ahnung.«

»Dann lass mal diesen Ausschnitt hören.«

»*... Was davon ist es?*« Millers Frage noch einmal.

»*Schwindler oder Sadist, das ist also meine Wahl? Aber Sie sind der Schwindler, Dave. Und wenn Ihre Hörer wüssten, was passiert ist, als wir vom Nebel verborgen waren, würden Sie mir sicherlich recht geben. Sollen wir es ihnen sagen? Mal sehen, was sie dazu meinen.*« In diesem Moment hielt sie inne, da sie gemerkt hatte, dass sie nicht übertragen wurde.

»Sie ist besessen von dieser Geschichte«, sagte Jane.

»Ja. Und ich glaube nicht, dass die Bucht von Dublin letzte Woche rein zufällig so oft in den Nachrichten war. Als würde sie Dinge dort geschehen lassen, um Aufmerksamkeit darauf zu lenken.«

»Aber ...« Es war sinnlos zu argumentieren. Jane hatte letzte Nacht einen ähnlichen Moment erlebt. Es war, als würde Dervla Schritt für Schritt alle Leute überzeugen, dass sie die Macht besaß, Dinge geschehen zu lassen.

Auf dem Weg zurück ins Büro dachte Ali laut nach. »Warum ist Kirstin so verdammt wild darauf, Dervla einen Vertrag zu geben? Hat sie Angst, dass ein anderer Sender sie bekommt?«

»Wahrscheinlich. Dervla ist die größte Geschichte, die dem Radio seit Langem passiert ist, deshalb will sie wohl verhindern, dass sie uns hinter ihrem Rücken gestohlen wird.«

Nach der Rückkehr an ihren Schreibtisch kritzelte Jane eine Weile auf einem Block herum und versuchte, Verbindungen zwischen den Vorhersagen Dervlas zu entdecken. In einer hatte es einen Schneesturm gegeben, in einer anderen einen Feuersturm und in der letzten einen Gewittersturm. Aber der Tod des Ministers – wenn man es als Vorhersage wertete – und der Fund von Henrys Leiche in der Jauchegrube passten nicht in dieses Muster. Carmels Behauptung, die Vorhersagen kämen immer näher, war nicht ganz von der Hand zu weisen, aber vielleicht deshalb, weil Dervla spürte, dass Ereignisse, die man unmittelbar nachvollziehen konnte oder deren Zeuge man womöglich sogar wurde, einen tieferen Eindruck hinterließen.

Sie blätterte durch einen Stapel Zeitungsausschnitte, die sie über die verschiedenen Zwischenfälle bisher aufbewahrt hatte, und allmählich dämmerte ihr etwas. Aber ehe der Gedanke vollständig Gestalt annahm, bemerkte sie, dass Joe ihr von seinem Schreibtisch aus zuwinkte. Sie sah sich um und stellte fest, dass er einen Moment gewählt hatte, in dem niemand sonst in der Nähe war.

Sie schlenderte zu seinem Schreibtisch.

»Ich habe den Inhalt dieser E-Mail für dich kopiert«, sagte er. »Ich werde sie nicht ausdrucken, und wenn du sie gelesen hast, lösche ich sie, okay?«

Jane spähte über seine Schulter auf den Schirm. Kirstin stellte sich in der Mail vor, machte ein paar schmeichelhafte Bemerkungen über Dervla und kam dann zur Sache.

»Ich bin überzeugt, Ihre einzigartigen Talente würden Sie selbst zu einer erfolgreichen Rundfunkunterhalterin machen. Zu diesem Zweck schlage ich ein Treffen vor, um zu besprechen, wie Sie in unserem Programmschema unterzubringen wären. Vielleicht wäre das beste Format eine einstündige Telefonaktion, mit einem verständnisvollen Präsentator, der Anrufe und SMS an Sie über Ihre tägliche Vorhersage kanalisieren würde. – Oder vielleicht wären zwei Vorhersagen möglich, eine in jeder Hälfte der Show? – Um die Sendung zu füllen, könnte man Ihnen eine wechselnde Runde professioneller Wahrsager zur Seite stellen, die sich um die ganz normalen Hörerfragen nach Liebe, Geld, Berufsaussichten und so weiter kümmern.«

»Scroll bitte weiter, Joe.«

»Wie du siehst, versucht sie nicht nur, sie für den Sender zu sichern, sondern sie *uns* zu stehlen.«

»Ja, aber vermutlich weiß sie, dass die Dave-und-Dervla-Show wohl nicht mehr lange läuft.«

»Trotzdem, er hätte bestimmt gern ein Wörtchen mitzureden bei der Sache. Aber wie du noch sehen wirst, will Kirstin Dervla ganz für sich allein.«

»Bitte rufen Sie mich an, damit wir uns treffen und Ihre Karriere bei TalkNation besprechen können. Nachdem wir uns auf die Bedingungen geeinigt haben, kann ich sehr schnell einen Vertrag für Sie entwerfen lassen. Sollten Sie einen Agenten benennen wollen, der Sie in diesen Verhandlungen vertritt, dann tun Sie das bitte unbedingt. Falls Sie im Augenblick niemanden haben, zögere ich nicht, Ihnen Talentent zu empfehlen, eine Agentur, die viele bekannte Namen im Showgeschäft hier und in Großbritannien vertritt und mit der wir regelmäßig Geschäfte tätigen.«

»Ich verstehe, was du meinst, Joe. Talentent ist Kirstins eigene Firma.«

»Aber sie kann doch wohl kaum auf beiden Seiten des Verhandlungstisches sitzen, wenn es um einen Vertrag geht. Interessenkonflikt und so.«

»Das lässt sich leicht umgehen. Sie würde schlicht den Vorstand bitten, den Sender zu vertreten, während sie selbst im Namen ihres Klienten verhandelt. Ist alles schon da gewesen, glaub mir.«

»Na, na, was treibt ihr beiden denn hier?«, bellte jemand hinter ihnen.

Jane fuhr zusammen. Joe schloss erschrocken die Seite. Dann drehten sie sich um. Miller war an seinem Schreibtisch und hatte die Stimme verstellt, um sie zu erschrecken.

»Mir wär fast das Herz stehen geblieben«, sagte Jane und kehrte an ihren Schreibtisch zurück.

»Ich merke es, wenn Leute nichts Gutes im Schilde führen«, sagte Miller und lächelte.

»Ja, und du hast recht. Wir haben Kirstins E-Mails ausspioniert, und jetzt wissen wir, warum sie versessen darauf ist, Dervla unter Vertrag zu nehmen.«

»Ach ja?«

»Sie will ihr eine eigene Show geben. Und sie obendrein noch als Agentin vertreten.«

Millers Lächeln verblasste. »Mann, das ist vielleicht eine Strippenzieherin. Aber ich sollte wohl erleichtert sein«, sagte er und griff nach seinen Wagenschlüsseln. »Damit habe ich sie beide vom Hals, hoffentlich werden sie glücklich miteinander. Das bedeutet außerdem, dass wir auf Dervlas Dienste verzichten können, und zwar ab morgen.«

»Immer langsam, Dave – vergiss nicht, wir dürften eigentlich nichts davon wissen.«

»Wen kümmert es?«

»Ich will Joe nicht in Schwierigkeiten bringen, verstanden?«

»Okay, okay.« Er angelte sich seinen Mantel vom Haken. »Aber eins garantiere ich dir, wenn diese sogenannte Hellseherin mich in ihrer Sendung auch nur einmal erwähnt, habe ich sie vor Gericht, bevor du Horoskop sagen kannst. Bis dahin habe ich so viele Unterlassungsklagen angedroht, dass sie nicht nur einen Löschknopf brauchen, sie werden den ganzen Scheißdreck aufzeichnen müssen!«

13

»Letzte Nacht ist eine Freundin von mir unter tragischen Umständen gestorben. Ich kannte Yvette Daly seit ihrer Kindheit und habe sie zu einer schönen, intelligenten Frau mit viel Humor heranwachsen sehen, die das Leben liebte und es auskostete. Sie war ehrgeizig und zum Erfolg entschlossen, aber immer höflich und professionell im Umgang mit anderen. Yvette trug regelmäßig zu dieser Sendung bei, und Sie, unsere Hörer, werden sie ebenso vermissen wie wir. Ich habe sie gestern Abend auf einer Modenschau gesehen, sie war in Bestform und hat mit jedem gescherzt und gelacht, den sie traf. Ich hatte keine Ahnung, dass ich sie zum letzten Mal lebend sehen sollte. Im Namen aller Mitarbeiter der Sendung möchte ich ihrer Familie, die unvorstellbaren Schmerz leiden muss, unser tiefstes Mitgefühl ausdrücken. Hoffentlich lässt man sie trauern, ohne dass sich die Medien in ihr Leben drängen und düstere Spekulationen über Yvettes Tod anstellen.«

Es war ein typischer Miller-Nachruf, wohlformuliert, aber irgendwie unpersönlich. Vermutlich hoffte er, wenn er von sich aus erzählte, dass er am Vorabend auf derselben Veranstaltung wie Yvette gewesen war, würde man es für weniger bemerkenswert ansehen. Und sie hatte den Verdacht, sein Aufruf an die Medien, Distanz zu wahren, hatte mehr mit seinem eigenen Schutz zu tun als mit dem von Yvettes Familie.

Er war mit geschwollenen Augen und unrasiert zur

Arbeit gekommen. Seine Stimme war heiser, und er roch nach Whisky. »Wir lassen dieses Miststück von Hellseherin nie wieder auf Sendung«, verkündete er, noch ehe er seinen Schreibtisch erreicht hatte.

»Na endlich, Gott sei Dank.« Carmel war begeistert.

Miller beachtete sie nicht und fügte düster an: »Und niemand in diesem Büro gibt irgendwelche Informationen heraus, wie man in Kontakt mit ihr tritt, egal an wen.«

»Was passiert, wenn – falls – sie uns anruft?«, fragte Ali und sah Jane an, die im Studio sein würde.

Miller wartete Janes Antwort nicht ab. »Sagt ihr, sie kommt nicht auf Sendung, und falls sie einen Versuch unternimmt gegenüber einem anderen Radio- oder Fernsehsender, einer Website oder einer Zeitung etwas über die Ereignisse der letzten Nacht zu sagen, wird sie von meinen Anwälten hören.«

Jane lächelte für sich. Wenn sie selbst nicht herausbekamen, wo Dervla wohnte, wie sollten es Millers Anwälte schaffen?

»Und wir nehmen keinerlei Bezug auf sie oder das, was sie gestern gesagt hat«, fügte er an und sah Jane durchdringend an. Es war eine Anweisung an sie, keine Hörer durchzustellen, die das Thema zur Sprache bringen könnten.

Er ging mit keinem Wort auf die Tatsache ein, dass Dervla die Art und Weise von Yvettes Tod exakt vorausgesagt hatte. Jane hatte ihn noch einmal angerufen, als er unterwegs war, und ihm die grausigen Einzelheiten erzählt. Jetzt, da er ihre hellseherischen Kräfte nicht mehr leugnen konnte, wollte er sie offenbar einfach totschweigen.

Nachdem er Yvette Daly live seine Achtung bezeigt hatte, ließ Jane von Laura alle Anrufe oder SMS herausfiltern, die sie erwähnten, obwohl mehrere Hörer Erinnerungen an sie zum Besten geben wollten. Während die Zeit verging, begannen andere Anrufer zu fragen, warum Miller keinen Bezug auf Dervlas Vorhersagen nahm und wann sie drankommen würde. Einige wollten wissen, ob es stimmte, dass Drogen eine Rolle bei Yvettes Tod gespielt hatten, und ob Miller aus diesem Grund vernommen werden sollte, wie es Dervla vorausgesagt hatte. Hatte er ebenfalls Drogen genommen?

Jane wies Laura und die andern im Büro an, den Anrufern zu erklären, im Rahmen der Untersuchung von Yvettes Tod durch die Polizei würden, wie in solchen Fällen üblich, alle Personen vernommen, die bei der Veranstaltung gewesen seien, darunter eben auch Miller.

Bis die – am letzten Freitag gestrichene – Podiumsrunde im Studio eingetroffen war, um Rückschau auf die Neuigkeiten der Woche zu halten, hatte niemand live die Vorhersagen des Vortags erwähnt, und kein Anrufer hatte eine Verbindung zwischen Dervlas Rätsel und der Art von Yvettes Tod hergestellt. Auch hatte sich Dervla nicht gemeldet. Sobald die Podiumsdiskussion lief, begann sich Jane zu entspannen.

Und dann kam es. »Warten Sie«, sagte Laura und sah Jane nervös an. »Das ist sie.«

»Sag ihr, wir nehmen sie heute nicht dran.«

»Das ist eigentlich nicht mein Job …« Laura setzte ihre Kopfhörer ab und verschränkte protestierend die Arme.

»Ja, du hast recht, ich mache es«, sagte Jane. Sie holte tief Luft und drückte auf den Sprechknopf des Telefons neben ihr. »Guten Tag, Dervla, hier ist Jane Wade. Dave wird heute nicht mit Ihnen sprechen. Wie Sie sich denken können, ist er sehr durcheinander wegen Yvettes Tod. Tatsächlich haben wir beschlossen, diese Sache ganz einzustellen, jedenfalls für die absehbare Zukunft.« Die letzten beiden Worte waren ihr herausgerutscht, bevor sie begriffen hatte, was sie da sagte.

»*Das machen Sie, weil Dave seine Rolle bei ihrem Tod leugnet, oder?*«

»Wie meinen Sie das?«

»*Nun, er hat gestern hartnäckig behauptet, man könne Schritte unternehmen, um zu verhindern, dass eine Prophezeiung eintritt, wenn man gewarnt werde. Warum ist es dann in diesem Fall nicht geschehen? Ich sagte ihm, man würde ihn wegen des Tods eines Models vernehmen. Er hatte gestern Abend Gelegenheit zu verhindern, dass es geschieht, aber er hat es nicht getan – warum? Weil es nun einmal so funktioniert. Und jetzt kann er den Folgen seines Hochmuts und seiner Überheblichkeit nicht ins Auge sehen.*«

Jane schluckte schwer. »Das ist jetzt nicht der Zeitpunkt für eine solche Diskussion, Dervla. Und um Yvettes Familie willen wollen wir jede Spekulation über ihren Tod vermeiden. Sie verstehen also, warum ich Sie nicht in die Sendung lassen kann.« Ganz zu schweigen davon, dass sie mehr oder weniger behauptete, Miller sei für Yvettes Tod verantwortlich.

»*Ich möchte ihm etwas wegen seiner Reise nach London sagen.*«

»Es tut mir leid, Dervla, ich kann Sie nicht auf Sendung lassen. Warum sagen Sie es nicht mir, und ich richte es ihm aus?«

»*Nein. Er bekommt es nur zu hören, wenn ich im Rundfunk mit ihm sprechen darf.*«

»Das wird nicht passieren, okay? Und jetzt muss ich mich wirklich wieder um die Show kümmern.«

»*Das werden Sie bereuen.*«

Jane spürte Zorn in sich aufwallen. »Wagen Sie es nicht, mir zu drohen«, fauchte sie und legte auf. Ihr Herz schlug schnell, und sie fühlte, wie ihre Wangen heiß wurden.

»Alles in Ordnung?«, fragte Laura.

»Sie hat versucht, mich einzuschüchtern. Aber nicht mit mir.«

Miller fasste die Diskussion zusammen. Er gab das Stichwort für eine Werbepause, und Carmel erschien im Regieraum, um die drei Gäste der Podiumsdiskussion hinauszuführen. Jane sammelte ein paar E-Mails ein und verabschiedete sich rasch von jedem der drei, als sie aus dem Studio kamen. Miller leitete von der Werbepause auf ein vorab aufgezeichnetes Interview mit einem amerikanischen Krimiautor über, der sein neues Buch am Wochenende in Dublin signieren würde.

Jane erhob sich und stieß die schwere Doppeltür zum Studio auf. Sie gab ihm einige E-Mails und Ankündigungen, mit denen er bis zum Ende der Sendung kommen würde.

Er setzte die Kopfhörer ab und hängte sie sich um den Hals. »Habt ihr was von dieser Frau gehört?«

»Gerade eben. Ich habe ihr gesagt, sie darf nicht auf Sendung.«

»Wie hat sie es aufgenommen?«

»Sie versuchte es mit der Behauptung, dass sie eine Nachricht wegen deiner Reise nach London für dich habe.«

»Etwas wie: Steigen Sie nicht in dieses Flugzeug?«

»Angenommen, es wäre so etwas gewesen – hättest du es ignoriert?«

»Selbstverständlich.«

»Selbst nach dem, was mit Yvette passiert ist? Und sag nicht, du seist nicht gewarnt gewesen. Diese Schlagzeile.

Ist dir das gestern Abend nicht durch den Kopf gegangen?«

Er sah nach, wie viel Zeit noch von dem aufgezeichneten Interview blieb, ehe er antwortete. »Ich könnte sagen, ich war viel zu besoffen, aber das tue ich nicht. Doch selbst wenn ich stocknüchtern gewesen wäre, hätte ich mir niemals vorstellen können, dass sich Yvette umbringt. Sicher, sie hatte Probleme. Sie war nicht ganz die unbeschwerte, fröhliche Person, die ich zu Beginn der Sendung beschrieben habe. Sie hat mir gestern Abend bei der Schau sogar erzählt, dass sie Antidepressiva nahm. Was sie allerdings nicht davon abhielt, eine Menge Wein in sich hineinzuschütten. Noch dazu auf leeren Magen. Anschließend waren wir in einem Klub, und dort ging eine Menge Zeug herum. Ich wusste, sie hatte bereits ein paar Lines Koks intus, als dieser Werbefritze kam und uns LSD anbot. Ich sagte, spinnst du, ich hab morgen früh eine Sendung. Er lachte und meinte, Acid sei heutzutage viel leichter zu handhaben – eine kurze Außer-Körper-Erfahrung, so beschrieb er es. Ich warnte Yvette, dass sie bereits genug Chemie im Blut habe, aber sie ist mit ihm losgezogen. Als ich gerade auf dem Weg nach draußen war, habe ich sie auf der Tanzfläche mit dem Kerl gesehen. Sie hatte dieses lange Halstuch vorher wie eine Boa um den Hals gewickelt gehabt, aber jetzt hatte sie es um die Hüfte, er schleuderte sie im Kreis herum, und sie lachte hysterisch. Im nächsten Moment fiel sie auf den Boden und blieb mit gespreizten Beinen liegen. Und ich schwöre, der Kerl stand nur da und hat auf ihren Zwickel gestarrt, ohne einen Versuch, ihr zu helfen. Hätte nur noch jemand mit einem Kamerahandy gefehlt, der das Ganze aufnimmt und auf YouTube stellt oder an die Regenbogenpresse verkauft. Ich habe ihr aufgeholfen und sie aus dem Laden geschleppt, in ein Taxi gesetzt und dem Fahrer gesagt, er soll sie nach Hause bringen. Ich nehme an, er hat sie bei ihrer Wohnung abgesetzt, aber sie ist wohl nicht hineingegangen. Das LSD muss einen Stimmungsumschwung ausgelöst haben, und so ist sie auf den Tramgleisen gelandet.«

»Und in der ganzen Zeit, in der du mit ihr zusammen warst, ist dir Dervlas Schlagzeile nie in den Sinn gekommen?«

»In dem Sinn, dass ich einen Zusammenhang mit Yvette hergestellt habe? Nein. Und wenn ich daran gedacht hätte, hätte ich es auf der Stelle verworfen.«

»Warum?«

»Weil Wahrsagerei genau so funktioniert. Eine Prophezeiung frisst sich in dein Denken, und am Ende führst du sie selbst herbei.« Er überflog die erste der E-Mails, die sie ihm gegeben hatte, überprüfte erneut die verbleibende Zeit und griff nach den Kopfhörern. Er hielt sie noch kurz vom Ohr weg. »Ich hatte nicht vor, Dervla bei der Erfüllung ihrer Prophezeiung zu helfen, und ich lasse mir mit Sicherheit nicht mein Handeln von ihr diktieren.«

Jane wollte fragen, ob er überlegte, seine Reise nach London abzusagen, aber er hatte die Kopfhörer bereits aufgesetzt. Und überhaupt stünde es im Widerspruch zu dem, was er gerade gesagt hatte. Sie ging aus dem Studio. Wenn sie darüber nachdachte, war es wahrscheinlich besser für ihn, wenn er das Wochenende in London verbrachte. Die Presse würde ihm und seiner Verstrickung in eine Angelegenheit mit einem vielversprechenden Mix skandalträchtiger Zutaten sicher massive Aufmerksamkeit schenken: junges Model, Drogen, Selbstmord und möglicherweise Sex; denn der Umstand, dass Dave Miller mit Yvette Daly ausgegangen war und nicht mit seiner Frau, würde Spekulationen in diese Richtung zulassen.

Laura war gerade mit einem schwierigen Anrufer beschäftigt. Sie erkannte es an der Art, wie sie »aha«, »hm«, »ja«, »ich weiß« sagte. »*Dervla?*«, fragte sie lautlos.

Laura schüttelte den Kopf und sagte dann ins Telefon: »Es gibt keinen Grund, eine solche Ausdrucksweise zu benutzen.«

Janes Zorn flammte wieder auf. Sie machte Laura ein Zeichen, ihr das Telefon zu geben. »Wer ist da?«, zischte sie. »Was fällt Ihnen ein, meine Kollegin zu beschimpfen?«

»Sie kennen meinen Namen, ich kenne Ihren nicht.« Ein junger Mann mit einem starken Dubliner Akzent.

Jane beugte sich vor und las den Namen, den ihr Laura auf einen Block gekritzelt hatte. Jason Hickey. Er kam ihr irgendwie bekannt vor.

»Mein Name ist Jane Wade. Und Sie haben kein Recht, anzurufen und Leute so zu behandeln.« Sie blickte auf die Uhr. Es war beinahe Mittag.

»Warum ist Dervla heute nicht auf Sendung? Ist es, weil sich Miller, dieses Arschloch, vor der Wahrheit fürchtet? Sie hat seine Nummer, und er hat eine Scheißangst. Ihr seid alle beschissene Hu…«

»Das war's, Ende der Unterhaltung.« Jane legte auf.

Miller verabschiedete sich ins Wochenende.

»War der Typ schon mal dran, Laura?«

»Ja. Er hat letzte Woche angerufen und gesagt, Dave solle Dervla mit mehr Respekt behandeln, sie sei eine von Gott gesandte Prophetin. Ich glaube, er hat nicht alle Tassen im Schrank.«

»Menschen wie Dervla ziehen Leute wie ihn an.«

»Vielleicht, weil sie weiß, was morgen passieren wird. Das muss ziemlich beeindruckend sein für jemanden, dem nicht mal klar ist, was heute passiert.«

Eine selten kluge Einsicht von Laura, dachte Jane.

»Und übrigens«, fügte Laura hinzu, »während du drinnen warst, um mit Dave zu reden, hat Ali angerufen – am Empfang warten ein paar Detectives der Polizei auf ihn. Ich wusste, du würdest es ihm erst sagen wollen, wenn er nicht mehr auf Sendung ist.«

»Danke, Laura. Ich glaube, er hat irgendwie damit gerechnet.«

»Weil Dervla es vorausgesagt hat?«

»Na ja, nicht nur deshalb ... aber auch, natürlich.« Laura war wieder die Alte.

Unmittelbar nach der Sendung machte Miller im Konferenzraum seine Aussage für die Polizei und verließ das Gebäude, ohne erneut ins Büro zu kommen. Da er vorher noch nach Haus musste, war er unter Druck, wenn er es rechtzeitig zum Flughafen schaffen wollte. Und laut Reporter Declan Nagle, der auf dem Weg von der Cafeteria vorbeischaute, erwarteten ihn auf Schritt und Tritt Reporter und Fotografen.

Es war üblich, am Freitag so früh wie möglich das Büro zu verlassen, und auch wenn Jane das Gefühl hatte, ein Teamgespräch über die Ereignisse der letzten beiden Tage würde ihnen allen guttun, spürte sie, dass alle die ganze Geschichte nur hinter sich lassen wollten.

Und so tippte Laura ihren Bericht über die Sendung zusammen, stellte einen Teaser für die Show am Montag auf ihre Website und war um halb zwei auf dem Weg nach Hause. Carmel war zu diesem Zeitpunkt schon fort, nachdem sie über Kopfschmerzen geklagt hatte. Jane, Ali und Joe waren jedoch kurz vor zwei immer noch da. Die beiden Produzentinnen saßen am runden Tisch, gingen die Pläne für die folgende Woche durch und tauschten einige Themen aus, um das Programm über die fünf Tage hinweg ausgewogener zu gestalten. Joe saß an seinem Schreibtisch und arbeitete am Computer.

Jane wusste, er hatte kein Briefing für Montag vorzubereiten, deshalb war sie neugierig, was er trieb. »Zieht es dich nicht nach Hause, Joe?«

»Doch, aber ich habe etwas gefunden, das euch beide interessieren wird. Kommt rüber, wenn ihr fertig seid.«

»Ich bin fertig«, sagte Jane und ging zu ihm.

»Ich habe ein bisschen in Kirstins E-Mail-Fach gestöbert, nicht in ihrem privaten im engeren Sinn. Es ist eine Adresse, unter der man sich mit Kommentaren und Beschwerden an sie wenden kann – direkter Zugang zur CEO, persönliche Antwort und so weiter. Ich war neugierig, was die Leute zu Dervla sagen. Dann habe ich etwas entdeckt, das ich euch in voller Länge zeigen muss ...«

Ali kam herüber und stellte sich auf die andere Seite neben Joes Stuhl, während er fortfuhr. »Es wurde ihr letzte Woche geschickt, nach Dervlas Halloween-Prophezeiung. Die Betreffzeile hieß: ›Dringend: Wichtige Information bezüglich Dervla.‹ Schaut selbst ...«

Jane und Ali beugten sich vor, um vom Bildschirm abzulesen.

»Mein Name ist Andrew McNamee, und ich bin Dozent der Neurowissenschaft an der Queen's University in Belfast. Ich befinde mich gerade auf einem Besuch in Australien, und da ein telefonischer Kontakt aufgrund des Zeitunterschieds umständlich ist, habe ich beschlossen, Ihnen zu schreiben.

Bevor ich Irland verließ, habe ich die erste Unterhaltung zwischen Ihrem Moderator Dave Miller und »Dervla« gehört, und ich habe die Gespräche der beiden seit meiner Ankunft in Sydney per Internet verfolgt.

Sie werden mir recht geben, dass Dervla ein einzigartiges ›Talent‹ besitzt, das ich im Rahmen eines Forschungsprojekts über Menschen mit präkognitiven Fähigkeiten eine Weile studieren konnte. Unsere Studie ergab, dass Dervla zwar offenbar Zugang zu Informationen über die Zukunft hat, dass ihre Fähigkeit, persönliche Erinnerungen abzurufen, hingegen beschädigt ist.

Ich weiß seit einiger Zeit, dass Dave Miller für Dervla mit einem traumatischen Erlebnis in ihrer Jugend verknüpft ist, an das sie nur bruchstückhafte Erinnerungen besitzt. In solchen Fällen hat das Objekt der Aufmerksamkeit bei dem Ereignis selbst vielleicht nur eine Rolle am Rande gespielt, wenn überhaupt eine, doch irgendwie wurde es zum Schlüssel zur vollständigen Erinnerung daran.

Ich habe nicht vorausgesehen, dass sie in ihrem Versuch, diese Erinnerung zu erschließen, so weit gehen würde, sich in der Sendung zu melden, aber ich sehe jetzt, dass es ihr ein Ventil verschafft hat, um eine Fähigkeit zu demonstrieren, die außerhalb eines engen wissenschaftlichen Kreises bisher nicht bekannt war – und die ihr während des größten Teils ihres Lebens viel geistige Verwirrung und emotionale Not bereitet hat. Gleichzeitig erlaubte ihr der Auftritt in der Sendung, Dave Miller in Verfolgung ihres Ziels direkt anzugreifen – eine vielleicht unorthodoxe und unangemessene Methode, um eine verlorene Erinnerung wiederzufinden, aus Dervlas Sicht aber vollkommen logisch. Sie werden mir jedoch sicherlich darin zustimmen, dass eine Angelegenheit mit möglicherweise ernsten psychischen Auswirkungen nicht im öffentlichen Rundfunk ausgetragen werden sollte. Deshalb bitte ich Sie dringend, die Verbindung Ihres Senders mit Dervla sofort abzubrechen.«

»Mein Gott, Dervla hat McNamee am ersten Tag erwähnt«, sagte Jane. »Sie sagte, er sei ihr ›Ausbilder‹ gewesen.«

»Und dass er ihr beigebracht habe, selbstständig zu denken – ich erinnere mich«, sagte Joe.

»Hat Kirstin eine Antwort geschickt?«, fragte Ali.

»Nein. Ich konnte jedenfalls keine finden«, sagte Joe.

»Noch hat sie mich nicht informiert, und meines Wissens hat sie auch Dave nicht gewarnt«, warf Jane ein. »Wie lange hält sie das jetzt schon unter Verschluss – eine Woche?«

»Und sie hat versucht, Dervla unter Vertrag zu nehmen, bevor es herauskommt«, sagte Joe. »Obwohl McNamee sie gewarnt und aufgefordert hat, Dervla nicht mehr auf Sendung zu lassen.«

»Und in der Zwischenzeit sind Menschen gestorben«, sagte Ali. »Das ist verdammt be...« Sie brach ab, während ein Junge von der Poststelle mit der ersten Ausgabe des *Evening Herald* vorbeikam und Jane ein Exemplar gab.

»Seht es positiv«, sagte Joe. »Zumindest wissen wir jetzt, dass Dervla tatsächlich eine Frau ist.«

»Aber eine mit ernsthaften Problemen.« Jane faltete den *Herald* auseinander und blickte auf die Titelseite.

»Wir müssen es Dave sagen«, meinte Ali.

»Ich glaube, der hat im Moment genug andere Probleme.« Jane hob die Zeitung hoch, damit die andern die Schlagzeile sehen konnten.

TOD DES MODELS: MILLER VERNOMMEN

»Exakt ihre Worte«, flüsterte Joe ehrfurchtsvoll.

»Himmel, das lässt ihn wirklich aussehen wie ...« Ali schüttelte langsam den Kopf, ihre Miene war grimmig. »Das ist nicht gut. Gar nicht gut.«

»Jetzt ist die Jagd auf ihn eröffnet. Sie werden alles drucken, was sie in die Finger kriegen«, sagte Jane. »Und hinter uns werden sie ebenfalls wegen Materials her sein.«

»Du meinst Drogen und so Zeug?«, fragte Joe besorgt.

»Vielleicht. Zeug, das sie unter normalen Umständen nicht interessieren würde«, sagte Jane. Es hatte keinen Sinn, so zu tun, als wäre es anders.

»Verdammt, das Ganze ist wirklich nicht mehr lustig«, sagte Ali. »Carmel hatte recht. Dervla hat uns alle in Schwierigkeiten gebracht.«

Jane fragte sich, ob zwischen ihr und Miller etwas war. »Ich denke, alles, was wir im Moment tun können, ist, dafür zu sorgen, dass Dervla nicht mehr auf Sendung geht. In der Zwischenzeit nehme ich mit McNamee Kontakt auf. Hat er Kirstin eine Nummer gegeben?«

»Ja. Sieht aus wie eine australische Festnetznummer«, sagte Joe.

»Wie spät ist es dort jetzt?«

»Du wirst ein paar Stunden warten müssen, sagen wir bis zehn Uhr abends. Dann ist es in Sydney neun Uhr, Samstagvormittag in anderen Worten.«

Auf dem Weg, die Kinder abzuholen, dachte Jane über den Zeitunterschied zwischen Australien und Europa nach, und wie leicht man akzeptierte, dass es dort bereits *morgen* war. Bedeutete das, es befand sich in der Zukunft? Nicht wirklich, aber vielleicht stellte es sich für einen Menschen mit präkognitiven Fähigkeiten so ähnlich dar. Als lebte er in einer anderen Zeitzone. Dann fiel ihr eine Karte ein, die sie einmal gesehen hatte, auf der die Erde auf dem Kopf stand, sodass Australien und die Antarktis in der nördlichen Hemisphäre lagen. Es war eine amüsante und das Denken verändernde Perspektive, das die herkömmliche, den Norden in den Mittelpunkt rückende Sichtweise untergrub, wonach man zu den Antipoden *hinunter*fuhr oder -flog. Immerhin konnte man mit ebenso viel Berechtigung sagen, dass sich die Antarktis am oberen Ende der Welt befand wie am unteren – von der Welt herunterzufallen, gehörte nicht zu den Risiken einer Südpolexpedition! Vielleicht funktionierte die Wahrnehmung der Zeit auf ähnliche Weise. Vielleicht hatten wir uns daran gewöhnt, dass die Vergangenheit in einer Richtung lag und die Zukunft in der anderen, beide fixiert in der Zeit. Aber vielleicht ließ sich diese Vorstellung umdrehen, und man konnte Vergangenheit und Zukunft austauschen wie Nord und Süd.

14

Als Jane an der Ausfahrt des Einkaufszentrums hielt, glühten eine Reihe herbstlicher Bäume auf der anderen Straßenseite wie orangefarbene Leuchtkugeln im grauen Abendlicht. Nachdem sie die Kinder abgeholt hatte, waren sie hierhergefahren, um die Einkäufe für das Wochenende zu erledigen. Ben war am Morgen an die Westküste aufgebrochen. Er hatte zusammen mit einem in Galway beheimateten Architekturbüro den Wettbewerb für eine neue Konzerthalle der Stadt gewonnen, und jetzt war Baubeginn. Er meinte, er würde gegen sechs Uhr abends zu Hause sein, und sie wollte die Kinder gefüttert und das Essen für ihn und sich selbst bis dahin fertig haben. Sie würde sich von seinem Ausflug erzählen lassen, ihn auf den neuesten Stand bringen, was die Kinder anging, und ein, zwei Stunden über alltägliche Dinge mit ihm plaudern.

Bei einem kurzen Blick in den Rückspiegel stellte sie fest, dass ein schwarzer BMW – sie erkannte das auffällige blauweiße Abzeichen auf der Kühlerhaube –, der ihr in den Parkplatz gefolgt war und in ihrer Nähe geparkt hatte, wieder hinter ihr war. Ihr fiel ein, dass sie niemanden hatte Einkäufe einladen oder auch nur ein- oder aussteigen sehen. Sie spähte angestrengt in den Rückspiegel, um den Fahrer zu erkennen, aber der graue Himmel wurde von der Windschutzscheibe gespiegelt, und sie konnte nicht ins Wageninnere sehen. Als sie ihren Geländewagen auf die Straße lenkte, begannen die Kinder, wegen etwas zu zanken, und sie war für einen Moment abgelenkt. Als sie wieder in den Rückspiegel schaute, war der Wagen nicht mehr da.

Der Zwischenfall machte sie leicht nervös, und sie schaltete das Radio ein, um ein wenig ruhige Musik zu hören. Zwanzig Minuten später erreichte sie mitten in einem Andante-Satz von Mozart die Abzweigung nach Barnacullia. Als sie verlangsamte und sich zum Abbiegen einordnete, sah sie im rechten Außenspiegel einen Wagen kommen, der ebenfalls blinkte, um abzubiegen. Es war der schwarze BMW. Ihr Herz begann zu rasen.

Auf der Gegenfahrbahn näherte sich ein Lkw. Unter normalen Umständen hätte sie gewartet, bis er passiert hatte, aber nun traf sie eine spontane Entscheidung und schoss nach einem raschen Blick in den Rückspiegel, ob die Kinder richtig angeschnallt waren, quer über die Bahn des Lkws. Kies spritzte auf, als sie die Straße zum Three-Rock Mountain hinaufraste. Die Kinder, die beim Spielen vor sich hin geplappert hatten, verstummten plötzlich.

Ein Wagen, der die Straße vom Berg herunterkam, signalisierte ihr mit der Lichthupe, sie solle die Scheinwerfer anmachen. Der BMW, der bereits aufholte, schaltete das Abblendlicht ein. Sie widerstand dem Drang, ihre Scheinwerfer anzustellen, weil sie überzeugt war, es würde sie weniger sichtbar machen, auch wenn das vielleicht etwas lächerlich war. Sie war sich außerdem sicher, dass sie die schmale, kurvenreiche Straße auch im Halbdunkel bewältigen konnte – und sie betete, dass kein entgegenkommender Fahrer dasselbe dachte.

Jedes Mal, wenn sie ein gerades Stück Straße erreichte, jagte sie ihren Toyota bergauf, schoss mit Karacho in die nächste Kurve und nutzte ihre Vertrautheit mit der Bergstraße, um ein paar Meter Vorsprung zu gewinnen. Sie überlegte, ob sie auf dem Handy jemanden anrufen sollte, aber wen? Die Polizei? Es gab nicht viel, was sie tun konnten. Und außerdem würde es für sie und die Kinder noch gefährlicher werden, wenn sie anfing, mit ihrem Handy herumzuspielen. Als sie sich dem Haus näherte, hatte sie bereits beschlossen, nicht in die Einfahrt zu fahren, auch wenn sie es instinktiv unbedingt tun wollte – sich die Kinder schnappen, ins Haus rennen, absperren, Hilfe rufen. Aber damit hätte sie verraten, wo sie wohnte, und wenn ihre Verfolger das bereits wüssten, hätten sie sicherlich zu Hause auf sie gewartet, anstatt hinter ihr herzujagen.

Sie riss den Wagen so schnell in die Kurve bei der Einfahrt zum Haus, dass sie dachte, er würde von allein in die Zufahrt schleudern. Sie rief den Kindern zu, sich festzuhalten, bremste, schaltete einen Gang herunter und jagte das Auto weiter bergauf.

»Mom, du bist an unserem Haus vorbeigefahren!«, schimpfte Scott.

»Ich weiß, Scott. Mach dir keine Sorgen. Wir kommen gleich wieder zurück.«

Die Scheinwerfer kamen hinter ihr her. Es musste derselbe Wagen sein – es gab keinen Platz zum Überholen, und ohnehin fuhr niemand, der bei Verstand war, in diesem Tempo den Berg hinauf. Dann sah sie die Scheinwerfer eines großen entgegenkommenden Fahrzeugs nur einige Hundert Meter weiter oben um eine Haarnadelkurve biegen – der Glencullen-Bus auf dem Weg nach Dublin. Verdammt! Selbst unter günstigen Umständen blieb auf dieser Straße kaum Platz, um sich an ihm vorbeizuquetschen. Sie würde auf Schritttempo verlangsamen müssen, es sei denn …

Sie drückte das Gaspedal noch ein Stückchen durch

und fuhr um eine Kurve, und da, zwanzig Meter voraus, war die T-Kreuzung – rechts die Straße von Glencullen, links die Straße, die sie zum Dorf Stepaside hinunter und schließlich wieder nach Hause bringen würde. Der Bus wollte gerade um die Kurve biegen. Sie blendete wie verrückt auf und baute darauf, dass der Fahrer einen Moment oder zwei verlangsamen und ihr die Zeit geben würde, die sie brauchte. Als er bremste, erreichte sie die Kreuzung, musste aber praktisch stehen bleiben, um die Neunziggradkurve zu schaffen. Sie streifte eine Steinmauer am Straßenrand, aber dann war sie durch und brauste davon, während der Bus seine Fahrt in die Richtung fortsetzte, aus der sie gekommen war. Sie hörte, wie er den BMW mit lautem Hupen warnte. Ein zweites Mal würde der Busfahrer nicht nachgeben. Ihr Verfolger würde den Rückwärtsgang einlegen und eine Einfahrt suchen müssen, in die er ausweichen konnte.

»Ja!«, rief sie und schlug triumphierend auf das Lenkrad.

»Hast du das Rennen gewonnen, Mommy?«, fragte Scott.

Jane lächelte. »Ja, mein Schatz.«

»Will nach Hause«, sagte Bethann.

»Ja, wir fahren heim zu Daddy.« Sie schaltete ihre Scheinwerfer endlich an und sah auf die Uhr – es war bereits nach fünf. Sie überlegte, ob sie Ben anrufen sollte. Aber er war ohnedies auf dem Weg und konnte nicht schneller hier sein. Und was würde sie ihm erzählen? Dass sie glaubte, verfolgt zu werden? Dass es etwas mit der Hellseherin in der Show zu tun haben könnte? Es klang jetzt schon lächerlich. Und auf jeden Fall würde es den Kindern Angst machen, wenn sie es hörten.

Doch sobald die Adrenalinzufuhr nachließ, wurde sie

immer ängstlicher. War es sicher, nach Hause zu fahren? Sollte sie nicht lieber zu Debbie fahren und dort warten, bis Ben bei ihnen war? Als sie die Kreuzung mit der Hauptstraße erreichte, beschloss sie, nach Barnacullia zurückzukehren. In der Einfahrt zum Grundstück bremste sie und blendete die Scheinwerfer voll auf. Weder in der Zufahrt noch vor dem Haus war ein Auto zu sehen. Sie seufzte erleichtert und fuhr hinein. Die Bewegungsmelder aktivierten das Außenlicht, es würde an bleiben, bis sie im Haus waren. Scott befreite sich selbst aus seinem Sitz und begann, Bethann loszuschnallen.

»Bleibt noch einen Moment hier. Ich will erst ins Haus und Licht machen«, sagte sie, stieg aus und schloss die Fahrertür. Sie blickte nach rechts und links, dann ging sie zur Haustür und fummelte nach dem richtigen Schlüssel. Der Umstand, dass ihre Hände zitterten, machte die Sache nicht leichter.

»Wieso haben Sie so verdammt lange gebraucht, um hierherzukommen?« Der Mann hinter ihr sprach mit einem rauen Dubliner Akzent.

Ihr Herz gefror beinahe zu Eis.

»Weg von der Tür.«

Sie tastete weiter nach dem Schlüssel.

»Oder ich schnappe mir die Kinder.«

Die Angst drang wie ein Pfeil in sie. Sie hatte die Wagentür nicht abgesperrt. Und er hatte offenbar gewartet, bis sie an der Tür war, um sicherzugehen, dass sie abgesehen von den Kindern allein war.

Sie drehte sich zu ihm um.

»So ist es besser.«

Die halb vertraute Stimme kam von irgendwo neben dem Wagen hervor. Er musste sich in den Sträuchern am Rand der Zufahrt versteckt haben. Hatte sie genügend

Zeit, die Kinder zu holen und rasch ins Haus zu schaffen? Nein. Ihre Finger fanden den klobigen Wagenschlüssel, sie richtete ihn auf das Fahrzeug und sperrte alle Türen ab. Dann fiel ihr ein, dass ihr Handy in ihrer Tasche auf dem Beifahrersitz lag.

»Glauben Sie, das hilft Ihnen?« Er trat in das Licht, das grell vom Dachgesims schien. Er trug einen Anorak über einem Kapuzenshirt und Jeans, aber sein Gesicht war im Schatten der Kapuze schwer zu sehen. Als er direkt neben dem Wagen stand, blieb er stehen und spähte hinein. Scott und Bethann starrten ihn mit weit aufgerissenen Augen an.

»Wer sind Sie? Hickey? So heißen Sie doch, oder?« Ihre Stimme zitterte. Verdammt.

»Spielt keine Rolle, wer ich bin. Es geht darum, *wa*s ich bin.«

»Was tun Sie hier?«, sagte sie und trat von der Tür weg. Lass meine Kinder in Ruhe, du Schweinehund.

»Bleiben Sie zurück«, warnte Hickey.

Jane sah etwas in seiner Hand funkeln. Du lieber Himmel, er hat ein Messer.

Sie holte tief Luft, um ihre Stimme zu beruhigen. »Verschwinden Sie von meinem Grundstück, oder ich rufe die Polizei.«

»Und die wird bestimmt in null Komma nichts da sein …« Er trat näher und zeigte mit der Messerspitze auf sie. »Also, der Plan sieht so aus …«

Es war ein Schnitzmesser, bemerkte sie. Aus irgendeinem Grund nicht das, was sie erwartet hatte.

Scott begann, den Mann anzubrüllen.

Hickey schlug mit der Faust an das Wagenfenster, um ihn zum Schweigen zu bringen. Dabei rutschte ihm die Kapuze vom Kopf, und sie konnte sein Gesicht sehen. Es war blass und schmal, mit dicht beisammenstehenden Augen über einer Hakennase und einem kleinen Mund, der wütend geschürzt war. Unter anderen Umständen wäre er nicht weiter bemerkenswert gewesen, ein schwächlich aussehender junger Mann, irgendwo zwischen achtzehn und Mitte zwanzig.

»Was ich bin, ist ... Dervlas Krieger. Sie hat mich geschickt, damit ich ihre Wünsche ausführe ... und jetzt wird sie mir sagen, was ich mit Ihnen anstellen soll.« Er neigte den Kopf, als versuchte er, ein Signal aufzufangen. »Ich muss ihr zuhören, deshalb sollten Sie und die Bälger verdammt noch mal den Mund halten ...«

Laura hatte recht gehabt, der Kerl war verrückt. Sie hörte einen Wagen den Berg heraufkommen und sah, wie seine Scheinwerfer an der Einfahrt vorbeischwenkten. Vielleicht konnte sie beim nächsten zur Straße hinausrennen und es aufhalten. Aber dann wären die Kinder immer noch in Gefahr.

Scott schlug ans Fenster und schrie wieder zu Hickey hinaus.

»Halt's Maul, du kleiner Scheißkerl«, dröhnte er und hämmerte mit dem Heft des Messers auf das Wagendach. »Du machst meinen Kopf kaputt, ich kann nicht hören, was sie sagt.«

Jane fiel sein Vorname ein. »Jason. Jason, bitte, hören Sie mir zu. Lassen wir die Kinder, wo sie sind, und gehen ins Haus, wo wir reden können.«

»Ich soll *Ihnen* zuhören?« Er verzog den Mund zu einem hässlichen, höhnischen Grinsen, an seinen Lippen hingen Speichelfäden. »Sie haben mir ja auch nicht zugehört, verdammt. Sie haben aufgelegt, oder nicht?«

»Das tut mir leid. Lassen Sie uns hineingehen.«

»Kommt nicht infrage. Es sei denn, sie befiehlt es mir.

Psst … Was ist das?« Er legte die freie Hand an sein Ohr, um die Stimme in seinem Kopf besser hören zu können. »Erst sie bluten lassen, dann die Kinder …«

Jane kämpfte gegen ihre Panik an. »Ich habe eine Idee, Jason. Lassen Sie *mich* mit Dervla reden. Für den Fall, dass es ein Missverständnis gegeben hat.«

»Sie? Wie?« Er wirkte ernsthaft verwirrt.

Jane wies mit einem Kopfnicken zur Tür. »Am Telefon. Sie kennt mich. Wir haben uns schon oft unterhalten.«

Hickey schüttelte den Kopf. »Nein, nein, nein! Darauf fällt sie nicht rein.« Er schwang das Messer zur Seite, bereit, auf sie einzustechen. »Ich muss mich beeilen.«

Jane hörte einen weiteren Wagen den Hügel heraufkommen, er kam näher, verlangsamte. Dann war plötzlich ein Paar Scheinwerfer auf sie gerichtet.

Hickey sprang sie an. Sie machte einen Schritt zur Seite, dann rannte sie dem Wagen entgegen, winkte und rief dem Fahrer zu. Der Wagen blieb kreischend stehen. Eine Gestalt sprang heraus und lief auf sie zu. Es war Ben.

»Vorsicht, Ben, er hat ein Messer.« Sie schaute rasch hinter sich, um zu sehen, ob Hickey ihr folgte.

Ben schloss die Arme um sie und blickte über ihren Kopf hinweg nach allen Seiten. »Wer? … Wo ist er?«

Jane sah sich um. Hickey war nirgendwo zu sehen. »Die Kinder, Ben. Lass uns die Kinder holen.« Sie löste sich aus seiner Umarmung, dann gingen sie zum Wagen und hoben die Kinder heraus. Jane blickte sich während der ganzen Zeit um und wartete darauf, dass Hickey aus dem Gebüsch springen würde. »Schnell ins Haus.«

Sie führten die Kinder ins Haus. Jane schlug die Tür zu und lehnte sich mit dem Rücken dagegen.

»Was ist passiert?«

»Oh, Ben, ich dachte, er bringt uns um …« Sie ließ

sich auf den Boden sinken und blieb dort sitzen. Dann schluchzte sie hemmungslos.

Ben kauerte sich neben sie und nahm sie in die Arme. »Alles ist gut. Du bist jetzt in Sicherheit.«

Über seine Schulter hinweg sah sie, wie Scott und Bethann neugierig auf ihre Mutter blickten, die weinend in der Diele saß. Sie winkte sie zu sich und schloss sie in die gemeinsame Umarmung ein. »Ja«, schniefte sie. »Jetzt sind wir sicher.« Doch so ganz überzeugt war sie davon nicht.

15

Nachdem er die Polizei gerufen hatte, setzte Ben die beiden Kinder vor den Fernseher im Wohnzimmer, wo sie eine DVD von *Kiki's Delivery Service*, einem ihrer Lieblingstrickfilme, schauten, während sie ein paar Minipizzas aus der Mikrowelle aßen.

»Dieser Kerl ist also Anweisungen gefolgt, die er von eurer Hellseherin bekommen hat«, sagte er, setzte sich an den Tisch und schob eine Tasse Kaffee zu Jane hinüber. »Vermutlich nicht das erste Mal, dass jemand glaubt, persönliche Botschaften aus dem Radio zu empfangen.«

Nein. Beim Ausbruch seiner Krankheit hatte ihr Bruder Scott Dinge im Radio gehört, die nur für ihn bestimmt waren. »Nur dass sie in diesem Fall nicht einmal im Radio war. Genau deshalb war Hickey ja so wütend. Aber ich glaube sehr wohl, dass er unter paranoider Schizophrenie leidet. Und gefährlich ist.« Scott, der unter derselben Störung gelitten hatte, hatte sich das Leben genommen, indem er sich die Kehle durchschnitt.

»Sicher«, sagte Ben und holte ein Glas Wasser.

»Mommy hat ein Rennen gewonnen«, sagte Scott.

»Wirklich? Wann denn?«

Jane hatte überlegt, es nicht zu erzählen. Es war schwer zu glauben, dass zwei verschiedene Leute sie verfolgt hatten.

»Sie soll es dir erzählen«, beschied ihm Scott und spazierte ins Wohnzimmer zurück.

Jane seufzte. »Ein BMW ist uns auf dem Heimweg vom Einkaufszentrum gefolgt, eindeutig absichtlich. Bis hier herauf. Ich bin am Haus vorbeigefahren und habe ihn an der Abzweigung nach Stepaside abgeschüttelt. Deshalb waren wir erst kurz vor sechs hier.«

»Und Hickey hat hier auf dich gewartet. Aber keine Spur von einem Auto.«

»Ich glaube nicht, dass er derjenige war, der mir vom Einkaufszentrum gefolgt ist.«

»Hat diese Hellseherin eine Privatarmee, die für sie arbeitet?« Er sah sie skeptisch an.

Es war die Art Reaktion, die sie vorausgesehen hatte. »Ich glaube, wir sagen es der Polizei lieber nicht. Sonst denken sie, meine Fantasie geht mit mir durch.«

»Tut mir leid, ich war viel zu schnoddrig. Warum willst du es ihnen nicht sagen?«

»Weil ich keine Ahnung habe, wer es war, ich habe kein Nummernschild gesehen, und es gibt folglich nichts, was sie tun könnten.«

»Hm. Kann sein. Und es sieht tatsächlich so aus, als wüssten deine Verfolger nicht, wo du wohnst. Wie kommt es dann, dass dieser Hickey deine Adresse kannte?«

»Er hört sich die Sendung an. Dave hat neulich erwähnt, wo ich wohne, als er über den Blackout gesprochen hat. Hickey musste nichts weiter tun, als bei ein paar Häusern in der Gegend zu läuten und vorzugeben, er wolle etwas liefern, habe aber die falsche Adresse bekommen. Er dürfte nicht lange gebraucht haben, um uns zu finden.«

»Tja, dasselbe kann der BMW-Fahrer natürlich auch tun. Du solltest es der Polizei besser sagen.«

Eine Stunde später waren die Beamten im Begriff, das Haus wieder zu verlassen, nachdem sie Jane versichert hatten, sie würden die unmittelbare Umgebung absuchen, auch wenn es aus verschiedenen Gründen, unter anderem wegen des kalten Wetters, unwahrscheinlich sei, dass Hickey noch in der Nähe war. Jane wusste nur zu gut, dass sie von Wäldern umgeben waren, in denen er sich verstecken konnte, selbst in der offenen Moorgegend oberhalb von ihnen gab es genügend alte Steinbrüche und Felsformationen, die Schutz boten. Falls er warten wollte, bis die Luft rein war, konnte er es ohne Weiteres tun. Es gab außerdem noch die Dorfkneipe, das Blue Light. Vielleicht würde er dorthin gehen.

»Wir schauen gleich mal vorbei«, sagte der Fahrer des Streifenwagens, der nach ihrem Anruf gekommen war. »Und wir lassen für alle Fälle eine Beschreibung dort.«

»Unser Revier ist in Stepaside, und wir werden in den nächsten Stunden diese Strecke immer wieder mal abfahren. Das wirkt abschreckend«, ergänzte die Streifenbeamtin, die ihn begleitete.

»Danke«, sagte Jane ohne große Begeisterung. »Und gute Nacht«, fügte sie müde hinzu und schloss die Tür. Sehr viel mehr konnte die Polizei nicht tun, das war ihr klar. Über eine Beschreibung hinaus hatte sie auch keine Idee, wie sie Hickey aufspüren konnten. Ein Anruf bei Laura hatte ergeben, dass sie seine Nummer nicht notiert hatte, weil sie zu durcheinander gewesen war. Und ihre Notizen aus der Vorwoche hatte sie nicht mehr. Laura war jetzt natürlich wegen sich selbst besorgt, da sie mit Hickey gestritten hatte. Jane versicherte ihr jedoch, dass sie wahrscheinlich kein Ziel war, weil sie dreißig Kilometer westlich von Dublin wohnte. Und Miller hatte nie auch nur halbwegs genau gesagt, wo sie wohnte.

Jane ließ sich auf eine Couch im Wohnzimmer fallen und entschied, dass es keinen Sinn hatte, das restliche

Team zu beunruhigen. Und da Miller das Wochenende über in London und somit in Sicherheit war, genügte es, ihm davon zu erzählen, wenn er zurückkam. Ihr kam in den Sinn, dass Dervlas Nachricht für Miller möglicherweise mit Hickey zu tun hatte, vielleicht hatte Hickey vorgehabt, ihn anzugreifen, war jedoch von dem Medienrummel rund um den Moderator abgeschreckt worden. Obwohl das jemanden wie Hickey wohl kaum abgehalten hätte, wenn es sein Ziel gewesen wäre, Miller zu erstechen. Und es schien nicht zu der ganzen Sache mit dem Interventionsparadox zu passen, dem Miller und tatsächlich auch Dervla offenbar so viel Aufmerksamkeit schenkten.

Jane wusste, dass sie im Moment nicht in der Lage war, alle Auswirkungen zu begreifen, nicht nur weil sie müde war, sondern auch weil aus der Küche ein köstlicher Duft kam und sie ablenkte. Sie hatte noch nichts gegessen!

»Ta-taa!« Ben kam mit einem Tablett aus der Küche. »Hat hier jemand Omelett und Toast bestellt?«

Sie lächelte ihn an. »Du bist wunderbar, danke.«

Während sie ihre Aussage für die Polizei gemacht hatte, hatte Ben die Kinder ins Bett gebracht – und jetzt das hier. Sie küsste ihn auf die Wange, als er das Tablett auf dem Kaffeetisch neben ihr abstellte. »Was ist mit dir?«, fragte er.

»Ich hatte in Galway ein sehr spätes Mittagessen. Und ich habe die Pizzas der Kinder aufgefuttert.«

Sie lachte. »Wie lief es in Galway?«

Er setzte sich ihr gegenüber, während sie zu essen begann. »Langsam. Wir wollten etwa zehn Leute auf der Baustelle treffen – Vermesser, Bauingenieure, Bauleiter und so weiter. Zwei kamen gar nicht und drei zu spät, wir sind also nicht wie geplant mit allem durchgekommen. Ich muss nächste Woche noch mal hin. Wahrscheinlich bleibe ich Donnerstag über Nacht. Nur so kann ich sicherstellen, dass ich mit allen rede, auf die es ankommt.«

»Wenn es nicht anders geht, dann mach es. Mit den Kindern regeln wir schon irgendwie alles.«

»Hm. Es gibt noch eine ernstere Sache, die wir regeln müssen, Jane.«

»Ja?« Sie verharrte mit einer Gabel voll Ei auf halbem Weg zum Mund.

»Ich habe die Nachricht von Yvette Daly auf dem Weg nach Galway gehört. Und später beim Lunch haben Leute am Nachbartisch darüber gesprochen. Weißt du, was eine Frau gesagt hat? Dass Dervla früher einmal von der Show schlecht behandelt worden sein muss und jetzt auf Rache aus sei.«

»Moment mal ...«

»Nein, lass mich ausreden. Ich saß da und habe ganz normalen Leuten zugehört, die etwas begriffen haben, wozu die Mitarbeiter der Show – einschließlich meiner Frau – nicht in der Lage waren: dass sie – ihr nämlich in Gefahr seid. Und was passiert als Nächstes? Ich komme nach Hause und erfahre, dass jemand dich und die Kinder um den Three-Rock Mountain gejagt und dass dich ein Verrückter mit dem Messer bedroht hat. Hatte die Frau in dem Restaurant recht? Jede Wette. Aber was ist mit dir, Jane? Ist die Botschaft endlich bei dir angekommen?«

»Es hat irgendwie mit Dave zu tun. Genaueres weiß ich noch nicht. Wir haben es erst heute erfahren. Von einem Neurowissenschaftler, der mit ihr gearbeitet hat. Ich hoffe, ihn heute Abend noch zu sprechen und mehr in Erfahrung ...«

»Das ist nicht die Antwort, die ich hören wollte.«

»Es ist gut. Sie kommt nicht mehr in die Sendung.«

»Sicher?«

»Absolut.«

Es ging auf elf zu, und Ben schlief bereits, als Jane die Nummer in Sydney anrief. Eine Frau meldete sich.

»Ich hoffe, ich störe nicht«, sagte Jane. »Ich versuche, Dr. McNamee ausfindig zu machen.«

»Wer spricht dort, bitte?«

»Mein Name ist Jane Wade. Ich bin von Radio TalkNation in Irland.«

»Warten Sie, bitte. Es kann ein, zwei Minuten dauern.« Jane hörte einen irischen Akzent heraus. Sie klang jung, in den Zwanzigern oder Dreißigern.

Jane war im Bademantel, nachdem sie geduscht hatte. Ein warmes, schläfriges Gefühl hatte die Müdigkeit ersetzt, die sie zuvor zu überwältigen drohte. Sie würde sicher nicht lange telefonieren …

»Andrew McNamee«, ertönte eine Stimme und riss sie aus ihrem Dösen. Nordirisch, selbstbewusst, daran gewöhnt, vor Leuten zu sprechen.

»Jane Wade hier. Ich rufe Sie wegen Dervla an, der Hellseherin in der Dave Miller Show.

»Ach ja, ich habe Ihnen eine E-Mail geschickt. Aber einer Kirstin Rynn, glaube ich.«

»Ja. Das ist unsere Geschäftsführerin. Ich bin die verantwortliche Produzentin der Show. Sie weiß nichts davon, dass ich Kontakt mit Ihnen aufnehme, die Gründe erkläre ich später. Wenn Sie die Sendung online verfolgt haben, werden Sie wissen, dass Dervlas Vorhersagen uns … immer näher zu kommen scheinen.«

»Den Leuten in Ihrer Sendung, meinen Sie?«

»Ja. Deshalb würde ich Ihnen gern ein paar Fragen stellen. Erstens …«

»Darf ich Sie gleich mal stoppen?«, unterbrach er. »Ich warte in diesem Augenblick auf ein Taxi zum Flughafen, für meinen Rückflug nach Irland. Ich werde Sonntagmittag in Dublin eintreffen. Leider muss ich von dort gleich weiter, um einen Vortrag auf einer Konferenz in Belfast zu halten. Ich werde einen Jetlag haben, schon klar, aber hey, vielleicht baue ich ihn in meinen Vortrag ein. Jedenfalls, was ich sagen will, ist: Wenn sie mich am Flughafen treffen könnten, hätte ich rund eine Stunde Zeit, um Ihnen mehr über Dervla zu erzählen.«

»Sicher, ich kann am Flughafen sein. Es gibt einen Meeting Point hinter dem Ausgang, neben dem Informationsschalter. Dort treffe ich Sie.«

»Wie, äh, erkenne ich …?«

»Ich werde wahrscheinlich die einzige Frau mit roten Haaren sein, die dort steht. Aber sagen Sie mir für alle Fälle noch Ihre Flugnummer und Ankunftszeit und vielleicht Ihre Handynummer. Ich gebe Ihnen meine ebenfalls.«

Während sie diese Informationen austauschten, hörte Jane, wie die Frau etwas zu McNamee sagte. »Meine Schwester hat gerade das Unternehmen angerufen«, sagte er. »Das Taxi wird noch mal fünf Minuten brauchen, wir können also noch ein bisschen plaudern. Ich habe die gestrige Show nicht gehört. War Dervla auf Sendung?«

»Die gestrige?« *Meinte er Donnerstag?* Jane musste kurz überlegen. Nein, er meinte die von heute – Freitag. »Verzeihung, ich war ein wenig durcheinander wegen des Zeitunterschieds. Nein, wir haben beschlossen, sie nicht dranzunehmen.«

»Gut. Und ich hätte daran denken müssen, dass ich Ihnen einen halben Tag voraus bin. In der Zukunft aber zugleich in der Gegenwart. Glauben Sie an Zeitreisen, nur interessehalber?«

»Ich weiß nicht ... ich glaube nicht ...« Aber was war mit ihren Überlegungen von dem Abend des Blackouts? »Andererseits, vielleicht ...«

»Keine Sorge – es ist kein Test. Ich wollte nur sehen, wo Sie stehen. Ich bin bei dem Thema ebenfalls Agnostiker. Aber ich denke, Sie werden mir zustimmen, dass unsere Erfahrung von Zeit veränderlich ist. Für ein Kind ist sie endlos. Aber wenn wir älter werden, scheint sie zu schrumpfen. Wenn man zu spät dran ist und auf ein Taxi wartet, so wie ich gerade, kann sie einem wie eine Ewigkeit erscheinen. Doch Leute, die sich plötzlich einem sicheren Tod gegenübergesehen haben, berichten, dass ein ganzes Leben an Erinnerungen in Sekunden an uns vorbeiziehen kann – nicht chronologisch, sondern alle gleichzeitig, wie ein Mosaik. Zeit ist in anderen Worten also elastisch, sie ist so, wie wir sie wahrnehmen. Und so wie Dervla sie wahrnimmt, kann sie uns von Dingen erzählen, die noch nicht passiert sind, was *uns* angeht.«

»Ich will nicht unhöflich sein, aber das klingt nach einer Umschreibung dafür, dass sie die Zukunft vorhersagen kann. Und ich denke, das wissen wir bereits.«

»Aha. Aber verstehen Sie, es ist unmöglich, die Zukunft *vorherzusagen.*«

Wie bitte? Wohin führte das alles?

»Ich wähle meine Worte hier sehr sorgsam, Jane, deshalb lassen Sie mich erklären. Dervla war Teil eines ... ich zögere, es Experiment zu nennen – Forschungsprojekt klingt besser. Erst dachten wir, sie sei echt präkognitiv, sie könne die Zukunft voraussagen. Aber das ist nicht genau das, was sie tut.«

»Aber wenn es nicht so ist, wie kann sie dann wissen, was in der Zukunft passiert?«

Er zögerte. »Weil es ... für sie die Vergangenheit ist.«

»Die *Vergangenheit*? Tut mir leid, das verstehe ich wirklich nicht …«

McNamee erklärte sich nicht weiter.

»Dervla lebt im Hier und Jetzt, oder?«

»Nicht immer«, sagte er ruhig.

Ein Schauder durchlief sie. »Ach, kommen Sie, das ist doch Unsinn.«

»Ich weiß, es klingt lächerlich, aber es gibt eine vernünftige Erklärung. Ich werde Ihnen auf dem Weg zum Flughafen ein paar Unterlagen von meinem Palmtop mailen, auf die Sie einen Blick werfen können. Damit Sie einen Zusammenhang haben.«

Jane hatte ihm gerade ihre E-Mail-Adresse gegeben, als sie die Türglocke im Hintergrund läuten hörte.

»Das Taxi ist da, ich muss Schluss machen«, sagte er. »Wir sprechen uns am Sonntag.«

Jane hatte kaum die Nachttischlampe ausgemacht, als Bethann schreiend aufwachte, deshalb holte sie das Mädchen ins Bett, damit es zwischen ihr und Ben schlafen konnte. Aber nun konnte sie selbst nicht einschlafen, sondern lag wach und stellte sich immer wieder dieselben Fragen: Wer hatte sie in dem BMW gejagt? Wie konnte Dervla »nicht immer« am Leben sein? Warum war die Zukunft für sie Vergangenheit? Sie wäre gern aufgestanden, um nachzusehen, ob McNamee ihr eine Erklärung geschickt hatte, aber es war, als wäre ihr Kopf auf dem Kissen festgeschraubt, und sie lag reglos da, während ihre Gedanken kreisten.

Es erforderte ein plötzliches, energisches Zucken von Bethann neben ihr, um das endlose Grübeln zu beenden. Sie nahm das schlafende Kind in die Arme und küsste es auf den warmen Kopf. Schließlich schlief sie selbst endlich ein.

Als sie aufwachte, erschienen ihr die Fragen, die ihr in den Nachtstunden so drängend vorgekommen waren, weit weniger wichtig, und sie überlegte, dass das Gehirn die Fähigkeit besaß, seine eigenen Gedanken verschieden wahrzunehmen, genau, wie es mit dem Vergehen der Zeit der Fall war.

Nachdem sie gefrühstückt und die Morgenzeitung gelesen hatten, räumte Jane auf, während Ben die Kinder für ihre üblichen Samstagsaktivitäten zurechtmachte – Bethann ging zum Ballettunterricht und Scott zum Eishockeytraining für die Kleinsten im Three Rock Rovers Club. Nachdem sie aufgebrochen waren – nicht, ohne dass Ben ihr das Versprechen abgenommen hatte, die Tür verschlossen zu halten –, lud Jane den Brotbackautomaten und erledigte dann ein paar Haushaltspflichten. Es gab nicht viel zu tun, da Dalia, ihre wöchentliche Haushaltshilfe, erst am Freitagvormittag da gewesen war und das Haus picobello sauber zurückgelassen hatte. Während sie durch die Zimmer ging, fiel ihr auf, dass es draußen windig war und bei jedem Windstoß rote Blätter des wilden Weins, der das Haus einhüllte, an den Fenstern vorbeiflatterten.

Schließlich machte sie sich frischen Kaffee und setzte sich an den Computer; den Kaffee ließ sie ein wenig abkühlen, so wie sie ihn mochte. McNamee hatte ihr einige Links geschickt, der erste führte sie zur Zusammenfassung eines Artikels, der im *International Journal of Cognition and Society* erschienen war.

> »Vinnie« ist ambulanter Patient der Abteilung Gehirnverletzungen im Musgrave Park Hospital, Belfast. Fünf Jahre, nachdem er bei einem Motorradunfall eine Schädigung des Hippocampus erlitten hat, zeigt

er den typischen Verlust des Gedächtniszentrums: Er lebt in einem ständigen Zustand der Vergesslichkeit, kann keine neuen Erinnerungen bilden oder sich merken, wie er von seinem Zuhause zum Laden an der Ecke kommt – ein Weg, den er tausend Mal zurückgelegt hat. Ebenso kann Vinnie die Zukunft nicht sehen – er kann nichts planen, er könnte nicht einmal eine Vorstellung davon entwickeln, wie er zu diesem Laden an der Ecke geht, und erst recht nicht, dass er an irgendwelchen zukünftigen Ereignissen teilnimmt. Wir wissen von Magnetresonanzscans, dass beide Prozesse in gemeinsamen Teilen des Gehirns stattfinden – anders ausgedrückt, es ist die Verletzung des gleichen geistigen Rüstzeugs, die Vinnies Zugang sowohl zur Vergangenheit als auch zur Zukunft behindert. Dass Vergangenheit und Zukunft zwei Seiten derselben Medaille sind, wird von Mystikern und neuerdings auch von der Wissenschaft seit Langem behauptet. Aber liegt es daran, dass wir beides mit demselben Apparat wahrnehmen? Dies hat offensichtliche Auswirkungen für Ärzte und Philosophen, aber während im klinischen Kontext Gedächtnisverlust inzwischen ausführlich studiert wurde, hat die Behinderung der Vorausschau weit weniger Aufmerksamkeit erfahren.

Mit dieser bescheidenen Vergleichsstudie voraussagender Aktivitäten bei einer Reihe normaler und autistischer Gehirne mit beeinträchtigter Erinnerung liefere ich nach meiner Ansicht ein Plädoyer dafür, die Fähigkeit des menschlichen Gehirns, buchstäblich »vorauszudenken«, weiter zu erforschen.

Dr. Andrew McNamee

Der zweite Link führte zu einem Bericht über ein zehnjähriges deutsches Mädchen, das nur mit einem halben Gehirn zur Welt gekommen war – die rechte Gehirnhälfte hatte sich nicht entwickelt –, und doch hatte sich ihr Gehirn neu vernetzt, sodass sie über normale Intelligenz und körperliche Funktionen verfügte und auch beide Sehfelder abgedeckt wurden. Der Artikel wurde von einer Magnetresonanzaufnahme begleitet, die das bemerkenswerte Fehlen jeglicher Gehirnsubstanz in einer Schädelhälfte des Mädchens zeigte.

Die Erforschung ihres Zustands hatte am Max-Planck-Institut für Gehirnforschung begonnen; ein Vertreter des Instituts sagte, wenn wir die Algorithmen verstehen könnten, mit deren Hilfe sich ihr Gehirn neu vernetzte, könnte man sie bei Computern anwenden und einen gewaltigen Schritt vorwärts in Sachen künstlicher Intelligenz machen.

Der dritte Link brachte sie zu einer Audiodatei. Es war ein aktueller Beitrag aus einer Sendereihe des australischen Rundfunks namens *Science Bites*.

Jane klickte die Audiodatei an.

»Hier ist Science Bites auf ABC Radio National, das Sie über Radio Australia und im Internet empfangen können. Diese Woche war ich auf dem Internationalen Kongress für kognitive Wissenschaft an der Macquarie University in Sydney und habe eine Reihe von Rednern zu aktuellen Fragen der Neurowissenschaften interviewt. Unter ihnen war Dr. Andrew McNamee von der University of Ulster in Belfast, mit dem ich darüber gesprochen habe, wie das menschliche Gehirn dargestellt wird …«

Musik erklang. *Like a circle in a spiral, like a wheel within a wheel, never ending or beginning, on an ever-spinning reel …* »›Windmills of Your Mind‹ heißt der

Oscar-prämierte Song aus dem Film *Thomas Crown ist nicht zu fassen* aus dem Jahr 1968. Jawohl, Windmühlen. Vielleicht typisch für die längst überholten Sechziger, aber Metaphern und Modelle aller Art werden seit Hunderten von Jahren benutzt, um das Gehirn und seine Funktion zu beschreiben, nicht wahr, Andrew?‹

›Ja. Seit wir angefangen haben, das Gehirn zu studieren, tendiert unsere Art der Darstellung dazu, mit der aktuell modernsten Technik übereinzustimmen. Und so wurde es früher mit einem Uhrwerk oder einer Telefonschaltzentrale verglichen und in jüngerer Zeit dann mit einem leistungsstarken Computer.‹

›Und stellen wir es uns heute so vor – als eine intelligente Maschine?‹

›In der Fantasie der Leute vielleicht, aber in der Neurowissenschaft sind wir bereits weiter. Das Computermodell passte zu der Ansicht, dass das Gehirn in getrennte Bereiche unterteilt ist, von denen jeder dazu programmiert ist, eine bestimmte Funktion auszuführen. Doch seither haben wir entdeckt, dass es alle möglichen Überlappungen zwischen den Teilen des Gehirns gibt, dass es ein komplexes Nervennetz ist, mit Drehkreuzen, die sich bestimmten Aktivitäten widmen – ohne aber auf diese festgelegt zu sein. Wir wissen inzwischen, dass häufig ein Teil des Gehirns für einen beschädigten anderen Teil einspringt. Und nicht nur das, das Gehirn kann seine gesamte Struktur verändern, sodass es überhaupt nicht einer Maschine ähnelt.‹

›Könnte man es dann vage mit der Art vergleichen, wie das Internet funktioniert?‹

›Ich denke, das könnte man. Einmal mehr liefert uns die Zeit, in der wir leben, die passende Metapher. Aber schon tauchen neue Theorien über das Gehirn auf, die uns vielleicht zwingen werden, auch dieses Modell zu verwerfen.‹

›Was schlagen diese Theorien vor?‹

›Dass menschliches Bewusstsein nicht im Gehirn verortet ist, sondern sich aus Gehirn, Körper und unserer Verbundenheit mit der Welt um uns herum zusammensetzt. Bei einem Gehirnfehler, zum Beispiel, kommen Kräfte ins Spiel, die versuchen, Schaltkreise neu zu vernetzen, um das Problem zu umgehen. Es ist, als wäre das Gehirn im Verstand enthalten und nicht andersherum. Selbst wenn das Gehirn völlig abschaltet, funktionieren andere Teile der Gesamtheit immer noch. Bei Nahtoderfahrungen zum Beispiel scheint der Geist frei zu schweben, während das Gehirn selbst stirbt.‹

›Viele Wissenschaftler sind aber skeptisch, was Nahtoderfahrungen angeht, nicht wahr?‹

›Zugegeben, ja, aber außerkörperliche Erfahrungen sind weniger umstritten. Und es gibt ständig Berichte davon – wenn Leute meditieren, träumen, aus einer Narkose erwachen, als Folge eines Traumas und so weiter.‹

›Aber dies sind doch wohl nur veränderte Bewusstseinszustände und nichts anderes, oder?‹

›Haben wir die ganze Nacht Zeit, es zu diskutieren?‹

›Ein andermal, Andrew. Lassen Sie uns weitergehen: Was außer Zweifel steht, ist die Fähigkeit des Gehirns, sich umzustrukturieren. Aber welche …‹

›Tut mir leid, wenn ich Sie unterbreche, aber ich glaube, es ist wichtig, an dieser Stelle zu betonen, dass wir die Struktur des Gehirns tatsächlich mit unseren *Gedanken* verändern können. Es wurde sogar bewiesen, dass das *Nachdenken* über unsere Gedanken eine physikalische Auswirkung auf die Neuronen und Synapsen des Gehirns hat.‹

›Aber wie können nicht materielle Gedanken materielle Strukturen beeinflussen?‹

›*Das* verstehen wir noch nicht. Aber jedes neue Modell über die Funktionsweise des Gehirns wird diesen Umstand berücksichtigen müssen.‹

›Irgendwelche Vorschläge?‹

›Die Schwierigkeit besteht darin, ein Modell zu finden, das angemessen, aber auch leicht zu begreifen ist. Und zwar weil die Neurowissenschaft anscheinend auf dem Weg ist, den Astronomie und Teilchenphysik in den letzten hundert Jahren eingeschlagen haben.‹

›In welchem Sinn?‹

›Wenn, wie es scheint, der Verstand nicht durch die Gesetze von stofflicher Ursache und Wirkung gebunden ist, dann wird man vielleicht auf die Quantentheorie zurückgreifen müssen, um zu erklären, wie er funktioniert. Wie es der Zufall will, wird auf diesem Feld gerade geforscht, aber ich erwarte nicht, dass dies in absehbarer Zeit zu einer vernünftigen Metapher führt. Stellen Sie sich in der Zwischenzeit das Gehirn als ein Gebilde vor, das ständig die Form verändert, um neuen Aufgaben und Herausforderungen gerecht zu werden. Eher quicklebendig als maschinengleich.‹

›*... like the circles that you find ... in the windmills of your mind.*‹

›Tja, da haben Sie es, das quicklebendige, seine Gestalt verändernde Gehirn. Vielleicht sind Windmühlen im Kopf doch nicht so sonderbar. Meinen Dank an Dr. Andrew McNamee für dieses aufschlussreiche Stück Wissenschaft.‹«

Jane lehnte sich in ihrem Stuhl zurück. Dr. McNamee hatte ihr eine Menge Hausaufgaben gegeben, und ihr quicklebendiges Gehirn fühlte sich im Augenblick bleischwer an. Aber wenigstens wusste sie jetzt, dass seine Referenzen echt waren. Und er war ein guter Interviewpartner, hatte das Thema verständlich dargestellt und auf den Punkt gebracht. Das war zwar nebensächlich, aber wenn man beim Rundfunk arbeitete, hörte man nie mit so etwas auf.

Komisch, dass er die Quantentheorie erwähnt hatte. Erst hatte sich der Kolumnist nach dem Tod des jungen Mannes auf der Schweinefarm auf Quantenmechanik bezogen, dann hatte Derek Cooke ständig von Quantenmechanik geredet. Und nun brachte McNamee die Quantentheorie ins Spiel. Sie trank ihre Tasse leer und ging in die Küche, um sich eine neue zu holen.

McNamees letzte Sendung sah aus wie ein PDF der Homepage eines Unternehmens, das sich MATLAS INSTITUTE nannte. Sein Logo zeigte ein Gehirn innerhalb einer Erdkugel mit Längen- und Breitengradlinien.

> Das MATLAS INSTITUTE ist eine Forschungsagentur, die an vorderster Front in der Gehirnforschung tätig ist. Unsere Mission: die Entwicklung des menschlichen Geistes nachzuzeichnen und herauszufinden, was vor uns liegt – strahlende Zukunft oder Zeitalter der Finsternis. Der Kontext: Seit der Erfindung der Schrift muss jede Generation neue Nervenbahnen kreieren, um geschriebene Sprache zu verarbeiten – etwas, wofür das Gehirn nicht geschaffen war. Der Nutzen? Sechstausend Jahre Zivilisation, die auf der Fähigkeit zu lesen und zu schreiben basiert, und seit der Erfindung des Buchdrucks der Vormarsch von Wissenschaft und den Prinzipien der menschlichen Freiheit. Aber welche Folgerungen ergeben sich nun, da elektronische Medien die gedruckte Seite ersetzen, für den

Verstand, die Gesellschaft, die Menschheit? Im MATLAS INSTITUTE lassen wir die Streitfragen hinter uns und untersuchen die Sachlage. Ob unser Geist befreit wird, um in eine schöne neue Welt einzutreten, oder ob er in eine evolutionäre Sackgasse geführt wird – das MATLAS INSTITUTE will es als Erstes wissen.

Jane lehnte sich zurück und dachte über das Gelesene nach. Voraussicht und Erinnerung als zwei Seiten derselben Medaille. Die Schwierigkeit zu erklären, wie nicht materielle Gedanken das Gehirn neu formen können, und die Notwendigkeit, sich Hilfe suchend an die Quantentheorie zu wenden. Wie sich der Verstand im digitalen Zeitalter entwickeln würde. Das waren ihrer Ansicht nach die Hauptpunkte. Außerdem gab es einen Verweis auf künstliche Intelligenz. Wollte McNamee andeuten, dass Dervla doch eine Art Hybrid aus Mensch und Computer war? War das der wahre Zweck des MATLAS INSTITUTE – die Entwicklung von künstlicher Intelligenz? Sie versuchte, das Institut im Netz zu finden, aber dort war es nicht mehr präsent – oder vielleicht auch nie gewesen. Vielleicht befand es sich erst im Entwicklungsstadium, und McNamee war an dem Prozess beteiligt. Die eine Sache, die in dem Material fehlte, das er ihr geschickt hatte, war jeder direkte Bezug auf Dervla selbst.

In diesem Augenblick hörte sie Ben und die Kinder draußen vor dem Haus. Sie machte den Computer aus und beschloss, dass sie erst einmal genug von Dervla und der Dave Miller Show hatte. Für den Rest des Tages würde ihre Familie Vorrang haben, und das würde damit beginnen, dass sie eine deftige Wintersuppe zu dem frischen Brot machte, das die Heimkommenden bereits mit seinem warmen Duft begrüßte.

16

Während sie am Sonntag im Ankunftsbereich des Flughafens wartete, versuchte sich Jane vorzustellen, wie McNamee aussah. Es war ein Spiel, das sie in den Jahren ihrer Radiotätigkeit schon oft gespielt hatte: einem Gast lauschen, den sie noch nie getroffen hatte, sich überlegen, wie er aussah, und dann in den Regieraum hinuntergehen, um nachzusehen. Sie lag selten richtig, und in der Tat war der Kontrast manchmal so auffällig, dass sie sich fragte, ob hier womöglich ein unbekanntes Naturgesetz am Werk war. Sie erinnerte sich an den amerikanischen Frauenarzt, mit einer Stimme wie poliertes Mahagoni, höflich und humorvoll und so einfühlsam gegenüber seinen Patientinnen, dass man ihn am liebsten zu sich *ins* Bett geholt hätte. Er stellte sich als Doppelgänger des schielenden, stummen Marx Brother heraus, samt schrillem Karosakko, gelbem Haar und allem!

Dr. Andrew McNamee hatte jene präzise nordirische Sprechweise, kombiniert mit dem lässigen Selbstbewusstsein eines Menschen, der zur Spitze in seinem Beruf zählt. Vor ihrem geistigen Auge sah sie einen hochgewachsenen, gut aussehenden Mann, Anfang vierzig, in einem dunklen, gut geschnittenen Anzug, jemand, den man leicht für einen dynamischen Manager halten konnte, vielleicht nur verraten durch eine Brille, die an einer Schnur um den Hals baumelte.

Sie selbst hatte sich nicht extra in Schale geworfen –

Jeans und ein limettengrüner Pullover, um ihre Haarfarbe zu betonen, auch wenn sie inzwischen wünschte, sie hätte diese nicht als Erkennungszeichen angegeben. Er könnte denken, dass sie sich etwas darauf einbildete.

Als sie nahe dem Informationsschalter stand, wunderte sie sich, warum ein schlaksiger Jugendlicher mit schüchternem Lächeln und in die Höhe stehendem, ungekämmtem Haar sie über seine Brille mit Drahtgestell hinweg aufmerksam ansah. Er hatte eine einzige bordgepäcktaugliche Tasche bei sich und ein gefaltetes Sakko über dem Arm. »Jane?«, fragte er vorsichtig.

»Dr. McNamee?«, rief sie viel zu laut.

»Andrew«, sagte er und streckte umständlich den Arm mit der Jacke darüber vor.

»Andrew, natürlich.« Sie ergriff seine Hand, die sich warm anfühlte, ein wenig feucht sogar. In diesem Moment sah sie auch, dass er einen Pullover mit V-Ausschnitt trug, der aussah, als hätte seine Mutter darauf bestanden, dass er ihn für die Reise anzog. War das derselbe Mensch, den sie in dem Interview auf Radio Australia gehört hatte?

»Kaffee?«, schlug sie vor.

Er nickte.

Als er sein Gepäckstück neben ihr herzog, den schmalen Rücken leicht gekrümmt, erkannte Jane, dass sie sein Alter falsch eingeschätzt hatte – etwas, das ihr häufiger passierte, seit sie auf die vierzig zuging. Er war vermutlich nicht mehr als fünf, sechs Jahre jünger als sie. Und doch wirkte er ein wenig konfus, als sie ins Café kamen, weshalb sie die Verpflegung organisierte – Kaffee und ein Muffin für ihn, Tee und ein Scone für sich selbst.

»Wie war die Reise?«, fragte sie und setzte sich endlich, nachdem sie einen Platz gefunden hatte, wo sie das Tablett abstellen konnte.

Er neigte den Kopf und begann nachzusinnen, seine Brillengläser waren wie zwei undurchsichtige Pfützen aus Licht, das von der Decke reflektiert wurde. Zu Janes Erheiterung hatte sie bereits eine Hälfte ihres Scones gebuttert, ehe er aus seiner Trance erwachte und sagte: »Gar nicht so schlimm, wenn man bedenkt.«

Wenn man bedachte, wie viel Zeit ihnen zur Verfügung stand, fragte sie sich, wie viel sie wohl aus ihm herausbekommen würde.

»Wie ist das Wetter in Sydney?«

Er trank von seinem Kaffee und überlegte. »Heiß.« Er nahm die Brille ab und kniff sich in die Stelle, wo sie auf der Nase gesessen hatte. Jane sah, dass sich die Haut an der Nasenspitze schälte.

Packen wir es an, sagte sie sich. »Erzählen Sie mir von Dervla. Wer ist sie? *Was* ist sie?«

»Sie ist einfach eine sechsundzwanzigjährige Frau mit einer außergewöhnlichen Gabe. Doch es hat lange gedauert, bis diese Gabe als das erkannt wurde, was sie ist. Denn zunächst einmal ist Dervla Autistin.«

»Autistin? Und wie ... wann hat ...?«

»Sie wurde von einer alleinstehenden Mutter zur Welt gebracht, und im Alter von zwei Jahren hat man sie als schwer autistisch diagnostiziert. Schließlich wurde es der Mutter zu viel, und Dervla kam in ein Heim, bis sie mit sieben als Pflegekind von einem Paar aus Dalkey aufgenommen wurde. Es war wohlhabend genug, um sich eine häusliche Pflegehilfe und tägliche Therapie in einer besten Einrichtung leisten zu können. Fünf Jahre später fiel einer Therapeutin in dem ambulanten Therapiezentrum ein Bild von einem sinkenden Schiff auf, das sie am Tag zuvor gezeichnet hatte. Sie malte oder zeichnete immer etwas, wenn sie einen Anfall gehabt hatte. Die Thera...«

»Was für Anfälle?«

»Sie hatte mehrere Anfälle am Tag, Krämpfe, ihr Körper wurde vollkommen starr. Hinterher war sie immer hochgradig aufgewühlt und frustriert, sogar gewalttätig, und schien ein starkes Bedürfnis nach Kommunikation zu haben. Die Therapeutin brachte sie dazu, dass sie zeichnete, was sie auszudrücken versuchte, und es stellte sich heraus, dass es hauptsächlich Szenen von Tod und Zerstörung waren. Wie auf diesem Bild von dem sinkenden Schiff. Dervla zeichnete das Schiff, als wäre es durchsichtig, und man sah, dass alle Decks voller Autos waren. Hey, was für ein Zufall, dachte die Therapeutin, denn auf der Fahrt zur Arbeit hatte sie gehört, dass während der Nacht in der Nordsee eine Autofähre untergegangen war. Sie geht also her und sieht sich ein paar von den anderen Zeichnungen und Gemälden von Dervla an, die sie im Zimmer an die Wand gepinnt hat, und sucht wahllos eines aus – ein Haus voller Rauch, der aus einem Fernsehgerät kommt. Oben liegen ein Mann, eine Frau und zwei Jungen schlafend im Bett, während draußen im Garten ein kleines Mädchen mit einem Hund spielt. Sie überprüft das Datum darauf – sie hat die Arbeiten der Kinder immer datiert – und entdeckt, dass einen Tag, nachdem Dervla das Bild gemalt hat, bei einem furchtbaren Unglück in Cork ein Paar und seine beiden Söhne erstickten, weil ein Fernseher in Brand geraten war und giftige Dämpfe freigesetzt hatte. Sie waren an einem Samstagmorgen lange im Bett geblieben, nur die achtjährige Tochter hatte überlebt, weil sie dem Hund der Familie in den Garten hinaus gefolgt war.

Die Therapeutin dachte, Dervla könnte eine Art Savant – also eine Inselbegabte – sein und machte eine entsprechende Notiz in ihre Akte. Leider kam sie nicht dazu, der Sache weiter nachzugehen, denn sie fuhr in Urlaub, und als sie zurückkam, hatten Dervlas Pflegeeltern sie aus der Einrichtung genommen. Sie war eines Tages nämlich verschwunden – man hatte sie im Wesentlichen einfach davonspazieren lassen – und wurde Stunden später völlig aufgelöst und vollkommen nackt gefunden, wie sie am Strand entlanglief. Von ihren Kleidern fehlte jede Spur.«

»Wurde sie …?«

McNamee schüttelte den Kopf. »Nein, es gab keine Anzeichen dafür, dass man ihr Gewalt angetan hatte. Autisten fehlen manchmal diesbezügliche Hemmungen, und sie verblüffen Freunde und Angehörige, indem sie splitternackt in einen Raum voller Menschen spazieren. Jedenfalls befanden die Pflegeeltern, dass das Maß an Beaufsichtigung nicht angemessen war für ein Kind, das unter Anfällen litt und geistig oft verwirrt war. Sie war zu diesem Zeitpunkt elf, und von da an behielten sie Dervla hauptsächlich zu Hause. Aber als sie achtzehn war, kamen beide Pflegeeltern bei einem Autounfall um, und ihr Leben veränderte sich erneut. Im Testament war festgelegt, dass die leiblichen Kinder der Pflegeeltern dasselbe Maß an Fürsorge aufrechterhielten, bis Dervla möglicherweise in der Lage war, ein unabhängiges Leben zu führen. Was tatsächlich geschah, war, dass sie sie mit einer Wohnung und einem kleinen Einkommen ausstatteten und sich selbst überließen, was sie gegen alle Wahrscheinlichkeit sogar meisterte. Als ich sie vor vier Jahren aufstöberte, fand ich sie bemerkenswert selbstgenügsam, bewandert im Lesen und im Umgang mit Computern und in der Lage, die Ängste und die mentale Verwirrung zu bewältigen, die mit ihren präkognitiven Fähigkeiten einhergingen. Als ich ihr mein Projekt erklärte, war sie begeistert.«

»Ihr Projekt. Es hat mit dem Matlas Institute zu tun, nehme ich an.«

»Sie haben die Sachen gelesen, die ich Ihnen geschickt habe?«

Jane nickte.

»Nehmen wir Vinnies Fall, okay? Er begann als eine Studie über Gedächtnisverlust, aber am Ende ging es mehr um Präkognition. Ich brauche Ihnen nicht zu sagen, dass es sehr viel Neugier in der Bevölkerung gibt, was die Fähigkeit angeht, die Zukunft vorherzusagen – Hellseher und Wahrsager haben regen Zulauf in unserer ansonsten skeptischen Zeit. Aber auf einer sehr grundlegenden Ebene ist unsere – beschränkte – Fähigkeit, die Zukunft vorherzusagen, entscheidend für unseren Erfolg als Individuen – und als Art. Wenn man darüber nachdenkt, verbringen wir wahrscheinlich Tag für Tag mehr Zeit damit, uns vorzustellen, was wir tun werden, als was wir getan haben.« Er trank noch einen Schluck von seinem Kaffee. »Man könnte sagen, dass das menschliche Gehirn ein Vorhersageapparat ist …« Er wartete ihre Reaktion ab.

»Äh, okay.« Es war nicht unbedingt eine weltbewegende Neuigkeit.

»Aber ich rede nicht nur davon, dass wir uns zukünftige Szenarien vorstellen. Passen Sie auf …« Er streckte den Zeigefinger aus und wackelte damit. »Jetzt Sie.«

Jane zuckte mit den Achseln und tat es. »Und?«

»Wenn ich Sie fragen würde, würden Sie wahrscheinlich sagen, Ihr Finger hat sich bewegt, sobald Sie ihn entsprechend anwiesen oder sogar einen winzigen Moment, *nachdem* Ihr Verstand die Handlung angestoßen hat, oder?

»Vermutlich, ja.«

»So ist es aber nicht. Was passiert, ist, dass Ihr Gehirn,

schon *bevor* Sie bewusst eine körperliche Handlung wie diese«, er wackelte erneut mit dem Finger, »ausüben, dem Finger befohlen hat, sich zu bewegen. Es scheint, als ob das Gehirn – oder der Verstand, ich gebrauche die Begriffe im Moment austauschbar – irgendwie vorwegnehmen würde, was wir tun werden. Wenn wir die entsprechende Scanning-Ausrüstung hierhätten, könnten wir ein einfaches Experiment durchführen, bei dem ich Sie bitten würde, über eine kurze Zeitspanne wahllos einen von zwei Knöpfen zu drücken, rechts oder links, während ich Ihre Gehirntätigkeit beobachten würde. Und ich garantiere Ihnen, ich würde jedes Mal vorher wissen, welchen Knopf Sie drücken werden – Augenblicke, bevor Sie es selbst wissen.«

»Und was würde es beweisen? Dass der freie Wille eine Illusion ist?«

»Für einen Materialisten bestätigt das Experiment, dass menschliches Bewusstsein schlicht ein Abfallprodukt des Gehirns ist und dass blinde Kräfte – Evolution, Biologie, was immer – unsere bewussten Entscheidungen kontrollieren. Ja, so gesehen gibt es keinen freien Willen. Der religiöse Mensch, andererseits, sieht, dass uns die Seele auf einer Ebene beeinflusst, die tiefer liegt als das Bewusstsein. Beeinflusst, aber nicht *beherrscht*. Und damit haben wir dann sehr wohl einen freien Willen.«

»Aber Sie wollen nicht etwa andeuten, dass ein Aufblitzen in Ihrem Scanner die Existenz der Seele oder das Gegenteil beweist?«

»Nein, natürlich nicht.« Er strahlte. »Ich sehe, dass Ihre Fähigkeit zu kritischem Denken intakt ist.«

Jane überging das Kompliment. »Worauf wollen Sie hinaus, Dr. McNamee?«

»Andrew.«

»Das ist bestimmt alles sehr interessant, Andrew, aber wohin führt Ihr …«

»Ich wollte darauf hinaus, dass Präkognition eine Eigenschaft des Geistes ist, die unabhängig von unserem Bewusstsein existieren kann. Aber erst als ich nach der Veröffentlichung dieses Artikels über Vinnie Hunderte von Berichten über präkognitive Fähigkeiten gelesen hatte, begriff ich, dass es einen Zusammenhang zwischen Autismus und Präkognition geben könnte. Lassen Sie es mich anders ausdrücken: dass Autisten möglicherweise offener für präkognitive Erfahrungen sind.«

»Und warum?«

»Wir wissen, dass Autisten anders als der Rest zu funktionieren scheinen. Zunächst einmal neigen sie dazu, in Bildern statt in Worten zu denken, ihre Denkprozesse unterscheiden sich also von auf Sprache basierenden Denkern. Man übersieht leicht, dass unsere Gesellschaft auf Worten basiert – auf Sprache und der Fähigkeit, zu lesen und zu schreiben. Und doch ist es keine angeborene Fähigkeit, sondern eine kulturell erworbene; jedes Individuum verändert also sein Gehirn, um es tun zu können. Aber die Entwicklungsleistung machte Aufforderungen an viele Teile des Gehirns nötig, zu dem Projekt beizutragen, wenn man so will, und das wiederum verstärkt eine bestimmte Art und Weise, die Welt wahrzunehmen.

Autisten sehen die Welt anders als wir, und sie entdecken Verbindungen zwischen Dingen, die wir nicht bemerken. Und wie ich bei meinen Fallstudien herausgefunden habe, werden Autisten oft von einem akuten Gefühl der Vorwegnahme dessen erfasst – einer Vorahnung, wenn man so will –, wie Ereignisse ablaufen werden. Viele von ihnen beschreiben auch eine Art von Tagträumen, wobei sie zu einem bestimmten Ort schweben und dort Ereignisse beobachten, manchmal, bevor sie stattfinden. Für mich klangen diese Berichte ähnlich wie Beschreibungen von außerkörperlichen oder Nahtoderfahrungen, bei denen der Geist eine vom Gehirn unabhängige Existenzform anzunehmen scheint. Bei Autismus erleben die Personen jedoch auch Zeitreisen.« Er schätzte Janes Gesichtsausdruck ab. »Ich rede nicht davon, dass jemand in eine Zeitmaschine steigt, okay?« Er hatte offenbar bemerkt, dass sie skeptisch dreinschaute.

Und das tat sie. Ihre Antennen hatten ein gewisses Maß an Inbrunst entdeckt, das sich in seine Stimme schlich. »Okay«, sagte sie vorsichtig; für den Augenblick würde sie sich auf seine Argumentation einlassen.

»Ich fing an, mich zu fragen, ob wir bei Autismus – der weltweit auf dem Vormarsch zu sein scheint – Zeugen davon werden, wie das Gehirn mehr Vorausschau ermöglicht. Es könnte natürlich eine Sackgasse der Evolution sein, aber gleichwohl irgendwohin führen.«

»Und wohin?«

»Höchstwahrscheinlich weg vom rationalen, analytischen Denken, das unseren Blick auf die Welt inzwischen dominiert, und vermutlich hin zu einer hellsichtigen, präkognitiven Herangehensweise.«

»Und das wäre gut so?«, sagte sie mit deutlichem Sarkasmus in der Stimme. In ihrem Hinterkopf schrillte eine kleine Alarmglocke. Die Sekte, der ihre Schwester Hazel zum Opfer gefallen war, hatte an ein kommendes Zeitalter geglaubt, in dem »Hellsichtigkeit und magisches Denken vorherrschen« würden, wie sie sich erinnerte. Aber es würde nicht nur um Tarot und Geisterheilung gehen. Vielmehr würde die Welt von einer Kaste asketischer Krieger regiert, gegen deren Regime die Taliban vergleichsweise liberal wirkten.

»Gut oder schlecht ist hier nicht die Frage, Jane. Es ist faszinierend, dass sich genau in dem Augenblick, in dem Ängste aufkommen, dass eine neue Technologie eine Generation produzieren könnte, deren Verstand Wissen abschöpft, statt darin einzutauchen, kein Analphabetentum ausbreitet, sondern eine Abkehr vom Lesen; und vielleicht bereitet sich der Verstand so auf die Welt vor.«

»Das wäre ein ziemlicher Sprung, oder? Als Theorie, meine ich.«

»Allerdings, ja. Absolut. Aber genau dadurch habe ich vom Matlas Institute finanzielle Förderung für meine Forschung herausgeschlagen.« Er grinste. Vor wenigen Augenblicken hatte er noch ein beunruhigendes Sendungsbewusstsein an den Tag gelegt, jetzt schien er sich selbst zu verulken.

»Ich habe gelesen, was Sie mir darüber geschickt haben, und versucht, sie im Internet zu …«

»Sinnlos. Dass sie sich im Internet geoutet haben, war ein kurzlebiges Experiment. Es handelt sich um eine Organisation, die weit mehr im Verborgenen zu Hause ist.«

»Sie stellen sie ziemlich düster dar.«

»Das sind sie.« Er hatte seine Brille wieder aufgesetzt, sodass sie einmal mehr seinen Gesichtsausdruck nicht lesen konnte. »Aber es hat eine Weile gedauert, bis ich dahinterkam. Sie haben eine Forschungseinrichtung in Nordirland kurz nach dem Beginn des Friedensprozesses aufgebaut – ein kluger Schritt, denn das bedeutete, sie wurden mit offenen Armen aufgenommen, und niemand hat viel nachgefragt, was sie eigentlich taten. Ich habe sie über Autismus und Präkognition geködert. Und sie haben angebissen.«

»Ich dachte, ihre Sorge galt mehr den Langzeitwirkungen elektronischer Medien.«

»Ja, aber ich habe darauf hingewiesen, dass noch nicht genügend Daten zur Verfügung standen – außer ein wenig Forschung über Computerspiel – und Internetpornografie-Sucht. Aber wenn man kognitive Aktivitäten studieren wollte, die hier und jetzt nicht auf der Fähigkeit zu lesen beruhten, gab es mit den Autisten eine existierende Gruppe, und in der Literatur darüber wurden außersinnliche Fähigkeiten berichtet. Außerdem habe ich meinem Vorschlag einen packenden Titel verpasst: PräkogNation – kapiert?«

Jane lächelte und nickte.

»Ein Wortspiel mit *Präkognition*«, fügte er vorsichtshalber dennoch an. »Ich habe Fördergelder bekommen, um Ausrüstung zu kaufen, Personal zu bezahlen und über einen Zeitraum von fünf Jahren hinweg Versuche durchzuführen. Es hat eine Weile gedauert, bis alles beisammen war, und wir haben erst vor vier Jahren begonnen. In den Berichten, die ich nach der Arbeit über Vinnie zugeschickt bekam, war von Autisten die Rede, die über die Gaben der Telepathie, des Hellsehens, der außersinnlichen Wahrnehmung verfügten, manche verfügten über die Fähigkeit, mit Tieren zu sprechen, andere sogar mit Toten. Wir stöberten die am meisten versprechenden Kandidaten auf, sind in verschiedene Länder gereist, um sie treffen, und haben unsere eigenen Tests durchgeführt, um zu sehen, ob sie wirklich über besondere Kräfte verfügten. Es gab einige vielversprechende Befunde, aber die Mehrheit der Fälle war nicht überzeugend. Doch dann haben wir Dervla entdeckt – die zufällig auch unsere einzige irische Kandidatin war. Die Therapeutin, die mit ihr gearbeitet hatte, las irgendwo von unserem Projekt und erinnerte sich an Dervlas unheimliche Fähigkeit, die Zukunft zu zeichnen. Sie kann es inzwischen natürlich mit Worten ...«

»Können Sie hier mal stoppen, Andrew«, unterbrach Jane. »Unsere Zeit wird knapp, und Sie müssen mir unbedingt ein paar Fragen beantworten.« Sie erkannte jetzt, dass sein relativ prägnantes Interview im australischen Rundfunk offenbar stark redigiert gewesen war.

Er sah auf die Uhr. »Sie haben recht. Ich neige dazu, die *Zeit* aus den Augen zu verlieren.« Er lachte.

»Was meinten Sie, als Sie sagten, Dervla sei nicht immer lebendig?«

»Diese katatonischen Anfälle? Ja, man hatte sie zunächst als epileptische Anfälle diagnostiziert, die bei Autisten recht häufig sind. Tatsächlich jedoch leidet sie unter einem neurologischen Zustand, der als Cotard-Syndrom bekannt ist. Es ist eine Wahnvorstellung, bei der der Verstand jeden emotionalen Kontakt mit der Welt ausschließt, und die Betroffenen folgern, sie seien tot, auch wenn es Hinweise auf das Gegenteil gibt. Es ist, als wäre man ein Zombie. Man ist vielleicht gelähmt. Man mag sogar überzeugt sein, dass der eigene Körper verwest. So ist jeder Anfall für Dervla wie eine Nahtoderfahrung – Dervla selbst würde sagen, es ist eine *tatsächliche* Todeserfahrung. Und es passiert ihr mindestens einmal am Tag.«

»Mein Gott. Kann man nichts dagegen tun?«

»Es ist besser geworden im Lauf der Jahre – die Anfälle sind jetzt kürzer und seltener.« Er runzelte die Stirn. »Man hat bisher jedoch nur eine wirkungsvolle Methode gefunden, Cotard ganz zu eliminieren, und das ist die Elektrokrampftherapie. Dervla wurde früher bereits mit EKT behandelt, aber es hat ganze Teile ihrer Erinnerung gelöscht, deshalb ist sie jetzt dagegen. Sie fürchtet außerdem, es könnte ihre Fähigkeit zerstören.«

»Die Anfälle haben also etwas mit ihren Prophezeiungen zu tun.«

»Auf jeden Fall. Wenn sie aus einem erwacht, findet in ihrem Gehirn ein Sturm neuronaler Aktivität statt – und wenn sie berichtet, was sie gesehen hat, ist es meist eine Beschreibung oder manchmal vielleicht auch nur ein flüchtiger Blick von einem oder mehreren Ereignissen, die noch nicht geschehen sind. Als sie noch jünger war, fiel es ihr viel schwerer, zwischen ihren wachen Gedanken, ihren Träumen und ihren, sagen wir, *Visionen* zu unterscheiden. All das trug zu ihrem konfusen Geisteszustand bei und machte es ihr unmöglich zu kommunizieren, was in ihrem Kopf vorging.«

»Und gibt es eine körperliche Ursache für dieses Cotard-Syndrom – oder für die Vorhersagen?«

»Ja. Tomografien haben winzige Perforationen in ihrer Großhirnrinde gezeigt. Wir glauben, dass sie diese Defekte bereits bei ihrer Geburt hatte und dass sie für ihre Anfälle verantwortlich sind. Aber wie bei dem deutschen Mädchen, von dem Sie gelesen haben, hat sich ihr Gehirn neu strukturiert. Nur in Dervlas Fall in der Weise, dass sich ihre Wahrnehmung der Zeit verändert hat.«

Jane schüttelte verwundert den Kopf. »Ich verstehe es einfach nicht.«

McNamee warf die Arme in die Höhe. »Ich behaupte nicht, dass ich es verstehe. Aber wie ich in dieser australischen Radiosendung sagte, dachte man früher, die Anatomie des Gehirns sei starr festgelegt. Und wie ich mir selbst sage, dachte man vor nicht allzu langer Zeit, Licht würde sich immer in einer geraden Linie bewegen. Bis wir entdeckten, dass Sterne das Licht von anderen Sternen beim Passieren krümmen können. Für mich ist Dervla so etwas in einem kleinen menschlichen Maßstab – ihr Geist ist wie ein Gravitationsfeld, das nicht das Licht krümmt, sondern die Zeit. Das ist selbstverständlich nur eine Metapher, aber ich ziehe sie einer wie immer gearteten übernatürlichen Erklärung vor. Natürlich kann ich sie nicht beweisen.«

»Andererseits behaupten Sie jedoch, dass sie nicht wirklich die Zukunft voraussagt. Sie leugnen sogar, dass so etwas möglich ist.«

»Was ich meine, ist, dass Dervla die Zukunft *berichtet,* nicht sie vorwegnimmt. Der herkömmliche Hellseher …«, er griff nach Janes Hand, schloss die Augen und tat, als würde er ihr weissagen, »… scheint zu einer Art Einsicht *vor* dem Ereignis zu kommen.« Er ließ ihre Hand los. Sie bemerkte, dass seine Finger lang und schlank waren. »Dervla dagegen fängt Informationen über das Ereignis auf, *nachdem* es stattgefunden hat. Es liegt für uns natürlich in der Zukunft, aber für sie scheint es bereits passiert zu sein.«

»Mir ist aufgefallen, dass einige der Vorhersagen auf Medienberichten basieren.«

»Ja, aber nicht ausschließlich. Sie hat natürlich Zugang zu Informationen, die aus den Medien stammen – was im Radio oder Fernsehen kommt, was in den Zeitungen oder im Internet steht –, aber manchmal zeigt sie auch eine Art von Telepathie und fängt Dinge von anderen Menschen auf. So oder so gehen ihre Vorhersagen selten über den Zeitraum von vierundzwanzig Stunden hinaus – eins der wenigen Dinge, die sie mit traditionellen Hellsehern gemeinsam hat.«

Ein Summen hatte ihn beim letzten Satz abgelenkt. Dann sah Jane sein Handy auf dem Tisch wie einen auf den Rücken gefallenen Käfer rotieren.

»Entschuldigen Sie«, sagte er, hob es auf und schaute auf das Display, wer ihn anrief. Er nickte und nahm das Gespräch an. »Ich bin am Flughafen, Helen«, sagte er.

»Und kurz davor aufzubrechen. Ich müsste es also rechtzeitig schaffen.« Er beendete das Gespräch und blickte mit zusammengekniffenen Augen auf den Schirm. »Halb zwei. Die Zeit steht wirklich nicht still, nicht wahr? Ich werde wohl ein andermal weitermachen müssen.« Er stand auf.

»Aber Sie haben noch nicht erklärt, warum sie eine Bedrohung für Dave Miller ist.«

17

McNamee stand hinter seinem Stuhl und stützte sich auf die Lehne. »Dervla ist schon ziemlich lange von ihm besessen. Erst hielt ich es für eine typisch autistische Fixierung, vor allem, da sie ihn viel im Radio hört. Aber mit der Zeit erkannte ich, dass sie ihn – oder eigentlich seine Stimme – mit einer traumatischen Erinnerung assoziiert, die sie wiederzufinden versucht und von der sie glaubt, dass er in irgendeiner Weise dafür verantwortlich ist.«

»Aber Sie wissen nicht, was für eine Erinnerung das ist?«

»Nein. Aber es könnte mit dem Vorfall zu tun haben, als sie aus dem Therapiezentrum verschwand. Einer meiner Mitarbeiter meinte, sie könnte etwas, das Miller im Radio sagte, als Anweisung interpretiert haben, die Einrichtung zu verlassen, und ihre Erlebnisse draußen an diesem Tag waren so erschütternd für sie, dass sie ihm schließlich die Schuld daran gab, als sie sich langsam wieder zu erinnern begann.«

»Aber wie alt, sagten Sie, war sie damals? Elf? Das war …«

»Vor fünfzehn Jahren.«

»Hm.«

»Er *war* zu dieser Zeit schon im Radio, oder?«

»Äh … sicher, ja. Und sie behauptet auf jeden Fall, dass er irgendwann in der Vergangenheit zu ihr gesprochen hat. Dass er etwas von einer anderen Welt gesagt hat.«

»Ich weiß, ich habe gehört, wie sie ihn zitiert. Das Problem ist nur, dass Autisten oft ein Erlebnis mit einem Wort oder einem Bild assoziieren, das für uns nicht ersichtlich ist. Oder sie haben ein bestimmtes Wort missverstanden und bleiben an einer verdrehten Version davon hängen. Das liegt daran, weil sie viel mehr am Klang und Tonfall einer Stimme interessiert sind als an der Bedeutung von Worten. Was wiederum auch der Grund ist, warum manche von ihnen nie sprechen lernen.«

»Aber warum glauben Sie, dass Dave in Gefahr ist?«

»Vor etwa sechs Monaten fanden wir etwas, das sie im Labor zurückgelassen hatte. Einen gefütterten Umschlag voller PR-Bilder von ihm – sie hatte sie wahrscheinlich über eine gewisse Zeit vom Sender erbeten. Es müssen mindestens hundert gewesen sein. Und auf jedem Bild waren seinen Augen zerstört worden, mit einem scharfen Gegenstand herausgebohrt.«

»Großer Gott.«

»Ich habe damals nicht so darauf geachtet. Ich war gerade dabei, meine Verbindungen mit Matlas zu kappen. Und es ist mir wirklich nicht in den Sinn gekommen, dass sie sich an die Show wenden könnte. Ich bin ziemlich erschrocken, als ich sie mit Miller reden hörte, und hielt es für das Beste, Sie zu warnen.«

»Haben Sie nicht versucht, es ihr auszureden?«

»Doch. Aber sie will nichts davon hören. Ich bin ihr Mentor, nicht ihr Aufpasser.«

»Unsere Geschäftsführerin, mit der Sie Kontakt aufgenommen haben, hat Ihre Warnung nicht sehr ernst genommen. Sie hat sie vielmehr ignoriert und vor allen anderen geheim gehalten.«

McNamee sog scharf die Luft ein. »Das war, gelinde gesagt, unverantwortlich.«

»Sie hat außerdem versucht, mit Dervla Kontakt aufzunehmen. Sie will ihr eine eigene Sendung geben – und sie als ihre Agentin vertreten.«

McNamee setzte sich langsam wieder. »Wie bitte? Das ist einfach ... verrückt.«

»Man nennt es Hörer gewinnen.«

Er beugte sich vor. »Und Geld verdienen, ohne Frage. Ich weiß nicht, wer schlimmer ist, sie oder die Matlas-Leute.« Er schaute wieder auf die Uhr.

»Über die haben Sie mir auch noch nicht alles erzählt.«

Er erhob sich wieder und schob den Stuhl unter den Tisch. »Es reicht zu sagen, dass wir nicht mehr zusammenarbeiten.«

Jane stand auf und folgte ihm. »Und was ist mit Ihnen und Dervla?«

»Sie war der Grund, warum ich aufgehört habe. Oder vielmehr das Interesse des Instituts an ihr. Ich dachte, ich könnte Matlas manipulieren, meine Forschung zu sponsern. Aber ich war derjenige, der manipuliert wurde. Ich hatte schon eine Weile mit ihnen gearbeitet, bis ich herausfand, dass sie bereits eine Menge Forschung über das Savant-Syndrom finanziert hatten. Insbesondere über Menschen, die über das verfügen, was wir ein sagenhaftes Gedächtnis nennen – wie in *Rain Man*, Sie wissen schon. Alles sehr lohnend, könnte man meinen, nur dass sie es im Namen des amerikanischen Heimatschutzministeriums taten.«

»Warum sollte das Heimatschutzministerium an Leuten wie Rain Man interessiert sein?«

»Terrorprävention. Stellen Sie sich ein Individuum vor, das sich alle Komponenten und Prozesse einprägen kann, die man zur Herstellung einer chemischen Waffe oder schmutzigen Bombe braucht. Oder jemanden, der alle Namen, Aufenthaltsorte und Kontaktangaben eines Schläfernetzwerks im Kopf speichert, bis sie aktiviert werden müssen. Nichts Schriftliches, das sich zurückverfolgen lässt, keine verräterischen Computerdateien, kein SMS-Verkehr. Natürlich auch für Aktivitäten zur Terrorabwehr nützlich.«

»Was ja keine ganz schlechte Sache ist.«

»Nur dass jeder, den sie außerhalb der Vereinigten Staaten identifizierten, unter Überwachung gestellt wurde. Und alle in ihrem Zuständigkeitsbereich wahrscheinlich zum Dienst gezwungen wurden. So oder so hatte ich jedenfalls nie die Absicht, für eine semimilitärische Organisation zu arbeiten. Und als einem führenden Matlas-Mitarbeiter, mit dem ich zu tun hatte, die Sache mit den Savants herausgerutscht ist, wusste ich, dass Dervla zu verlockend für sie sein würde. Jede Geheimdienstbehörde würde einen Menschen rekrutieren wollen, der in die Zukunft sehen kann. Aber ich war der Einzige im Team, der ihre wahre Identität kannte. Also wusste ich, was los war, als Matlas anfing, mich unter Druck zu setzen, sie preiszugeben. Ich habe mich im April von ihnen getrennt, nachdem ich vorher sichergestellt hatte, dass keine Spur zu Dervla führte.«

»Dann werden Sie wahrscheinlich auch mir nicht sagen, wo sie wohnt oder wie man mit ihr in Kontakt kommt?«

»Sie sind doch schon in Kontakt mit ihr.«

»Aber sie initiiert ihn jedes Mal neu. Und nur über PC, nicht per Telefon. Und ich nehme an, die Chancen, dass sie in ein Studio kommt, sind gleich null.«

McNamee nickte. »Da haben Sie recht, das wird nicht passieren. Eine unberechenbare Umgebung würde ihr große Angst machen. Außerdem fällt es ihr schwer, jemandem in die Augen zu sehen, und sie hat Probleme damit, einen Gesichtsausdruck richtig zu lesen. Aber das Wichtigste ist …« Er wollte etwas sagen, entschied sich aber anders. »So wie sie es macht, hat sie mehr Kontrolle und weniger Angst.«

»Und sie benutzt eine Tastatur, um zu kommunizieren?«

»Ja. Dann muss sie sich nicht darauf konzentrieren, sich durch Sprache auszudrücken – was nicht ihre Stärke ist.«

»So kommt sie sehr kalt und gleichgültig rüber.«

»Hm. Es ist nun mal eine künstliche Stimme. Aber in gewisser Weise ist sie kalt und gleichgültig. Es heißt von Autisten oft, sie glaubten anscheinend, dass außerhalb ihres eignen Verstands kein anderer existiert. Die Folge ist ein Mangel an Empathie. Dervla hat allerdings Gefühle, und sehr starke dazu.« Er lächelte über eine Erinnerung. »Wie ein Kind.«

»Und wie sieht sie aus?«

Er wirkte verblüfft über die Frage. »Äh … ziemlich eindrucksvoll, eigentlich. – Aber ich hoffe, die ganze Geschichte legt sich einfach«, sagte er schließlich.

»Das hoffe ich ebenfalls. Sie hat meinem Team eine Heidenangst gemacht. Manche glauben sogar, sie kann die Dinge herbeiführen, die sie vorhersagt. Und dass sie uns immer näher rücken.«

»Ich glaube ehrlich gesagt nicht, dass sie Ereignisse beeinflussen kann. Aber sie kann sehr wohl auswählen, welche sie erwähnen will. Es sieht also nur so aus, als gäbe es ein Muster, als würde es immer persönlicher werden. Alles, was sie bisher in der Show vorausgesagt hat, lässt sich noch mit den Gesetzen des Zufalls erklären. Sie hätte andere Zwischenfälle aussuchen können, aber sie wollte

Miller wohl einschüchtern, deshalb hat sie dafür gesorgt, dass es so aussieht, als rückten ihm die Ereignisse immer näher. Deshalb hat der Tod dieses Models bedauerlicherweise perfekt in Dervlas Plan gepasst.«

»Der Schuss ist allerdings nach hinten losgegangen, glaube ich. Niemand von uns will sie jetzt noch in der Sendung haben, am allerwenigsten Miller. Und falls sie in anderen Sendungen irgendwelche Verweise auf ihn macht, wird er juristische Schritte unternehmen. Notfalls gegen den Sender.«

»Unterschätzen Sie sie nicht. Sie hat mit Sicherheit noch einen Trumpf im Ärmel.« Er reichte ihr die Hand. »Hat mich gefreut, Sie kennenzulernen. Kommen Sie gut nach Hause.«

»Hm. Ich habe Ihnen gar nicht erzählt, was mir gestern passiert ist. Ich wurde von einem Wagen verfolgt, und dann hat mich ein Typ mit einem Messer angegriffen. Es waren zwei getrennte Zwischenfälle. Aber beide hatten mit Dervla zu tun.«

»Sind Sie sicher?«

»Der Kerl mit dem Messer sagte, sie habe ihm befohlen, es zu tun. Wir haben immer wieder mit Spinnern und Verrückten zu tun, die von Leuten besessen sind, die sie im Radio hören, und er dürfte wohl in diese Kategorie fallen. Wahrscheinlich schizophren. Mehr Sorgen mache ich mir allerdings um den oder die Personen, die mich rund um den Three-Rock Mountain gejagt haben.«

»Und Sie sind sich sicher, dass es mit Dervla zu tun hatte?«

»Nennen Sie es Intuition. Ist auf einer Gehirntomografie wahrscheinlich nicht zu sehen.«

Er lächelte. »Ich glaube nicht, dass Sie in echter Gefahr durch Matlas sind, falls die es waren. Sie haben wahrscheinlich entdeckt, dass Dervla im Radio ist, und versuchen, an sie heranzukommen. Sie wollen ihre Investition retten.«

»Soll ich mich jetzt beruhigt fühlen?«

»Mehr kann ich im Augenblick nicht tun«, sagte er und winkte ihr zum Abschied zu.

18

Blätter wirbelten über die Straße und wurden über die Windschutzscheibe geblasen, als Jane vom Flughafengelände fuhr. Sie schaltete TalkNation ein, um die Nachrichten und das Wetter zur vollen Stunde zu erwischen. Fünf Minuten später kam ihr zu Bewusstsein, dass beides vorbei war, und sie sich an keine einzige Meldung erinnerte. Zu viele Dinge gingen ihr durch den Kopf.

Diese Geschichte, dass Dervla Dave Millers Stimme im Radio gehört und etwas, das er sagte, falsch aufgefasst hatte. Dass sie, zum Beispiel, die Therapieeinrichtung verlassen hatte, um an einem Ereignis, von dem er gesprochen hatte, teilzunehmen. Es klang plausibel – nur hatte seine populäre Morgensendung auf TalkNation vor fünfzehn Jahren noch gar nicht existiert. Jane wusste es mit Sicherheit, weil sie auf den Monat genau vor fünfzehn Jahren ihre erste Radioreportage in einer von Dave Miller präsentierten Kunstsendung gemacht hatte. Beide hatten damals für den staatlichen Sender RTE gearbeitet. Artspeak, wie die Sendung hieß, war einfach nichts, was sich ein elfjähriges Mädchen anhören würde. Es war natürlich nicht ausgeschlossen, aber höchst unwahrscheinlich. Verständlich, dass McNamees Team diesen Umstand übersehen hatte, aber so, wie es aussah, hatten die geheimnisvollen Ereignisse an dem Tag, an dem Dervla verschwand, wenig oder nichts mit der Stimme von Dave Miller zu tun.

Ich habe es Ihnen gerade gesagt. Ich wusste, es würde passieren, bevor es passiert ist ... Aus irgendeinem Grund hörte sie jetzt Dervlas Stimme in ihrem Kopf. *Lassen Sie mich fortfahren, und Sie haben eine große internationale Geschichte in Ihrer Sendung, bevor sie passiert.* Dervla sprach zu ihr. Was zum Teufel ...? Sie erwachte aus ihrer Träumerei. Die Stimme kam aus dem Autoradio. Es war ein Ausschnitt aus Millers Show. Dann ertönte über einer dramatischen Hintergrundmusik die Stimme von Kirstin Rynn. »Sie haben sie vielleicht in der Dave Miller Show gehört, aber eine einzigartige Begabung wie die von Dervla verdient ihren eigenen Sendeplatz, deshalb liefert sie Ihnen von nun an die Nachrichten von morgen schon heute täglich in ihrer eigenen *Geisterstunde*, hier und nur hier auf TalkNation. Weitere Einzelheiten bald – bleiben Sie dran.«

Ein Hupen des Wagens hinter ihr ließ Jane aufschrecken. Sie hatte während des Trailers so verlangsamt, dass sie den Verkehr aufhielt. Sie fuhr an den Straßenrand, holte ihr Handy aus der Tasche und rief McNamee an. »Ich weiß, Sie fahren gerade, aber ich musste es Ihnen sagen. Es gibt einen Werbespot für Dervlas neue Show – ihre eigene Show – auf TalkNation. Man erfährt nicht genau, wann es losgeht, deshalb sind die Details vermutlich noch nicht klar, aber sie arbeiten daran. Kirstin muss irgendwie in Kontakt mit ihr gekommen sein.«

»Verdammt. Das ist Wahnsinn. Hören Sie, überlassen Sie es mir. Ich kann im Augenblick nichts unternehmen, aber ich melde mich später bei Ihnen.«

Jane überlegte, ob sie Miller anrufen sollte, aber er war immer noch in London und pflegte wahrscheinlich gerade seinen zweiten Kater des Wochenendes. Und es gab zu viel zu erklären. Er wusste nichts von McNamees E-Mail, oder dass sie ihn getroffen hatte. Und jetzt der Werbespot und wie er aufgemacht war. Miller mochte froh sein, dass er Dervla los war, aber die Andeutung, dass er ihr Talent unterdrückt hatte, würde ihn sehr verärgern. Noch ernster war der Umstand, dass Kirstin bereit war, einer Frau eine Plattform zu bieten, die eine ungesunde Fixierung auf ihn hatte und vor der sie sogar gewarnt worden war. Als der bekannteste Moderator des Senders hatte er sicher eine bessere Behandlung verdient.

Sollte sie Kirstin anrufen und mit ihr darüber sprechen? Und was wollte sie sagen? Ihr vorwerfen, dass sie Dervla einer Sendung stahl, die sie ohnehin loswerden wollte? Andeuten, dass sie von ihrer Rolle als Dervlas Agentin wusste? Aber das konnte sie nur herausgefunden haben, indem sie in ihrer E-Mail geschnüffelt hatte. Was war mit der Gefahr für Miller? Sie hatte den Verdacht, dass Kirstin sogar zynisch genug wäre, die Vorstellung einer Feindschaft zwischen Dervla und Miller als Publicity für ihre neue Show zu benutzen.

Und natürlich hatte sie keine Möglichkeit, mit Dervla selbst zu kommunizieren. Wo *war* sie in diesem Augenblick überhaupt? Saß sie mit ihrer Katze auf dem Schoß in einer Wohnung in Dublin? Oder mit einem Quantencomputer verbunden in einem Forschungslabor in der Schweiz? McNamee hatte es sorgsam vermieden, ihr den kleinsten Hinweis zu liefern.

Sie rief Ben an.

Er antwortete mit einem knappen: »Ja.«

»Hallo, Liebling. Ich bin auf dem Weg. Müsste in etwa einer halben Stunde zu Hause sein.«

»Gut«, sagte er und unterbrach die Verbindung.

Was ist dem denn über die Leber gelaufen, fragte sie sich.

Als sie daheim ankam, war niemand im Haus. Sie schenkte sich ein Glas Wasser ein und setzte sich an den Tisch. Eine der Sonntagszeitungen lag offen da, so wie Ben sie gelesen hatte. Es sah ihm nicht ähnlich, sie ausgebreitet liegen zu lassen, dachte sie. Sie war vorhin nicht zum Zeitunglesen gekommen, deshalb drehte sie das Blatt um, und ihr Blick fiel auf die größte Schlagzeile:

MILLERS EHE LAUT FREUNDEN STABIL

Dave Millers Freundschaft mit dem Model Yvette Daly war seiner Frau Zita bekannt und kein Grund für Reibungen zwischen ihnen, wie Freunde des Paars beteuern. Das Model, das den Konsum von Kokain in der Vergangenheit bereits zugegeben hatte, hat möglicherweise einen ganzen Drogencocktail genommen, der sie am frühen Freitagmorgen in den Selbstmord trieb. Sie war zuletzt am Donnerstagabend in Begleitung des Rundfunkmoderators gesehen worden, doch trotz Spekulationen über die Natur ihrer Beziehung war dies nach Aussage von Freunden Millers nicht weiter bemerkenswert. »Yvette war häufig Gast in seiner Sendung«, sagte einer. »Sie trafen sich häufig, um ihren nächsten Beitrag zu besprechen. Davon abgesehen kannten sie sich seit Yvettes Schulzeit, und Dave hat sie bei ihrer Karriere enorm unterstützt.«

Der Radiomann ist jedoch bekannt dafür, dass er früher enge Beziehungen mit Mitarbeiterinnen seiner Sendung geknüpft hat. Eine von ihnen, die attraktive Rothaarige Jane Wade (39), ist vor Kurzem nach drei Jahren Abwesenheit als verantwortliche Produzentin zu der Show zurückgekehrt. Sie und Miller wurden vor Kurzem allein in einem Speisezimmer des

Ailesbury Hotels gesehen, und nach Meinung eines TalkNation-Insiders könnte dies der Grund für einen Krach zwischen Miller und dem Model am Donnerstagabend gewesen sein.

Eine kalte Faust griff nach Janes Herz. Deshalb war Ben so kurz angebunden gewesen. Er wusste von ihrem One-Night-Stand mit Miller, der passiert war, bevor sie zusammen gewesen waren. Aber der Artikel deutete an, sie hätten damals eine Affäre gehabt, die sie jetzt neu belebten. Ihre Furcht verwandelte sich in Zorn. Was fiel ihnen ein, diesen Schmutz zu drucken? Es war so unfair. Und egal, was sie davon hielt, für Ben war es wirklich schwer. Was den »Insider« bei TalkNation betraf, so glaubte sie keine Sekunde, dass dieser existierte.

Aber warum nahm Ben sofort das Schlimmste an? Oder tat er es gar nicht? Wahrscheinlich war er verletzt, weil er dabei lächerlich aussah. Absolut verständlich.

Sie hörte seinen Wagen draußen vorfahren. Sie ging in die Diele und hatte die Tür offen, bevor er sie erreichte. Von den Kindern war nichts zu sehen. »Du hättest es mir sagen sollen«, sagte sie ruhig.

»*Du* hättest es *mir* sagen sollen.« Er schob sich an ihr vorbei.

»Sei nicht so, Ben«, sagte sie und folgte ihm ins Wohnzimmer. »Ich wusste nicht, dass etwas in der Zeitung stehen würde.«

»Das meine ich nicht. Ich meine, du hättest mir von dir und Miller erzählen sollen.«

»Verdammt noch mal, Ben, da ist nichts zwischen mir und Miller. Wo sind die Kinder?«

»Ich habe sie bei Debbie gelassen. Ich sagte, wir müssen reden.«

»Es gab keinen Gr…«

»Sie hat die verdammte Zeitung gesehen und angerufen, um uns zu warnen. Ich kam mir vor wie ein Idiot.«

»Dafür gibt es keinen Grund. Da versucht die Presse doch wieder nur, eine Story zu konstruieren. Du solltest inzwischen wissen, wie das läuft.«

»Leugnest du, dass du mit ihm im Ailesbury warst?«

»Du weißt, dass ich dort war.«

»Allein mit ihm?«

»Im Restaurant, nach dem Lunch. Und ich habe ihm gesagt, dass ich nicht an ihm interessiert bin, wenn du es genau wissen willst.«

»Ach ja? Und wieso ist dieses Thema überhaupt zur Sprache gekommen?«

Jane ließ sich in einen Sessel plumpsen. »Das ist lächerlich. Wir fangen an, uns im Kreis zu drehen.«

Ben setzte sich ihr gegenüber, griff nach einer Zeitschrift und warf sie wieder auf den Tisch. »Es hat mir nicht gefallen, dass du wieder dort arbeiten gegangen bist. Ich hatte Angst, es könnte die Dinge zwischen uns ändern. Sieht aus, als hätte ich recht gehabt.«

»Ich glaube, es hat dir nicht gefallen, dass ich wieder arbeiten gehe, Punkt. So ist es doch, oder?«

Ben tat den Gedanken mit einer Handbewegung ab. »Das stimmt nicht, und du weißt es.«

»Dann geht es also nur um diesen idiotischen Zeitungsartikel und die Tatsache, dass Miller und ich zufällig …« Sie rang um die richtigen Worte.

»Miteinander gebumst haben.«

Jane wusste, es war ein absichtlicher Schlag unter die Gürtellinie. Sie sprang auf und lief in die Küche. Das Wasserglas, das sie bereits benutzt hatte, stand auf dem Tisch. Sie griff es sich unterwegs, füllte es an der Spüle und blieb davor stehen, um auf den Garten hinauszublicken und das Wogen in ihrer Brust zu beruhigen. Doch sobald sie den Kopf zurücklegte, um zu trinken, liefen ihr Tränen über die Wangen.

Ben erschien in der Küchentür. »Das war unnötig«, sagte er. »Es tut mir leid.«

»Ja«, schniefte sie und hasste sich dafür. »Ja, es war unnötig. Die ganze Sache war unnötig.« Sie drehte sich um und sah ihm in die Augen. »Aber es wird wieder passieren. Du weißt es, ich weiß es. Aber ich werde nicht …« Ihr Handy läutete in ihrer Tasche, die sie auf einem Stuhl abgestellt hatte. Sie beschloss, es zu ignorieren. »Ich gebe meinen Job nicht auf.«

Ben sagte nichts.

»Also überleg dir lieber …« Das Handy war hartnäckig. Sie konnte sich nicht konzentrieren. »Verdammt noch mal.« Sie griff nach der Tasche und riss das Handy heraus, in der Absicht, es auszuschalten. Aber als sie sah, dass es McNamee war, musste sie drangehen. »Hallo.« Sie wollte nicht, dass er irgendwelchen Kummer aus ihrer Stimme heraushörte.

Ben drehte sich um und verließ die Küche.

»Ich hatte Kontakt mit Dervla«, sagte McNamee. »Sie macht keine Sendung für TalkNation. Kirstin Rynn und sie haben noch nicht einmal darüber gesprochen.«

Und es lief schon ein Werbespot dafür. Kirstin pokerte ganz schön hoch.

»Sie will nur mit Miller reden.«

»Das wird nicht passieren, Andrew.«

»Darüber will sie unbedingt mit Ihnen sprechen.«

Janes Herz setzte einen Schlag aus, obwohl sie immer noch mit ganz anderen Emotionen fertigzuwerden versuchte. Sie holte tief Luft. »Mit mir?«

»Persönlich, meine ich. Haben Sie eine Webcam?«

»Äh … ja.« Das kam unerwartet.

»Sie sagt, Sie hätten am Freitag ein paar Worte gewechselt, deshalb glaubt sie, es könnte hilfreich sein, wenn Sie sich gewissermaßen von Angesicht zu Angesicht kennenlernen. Aber erwarten Sie nicht zu viel Augenkontakt – sie trägt immer eine dunkle Brille.«

Dervlas Flausen interessierten sie im Moment nicht sehr. »Wann, schlägt sie vor, sollen wir es machen?«

»Jetzt gleich, wenn möglich.«

»Im Augenblick … kommt es ein bisschen ungelegen.«

»Dann eben, wenn es passt. Ich bin auf dem Weg in den Konferenzraum und überlasse alles Ihnen. Sie ist ziemlich viel online und wird Ausschau halten, ob Sie sie über Skype kontaktieren.«

Sie verabschiedeten sich, und Jane schaltete ihr Handy aus. Dervla – und alles andere – konnte warten. Sie ließ das Handy auf dem Küchentisch liegen und ging ins Wohnzimmer, wo Ben fernsah. Sie setzte sich auf die zweite Couch und starrte auf den Bildschirm, ohne zu sehen, was lief.

Schließlich schaltete er das Gerät aus. »Das hätte ich nicht sagen sollen, Jane, und es wird nicht wieder vorkommen, versprochen. Es ist nur so, dass ich manchmal das Gefühl habe, mein Job sei der weniger wichtige, seit du wieder arbeiten gehst. Vielleicht, weil ich zu Hause arbeite, und dann heißt es schnell: ›Ben, Scotts Lehrerin hat angerufen, er ist krank. Kannst du ihn abholen?‹ Oder: ›Debbie bringt Bethann heute in die Krippe, aber sie kann erst um zehn hier sein …‹«

»Und ich habe mich die letzten zwei Jahre Vollzeit um die Kinder gekümmert, schon vergessen?«

»Ich weiß, ich weiß.«

»Wieso fängst du dann jetzt mit alldem an?«

»Ich glaube, es war, weil du heute, am Sonntag, für den Sender unterwegs warst, wenn wir gern mit den Kindern etwas unternehmen. Und dann musste ich noch diesen Scheißdreck in der Zeitung lesen.«

Jane seufzte. »Es hat alles mit dieser Frau zu tun, dieser Dervla. Sie macht allen Leuten Ärger. Und jetzt will sie mit mir reden.«

»Und …?«

»Ich fühle mich im Moment nicht dazu in der Lage.«

Er stand auf und ging zu ihr hinüber. »Dann lass es bleiben. Wir schnappen uns die Kinder und fahren mit ihnen Pizza essen.« Er setzte sich auf den Rand der Couch und legte die Arme um sie. »Und du kriegst auch eine.«

Bevor sie das Haus verließen, fiel Jane ein, dass ihr Handy in der Küche lag, und sofort spürte sie den Sog. Aber sie wusste, sie würde nachgeben und es einschalten, wenn sie unterwegs waren, deshalb beschloss sie, es zu lassen, wo es war.

19

Bis sie später ihr Handy endlich überprüfte, waren die Kinder bereits ins Bett gebracht, und sie hatte ihre Sachen für den folgenden Morgen zurechtgelegt. Eine Flut von Anrufen in Abwesenheit blinkte ihr entgegen. Alle waren von Dave Miller. Es gab außerdem eine SMS und eine kurze Nachricht auf dem Anrufbeantworter. Beide forderten: »Ruf mich an!« Er muss den Werbespot gehört haben, dachte sie. Da sie mit einer längeren Unterhaltung rechnete, ließ sie Ben allein vor dem Fernseher und ging in die Küche, um zu telefonieren. Aber Millers Telefon war die ganze Zeit besetzt, deshalb schaute sie erst noch nach den Kindern.

Sie kam gerade die Treppe herunter, als er zurückrief. »Schlechte Neuigkeiten, Jane. Rachel ist verschwunden.«

Sie hielt sich am Geländer fest. Ihr war zumute, als hätte sie einen Schlag in die Magengrube bekommen. »Was? Bist du dir sicher?« Es war eine dämliche Frage, aber sie war ihr einfach herausgerutscht.

»Sie war bei ihrer Freundin Nessa, die wohnt nur ein paar Kilometer die Straße entlang, und an Sonntagen ist nicht viel Verkehr, deshalb hat Zita sie mit dem Rad fahren lassen. Sie ist kurz vor Einbruch der Dunkelheit bei Nessa aufgebrochen, um nach Hause zu radeln. Etwa zur selben Zeit war ich vom Flughafen zurück. Aber sie ist nie angekommen.«

Jane ließ sich auf einer Treppenstufe nieder. »Was ist

mit ihren anderen Freundinnen? Vielleicht ist sie eine besuchen gefahren.«

»Wir haben bei möglichst vielen nachgefragt, bevor wir die Polizei verständigt haben.«

»Irgendeine Spur von dem Rad?«

»Nein.«

»Das ist gut, oder? Ich meine, dann scheint sie doch noch irgendwohin gefahren zu sein und wurde nicht …«

»Von einem Auto überfahren, ich weiß, was du meinst. Und vielleicht ist sie tatsächlich noch irgendwohin geradelt und hat sich verirrt. Aber es sieht ihr nicht ähnlich.«

»Was ist mit … Hatte sie ihr Handy dabei?«

»Sie besitzt keins.« Miller seufzte, als hätte er das schon oft erklären müssen.

»Was meint die Polizei?«

»Dass sie entführt wurde. Sie sagen es nicht, aber ich weiß, dass sie es vermuten.«

»Du meinst, um Geld zu erpressen?«

»Ich hoffe bei Gott, es geht um Geld, Jane. Damit könnte ich fertigwerden, kein Problem.«

Jane hörte Stimmen im Hintergrund.

»Ich muss Schluss machen, Jane.«

»Mach dir keine Sorgen wegen der Show. Ich arrangiere, dass Ken Lally einspringt.«

»Kommt nicht infrage. Wenn Rachel in den nächsten Stunden nicht gefunden wird, geben sie eine Suchmeldung über alle Medien heraus, und ich will beteiligt sein. Ich würde es für einen Fremden tun, warum also nicht für meine eigene Tochter?«

»Wenn du dich dazu in der Lage fühlst, dann von mir aus. Und richte Zita aus, ich denke an sie.«

»Mach ich. Bis morgen früh.«

Jane blieb auf der Treppe sitzen. Sie schauderte, wenn

sie daran dachte, was Rachel passiert sein konnte. Was vielleicht gerade im Augenblick mit ihr geschah. Und in was für einer verzweifelten Notlage sich ihre Eltern befanden – zu beten, dass die eigene Tochter wegen Geld entführt wurde, so erschreckend und grausam das sein mochte, aber man wusste, es gab sehr viel schlimmere Szenarien.

Und dann fiel es ihr ein: Dervlas Beharren am Freitag, dass sie mit Miller wegen seiner Reise nach London sprechen müsse. Und dass Jane es bedauern würde, wenn sie Dervla nicht in die Sendung ließ. Hatte sie also verhindert, dass Dervla ihn wegen Rachel warnte? Hätte sie ihm geraten, früher von London zurückzukehren oder überhaupt nicht zu fliegen?

Und hatte sie am Nachmittag deshalb zu McNamee gesagt, sie wolle Jane sofort sprechen – weil noch Zeit gewesen wäre, den Vorfall abzuwenden? Schuldgefühle durchfluteten sie. In dieser Hinsicht hatte Dervla schon mal recht. *O Gott, warum habe ich sie nicht mit ihm reden lassen?* Sie griff nach dem Handlauf und begann sich hochzuziehen. *Moment* – sie setzte sich wieder. Wenn sich Dervlas Warnung auf Rachels Entführung bezogen hätte, warum hatte sie es Miller dann nicht über Jane ausrichten lassen? War sie wirklich so herzlos? Selbst wenn sich der Versuch der Entführung nicht hätte verhindern lassen – da man die Zukunft nicht ändern konnte –, hätte eine Warnung Miller die Chance eröffnet, die Polizei zu verständigen, damit sie sich auf die Lauer legte, um einzugreifen, wenn das Verbrechen verübt werden würde.

Aber das war alles Spekulation ihrerseits. Zunächst einmal hatte sie keine Ahnung, was Dervla Miller mitteilen wollte. Und natürlich hatte Miller damit geprahlt, eine Warnung von ihr, egal welche, auf jeden Fall zu ignorieren. Allerdings war das höchst unwahrscheinlich, wenn Dervla eine Entführung Rachels vorausgesagt hätte.

In diesem Moment kam Ben aus dem Wohnzimmer und sah sie auf der Treppe sitzen. »Alles in Ordnung, Schatz?«, fragte er.

Sie stand auf und lächelte matt. »Ja, ja. Ich wollte gerade nach den Kindern sehen.« Sie machte kehrt und ging wieder nach oben.

Ben zog sich ins Wohnzimmer zurück.

Die Kinder schliefen beide. Sie setzte sich abwechselnd an ihr Bett, drückte ihnen einen Kuss auf die Stirn und betete für ihr Wohlergehen. Dann ging sie nach unten und setzte sich neben Ben auf die Couch. Er schaltete den Fernseher aus und legte den Arm um sie. So blieben sie eine Weile sitzen. Und dann erzählte sie ihm, was mit Rachel Miller passiert war.

20

Rachels Foto war am nächsten Morgen auf der Titelseite sämtlicher Zeitungen, ihr Gesicht tauchte regelmäßig im Fernsehen auf und lächelte aus den Displays Hunderttausender Handys und PCs in Privathäusern und Büros, da Leute, die sich am Amber-Alert-System beteiligten, das Bild erhielten und es weiterleiteten. Elektronische Warntafeln an großen Straßen beschrieben ihr Aussehen, was sie getragen hatte und ihr Fahrrad, lokale und landesweite Rundfunksender wiederholten die Angaben in jeder Nachrichtensendung. Das Ziel war eine maximale Berichterstattung über ihr Verschwinden, um sie möglichst früh zu entdecken – Rachels größte Chance auf eine wohlbehaltene Rückkehr. Das Alarmsystem hatte seinen Ursprung in den Vereinigten Staaten, wo Studien zeigten, dass Kinder, die von Fremden entführt wurden, in neunzig Prozent der Fälle in den ersten vierundzwanzig Stunden getötet werden. Ironischerweise verdankte es seine Einführung in Irland einer erfolgreichen Kampagne der Miller Show.

Jane briefte das Team: In Millers erster Stunde würde er dazu aufrufen, alle Beobachtungen zu melden, die bei der Suche nach Rachel helfen konnten, gefolgt von Anrufen aus der Öffentlichkeit, die zu einer Spur führen konnten. »Auch vor dem Alarmsystem hatten wir schon Erfolg, indem wir Hörer auf diese Weise einbezogen«, sagte Jane. »Einige von euch werden sich an diese Verbrecherbande erinnern, die alleinlebende ältere Menschen in den

Außenbezirken von Dublin ausraubte. Hörer beschrieben den Lieferwagen, den die Bande benutzte. Dann rief ein Autofahrer an und sagte, der Wagen habe ihn gerade auf der M7 Richtung Landesinnere überholt. Er folgte ihm eine Weile und gab seine Position durch, bis er von der Autobahn abbog, aber ein zweiter Hörer entdeckte ihn danach und folgte ihm auf einen Supermarktparkplatz. Wir haben die Polizei verständigt, und die hat die Bande festgenagelt. Und das alles geschah im Zeitraum von zwei Stunden, während die Sendung lief.«

»Aber diesmal haben wir keine Beschreibung von einem Fahrzeug«, sagte Ali.

»Stimmt. Aber genau deshalb veranstalten wir das Ganze. Um der Erinnerung der Leute auf die Sprünge zu helfen. Jemand hat vielleicht ein Auto bemerkt, das in dieser Gegend am Straßenrand stand, es aber nicht für wichtig gehalten.«

Jane sagte es nicht, aber für sie war es viel unheilvoller, dass es noch keine Lösegeldforderung gab. Millers Annahme, dass man Rachel aus diesem Grund entführt haben könnte, war durchaus berechtigt – er war immerhin reich und prominent. Aber wer Rachel wegen Geld entführt hätte, der hätte doch sicher damit gerechnet, dass der Fall das grelle Licht der öffentlichen Aufmerksamkeit anziehen würde – was es schwieriger machte, sie zu verstecken oder an einen anderen Ort zu verlegen. Einem Gelegenheitsverbrecher dagegen, der eine unbekannte Zehnjährige packte und in ein Auto oder einen Lieferwagen zerrte, wäre dergleichen nicht in den Sinn gekommen. Hauptsächlich, weil er gar nicht die Absicht hatte, Lösegeld für sie zu erpressen.

»Ich hatte also recht wegen Dervla, nicht wahr?«, sagte Carmel mit einem manischen Grinsen im Gesicht.

»Inwiefern?«, fragte Ali, die neben Carmels Schreibtisch stand.

»Habe ich nicht gesagt, dass sie es auf uns alle abgesehen hat? Yvette Daly. Jetzt Dave Miller. Und wenn jetzt noch einer ›reiner Zufall‹ zu sagen wagt, dann kratze ich ihm die Augen aus.« Sie war aufgestanden, zitterte vor Erregung, hatte die Arme erhoben und ihre Finger wie Klauen in Richtung Ali gestreckt.

Ali wich zurück.

»Hey, jetzt mal langsam, Carmel«, sagte Jane und trat zwischen die beiden. »Wir wollen uns doch an die Fakten halten, okay? Dervla hat vorausgesagt, was mit Yvette passiert ist, das steht fest. Aber sie hat kein Wort von Rachels Verschwinden gesagt.«

»Und?«

»Es passt nicht in das Muster.«

»Ja, das dachte ich auch«, sagte Joe.

Carmel riss den Kopf zu ihm herum. »Ach, halt doch den Mund, du Penner«, fauchte sie, dann verließ sie der Dämon, und sie sank in sich zusammen und setzte sich wieder.

Jane atmete erleichtert aus und setzte sich ebenfalls.

Ein abgespannt aussehender Miller traf zehn Minuten vor Beginn der Sendung ein. Er hatte bereits mehrere Radiointerviews gegeben und war in einer Morgenshow im Fernsehen aufgetreten. »Hab nicht geschlafen«, sagte er. Dann klatschte er in die Hände. »Also, was meint ihr, Leute? Werden wir meine Rachel bis zum Ende der Sendung finden?«

Verschiedene optimistische Laute ertönten von den Schreibtischen.

»Haben sich die Entführer schon gemeldet?«, fragte Laura.

Jane zuckte zusammen.

»Die Polizei glaubt, sie warten, bis sich der erste Trubel gelegt hat, bevor sie ihre Forderung stellen«, sagte er. »Aber je mehr es gelingt, ihre Pläne in der Anfangsphase zu stören, desto weniger sicher werden sie sich fühlen, und desto mehr werden sie geneigt sein, Rachel freizulassen. Sie ist dann eine zu heiße Kartoffel für sie. Und wenn sie hören könnte, dass ich sie so genannt habe, würde sie sagen: Dad, *bitte!*«

Alle lachten. Er hielt sich ohne Frage wacker.

»Kann ich dich einen Moment sprechen, Dave?«, sagte Jane, als er aus dem Büro ging.

»Sicher. Jetzt gleich?«

»Ja. Ich begleite dich.«

Im Studio angekommen, setzte sich Miller in seinen Sessel, während Jane stehen blieb und sich an das Fensterbrett zwischen Studio und Regieraum lehnte. »Erinnerst du dich, wie wir Dervla am Freitag nicht auf Sendung ließen, obwohl sie sagte, sie habe eine Nachricht wegen deiner Reise nach London für dich?«

»Wegen London?« Er schlug eine Zeitung auf. »Sie hat nicht gesagt, worum es ging, oder?« Er schien von der Berichterstattung über Rachels Verschwinden abgelenkt zu sein.

»Nein. Sie wollte, wie gesagt, nur mit dir sprechen. Und ich frage mich jetzt, ob es vielleicht wegen Rachel war.«

Er sah von der Zeitung auf. »Ach so. Ich verstehe, was du meinst. Wie kommst du darauf?«

»Ich habe mehr über Dervla in Erfahrung gebracht.« Sie warf einen Blick auf die Studiouhr. »Ich habe keine Zeit, näher drauf einzugehen, aber sie glaubt, dass du für etwas verantwortlich bist, was ihr in der Vergangenheit widerfahren ist. Sie will dich kriegen. Vielleicht also …«

»Jane, ich weiß, ich bin im Moment ein bisschen durch den Wind, aber ich kann immer noch halbwegs klar denken. Wenn sie mich *kriegen* wollte, wäre sie wohl kaum so nett, mich wegen der Gefahr für meine Tochter zu warnen.«

»Es sei denn, sie wollte, dass du es weißt, aber es wegen dieser Geschichte mit dem Interventionsparadox nicht verhindern könntest.«

»Sie wollte also, dass ich leide, ist es das?«

»Vielleicht. Aber vielleicht wollte sie dir auch Zeit geben, die Polizei zu alarmieren, damit sie die Kidnapper festnageln kann, sobald sie Rachel hatten.«

Er griff nach einer anderen Zeitung. »Du kannst dir sicher sein, dass wir Rachel nie im Leben aus dem Haus gelassen hätten, wenn es irgendeinen Hinweis gegeben hätte, dass sie am Sonntag entführt werden würde.«

Interessant, dass er Dervlas Warnung in diesem Fall beachtet hätte, dachte Jane. »So funktioniert das nicht bei Dervla. Sie sagt keine Dinge voraus, die möglicherweise in der Zukunft passieren werden, sondern sie berichtet von Dingen, die bereits passiert *sind*. Deshalb können sie nicht verändert werden.«

Miller sah sie an und zog die Stirn kraus. »Was soll das heißen, ›sie berichtet‹?«

»Ich habe diesen Typen kennengelernt … einen Neurowissenschaftler … er …« Jane hörte die Erkennungsmusik für die Nachrichten aus Millers Kopfhörer auf dem Schreibtisch erklingen. »Wir unterhalten uns später.«

Unmittelbar nach den Nachrichten umriss Miller die Ereignisse, die zu Rachels Verschwinden geführt hatten, dann begann er seinen Appell: »Sie haben über die Jahre zu mir gehalten, und ich hoffe, ein wenig kann man sagen, dass auch ich zu Ihnen gehalten habe. Und so rufe ich Sie, meine treuen Hörer, heute auf, meine Familie in dem Bemühen zu unterstützen, unser kleines Mädchen, unsere geliebte Rachel, gesund und wohlbehalten wiederzubekommen. Wenn Sie etwas gesehen haben, wenn Sie etwas wissen, bitte, bitte, sagen Sie es entweder der Polizei oder uns hier im Sender. Sie müssen nicht live auf Sendung gehen, Sie können einfach anrufen. Egal, für wie unwichtig Sie es halten, es könnte von Bedeutung sein. Ihren Entführern sage ich, bitte lassen Sie sie sofort frei. Ich nehme bereitwillig ihren Platz ein, wenn es darum geht, dass Sie eine Geisel brauchen. Doch wenn man Sie nicht dazu überreden kann, eine einsame und verängstigte Zehnjährige gehen zu lassen, sie unverzüglich zu ihren Eltern zurückzuschicken, dann können Sie sich zumindest bei uns melden und uns wissen lassen, dass sie wohlauf ist. Bitte. Für alle, die vorhin die Einzelheiten verpasst haben, will ich nun die Umstände wiederholen, die zu Rachels Verschwinden …«

War Jane ursprünglich beeindruckt gewesen von seiner Entschlossenheit, auf Sendung zu gehen, so empfand sie nun ein leises Unbehagen über das Theatralische seiner Rede. Es war, als würde er die Rolle des Entführungsopfer-Vaters, die alles an Dramatik überstieg, was seine Hörer im Lauf der Jahre erlebt hatten, nun, da sie ihm zugefallen war, bis zur Neige ausspielen.

Eine Stunde später hatte es eine Flut von Anrufen und SMS aus dem ganzen Land gegeben; es ging um Fremde, die sich vor Schulen herumtrieben, um Lieferwägen verschiedener Farben, die am Straßenrand hielten, und deren Fahrer Kinder in das Fahrzeug zu locken versuchten, um stehen gelassene Fahrräder und weggeworfene Handys. Es gab auch viele Anrufer, die ihre Empörung über Menschen, die so ein Verbrechen begehen konnten, zum Ausdruck brachten.

Wenige waren es wert, auf Sendung gelassen zu werden, aber ein Fahrrad, das man im Norden der Stadt gefunden hatte, ähnelte in Bauart und Farbe dem von Rachel, und Jane stellte den Anrufer durch, um Miller die Gelegenheit zu geben, die Unterschiede zu erklären. Und da ständig die Frage aufkam, ob Rachel ein Handy bei sich gehabt hatte und ob der Fund von welchen gemeldet wurde, erklärte Miller, dass Rachel keines besaß, da sie mit zehn Jahren seiner Ansicht nach zu jung dafür war; er hatte sie gebeten, bis zu ihrem zwölften Geburtstag zu warten. An diesem Punkt wurde er emotional und sagte, er und Zita hätten sich große Mühe gegeben, Rachel möglichst lange ihre Kindheit zu erhalten, auch wenn sich ihre Gleichaltrigen manchmal schon eher wie Teenager benahmen und kleideten.

Ein Anrufer, den sie in die Sendung gelassen hatten, weil er darauf hinweisen wollte, dass es in Irland nur wenige Fälle entführter Kinder gab und noch weniger, die durch ihre Entführer zu Schaden kamen, fuhr unglücklicherweise mit der Behauptung fort, Irland sei ein Paradies für ausländische Pädophile, die keine solchen Skrupel hätten. Ein anderer meinte, die Entführung sei der Beginn einer Kidnapping-Welle à la Mexiko, wo hauptsächlich Kinder die Ziele seien. Miller ging darauf ein, bis der Anrufer den Fall eines entführten Mädchens berichtete, das ermordet worden war, obwohl der Vater ein Lösegeld für sie bezahlt hatte.

Und während der ganzen Zeit ging auch eine Flut beleidigender SMS ein – die meisten auf Miller gezielt. »Geschieht dir recht, du arrogantes, überbezahltes Arschloch«, war noch eine der harmloseren. Die Absender schonten auch seine Tochter nicht. Jane dachte immer, dass sie nichts mehr überraschen könne, aber als Laura sie auf eine SMS aufmerksam machte, die lautete: »Der Bursche, der sie entführt hat, will nur eine zehnjährige Muschi ausprobieren, und wer könnte es ihm verübeln?«, schüttelten sie beide ungläubig den Kopf und löschten sie, ehe Miller auf seinem Schirm so weit nach unten gescrollt hatte. Andere hoben Dervla heraus und meinten, sie sei irgendwie für die Entführung verantwortlich, so wie es Carmel tat. Jane ging durch den Kopf, dass es ein tief verwurzelter menschlicher Zug sein musste, den Überbringer der Botschaft zu bestrafen – obwohl Dervla in diesem Fall nicht einmal das gewesen war. Bis zur letzten Woche hatte es so ausgesehen, als könnte sie nichts falsch machen – aber der Wankelmut der Öffentlichkeit war jedem vertraut, der beim Rundfunk arbeitete. Jane wies Laura an, auch alle diese Wortmeldungen zu löschen.

Doch trotz aller Anrufe, SMS und E-Mails, die bis elf Uhr eingegangen waren, schien nichts mit dem Verschwinden Rachels am Vortag in Zusammenhang zu stehen. Kein Mädchen, auf das ihre Beschreibung passte, war in der Gegend gesichtet worden, wie es auf seinem Rad fuhr oder es neben sich herschob, auch keins, das mit einem Fremden in einem Auto sprach oder von einem begleitet wurde. Gegen elf hatte Jane zudem den Eindruck, dass all die Verweise auf Pädophile, Perverse und Verbrecher Miller langsam zusetzten, deshalb kamen sie überein, die Telefonaktion abzuschließen.

Während der Nachrichten bat er Jane, zu ihm ins Studio zu kommen. »Erzähl mir, was die Leute sagen. Die Kommentare, die ihr mich nicht sehen lasst.«

Jane zuckte mit den Schultern. »Viel Anteilnahme, viel ›man sollte ihnen die Eier abschneiden, wenn man sie erwischt‹ und ein paar, na ja, du weißt schon …«

»Was meinst du, was ich weiß?«

»Leute, die sich fragen, ob es einen Zusammenhang zwischen Dervla und Rachels Verschwinden gibt.«

»Du meinst, dass sie wusste, es würde passieren, wie du selbst gesagt hast?«

»Nein. Dass sie es *verursacht* hat.«

»Das ist ja noch lächerlicher.«

»Sicher, aber es geschehen tatsächlich scheußliche Dinge, und zwar uns, Leuten, die mit der Show zu tun haben, deiner Familie. Sogar mir selbst ist am Freitag etwas pass…«

»Moment …«, unterbrach er und suchte auf seinem Monitor nach einer Sounddatei. »Wie ist sie beschriftet?«

»Eiszeit.«

»Ich hab sie«, sagte er und suchte ein vorab aufgezeichnetes Interview mit dem Autor eines Buchs heraus, der behauptete, für die nächsten hundert Jahre sei eine globale Abkühlung weitaus wahrscheinlicher als eine globale Erwärmung. Er spielte nach den Nachrichten und dem Wetter die Erkennungsmelodie der Sendung und leitete dann zu dem Interview über. »Erzähl weiter.«

»Am Freitag wurde ich auf dem Heimweg von der Sendung von jemandem in einem BMW rund um den Three-Rock Mountain verfolgt. Als ich dann zu Hause ankam, wartete ein Kerl mit einem Messer vor dem Haus auf mich. Er hatte nichts mit der Verfolgungsjagd zu tun. Er war gestört und glaubte, Dervla habe ihm befohlen, mich anzugreifen. Wenn ich so paranoid wäre wie einige der Leute, die hier angerufen haben, wäre ich vielleicht geneigt zu glauben, dass sie es tatsächlich getan hat.«

»Aber das bist du natürlich nicht, oder?«

»Nein. Ich mache mir mehr Sorgen wegen der Verfolger

im Auto. Ich frage mich, ob es einen Zusammenhang mit der Entführung Rachels geben könnte.«

»Hm. Ich wüsste wirklich nicht, wie der aussehen sollte. *Dich* zu entführen, würde ja nicht viel Sinn ergeben, oder?«

»Es sei denn, sie waren ... Ich weiß nicht. Es gibt da diese Organisation namens Matlas. Sie versuchen Dervla in die Hände zu bekommen, aber sie wissen nicht, wo sie ist. Vielleicht wollen sie uns zwingen, es ihnen zu verraten.«

»Du meinst, sie wären bereit, jemanden im Austausch gegen eine Adresse zu entführen? Das ist doch absurd.«

Jane sah ein, wie es wirkte. »Ja, vermutlich. Ich versuche einfach nur, schlau aus all diesen Vorfällen zu werden.«

»Und woher weißt du von diesen – wie heißen sie gleich wieder?«

»Matlas. Kommt von *mind* und Atlas, glaube ich. Ich habe gestern diesen Neurowissenschaftler getroffen. Er hatte einen Brief an Kirstin geschrieben, um dich vor Dervla zu warnen. Sie gibt dir die Schuld an etwas, das ihr zugestoßen ist. Etwas, das sie damit in Verbindung bringt, dass sie deine Stimme im Radio gehört hat – glaubt er jedenfalls, aber ich bin mir da nicht so ...«

Ein merkwürdiger Ausdruck war auf Millers Gesicht getreten. Irgendwo zwischen Erstaunen und Erleichterung. »Davon hat sie also die ganze Zeit geredet ...«, sagte er zu sich selbst. »Hat dieser Neurologe gesagt, was passiert ist? Sie hat mich im Radio gehört und dann – den Toast verbrannt? Ist ihr Haus in die Luft geflogen? Wurde sie vom Teufel besessen? Was war es?«

»Ich weiß es nicht. Vielleicht hätte ich es erfahren, wenn ich gestern mit ihr Kontakt aufgenommen hätte. Sie hat McNamee das Okay dafür gegeben.«

»Wer ist McNamee?«

»Der Neurowissenschaftler.«

»Was zum Teufel hat er mit ihr zu tun?«

»Zunächst einmal ist – war – Dervla Autistin.«

Miller sah sie an und blinzelte.

Sie schaute auf die Uhr hinter ihm. »Aber es ist eine lange Geschichte, und die Aufzeichnung ist gleich zu Ende.«

Er drückte einen Knopf auf seinem Tisch, und der Ton war wieder da. Er setzte seinen Kopfhörer auf, spielte einen Jingle und nannte als Nachtrag zu dem Beitrag den Titel des Buchs und seinen Preis. Dann schob er eine Werbepause ein, schaltete das Mikrofon aus und zog eine Kopfhörermuschel vom Ohr. »Das alles hilft uns kein bisschen, Rachel zu finden«, sagte er.

»Ich glaube, ich sollte mit Dervla über ihr Verschwinden sprechen.«

»Nein.« Miller schüttelte den Kopf. »Ich will nicht, dass diese Frau etwas mit Rachel zu tun hat. Wenn es ihre Absicht ist, mir das Leben schwer zu machen, dann könnte sie vorsätzlich unsere Chancen verderben, sie zurückzubekommen.« Er setzte den Kopfhörer richtig auf und öffnete sein Mikrofon.

Jane schlüpfte aus dem Studio und schloss die Tür leise hinter sich. Glaubte Miller wirklich, Dervla würde die Suche nach Rachel behindern, oder gab es einen anderen Grund, warum er nicht wollte, dass Jane mit ihr Kontakt aufnahm?

21

Nach der Show waren Jane und Laura im Studio und sprachen mit Miller, als Kirstin Rynn hereinspaziert kam. »Kann ich Sie kurz sprechen, Dave?« Sie stand da und wartete, während die beiden Frauen sich verzogen.

Als Jane durch die Türe ging, hörte sie Kirstin Miller fragen, ob irgendwelche nützlichen Informationen hereingekommen seien. Laura hatte darum gebeten, früher zum Lunch gehen zu dürfen, deshalb blieben sie im Regieraum und gingen die Anrufe durch, die sie zu anderen Themen bekommen hatten.

Etwa zehn Minuten später kam das Paar heraus, Kirstin voran. Sie sagte nichts, als sie den Regieraum durchquerte, aber Jane bemerkte ein selbstgefälliges Lächeln auf ihrem Gesicht.

»Gute Neuigkeiten«, sagte Miller, der zurückhing. »Wir brauchen uns keine Sorgen mehr um Dervla zu machen. Kirstin nimmt sie uns ab. Sie gibt ihr eine eigene Show.«

»Ich habe gestern einen Werbespot dafür gehört«, sagte Jane. »Findest du das nicht unverantwortlich von ihr?«

»Unverantwortlich? Inwiefern?«

»Jemandem Sendezeit zu geben, der eine ungesunde Fixierung auf dich hat. Sie könnte alles Mögliche sagen, wenn sie auf Sendung ist.«

»Ach, darüber haben wir gesprochen. Sie garantiert mir, dass die ganze Zeit eine Verzögerung eingebaut ist.«

Kirstin hatte alles sehr geschickt gehandhabt. Millers

Sorge um seine Tochter machte ihn blind für die Tatsache, dass Kirstin die Warnung wegen Dervla nicht weitergegeben und ihr dann hinter seinem Rücken einen Vertrag angeboten hatte. Aber wenigstens wusste Jane, dass Kirstins Optimismus fehl am Platz war.

»Ich muss gehen und mich mit den Ermittlern treffen«, sagte er. »Wir wollen Zita einen Appell in den Sechsuhrnachrichten machen lassen. Du erreichst mich auf dem Handy, wenn etwas sein sollte.«

»Gehst du morgen zu Yvettes Beerdigung?«, fragte Laura.

»Auf keinen Fall. Das wäre ein gefundenes Fressen für die Boulevardpresse. Abgesehen davon, *the show must go on* und so weiter.«

Zur Lunchzeit sagte Jane, sie würde für den Rest des Tages freinehmen, und fuhr nach Hause. Sie musste unbedingt mit Dervla sprechen. Ben war in seinem Arbeitszimmer, aber sie hatte ihn angerufen und gesagt, sie würde die Kinder früher holen, und er solle einfach weiterarbeiten, wenn sie kam.

Sobald die beiden beschäftigt waren, machte sie die Tür halb zu und ging in ihr Arbeitszimmer auf der anderen Seite des Flurs, wo sie mit einem Ohr nach ihnen lauschen konnte.

Sie öffnete Skype und fügte Dervla ihren Kontakten hinzu. Dann sprang ein Feld mit den Worten *Bitte lassen Sie es mich sehen, wenn Sie online sind* auf. Sie klickte auf *Okay* und schickte die Anfrage ab.

Sie stellte ihre Kamera ein und machte einen Testanruf, um ihr Mikrofon zu überprüfen, dann fuhr sie mit dem Cursor über Dervlas Eintrag auf ihrer Kontaktliste und sah, dass Dervla online war. Sie klickte wieder und hörte den typischen Wählton. Nun erschien ein weiteres Feld mit der Mitteilung *Verbindung wird hergestellt …*

»*Ist dort Jane Wade?*« Die bekannte Leierstimme.

»Ja, hier ist Jane.«

»*Wollen Sie von Angesicht zu Angesicht sprechen?*«

»Ah, ja gern.« Rachel klickte auf das Feld, und ein Fenster mit einem briefmarkengroßen Bild von ihr selbst in der Ecke ging auf. Der Rest des Fensters schien eine unscharfe Topfpflanze in einem Regal zu zeigen.

»*Ich muss die Kamera erst einstellen. Moment.*« Der Kamerawinkel veränderte sich, und jetzt konnte Jane eine Gestalt ausmachen. Als das Bild scharf wurde, sah Jane, dass Dervla an einem Schreibtisch saß und eine dunkle Brille und Kopfhörer trug. »*Ist das okay für Sie?*«

Jane betrachtete die Frau. Sie hatte kurzes schwarzes Haar und trug einen schwarzen Rollkragenpullover, was zusammen mit der großen Sonnenbrille die Blässe ihres Teints und ihre feinen Gesichtszüge betonte. Soweit Jane erkennen konnte, trug sie weder Make-up noch Lippenstift. Sie hätte Mitglied einer Avantgarde-Rockband sein können. Es war nicht das, was Jane erwartet hatte. Aber was *hatte* sie erwartet?

»Ja, ich kann Sie jetzt sehen«, sagte Jane. »Sehen Sie mich ebenfalls?«

»*Ja.*« Es war natürlich unmöglich, irgendeinen Tonfall in ihrer Antwort zu entdecken, aber Jane spürte, dass es für Dervla keine Rolle spielte, ob sie sie sah oder nicht.

»*Sie haben mich gestern nicht angerufen.*« Die Knöchel ihrer Finger waren beim Schreiben auf der Tastatur gerade noch sichtbar. Aber ihr Mund hatte sich nicht bewegt.

Auch wenn sie wusste, dass Dervla auf diese Weise kommunizierte, war es dennoch verwirrend. »Zuerst passte es einfach gerade nicht. Und dann bekam ich einen ziemlichen Schock, als ich hörte, dass Rachel Miller verschwunden war. Wussten Sie, dass das passieren würde?«

»Nein. Ich hatte keine Ahnung davon. Tatsächlich war ich am Samstag nicht auf der anderen Seite. Der erste ganze Tag ohne Anfall seit langer Zeit.«

Konnte Jane ihr glauben? Sie ging offen und ehrlich mit ihrer Krankheit um, darauf ließ sich immerhin aufbauen. McNamee hatte ihr offenbar gesagt, wie viel er Jane verraten hatte. »Was wollten Sie Dave dann am Freitag mitteilen?«

»Er war in London, oder?«

»Ja.«

»Manchmal sehe ich Kleinigkeiten. Aber das bedeutet nicht, dass sie unwichtig sind. Ich hätte ihm genug verraten, um ihn eine Entscheidung treffen zu lassen. Vorbestimmung mit der Option auf freien Willen, wenn man so will.«

»Ich bin mir nicht sicher, ob ich weiß, was Sie meinen.«

»Nicht alles wird mir offenbar. Und wenn ich es nicht sehe, dann besteht die Möglichkeit, es zu vermeiden.«

Es war, wie Jane gedacht hatte. »Also könnten Sie mir zum Beispiel verraten, dass das Dach meines Fitnessklubs morgen einstürzen wird, aber da ich nicht als eins der Opfer erwähnt werde, habe ich die Möglichkeit, nicht hinzugehen. Das Interventionsparadox greift nicht.«

»Ja. Aber Sie könnten es trotzdem riskieren hinzugehen. Das tun Menschen ständig, ohne dass jemand wie ich sie warnt. Sie haben Affären, sie spielen, sie lügen – obwohl sie wissen, es kann katastrophal schiefgehen, vielleicht sogar ihr Leben ruinieren.«

»Was ist an dem Tag schiefgegangen, an dem Sie die Pflegeeinrichtung verließen?«

»Das ist eine Sache zwischen Dave Miller und mir.«

Jane hätte gern ihren Gesichtsausdruck gesehen, aber

die dunklen Gläser verhinderten es. Und da die Worte nicht aus ihrem Mund kamen, fiel es schwer zu begreifen, dass Dervla tatsächlich mit ihr kommunizierte. Sie kniff die Augen zusammen und schüttelte den Kopf, um sich neu zu konzentrieren. »Sie verstehen, warum wir Sie nicht mehr in die Sendung lassen können.«

»*Ich kann ihm mit meinen Vorhersagen nicht schaden, oder? Sie sind einfach.*«

»Es sind nicht Ihre Vorhersagen, womit Sie ihn bedrohen. Es ist der Umstand, dass Sie ihn dafür verantwortlich machen, was an jenem Tag passiert ist.«

»*Es ist eine Erinnerungslücke, die er füllen muss. Das ist alles.*«

»Aber wie soll er das tun? Es ist jedenfalls sinnlos, darüber zu diskutieren, da Sie nicht wieder in die Sendung kommen werden. Besonders jetzt nicht, da seine Tochter verschwunden ist. Manche unserer Hörer glauben sogar, dass Sie etwas damit zu tun haben.«

»*Nun, das stimmt nicht. Also sollte ich es besser aufklären.*«

»Und wie soll das Ihrer Ansicht nach geschehen?«

»*In meiner eigenen Sendung. Ich kann das Angebot dieser Frau annehmen.*«

»Sie will nur Geld mit Ihnen machen. Sie wären eine Art Zirkusnummer.«

»*Das ist mir egal. Ich würde auch gut daran verdienen.*«

»Eine tägliche Show? Womit würden Sie die füllen?«

»*Ich kann die Hokuspokus-Wahrsager-Nummer so gut abziehen wie jeder andere.*«

»Und alle Glaubwürdigkeit verlieren?«

Dervla warf den Kopf in den Nacken. Jane begriff, dass sie lachte, aber das einzige Geräusch, das sie hörte, war die synthetische Sprache aus dem Computer. »*Glaubwürdigkeit? Ich garantiere Ihnen, je mehr Unsinn ich von mir gebe, desto mehr Anhänger werde ich haben.*«

Zum ersten Mal bemerkte Jane ihre Zähne. Klein und spitz. Die Lippen ein bisschen grausam, zu einem höhnischen Lächeln verzogen. Aber vielleicht deutete sie es falsch. Sie musste ihre Augen sehen.

»*Ich denke, wir sollten das jetzt beenden*«, sagte Dervla abrupt.

»Äh ... okay. Werden Sie drangehen, wenn ich Sie wieder anrufe?«

»*Kommt drauf an. Schauen Sie hier nach Nachrichten.*«

»Eine letzte Frage. Tragen Sie die ganze Zeit diese Brille?«

»*Ja. Wie heißt es so schön: Die Zukunft ist so strahlend, dass ich eine Sonnenbrille brauche.*« Das Fenster brach in sich zusammen, als sie die Verbindung trennte.

Das war eine unerwartete Antwort. Dervla schien Humor zu haben. Jane amüsierte sich über ihre eigene Wahl eines Fitnessklubs als Ort, um das Funktionieren des Interventionsparadoxes zu illustrieren. Sie war seit einigen Jahren nicht mehr in der Nähe von einem gewesen. Andererseits hatte sie angefangen, wieder in die Kirche zu gehen. Es hatte ursprünglich mit den Kindern zu tun, aber inzwischen genoss sie die gemeinsamen Werte und die gelegentliche geistige Erbauung, die sie dort fand. Es stimmte wohl, dass alles seine Zeit hatte.

22

Flankiert von ihrem Mann und dem Detective Superintendent, der den Fall leitete, machte Zita Miller ihren Aufruf in einer während der Sechsuhrnachrichten vom Fernsehen übertragenen Pressekonferenz. Sie war in Tränen aufgelöst, schien aber unter Beruhigungsmitteln zu stehen, das lange blonde Haar hatte sie streng nach hinten gebunden, und sie trug kein Make-up im üblicherweise stark geschminkten Gesicht.

Miller selbst sagte zunächst nichts, das Ziel war offenbar, sich auf die Not einer Mutter zu konzentrieren, in der Hoffnung, es würde die Herzen von Rachels Entführern erweichen. Es war klar, dass sie sich noch nicht gemeldet hatten. Aber da Zita Mühe hatte, bis zum Ende ihrer vorbereiteten Rede zu gelangen, musste er eingreifen. »Wir wollen Rachel und den Leuten, in deren Obhut sie sich im Augenblick befindet, sagen, dass Zita und ich jederzeit zu Hause sein werden, falls Sie Rachel wohlbehalten zurückbringen oder mit uns vereinbaren wollen, wo wir sie abholen können …« Er drückte Zitas Hand. »Dessen eingedenk habe ich beschlossen, meine Morgenshow morgen nicht zu präsentieren.«

Das sagst du mir jetzt, dachte Jane. Sobald die Pressekonferenz vorbei war, machte sie den Fernseher aus und rief Ali an, die die Sendung am nächsten Morgen produzierte.

»Ich habe es gesehen«, sagte Ali. »So wie er am Ende

geredet hat, klang es wie eine Einladung an die Entführer, eine Lösegeldforderung zu stellen.«

»Vermutlich war das mit der Polizei so abgesprochen. Aber ich glaube, die Entscheidung, nicht auf Sendung zu gehen, hat er gerade eben erst getroffen.«

»Ken Lally?«, fragte Ali.

»Ja. Ich werde Ken bitten, es zu machen. Dann kann er dich wegen der Inhalte der Sendung anrufen.«

»Was hältst du davon, wenn ich ihn gleich selbst anrufe? Spart dir die Mühe. Sollte er aus irgendeinem Grund nicht können, melde ich mich wieder bei dir.«

»Klingt vernünftig. Bist du dir sicher, dass du genug Material für ihn hast? Vielleicht sollte ich lieber doch nicht auf die Beerdigung gehen.«

»Wir kommen schon klar, Jane. Und da Dave offenbar nicht hingeht, hast du praktisch keine Wahl. Irgendwer sollte die Show auf jeden Fall vertreten.«

»Du hast recht. Aber lass uns durchgehen, was du hast.«

Nachdem sie eine mögliche Liste von Themen besprochen und darüber spekuliert hatten, was die Hauptgeschichte des Tages sein könnte, war Jane überzeugt, dass genug Inhalt vorhanden war, um die Sendung zu füllen.

Sie hatte gerade aufgelegt, als Miller anrief. »Hast du die Sechsuhrnachrichten gesehen? Ich habe verkündet, dass ich …«

»Ich hab's gesehen, Dave. Ali nimmt in diesem Augenblick Kontakt mit Ken Lally auf.« Sie schaltete das Telefon auf Lautsprecher und zog in ihr Arbeitszimmer um. Ben fütterte die Kinder in der Küche.

»Tut mir leid, dass es so kurzfristig ist, aber ich musste etwas tun, um diese Entführer zum Handeln zu bewegen. Und da kam mir die Idee, es könnte sie ermuntern, sich zu melden, wenn ich selbst nicht mehr so im Rampenlicht stehe.«

»Ich hoffe, es funktioniert.«

»Hast du mit Dervla gesprochen?«

»Äh …«

»Komm schon, Jane. Ich weiß, wie du bist, wenn du dir etwas in den Kopf gesetzt hast.«

»Okay, ich hab mit ihr gesprochen. Und sie wusste nicht vorher, dass Rachel verschwinden würde.«

»Dann wollte sie mich also nicht wegen Rachel warnen.«

»Nein. Sie blieb sehr vage, worum es ging. Sie sagte, sie hätte dir genug verraten, damit du eine Entscheidung treffen kannst.«

»Eine Entscheidung? Zu was?«

»Keine Ahnung.«

»Du sagtest, sie berichtet von Dingen, die passiert sind. Wie meinst du das?«

»So wie es McNamee erklärt hat, beschreibt Dervla – im Gegensatz zu den meisten Hellsehern, deren Prophezeiungen vage genug bleiben, um Spielräume zu lassen – Ereignisse, die tatsächlich stattgefunden haben – in der Zukunft.«

»Ich verstehe es immer noch nicht. Angenommen, wir hätten ihr wegen des Air-China-Flugs geglaubt – hätten wir nicht die Fluglinie anrufen und verhindern können, dass er startet?«

»Nein. Weil der Absturz in diesem Sinn nicht *bevorstand*. Er ist einfach passiert, als er passierte.«

»Und was wäre dann geschehen, wenn ich beschlossen hätte, auf ihre Information hin zu handeln? Wäre ich gelähmt geworden? Unfähig gemacht, anzurufen oder eine E-Mail zu schreiben?«

»Aber du hast es nicht getan, und das ist der entscheidende Punkt. Du hättest von der Vorhersage erst gar nicht erfahren, wenn du sie hättest ändern können. Denn dann wäre es nicht die Zukunft gewesen.«

»Warum sind dann diese Matlas-Leute so scharf darauf, sie in die Hände zu bekommen? Ich würde meinen, die Zukunft ändern zu können, wäre viel erstrebenswerter, als sie einfach nur zu kennen.«

»Nicht unbedingt. Mit Bestimmtheit vorher zu wissen, dass etwas passieren wird, hat gewaltige Vorteile. Wenn sie zum Beispiel für morgen einen Wirbelsturm voraussagen würde, könnte ich Maßnahmen zum Schutz meines Hauses ergreifen, ohne in irgendeiner Weise mit der Zukunft ins Gehege zu kommen.«

»Hm. Oder an der Börse tätig werden.«

»Aber du könntest wahrscheinlich ein Leben lang darauf warten, dass Dervla die Börse erwähnt. Du müsstest sie dazu überreden, sich auf das zu konzentrieren, was dich interessiert.«

»So wie sie ihre Vorhersagen auf Leute fokussiert hat, die mit der Show zu tun haben.«

»Etwa in dieser Art.«

»Aber wie macht sie es?«

»McNamee hat eine Art Telepathie erwähnt. Vielleicht fängt sie Gedanken oder Emotionen von Leuten auf, wenn sie ihre Visionen hat, und sortiert die einen aus und stürzt sich auf andere.«

»Telepathie? Hm. Hör zu, ich muss Schluss machen. Ken Lally soll sich für alle Fälle bis Ende der Woche bereithalten. Wir sprechen uns morgen irgendwann.«

»Ich hoffe wirklich für euch, die ganze Sache geht … bald zu Ende.«

Als sie das Telefonat beendet hatte, hörte sie, wie Bethann auf dem Weg nach oben ins Schlafzimmer ihrem Dad etwas vorplapperte. Sie hatte versprochen, den Kindern eine Gutenachtgeschichte vorzulesen. Aber das Gespräch mit Miller regte sie dazu an, sich bei Skype einzuloggen. Dervla war nicht online. Jane wollte schon wieder rausgehen, als sie sah, dass in der Chat-Spalte eine Nachricht für sie war. Eine einzelne Zeile: *Erst das Begräbnis ... dann der Tod.*

Es klang wie ein reißerischer Spruch für einen abgedroschenen Horrorfilm. Aber sie nahm an, Dervla sagte voraus, dass ein tödliches Ereignis Yvette Dalys Begräbnis folgen würde – sie brauchte keine telepathischen Fähigkeiten, um zu wissen, dass Jane vermutlich daran teilnehmen würde. Aber wessen Tod?

Sie sah noch einmal nach, aber Dervla war noch immer nicht online. Deshalb tippte sie ein: *Ist das eine Warnung? Wer wird sterben?*

Sie ließ Skype offen und ging den Kindern ihre Geschichte vorlesen. Als sie eine halbe Stunde später zurückkam, hatte sich Dervla gerade lange genug eingeloggt, um eine Antwort zu hinterlassen: *Sie werden es als Erste wissen.*

23

Nach einer kurzen Messe versammelte sich die große Trauergemeinde bei Yvette Dalys Begräbnis im grellen Licht der Herbstsonne vor der Krematoriumskapelle. In der Mitte der Menge ihre Großfamilie: Die Gesichter der Frauen mit Tränenspuren, die Männer mit grimmigem Blick, die Kinder mit Schwierigkeiten, einen angemessenen Gesichtsausdruck zu finden. Sie waren umgeben von einer Masse schnatternder Typen aus der Modebranche und dem Showbusiness: Männer meist mittleren Alters mit an den Kopf geklatschtem Haar und gebräunte, langbeinige junge Frauen – alle in Schwarz. Ein äußerer Ring wurde von Kondolierenden und Schaulustigen, Reportern und Fotografen gebildet, die bunte Aufmachung dieses losen Zirkels unterschied ihn von den Trauernden und jenen, die dafür gehalten werden wollten.

Nachdem sie Yvettes Schwester Berna, der einzigen Angehörigen, die sie im Grunde kannte, ihr Beileid ausgesprochen hatte, arbeitete sich Jane zum äußeren Kordon vor; unterwegs grüßte sie eine Reihe von Bekannten aus dem Mediengeschäft. Die Menge dehnte sich bis zur Umzäunung des Friedhofs aus, wo die Grabplatten und Sockel den Paparazzi als Aussichtspunkt für ihre Aufnahmen von Models und B-Prominenz dienten.

Als sie den Mittelgang entlangging, der von Krypten und Grabdenkmälern mit Urnen und Engeln darauf gesäumt wurde, sah sie, dass einige der Fotografen bereits vor ihr den Friedhof verließen. Miller war nicht beim Begräbnis, und das wäre natürlich die Aufnahme gewesen, die Geld gebracht hätte. Sie hatte mit Ben über Dervlas Nachricht gesprochen, und er hatte sie zu überreden versucht, nicht hinzugehen, aber sie hatte argumentiert, wenn sie anfinge, ihr Handeln von Dervla diktieren zu lassen, konnte niemand wissen, wohin das führte. Sie sagte nichts davon, dass Miller ihr gegenüber dasselbe Argument vorgebracht hatte.

Sie hörte ein Husten hinter sich und sah bei einem Blick über die Schulter einen stämmigen Mann im schwarzen Mantel, der stehen blieb, um eine Zigarette aus seiner Packung zu fischen. Er sollte lieber aufhören, dachte sie.

Nach Verlassen des Friedhofs überquerte sie die Straße und betrat einen kleinen Park. Es war eine Abkürzung zu ihrem Wagen, wenn sie ihn durchquerte. Außer ihr schienen hauptsächlich Kleinkinder hier zu sein, die im frisch gefallenen Laub spielten, während ihre Eltern oder Großeltern von den Parkbänken zusahen.

Bald erreichte sie einen Teil des Parks, wo es auf einer Seite einen kleinen Spielplatz gab, und sie lächelte, als sie an einem Karussell vorbeikam, auf dem sich orangefarbene und gelbe Blätter türmten, was sie an eine Zitrusfrucht-Duftmischung erinnerte.

Sie hörte das Husten des Mannes wieder, und als sie sich diesmal umblickte, schnippte er gerade seine Zigarette ins Gras. Er sah sie böse und herausfordernd an. Er schien ein rauerer Geselle zu sein, als sie zunächst gedacht hatte, sein weißes Hemd, die schwarze Krawatte und der Bürstenhaarschnitt trugen noch zu dem Eindruck bei, dass er eher ein Rauswerfer im Nachtklub als ein Boulevardzeitungsschmierer war.

Sie war an dem Spielplatz vorbeigegangen, als sie eine

Frau mit einem Kinderwagen den Weg entlangkommen sah. Die Frau schien kaum älter als zwanzig zu sein, aber ihr Gesicht war verkniffen und abgespannt vor Sorge.

Jane hörte, wie sich der Zigarettenmann hinter ihr räusperte – aber näher jetzt. Er holte zu ihr auf, und ihr war nicht ganz wohl dabei.

Als sie und die Frau im Begriff waren, aneinander vorbeizugehen, konnte Jane sehen, dass sie dunkle Ringe unter den Augen hatte und dass ihre Lippen so leichenblass waren wie ihre Haut. Jane schaute in den Kinderwagen und erwartete halbwegs ein ebenfalls kränkliches Baby zu sehen, aber alles, was sie unter der Abdeckung erkannte, war ein Kissen. Die Mutter – wenn sie es denn war – starrte losgelöst wie ein Zombie geradeaus. Doch als sie an ihr vorbeiging, murmelte sie einen nicht zu verstehenden Namen, und Jane begriff, dass sie den Zigarettenmann grüßte.

Sie blickte sich ein weiteres Mal um und sah zu ihrer Erleichterung, dass die beiden stehen geblieben waren, um sich zu unterhalten. Sie ging ein kleines Stück weiter, aber etwas an der Begegnung hatte sie neugierig gemacht, und sie fand einen Vorwand, stehen zu bleiben, als ihr Handy in der Umhängetasche läutete. Sie stellte die Tasche auf einer Bank ab und erwischte das Handy, kurz bevor es auf Anrufbeantworter sprang. »Ali, wie ist es gelaufen?« Die Show musste gerade zu Ende gegangen sein. Sie blickte hinter sich und sah, wie der Zigarettenmann die Frau mit einer Handbewegung aufforderte, sich mit ihm auf eine nahe Bank zu setzen, während er die andere Hand in eine Innentasche schob, um nach etwas zu suchen. Die Frau fuhr den Kinderwagen vor die Bank und stellte ihn so, dass er von ihr wegschaute, dann setzte sie sich neben den Mann.

»Gut. Ich wollte dir nur Bescheid geben, dass Kirstin eine E-Mail an uns alle geschickt hat …«

»Mhm.« Sie hatte die Hand über das Handy gewölbt. Das Paar war in Hörweite. Sie hatte außerdem einen jungen Mann in einem dunklen Trainingsanzug und weißen Laufschuhen etwa zehn Meter vor ihnen zwischen den Bäumen auftauchen sehen. Als der Zigarettenmann ihn über das Gras auf sich zukommen sah, zog er die Hand leer aus dem Mantel zurück und packte die Frau im Genick, Zeigefinger und Daumen griffen um den Hals nach ihrer Kehle. Sie sagte etwas zu dem Jungen, was diesen stehen bleiben ließ. Die Situation war plötzlich angespannt.

»Sie wird morgen Mittag eine wichtige Ankündigung im Sender machen, und wir sind alle aufgefordert, im Sitzungssaal daran teilzunehmen. Im Anschluss daran findet dann eine Pressekonferenz statt.«

»Wirklich? Ich werde sie sehen, wenn ich zurückkomme.« Die beiden Männer unterhielten sich. »Produzierst du Ken morgen ebenfalls? Und setze ihn für den Rest der Woche auf Stand-by.«

»Natürlich. Hier sind ein paar der vorgesehenen …«

Jane hörte nur halb zu, als Ali ihre Themen durchging. Nach ihrem Wortwechsel zeigte der Junge dem Zigarettenmann seine offenen Handflächen und klopfte dann auf den dünnen Stoff der Taschen seines Trainingsanzugs, ehe er sich umdrehte und das Oberteil hochzog, um den Hosenbund sehen zu lassen. Er war unbewaffnet, lautete die offensichtliche Botschaft. Diese Leute waren den Umgang mit Waffen gewohnt, erkannte Jane beunruhigt. »Tut mir leid, Ali, ich muss Schluss machen.« Sie hob ihre Tasche auf, um möglichst schnell zu verschwinden, aber dann blieb sie wie angewurzelt stehen und konnte die Augen nicht von der Szene nehmen, die sich vor ihren Augen abspielte.

Der Zigarettenmann löste argwöhnisch seinen Griff vom Hals der Frau, während der junge Mann auf den Gehweg vortrat, wobei er die Hände in einer beschwichtigenden Geste oben behielt. Doch plötzlich stieß seine Rechte in den Kinderwagen und zog etwas unter dem Kissen hervor. Zu ihrem Entsetzen sah Jane, dass es eine Handfeuerwaffe war. Binnen Sekunden hatte er sie aus kürzester Entfernung auf das abgewandte Gesicht des Mannes abgefeuert und wieder in den Kinderwagen geworfen, ehe er zu den Bäumen rannte, aus denen er zuvor aufgetaucht war. Die Frau stand rasch auf, deckte die Waffe mit dem Kissen zu und setzte ihren Weg rasch fort.

Der Zigarettenmann saß einfach auf der Bank und drückte die Hand an die Seite seines Halses; Blut tropfte zwischen den Fingern hervor. Jane lief zu ihm, während Leute, die den Schuss gehört hatten, sich von allen Seiten näherten. Bevor sie ihn erreichte, kippte er seitwärts, seine Hand rutschte in den Schoß, und das Blut schoss in einem Bogen aus der Wunde.

Bis Jane ihre Zeugenaussage gegenüber der Polizei gemacht hatte, war es nach eins, und ihr war nicht mehr danach zumute, zum Sender zu fahren. Während ihrer Heimfahrt war die Schießerei die Hauptmeldung in den Nachrichten von TalkNation. *Bekannter Drogendealer im Park erschossen … hatte am Begräbnis des Models teilgenommen – Täter hatte Komplizin …*

Nach dem ersten Schock hatte bei Jane ein schützendes Gefühl der Taubheit eingesetzt, das nun aber nachließ und sie ziemlich erschüttert zurückließ. Ihre Hände zitterten, und sie fuhr unsicher, deshalb beschloss sie, an einem Einkaufszentrum zu halten und einen starken Kaffee zu trinken, ehe sie ihre Fahrt fortsetzte. Nachdem sie in einem gut besuchten Café einen Platz gefunden hatte, musste sie einen *Evening Herald* aufheben, den jemand liegen gelassen hatte, ehe sie sich setzen konnte. Als sie ihn auf ihr Tablett legte, drehte sie ihn zufällig um und sah die Schlagzeile: IST DAS RACHEL?, stand über dem grobkörnigen Foto eines Mädchens, das Hand in Hand mit einem Mann an einem weißen Geländer vorbeigeht.

Sie setzte sich und vergaß ihren Kaffee für einen Moment. Die Züge des Mädchens waren nicht zu erkennen, aber seine Mundwinkel waren nach unten gezogen und seine Augen zugekniffen, als würde es weinen. Es trug einen flauschigen rosa Anorak. Der Mann bei ihr schien eine Art gewachsten Mantel anzuhaben. Sein unrasiertes Gesicht zeigte einen grimmigen Ausdruck, aber da die obere Hälfte angeschnitten war, ließ es sich schwer beurteilen.

»Rachel« hatte das richtige Alter und die richtige Statur, aber das Auffallendste an ihr war das Haar, das zu beiden Seiten des Kopfs in Büscheln hochgebunden war, genau, wie sie es auf dem Foto getragen hatte, mit dem ihr Verschwinden publik gemacht worden war.

Die Suche nach der zehnjährigen Rachel Miller verlagerte sich gestern Abend nach Schottland, als die Polizei dieses Bild überprüfte, das *Herald*-Leser Kevin Williams am Wochenende an Bord der Fähre Larne-Stranraer gemacht hat. »Ich habe ein paar Fotos mit meiner Handykamera geschossen, als wir am Samstag in Stranraer ankamen, und als ich sie gestern gelöscht habe, entdeckte ich dieses Mädchen, das im Hintergrund vorbeigeht. Man sieht, dass es ganz aufgelöst ist. Dann fiel mir ein Bild von Rachel ein, das ich im *Herald* gesehen hatte.«

Jane trank einen Schluck Kaffee und blätterte zu Seite zwei, um den Rest des Artikels zu lesen.

> Das Gesicht des Mannes, der das Mädchen begleitet, ist auf einer weiteren Aufnahme deutlich zu sehen, und die Polizei vergleicht es mit Fotos bekannter Pädophiler. Es ist noch nicht klar, ob der Mann zu Fuß oder als Fahrer auf der Fähre war. Einem Sprecher der Polizei zufolge wäre »ein Wagen leichter aufzuspüren, deshalb könnte ein Entführer versuchen, der Entdeckung zu entgehen, indem er mit dem Zug weiterfährt.« Das Foto wird jetzt von Experten mithilfe modernster Gesichtserkennungstechniken analysiert. Rachel, die die Tochter des Rundfunkmoderators Dave Miller ist, verschwand letzte Woche auf dem Heimweg vom Besuch bei einer Freundin.«

Sie sah sich das Foto noch einmal an. Durch die schlechte Qualität und den Umstand, dass die Gesichtszüge des Mädchens verzerrt waren, konnte sie unmöglich beurteilen, ob es Rachel war. Obwohl ihre Hand noch leicht zitterte, als sie die Tasse zum Mund führte, erschien ihr ihre eigene Not nun weniger wichtig. Denn wenn es Rachel Miller war, dann sahen sich ihre Eltern jetzt dem Dilemma gegenüber, einerseits zu frohlocken, dass sie lebte, und andererseits zu akzeptieren, dass sie wahrscheinlich ein Pädophiler außer Landes geschmuggelt hatte. Und wenn es nicht Rachel war, dann mussten sie es ertragen, dass ihre Hoffnungen in rascher Folge geweckt und enttäuscht worden waren.

Sie hatte gerade ihren Kaffee ausgetrunken, als Ben anrief.

»Wie geht es dir?« Sie hatte nach der Schießerei mit

ihm telefoniert. Er hatte nach Dublin kommen wollen, um bei ihr zu sein, aber in diesem Moment hatte sie wie automatisch funktioniert und ihm erklärt, sie komme schon zurecht. Aber sie hatten sich darauf geeinigt, dass Ben die Kinder abholte.

»Ein bisschen durch den Wind«, sagte sie. »Aber ich bin auf dem Heimweg. Dauert nicht mehr lange.«

»Vielleicht solltest du dich eine Weile hinlegen, wenn du hier bist.«

»Ich glaube, ich werde deinen Rat beherzigen. Ich hatte schon überlegt, doch die Kinder auf dem Weg abzuholen, aber im Moment fühle ich mich nicht dazu in der Lage.«

»Ich sagte ja, ich hole sie. Kein Problem.«

Sie machten Schluss. An keinem Punkt des Gesprächs hatte er so etwas wie »Ich hab's dir doch gleich gesagt« von sich gegeben, aber ihre Entschlossenheit, Dervlas Warnung zu ignorieren, kam ihr jetzt selbst lächerlich trotzig vor. Doch wieso hatte sie diese Warnung überhaupt erhalten?

Ein Licht, das ihr ins Gesicht blinkte, weckte sie. Sie hatte das Handy auf stumm gestellt und es auf dem Nachttisch liegen lassen, aber ein eingehender Anruf erleuchtete das Schlafzimmer. Zu ihrer Überraschung sah sie, dass es fünf Uhr nachmittags war. Sie hatte beinahe drei Stunden lang geschlafen.

»Hallo, Dave«, sagte sie heiser.

»Ich habe gehört, du hast die Schießerei nach Yvettes Beerdigung gesehen. Alles in Ordnung?«

»Wer hat es dir gesagt?« Die Polizei hatte sich bereit erklärt, ihren Namen und Beruf fürs Erste aus dem Spiel zu lassen. Sie hatte schon genug Leute am Hals und musste nicht auch noch den Täter davon in Kenntnis setzen, dass sie den Mord beobachtet hatte. Allerdings erschien es ihr, als hätten weder er noch seine Kinderwagen schiebende Freundin sich viel darum geschert, ob sie gesehen wurden oder nicht.

»Superintendent Kinsella. Man unterrichtet ihn von allem, was mit Leuten zu tun hat, die für unsere Sendung arbeiten.«

»Wirklich?« Sie schaltete die Nachttischlampe ein. »Na ja, es hat mir mehr zugesetzt, als ich zunächst dachte.«

»Der Scheißkerl war tatsächlich auf der Beerdigung. Diese Typen halten sich für achtbare Mitglieder der Gesellschaft.«

»Er hat es nicht verdient, auf diese Weise hingerichtet zu werden.« Sie hatte noch irgendetwas anderes im Hinterkopf.

»Er würde nicht zögern, dasselbe bei jemand anderem zu machen.«

»Darum geht es nicht ...« Jetzt fiel es ihr ein – der Artikel im *Evening Herald*. Sie schwang die Beine aus dem Bett. »Hey, Dave, ich habe den *Herald* gesehen. Dieses Mädchen auf der Fähre, ist das ...?«

»Das ist nicht Rachel.«

»Bist du dir sicher?«

»Ja«, sagte er müde. »Und nicht nur, weil es unscharf ist oder weil es nicht ihre Sachen sind. Ich weiß einfach, dass das nicht meine Tochter ist.«

»Was meint Zita?«

»Ich habe es ihr nicht gezeigt. Sie steht seit gestern Abend unter schweren Beruhigungsmitteln. Sie wird einfach nicht damit fertig.«

»Du kannst selbst nicht in der tollsten Verfassung sein.«

Er seufzte schwer. »Ich verstehe es einfach nicht. Wir haben nicht ein Wort gehört. Nichts. Absolut nichts.« Er klang äußerst niedergeschlagen. »In diesem Stadium würde ich alles tun, um Rachel zurückzubekommen – tot oder lebendig. Sie nie wieder zu sehen, nie zu erfahren, was aus ihr geworden ist – das wäre das Schlimmste. Ich habe sogar daran gedacht, einen Hellseher zu engagieren.«

»Ist das dein Ernst?«

»In so einer Situation neigt man dazu, sich an jeden Strohhalm zu klammern. Wenn ich glauben würde, dass es funktioniert, würde ich den Teufel persönlich dafür bezahlen. Selbst Dervla.«

»Hör auf, Dave. Sie wird dir wohl kaum helfen, oder? Abgesehen davon glaube ich nicht, dass sie dir helfen *könnte*.«

»Warum nicht?«

»Weil sie keine … solche Hellseherin ist.«

»Ich will nur wissen, ob Rachel lebt oder tot ist. Das kann sie, oder? Sie konnte mir sagen, dass dieser arme Teufel am Grund einer Jauchegrube lag.«

»Ja, aber das war, weil …«

»Und sie tritt auf eine Art telepathische Weise mit den Lebenden in Kontakt. Das hast du mir selbst gesagt.«

Jane sagte nichts. Miller brauchte verzweifelt Hoffnung.

»Der entscheidende Punkt ist, Jane«, fuhr Miller fort, »wenn Rachel lebt, dann können wir weiter hoffen, dass sie freikommt. Wenn sie tot ist, dann sei sie es, aber ich möchte um Gottes willen ihre Leiche haben. Wir beide wissen, was mit einer Leiche geschieht, die in einem Wald versteckt oder in einen See geworfen wird und die man wochen- oder monatelang nicht findet. Selbst zu dieser Jahreszeit dauert es nicht lange, bis sie … nicht wiedererkennbar ist. Ich könnte es nicht ertragen, wenn ihr das zustoßen würde. Nicht meinem kleinen Mädchen.«

»Du darfst die Hoffnung nicht aufgeben, Dave.«

»Ich muss realistisch sein. Niemand hat Geld gefordert. Oder hat Kontakt mit uns aufgenommen, um mitzuteilen, dass sie Rachel haben und sich mit ihren Forderungen melden werden, wenn sich der ganze Wirbel gelegt hat. Was soll ich also denken? Dass sie von Elfen gestohlen wurde? Von Aliens entführt? Glaub mir, man fängt sogar an, solche verrückten Dinge in Erwägung zu ziehen. Aber ich denke, es läuft einfach auf irgendein Schwein hinaus, das sie gepackt, in einen Wagen gezerrt und irgendwohin gebracht hat, um sie zu vergewaltigen und zu töten. Oder aber sie taucht in zwanzig Jahren mit drei Kindern wieder auf, nachdem sie einem Psychopathen entkommen ist, der sie zu seiner Sexsklavin gemacht hat. Ich bin nicht dumm, Jane. Diese Möglichkeiten sind mir vom ersten Tag an durch den Kopf gegangen.«

»Ich weiß, das ist eine Aussicht, der du dich stellen musst. Aber mir ist damals schon aufgefallen, dass ihr Fahrrad ebenfalls verschwunden ist, und ich glaube immer noch, dass das etwas zu bedeuten hat. Es ist irgendwie ein hoffnungsvolles Zeichen.«

»Himmel noch mal, Jane, was ist daran hoffnungsvoll? Wir sind es mit der Polizei hundert Mal durchgegangen. Das wahrscheinliche Szenario ist, dass sie von ihrem Rad gerissen und in einen Lieferwagen gezwungen wurde und dass der Täter das Rad dann ebenfalls mitgenommen hat, damit unser erster Gedanke sein würde, dass sie irgendwohin gefahren ist. Die andere Möglichkeit ist, dass ihr Entführer sie angefahren hat – aus Versehen oder absichtlich. Dass er ihr dann angeboten hat, sie nach Hause zu fahren und sie in den Wagen gelockt hat, indem er ihr Rad einlud – vorgeblich aus Freundlichkeit und Hilfsbereitschaft. Es ist leicht, einem Kind so etwas vorzumachen, vor allem, wenn sie verstört oder verletzt war.«

»Aber man kann es auch anders sehen: Dass das Rad mitgenommen wurde, weil ihre Entführer wollten, dass sie es hat. Dass sie also – wohin man sie auch gebracht hat – damit würde fahren dürfen.«

Es gab ein kurzes Schweigen, während Miller darüber nachdachte. »Für einen Moment, Jane, hast du mir einen Schimmer Hoffnung geschenkt. Und ich wünschte, du hättest es nicht getan ...« Seine Stimme war heiser vor Gefühlsregung. »Denn er ist genauso schnell wieder verflogen. Weißt du was? Ich werde deine Theorie der Liste alternativer Möglichkeiten hinzufügen – die mit der Entführung durch Außerirdische beginnt.«

»Es tut mir leid. Ich wollte nicht ...«

»Du hast es gut gemeint, ich weiß. Aber es wäre mir lieber, du würdest deine Theorien in Zukunft für dich behalten. Es ist einfach zu schmerzlich, Hoffnungen auf solchen zerbrechlichen Einfällen aufzubauen.« Er legte auf.

Jane war verletzt, aber sie erkannte es als verletzten Stolz. Sie würde es ihm nicht vorhalten. Er war im Moment übel dran, und es war verständlich, dass er keine weiteren Emotionen entfacht haben wollte, nachdem sein Seelenleben bereits unerträglich belastet war.

24

Unmittelbar nach der Sendung am nächsten Tag ging Jane zusammen mit dem Team und anderem Personal von TalkNation in den Sitzungssaal, um zu hören, was Kirstin zu verkünden hatte.

Die meisten Stühle, die sonst um den Konferenztisch standen, waren entfernt worden und der Tisch selbst an die Wand geschoben. Kirstin, die ein schwarzes Nadelstreifenkostüm trug, stand an der Stirnwand auf einem Podium. Hinter ihr saßen zwei Frauen und ein Mann. Jane kannte den Mann – er war ein bekannter Zeitungsastrologe. Senderangestellte trudelten ein, standen in Gruppen beisammen und spekulierten im Flüsterton darüber, was sie wohl gleich zu hören bekommen würden.

»Guten Tag, und danke, dass Sie gekommen sind«, begann Kirstin. »Es ist mir eine große Freude, eine aufregende Neuerung in unserem Programm zu verkünden. Ab nächster Woche wird Dervla, die Hellseherin, die Sie in der Dave Miller Show gehört haben, mit ihrer eigenen einstündigen Sendung ins Nachmittagsprogramm rutschen. Sie kennen ohne Frage bereits den Werbespot, aber nun kann ich Ihnen einige Einzelheiten nennen. Die Sendung wird ›Psyline‹ heißen, und angesichts des enormen Interesses an Themen wie Astrologie, Hellsehen, Tarot-Lesen, Fernheilung und so weiter werden wir unseren Hörern das volle Spektrum an parapsychologischem und spirituellem Rat bieten sowie sie täglich mit Dervlas verblüffend genauen Vorhersagen von Ereignissen im In- und Ausland in Erstaunen versetzen. Sie wird das Team anführen, das Sie hier hinter mir sehen …« Sie drehte sich um und gestikulierte in Richtung der drei dort Sitzenden, dann wandte sie sich wieder ihrem Publikum zu. »Den Kern des Programms werden Dervlas tägliche Vorhersagen bilden, von denen sich einige auf lokale und nationale Ereignisse beziehen werden, aber der Höhepunkt wird ihre Voraussage eines großen internationalen Zwischenfalls sein, dem am nächsten Tag Berichte von Augenzeugen vor Ort folgen. Wir beabsichtigen, diesen speziellen Programmpunkt an andere Radiosender zu verkaufen, und erhalten bereits Anfragen aus aller Welt.« Sie sah auf die Uhr, dann warf sie einen Blick in ihr Publikum. »Wir warten noch auf die Ankunft einiger Reporter und Fotografen, dann werde ich unser Psyline-Team vorstellen. Gibt es in der Zwischenzeit Fragen?«

»Hat das Ganze damit zu tun, dass Dave gerade nicht auf Sendung ist?«

Jane konnte den Fragesteller nicht sehen, aber sie erkannte die Stimme. Es war Declan Nagle aus der Nachrichtenredaktion. Offenbar geht das Gerücht um, dass Kirstin Dervla aus Millers Show gestohlen hat, dachte Jane.

Ein Anflug von Verärgerung huschte kurz über Kirstins stark geschminktes Gesicht. »Daves gegenwärtige Situation hat nichts mit dieser Entscheidung zu tun. Tatsächlich hatte er bereits vor Rachels Verschwinden – und wir hoffen auf ein schnelles Ende ihrer Gefangenschaft – voll und ganz meinen Plan unterstützt, Dervla ihre eigene Sendung zu geben. Niemand begreift besser als Dave, dass ein todsicherer Quotenbringer wie unsere Hellseherin Dervla eine größere Rolle im Programm von TalkNation spielen muss, vor allem, wenn man bedenkt, dass sie auch von einem Konkurrenzsender unter Vertrag genommen werden könnte. Und durch ihre gegenwärtige Abwesenheit in der Sendung könnten sich Letztere ermutigt fühlen, einen Vertrag mit ihr abzuschließen.«

»Es hat also doch mit Daves Abwesenheit zu tun.«

Kirstin warf Nagle einen vernichtenden Blick zu. »Ich glaube, ich habe Ihre Frage beantwortet.« Sie sah sich gezwungen lächelnd um. »Noch jemand? Ja, Ali?«

»Kommt sie ins Studio?«

»Nein. Sie wird von zu Hause tätig sein, was sie bevorzugt. Aber wir legen eine ISDN-Leitung zu ihrem Haus, um ihre, äh, Stimme auf Studioqualität zu bringen.«

Jane hob die Hand.

»Ja, Jane?« Kirstin zeigte auf sie.

»Das heißt, Sie wissen, wo sie wohnt?«

»Es wäre merkwürdig, wenn wir es nicht wüssten«, sagte sie geringschätzig und zeigte auf einen anderen Fragensteller.

Sie weiß es in Wirklichkeit nicht, sagte sich Jane. Sie wartete einige weitere Fragen und deren Beantwortung ab, ehe sie die Hand wieder hob. Kirstin tat, als würde sie sie nicht sehen, deshalb stellte sie ihre Frage einfach unaufgefordert. »Hat Dervla einen Vertrag unterschrieben?«

»Äh, technisch gesehen nicht, noch nicht. Aber wir sind uns über die Bedingungen einig.«

»Wer vertritt sie?«

»Sie sich selbst, im Moment. Warum fragen Sie?«

»Trifft es nicht zu, dass Sie ihr angeboten haben, sie in den Verhandlungen mit dem Sender zu vertreten?«

Ein Murmeln ging durch die Zuhörer.

Kirstin schüttelte den Kopf und zwang sich zu einem

weiteren Lächeln. »Nein, das ist nicht der Fall. Ich habe ihr lediglich die Namen einiger Talentagenturen genannt, aus denen sie wählen kann, wenn sie es wünscht.«

»Talentent, zum Beispiel?«

»Und wenn? Daran ist nichts Unrechtes.« Kirstin blickte sich im Raum um. »Machen wir weiter. Noch Fragen?«

»Warum haben Sie die Warnung ignoriert, die Sie wegen Dervla erhalten haben?« Jane war entschlossen, es jetzt in aller Öffentlichkeit mit ihr auszutragen.

»Warnung? Welche Warnung?« Kirstin schaute höchst unbehaglich drein.

»Dass sie eine Gefahr für Dave Miller darstellt.«

Einen Augenblick lang war Kirstin sprachlos. Dann sah sie einen Ausweg. »Ach so! Für seine Hörerzahlen, meinen Sie. Wenn Dervla zu einem anderen Sender gehen würde, tja, dann wäre sie natürlich eine Bedrohung. Und genau deshalb sind wir hier.«

Die Menge lachte. Kirstin nutzte die Gelegenheit und zeigte auf jemanden in der vordersten Reihe des Publikums. »Ja, Michael von der Frühstücksshow, Sie haben eine Frage ...«

Jane spürte, dass es sinnlos war. Und was hätte sie überhaupt davon? Wenn es stimmte, dass Dervla ihr Versprechen wahr gemacht und Kontakt mit Kirstin aufgenommen hatte, dann, weil es ihren eigenen Zwecken diente. Kirstins Pläne waren auf lange Sicht irrelevant.

Jane wartete das Ende der Versammlung nicht ab. Auf ihrem Weg zurück ins Büro traf sie einen Fotografen des *Irish Mirror*, der in Richtung Sitzungssaal unterwegs war.

»Ist diese Versammlung bald vorbei?«, fragte er.

»Ihr wisst, worum es geht, oder?«

»Ist diese Hellseherin nicht da, wie heißt sie gleich noch, Dervla?«

Jane sah einen weiteren Fotografen den Flur entlangkommen. Sie musste lachen. Kirstin hatte die Presse offenbar mit der Andeutung angelockt, sie würden die Hellseherin zum ersten Mal zu Gesicht bekommen.

»Wenn sie da ist, dann in Verkleidung«, antwortete sie. »Ihr könnt Kirstin Rynn fragen, sie soll sie euch zeigen.«

25

Jane hatte Zeit gehabt nachzudenken, als alle auf der Versammlung gewesen waren. Sie musste herausfinden, wovor Dervla Miller hatte warnen wollen. Und da ihr Erlebnis im Park zum Teil einer Mediennachricht geworden war, wenn auch keiner, die sich direkt auf sie bezog, vermutete sie, dass Dervla auch in Millers Fall etwas vorhergesehen hatte, worüber später berichtet worden war. Und sie erinnerte sich an ihre Bemerkung über Menschen, die alles aufs Spiel setzen, um ihre Triebe zu befriedigen. Sie hatten zu diesem Zeitpunkt über Millers Reise nach London gesprochen. Hatte sie unabsichtlich etwas zum Ausdruck gebracht, was ihr gerade durch den Kopf ging?

Ehe das Team von der Versammlung zurückströmte, setzte sie Kopfhörer auf, und als sie eintrafen, tat sie, als würde sie konzentriert eine Audioquelle aus dem Internet niederschreiben. Die ganze Bande war sehr besorgt um ihr Wohlergehen gewesen, als sie am Morgen zur Arbeit gekommen war, und sie wusste ihre Anteilnahme sehr zu schätzen. Allerdings war die Rede davon gewesen, zusammen zum Mittagessen zu gehen, damit sie die Ereignisse des Vortags in allen Einzelheiten zu hören bekamen – was ihr überhaupt nicht behagte. Sie wollte jedoch nicht unhöflich sein, deshalb hob sie die Kopfhörer kurz an und sagte: »Ich fürchte, ich schaffe es nicht zum Lunch. Ich muss diesen Bericht für Kirstin machen.«

Während die anderen beschlossen, trotzdem auszugehen, saß Joe an seinem Schreibtisch, las eine Zeitschrift und aß eine Banane, die er aus seiner Tasche geholt hatte. Als er die Bananenschale in einen Abfallbehälter warf, ergriff Jane die Gelegenheit und ging zu seinem Schreibtisch.

»Wie war der Rest der Versammlung?«, fragte sie, verschränkte die Arme und lehnte sich an den Schreibtisch neben seinem.

»Okay – bis zu dem Punkt, als Carmel fragte, ob schon jemand zur Arbeit bei der neuen Show eingeteilt sei, und vorschlug, dass die entsprechenden Leute eine Gefahrenzulage verlangen sollten.«

»Kirstin glaubt wahrscheinlich, dass ich sie dazu angestiftet habe.«

»Die Pressekonferenz ging auch nicht ganz reibungslos über die Bühne. Sie wurde mehrmals gefragt, wieso Dervla nicht da sei, worauf sie im Grunde nichts zu sagen wusste.«

»Joe, ich muss dich um einen Gefallen bitten«, kam Jane zur Sache.

»Ja, gern.«

»Ein bisschen Detektivarbeit. Ich will herausfinden, was Dave letztes Wochenende in London getan hat.«

»Er hat sich ›From Presley to Punk‹ angesehen.«

»Ja, ich weiß. Aber das war Freitagabend. Er ist bis Sonntag geblieben.«

»Aber woher soll ich wissen, was er sonst noch gemacht hat?«

»Habt ihr nicht ein paar Tage zuvor einen Kaffee zusammen getrunken?«

»Ja, aber soweit ich mich erinnere, hat er hauptsächlich über die Show gesprochen. Und warum sollte er mir seine Pläne verraten?«

»Ich weiß, er plaudert gern über Männerthemen mit dir – Fußball, technische Spielereien … Frauen …«

Joe lächelte. »Du glaubst also, er ist fremdgegangen, oder? So etwas würde er mir bestimmt nicht erzählen.«

»Da bin ich mir nicht so sicher. Er stellt sich gern als Kumpel dar, wenn es ihm passt.«

»Das tut er, aber es klingt nicht echt.«

Interessante Beobachtung, sagte sich Jane.

»Warum willst du es überhaupt wissen?«

»Dervla wollte ihm etwas über seine Reise sagen. Ihn irgendwie warnen, da bin ich mir ziemlich sicher.«

»Wegen Rachel, meinst du?«

»Nein, nicht wegen Rachel. Wegen etwas, das in London geschehen würde – geschehen ist.«

»Irgendwelche Tipps, in welche Richtung es geht?«

»Ich stelle es mir folgendermaßen vor: Es muss etwas sein, worüber irgendwo berichtet wurde – im Radio, in einer Zeitung, im Internet. Es könnte etwas gewesen sein, was er gesehen hat – so wie ich Zeugin der Schießerei nach dem Begräbnis wurde. Aber er kann nicht namentlich erwähnt worden sein, sonst hätten es die Medien hier bei uns aufgegriffen.«

Joe kratzte sich am Kopf. »Da fällt mir sofort die berühmte Nadel im Heuhaufen ein. Gibt es keine weiteren Anhaltspunkte?«

Jane schüttelte den Kopf. »Dervla hat es heruntergespielt. Es war für sich genommen kein großes Ereignis. Aber ich habe darüber nachgedacht, warum sie mir erzählt hat, auf Yvettes Begräbnis würde ein Todesfall folgen. Es ist so, dass sie Zusammenhänge spürt – und ich meine nicht nur, dass der Typ, der erschossen wurde, auf ihrer Beerdigung war. Ich glaube, dass er sie mit Drogen versorgt hat.«

»Du meinst also, das, was in London passiert ist, stand in Zusammenhang mit … ja, mit was eigentlich?«

»Wieso nicht mit der Sendung, fürs Erste? Ansonsten …«

Joe hatte den Zeigefinger hochgereckt, weil ihm etwas eingefallen war. »Erinnerst du dich noch an Max Garland? Privatklubs?«

»Ja. Das war am Tag des Brands im Hafentunnel.«

»Er hat Miller eingeladen, seinen Klub zu besuchen, wenn er das nächste Mal in London sein würde.«

»Ja, du hast recht. Aber was hilft uns das?«

»Es macht die Nadel, nach der wir suchen, ein ganzes Stück größer.«

Jane lächelte und ging an ihren Schreibtisch zurück.

In ihrer Mailbox war eine neue Nachricht. Von Kirstin Rynn.

»Kommen Sie um 16.00 Uhr in mein Büro.«

»Verdammt«, sagte Jane laut. Das war die Strafe dafür, dass sie vorhin das Team angelogen hatte. So lange bleiben zu müssen, nur für das Vergnügen, von Kirstin eins aufs Dach zu kriegen, war das Letzte, wonach ihr der Sinn stand. Sie sah auf die Uhr an der Wand hinter Millers Schreibtisch. 13.45 Uhr. Sie rief Ben an und bat ihn, die Kinder den zweiten Tag in Folge abzuholen. Er meckerte zwar, aber nicht ernsthaft. Jane dachte jedoch, dass sie einen Plan B für solche Situationen haben sollten. Er war immer derjenige, der kurzfristig alles liegen und stehen lassen sollte. Das erschien ihr nicht fair.

Um fünf vor vier kreuzte Jane vor dem Schreibtisch von Kirstins Sekretärin auf. Er stand im rechten Winkel zum

Büro der Geschäftsführerin, und gegenüber davon war eine Nische mit einem niedrigen Tisch und ein paar Sesseln. Deirdre ging zu Kirstin hinein und kam umgehend wieder heraus. »Sie telefoniert gerade, aber danach ist sie frei.« Sie steckte einen Stapel Kuverts in ihre Handtasche. »Ich bin auf dem Weg zur Post. Geben Sie ihr noch ein paar Minuten. Sie weiß, dass Sie da sind.«

Jane dankte Deirdre und setzte sich. Der einzige Lesestoff auf dem Tisch war Werbematerial für den Sender. Sie beachtete es nicht und setzte sich nur auf die Kante des Sessels, als könnte sie die Dinge beschleunigen, indem sie eine solche Haltung einnahm. Während sie wartete, kam ein Junge vorbei, der den *Evening Herald* verteilte, und als sie die Schlagzeile sah, nahm sie eine.

WO IST RACHEL?

> Dave und Zita Miller mussten einen weiteren Rückschlag hinnehmen, nachdem sich herausstellte, dass das geheimnisvolle Mädchen auf einem Schnappschuss in Schottland nicht ihre verschwundene Tochter Rachel ist, sondern ein seekrankes Schulmädchen, das von ihrem Bruder von der Fähre geführt wird. Damit hat die Polizei nach drei Tagen noch immer keinen Hinweis auf den Verbleib von Rachel Miller.
> *Fortsetzung auf Seite 2*

Sie machte sich nicht die Mühe, auf Seite zwei zu blättern. Minuten vergingen. Jane konnte so gerade noch hören, dass Kirstin mit jemandem sprach, aber sie verstand kein Wort. Aus reiner Langeweile versuchte sie, ein Muster herauszuhören, etwas, das ihr verriet, ob das Gespräch privat oder geschäftlich war, ob es ein Gespräch auf Augenhöhe war oder ob Kirstin das Kommando führte. Aber es war nicht leicht zu interpretieren, denn während Jane zuhörte, änderte sich die Melodie von Kirstins Stimme mehrmals, von Plauderton zu fragend – sie hatte ein langes, unmissverständliches »Waas?« gehört –, und dann folgte noch etwas, das Wut oder Empörung gewesen sein konnte. Auf jeden Fall eine heftige Gefühlsregung. Danach Stille.

Jane wartete. Nach einer Zeit, die sie für angemessen hielt, ging sie zur Tür, um zu klopfen. Sie hob gerade die Hand, als ein Geräusch aus dem Büro sie stattdessen das Ohr an die Tür legen ließ. Sie hörte eine Frau weinen. War noch jemand da drin? Sie hatte keine zweite Stimme gehört, Kirstin hatte telefoniert, dessen war sie sich sicher. Es musste Kirstin sein, die weinte. Jane trat einen Schritt von der Tür zurück. Was sollte sie tun? Wenn sie draußen wartete, konnte es wer weiß wie lange dauern, bis Kirstin herauskam. Und wenn sie so aus dem Häuschen war, wollte sie ihr Treffen vielleicht sowieso verschieben. Jane klopfte, dann legte sie das Ohr wieder an die Tür.

Keine Antwort.

Was sollte sie jetzt tun? Es war bereits zwanzig nach vier. Wenn Kirstin nicht einmal auf ihr Klopfen reagieren konnte, dann war sie wohl kaum in der Verfassung, mit ihr zu reden. Aber was konnte sie so fertiggemacht haben? Sie griff nach der Klinke und drückte die Tür vorsichtig auf.

Kirstin saß am Schreibtisch, sie hatte die Ellbogen aufgestützt und das Gesicht komplett in den Händen verborgen.

»Kirstin«, flüsterte Jane. »Was ist passiert? Sind Sie in Ordnung? Kann ich etwas tun?«

Kirstin ließ die Hände langsam von ihrem Gesicht gleiten. Es war blass und von Wimperntusche verschmiert. Ihre Augen waren voller Angst, wie die eines in die Enge getriebenen Tiers. »Ich werde sterben«, sagte sie und wurde von neuerlichem Weinen geschüttelt.

Jane nahm vor ihrem Schreibtisch Platz. »Sie ...« Sie schüttelte ungläubig den Kopf. Kirstin hatte die Diagnose erhalten, dass sie unheilbar krank war. Das also hatte sie mitgehört. »Das tut mir leid, Kirstin. Ich wusste nicht, dass Sie krank sind ... Ich hätte Sie nicht stören sollen ...«

»Ich bin nicht krank«, heulte sie auf und schlug mit der Hand auf den Tisch. »Ich bin absolut gesund.« Sie sank wieder in ihrem Sessel zusammen und drehte den Kopf dann langsam zum Fenster. Es ging auf die Liffey hinaus, der Fluss spiegelte die Lichter der City in der einbrechenden Dunkelheit. »Aber morgen um diese Zeit werde ich wahrscheinlich tot sein.« Ihre Stimme war jetzt ausdruckslos, beinahe resigniert.

»Das verstehe ich nicht«, sagte Jane.

Kirstin drehte sich wieder zu ihr um. »Es ist diese Hellseherin, diese Hexe, oder was auch immer sie ist«, zischte sie. »Sie hat es mir gerade gesagt. ›Es ist unausweichlich‹, hat sie in ihrer dämlichen Stimme verkündet.«

Jane zuckte unwillkürlich, als ihr ein Schauder über den Rücken lief. »Was genau hat sie gesagt?«

»Was *genau*? Welche Rolle spielt das, verdammt noch mal? Ich bin tot, so oder so.«

»Es ist wichtig, Kirstin. Erzählen Sie mir, was sie zu Ihnen gesagt hat. Wie kam sie darauf?«

Kirstin sah wieder aus dem Fenster. »Wir haben über die neue Show gesprochen. Alles lief wunderbar, bis sie sagte, es sei schade, dass ich sie nicht werde hören können. Ich fragte, wie sie das meinte, und sie antwortete, mehr wolle sie mir nicht sagen. Ich bedrängte sie …« Kirstin fand ein zerknülltes Papiertaschentuch in ihrem Ärmel und wischte sich über die Augen, dann starrte sie weiter aus dem Fenster.

»Sie bedrängten sie und dann?«

Kirstin sah Jane wieder an. »Sie sagte, es würde irgendwann in den nächsten vierundzwanzig Stunden einen Unfall geben. Und ich würde ihn nicht überleben.«

Jane konnte keinen Gedanken fassen. Was sagt man zu jemandem, der gerade sein Todesurteil erhalten hat? »Was für ein Unfall?«, war alles, was sie herausbrachte.

»Ein Autounfall, hat sie gesagt.«

Die Todesangst war aus Kirstins Augen gewichen und von einem dumpfen Ausdruck ersetzt worden, den Jane nicht deuten konnte – Groll? Wut? Sie suchte in Gedanken fieberhaft nach einem praktischen Rat. »Dann fahren Sie morgen nicht zur Arbeit. Noch besser, verlassen Sie gar nicht das Haus.«

»Und wie soll ich Ihrer Ansicht nach heute Abend nach Hause kommen? Überhaupt hat sie nicht gesagt, dass es morgen sein wird. Es könnte heute Abend sein.«

»Sie wohnen in Sandyfort, oder? Fahren Sie mit der Luas-Linie nach Hause.«

»Die Luas? Auf der Yvette Daly getötet wurde? Das kann nicht Ihr Ernst sein.«

»Dann bleiben Sie hier.«

»Hier? Im Büro, meinen Sie?«

»Sicher. Bitten Sie eine Freundin, ein paar Sachen vorbeizubringen.« Kirstin lebte allein. »Und eine Schlafdecke. Bestellen Sie etwas aus dem Schnellimbiss«, fügte sie fröhlich an. »Alles wird bestens.« Jane krümmte sich innerlich. Sie ließ es klingen, als ginge es um eine Übernachtungsaktion von Teenagern.

»Ist das Ihr Ernst, verdammt? Sie hat mich verhext, dagegen ist nichts zu machen. Sie wird so oder so einen Weg finden, mich zu töten.«

»Sie ist nicht darauf aus, Sie zu töten. Sie berichtet nur, was sie …« Es hatte keinen Sinn, es erklären zu wollen. »Aber wenn sie sagt, es ist ein Unfall, dann steigen Sie um nichts in der Welt in ein Auto.«

Kirstin fischte ein neues Taschentuch aus der Packung und schnäuzte sich. »Im Ernst? Sie glauben wirklich, das funktioniert?«

»Es ist Ihre größte Chance.«

»Wie lächerlich das aussehen würde. Hier zu schlafen.« Sie schüttelte den Kopf. »Was sollte ich den Leuten sagen?«

»Sie sind der Boss. Sie müssen nichts erklären.«

Kirstin lächelte grimmig. »Schöner Boss. Lass mir von dieser Frau so einen Bammel machen. Aber warten Sie mal …« Ihr Augen leuchteten auf. »Vielleicht hat sie ein Spiel mit mir gespielt. Vielleicht wollte sie mich erschrecken.« Sie setzte sich aufrecht und trommelte mit den Fingern auf den Tisch, während ihr Verstand fieberhaft arbeitete. »Wir hatten nämlich eine kleine Meinungsverschiedenheit. Ich habe ihr gesagt, wir würden eine ISDN-Leitung in ihr Haus legen und müssten deshalb wissen, wo sie wohnt. Sie hat sich ziemlich geziert deswegen. Wir haben ein bisschen gestritten.«

»Sie glauben, sie will Ihnen Angst machen – wegen ihrer Adresse?«

»Es geht darum, wer das Sagen hat. Wer als Erster blinzelt.«

»Ja, klar.« Jane stand auf, um zu gehen. Sie bezweifelte, dass Dervla ein Spiel spielte, aber wenn Kirstin das lieber glaubte, konnte sie nicht viel dagegen tun. Wahrscheinlich schützte sich ihr Verstand mit diesem Selbstbetrug automatisch vor der Aussicht, dass sie sterben musste.

»Und übrigens«, sagte Kirstin, »habe ich Ihre wenig hilfreichen Bemerkungen heute Nachmittag nicht vergessen.« Sie wurde mit jeder Minute, die verging, wieder mehr die alte Kirstin. »Aber es ist wohl nur fair, wenn wir das für den Augenblick beiseitelassen.«

Jane sagte nichts. Wenigstens blickte Kirstin über den morgigen Tag hinaus.

26

Der Verkehr war furchtbar, und bis Jane zu Hause ankam, hatte Ben die Kinder gefüttert und bereitete gerade ein Bad für sie vor. Sie fragte, ob er gegessen habe, und er sagte, er sei mit einem Kunden beim Lunch gewesen und würde sich später noch einen Happen aus dem Kühlschrank nehmen. Jane hatte selbst noch nicht viel gegessen, aber nach ihrer Begegnung mit Kirstin verspürte sie keinen Appetit. Sie bot ihm an, das Baden der Kinder zu übernehmen, aber er sagte, er würde es gern tun und sie auch noch zu Bett bringen. »Du siehst müde aus«, sagte er. »Leg dich ruhig ein bisschen hin.«

Dankbar ließ sich Jane auf einer Couch nieder und zappte eine Weile durch alle Fernsehkanäle. Aber sie kam in Gedanken nicht von Kirstins Lage los. Es wirkte einerseits so surreal und andererseits so beängstigend, dass man verstehen konnte, warum Kirstin es als fiese Retourkutsche deutete. Es zeigte aber auch, dass es in Kirstins Welt als akzeptable Masche galt, jemandem Todesangst zu machen. Doch darum ging es nicht. Dervlas Vorhersagen trafen immer ein, darum ging es. Jane wusste es, und doch hatte sie Kirstin den Eindruck vermittelt, als könne sie dem Schicksal entrinnen, das Dervla für sie gesehen hatte. Und es war wiederum auch keine gänzlich falsche Hoffnung, denn tief im Innern und trotz des persönlichen Augenscheins, war Jane überzeugt, dass man genau das tun konnte.

Was würde Dervla sagen?

Jane beschloss, es herauszufinden.

Sie ging in ihr Arbeitszimmer und schaltete den Computer ein.

Als sie sich in Skype einloggte, streckte Ben den Kopf zur Tür herein und erinnerte sie daran, dass er am nächsten Abend wegen dieser Konzerthallengeschichte wieder nach Galway fahren und über Nacht bleiben würde. Jane versprach, am nächsten Tag rechtzeitig zu Hause zu sein und sich am Freitagmorgen selbst um die Kinder zu kümmern.

Dann sagte er: »Ich will ja nicht in dich dringen, aber du siehst aus, als hätte dich ein Zug angefahren. Gibt es etwas, das du mir erzählen willst?«

»Nein, Schatz«, sagte sie und schickte ihn mit einem beiläufigen Winken fort. »Vermutlich steckt mir die Sache von gestern noch in den Knochen.« Sie konnte ihm nicht erzählen, dass es schon wieder mit Dervla zu tun hatte.

Dervla war online und antwortete zu Janes gelinder Überraschung sofort. »*Wollen Sie visuellen Kontakt?*«

»Nein. Ich möchte Ihnen nur eine Frage stellen.«

»*Geht es um Kirstin Rynn?*«

»Sie können wohl hellsehen.«

»*Sehr witzig.*«

»Es ist nicht sehr witzig für Kirstin. Falls Sie sie zum Narren halten, meine ich.«

»*Das würde ich nie tun.*«

»Genau das dachte ich mir. Und da liegt das Problem.«

»*Will heißen?*«

»Dass Sie es völlig ernst meinen. Was bedeutet, Kirstin kann nichts dagegen tun, dass sie in den nächsten vierundzwanzig Stunden bei einem Autounfall getötet wird, richtig?«

»*Sie könnte es versuchen, aber es wird nicht funktio-*

nieren. Es sei denn natürlich, mir ist ein Fehler unterlaufen.«

»Sind Ihnen schon Fehler unterlaufen?«

»*Nicht, was die Fakten selbst angeht. Aber bei ihrer Interpretation.*«

»Und könnte das eine dieser Gelegenheiten sein?«

»*Was ich gesehen habe, war unmissverständlich. Ihr Name. Ihr Job. TalkNation. Getötet bei einem Unfall am Stadtrand von Dublin. Nur ein Fahrzeug beteiligt. Kein Wort von anderen Opfern.*«

»Haben Sie ein Bild des verunglückten Wagens gesehen? Welche Farbe hatte er?«

»*Schwarz. Sah aus wie ein SUV.*«

»Sie fährt einen roten Porsche.«

»*Und? Vielleicht ist sie in einem fremden Auto mitgefahren.*«

»Dann müsste es aber weitere Tote oder Verletzte geben. Sie sagten, davon war keine Rede.«

»*So habe ich es empfangen. Vielleicht fehlen Informationen. Das kommt vor.*«

»Haben Sie und Kirstin heute gestritten?«

»*Ja. Sie wollte meine Adresse wissen. Um eine Leitung mit Rundfunkstandard zu verlegen. Ich sagte, meine Stimme sei vom Computer erzeugt, und es würde kaum einen Unterschied machen. Dann behauptete sie, es sei aus rechtlichen Gründen. Ich weigerte mich. Darauf sagte sie, sie habe bereits ein IT-Sicherheitsunternehmen damit beauftragt, dem Standort meines Computers zu ermitteln. Sie gab einfach nicht auf.*«

»Und daraufhin haben Sie beschlossen, ihr zu erzählen, Sie hätten ihren Tod vorausgesehen?«

»*Nein. Das entsprang einer weiteren Meinungsverschiedenheit. Sie bat mich, von ihrer Zukunft zu erzählen.*«

»Sie hat Sie darum gebeten?« Kirstin war sehr sparsam mit der Wahrheit umgegangen, wie es schien.

»*Ja. Sie wollte einige Ideen für die Show ausprobieren und schlug vor, dass ich sie als Gegenstand nehme. Aufgrund dessen, was ich am Morgen vorausgesehen hatte, versuchte ich, es zu umgehen, indem ich anführte, es sei unwahrscheinlich, dass ich überhaupt persönliche Voraussagen machen würde. Wir gerieten erneut in Streit, und in dessen Verlauf ist mir herausgerutscht, dass sie die erste Sendung nicht hören würde. Sie bestand darauf, dass ich erklärte, was das bedeutete.*«

»Warum haben Sie sich nicht etwas … Harmloses ausgedacht?«

»*Alles in allem erschien es mir besser, sie erfährt es.*«

»Erinnern Sie mich daran, dass ich Sie bloß nie frage. Allerdings … Sie haben mir bereits eine Vorhersage geschickt. Warum?«

»*Weil ich es gesehen habe.*«

»Aber mein Name wurde nicht genannt. Woher also wussten Sie, dass ich Augenzeugin sein würde?«

»*Ich wusste es einfach. Ich kann es nicht erklären.*«

»Es liegt an Zusammenhängen, oder?«

»*Wie meinen Sie das?*«

»Ich meine die Art und Weise, wie Ihre Vorhersagen immer näher an uns in der Show herankamen, als würden Sie einer Kette von Zusammenhängen folgen. Nicht nur zwischen Ereignissen, sondern auch zwischen Leuten. Und jetzt haben Sie in rascher Folge Dinge vorausgesehen, die mit Dave, mir und Kirstin zu tun hatten.«

»*Vielleicht haben Sie recht. Ich habe das noch nie in der Öffentlichkeit gemacht oder mit so vielen Leuten interagiert, zum Teil ist mir deshalb selbst neu, was sich gerade abspielt.*«

»Was ist mit der Nachricht, die Sie für Dave hatten, als er nach London aufgebrochen ist? Es hatte etwas mit der Sendung zu tun, oder?«

»*Vielleicht.*«

»Und noch mit etwas anderem. Aber was?«

»*Vielleicht hatte es mit mir zu tun.*« Und damit brach sie die Verbindung genauso schnell ab, wie sie es beim letzten Mal getan hatte.

Sei's drum. Jane musste ohnehin schnell Kirstin erreichen. Zu ihrer Erleichterung nahm sie ihr Telefon im Büro ab.

»Sie sind noch da, Gott sei Dank«, sagte Jane.

»Natürlich. Ich habe Ihren Rat befolgt und beschlossen, den Abend gut auszunutzen. Ich habe mir etwas zu essen bestellt und danach ein Meeting mit ein paar potenziellen Sponsoren von Dervlas Show … Leute, die richtig Geld reinstecken wollen. Ich habe Ihnen doch gesagt, es funktioniert.«

»Schön. Bleiben Sie einfach, wo Sie sind, was immer Sie tun. Und fahren Sie vor allem kein fremdes Auto.«

»Warum sollte ich? Ich habe nicht vor, irgendwohin zu fahren, weder in meinem Wagen noch in einem andern. Und Jane … danke.«

Jane war es egal, ob es Kirstin ehrlich meinte oder nicht. Immerhin hatte sie sie ernst genommen und rührte sich nicht vom Fleck. Mehr konnte Jane im Moment nicht tun. Außer hoffen, dass sich Dervla irrte.

27

Jane saß mit Ben im Wohnzimmer. Während er fernsah, ging sie ihre SMS durch. Einmal mehr hatte sie Ali gebeten, die Sendung zu produzieren, und die meisten Nachrichten waren Fragen von ihr, was Jane von diesem oder jenem hielt. Während sie Ali antwortete, kam eine SMS von Miller herein: *Tut mir leid wegen gestern Abend. Keine Neuigkeiten. Müssen reden. Ruf mich an.*

Jane bot an, Tee zu machen, und rief Miller von der Küche aus zurück. »Du hast also nichts gehört?«, sagte sie, als er sich meldete.«

»Keinen Mucks. Nichts. Ich bin mit meinem Latein am Ende. Aber als ich das Bild von diesem Kind auf der Fähre in Schottland gesehen habe, habe ich einen Entschluss gefasst. Ich werde Dervla um Hilfe bitten.«

»Aber Dave ...«

»Ich weiß. Sie hat was gegen mich. Aber ich glaube, ich könnte einen Handel mit ihr abschließen. Ich würde gern vorbeikommen und mit dir darüber reden.«

Sie sah auf die Uhr. Es ging auf 20.30 Uhr zu. »Sicher, aber im Augenblick versuche ich zu verhindern, dass eine von Dervlas Vorhersagen eintrifft.« Sie erklärte kurz, was passiert war.

»Gott, das ist ja schrecklich. Jeder, mit dem Dervla in Kontakt kommt, scheint verflucht zu sein.«

»Genau das meine ich. Und deshalb ist es vielleicht nicht klug, wenn du dich wieder mit ihr einlässt.«

»Hm. Die Sache ist die, dass ich zu wissen glaube, was hinter all dem steckt. Deshalb muss ich mit dir reden. Vielleicht morgen nach der Sendung? Je nachdem, was in der Zwischenzeit passiert, natürlich.«

Jane hörte einen zweiten Anrufer anklopfen. »Wenn du etwas weißt, was Kirstin helfen könnte, dann lass es uns jetzt gleich machen.«

»Was ich weiß, würde Kirstin zu diesem Zeitpunkt nichts helfen. Und ich sehe auch nicht, wie du an diesem Interventionsparadox vorbeikommen willst.«

»Dervla sagt, es kommt vor, dass sie falsch interpretiert, was sie sieht. Der Wagen in ihrer Vision war nicht der von Kirstin, und doch war Kirstin die einzige Unfallbeteiligte. Ich hoffe, das bedeutet, dass irgendeine Anomalie vorliegt und das Interventionsparadox nicht Anwendung findet.« Ihr Telefon piepste erneut. Jemand versuchte verzweifelt, sie zu erreichen. »Ich muss Schluss machen, Dave. Wir sprechen uns morgen.«

»Okay. Und noch einmal, Verzeihung wegen gestern Abend. Meine Nerven sind ein bisschen dünn.«

»Verständlich. Wo sollen wir uns treffen – im Ailesbury?«

»Gut. In einem ruhigen Winkel. Weil das, was ich dir zu sagen habe ... na ja, mach dich gefasst.«

»Worauf?«

»Es geht um etwas, das zwischen Dervla und mir vorgefallen ist.«

Jane war perplex. »Was? Wann?«

»Es ist keine große Sache. Aber ich denke, du solltest es wissen ... bevor du wieder mit ihr sprichst.«

Jane hatte keine Zeit nachzudenken, bevor ihr Handy schon wieder läutete. Es war Kirstin.

»Hallo, Jane. Ich habe hier zwei Herren bei mir. Sie

würden gern mit Dervla persönlich sprechen. Heute Abend.«

Auch ohne die sonderbare Anfrage als solche wusste Jane, dass etwas nicht stimmte. Kirstins Tonfall war zu unterwürfig. »Um diese Uhrzeit? Finden Sie das nicht ein wenig ungewöhnlich?«

»Sie wollen, dass sie auf diesem Sponsorenvertrag unterschreibt. Es geht um eine Menge Geld, und sie müssen morgen wieder in die Staaten fliegen.«

»Ich fürchte, da kann ich nicht helfen.«

»Aber Sie haben doch ihre Adresse, oder?«

»Nein, ich ... äh ...« Das war alles sehr verwirrend. Aber sie spürte, dass Kirstin hoffte, sie würde mitspielen. Um die Leute bei Laune zu halten, die bei ihr waren. »Sicher, ja. Soll ich sie als SMS schicken?« Sie konnte sich immer etwas ausdenken. Sie hörte, wie Kirstin das Mundstück des Telefons abdeckte, dann gedämpfte Worte.

»Äh ... sie bräuchten jemanden, der sie hinführt. Können sie zu Ihnen kommen?«

Sie bekam es plötzlich mit der Angst. Die ganze Sache wurde unangenehm. Es war offensichtlich, dass Kirstins »Sponsoren« nichts dergleichen waren. Wie es schien, hatte sich Matlas an sie herangemacht. Wahrscheinlich hatten sie Kirstins Presseverlautbarung auf der Website des Senders gelesen und entdeckt, dass ein ISDN-Anschluss in Dervlas Haus installiert werden sollte. Sie musste also wissen, wo Dervla wohnte. »Ich bin gerade nicht zu Hause«, log Jane. »Ben und ich sind beim Essen in, äh ... Glencullen. Im Johnnie Fox.«

»Das Pub in den Dublin Mountains?«

»Äh ... ja.«

Zwischen Kirstin und den »Herren« wurden erneut Worte gewechselt.

»Sie werden Sie dort treffen. Auf dem Parkplatz.«

Das war lächerlich. Jane wusste, sie sollte das Gespräch auf der Stelle beenden. »Ich glaube nicht, dass ich …«

»*Bitte,* Jane.«

Wie verhielt sie sich am besten? Wenn die Männer Kirstin bedrohten, konnte sie ihr und sich selbst vielleicht helfen, indem sie weiter log. »Also gut.«

»Danke. Wie kommt man von hier am besten hin?«

»Sie sollen nach Rathfarnham fahren und am Yellow House Pub in die Berge hinauf abbiegen. Von da an ist es ausgeschildert.« Es war außerdem die Route, die sie von Barnacullia und ihrem Zuhause wegführte – für alle Fälle.

»Ich gebe ihnen Ihre Nummer. Sie werden Sie anrufen, wenn sie dort sind. Wie lange werden sie von hier brauchen?«

»Höchstens vierzig Minuten.« Nicht dass sie die Absicht gehabt hätte, in Glencullen aufzutauchen.

Jane ging ins Wohnzimmer und wiederholte für Ben ihre Unterhaltung mit Kirstin.

»Du wirst selbstverständlich nicht hinfahren«, sagte er.

»Auf keinen Fall.«

»Es wundert mich, dass sie darauf hereingefallen sind.«

»Mich auch.«

»Wo liegt ihr Problem? Hätten sie nicht morgen darauf zurückkommen können?«

»Es ist nicht so …«

Ihr Handy läutete erneut.

»Jane. Diese Leute …« Kirstin schluchzte. »Sie bestehen darauf, dass ich mit ihnen komme. Sie glauben mir nicht …« Die Verbindung brach ab.

Glaubten ihr nicht inwiefern? Dass Dervla ihren Tod bei einem Unfall vorhergesagt hatte? Zumindest glaubten sie offenbar nicht, dass Jane sie treffen würde. Und vermutlich zwangen sie Kirstin mitzufahren, um mehr Druck auf Jane auszuüben. »Mein Gott«, sagte sie laut, als ihr die volle Bedeutung der Geschehnisse bewusst wurde.

»Was ist jetzt wieder?«, fragte Ben.

»Die Sache ist wirklich ernst. Diese Kerle zwingen Kirstin, mit ihnen zu fahren.«

»Sie benutzen sie als Geisel, damit du kooperierst?«

»Ja, aber es ist nicht nur das. Sie bringen ihr Leben in Gefahr.« Sie erzählte ihm von Dervlas Prophezeiung.

»Bis gestern hätte ich ihr nicht geglaubt.«

»Ich fühle mich furchtbar. Ich hätte bei ihr bleiben sollen. Was können wir tun?«

»Am besten, wir erzählen der Polizei in Stepaside, dass deine Chefin von denselben Leuten entführt wurde, die dich letzte Woche in dem BMW verfolgt haben. Wir erklären ihnen, dass du sie im Johnnie Fox treffen sollst. Von da an sollen sie übernehmen.«

28

Eine halbe Stunde später fuhr Jane auf den Parkplatz von Johnnie Fox's Pub & Restaurant, einem Laden, dem es zu keiner Jahreszeit an Gästen zu mangeln schien. Direkt hinter ihr war ein Streifenwagen, gefolgt von einem Zivilwagen mit zwei bewaffneten Detectives, und der Polizeihubschrauber im drei Flugminuten entfernten Baldonnel stand auf Abruf bereit. Sobald die Neuigkeit von der Entführung auf dem Dienstweg bei Kinsella eingetroffen war, war das Team, das Rachel Millers Verschwinden bearbeitete, alarmiert worden und hatte die Sache in die Hand genommen. Bens Vorstellung, die Polizei solle »von da an übernehmen«, hatte nicht beinhaltet, dass seine Frau zu dem Plan gehören würde. Aber die Beamten erklärten, Janes Mitarbeit sei entscheidend, damit die Entführer auch tatsächlich zu dem Treffen erschienen.

Sie fand einen freien Platz und parkte. Die beiden Detectives stellten ihr Fahrzeug in der Nähe ab und verschwanden in die Dunkelheit. In der Zwischenzeit bezogen die Polizisten im Streifenwagen seitlich vom Gebäude Stellung, von wo sie einen guten Blick auf Jane hatten. Sie rief Kirstin an, sobald sie fertig war. »Sie müssen fast hier sein«, sagte sie, als sich Kirstin meldete.

»Es ist nicht mehr weit, glaube ich. Sind Sie ... tatsächlich dort?«

»Ja. Ich bin in meinem Auto. Ich habe zu Ben gesagt, ich brauche etwas frische Luft.«

»Danke, danke. Aber ich habe Angst, Jane. Und diese Straße ist wirklich gefährlich …« Sie nahm das Handy offenbar vom Mund und rief: »Langsam, um Himmels willen!« Es klang, als säße sie auf dem Beifahrersitz. »Der Bursche ist nicht an Linksverkehr gewöhnt.«

»Schicken Sie eine SMS, wenn Sie beim Pub sind. Ich sage Ihnen dann, wo ich stehe.«

»Ich weiß nicht, was passieren soll, wenn wir dort sind, da keiner von uns … Sie wissen schon. Aber danke, dass Sie das tun, Jane. Ich werde es nicht vergessen.«

Jane schickte eine SMS an eine Nummer, die sie von der Polizei bekommen hatte. »Sie sind fast hier.«

Die Scheinwerfer des Streifenwagens wurden zur Antwort aufgeblendet.

Eine Weile tat sich nichts. Die Zeit schien immer langsamer zu vergehen, wenn man auf die Ankunft von jemandem wartete. Jane ließ das Fenster herunter, und ein eisiger Wind blies vom Moor herüber. Sie blickte nach oben und sah einen klaren Himmel mit einem strahlenden Mond. Auf dieser Höhe war es kalt genug, damit sich Eis auf der Straße bilden konnte. Diese Erkenntnis trug zu ihren Befürchtungen wegen Kirstin bei – und zu ihren Schuldgefühlen, weil sie sie allein im Büro zurückgelassen hatte. Aber wenn sie es bis zum Pub schaffte, konnten sie immerhin für ihre weitere Sicherheit sorgen.

Bald dachte Jane bei jedem Wagen, der auf den Parkplatz fuhr, das müssten sie sein, und sie wartete auf die SMS, die folgen würde. Aber es geschah nichts. Aus fünf Minuten wurden zehn und fünfzehn, und inzwischen trafen weniger Autos oder Taxis vor dem Lokal ein. Dann war eine Weile gar keines mehr gekommen, weshalb Jane überrascht war, als ihr Handy eine Nachricht anzeigte: *Schon was gehört?*

Es war von der Polizei. Sie wollte gerade antworten, als eine zweite SMS eintraf: *Hilfe*

Diesmal war sie von Kirstin.

Jane antwortete: *Wo sind Sie? Können Sie reden?*

Hilfe

Es war offensichtlich, dass Kirstin gerade noch diese Mitteilung zuwege gebracht hatte, und sie wiederholte.

Jane tippte: *Bin unterwegs*, und schickte es ab. Dann stieg sie aus und rannte zu dem Streifenwagen. »Ich glaube, es hat einen Unfall gegeben«, rief sie dem Fahrer durch das geöffnete Fenster zu. »Sie sind die Pineforest Road heraufgekommen. Rufen Sie einen Krankenwagen.« Ehe sie jemand zurückhalten konnte, war sie wieder zu ihrem Auto gelaufen und fuhr vor der Polizei auf die Straße hinaus.

Sie kannte viele Stellen, wo ein Fahrzeug von der Bergstraße abkommen und einen Hang hinunterstürzen konnte. Hauptsächlich ging es auf ihrer Seite in die Tiefe, die andere grenzte vor allem an höheres Gelände und war von Wald gesäumt. Das bedeutete, dass ihre Scheinwerfer wenigstens die wahrscheinlichere Straßenseite ausleuchteten. Doch letzten Endes brauchte sie sie nicht, um die Unfallstelle zu finden. Einen Kilometer voraus, jedoch unterhalb der Straße, sah sie zwei Bleistifte aus Licht in das Tal hinunterstoßen und glitzernde Quarzfelsen und von Eis überzogene Moorgrasbüschel beleuchten.

Mit den Polizeifahrzeugen im Schlepptau verlangsamte sie, als sie zu einer Kurve kamen, von der ein Feldweg ins Tal hinunterführte. Jane parkte ihren Wagen am oberen Ende des Feldwegs und ließ genügend Platz, damit die Polizisten ihre Autos dahinter abstellen konnten.

Sie hatte nicht daran gedacht, nach einer Taschenlampe im Handschuhfach zu suchen, aber im Mondlicht sah sie, dass das schleudernde Fahrzeug gegen eine alte Granitmauer auf der linken Seite der Einfahrt zu dem Feldweg geprallt war und mehrere Steine aus ihr gelöst hatte. Sie lagen auf dem ausgefurchten, vom Frost harten Boden inmitten von Glassplittern und Metallteilen. Als sie um eine Kurve bog, sah sie ein Paar Rücklichter in einem sonderbaren Winkel leuchten, und als sie näher kam, erkannte sie, dass der Wagen – ein SUV, wie sie jetzt sah, nicht Kirstins Porsche – halb auf die Beifahrerseite gekippt war und von der Steinmauer gestützt wurde.

Von der Straße her drang das Blaulicht des Streifenwagens wie ein Hubschrauberrotor durch die Dunkelheit, und Jane hörte eine laute, verzerrte Stimme, die vermutlich danach fragte, wohin sie den Rettungswagen schicken sollten.

Etwa zehn Meter von der Straße entfernt hatte sich der SUV in dem Feldweg verkeilt, der sich an dieser Stelle verengte. Jane legte den Kopf schief, um das Nummernschild zu lesen, und war bestürzt, als sie sah, dass der Wagen in Nordirland zugelassen war. Sofort kam ihr McNamee in den Sinn, aber sie hatte keine Zeit, sich mit den Schlussfolgerungen aufzuhalten.

Um zur Vorderseite des Wagens zu gelangen, musste Jane unter den Rädern durchkriechen und sich an dem emporgehobenen Chassis vorbeizwängen. Der Geruch von ausgelaufenem Benzin stieg ihr in die Nase, und sie überlegte kurz, ob Gefahr bestand, dass der Wagen Feuer fing. Aber der Motor war aus, deshalb sagte sie sich, dass es unwahrscheinlich war. Die Motorhaube war vom Glas der zersprungenen Windschutzscheibe übersät, aber die Front des Wagens war relativ unversehrt. Drei Meter weiter war ein Gatter, aber im Licht der Scheinwerfer sah man niemanden davor oder auf der Wiese dahinter liegen.

»Warten Sie«, rief einer der Polizisten. »Lassen Sie uns das machen.«

Jetzt bin ich schon so weit gekommen, dachte sie, dass es keinen Sinn hat umzukehren. Sie verließ das gleißende Licht der Scheinwerfer und näherte sich der Beifahrerseite, die am stärksten beschädigt zu sein schien. Ein scharfer Geruch, den sie nicht einordnen konnte, hing in der frostigen Luft. Ein matter, orangefarbener Schimmer kam von den Armaturen, und als Jane in den Wagen blickte, sah sie Kirstin angeschnallt auf dem Beifahrersitz. Sie lag auf der Seite, ihr Kopf ruhte auf der Mauer, er lag auf einer Art flachem Kissen auf, wie es schien. Das Dach war oberhalb ihrer Schulter eingeknickt, wodurch sie zwischen Dach und Mauer eingeklemmt war. Die Tür war zum größten Teil weggerissen, und doch saß Kirstin da, ein Gebilde aus Fleisch und Knochen, auf wundersame Weise intakt inmitten von zerquetschtem Metall und unnachgiebigem Stein. So wenig von dem Wagen lag auf der Mauer auf, dass man die Illusion haben konnte, es sei Kirstins Kopf, der ihn davon abhielt, weiter nach unten zu rutschen.

Wo waren die beiden »Herren«? Als sie eine Stimme hörte, erstarrte sie. Aber es waren die Polizisten, die im Gespräch den Feldweg herunterkamen. »Jemand ist im Wagen eingeklemmt«, rief sie ihnen zu.

»Warten Sie«, antwortete einer der Beamten. »Rühren Sie nichts an.«

Jane fand mit einem Fuß Halt in der Wand und pflanzte den zweiten auf den Kotflügel des Wagens, dann zog sie sich näher zu Kirstin hinauf. Ihre Augen waren geschlossen, aber zu Janes Überraschung hatte sie nicht einen Kratzer im Gesicht, obwohl ein verdrehtes Stück des Türrahmens wie eine gezackte Krone lose um ihre Stirn lag. Was wie ein Kissen ausgesehen hatte, war ein Airbag, dem die Luft ausgegangen war. Der beißende, rauchige Geruch war jetzt stärker, und Jane nahm an, er hatte mit der Sprengladung zu tun, die den Airbag aufgeblasen hatte.

Sie spähte in den Wagen, in dem jedoch sonst niemand zu sein schien, auch wenn der Mond tiefe Schatten erzeugte und sie sich nicht ganz sicher war. Sie betrachtete Kirstin wieder. War sie tot? Sie streckte die Hand aus und berührte ihre Wange. Sie war warm. Dann bemerkte sie auf der Mauer hinter ihr etwas, das unpassenderweise wie ein Hochzeitshut aussah, nasse schwarze Federn hingen von ihm herab und hatten sich teilweise in dem zerbrochenen Türrahmen verfangen. Jane konnte sich erst keinen Reim darauf machen, bis sie sah, dass es an Kirstins Hinterkopf befestigt war, und nun begriff sie zu ihrem Entsetzen, dass es Kirstins Kopfhaut war.

Die Oberseite ihres Kopfs, dort, wo das Haar hätte sein sollen, glänzte farblos im Mondlicht und schien leise zu pulsieren. Erst dachte sie, die Bewegung sei Blut, das aus der Wunde floss, aber nichts davon lief an ihrem Gesicht hinab. Sie blickte noch einmal auf den Lappen mit dem Haar daran, und jetzt verstand sie. Kirstins Schädeldach war abgetrennt worden, und das Gehirn lag frei. Gegen Übelkeit ankämpfend, rief sie zu den Polizisten zu: »Hilfe, hier herunter!«

Kirstin öffnete die Augen.

Erschrocken wartete Jane, ob es sich um eine Art unfreiwillige Bewegung handelte. Aber dann hob Kirstin die Hand, die von einer anderen Verletzung voll Blut war, und in ihr hielt sie das Handy, das sie irgendwie noch hatte benutzen können. Es gab ein metallisches Ächzen und ein leichtes Zittern unter Janes Fuß, als sich der Wagen weiter absenkte. Die Bewegung veranlasste Kirstin, den Griff um das Handy zu lösen. Oder vielleicht glaubte sie – nachdem sie es während des Unfalls und danach festgehalten hatte –, dass sie es nun nicht mehr brauchte. Ihre Lippen bewegten sich, aber Jane hörte nichts. Sie beugte sich so weit in den Wagen, wie sie konnte. »Ich habe keine Angst, Jane, ich habe keine Angst«, flüsterte Kirstin, und die Andeutung eines Lächelns spielte um ihre Lippen.

Erneut lief ein Zittern durch den Wagen, und Jane spürte, dass er sich diesmal wirklich bewegen würde. Plötzlich sackte er mit weit größerer Wucht ab, Metall schrammte quietschend über die Steine. Jane sprang zurück und wartete, bis der Wagen schließlich weniger als einen Meter über dem Erdboden zum Stillstand kam.

Kirstin saß immer noch in ihrem Sitz, aber ihr Kopf war an die Mauer gedrückt worden, und ihre Augen quollen weiß wie zwei gekochte Eier aus dem Höhlen. Jane wandte sich ab und taumelte in die Arme eines uniformierten Beamten, der sie vorsichtig vom Schauplatz führte.

Am Ende hatte es sich für Kirstin nicht nur als unmöglich erwiesen, der Prophezeiung zu entkommen, vielmehr hatte sich diese auf eine besonders grausame Weise erfüllt, als hätte der Versuch, sie zu vereiteln, das Ergebnis nur umso schlimmer gemacht.

29

»Einen Moment. Ich stelle Sie zu Detective Inspector Neligan durch.«

»Mit wem spreche ich bitte?«

»Jane Wade.« Sie benutzte die Festnetzleitung.

Es war kurz nach neun, und sie war noch im Morgenmantel. Sie hatte ein schlechtes Gefühl dabei, nicht in der Arbeit zu sein, aber sie wäre so gut wie nutzlos gewesen, wenn sie hingegangen wäre. Sie hatte mit Ali vereinbart, dass sie mit einem Ohr zuhören würde, und sollte irgendein redaktioneller Input nötig sein, würde sie sich melden. Es war jedoch unwahrscheinlich. Als Hommage an Kirstin hatten sie beschlossen, die Hörer aufzufordern, ihre Highlights aus den drei Jahren zu nominieren, in denen sie Geschäftsführerin gewesen war.

»Mick Neligan hier.« Eine selbstbewusste Stimme.

»Hallo. Es geht um den Unfall auf der Pineforest Road letzte Nacht. Ich sollte Sie anrufen.« Die Polizei von Stepaside hatte sich um neun bei ihr gemeldet: DI Neligan würde den Fall jetzt bearbeiten und ob sie ihn möglichst bald anrufen könne.

»Ja. Und ich weiß, Sie waren dabei, als Ms Rynn starb. Mein Beileid.« Höflich, aber unpersönlich.

»Danke. Wie kann ich Ihnen helfen?«

»Ich habe mit den Beamten vor Ort gesprochen. Und ich denke, Sie werden mir recht geben, dass der ganze Zwischenfall einige verwirrende Aspekte enthält.«

»An welche denken Sie?«

»Zum einen hat Ihnen Miss Rynn erzählt, sie sei von zwei Männern aufgesucht worden, die sie anschließend entführten, wie es aussieht. Warum, glauben Sie, hat sie sich überhaupt mit ihnen getroffen?«

»Sie sagten, sie wollten eine neue Show des Senders sponsern.«

»Und dieses Treffen fand in ihrem Büro statt, um …«, er raschelte in Papieren, »… 20.00 Uhr oder später?« Aus seiner Stimme klang verständliche Skepsis.

Jane wollte nicht auf die ganze Geschichte von Dervlas Prophezeiungen eingehen. Nach einer schlaflosen Nacht war sie nicht in der Stimmung, sich mit der Ungläubigkeit auseinanderzusetzen, die sie heraufbeschwören würde. Am besten fürs Erste alles so einfach wie möglich halten. »Das kommt schon mal vor. Ein Essen, das sich in die Länge zieht, dann wird das Geschäft später im Büro abgeschlossen.«

»In diesem Fall hatte es aber kein Essen gegeben, oder?«

»Ich habe allgemein gesprochen.«

»Hat sie irgendwelche Hinweise darauf gegeben, wer die Männer waren?«

Jane gähnte. Sie wünschte, sie könnte wieder ins Bett gehen. Nein – sie wünschte, sie könnte schlafen, aber das hatte sich während der letzten acht Stunden als Illusion erwiesen. »Sie sagte, dass sie morgen früh in die Vereinigten Staaten reisen würden – was allerdings eine Lüge sein könnte, zu der die Männer sie gezwungen haben. Aber auf dem Weg nach Glencullen sagte sie, der Fahrer sei nicht an Linksverkehr gewöhnt.«

»Was auch dafür verantwortlich sein könnte, dass sie von der Straße abkamen. Vor allem, wenn ihnen jemand entgegengekommen ist.«

»Hat jemand von einem Beinahezusammenstoß berichtet?«

»Nein. Was wir aber haben, ist ein Taxifahrer, der auf dem Rückweg vom Johnnie Fox zwei Männer mitgenommen hat. Nachdem er sie abgesetzt hatte, fuhr er zum Bahnhof von Rathfarnham. Er sagte, er habe die Lichter eines Fahrzeugs in einem Feldweg ein Stück oberhalb der Stelle bemerkt, wo ihn die Männer angehalten hatten. Er dachte erst, es sei ein Bauer, der Futter zu seinen Tieren brachte, aber dann ging ihm durch den Kopf, dass die Geschichte möglicherweise viel düsterer war. Bandenkriminelle bringen manchmal ihre Opfer in die Berge, um sie zu bestrafen oder umzulegen. Wenn sie es nicht in öffentlichen Parks tun, meine ich.«

»Sie wissen davon?«

Er kicherte. »Wir wissen alles, Ms. Wade.«

»Aber Sie glauben nicht, dass es einen Zusammenhang zwischen dieser Geschichte und der Entführung von Rachel Miller gibt, oder?«

»Ich sage nicht, dass wir es glauben. Aber wir können die Tatsache nicht ignorieren, dass es eine Reihe von Vorfällen gegeben hat, in die Leute aus dem Umfeld der Show verwickelt waren, darunter eben auch die Entführung Ihrer Freundin, und ich ...«

»Meine Chefin. Nicht meine Freundin, okay?«

»Alles klar, verstanden. Es ist nur ... Sie schienen letzte Nacht so entschlossen, an den Schauplatz zu gelangen, dass die Beamten dachten, Sie würden sich nahestehen.«

»Sagen wir, ich hatte das Gefühl ... wenn ich rechtzeitig käme, könnte ich ... ich weiß nicht ...«

»Sie hätten nichts tun können.«

»Zu diesem Zeitpunkt nicht mehr, nein.«

»Warum waren diese Leute so erpicht darauf, Sie zu treffen?«

»Sie dachten, ich würde den Aufenthaltsort einer Hellseherin kennen, die sich Dervla nennt.«

»Ich habe sie in der Show gehört. Und wissen Sie tatsächlich, wo sie wohnt?«

»Nein. Aber Kirstin hat ihnen erzählt, ich wüsste es. Sie hoffte, sie würden sie in Ruhe lassen und sich mir zuwenden.«

»Nicht die Art und Weise, wie eine Freundin handeln würde, das ist mir jetzt klar.«

»Sie war verzweifelt. Und ich hätte es ihnen bestimmt nicht leicht gemacht, mich zu finden.«

»Aber wer waren diese Kerle, und warum haben sie solche Anstrengungen unternommen, diese Dervla zu finden?«

»Ich glaube, sie könnten von einer Organisation namens Matlas sein. Sie haben ein Forschungsprojekt finanziert, das zu Dervlas Entdeckung führte, und es scheint, als wollten sie … einen Gegenwert für ihr Geld.«

»Eine amerikanische Organisation?«

»Ich glaube ja.«

»Hm. Und woher wissen Sie von ihnen?«

»Von einem Wissenschaftler der Queens University. Dr. Andrew McNamee. Er hat für sie gearbeitet, bis er herausfand, was sie im Schilde führen.«

»Wenn ich recht verstehe, sitzt er in Nordirland. Wissen Sie, was für ein Fahrzeug er fährt?«

»Nein.«

»Der SUV, in dem Miss Rynn verunglückt ist, war in Nordirland zugelassen. Auf einen Andrew McNamee.«

Es war ihr kurz durch den Kopf gegangen, als sie die Kennzeichen gesehen hatte, aber sie war dennoch überrascht. Obwohl Überraschung allein das mulmige Gefühl nicht erklärte, das sich plötzlich in ihren Eingeweiden breitmachte.

»Sind Sie noch da?«

»Ja, ich …«

»Gibt es sonst noch etwas, das Sie mir sagen möchten?«

»Nein.«

»Okay. Dann lassen wir es für den Augenblick dabei bewenden. Aber ich muss der ganzen Geschichte mit Ihnen zusammen nachgehen, deshalb sagen Sie mir, wie ich Sie erreichen kann und wo Sie in etwa für den Rest des Tages sein werden.«

Sie gab Neligan die verlangten Informationen, legte auf und ging in die Küche, um sich ein Glas Wasser zu holen. Ben hatte die Kinder auf dem Weg zu einem Treffen mit einem Kunden abgesetzt, deshalb war das Haus ruhiger als gewöhnlich.

Sie sah aus dem Fenster in den Garten, wo sich morgendliche Nebelfinger um zunehmend kahlere Bäume und Sträucher krümmten. Nicht zum ersten Mal rief sie sich die Abfolge der Ereignisse in Erinnerung, die zu Kirstins Tod geführt hatten. Da sie eine erfahrene Geschäftsfrau gewesen und an Verhandlungen mit Sponsoren gewöhnt war, mussten die Leute, die sie in ihr Büro eingeladen hatte, einigermaßen überzeugend gewesen sein. Es war nicht klar, ob es zuvor bereits Verhandlungen mit ihnen gegeben hatte oder ob sie erst am selben Abend in Erscheinung getreten waren. Aber an irgendeinem Punkt war wohl deutlich geworden, dass sie lediglich daran interessiert waren, Zugang zu Dervla zu bekommen, und Kirstin hatte die Karten auf den Tisch legen müssen. Dann hatte sie versucht, sie abzuwimmeln, indem sie Jane das Problem aufhalste – nicht sehr nobel von ihr, aber sie war verzweifelt gewesen.

Die Männer brachten Kirstin anschließend mit List oder Gewalt dazu, ihr Büro zu verlassen, setzten sie in den SUV und fuhren sie in den Tod. Und die ganze Zeit wurde ihr Flehen ironischerweise von Leuten ignoriert, die absolut an Dervlas Fähigkeiten glaubten.

Doch ein schriller Misston blieb bei all dem. Matlas war doch sicherlich in der Lage, seine Ziele mit subtileren Mitteln zu erreichen. Wie Ben sogar gesagt hatte, hätten sie – wenn vielleicht auch nicht direkt höflich – darum bitten können, dass Kirstin ihnen die verlangten Informationen am nächsten Tag lieferte. Eine Entführung schoss weit über das Ziel hinaus, gelinde ausgedrückt. Es sei denn, sie kehrten tatsächlich in die Staaten zurück. Wenn ja, was hatten sie dann mit Dervla im Sinn gehabt – sie an Bord schmuggeln? Oder hatten sie viel schlimmere Absichten? Wollten sie sie etwa zum Schweigen bringen?

30

Jane hatte gerade im hintersten Winkel der geräumigen Atrium Bar des Ailesbury Platz genommen, als Miller eintraf. Sie hatte ihn noch nie so aufgelöst gesehen. Seine sonst tadellose Frisur hatte sich in fettige Strähnen geteilt, das Gesicht war mit grauen Bartstoppeln überzogen, die ihn älter aussehen ließen.

»Einen doppelten Espresso«, brummte er in Richtung der Bedienung. Er zog seinen Mantel aus und gab ihn ihr. »Du?«, fragte er Jane.

»Einen Cappuccino, bitte«, sagte sie und lächelte die Bedienung zum Ausgleich an. Ihr Handy lag auf dem Tisch. Sie stellte es auf stumm und steckte es in ihre Handtasche.

Miller legte seines auf den Tisch. »Du wirst Verständnis haben, dass ich meines nicht ausmache«, sagte er und blickte sich kurz um, um sich zu überzeugen, dass niemand in Hörweite war. Die meisten Mittagsgäste hatten ihren Aperitif getrunken und waren in den Speisesaal gegangen. Nichtsdestoweniger zog er den schweren Rokokosessel näher zu Jane, als er sich setzte. »Einfach schrecklich, das mit Kirstin«, sagte er. »Sie zählte nicht zu meinen Lieblingen, aber das hat sie nicht verdient.«

Jane hatte ihn zuvor angerufen und ihm eine Zusammenfassung der Geschehnisse erzählt, bei denen sie die grausigen Einzelheiten ihres Tods wegließ. Sie hatte das Gefühl, das war etwas, das nur für sie bestimmt gewesen war.

»Aber wenn es stimmt, was du sagst«, fuhr er fort, »dann scheint eins klar zu sein: Wenn deine Stunde geschlagen hat, dann hat sie geschlagen. Du kannst nichts dagegen tun, trotz allem, was Derek Cooke über das Multiversum gesagt hat – erinnerst du dich? Dass man es in einem Universum verhindern kann, doch es passiert trotzdem in einem anderen. Aber das ist scheißegal, weil wir sowieso nur dieses eine haben.«

»Ich weiß, Kirstin konnte den Tod nicht überlisten, aber so, wie es gelaufen ist, war es fast, als wäre sie um die Chance dazu betrogen worden.«

»Man kann wohl kaum erwarten, dass das Schicksal fair spielt, oder?«

»Nein. Aber auf billige Tricks zurückzugreifen ist noch einmal etwas ganz anderes.«

Die Kaffees kamen, und Miller schüttete seinen in einem Zug hinunter.

Jane löffelte Schaum von ihrem Cappuccino und kostete ihn. »Noch immer keine Nachricht von Rachel?«

Miller schüttelte langsam den Kopf. »Ich muss sagen, dieses Bild aus Schottland hat mich wirklich aus der Fassung gebracht. Ich wusste, es war nicht Rachel, aber wie ich dir zuvor schon sagte, wecken solche Dinge Hoffnung in einem. Aber es war mehr so, dass ich dachte: So wird es also in den nächsten Monaten gehen, und dann wird der erste Jahrestag kommen, die Zeitungen werden an dem Bild herumtricksen, um sie älter aussehen zu lassen, und im Jahr darauf werden sie sie als Teenager abbilden und immer so weiter. Und die ganze Zeit werden wir durch die Hölle gehen und uns fragen, was man ihr angetan hat, wo sie ist, wie es ihr geht. Wenn wir dagegen wüssten, dass sie tot ist, müssten wir zwar damit zurechtkommen, aber wenigstens wüssten wir, dass sie nicht leidet. In diesem Fall wäre es ein zusätzliches Geschenk, wenn man ihre Leiche bergen würde. Es ist nicht das Wissen, das uns umbringt.«

»Wie ich schon sagte, glaube ich nicht, dass Dervla dir helfen kann. Und bist du dir nach allem, was geschehen ist – nach den Toden von Yvette und Kirstin – sicher, dass du etwas mit ihr zu tun haben willst?«

»Das ist ein Risiko, das ich eingehen muss.« Er sah Jane durchdringend an. »In mehr als einer Beziehung ist es ein Risiko. Aber der entscheidende Punkt ist, will sie etwas mit mir zu tun haben? Und ich vermute, dazu muss ich erst etwas mit ihr klären.«

»Was genau musst du mit ihr klären?« Sie trank von ihrem Kaffee.

»Etwas, das zwischen uns passiert ist.« Er blickte sich wieder um, bevor er fortfuhr. »Vor langer Zeit. Deshalb ist es mir erst an diesem Wochenende wieder eingefallen. Die Pause von der Show hat vielleicht dabei geholfen. Ich fing an, Dinge durchzugehen, die sie gesagt hat …« Er rutschte nervös in seinem Sessel umher. »Das ist jetzt sehr peinlich für mich, Jane …«

Sie wartete darauf, dass er fortfuhr.

»Es war vor fünfzehn Jahren. Ich weiß das, weil Zita und ich zu dieser Zeit in der Gegend von Sandycove nach einem Haus gesucht haben, das wir kaufen konnten. Ein schöner Sommertag. Zita war zurück zur Arbeit gefahren, und ich beschloss, einen Spaziergang am Strand zu machen. Ich habe damals Artspeak präsentiert, weißt du noch, deshalb hatte ich noch rund eine Stunde Zeit, bis ich im Studio sein musste. Ich habe in strahlendem Sonnenschein geparkt, aber rund um die Bucht von Dublin lag sonderbarerweise ein dichter Nebelvorhang. Es war Ebbe, und kaum jemand ging am Strand spazieren.

Ich ging am Uferrand entlang, als ich dieses merkwürdige Mädchen traf, das scheinbar aus dem Nichts aufgetaucht war. Etwa elf oder zwölf, nahm ich an. Sah auch ungewöhnlich aus. Das lag hauptsächlich an den Augen. Sie waren grau. Nein – eigentlich farblos. Ohne ein Wort zu sagen, ging es auf mich zu und streckte die Hand aus – genauso, wie eine Balletttänzerin ihren Partner nimmt. Dann drehte es den Kopf in Richtung Meer. Es wollte, dass ich mit ihm ging. Ich nahm seine Hand, und wir liefen in den Nebel hinein. Das Meer war ziemlich weit draußen, aber schließlich konnten wir es hören. Wir gingen allerdings ein Risiko ein, denn wenn die Gezeiten gewechselt hätten, solange wir im Nebel waren, hätte uns leicht der Rückweg abgeschnitten werden können. Und dann plötzlich« – er spreizte ausdrucksstark die Arme – »traten wir in warmes Sonnenlicht hinaus. Und da waren das blaue Meer und der blaue Himmel, und die Bucht von Dublin erstreckte sich bis zum Horizont vor uns – und nur vor uns. Der Nebel war jetzt natürlich hinter uns, aber er war blendend weiß, das Gegenteil von dem, wie er von der anderen Seite ausgesehen hatte. Ich sagte, sie würde mich an ein Mädchen namens Alice erinnern, das eine andere Welt durch einen silbrigen Nebel genau wie diesen betreten habe. Sie sagte nichts dazu. Tatsächlich hat sie die ganze Zeit nicht gesprochen. Aber es war zauberhaft ... als befänden wir uns in einer dieser Glaskugeln ... in unserer eigenen Blase von Raum und Zeit. Ich sagte zu ihr, sie könne tun, was sie wolle, dies sei ihre Welt. Und dann begann sie, langsam zunächst, auf dem Sand zu tanzen, vor sich hin zu summen und sich in ihrem kleinen Sommerkleid zu drehen. Sie blieb stehen, um ihre Sandalen auszuziehen ... und dann hat sie, bevor ich sie daran hindern konnte, ich schwöre es ... ihre

Kleidung ausgezogen. Einfach so. O Gott, Jane, das ist so demütigend …«

Jane sah ihn teilnahmslos an, aber ihr Inneres war in Aufruhr. »Weiter«, sagte sie so ruhig sie konnte.

»Ich konnte es nicht fassen. Ich sagte zu ihr, sie solle ihre Sachen anziehen, aber sie fing wieder an zu tanzen, viel schneller jetzt, sie wirbelte im Kreis herum und sprang in die Luft. Ich flehte sie an, aber sie hörte nicht. Sie war irgendwo in einer eigenen Welt. Dann bemerkte ich, dass die Flut zurückkam. Ich sagte, es sei Zeit zu gehen, und bat sie, sich wieder anzuziehen. Aber sie … tanzte einfach in den Nebel davon. Ich folgte ihr mit ihren Sachen, aber sie war verschwunden, und ich konnte sie nicht finden. Ich wusste nicht, was ich tun sollte … und schließlich ließ ich ihr Kleid und alles einfach am Strand zurück.« Miller senkte den Kopf und umfasste ihn mit den Händen. »Ich schäme mich so für mein Verhalten. Es war dumm von mir.«

Jane war unbehaglich zumute. Erwartete er eine Art Absolution? Von ihr konnte er sowieso keine bekommen, dachte sie gequält humorvoll –, schließlich war sie Protestantin. Und er tat es nur, um seine Ziele zu erreichen. Unter dem Strich blieb, dass er sich unangemessen gegenüber einem minderjährigen Mädchen verhalten hatte, dessen »Merkwürdigkeit« – falls es tatsächlich Dervla gewesen war – ihrem Autismus zuzuschreiben war. Und plötzlich war die Situation seiner Kontrolle entglitten – nur hätte er es erst nie zu dieser Situation kommen lassen dürfen.

»Und das ist die Erinnerungslücke, die sie füllen will. In der Show? Live auf Sendung? Das könnte dich deinen Job kosten. Deine Karriere.«

»So weit kommt es vielleicht nicht. Dass wir auf Sendung darüber reden, meine ich. Deshalb muss ich es erst mit ihr besprechen. Ihr sagen, was tatsächlich passiert ist. Sie um Verzeihung bitten.«

»Hm …« Jane wusste nicht, was sie von all dem halten sollte.

»Du wirst mir doch helfen, Jane, oder?«

»Ich …« Ihre Eingeweide rumorten.

»Du stehst in Kontakt mit ihr. Wirst du es einfädeln?«

»Äh … sicher, wenn du es wünscht.« Jane trat den Ball nur ins Aus. Sie brauchte Zeit, um nachzudenken.

Genau in diesem Augenblick nahmen beide wahr, dass ein hochgewachsener Mann in der Nähe stand und offenbar nur auf eine Gelegenheit wartete, an ihren Tisch zu treten.

»Tut mir leid, wenn ich störe«, sagte er und kam näher. Er hatte ein langes Gesicht, in dem ein buschiger Schnurrbart als eine Art Trennlinie fungierte und Janes Blick zwang, zwischen seinem Mund und seinen Augen hin- und herzuspringen. Er trug einen Mantel mit Fischgrätmuster, in dessen Taschen er ein Paar Handschuhe stopfte. »Sie sagten, Sie würden hier sein. Ich habe Sie auf dem Handy nicht erreicht, um mich anzukündigen.« Er sah Jane an. »Ich bin Mick Neligan. Wir haben am Morgen telefoniert.«

»Ach ja, Detective Inspector Neligan.« Sie deutete auf Miller. »Das ist Dave Miller.«

»Ich mag Ihre Sendung«, sagte Neligan und streckte die Hand aus. »Tut mir leid wegen Ihrer Tochter.«

Miller gab dem Detective halbherzig die Hand. Er war verärgert und verbarg es nicht.

»Was kann ich für Sie tun?«, fragte Jane.

»Ich würde mich gern kurz mit Ihnen unterhalten. Wegen des Unfalls. Aber hauptsächlich über Dr. McNamee. Sobald Sie fertig sind. Ich kann warten.« Er machte Anstalten, sich zu entfernen.

Miller seufzte theatralisch. »Warum bringen Sie es nicht gleich hinter sich? Dann können Jane und ich unser Gespräch fortsetzen.«

»Bei allem Respekt, aber das ist nicht Ihr Problem, Dave.«

Miller war sprachlos.

»Schon in Ordnung, Detective«, sagte Jane. »Wir waren sowieso gerade fertig.«

Miller sah sie böse an.

»Ich bleibe an der Sache dran, Dave«, sagte sie verschwörerisch und hoffte, ihn so zu beschwichtigen. Sie brauchte unbedingt Abstand, und Neligan verschaffte ihn ihr unwissentlich.

Miller stand abrupt auf.

Ebenso abrupt schrillte sein Handy auf dem Tisch. Er packte es und riss es an sein Ohr.

»Ja? Ah, Superintendent. Ja, ich bin in Gesellschaft. Darunter zufällig auch ein Detective Inspector Neligan.« Er sah Neligan verächtlich an. »Nein, schon in Ordnung, nur zu …« Doch während der Polizeichef mit ihm sprach, wechselte Millers Gesichtsausdruck von blasiert zu überrascht und schließlich schockiert. Als das Gespräch zu Ende war, saß er wieder in seinem Sessel, nun ganz grau im Gesicht.

Jane machte sich auf das Schlimmste gefasst, aber mit dem, was Miller als Nächstes sagte, hatte sie nicht gerechnet.

»Zita hat eine Überdosis genommen.«

»Oh. Ist sie … Hat man sie rechtzeitig gefunden?«

Miller nickte geistesabwesend. »Ja, sie wird wohl wieder in Ordnung kommen. Sie haben sie ins Krankenhaus gebracht. Aber da ist noch etwas. Sie hat eine Nachricht hinterlassen, einen Zettel …« Er biss sich auf die Lippen.

»Einen Zettel?«

»Darauf steht … dass sie Informationen zurückgehalten hat.«

»Worüber?«

»Über Rachel.«

31

Neligan und Jane blieben noch im Hotel, nachdem Miller zum Krankenhaus gefahren war. Hätten sie spekulieren wollen, was Zita Miller getan hatte, so hätten sie auf nicht viel aufbauen können. Superintendent Kinsella hatte am Telefon nicht mehr zum Inhalt Ihrer Nachricht gesagt, als dass es weiterer Klärung bedürfe, wenn sie wieder zu sich kam.

»Dieser Fall hatte von Anfang an etwas Merkwürdiges an sich«, bemerkte Neligan.

»Wegen des Fahrrads vielleicht?«

Der Detective sah sie an. »Was ist mit dem Fahrrad?«

»Es ist ebenfalls verschwunden. Die Polizei hat zu Dave gesagt, dass der Entführer keine Spuren hinterlassen wollte, aber mir kam der Gedanke, es könnte einen anderen Grund dafür geben.«

»Zum Beispiel?«

»Der oder die Entführer wollten, dass Rachel es hat. Weil sie es benutzen würde.«

»Tja, Detective Wade, lassen Sie mich einfach so viel sagen, dass wir nicht jeden Gedanken mit den am Fall beteiligten Personen erörtern. Weil man eben nie wissen kann … man kann nicht voraussetzen, dass alle Leute vollkommen unschuldig sind. Schauen Sie sich nur an, was jetzt passiert ist.«

»Ich hoffe nur, es bedeutet, dass es Rachel gut geht«, sagte Jane.

»Eins ist jedenfalls sicher: Sie wird sofort wieder in den Schlagzeilen sein, weil ohne Frage irgendwer mit Sicherheit schon gebloggt oder getwittert hat, dass ihre Mutter mit einer Überdosis im Krankenhaus ist.«

»Anscheinend passiert jetzt jeden Tag etwas.«

»Hm. Und alles hat mit dieser Hellseherin zu tun. Dieser Dervla.«

»Habe ich das gesagt? Ich glaube nicht.«

»Ich habe mit ein paar Leuten aus Ihrem Team gesprochen. Carmel insbesondere ist überzeugt, dass sie eine Gefahr für Sie alle darstellt.«

»Ja, ich kenne Carmels Ansicht, aber eigentlich versucht Dervla Dave Miller zu erreichen.« Sie begriff, dass sie zu viel gesagt hatte. Sie sollte vorsichtiger sein.

»Wirklich?« Er nahm es mit besonderem Interesse zur Kenntnis und notierte sich etwas. »Und wollen Sie damit sagen, dass sie all dieses Sterben und Leiden nur verursacht, um seine Aufmerksamkeit zu gewinnen? Ist sie psychotisch oder so etwas?«

»Verursacht? Nein. Sie hat Probleme, das ja. Verdrängte Wut vielleicht. Aber sie hat nichts von dem verursacht, was geschehen ist. Sie hat vorhergesagt, dass Kirstin bei diesem Unfall ums Leben kommen würde, aber sie hat ihn nicht herbeigeführt.«

»Dann lassen Sie uns zu gestern Abend zurückgehen. Ihre Geschäftsführerin sagte, zwei Männer seien aufgetaucht, die sich als potenzielle Sponsoren einer neuen Show ausgaben. Welche Show war das?«

»Dervlas. Kirstin hatte ihr eine eigene Sendung angeboten.«

»Interessant. Aber erzählen Sie mir doch erst noch mehr über Dr. McNamee und wie Sie ihn kennengelernt haben.«

Jane erzählte ihm von McNamees E-Mail an Kirstin und fasste zusammen, was er ihr bei dem nachfolgenden Treffen mitgeteilt hatte.

»Und Dr. McNamee arrangierte dann, dass Sie mit Dervla sprechen konnten. Hatten Sie das nicht zuvor schon getan?«

»Ja, aber diesmal war es von zu Hause, und ich hatte visuellen Kontakt mit ihr.«

»Online.«

»Ja. Wir hatten nie eine Telefonnummer von ihr, von einer Adresse ganz zu schweigen.«

»Aber Sie sind sich sicher, dass sie tatsächlich existiert?«

»Natürlich. Ich habe sie gesehen.«

»Aber Sie sind ihr nie begegnet.«

»Nicht leibhaftig.«

»Dann könnte sie also ebenso gut ein … Avatar sein, so nennt man es doch, oder?«

»Nein. Sie ist real.«

»Wie können Sie sich dessen so sicher sein?«

»Menschen, die sprechende Avatare einsetzen, synchronisieren gern die Lippenbewegungen. Sie spricht nicht einmal.«

»Wie bitte?«

»Vergessen Sie's. Warum sprechen Sie nicht selbst mit ihr?«

Neligan sah sie skeptisch an. »Ja, sicher. Bitten Sie sie, mich anzurufen, wann immer es ihr passt. Ich habe Ihnen erzählt, dass der SUV McNamee gehört. Merkwürdig, nicht wahr?«

Jane sagte nichts.

»Das Problem ist, wir konnten ihn nicht erreichen. Die nordirische Polizei sagt, er ist nicht zu Hause, und was noch wichtiger ist, dass er seinen Posten an der Queen's University gekündigt hat.«

Es traf sie wie eine Ohrfeige. Was ging hier vor sich?

»Hier also ein Szenario, das Ihnen vielleicht nicht in den Sinn gekommen ist«, sagte er und beugte sich vor. »Was, wenn McNamee und seine Freundin Dervla – oder seine Kreation, wenn man so will – bei dem Ganzen unter einer Decke stecken? Sie haben einen Plan, um Geld aus Miller herauszuholen, aber erst müssen sie ihn überzeugen, dass Dervla tatsächlich hellsehen kann. Dann entführen sie seine Tochter – achten jedoch darauf, es nicht vorherzusagen, denn das könnte Verdacht erregen. Carmel hat mir erzählt, dass sie es nicht vorausgesagt hat. Dann warten sie, bis Miller verzweifelt genug ist, um Dervla um Hilfe zu bitten. Dafür wird sie einen satten Finderlohn verlangen und *voilà* – Rachel wird mithilfe von Dervlas erstaunlichen Fähigkeiten wiedergefunden.«

»Trotz der Tatsache, dass McNamee uns davor gewarnt hat, sie auf Sendung zu lassen?«

»Um sie als größere Bedrohung erscheinen zu lassen. Und Ihrer Geschäftsführerin diesen Eindruck ebenfalls zu vermitteln. Ich glaube nämlich, was gestern Abend passiert ist, hatten sie ebenfalls geplant. Erst haben sie ihr mit ein bisschen Wahrsagerei Angst gemacht und sie dann in den Wagen gezwungen, weil sie wussten, sie würde alles tun, um wieder herauszukommen. Dass sie Dervla suchten, war nur eine Tarngeschichte. Sie hatten nicht geplant, dass Sie in die Sache hineingezogen werden, aber es machte keinen großen Unterschied. Nur dass sie ironischerweise verunglückten, ehe sie Ms. Rynn wieder aussteigen ließen, was sie nach der elektronischen Überweisung einer größeren Geldsumme auf ein Bankkonto tun wollten.«

»Sie übersehen, dass Kirstin nichts davon gesagt hat, dass McNamee bei ihr war. Und dass mindestens einer der Typen Amerikaner war.«

»Sie hat McNamee nie kennengelernt, oder? Er hätte sich unter falschem Namen vorstellen können. Und der Amerikaner, wenn es denn einer war, hat ihn begleitet, um die Geschichte von dem Rückflug in die Staaten am nächsten Morgen glaubhafter zu machen.«

»Es gibt eine ganz andere Möglichkeit – und sie würde erklären, warum McNamees Wagen benutzt wurde.«

»Okay, lassen Sie hören.«

»Matlas hat ein Paar Schläger engagiert, um die Informationen aus ihm herauszuholen. Sie könnten ihm in einer dunklen Gasse aufgelauert oder ihn gepackt haben, als er in seinen Wagen stieg. Vermutlich hatten sie Probleme, etwas aus ihm herauszubekommen, als Matlas sie darauf aufmerksam machte, dass Kirstin wusste, wo Dervla wohnt; also nahmen sie McNamees Wagen und fuhren nach Dublin.«

»Gefällt mir. Nur dass er nirgendwo zu finden ist«, sagte Neligan, steckte sein Notizbuch ein und stand auf. »Es ist viel wahrscheinlicher, dass er mit im Wagen saß, als dieser verunglückte.«

Jane war zu spät dran, um die Kinder abzuholen. Sie rief Ben an, und einmal mehr hatte er das Abendessen bereits fertig, als sie nach Hause kam. Aus irgendeinem Grund waren die Kinder sehr ruhig bei Tisch, bis auf ein gelegentliches Kichern, das sich Jane nicht erklären konnte. Nachdem sie gegessen hatten, bat Ben die beiden, nach draußen zu gehen, weil er etwas mit ihrer Mutter zu besprechen habe.

»Mir ist klar, dass bei dir in der Arbeit gerade eine

Menge passiert, Jane«, begann er, und ihr sank der Mut. »Und was mit Kirstin geschehen ist, würde ich meinen schlimmsten Feind nicht wünschen. Aber wir müssen auch unser Leben auf die Reihe bekommen. Hast du vergessen, dass ich in diesem Moment eigentlich auf dem Weg nach Galway sein sollte?«

Ja, sie hatte es vergessen. »O Ben, das tut mir so leid. Mit allem, was gerade los ist ... ich war einfach ...« Sie spürte, wie ihr die Tränen kamen.

»Ich habe einen Entschluss gefasst, als du vorhin angerufen hast. Ich setze die Kinder unterwegs bei Debbie ab. Sie behält sie bis Samstag.«

»Nein, nein ...« Das war schrecklich. Ihr Leben entglitt ihrer Kontrolle.

»Es ist alles arrangiert. Ich weiß, seit den Herbstferien ist erst gut eine Woche vergangen, aber ich habe ihnen gesagt, es sei ein kleiner Urlaub. Und Debbie habe ich erklärt, du seist überarbeitet. Weil ich nämlich so eine Ahnung habe, dass du morgen auch wieder sehr beschäftigt sein wirst, und damit erspare ich dir den Stress, an sie denken zu müssen.«

Jane wurde rot. Sie versuchte zu ergründen, ob es Ben fürsorglich oder kritisch meinte, und gleichzeitig schämte sie sich dafür, wie sie vor Debbie dastand. Und doch wusste ein Teil von ihr, dass Ben recht hatte. Ihre Situation machte es unmöglich, den Anschein eines normalen Lebens aufrechtzuerhalten.

»Was ist mit ihren Sachen? Dem Spielzeug ...?«

»Ich habe alles gepackt. Aber ich habe den beiden erklärt, dass es ein Geheimnis ist. Deshalb das ganze Gekicher.« Er schaute auf die Uhr. »Ich mache mich lieber auf den Weg. Bis ich in Galway bin, wird es zehn.«

»Du bestrafst mich nicht, oder, Ben?«

Er kam um den Tisch herum und nahm sie in den Arm. »Natürlich nicht. Es hilft mir selbst auch. So muss ich mir keine Sorgen machen, ob du allein klarkommst.«

Nachdem Ben gefahren war, rief Jane Debbie an, dankte ihr dafür, dass sie die Kinder nahm, und versprach, sich zu revanchieren, sobald es in der Arbeit wieder ruhiger zuging. Dann versuchte sie, mit Dervla Kontakt aufzunehmen, erhielt jedoch keine Reaktion. Das überraschte sie nicht, aber es ließ die Frage in ihr aufkommen, ob an Neligans Spekulationen vielleicht doch etwas dran war. Was sie wirklich brauchte, um sich zu beruhigen, war, etwas von McNamee zu hören.

Was außerdem noch an ihr nagte, war das Gespräch mit Miller. In dieser Weise mit einem jungen Mädchen herumzumachen, war ein seltsames Benehmen für jemanden, der später zu einem Sprachrohr für öffentliche Empörung über Pädophile und Kleriker, die Kinder missbrauchten, geworden war. Nicht dass er sich irgendwie strafbar gemacht hätte, wenn weiter tatsächlich nichts gewesen war. Aber ein bisschen unheimlich war es trotzdem.

Wenn der Vorfall vor fünfzehn Jahren passiert war, und dessen war sich Miller ziemlich sicher, stimmte es mit dem Zeitpunkt überein, zu dem man Dervla gefunden hatte, wie sie ohne Kleidung herumgelaufen war, es sprach also vieles dafür, dass sie sich damals tatsächlich am Strand begegnet waren. Sie hatte gesagt, sie erwarte, dass er eine Lücke in ihrer Erinnerung schließe, aber würde seine Schilderung der Ereignisse sie zufriedenstellen, oder war ihrer Begegnung mit ihm etwa ein traumatischeres Erlebnis gefolgt – war sie im Nebel umhergelaufen, bis ihr der Rückweg von der Flut abgeschnitten wurde und hatte sie dann durch immer höher steigendes Wasser waten müssen, bis sie wieder in Sicherheit gewesen war? Vielleicht genügte es für ihre Erinnerung, wenn ihr der Ablauf der Ereignisse, die dazu geführt hatten, dass sie an jenem Tag so verstört gewesen war, klar wurde. Wenn ja, würde sie Millers fragwürdiges Benehmen vielleicht übersehen. Er könnte ungestraft davonkommen.

Die nächste Frage für sie war – sollte sie Millers Bitte erfüllen und als Vermittlerin agieren? Vielleicht war Millers Idee, zu Dervla Zuflucht zu nehmen, durch die Ereignisse bereits überholt worden. Zita wusste etwas über die Entführung. Jane schauderte bei dem Gedanken, es könnte einer dieser grotesken Fälle sein, wo eine Mutter bei der Entführung ihres eigenen Kindes mitgespielt hatte, weil sie sich Geld von den Medien für ihre Story erhoffte. Aber Zita Miller brauchte kein Geld. Und überhaupt zog sie voreilige Schlüsse. Vielleicht handelte es sich schlicht nur darum, dass Zita eine Veränderung in Rachels Verhalten nicht beachtet oder etwas Wichtiges vergessen hatte, das sie an jenem Tag gesagt hatte und das Zita erst in einem – vermutlich seltenen – klaren Augenblick ein, zwei Tage später eingefallen war. Und statt die Vermittler sofort zu informieren, hatte sie es für sich behalten und war nun von Schuldgefühlen überwältigt worden.

Nach rund einer Stunde Nachdenken über alles hatte Jane soeben beschlossen, Miller anzurufen, als ihr Handy läutete.

»Hallo, hier ist … Andrew. Geht es Ihnen … gut?« McNamees Stimme war kaum mehr als ein Flüstern, er brachte die Worte nur mit Mühe heraus, als hätte er Schwierigkeiten beim Atmen.

»Mir? Sagen wir, ich komme zurecht. Sie selbst hören sich allerdings beschissen an.«

»Ich bin nicht … in bester Verfassung, muss ich zugegen. War seit gestern Abend … im Krankenhaus.« Er hustete und stöhnte dann vor Schmerzen. »Hab mich gerade entlassen. Mein Zeug zurückbekommen … mein Handy.«

»Was ist passiert?«

»Drei Männer … haben in einem Wagen vor meiner Wohnung gewartet, als ich heimkam. Zwei Muskelmänner und ein dünner, älterer Typ. Amerikaner. Haben mich an die Zeugen Jehovas erinnert. Nur wollten sie mir nicht den Wachturm andrehen, sondern haben versucht, Dervlas Aufenthaltsort aus mir herauszuprügeln. Als ich ihn nicht verriet, haben sie immer weiter … zugeschlagen. Haben ein paar Rippen gebrochen. Schließlich wurde ich … bewusstlos. Als ich zu mir kam … habe ich einen Kollegen angerufen. Der hat mich in die Notaufnahme gebracht.«

»Waren die Kerle von Matlas?«

»Nein, nicht von Matlas. Die … kamen ganz woanders her.«

»Wie meinen Sie das, Andrew?«

»Ihre Terminologie … irre. Ständig tauchten Worte wie ›prophetisch‹ oder ›Seherin‹ auf.«

»Sie halten Dervla also für eine Prophetin, ist es das?«

»Ja, ich glaube. Aber … ich weiß nicht, was sie mit ihr wollen. Ich sagte, sie … macht keine … langfristigen Vorhersagen. Das fanden sie nicht lustig. Es hat sie gar nicht interessiert.«

»Nachdem die Kerle mit Ihnen fertig waren, sind sie nach Dublin gekommen – zumindest zwei von ihnen. Und als Folge davon ist Kirstin Rynn, unsere Geschäftsführerin, jetzt tot.«

»Ist das Ihr Ernst – sie haben sie *getötet*?«

»Sie hat versucht, sich nicht aus dem Sendegebäude zu rühren, aber sie haben sie in einen Wagen verfrachtet – in Ihren Wagen, genauer gesagt. Und auf dem Weg zu einem

Treffpunkt mit mir sind sie dann verunglückt. Die beiden Typen sind weggelaufen, aber sie ist am Unfallort gestorben.«

»Die arme Frau. Aber warum … wollten die Sie treffen?«

»Aus demselben Grund, warum sie sich an Sie und Kirstin herangemacht haben. Sie dachten, ich würde sie zu Dervla führen. Wo zum Teufel wohnt sie denn nun eigentlich?«

»Ich bin froh, dass ich es Ihnen nie … gesagt habe … und werde es auch jetzt nicht tun. Sie sagten, in meinem Wagen waren nur zwei Männer. Das heißt, sie haben sich aufgeteilt. Was hat dann wohl … der dritte vor?«

»Ich habe mit einem Detective gesprochen, der Sie im Verdacht hat, einer der beiden Männer zu sein.«

»Irgendwie verständlich. Es war immerhin mein Wagen.«

»Das ist noch nicht alles. Er hat eine Theorie, wonach Sie und Dervla versucht haben, Geld von Kirstin zu erpressen. Und an der Entführung von Dave Millers Tochter beteiligt sind.«

»Tolle Theorie.«

»Der Umstand, dass Sie grün und blau geschlagen sind, würde einwandfrei dazu passen.«

»Hey … Sie glauben den Quatsch aber nicht selbst, oder?«

»Nein. Tatsächlich habe ich ein Szenario vorgeschlagen, das nicht allzu weit von dem abweicht, wie Sie die Geschehnisse schildern. Was ist mit der nordirischen Polizei? Haben Sie mit ihr gesprochen?«

»Nein. Die Polizei ins Spiel zu bringen, würde im Moment nur alles … komplizieren für mich. Und ich habe, wie gesagt, keine Ahnung, wer diese Leute sind. Außer dass sie irgendwann davon gesprochen haben, sie seien es ›den Märtyrern‹ schuldig, Dervla ausfindig zu machen.«

»Den Märtyrern?« Jane hoffte, sie hatte ihn falsch verstanden.

»Ja, da bin ich mir ziemlich sicher. Dann sagte einer von ihnen ›Wir?‹, und der andere sagte, ich meine wir alle, ›Koss‹ – als wäre Koss eine Art Organisation.«

»K-O-S-S?«

»Könnte sein, ja. Wieso? Wissen Sie, wer sie sind?«

»Ich … vielleicht. Kann ich Sie zurückrufen?«

»Nein. Belassen wir es lieber für den Moment dabei.« Erneutes Husten. »Ich habe einen Freund gebeten, mich abzuholen, und er ist gerade gekommen. Ich rufe Sie wieder an. In der Zwischenzeit sollten Sie … meiner Ansicht nach selbst zu irgendwem fahren, bei dem Sie bleiben können.«

Sie wollte ihn noch nach seiner Stelle an der Queens University fragen und warum er sie aufgegeben hatte, und noch einiges andere, aber es würde warten müssen. Etwas viel Beunruhigenderes war soeben in ihr Leben geplatzt.

32

KOSS. Ein Akronym für Keepers of the Seventh Seal – die Hüter des Siebten Siegels. Es konnte nicht anders sein. Die Erwähnung von Märtyrern und der Verweis auf Prophezeiungen waren ein weiteres Indiz. Es war die Weltuntergangssekte, der sich ihre Schwester Hazel angeschlossen hatte, und es war der Versuch der Sekte gewesen, einen religiösen Krieg zu provozieren, der zu ihrem Tod geführt hatte. Man vergisst heute leicht, wie viel wilde Spekulation es in den Neunzigerjahren darüber gegeben hatte, was mit Beginn des neuen Jahrtausends geschehen würde. Manche religiöse Eiferer glaubten, es würde das Ende der Welt bringen, und reisten nach Israel, um dort dessen Zeuge zu werden. Aber als es nicht geschah, trachtete eine Reihe von fanatischen Sekten danach, den Weltuntergang herbeizuführen. Zu ihnen gehörte Hazels Gruppe.

Die Hüter gründeten ihre Weltanschauung auf die apokalyptischen Prophezeiungen eines irischen Mönchs namens Gorman, der im 8. Jahrhundert gelebt hatte. Der Aufbau der Sekte gliederte ihre Anhänger gemäß der Hierarchie der Märtyrer in der keltischen Kirche: Weiß für diejenigen, die das »Exil« durchgemacht – also ihr altes Leben hinter sich gelassen – hatten; Grün für jene, die sich dem »Leiden« unterzogen hatten – Kastration im Fall der Männer, Verstümmelung der Brüste und strengstes, zum Ausbleiben der Menstruation führendes Fasten bei Frauen; und Rot für alle, die wie Hazel für den Tod bestimmt waren.

Sie war einige Jahre vorher in den Vereinigten Staaten verschwunden, und Jane hatte die Hilfe eines katholischen Priesters, eines Spezialisten für Sekten, in Anspruch genommen, um sie zu finden. Als sie schließlich dahinterkamen, was die Sekte im Schild führte, war Jane von einem ihrer Anführer in Irland gefangen gehalten worden und sollte getötet werden, während sich Hazel darauf vorbereitete, sich selbst und viele andere bei einer religionsübergreifenden Friedenskonferenz in der palästinensisch kontrollierten Stadt Bethlehem in die Luft zu sprengen. Jane war gerade von der Polizei gerettet worden, als Hazel ihren Sprengstoff zündete. Es ging aus den Fernsehbildern nicht klar hervor, dass sie die Attentäterin war, und die Behörden erbrachten nie einen Beweis. Aber Jane hatte sie in der Menge gesehen und wusste, dass ihre Mission darin bestand, einen religiösen Krieg zu provozieren, der zu einem atomaren Armageddon führen sollte. Dazu war es natürlich nicht gekommen, aber die Anführer der Sekte waren angesichts der Polarisierung zwischen dem Islam und dem Westen, zu der es seither gekommen war, vermutlich zufrieden mit ihren Bemühungen.

Und jetzt schienen sie wieder aktiv zu sein, diesmal unter einer griffigeren Version ihres Namens – KOSS. Höchstwahrscheinlich wussten sie nicht, dass Jane dieselbe Frau war, die sich im Versteck ihres Anführers befunden hatte, als Polizeibeamte ihn erschossen. Die Polizei war hinterher mit großer Diskretion vorgegangen, denn es war klar, dass die Anhänger der Sekte keine Skrupel haben würden, Jane zu ermorden. Hinzu kam der Umstand, dass weder Israelis noch Palästinenser den Informationen der irischen Polizei hinsichtlich der Verantwortlichen für das Attentat die geringste Beachtung geschenkt hatten, sondern es jeweils vorzogen, der Gegenseite die Schuld an der Gräueltat zu geben. So kam die Wahrheit nie ans Licht.

Die Frage war jetzt, was KOSS mit Dervla wollte. Sie war keine Weltuntergangsprophetin, die die Bibel nach Hinweisen für das Ende der Zeit entschlüsselte. Warum also sollte eine fanatische religiöse Gruppe an ihren Vorhersagen interessiert sein?

McNamees Anruf hatte Jane erschüttert, und ohne Ben im Haus fühlte sie sich plötzlich verwundbar. Das mussten diejenigen gewesen sein, die sie in dem BMW verfolgt hatten. Was, wenn sie sich erneut an sie heranmachten?

Sie ging in die Diele und schwankte noch, ob sie Debbie anrufen und fragen sollte, ob sie über Nacht bleiben könne oder ob sie direkt zu ihr fahren sollte, als die Scheinwerfer eines Wagens durch die Glasscheibe in der Haustür leuchteten. Höchst beunruhigt drückte sie sich an die Wand, um nicht gesehen zu werden. Die Scheinwerfer wurden ausgeschaltet, jemand stieg aus dem Wagen und ging zur Haustür. Die Türglocke läutete laut über Janes Kopf und ließ ihr bereits rasendes Herz einen Schlag aussetzen.

Sie schob sich an der Wand entlang, bis sie durch das Glas sehen konnte. Ein Mann stand mit dem Rücken zur Tür auf der Veranda. Dann drehte er sich um und läutete noch einmal. Sie konnte sein Gesicht sehen. Es war Dave Miller.

»Ich bin durch die Gegend gefahren, um einen klaren Kopf zu bekommen, und plötzlich fand ich mich auf dem Weg hier herauf wieder. Also beschloss ich, bei dir vorbeizuschauen. Ich hab versucht, dich anzurufen, aber dein Handy war besetzt. Deine Festnetznummer hatte ich nicht.«

Jane hatte ihn im Wohnzimmer Platz nehmen lassen. Er sah noch schlimmer aus als am Morgen. Sie zitterte selbst, aber er schien es nicht zu bemerken.

»Kaffee? Einen Drink?«

Er winkte ab. »Ich habe so viel Koffein intus, dass ich Herzklopfen habe. Und wenn ich etwas trinke, höre ich nicht mehr auf. Ich bin hier, weil ich dir von Zita erzählen wollte.«

»Wie geht es ihr?«

»Sie ist wieder zu Hause. Sie kommt wieder in Ordnung. Aber ich weiß nicht, was für ein Spiel sie spielt.«

»Spiel?« Es war eine harte Aussage.

»Auf dem Zettel stand, sie habe Informationen über Rachel, die sie vor der Polizei geheim gehalten habe. Aber da sie nie enthüllen könnte, um welche Information es gehe, würde sie sich das Leben nehmen. Dass sie lieber tot wäre, als es herauskommen zu lassen. Kannst du dir vorstellen, was ich dachte, als ich das gelesen habe?«

»Es lässt auf jeden Fall nichts Gutes ahnen.«

»Ja. Es ließ mich denken, dass es vielleicht einen Unfall oder einen Streit gegeben hatte, der außer Kontrolle geriet, als Rachel damals nach Hause kam, und dass sie getötet worden sei. Dass Zita es vertuscht hatte, indem sie behauptete, sie sei nie nach Hause gekommen. Aber als sie zu sich kam, sagte sie, sie sei betrunken gewesen, als sie die Nachricht schrieb, und es habe nichts zu bedeuten.« Er schüttelte missbilligend den Kopf. »Aber ich kenne sie zu gut, um das zu glauben, deshalb bestand ich darauf, dass sie mit der Wahrheit herausrückte. Schließlich erzählte sie mir, dass sie vor ein paar Monaten von einem Kerl gehört habe, der behauptete, Rachels leiblicher Vater zu sein. Er habe ihr einen Brief geschrieben, in dem er Zugang zu Rachel forderte. Sie sagte, sie habe keine Ahnung gehabt, wer er sein könnte und angenommen, es handle sich um einen dieser Spinner, die wir in unserem Geschäft leider anziehen, wie du nur zu gut weißt. Sie habe den Brief weggeworfen und sich dann nach der Entführung nicht getraut, etwas davon zu sagen, weil er impliziere, dass sie untreu gewesen war, was sie bestreitet.«

»Nur dass ihre Nachricht klingt, als hätte sie wirklich etwas zu verbergen.«

»Genau. Und deshalb weiß ich nicht, was ich denken soll. Sie ist natürlich noch in einem zerbrechlichen Zustand, deshalb darf ich ihr nicht allzu heftig zusetzen.«

»Erinnert sie sich an den Namen des Kerls?«

Miller lächelte skeptisch. »Nein. Was ja wohl sicher der Fall wäre, wenn dir jemand aus heiterem Himmel so einen Brief schreibt. Wenn du andererseits ein Techtelmechtel mit jemandem gehabt hättest, würdest du dich ebenfalls erinnern. Aber es könnte sein, dass du praktischerweise einen Gedächtnisverlust erleidest.«

»Was meint die Polizei?«

»Ich habe ihnen angemerkt, dass sie hofften, es würde zur Lösung des Falls führen. Aber wie die Dinge liegen, hat es die Verwirrung nur vergrößert.«

»Und doch lässt es auf eine merkwürdige Art hoffen, findest du nicht?«

Miller seufzte. »Das ist das Problem. Ich habe dir schon gesagt, dass ich diese Achterbahnfahrten nicht haben will. Und jetzt geht es wieder los. Und das bedeutet, ich will mehr denn je wissen, ob Rachel lebt oder tot ist.« Er sah Jane durchdringend an.

»Du willst mit Dervla reden.«

»Ich leide, Jane. Hilf mir.«

Sie brachte es nicht übers Herz, Nein zu sagen.

Einige Minuten später saß Jane an ihrem Schreibtisch

und Miller neben ihr. Zu ihrer Überraschung meldete sich Dervla unverzüglich.

»*Jemand ist bei Ihnen*«, sagte sie.

»Ja. Es ist Dave Miller«, antwortete Jane. »Werden Sie mit ihm sprechen?«

»*Ich will keinen visuellen Kontakt*«, sagte Dervla.

»Das ist in Ordnung für mich«, sagte Miller. Er wandte den Kopf zu Jane. »Kannst du uns allein lassen?«

Damit hatte sie nicht gerechnet, aber sie verstand es. »Sicher. Ich überlasse die Sache euch beiden.«

Zwanzig Minuten später kam Miller ins Wohnzimmer zurück, wo Jane fernsah. Er sah zwar immer noch erschöpft aus, aber er wirkte optimistisch. »Sie macht es. Aber sie will noch kurz mit dir reden.«

Jane ging zurück in ihr Arbeitszimmer und setzte sich. »Und? Haben Sie, was Sie wollten?«, sagte sie leicht gereizt. Die Müdigkeit machte sich auch bei ihr bemerkbar.

»*Er wird morgen wieder auf Sendung gehen müssen. Andernfalls wird es Montag, bis wir anfangen können.*«

»Anfangen womit?«

»*Mit der Suche nach Rachel.*«

»Und?«

»*Und das war's.*«

»Was ist mit Ihrer Erforschung der Geschehnisse damals am Meer?«

»*Er hat es aufgeklärt.*«

»Was hat er Ihnen erzählt?«

»*Genug, um zu erklären, warum ich schließlich ohne Kleidung und vollkommen verwirrt dort herumgelaufen bin und mir die Augen ausgeweint habe. Es führte dazu, dass ich aus der Tagesbetreuung genommen wurde, deshalb hatten die Ereignisse wahrscheinlich eine so große Wirkung auf mich.*«

»Aber nichts davon wird jetzt live im Radio herauskommen, oder?«

»*Nein. Worüber Sie sicherlich erleichtert sind.*«

»Da haben Sie wohl recht. Trotzdem frage ich mich, wie er es fertiggebracht hat, dass Sie von seinem Fall ablassen und ihm helfen, Rachel zu finden. Was springt für Sie dabei heraus?« DI Neligans Bemerkung, sie würde einen satten Finderlohn verlangen, war ihr wieder eingefallen.

»*Ich lege einen sauberen Abschied aus der Show hin und mache, wie man in Ihrem Geschäft sagt, ›Promo‹ für meine eigene.*«

»Wollen Sie das wirklich weiterverfolgen?«

»*Wir werden sehen*«, sagte Dervla und trennte die Verbindung.

»Alles in Ordnung?«, fragte Miller, als Jane wieder ins Wohnzimmer kam.

»Warum hast du mich nicht zurate gezogen, ob sie morgen wieder auf Sendung gehen soll?«

»Tut mir leid, aber ich musste auf der Stelle zustimmen. Sie ist nicht sehr geduldig, wie du sicher schon bemerkt hast.«

»War von Geld die Rede?«

»Nein. Ihre einzige Bedingung ist, dass sie es live in der Sendung macht. Überleg doch nur, Jane – das wird packendes Radio.«

»Ist das dein Ernst?« Ihre Meinung von Miller sank nahezu ins Bodenlose.

»Ich bin nur ehrlich. Es war schließlich nicht meine Idee.«

Jane fühlte sich plötzlich erschöpft. Sie hielt sich an einer Sessellehne fest.

»Dir geht es nicht gut, oder?«, fragte Miller, stand auf und half ihr auf die Couch.

»Das wird schon wieder. Aber ich muss dir etwas erzählen, bevor du gehst. Erinnerst du dich, dass ich dir einmal erzählt habe, wie meine Schwester Hazel sich in den Neunzigern einer Sekte in den Staaten angeschlossen hat?«

»Und bei einem Selbstmordanschlag ums Leben kam – in Israel, oder?«

»Mhm.« Jane hatte ihm die genauen Details nicht verraten. Tatsächlich wussten nur die Leute, die damals bei ihr gewesen waren, und Ben Bescheid. Mit einiger Mühe hatte sie es vor ihrer Mutter geheim gehalten, die aber seit Langem den Verdacht hegte, dass Jane ihr nicht die ganze Wahrheit sagte.

»Sie existieren immer noch. Sie nennen sich KOSS, und sie versuchen, Dervla in die Hände zu bekommen.«

»Genau wie diese andere Organisation, von der du gesprochen hast. Weiß sie es?«

»Ich würde sagen, McNamee hält sie auf dem Laufenden. In der Zwischenzeit ist jeder gefährdet, von dem sie glauben, er könnte sie zu Dervla führen. Sie schrecken nicht vor Gewalt zurück – auch nicht vor Mord, wenn es sein muss. Und sobald Dervla wieder in der Sendung auftaucht, werden sie jeden auf dem Radar haben, der mit der Sendung in Verbindung steht, einschließlich dir und dem ganzen Team.«

»Ich verstehe, was du meinst. Aber wir sollten es Carmel lieber nicht sagen«, scherzte er matt. Er stand auf und sah sich um. »Wo ist Ben … und die Kinder?«

»Nach Galway gefahren. Er hat die Kinder für ein paar Tage bei seiner Schwester Debbie abgeliefert.«

»Dann bist du allein hier?«

Jane nickte.

»Das ist nicht gut«, sagte er und runzelte sichtlich besorgt die Stirn, um durchtrieben anzufügen: »Aber wir können uns immer ein Zimmer im Ailesbury für die Nacht nehmen.«

»Wir?«

»Du weißt schon, was ich meine«, sagte er und grinste einfältig.

Jane beschloss, dass es sich nicht lohnte, gekränkt zu sein. Es war ohnehin ein halbherziger Versuch. »Ja, Dave. Und es wird nicht passieren. Du musst auf jeden Fall nach Hause.«

»Einen Versuch war es wert.«

Jane brachte ihn zur Tür.

»Bleib nicht hier«, sagte er und umarmte sie kurz. »Es ist zu riskant. Und ich brauche dich, damit diese Sache morgen Vormittag klappt.«

33

Jane schickte eine SMS an Ali, um ihr mitzuteilen, dass Miller am nächsten Tag die Sendung moderieren und sie selbst sie produzieren würde. Dann schickte sie eine an Ken Lally, rief ihn zurück und dankte ihm für die Arbeit der letzten Tage. Sie wollte gerade Debbie anrufen, um sich anzukündigen, als ihr der Gedanke kam, dass sie ihrer Freundin ziemlich viel aufbürden würde, die sich bereits kurzfristig um Scott und Bethann kümmerte. Und nicht nur das, auch die Kinder wären verwirrt, wenn sie jetzt dort auftauchte. Es gab andere Leute, die sie anrufen konnte, aber angesichts der späten Stunde war es wohl am besten, Millers Idee aufzugreifen und sich ein Hotelzimmer zu nehmen – allein. Das Clarion am Kai würde am günstigsten liegen, wenn sie morgens zur Arbeit musste, deshalb suchte sie es online heraus und buchte ein Zimmer. Ehe sie eine Reisetasche packte, beschloss sie, KOSS und die Hüter des Siebten Siegels zu googeln. Sie ließ den Blick über die erste Seite mit Ergebnissen wandern und wurde von einer Überschrift angezogen:

2012: Irland und der Weltuntergang

Weltuntergangsankündigungen mit einem irischen Aspekt gab und gibt es zuhauf von Leuten, die glauben, dass die astronomische Uhr der Maya, die am 21. Dezember 2012 ausläuft, zur selben Zeit ersonnen wurde, zu der die Bauten im irischen Boyne Valley errichtet wurden, und dass beide Unternehmungen von einem katastrophalen solaren oder geologischen Ereignis angestoßen wurden, das auch die Ursache für die zeitgleiche Sintflut der Bibel vor mehr als fünftausend Jahren war.

Es gibt keine Verweise auf 2012 in christlichen apokalyptischen Schriften vom Johannesevangelium angefangen. Auch taucht das Jahr, wenig überraschend, nicht in frühmittelalterlichen Schriften auf, die sich mit den Zeichen vor dem Jüngsten Gericht befassen. So dachte man zumindest bis zur Wiederentdeckung der Vision von Gorman, einer Handschrift aus dem 8. Jahrhundert, die in der Bibliothek des Katharinenklosters am Berg Sinai aufbewahrt wurde und die eine in den USA beheimatete extremistische Millenniumssekte namens Hüter des Siebten Siegels als Quelle der Prophezeiung benutzte.

Wissenschaftler, die den Text studierten, seit er Ende der Neunzigerjahre zu zirkulieren begann, entdeckten einen Verweis darauf, dass der Jüngste Tag »innerhalb einer Lebensspanne, nachdem die aufgehende Sonne das Grab der Hohen Könige wieder beleuchtet«, stattfinden werde. Dies wurde als Hinweis auf das Ganggrab in Newgrange im Boyne Valley aufgefasst, von dem man zu der Zeit, als die Vision von Gorman verfasst wurde, glaubte, es sei die letzte Ruhestätte der alten Könige von Tara. Die aufgehende Sonne dringt zur Wintersonnwende durch ein eigens dafür eingebautes »Sonnenfenster« in eine Kammer des Bauwerks, und dieses Phänomen wurde in der heutigen Zeit erstmals 1969 beobachtet. Die Berechnung des Jüngsten Tages durch den irischen Mönch ist vage, verglichen mit dem präzisen Datum 21. Dezember 2012 der Maya. Aber wenn der Weltuntergang innerhalb einer Lebensspanne von 1969 an stattfinden sollte, wann wäre er dann? Die durchschnittliche Lebenserwartung zur Zeit der Prophezeiung betrug fünfzig Jahre oder weniger. Bedenkt man die Bedeutung der Spanne von vierzig Jahren in der Bibel sowie an anderer Stelle in Gormans Prophezeiungen, dann kann man dafür plädieren, vierzig als Ausgangspunkt zu betrachten. Zählt man dazu noch einmal drei Jahre, um die enorm wichtige keltische Triade – die regelmäßig zur Zeitmessung verwendet wurde – zu repräsentieren, schon tritt eine faszinierende Übereinstimmung auf – wir sind genau beim 21. Dezember 2012.

Dies hat natürlich seine Anziehungskraft auf Leute, die glauben, dass die Hügelgräber im Boyne-Tal astronomische Rechenmaschinen sind, zur selben Zeit erbaut, zu der die Maya ihre »Lange Zählung« erfanden. Und dass es einen Zusammenhang zu der Großen Flut gibt, die zeitgleich den Nahen Osten verwüstete. Für sie verknüpft die Vision von Gorman alle diese Fäden mit ihren Wurzeln in der Bibel, ihrem Verweis auf das Sonnenfenster im Boyne-Tal und ihrer Bestätigung der Wintersonnenwende 2012 als dem entscheidenden Datum. Doch leider ist dies auch ihr schwächstes Glied – denn das Jahr könnte ebenso gut 2013 oder später sein.

Und was soll überhaupt passieren? Bedeutet das Ende der Zeit Weltuntergang oder den Anbruch eines neuen Zeitalters? Die Maya schwiegen sich dazu aus, aber Gorman hält düstere Aussichten bereit: Feuer und Asche, Tod und Chaos werden auf der Tagesordnung stehen, keine strahlende neue Morgendämmerung in Sicht. Hoffen wir, dass er sich in diesem Punkt geirrt hat oder dass uns wenigstens noch ein paar weitere Jahre bleiben.

Bis sie zu Ende gelesen hatte, waren alle Erinnerungen wieder da. Die vierzig Prophezeiungen des Gorman. Mehr als ein Jahrzehnt zuvor hatte KOSS versucht, sie eintreten zu lassen, indem sie sie in Szene setzten, häufig auf die grausigste Art und Weise, doch ohne die erhofften Resultate. Vielleicht setzten sie jetzt ihre Hoffnungen auf die mögliche Übereinstimmung des Maya-Datums mit den Ergebnissen der neueren Gorman-Forschung. Aber wie konnten sie wissen, ob es auch stimmte? Mithilfe von Dervla, natürlich. Deshalb wollten sie sie in die Hände bekommen. In Unkenntnis der Beschränkungen ihrer Gabe wollten sie von ihr wissen, was in rund einem Monat zur Zeit der Wintersonnenwende geschehen würde. Je nachdem, ob sich etwas Bedeutsames tat oder nicht, hatten sie offenbar jeweils eine Art Plan. Und es war besser, im Voraus Bescheid zu wissen, als wieder fälschlicherweise Alarm zu schlagen.

Sie hatte gerade ihre Tasche gepackt und das Licht im Schlafzimmer gelöscht, als ihr Handy läutete. McNamees Name leuchtete auf, deshalb stellte sie die Tasche ab und nahm den Anruf entgegen.

»Sie sind immer noch zu Hause?«, fragte er.

Sie zögerte plötzlich, es ihm zu sagen. Dervla war wieder in der Show, möglicherweise würde sie am nächsten Tag Rachels Aufenthaltsort aufdecken und – egal, was Miller gesagt hatte – eine saftige Belohnung von ihm kassieren. Neligans Argwohn in Bezug auf die beiden war ihr noch frisch in Erinnerung. Außerdem hatte McNamee seine Weigerung, mit der nordirischen Polizei zu sprechen, eigentlich nicht begründet.

»Ich fasse Ihr Schweigen als Zeichen für Paranoia auf«, sagte er. »Und ich kann es Ihnen nicht verübeln. Aber ich komme nicht vor morgen früh nach Dublin, Sie haben also noch Zeit genug, um zu fliehen.«

Jane lächelte für sich. »Sehr witzig. Sie klingen schon viel besser.«

»Ich nehme starke Schmerzmittel.«

»Warum kommen Sie nach Dublin?«

»Um von dort nach Sydney zu fliegen.«

»Ach so?«

»Einer der Gründe für meinen Australienaufenthalt im letzten Monat war, dass ich dort einen Job angenommen habe. Die Queen's University habe ich bereits informiert, es ist also keine Überraschung für sie. Aber ich habe beschlossen, wegen der Geschehnisse hier meine Abreise vorzuverlegen – ich kann mich ebenso gut in der Sonne erholen, statt hier zuzuschauen, wie das Wetter immer schlechter wird. Und außerdem ...« Er hielt inne. Jane konnte ihn durch die Nase atmen hören. »Ich kämpfe gegen einen Hustenreiz an, weil es mich wirklich umbringt, wenn ich huste, Schmerzmittel hin oder her. Wo war ich gerade? Ach ja, außerdem habe ich erfahren, dass morgen jemand von Matlas aus den Staaten eintreffen wird, um ›ihr Kapital zurückzuholen‹, wie sie es nannten. Mit ein bisschen Glück bin ich in der Luft, bevor er auch nur landet.«

»Das ist eine weitere Bestätigung dafür, dass sie für keine der jüngsten Brutalitäten verantwortlich sind. Tatsächlich weiß ich, wer Sie überfallen hat, und ich glaube, ich weiß, warum sie Dervla haben wollen.«

»Diese KOSS, nicht wahr? Wer zum Teufel sind die?«

»Eine in den USA beheimatete Sekte, die von Endzeitprophezeiungen besessen ist. Im Augenblick interessieren sie sich für den 21. Dezember 2012.«

»Die Maya-Sache?«

»Ja, aber mehr noch die Sprüche eines irischen Mönchs namens Gorman. Sie versuchen festzustellen, ob seine Vorhersage des Zeitenendes mit dem der Maya zusammenfällt oder nicht, und sie glauben, Dervla kann ihnen dabei helfen. Am Tag nach dem Brand im Hafentunnel hat meine Kollegin Ali einen Anruf von einem Mann mit amerikanischem oder kanadischem Akzent entgegengenommen, der Dervlas Adresse verlangte. Ali hat es abgelehnt, sie ihm zu geben, und er bat um den Namen des verantwortlichen Produzenten. Ein, zwei Tage, nachdem Dervla das Nordlicht vorhergesagt hatte, sind sie mir dann nach Hause gefolgt – es kann sonst niemand gewesen sein. Die Prophezeiungen für 2012 beinhalten eine Umwälzung im Magnetfeld der Erde, deshalb müssen sie sehr beeindruckt gewesen sein, dass Dervla ein solches Schauspiel voraussagen konnte.«

»Mann, sie ist wirklich sehr gefragt.«

»Die Hüter sind die Sorte Leute, die töten, um ihre Ziele zu erreichen. Halten Sie es unter diesen Umständen für klug, wenn sie mit ihrer neuen Show weitermacht?«

»Nein, ganz und gar nicht. Und vielleicht werde ich sie zu ihrer eigenen Sicherheit überreden müssen, von dort wegzuziehen, wo sie jetzt ist. Das wird allerdings nicht leicht werden – Autisten mögen keine Veränderung ihrer Umgebung. Wenn Sie in der Zwischenzeit ihre Adresse haben wollen, können Sie sie von mir aus bekommen.«

Will ich sie wirklich wissen?, fragte sich Jane. »Also gut, schicken Sie mir eine SMS. Und Sie wissen, dass sie morgen Vormittag Dave helfen wird, seine Tochter zu finden.«

»Ja, sie hat mir von ihrem Gespräch mit ihm erzählt. Und mich zusammengestaucht, weil ich dachte, sie habe böse Absichten ihm gegenüber. Sie sagte, dass sie auf diesen PR-Bildern seine Augen ausgestochen hat, war wahrscheinlich eine unterbewusste Reaktion darauf, dass er sie als Kind nackt gesehen hatte.«

»Klingt plausibel.«

»Und, Jane, ich weiß, Dervla ist nicht sehr gesittet. Deshalb danke ich Ihnen in ihrem Namen dafür, dass sie die ganze Mühe auf sich genommen haben. Dieses Puzzleteil zu finden, war ihr wirklich sehr wichtig.«

34

Jane schlug die Wagentür mit einem Knall zu, der durch die ganze Tiefgarage des Hotels hallte. Doch der Laut erstarb rasch, und sie blieb in der beunruhigenden Stille zurück. Sie hatte sich gerade auf den Weg zum Aufzug gemacht, als jemand hustete. Sie verlangsamte kurz und überlegte, ob sie zum Wagen zurücklaufen sollte. Aber da sie nur leere Stellplätze und Betonsäulen zwischen sich und dem Lift zur Rezeption sah, beschleunigte sie ihre Schritte und steuerte darauf zu. Die Reisetasche wog viel mehr, als sie beim Einladen in den Wagen gedacht hatte, sie schlug schwer gegen ihre Beine. Sie warf einen Blick zurück und glaubte, einen Schatten über die niedrige Decke der Tiefgarage huschen zu sehen. Sie stolperte weiter. Der Eingang zum Lift war keine zwanzig Schritte mehr entfernt, als ein dunkel gekleideter Mann hinter einer der Säulen vor ihr hervortrat. Zu ihrem Entsetzen erkannte sie ihn als Michael Roberts, den Gründer der Hüter des Siebten Siegels. Aber wie konnte das sein? Sie hatte ihn vor mehr als zehn Jahren sterben sehen.

Ehe sie eine Erklärung dafür fand, tauchten weitere Angehörige der Sekte hinter den Pfeilern auf. Männer und Frauen mit verhärmten Gesichtern, die jeweils ein einfarbiges Tuch trugen, die Männer um ihre dürren Hälse geschlungen, die Frauen über dem rasierten Schädel: weiße, grüne, hauptsächlich rote. Die Hüter bereiteten sich auf ein Blutbad vor. Jane stand hilflos da, während sie von allen Seiten auf sie zuströmten. Roberts Blick bohrte sich in ihre Augen.

Sie erwachte schreiend und mit hämmerndem Herzen. Der Raum, in dem sie sich befand, war ihr völlig fremd. Ein gelblicher Schein drang durch das Fenster, das seinerseits an der falschen Stelle war. Sie schüttelte heftig den Kopf, um einen Albtraum zu vertreiben, der sie offenbar nicht loslassen wollte.

Doch nichts änderte sich. Der Raum war echt. Sie schlüpfte auf der Suche nach Orientierung aus dem Bett und zog den Vorhang beiseite. Jenseits der Straßenlaterne konnte sie die Liffey sehen, die von einer leichten Morgenbrise gekräuselt wurde. Sie ließ den Vorhang los und setzte sich auf die Bettkante. Ihr Herz raste immer noch, und das Panikgefühl, mit dem sie aus dem Traum aufgewacht war, hing ihr immer noch nach. Aber wenigstens wusste sie jetzt, wo sie war. Und es war Zeit, zur Arbeit zu gehen.

Jane briefte das Team, als sie dort angelangt war. »Dave übernimmt die Show heute Vormittag wieder. Dervla wird ebenfalls auf Sendung sein, und er hofft, sie wird etwas sehen können, was ihm hilft, Rachel zu finden. Was den Rest des Programms angeht, müssen wir einfach improvisieren. Ich bin im Studio.« Mit einem Blick auf Carmel sagte sie: »Wenn jemand ein Problem damit hat, bei der Sendung mitzuarbeiten, verstehe ich das und erwarte es von niemandem.«

»Ich garantiere, dass es Ärger in der Show geben wird, aber nicht von meiner Seite«, sagte Carmel. »Solange ich nichts mit dieser Frau zu tun haben muss.«

»Gut«, sagte Jane. »Falls wir noch Füllmaterial brauchen, hätte ich eine Idee. Ich habe bereits die ersten Werbespots für Weihnachten gehört. Wir bekommen garantiert Anrufe, wenn wir das Thema aufwerfen, dass es jedes Jahr früher loszugehen scheint. Ali, könntest du etwas zusammenstellen, einschließlich einer Befragung auf der Straße, und es bereithalten?«

»Ich gehe los und mache die Befragung«, sagte Joe.

»Wunderbar. So, und jetzt brauche ich unbedingt einen Kaffee.«

Nachdem Miller kurz erklärt hatte, Zita sei von Schmerz und Sorge so überwältigt gewesen, dass sie eine Überdosis Tabletten genommen habe – es stand in allen Zeitungen, deshalb musste er das Thema anschneiden –, kam er darauf zu sprechen, warum er heute Morgen wieder auf Sendung gegangen war. »Die Situation, die Zita letzten Endes unerträglich fand, war folgende: Seit fünf Tagen, seit unsere Tochter letzten Sonntag verschwunden ist und mutmaßlich entführt wurde, haben wir nichts von ihr oder von ihren Entführern gehört, es gab keine Lösegeldforderung und keinen Hinweis auf ihren Verbleib. Wir haben Sie, meine Hörer, gebeten, Augen und Ohren offenzuhalten und uns jede kleinste Information zukommen zu lassen, die helfen könnte, und das haben Sie auch getan, doch leider ohne Erfolg bisher.

Dessen eingedenk wende ich mich heute an eine Frau, deren Erscheinen in der Show in den letzten Wochen für eine Sensation gesorgt hat. Ihre Fähigkeit, in die Zukunft zu blicken, ist unbestritten, doch zusammen mit der Gabe des Vorherwissens besitzt sie auch die Fähigkeit, sich mit Menschen in Verbindung zu setzen, die eine belastende Erfahrung machen oder bald machen werden; sie spürt ihre missliche Lage, wenn Sie so wollen. Sie lässt es mich nicht Telepathie, Hellsichtigkeit oder dergleichen nennen, aber Dervla hat sich einverstanden erklärt, heute Morgen zu mir in die Sendung zu kommen, und zwar in der konkreten Absicht herauszufinden, ob meine Tochter tot ist oder lebt, hoffentlich Letzteres, und wenn ja, wo sie sich im Augenblick befindet. Wenn Sie sich fragen, warum wir dies in der Öffentlichkeit tun, anstatt im privaten Rahmen, dann, weil Dervla mir versichert – und ich glaube ihr –, dass es ihren Bemühungen zusätzliche übersinnliche Energie verleiht, wenn sich Hunderttausende Seelen zusammen mit uns konzentrieren. Darf ich Sie also dazu aufrufen, sich mit uns zu fokussieren, wenn Dervla nach einer kurzen Werbepause mit Rachel Kontakt aufzunehmen versucht?«

Dervla hatte angerufen und war startbereit. Jane merkte Miller an, dass er in der Beratung am Abend zuvor mit ihr ausgearbeitet hatte, was er sagen würde. Die »zusätzliche übersinnliche Energie«, die er die Hörer beizusteuern bat, klang wie etwas, das er sich ausgedacht hatte, um mehr Hörerbeteiligung zu erhalten. Der Showmaster in ihm lauerte immer dicht unter der Oberfläche.

Kurz vor Ende der Pause kam Joe mit einer DIN-A4-Seite. »Das wollte ich dir eigentlich vorhin schon geben, aber dann war ich unterwegs wegen der Straßenbefragung. Weißt du noch, dass du mich gebeten hast, die Nachrichten für das Wochenende zu durchforsten, an dem Miller in London war? Ich habe etwas gefunden, das dich interessieren wird. Es hat eine Weile gedauert, weil es nur in einem einzigen Online-Bericht erschien.«

Jane nahm die heruntergeladene Seite und sah, dass sie vom *London Evening Standard* war. Die Werbepause ging gerade zu Ende. Sie musste aufpassen. »Danke, Joe. Wir reden später darüber.«

»Hier sind wir wieder, und wir begrüßen Dervla bei uns«, begann Miller.

»*Guten Morgen, Dave.*«

»Ich habe bereits erklärt, was wir vorhaben, deshalb weiter zu Ihnen.«

»Ich will, dass Sie sich konzentrieren, Dave. Denken Sie an Rachel. Lassen Sie ihre Stimme in Ihren Kopf kommen … Reden Sie mit ihr …«

Miller schloss die Augen und blieb stumm.

»Ich meine tatsächlich reden …«

Miller hielt die Augen weiter geschlossen und sprach seine Tochter an. »Rachel, mein Liebling, hier spricht Dad. Mum und ich vermissen dich so sehr. Wir wollen, dass du zu uns nach Haus kommst, damit wir wieder eine Familie sind. Rachel … wenn du empfängst, was ich sage, dann konzentriere dich weiter …«

»Sagen Sie ihr, dass sie mich vielleicht hören wird. Erklären Sie, wer ich bin.«

»Es kann sein, dass du eine Frauenstimme in deinem Kopf hörst. Das ist eine Freundin, die uns hilft, dich zu suchen. Ihr Name ist Dervla. Hör zu, was sie zu sagen hat …«

»Rachel … Rachel … Bist du da, Rachel?«

Das kann eine Weile dauern, dachte Jane und griff nach dem Artikel, den Joe ihr gegeben hatte. Sie lehnte sich zurück, um ihn zu lesen. Laura neben ihr blickte gebannt zu Miller hinein. Es kamen keine Anrufe, die Telefone waren komplett verstummt. Die Hörer waren in der Tat gefesselt.

»Ich empfange etwas.«

Jane warf den Artikel auf den Schreibtisch und setzte sich aufrecht.

»O mein Gott«, flüsterte Laura.

»Ist sie noch in dieser Welt?«, fügte Miller eine melodramatische Note hinzu.

»Rachel lebt.«

»Danke, lieber Gott, danke«, sagte Miller. Er legte die

Hände an den Kopf und lächelte breit zu Jane und Laura hinaus.

Die beiden sahen sich an und jubelten vor Freude.

»*Aber warten Sie ...*«

Millers Miene verdüsterte sich.

»*Aus irgendeinem Grund widersetzt sie sich mir. Sie sagt ... sie will nicht gefunden werden ...*«

Die Euphorie im Regieraum verebbte.

Miller war vor Verblüffung ein paar Augenblicke sprachlos. »Ich verstehe nicht«, sagte er dann. »Sind Sie sich sicher?«

»*Ja. Etwas muss geschehen, bevor sie nach Hause kommen kann.*«

Er sah zu Jane hinaus, schaltete das Mikro ab und sagte: »Hält sie mich zum Narren?«

Jane sah, dass er befürchtete, Dervla könnte ihn doch noch bestrafen. Und vielleicht war es so. Vielleicht hatte sie die ganze Sache nur vorgetäuscht.

»*Glauben Sie mir, Dave. Ich sage die Wahrheit.*«

Sie konnte ihn nicht gehört haben. Sie schien zu wissen, was er dachte.

Das rote Licht leuchtete wieder auf, als er das Gespräch fortsetzte. »Es ist nicht so, dass ich Ihnen nicht glauben würde, Dervla. Aber können Sie irgendwie *beweisen*, dass Sie mit Rachel Kontakt haben?«

»*Warten Sie einen Moment ... Sie sagt, der Name ihrer besten Freundin ist ... Nessa. Stimmt das?*«

»Wow«, sagte Laura.

»Ja, das stimmt.« Miller war geläutert. »Kann es sein, dass jemand Rachel befiehlt, dieses Zeug zu sagen, sie könne nicht nach Hause kommen?«

»*Das lässt sich weder bestätigen noch ausschließen. Aber ich verlasse Sie jetzt. Ich muss ... ruhen. Melden Sie sich vor dem Ende der Sendung wieder. Vielleicht finde ich in der Zwischenzeit heraus, was das Ganze bedeutet.«*

Miller sah zu Jane hinaus, was die davon hielt. Sie nickte.

»Okay, Dervla, wir lassen es darauf ankommen. Wir sprechen uns später.« Er wählte einen Musiktitel aus seiner Liste. »Ich kann Ihnen sagen, liebe Hörer, ich zittere nach alldem. Wenn es Ihnen recht ist, spielen wir deshalb jetzt erst mal ein wenig Musik …«

Jane ging ins Studio.

»Was ist hier los? Wieso muss sie sich ausruhen, Herrgott noch mal?«

»Sie hat diese … Anfälle. Dabei hat sie dann ihre Visionen.«

»Ich verstehe das mit Rachel nicht. Glaubst du, Dervla war wirklich mit ihr in Kontakt?«

»Ich habe keine Ahnung, Dave. Es klingt weit hergeholt für mich, aber wir haben in der letzten Zeit einige sonderbare Dinge erlebt.«

»Jetzt kommt erst mal eine weitere Werbepause. Ich denke, ich spiele danach einfach auch noch mal Musik, okay?«

»Sicher. Die Leute verstehen das bestimmt.«

Jane ging wieder hinaus in den Regieraum. Laura erzählte, es würden viele SMS und Anrufe von Hörern kommen, denen Miller leidtat für das, was er gerade durchgemacht hatte. Einige Anrufer lobten Dervlas Bemühungen, ihm zu helfen, aber viele meinten, sie sei ein Scharlatan und sollte nicht mehr auf Sendung gelassen werden. Es gab keine Anrufe, die es wert gewesen wären, live durchgestellt zu werden.

Jane rief im Büro an. »Ali, wir werden diese Weihnachtsgeschichte brauchen.«

»Alles fix und fertig. Ich bin gleich unten damit.«

35

Eine halbe Stunde vor Ende der Sendung meldete sich Dervla wieder und verlangte, Jane zu sprechen.

»*Ich habe Informationen für Sie.*«

Jane hatte erwartet, dass Dervla ein bisschen angeschlagen klingen würde, aber dann fiel ihr ein, dass sie ja mit einer Tastatur kommunizierte.

»*Aber es wird Ihnen nicht gefallen.*«

»Geht es um Rachel?«

»*Nein, nicht um Rachel. Es geht um ihn. Er ist am Ende.*«

»Wie meinen Sie das?«

»*Er wird die Sendung aufgeben, heute noch.*«

»Wie bitte? Warum sollte er das tun?«

»*Wegen einer Entscheidung, die Sie bis zum Ende der Show treffen werden.*«

Jane sah auf die Uhr über ihr. Das war in fünfundzwanzig Minuten. »Warum ich? Ich verstehe nicht.«

»*Sie werden es verstehen.*«

Laura unterhielt sich gerade mit einem Anrufer, deshalb beschloss Jane, offen zu sprechen. »Wird es zur Freilassung Rachels führen? Ist es das, was geschehen muss, bevor sie nach Hause zurückkehren kann?«

»*Das weiß ich nicht. Ich konnte es nicht sehen.*«

»Etwas, das ich zu tun beschließe, führt also dazu, dass er die Show verlässt. Und doch gibt es keine Garantie, dass Rachel gefunden wird. Warum sollte ich das tun?«

»Das liegt bei Ihnen. Aber es wird geschehen.«

Was konnte das bedeuten? »Werden Sie mit ihm über Rachel reden?«

»Ja. Ich werde versuchen, den Kontakt mit ihr wiederherzustellen.«

»Sagen Sie nichts davon, dass er aufhört.« Jane teilte Miller über die Studioleitung mit, dass Dervla bereitstand. Ihr Herz schlug heftig.

Als Miller eine Werbepause machte, läutete das Telefon auf dem Schreibtisch, und Jane nahm den Hörer ab.

»Hallo, hier ist Joe. Hast du den Artikel gelesen, den ich dir gegeben habe?«

»Artikel?« Jane war einen Moment lang verwirrt.

»Vom *London Evening Standard*. Es geht um etwas, das in Max Garlands Privatklub passiert ist.«

»Himmel, den habe ich total vergessen«, sagte sie. »Ich werde versuchen, ihn vor Ende der Sendung zu lesen.«

»Ich glaube, du solltest ihn auf der Stelle lesen«, sagte ein ungewohnt energischer Joe.

»Äh … okay«, antwortete Jane und zog den Bericht unter Skripten und Ausdrucken hervor. Er war vom vergangenen Montag. Joe hatte die Schlagzeile mit gelbem Neonstift markiert. Jane setzte sich unwillkürlich aufrecht, als sie sie sah.

MINDERJÄHRIGE MÄDCHEN IN KLUBRÄUMEN
FÜNF MÄNNER VERNOMMEN

Auf einen Hinweis hin hat die Polizei am Samstagabend eine Razzia im Age of Innocence Club, einem Privatklub in Chelsea, durchgeführt und eine Anzahl von Mädchen zwischen neun und zwölf in den Klubräumen angetroffen. In dem Gebäude befindet sich ein kleines Theater, in dem die Mädchen eine Reihe von Szenen für ein rein männliches Publikum dargeboten hatten; später gesellten sie sich zu den Männern, während diese im Klub zu Abend speisten. Die Polizei hat fünf Männer und eine Frau vernommen und Fotoausrüstung beschlagnahmt. Mehrere andere Mitglieder und Gäste sollen durch einen Hinterausgang entkommen sein, als die Polizei in das Gebäude eindrang.

Ein Polizeibeamter vor Ort gab zu Protokoll: »Eine anwesende weibliche Angestellte des Klubs behauptete, die Aufsichtsperson der Kinder zu sein, und leugnete, dass etwas Unziemliches stattfinden würde. Wir konnten sehen, dass die Mädchen alle anständig gekleidet waren, kein Make-up oder aufreizendes Outfit, ganz anders als die Kinder in diesen Schönheitswettbewerben. Die Unangemessenheit der Situation – junge Mädchen in Begleitung erwachsener Männer, die sie nicht kannten – lag jedoch auf der Hand.«

Angeblich hat die Polizei gehandelt, weil Eltern Verdacht schöpften, als ihre Tochter, die in demselben Gebäude einen wöchentlichen Theaterkurs besucht, erzählte, sie würden nach der Theatervorstellung am Samstag »nach oben gehen, um die Gentlemen zu treffen, die zu unserer Vorstellung kommen«.

Der Klub wurde im 19. Jahrhundert als Fotoklub gegründet. Zu seinen ersten Mitgliedern gehörte der Schriftsteller Lewis Carroll, der nicht nur der Verfasser von *Alice im Wunderland*, sondern auch ein leidenschaftlicher Fotograf war.

Das musste es gewesen sein, wovor Dervla Miller warnen wollte. Ihm sagen, was für ein Laden das Age of Innocence war und dass er Max Garlands Einladung nicht annehmen solle. Miller wurde in dem Artikel nicht erwähnt, es hätte ihm also freigestanden, hinzugehen oder nicht.

Aber war er dort gewesen?

Die Werbung war zu Ende, und Miller stellte Dervla noch einmal vor. Dann sagte er: »Sie sagten vorhin, Rachel wolle nicht gefunden werden, weil erst etwas passieren müsse, bevor sie nach Haus kommen kann. Haben Sie herausgefunden, was das ist?«

»*Ihre Hörer müssen mir wieder helfen, mich zu konzentrieren.*«

»Okay, letztes Mal scheint es ja funktioniert zu haben. Also schließen Sie sich uns bitte an und konzentrieren Sie sich darauf, erneut zu meiner Tochter durchzukommen …«

Janes Gedanken waren in Aufruhr. Sie hatte an jenem Tag genau zugehört, als Max Garland sagte, die »unschuldigen Vergnügungen« in seinem Klub würden Miller gefallen. Und sie erinnerte sich, dass er eine zweite Nacht in London geblieben war. Und dann war da noch sein zweifelhaftes Verhalten damals am Strand mit Dervla.

Drinnen im Studio hatte Miller die Augen geschlossen und sprach zu seiner Tochter. »Rachel … hier ist Dad wieder … Dervla ist ebenfalls bei mir …«

Jane musste entscheiden, was sie tun sollte. Der naheliegende Schluss war, dass sie Millers Rückzug herbeiführen würde, wenn sie ihn mit dem Bericht konfrontierte. Aber das hatte Dervla nicht gesagt. Sie hatte nur gesagt, er würde wegen einer *Entscheidung* Janes aus der Show ausscheiden. Es konnte sein, dass sie es herbeiführte, wenn sie entschied, ihm den Artikel *nicht* zu zeigen. Das Ereignis selbst war unvermeidlich – doch ihre Entscheidung würde so oder so dazu führen. Sie hatte immer noch ihren freien Willen.

»*Ich bekomme keine Antwort von Rachel …*«

»Rachel, bitte rede mit uns ...«

Es blieben immer noch mehr als fünfzehn Minuten, in denen etwas anderes passieren konnte, in denen sich irgendein *Deus ex Machina* einschalten konnte. Und doch sagte ihr Gewissen ihr, sie durfte Miller erst mit Dervla weitermachen lassen, wenn sie sich davon überzeugt hatte, dass er nicht an der in dem Bericht beschriebenen Veranstaltung teilgenommen hatte. Es war nicht nötig, einen großen Wirbel zu veranstalten. Sie konnte es unter vier Augen mit Miller klären, während er gerade nicht auf Sendung war.

Die Werbepause zur Dreiviertelstunde kam, und Miller bat Dervla zu warten.

Sobald die Pause begann, ging Jane mit dem Zeitungsartikel zu ihm hinein. »Sieh dir das mal an«, sagte sie, setzte sich in den Gästesessel und reichte ihm das Blatt über den Tisch.

Miller überflog die Seite. »Und?«, sagte er und blickte zu ihr auf.

»Warst du dort?«

»Und wenn ich dort war? Ich habe nichts Falsches getan.«

Jane sank der Mut. »Was genau hast du denn getan?«

Miller schlug plötzlich mit der Faust auf den Tisch. »Das geht dich einen verdammten Scheißdreck an. Es geht niemanden etwas an. Warum muss ich mich vor dir rechtfertigen? Ihr seid es doch – ihr Frauen, meine ich –, die es einem Mann heute unmöglich machen, ein Mann zu sein.« Sein Gesicht war weiß vor Wut.

Jane schüttelte ungläubig den Kopf über seinen Ausbruch. »Wovon redest du? Was hat das Ganze mit Mann sein zu tun?«

»Mir reicht es jetzt«, sagte er. »Ich muss mich nicht mit

diesem …« Er zerriss den Artikel und warf die Teile in die Luft. »Ich habe eine Idee – stellen wir das Problem unseren Hörern vor – mal sehen, was sie sagen.«

Ehe Jane antworten konnte, ging das rote Licht an.

»Vielleicht ist dies nicht der richtige Zeitpunkt dafür, aber es sind möglicherweise Emotionen, die durch die Entdeckung ausgelöst wurden, dass meine Tochter Rachel lebt und dass wir quälend nahe dran zu sein scheinen, sie zu finden, die mich bewegen, etwas zur Beziehung zwischen nicht nur Vätern und Töchtern, sondern zwischen erwachsenen Männern und Mädchen ganz allgemein zu sagen – und ich meine nicht Teenager oder Heranwachsende, ich meine Mädchen unter zehn, vor der Pubertät. In der Welt, in der wir heute leben, hat man einen Stacheldrahtzaun um sie herum errichtet, und alle Männer, die ihn zu überwinden versuchen, werden als Raubtiere behandelt. Männer dürfen mit kleinen Mädchen keinen vertraulichen Umgang mehr pflegen – mit ihren Nichten, den Töchtern von Nachbarn oder Freunden. Es gab eine Zeit, da durften wir sie berühren, in die Arme nehmen, da haben wir ihnen Geschichten erzählt, während sie auf unserem Schoß saßen, da wickelten wir ihr Haar um unsere Finger und baten sie um einen kleinen Kuss, ehe sie fortsprangen zu ihren Freunden.

Letzten Samstag war ich in einem Privatklub in London, der ein Bedürfnis bei Männern erkannt hat, die Gesellschaft von Mädchen zu teilen, bevor diese sexuelles Bewusstsein entwickeln. Es ist eine der großen Freuden im Leben und eine absolut legitime dazu, und doch wird sie nicht länger toleriert. Und so müssen wir an geheimen Orten danach suchen, wie schmutzige alte Männer, die in einen Stripklub gehen. Doch ich kann Ihnen versichern, es gab nichts Schmutziges oder Geschmackloses bei all dem, was ich im Age of Innocence Club gesehen oder getan habe. Sie kennen meine Kampagnen zu verschiedenen Themen in den letzten Jahren; eine davon betraf die Sexualisierung kleiner Mädchen, die ich verabscheue – ich würde so weit gehen, sie mit Missbrauch gleichzusetzen. Deshalb will ich, dass Sie urteilen. Ich habe mit einer Reihe anderer verantwortungsbewusster, reifer, erwachsener Männer zugesehen, wie eine Gruppe beaufsichtigter, präpubertärer Mädchen aus einem Theaterkurs einige Szenen von *Alice hinter den Spiegeln* aufgeführt hat – ausgewählt zu Ehren von Lewis Carroll, der einst Mitglied des Klubs war. Einige der Klubmitglieder machten Fotos – denn es war und ist ein Fotoklub. Doch wiederum ist dies etwas, was man heute sogar kriminalisiert. Und während wir anschließend zu Abend aßen, kamen die Mädchen vorbei, um sich zu verabschieden, und wir lachten und plauderten eine Weile mit ihnen, bevor sie nach Hause gingen.

Das habe ich letzten Samstag in London getan, als die Polizei in die Räumlichkeiten eindrang; sie handelte aufgrund von Fehlinformationen der Art, die dazu führen, dass Eltern das Fotografieren bei Krippenspielen verboten wird. Und da meine geschätzte Produzentin Jane Wade einen voreingenommenen Zeitungsbericht darüber gelesen hat, hatte sie nichts Eiligeres zu tun, als mich deswegen anzugreifen. Aber ich ziehe es vor, mich von Ihnen, meine lieben Hörer, in dieser Sache leiten zu lassen. Habe ich etwas Falsches getan? Sagen Sie es mir. In der Zwischenzeit wollen wir Jane fragen, wieso sie es für angemessen hielt, mich in dieser Weise wegen meines Privatlebens zu attackieren.«

Jane setzte einen Gästekopfhörer auf und sammelte sich. Allerdings war ihre Reaktion eher intuitiv als rational erfolgt. Auf die Frage, was sie empfinde, hätte sie gesagt: »Abscheu.«

Miller sah sie finster an. »Nun – habe ich mich schuldig gemacht, indem ich diesen Klub besucht habe?«

»*Ja.*« Dervlas Stimme ertönte aus heiterem Himmel, ehe Jane antworten konnte. Da sie eine Tastatur benutzte, verriet kein Atmen oder dergleichen ihre Anwesenheit im Kopfhörer.

»Ah, Dervla. Ich hatte ganz vergessen, dass Sie da sind«, sagte Miller. »Sie verurteilen mich also auch, wenn ich richtig verstehe?«

»*Ja. Weil man Ihnen nicht trauen kann, wenn es um Mädchen in diesem Alter geht.*«

Jane sah, wie ein Ausdruck von Furcht über Millers Gesicht huschte. Dann lachte er nervös. »Das ist eine sehr ernste Anschuldigung. Und ich denke, ich sollte Sie jetzt stoppen, bevor Sie mich am Ende noch verleumden.«

Jane sah, wie seine Hand zu dem Regler ging, um Dervla auszublenden.

»Ich finde, du solltest dir anhören, was Dervla zu sagen hat«, sagte sie bestimmt. »Du hast deine Leser um ein Urteil gebeten. Aber das kann nicht nur auf der Basis dessen erfolgen, was *du* ihnen erzählst.«

Er sah Jane beunruhigt an. »Was meinst du damit?«

»Dervla. Warum sagen Sie, dass man Dave nicht trauen kann?«

»*Weil er mir nicht die ganze Wahrheit darüber gesagt hat, was an jenem Tag am Strand passiert ist. Aber als ich ihn jetzt gerade in meinen Kopfhörern von* Alice hinter den Spiegeln *reden hörte, kam die Erinnerung an das zurück, was er ausgelassen hatte.*«

»Dann sollten Sie unseren Hörern erklären, was an jenem Sommertag in Sandycove wirklich passiert ist, Dervla«, sagte Jane, die jetzt das Ruder übernahm. »Es ist fünfzehn Jahre her, und Sie waren damals elf …«

»Ja, und ich traf Dave Miller, als ich am Strand entlangging. Da war ein Nebel, er nahm meine Hand, und wir gingen zusammen durch den Nebel …«

»Das ist immer noch meine Sendung, Dervla«, unterbrach Dave Miller und sah Jane böse an. »Wir haben gestern Abend über all das gesprochen, Dervla. Warum müssen wir alles noch einmal durchgehen?«

»Weil es sich in Wirklichkeit so abgespielt hat: Wir waren durch den Nebel bis zu einer sonnigen Stelle gegangen, und Sie sagten, ich würde Sie an ein Mädchen namens Alice erinnern, weil es ebenfalls durch einen Nebel hindurch eine andere Welt betreten habe. Und Sie sagten, dort würden wir uns jetzt ebenfalls befinden, und sie hieße die Welt hinter den Spiegeln. ›Und jetzt, da wir in ihr sind, dürfen wir alles tun, was wir wollen‹, sagten Sie. Und ich begann zu tanzen, daran erinnere ich mich jetzt deutlich. Im Geiste sang ich auch, ich sang und tanzte nach Herzenslust. Dann wollte ich mich schneller drehen und dachte, wenn ich mich ausziehen würde, könnte ich es. Ich erinnere mich, dass Sie mich aufforderten, meine Sachen wieder anzuziehen, aber für mich befanden Sie sich nicht in meiner Welt, deshalb brauchte ich Sie nicht zu beachten. Ich erinnere mich, wie Sie mit meinem Kleid in der Hand auf mich zukamen und sagten: ›Zieh das wieder an.‹ Aber ich wollte nur singen und tanzen. Nach meiner nächsten Drehung waren Sie neben mir, aber Sie hielten mein Kleid nicht mehr in der Hand. Plötzlich packten Sie mich und zogen mich an sich. Ich spürte, wie Ihre Hände über meinen Körper krochen und mich betasteten, und Ihr Atem ging heftiger. Ich bekam große Angst und riss mich los. Ich rannte über den Strand zurück in den Nebel, wo ich mich verlief und fast ertrank, wie ich mich erinnere, und man hat mich stundenlang nicht gefunden.«

Jane wusste, damit war Miller am Ende. Es war fünf Minuten vor zwölf. Er hatte die Mikrofone offen gelassen. Jane hatte das Gefühl, als würde das ganze Land zuhören, und sie fragte sich, was wohl als Nächstes passierte.

»Tja«, sagte er. »Da bin ich wohl nach Strich und Faden hereingelegt worden. Und ich kann Ihnen jetzt verraten, dass die Person, die Sie gerade hörten, und die sich Dervla nennt, gestern Abend mit mir einer Meinung war, dass an jenem Tag nichts Unziemliches zwischen uns stattgefunden hat. Und jetzt hören wir dieses ausgefeilte Lügenmärchen. Ich bin mir nicht einmal sicher, wer sie überhaupt ist. Alles, was wir immer hören, ist eine computergenerierte Stimme, die jeder steuern könnte.«

»Ich bin es wirklich, Dave. Lassen Sie es mich beweisen …«

Jane hörte ein Klicken in ihren Kopfhörern, als etwas ausgesteckt wurde, dann Atmen, als Dervla in die Leitung kam. Es war zwei Minuten vor zwölf.

Was Jane als Nächstes hörte, klang wie ein geistesabwesendes Summen, das sich zu einem klagenden Stöhnen entwickelte, als Dervla ein Wort zu bilden versuchte. Nach erheblichem Kampf kam es als »Mah-mai-mai« heraus.

Miller starrte auf sein Mikrofon, als würde *es* diese seltsamen Geräusche machen.

»Mein …«, bellte Dervla und fuhr fort: »Nahhmme … ist … Derrrvvla …«

Der Zeiger der Uhr rückte auf zwölf vor, und immer noch starrte Miller auf das Mikrofon.

Jane stand auf und ging um den Tisch herum zu seinem Stuhl. Sie beugte sich über ihn, zog die Regler nach unten und spielte den Jingle für die Nachrichten ein. Die Show war vorbei.

36

Laura floh in Tränen aus dem Regieraum, als Jane herauskam. Dervla war immer noch in der Leitung.

»Ich würde gern von Angesicht zu Angesicht mit Ihnen sprechen«, sagte Jane. »Legen Sie auf, dann nehme ich vom Computer hier per Skype mit Ihnen Kontakt auf.«

Miller war im Studio geblieben und telefonierte.

Als Dervla auf dem Schirm erschien, trug sie ein schwarzes T-Shirt, ihr Haar war unordentlich, und sie rieb sich das Gesicht, als müsse sie sich wach halten. Die dunkle Brille verbarg weiter die Augen.

»Müde?«, sagte Jane.

Dervla gähnte ausführlich und tippte dann ihre Antwort ein. »*Es dauert immer eine ganze Weile, bis ich mich von einem Anfall erholt habe.*«

»Warum wollten Sie ihn davor warnen, was in dem Klub passieren würde?«

»*Ich hatte gehört, wie ihn dieser Autor dazu einlud. Dann sah ich den Bericht und den Verweis auf minderjährige Mädchen darin voraus. Ich dachte, wenn ich etwas davon sagte, würde ich an seiner Reaktion merken, ob er beabsichtigte, in den Klub zu gehen. Und das hätte meinen Verdacht in Bezug auf ihn bestätigt.*«

»Eins noch, Dervla, bevor wir Schluss machen: Würde es Ihnen etwas ausmachen, Ihre Brille abzunehmen?«

»*Warum?*«

»Augenkontakt ist wichtig für …«

»*Normale Menschen?*«

»Sie wissen schon, wie ich es meine … Es kann nicht immer nach Ihren Bedingungen gehen.«

»*Okay.*« Dervla setzte ihre Brille ab und blickte direkt in die Kamera.

Ihre Augen waren in der Tat sonderbar. Farblos. Die Iris waren wie Wasserpfützen, die einen grauen Himmel reflektierten, oder das Grau der See an einem nebligen Tag.

Jane wusste in diesem Moment zweifelsfrei, dass sie das Mädchen war, das Miller an jenem Tag getroffen hatte.

Dervla setzte ihre Brille wieder auf. »*Ich habe noch etwas gesehen, was Sie betrifft.*«

»Ach ja?«

»*Nur ein Fragment. Aber es ist wichtig.*«

»Ich höre.«

»*Es hat mit Ihrer Schwester Hazel und Ihnen zu tun. Eine Bombe ist kurz davor loszugehen. Aber sie explodiert, ehe Sie es verhindern können.*«

Jane schüttelte den Kopf. »Das ist eine Szene aus der Vergangenheit, Dervla. Etwas, das vor langer Zeit passiert ist.«

»*Das glaube ich nicht. Die Vergangenheit liegt mir nicht so, wie Sie wissen.*«

Dervlas Bild verschwand vom Monitor. Jane dachte kurz nach über das, was sie ihr erzählt hatte, aber sie konnte es sich nur als eine Art Zeitverzerrung erklären. Vielleicht würde sie sich später noch Gedanken darüber machen, im Moment hatte sie genug andere Sorgen.

»Hältst du mich für pädophil?«, fragte Miller, als sie ins Studio zurückging. Sein Handy blinkte lautlos auf dem Tisch neben ihm.

»Ich weiß es nicht, Dave«, sagte sie und schüttelte traurig den Kopf. »Aber wenn du gleich zugegeben hättest, was damals wirklich passiert ist, wäre es zu alldem vielleicht nicht gekommen.«

»Dann glaubst du also *ihr*? Einer Frau, die bereit war, meinen Ruf live auf Sendung zu zerstören, ohne einen Gedanken an mich und meine Familie zu verschwenden? Oder an die Konsequenzen für dich und das Team?«

»Sie mag wenig Mitgefühl für dich oder irgendwen sonst haben, das gehört zu ihrem Zustand ... oder zu ihrer Natur. Aber ich halte sie nicht für eine Lügnerin.«

»Warum hat sie dann versucht, mich davor zu warnen, letzte Woche nach London zu fliegen? Warum wollte sie mir einen Gefallen tun?«

»Sie wollte dir keinen Gefallen tun, glaub mir. Aber die Ironie dabei ist, wenn du sie damals angehört hättest, wärst du vielleicht nicht hingefahren, und die Wahrheit über dich wäre nicht ans Licht gekommen.«

»Wahrheit, dass ich nicht lache. Und du hättest warten sollen, bis ich nicht mehr auf Sendung war, bevor du mich mit diesem anderen Quatsch attackiert hast. So hätte ein Profi gehandelt.«

»Es war deine eigene Entscheidung, damit an die Öffentlichkeit zu gehen, Dave. Aber du hattest die Grenzen zwischen deinem privaten und deinem öffentlichen Leben bereits verwischt, und das war mit Sicherheit nicht professionell.«

Millers Handy begann wieder zu blinken. Er schaute darauf, und ein Muskel neben seinem Mund zuckte. »Es ist Zita. Ich werde mit ihr reden müssen.«

Jane stand auf, um zu gehen. »Es tut mir leid, was passiert ist, Dave. Und ich wünschte, wir hätten bessere Nachrichten wegen Rachel.«

Alle Teammitglieder hingen am Telefon, als Jane aus dem Studio kam. Ali deckte ihr Mundstück ab und sagte:

»Sämtliche Zeitungen im Land wollen ein Interview mit ihm, und wenn das nicht geht, dann mit dir.«

»Mit mir?« Jane schüttelte den Kopf. »Kommt nicht infrage.«

Sie setzte sich an ihren Schreibtisch und hörte den Präsentator der folgenden Sendung die Hörer bitten, keine SMS mit Kommentaren zu Miller mehr an ihre Nummer zu schicken.

Sie rief im Studio an. »Was für Reaktionen bekommt ihr?«, fragte sie den Produzenten.

»Es ist ziemlich einseitig«, sagte er. »Sie halten ihn für einen Perversen, den man nicht mehr auf Sendung lassen sollte.«

Die Masse hatte sich gegen ihn gewandt. Es überraschte sie nicht. In der Ferne sah sie die Leiter verschiedener Abteilungen in Kirstin Rynns ehemaligem Büro zusammenströmen.

Jane machte dem Team ein Zeichen, ihre Telefonate zu beenden, und als alle fertig waren, führte sie sie in ein Besprechungszimmer, wo sie den Hintergrund der Geschehnisse erklärte. Sie erzählte ihnen, dass Dervla Millers Rückzug vorhergesagt hatte. Doch selbst wenn er die Entscheidung nicht selbst traf, würden die Direktoren des Senders sie für ihn treffen. Sie riet allen dringend, keine Aussagen gegenüber der Presse zu machen und alle Anfragen wegen Interviews mit Miller an dessen Agenten weiterzuleiten.

Zu ihrer Überraschung hatte Carmel nur eine einzige Anmerkung zu machen. »Werden wir Montagmorgen noch unsere Jobs haben?«

»Davon bin ich überzeugt«, sagte sie. »Aber wir sollten besser Ken in Bereitschaft halten.«

»Warum präsentierst du die Show nicht selbst?«, sagte Joe. »Du hast das eben sehr gut gemacht.«

»Danke, Joe, aber – nein, danke.«

Auf dem Weg nach draußen fragte sie ihn, warum er darauf bestanden hatte, dass sie den Artikel aus dem Standard noch vor dem Ende der Show las.

»Mir ist etwas eingefallen, was Dave beim Kaffee zu mir gesagt hat. Dass er außer ›From Presley to Punk‹ ein paar ›unschuldige Vergnügungen‹ zu genießen hoffe, wenn er in London sei. Deshalb hat es bei mir Klick gemacht, als ich den Bericht gesehen habe – und es war die erste Chance, die ich hatte, ihn dir zu zeigen.«

Draußen im Flur wartete der Leiter der Verkaufsabteilung auf sie. »Das Direktorium hat mich zum Interims-Geschäftsführer ernannt. Ich möchte ...«

»Gratuliere, George«, sagte sie und strich an ihm vorbei.

»Was zum Teufel ist in der Sendung passiert?«, fragte er und lief ihr nach.

»Wenn Sie es nicht gehört haben, schlage ich vor, Sie holen es nach.«

»Ist Dave ... wird er ... geht es um seinen Rücktritt?«

»Das müssen Sie ihn fragen.«

Er holte sie ein und versperrte ihr den Weg. »Ich möchte bis heute Nachmittag einen vollständigen Bericht von Ihnen haben.«

»Sie bekommen ihn am Montag, wenn Sie Glück haben. Ich gehe jetzt nach Hause.«

Auf der Heimfahrt stellte Jane die Nachrichten von TalkNation an und erfuhr, dass Dave Miller ein Statement herausgegeben hatte, in dem er sich gegen den Vorwurf unangemessenen Verhaltens mit Kindern verteidigte. Sie zitierten es im vollen Wortlaut. »Ich habe immer behauptet, dass die Unschuld von Kindern Schutz braucht in einer Gesellschaft, in der sie durch Werbung, Mode, Musik, Filme und Pornografie ununterbrochen einem ausbeuterischen und schädlichen Ansturm ausgesetzt sind. Es ist dieselbe Gesellschaft, die anständige Männer als Raubtiere behandelt und Kinder – insbesondere Mädchen – dazu bringt, die Aufmerksamkeit männlicher Erwachsener zu fürchten, wodurch sie beide Seiten eines normalen, gesunden Kontakts beraubt. Wie in vielen anderen Lebensbereichen hat es eine winzige Minderheit von Bösewichten dem Rest von uns unmöglich gemacht, normal zu leben. Und so wird die Fähigkeit eines Kinds, echte Gefahr zu erkennen, wenn sie droht, geschwächt, wenn es keine Gelegenheit hat, außerhalb der Familie festzustellen, dass die meisten Männer keine darstellen. Ironischerweise lauert diese Gefahr häufiger *innerhalb* der Familie. Meine Beziehungen zu Kindern waren immer angemessen, und ich leugne jegliches Fehlverhalten im Umgang mit Kindern jetzt oder in der Vergangenheit.«

Es war die Verteidigung, die er in der Show vorgetragen hätte, wenn er die Gelegenheit dazu gehabt hätte. Was Jane zu der Überlegung führte, ob sie ihn wohl noch einmal auf Sendung erleben würde. Sie dachte an Bethann und die Welt, in der sie aufwuchs. Gab es einen Streiter da draußen, der ihre Unschuld verteidigte? Dank Dave Miller würde jeder, der eine Lanze für sie brach, von nun an Argwohn erwecken. Wie es schien, war er selbst zu jener winzigen Minderheit von Bösewichten gestoßen, die es allen anderen verdarben.

Kurz vor sechs rief eine aufgeregte Ali bei Jane an und sagte, es gebe Gerüchte, dass Rachel Miller gefunden worden sei und dass Zita in den Nachrichten eine Stellungnahme verlesen werde. Jane schaltete den Fernseher gerade rechtzeitig ein, um sie auf den Stufen ihres Hauses stehen zu sehen, ein Blatt Papier in den zitternden Händen. »In der Folge der Ereignisse in seiner Show heute Morgen und im Licht einer anschließenden Verlautbarung meines Mannes möchte ich verkünden, dass unsere Tochter Rachel lebt und wohlauf ist und seit letztem Sonntag mit meinem Wissen bei Freunden von uns gewohnt hat.«

Man hörte einen kollektiven Ausruf des Erstaunens von den versammelten Reportern, Fotografen, Kamerateams und Schaulustigen.

»Bei all jenen Menschen, die uns Botschaften der Unterstützung geschickt haben«, fuhr Zita mit kräftigerer Stimme fort, »entschuldige ich mich dafür, dass ich sie in die Irre geführt habe, und bitte sie um Verzeihung. Ich kann nicht sagen, wann Rachel nach Hause zurückkehren wird, und ich möchte zu diesem Zeitpunkt ihren Aufenthaltsort nicht bekannt geben. Ich bitte die Medien darum, unsere Privatsphäre in dieser schwierigen Zeit zu respektieren. Das ist alles, was ich zu sagen habe.«

Die Menge brandete vorwärts, Kameras und Mikrofone wurden geschwungen und Fragen gerufen. Zita machte Anstalten, die Treppe hinaufzugehen, aber das Getöse war unmöglich zu ignorieren. Sie beugte sich zu einem Journalisten, den sie zu kennen schien, und hörte sich seine Frage an.

»Nein, mein Mann wusste nicht, wo sich Rachel aufhielt«, antwortete sie.

Eine weitere, nur halb zu verstehende Frage aus den hinteren Reihen des Gedränges.

»Ja, er glaubte, sie sei entführt worden.«

Und dann brachte die Reporterin des Fernsehsenders, den Jane eingeschaltete hatte, ihre Frage unter. »Wurde Rachel von ihrem Vater missbraucht?«

»Nein.« Und damit drehte sich Zita um und ging zurück ins Haus.

Jane war sprachlos. Warum hatte Zita ihre eigene Tochter versteckt und ihren Mann – und das ganze Land – glauben lassen, sie sei entführt worden?

37

Ben rief kurz danach an, um zu sagen, er werde sich verspäten, aber vor neun zu Hause sein. »Hört sich ganz danach an, als sei immer noch eine Menge los in deiner Welt«, sagte er. »Ich habe es gerade im Radio gehört.«

»Ja. Es war ein Wahnsinnstag. Aber inzwischen will ich meine Gedanken nur noch auf andere Dinge bringen.«

»Bist du froh, dass ich die Kinder bei Debbie abgeliefert habe?«

»Und ob. Ich war versucht, sie abzuholen, aber dann dachte ich, vielleicht wäre es nett, wenn wir beide uns mit einer Flasche Wein und ein paar Knabbereien entspannen würden und … du weißt schon, keine Störungen …«

»Ich verstehe, worauf du hinauswillst, und es hört sich gut an.«

»Dann sieh zu, dass du möglichst schnell hier bist, mein Süßer.«

Nachdem sie aufgelegt hatte, ging sie nach oben und ließ sich ein Bad ein. Gemütlich im nach Rosen duftenden Wasser zu lümmeln und eine Schundzeitschrift zu lesen, die sie unterwegs gekauft hatte, würde die erste der abendlichen Freuden sein. Sie wollte sich gerade ausziehen, als das Festnetztelefon läutete. Sie ging an den Apparat auf ihrem Nachttisch.

»Ist dort Jane?« Eine Frauenstimme, aber die Übertragung verlieh ihr einen metallischen Klang.

»Ja, wer spricht dort?«

»Zita Miller …«

Jane hielt den Atem an und fragte sich, was wohl kommen mochte.

»Sind Sie noch da?«

»Ja, ja. Sprechen Sie, Zita.«

»Ich rufe Sie an, weil ich dachte, nach allem, was passiert ist, verdienen Sie eine Erklärung.«

Das war rücksichtsvoll von ihr, auch wenn der Zeitpunkt unglücklich gewählt war. »Ich war verblüfft von … ach, es waren so viele Dinge. Aber ich war wohl nicht die Einzige, nehme ich an.«

»Und ich wollte Ihnen außerdem danken.«

»Mir danken? Wofür?«

»Dass Sie es Rachel ermöglicht haben, nach Hause zu kommen.«

»Ich verstehe nicht.«

»Ich würde es ungern am Telefon erzählen. Und ich fahre auch gerade. Können wir uns irgendwo treffen?«

Verdammt. »Äh, sicher … Wo?«

»Ich bin auf dem Weg zu Freunden, bei denen ich bleiben werde. Es ist mir gelungen, die Presse abzuschütteln, die vor dem Haus gewartet hat. Ich werde an Stillorgan vorbeikommen, was nicht allzu weit von Ihnen entfernt ist, oder?«

»Höchstens zwanzig Minuten um diese Zeit.«

»Der Regen ist sehr stark, und mein Orientierungssinn ist hoffnungslos schlecht. Könnten wir uns irgendwo in Stillorgan selbst treffen?«

»Auf dem Parkplatz des Einkaufszentrums.«

»Okay. Wenn Sie mir Ihre Handynummer geben, schicke ich eine SMS, wenn ich dort bin.«

Jane stürzte ins Badezimmer und stellte das Wasser ab. Mit ein bisschen Glück würde sie rechtzeitig zurück sein, um einfach noch heißes Wasser drauflaufen zu lassen. Aber war das wahrscheinlich? Traurig zog sie den Stöpsel heraus. Was für eine Verschwendung, dachte sie.

Es regnete heftig, wie Zita gesagt hatte, aber der Vorteil war, dass sie zusammen im Wagen sitzen konnten, ohne Angst haben zu müssen, von den Freitagabendeinkäufern erkannt zu werden. Nach einem kurzen Händeschütteln kam Zita zur Sache. »Sie haben zwei Kinder, Jane, und ich bin überzeugt, Sie würden alles tun, um sie zu beschützen, wenn Sie glaubten, sie seien in Gefahr. Und genau in dieser Situation habe ich mich letztes Wochenende wiedergefunden …«

Jane nickte. Ohne die Innenbeleuchtung war nur gelegentlich Augenkontakt möglich, wenn fremde Scheinwerfer das Wageninnere ausleuchteten.

»Eigentlich fing es zu Halloween an«, fuhr Zita fort. »Rachel ist mit ihrer Freundin Nessa zu einer Party gegangen – erinnern Sie sich noch, dass wir uns an diesem Tag gesprochen haben?«

»Ja. Es war der Tag des Brands im Hafentunnel – Sie haben sich Sorgen um die beiden gemacht.«

»Richtig. Nun, am nächsten Tag erhielt ich einen Anruf von der Mutter, die die Party veranstaltet hat. Diese Frau … ich kenne sie nicht so gut, aber sie hat mir erzählt, als Dave kam, um die Mädchen abzuholen, sei er zu früh dran gewesen, und ihrer Aussage nach fing er an, sich sehr um Nessa zu kümmern, er legte den Arm um sie, zog sie an sich, kitzelte sie, solche Dinge. Die Frau beschuldigte ihn nicht direkt, aber sie fand, in seiner Position sollte er vorsichtiger sein. Ich habe es in Gedanken zuerst heruntergespielt, aber dann fiel mir ein, dass er Nessa nach Hause gebracht hat, nachdem er Rachel erst hier abgesetzt hatte. Im Lichte dessen, was ich gerade gehört habe, erschien es mir irgendwie verdächtig.

Ich behielt es für mich, weil ich nicht wusste, was ich unternehmen könnte. Dann fingen die Zeitungen an, Berichte über Dave und Yvette Daly zu bringen, und als er am Freitag vor seinem Abflug nach London nach Hause kam, verlor ich völlig die Nerven, was ihn anging. Sie müssen verstehen, dass meine Beziehung zu Dave seit langer Zeit nicht mehr körperlich ist. Ich sagte, sein Verhalten gegenüber Nessa sei unakzeptabel, und warf ihm vor, mehr an kleinen Mädchen interessiert zu sein, als daran, an einer erwachsenen Beziehung zu arbeiten – er hatte Yvette Daly seit ihrer Grundschulzeit gekannt, müssen Sie wissen. Ich sagte, seine Beziehung zu ihr sei nicht gesund, und dachte laut darüber nach, ob ihr Selbstmord etwas damit zu tun hatte. Er antwortete, ich hätte eine kranke Fantasie, und er habe nie etwas Unanständiges mit ihr oder einem anderen Mädchen gemacht. Unglücklicherweise war Rachel früher von der Schule nach Hause gekommen und hatte alles mit angehört …«

»Du lieber Himmel.« Jane hörte, dass Zita weinte.

Nachdem Zita ein Papiertaschentuch aus ihrer Handtasche geholt hatte, fuhr sie fort. »Als er fort war, fand ich sie in Tränen aufgelöst in ihrem Zimmer. Sie hatte die Sache mit ihrem Vater und Nessa bemerkt, aber sich nicht getraut, etwas zu sagen. Sie stritt mit Dave bereits darüber, welche Klamotten sie tragen durfte, und wollte sich nicht noch mehr Ärger einhandeln. Ich muss sagen, ich stimmte in diesem Punkt bis zu einem gewissen Grad mit ihm überein. Es gibt eine Menge nuttige, geschmacklose Sachen für Kinder, und wie Eltern ihnen erlauben können, so aus dem Haus zu gehen, ist mir ein Rätsel.«

»Ich weiß, Zita. Wir hatten solche Eltern in der Sendung,

glauben Sie mir. Kein Problem damit, wenn die Tochter in einem Aufzug wie eine Stripteasetänzerin zum Spielen geht.« Jane bemerkte, dass die Uhr auf dem Armaturenbrett 19.55 Uhr anzeigte. »Und was geschah dann?«

»Rachel sagte, dass sie ihren Vater nie mehr sehen wolle, und drohte damit, sich umzubringen, wenn ich ihn noch einmal ins Haus lassen würde. Sich *umbringen*, können Sie sich das vorstellen? Ich kann Ihnen sagen, es hat mich sehr beunruhigt, weil bereits drei Mädchen in unserer Gegend seit Beginn des Schuljahrs Selbstmord begangen haben. Das Ergebnis war, dass ich sie gefragt habe, ob sie ein paar Tage wegfahren wolle, während ich alles mit ihrem Vater klären würde. Meine Schwester Hayley hat einen großen Hof in Kildare, wo sie Springpferde hält, und Rachel liebt Pferde, deshalb war sie einverstanden. Ich rief Hayley an, und sie sagte, sie würde sie aufnehmen, kein Problem. Am Sonntag packte ich Rachels Sachen, Hayley kam von Kildare herauf, und sobald Rachel von Nessa nach Hause kam, luden wir ihr Fahrrad in den Wagen, und die beiden machten sich auf den Weg.

Dave sollte kurz danach vom Flughafen kommen, deshalb ging ich nach oben und zog mich um, weil ich mich beim Verladen des Fahrrads schmutzig gemacht hatte. Als ich an seinem Schlafzimmer vorbeiging, bemerkte ich, dass einige seiner Wäscheschubladen offen standen. Er hatte es eilig gehabt, als er für London packte. Aus Gewohnheit und weil ich wohl möglichst normal handeln wollte, ging ich hinein und schob sie zu. Und da …« Sie atmete plötzlich und heftig durch die Nase, um ein Schluchzen zu unterdrücken. »Und da fand ich Sachen von Rachel. Ganz hinten in einer der Schubladen – Kleider, Tops, Röcke, Socken, Unterwäsche. Ich bekam einen furchtbaren Schock, mein Kopf war völlig leer. Selbst jetzt denke ich noch …

vielleicht wollte er einfach ein paar Erinnerungsstücke an sie aufheben, ehe sie anfing, sich in eine Frau zu verwandeln, ich weiß es einfach nicht.«

Ein Wagen mit voll aufgeblendeten Scheinwerfern erhellte beider Gesichter. Zita senkte den Kopf, Jane wandte den Blick ab. Als das Licht aus war, sah Jane zu Zita hinüber. In dem gelblichen Schein eines nahen Ladenschilds konnte sie Tränen in ihren Augen stehen sehen, und die aufgeschwollene Haut darunter war voller Falten. Jane konnte nur ahnen, wie verletzt sie sein musste.

»Jedenfalls hatte ich das nun entdeckt, und Dave musste jeden Moment eintreffen. Ich geriet in Panik. Ich rief Hayley an und sagte, ich würde Dave erzählen, dass Rachel verschwunden sei, weil er sie andernfalls bestimmt zurückholen würde. Hayley war nie ein Freund von Dave gewesen, deshalb wusste ich, sie würde mit Freuden mitmachen. Als er nach Hause kam, erzählte ich ihm, Rachel sei überfällig, sie sollte längst von Nessa zurück sein, und ich würde mir Sorgen machen. Er nahm sofort alles in die Hand, rief Nessas Eltern an, Rachels andere Freundinnen, die Polizei. Es entwickelte sich alles in einer Weise, die ich nicht vorhergesehen hatte. Deshalb blieb ich bei der Geschichte, während ich überlegte, was ich tun sollte. Zumindest war Rachel fürs Erste aus der Schusslinie, und ehrlich gesagt interessierte es mich nicht sonderlich, dass Dave litt. Und Hayley war bereit, ihren Part bis zum bitteren Ende zu spielen. Aber dann wurde mir die Täuschung – und die schreckliche Wahrheit über Dave – einfach zu viel, und den Rest kennen Sie. Ich hätte so gern zugegeben, dass ich mit Rachels Verschwinden zu tun hatte, und allen Leuten versichert, dass es ihr gut ging. Aber ich bin so schwach. Als ich ins Krankenhaus kam, habe ich dann die alberne Geschichte über Rachels leiblichen Vater erfunden.«

»Sie haben Dave also nie zur Rede gestellt?«

»Nein. Und deshalb hat mir das, was Sie heute getan haben – ihn nämlich als das bloßgestellt, was er ist – die Kraft gegeben zu tun, was ich tun musste.«

»Ich bin froh, dass ich Sie dazu befähigt habe, Zita, aber wenn wir in dieser Weise über Dave reden, bin ich immer noch nicht sicher, wovon wir sprechen.«

»Ich mir auch nicht. Ist es eine Krankheit?«

»Das weiß ich nicht genau. Wir bringen inzwischen so viele Dinge im menschlichen Spektrum unter – Autismus, Körpergestalt, sexuelle Vorlieben, was immer. Vermutlich gibt es auch einen Platz im Spektrum, wo er hineinpasst.«

»Das ist sehr verständnisvoll von Ihnen. Wissen Sie, er war immer so ein guter Vater. Ich kann ihm diesbezüglich nichts vorwerfen.« Sie seufzte. »Ich weiß nicht, was in ihn gefahren ist.«

»Wo ist er jetzt?«

»Er berät sich irgendwo mit seinen Anwälten, würde ich sagen. Ach ja, und er zieht sich aus der Show zurück. Es wird in den Nachrichten um neun gemeldet werden.«

Ein metallischer Ton aus Zitas Handy verkündete den Eingang einer SMS.

»Es ist jammerschade. Er ist ein großartiger Radiomoderator.« Jane wusste nicht, was sie sonst sagen sollte.

Zita schaute auf ihr Handy. »Ich muss los.«

»Danke, dass Sie sich die Zeit genommen haben, mir alles zu erklären, Zita.«

Sie umarmten sich unbeholfen.

Als Jane wieder in ihrem Wagen saß, ging es auf halb neun zu. Sie blieb noch zehn Minuten auf dem Parkplatz stehen und versuchte, alles zu verdauen. Und dann fuhr sie nach Barnacullia zurück, so schnell es der Anstand – und die Geschwindigkeitsbeschränkung – erlaubten.

38

Als Jane am Samstagvormittag darauf wartete, dass Ben mit den Kindern von Debbie zurückkam, hörte sie, wie ein Wagen vor dem Haus hielt.

Sie öffnete die Tür und sah, wie Detective Inspector Neligan aus einem Zivilfahrzeug stieg. Ein zweiter Wagen hielt hinter seinem, und ein nervös wirkender Mann mit schütterem Haar und Brille stieg aus. Die beiden kamen zusammen auf Jane zu.

»Das ist Herman Tyler vom Matlas Institute«, sagte Neligan. »Er hofft, Sie können ihm helfen.«

Neligan hatte seinen Besuch nicht angekündigt. Und dass das Matlas Institute ihre Zeit in Anspruch nehmen wollte, sagte ihr nicht gerade zu. Sie würde die beiden jedenfalls nicht ins Haus bitten. »Was kann ich für Sie tun?«, sagte sie ohne große Begeisterung.

Tyler räusperte sich. »Wir wüssten gern, ob Sie den Aufenthaltsort von Dervla Hannigan kennen.«

Es war das erste Mal, dass Jane ihren vollen Namen gehört hatte, und aus irgendeinem Grund musste sie lächeln. Vielleicht wegen seiner Gewöhnlichkeit.

»Den kenne ich in der Tat«, sagte sie. »Oder vielleicht sollte ich besser sagen, ich kannte ihn. Als ich das letzte Mal mit ihr gesprochen habe, war sie in Sydney.«

»Sydney, Australien?«, fragte Tyler in seinem amerikanischen Tonfall.

Jane nickte. »Dort war sie die ganze Zeit.«

»Ich verstehe. Danke.« Er sah Neligan an. »Tja, das war's dann wohl, Inspector. Zumindest wissen wir jetzt Bescheid.«

»Und was ist mit McNamee?«, fragte Neligan und sah Jane an.

»Ich denke, Sie werden feststellen, wo immer sie ist, ist er auch«, sagte sie und lächelte.

»Na toll«, knurrte Neligan.

Tyler hob die Hand wie ein Schuljunge. »Ich bin erst vor Kurzem aus dem Flieger gestiegen, Madame. Dürfte ich Ihre Toilette benutzen?«

»Natürlich«, sagte Jane. »Gleich hier den Flur entlang.«

Sie machte ihm Platz, und als er im Gang verschwunden war, sagte Neligan: »Wir mussten nicht nach den Leuten von Matlas suchen, sie sind zu uns gekommen. Anscheinend haben sie einen rechtsgültigen Vertrag mit dieser Dervla. Und Ihr Freund McNamee verhindert offenbar, dass sie ihr Recht wahrnehmen.«

»Na ja, Sie wissen ja, wie es mit Verträgen und solchen Dingen ist. Es gibt ständig Streit darum.«

»Ich glaube immer noch, dass McNamee mit dieser Dervla irgendwas im Schilde geführt hat. Und vielleicht können Sie mir erklären, was genau sich gestern hinter den Kulissen abgespielt hat.«

»Gern. Aber nicht heute. Ich möchte ein wenig Zeit mit meinen Kindern verbringen.«

Wie aufs Stichwort fuhr Ben in die Einfahrt und hielt hinter Neligans Wagen. Scott und Bethann winkten Jane zu, und sie winkte zurück.

Ein plötzlicher Windstoß, der von einem Schwall Regen begleitet wurde, wirbelte die herabgefallenen Blätter des Efeus auf. Sie ließen Jane an die Herz- und Karokarten eines überdimensionalen Kartenspiels denken.

»Ich rufe Sie am Montag an«, sagte Neligan und eilte zu seinem Wagen.

Tyler kam von der Toilette zurück und murmelte im Vorbeigehen einen Dank.

Ben sah, dass die beiden Männer im Aufbruch begriffen waren, und ließ den Motor seines Wagens laufen, um anschließend näher beim Haus zu parken.

Jane ging ins Haus zurück und ließ die Tür offen. Als sie am Tisch in der Diele vorbeikam, hielt sie inne. Ein weißer, an sie adressierter Umschlag lag darauf.

Ben war inzwischen ausgestiegen und sprach mit den Kindern, während er sie aus ihren Sitzgurten befreite.

Jane hob den Umschlag auf und öffnete ihn. Er enthielt ein Foto. Es war das Bild einer Frau mit einem Tuch auf dem Kopf, die Haut unter den Augen war dunkel, die Zähne standen wie bei einem Totenschädel in dem ausgemergelten Gesicht vor. Ihre Schwester Hazel. Im Hintergrund waren einige Häuser im Chalet-Stil zu sehen. Es erinnerte an ein Feriencamp, aber Jane wusste, es war das Lager der KOSS irgendwo in den Vereinigten Staaten. Das Foto ihrer Schwester war mindestens zehn Jahre alt.

Ihr Herz begann zu hämmern.

Sie drehte das Foto um. Auf der Rückseite stand in Großbuchstaben: WIR WISSEN, WER DU BIST.

Alles begann, sich zu drehen.

Ben hatte die Haustür erreicht und sagte etwas zu den Kindern, die hinter ihm gingen.

Jane stützte sich am Tisch ab, starrte auf den Satz und wog seine Bedeutung ab. Mit dem Daumen verschmierte sie die Tinte eines Worts, das im rechten Winkel zu den anderen stand. Sie begriff, dass es sich um eine zweite, frisch geschriebene Nachricht handelte, und drehte das Foto herum, um sie zu lesen.

Sie ließ das Bild augenblicklich fallen und lief mit weit gespreizten Armen in Richtung Tür. »Sofort raus hier!«, schrie sie.

Bevor das Foto den Boden erreichte, war Tylers hastig hingekritzelte Nachricht – ICH HABE DEN TIMER AUF DREI MINUTEN GESTELLT – zu Asche geworden.

KLEINE ENZYKLOPÄDIE DER

Fossilien

Hervé CHAUMETON
Diplom-Biologe

Didier MAGNAN
Professor der Biologie

In Zusammenarbeit mit

Jean-Claude Fischer
Stellvertretender Direktor des
Muséum National d'Histoire Naturelle de Paris
(Institut de Paléontologie)

Maurice Laboue
Doktor der Geologie

Fotos von l'Agence Nature

KÖNEMANN

Originaltitel:
Petit guide encyclopédique. Les Fossiles
ISBN 2-84416-034-4

Übersetzung aus dem Französischen:
Susanne Schmidt-Wussow

Printed in Germany

ISBN 3-8331-1312-X

10 9 8 7 6 5 4 3 2 1
X IX VIII VII VI V IV III II I

INHALT

FAZIES

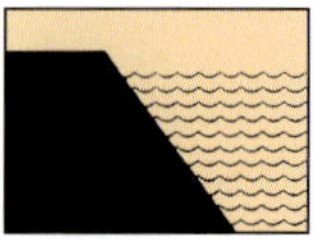

Küste:
Tiefe 0 m bis 50 m

stehende kontinentale Gewässer

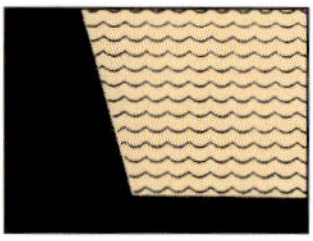

Kontinentalschelf und Kontinentalschräge:
50 m bis 2 000 m

Ebenen

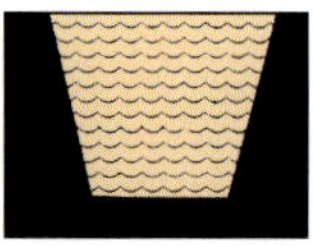

Graben:
Tiefe über 2 000 m

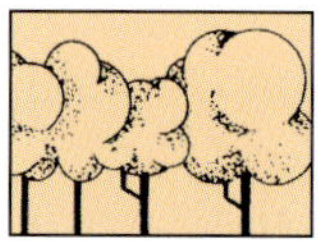

Laubwälder

korallige Fazies

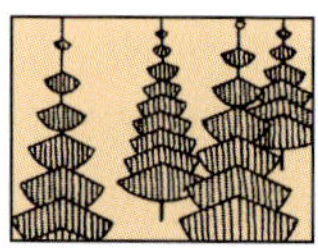

Nadelwälder

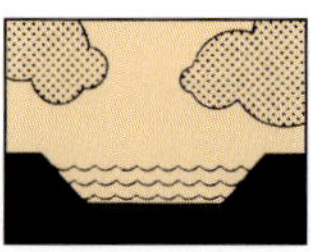

fließende kontinentale Gewässer

Karbonwälder

Zu jeder in diesem Buch beschriebenen Art sind mehrere Symbole angegeben, die die Fazies sowie die klimatischen und bioökologischen Bedingungen anzeigen, unter denen diese Art wahrscheinlich gelebt hat.

KLIMA

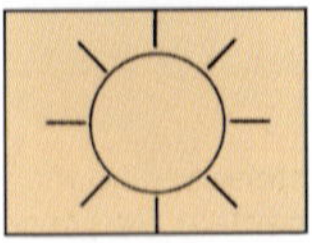
wüstenartig

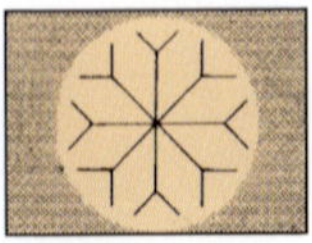
polar

mäßig kalt

mäßig warm

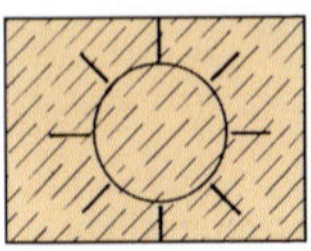
äquatorial

Natürlich können diese Symbole nur grobe Hinweise auf die Lebensumstände geben.

LEBENSWEISE

sessiles (festsitzendes) Tier

vergrabenes Tier

vagiles (bewegliches) Tier

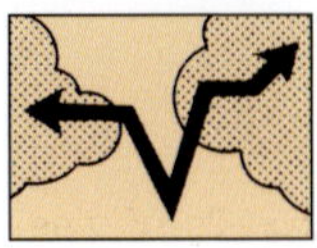
Luftatmer

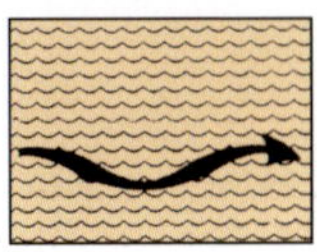
Wasserbewohner

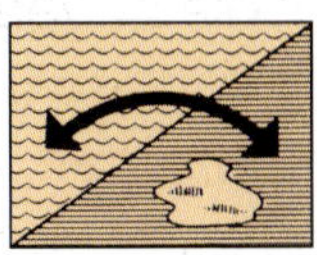
Amphibie

EINLEITUNG

EINLEITUNG

Auf der Erde existierten bereits Lebewesen, lange bevor die ersten Menschen in Erscheinung traten. Heute ist diese Tatsache allgemein anerkannt. So war es jedoch nicht immer, und zahlreiche Institute waren Schauplatz für heftige Kontroversen, die durch derartige Behauptungen ausgelöst wurden.

Schon Aristoteles, Leonardo da Vinci und Claude Bernard verteidigten die Theorie, dass die merkwürdigen Fragmente, die von Zeit zu Zeit aus der Erde geborgen wurden, auf das Vorhandensein von längst verschwundenen Tieren oder Pflanzen hindeuteten. Diese Spuren früheren Lebens wurden von verschiedenen Beobachtern gesammelt und beschrieben.

Im 17. Jahrhundert wurde der organische Ursprung der Fossilien anerkannt, aber man unternahm keinen Versuch, die Informationen zu nutzen, die sie hätten bieten können. Im 18. Jahrhundert vertrat der Mineraloge und Geologe Abraham Gottlob Werner die Theorie, das Vorkommen von Fossilien marinen Ursprungs in bestimmten Gebieten müsse bedeuten, dass das Meer sie dorthin gebracht habe. In dieser Epoche begann man die Unterschiede zwischen den Fossilien aus verschiedenen Gesteinsschichten festzustellen. Daraus entstand die Idee, sie zur chronologischen Klassifizierung dieser Gesteinsschichten zu verwenden.

Der Naturforscher Georges Buffon stellte eine Theorie über die Erdgeschichte auf, die sich größtenteils auf die Interpretation der Fossilien stützte, und der Naturforscher Georges Cuvier stellte fest, dass sich die Faunen im Lauf der Erdgeschichte mehrmals vollständig erneuert hatten; dies führte ihn zu systematischen Studien aus-

Georges Cuvier (1769–1832)

Jean Baptiste Lamarck (1744–1829)

Fossilführende Sedimentschichten

gestorbener Tiere. Er beschränkte sich jedoch darauf, die Fossilien zu beschreiben und zu vergleichen. Wenn es darum ging, diese Folge von fossilen Formen im Lauf der Zeit zu interpretieren, führte er als Erklärung periodische Katastrophen an, in deren Folge sich die Fauna jeweils erneuerte (Katastrophentheorie). Cuviers Denken war abhängig vom Einfluss der biblischen Texte, in denen es ausschließlich um Urschöpfungen ging und aus denen er seine Theorie der aufeinander folgenden Schöpfungen ableitete. In dieser Epoche stellten jedoch andere Wissenschaftler erstmals fest, dass Zwischenformen zwischen den aufeinander folgenden Faunen existierten, und so entstand die Vorstellung einer Verbindung zwischen diesen verschiedenen Tieren. Dem Kreationismus und der Lehre von der Unveränderlichkeit der Arten standen nun die Entwicklungslehre und die Evolutionstheorie gegenüber.

Bedeutende Vertreter dieser neuen Hypothesen waren zunächst der französische Zoologe Étienne Geoffroy Saint-Hilaire und der französische Naturforscher Jean Baptiste Lamarck. Dieser bekämpfte Cuviers Katastrophentheorie vehement, vor allem die Lehre von der Unveränderlichkeit der Arten. Für ihn befanden sich die Arten in ständiger Veränderung, und aus diesem Prozess ließ sich das fortgesetzte Erscheinen neuer Formen erklären. Auch der große britische Biologe Charles Darwin stimmte dieser Theorie zu.

Als man begann, den Ursprung der Menschheit in diesen Spuren der Vergangenheit zu suchen, flammte die Kontroverse wieder auf.

Dabei wurden auch die Religion und die Philosophie mit einbezogen. So ebnete die Interpretation der Fossilien ab dem 19. Jahrhundert den Weg zu den großen Abteilungen, die heute noch in der Paläontologie, der Wissenschaft von den Fossilien, existieren: Cuvier begründete die beschreibende und vergleichende Paläontologie, Lamarck schuf die evolutive Paläontologie.

Die stratigrafische Paläontologie, der sich beispielsweise Oppel und Alcide d'Orbigny widmeten, entstand aus dem Ansatz, aufeinander folgende Gesteinsschichten mit Hilfe von Fossilien zu datieren. 1830 fügte der Geologe Charles Lyell dem die Paläogeografie hinzu. Ausgehend von dem Prinzip, nach dem dieselben Ursachen stets dieselben Wirkungen hervorrufen, zeigte er eine Möglichkeit auf, die Geschichte der geografischen Bedingungen der Vergangenheit auf der Grundlage der aufeinander folgenden Gesteinsschichten und der darin enthaltenen Fossilien zu rekonstruieren.

Hier wird die umfassende Bedeutung deutlich, die die Fossilien auf die Entwicklung der interpretativen Theorien der Erdgeschichte und auch auf das menschliche Denken hatten. Die Fossilien lieferten eine beträchtliche Anzahl an Argumenten, und auch die Theorie der Kontinentalverschiebung profitierte von diesen Beiträgen. Der Mensch war nun nicht mehr der Mittelpunkt der Welt. Die Überzeugung, dass er die Krone der Schöpfung sei, geriet ins Wanken. Man kann sich die Ängste vorstellen, die die Paläontologie damals hervorrief. Obwohl sie sich mit dem Studium von Lebensformen der Vergangenheit und ihren Lebensbedingungen befasst, hat sie auch heute noch eine glänzende Zukunft vor sich. Um die faszinierenden Fragen, die sie aufwirft, beantworten zu können, sind Daten aus der Botanik, der Zoologie, der untrennbar mit ihr verbundenen Geologie, der Klimatologie und vieler anderer Forschungsgebiete nötig.

Die Paläontologie bildet die Kreuzung zwischen verschiedenen Forschungsbereichen. Sie befindet sich also in einer privilegierten Stellung, um im Lauf der Zeit eine Synthese aus diesen unterschiedlichen Disziplinen zu formen. Sie hat den Zeitbegriff und die Bedeutung der Zeit tief greifend verändert; der Mensch hatte sich daran gewöhnt, in Jahren zu rechnen, doch die Paläontologie lehrte ihn das Rechnen mit Jahrmillionen und verdeutlichte ihm so die Vergänglichkeit seiner Existenz auf der Erde.

Im 19. Jahrhundert machte die Paläontologie beachtliche Fortschritte. Die Forschungstechniken wurden immer ausgereifter. Noch heute wird intensiv geforscht, und es werden ständig neue Erkenntnisse gewonnen. Die Entwicklung der Beobachtungs- und Forschungstechniken ermöglicht heute beispielsweise eine immer genauere Untersuchung der Mikrofossilien. Selbst die Immunologie trägt zur paläontologischen Forschung bei. So wurden pulverisierte fossile menschliche Zähne Labortieren injiziert, um die entstehenden Antikörper zu analysieren und sie mit denen zu vergleichen, die sich als Reaktion auf rezente menschliche Zähne bilden.

ERFORSCHUNG DER FOSSILIEN

Das Interesse an der Erforschung der Fossilien ist beträchtlich; sie werden zur Datierung der Gesteinsschichten, in denen sie eingeschlossen sind, herangezogen und dienen so als Bezugspunkte in der zeitlichen Einordnung dieser Schichten. Für den Paläontologen liefern Fossilgruppen die wertvollsten Informationen bei der Suche nach stratigrafischen Bezugspunkten, denn solche Gruppen von Leitfossilien bieten präzisere Informationen als eine einzelne Art.

In einer Zeit, in der die Geologen über immer ausgefeiltere Techniken zur Datierung von Sedimenten verfügen, könnte man annehmen, dass die Verwendung von Fossilien als Datenquellen oder Bezugspunkte immer seltener wird. Sie sind jedoch von unschätzbarem Wert für die Geologen vor Ort. Eine genaue Kenntnis der Abfolge ihres Auftretens ist eine Voraussetzung bei der schnellen

Foraminiferen unter dem Polarisationsmikroskop

Einordnung von Lagerstätten. Auch wenn die exakte Datierung mit den Methoden der Geochronologie durchgeführt wird, sind die Fossilien für die Geologen noch immer die traditionellen Datenquellen in den Gesteinsschichten. Die physikalische Altersbestimmung präzisiert zwar die relative geologische Alterseinstufung, diese wird jedoch noch immer eingesetzt. Mit der geologischen Altersbestimmung können Ereignisse rekonstruiert werden, die sich im Lauf der Geschichte auf der Erde zugetragen haben, und die Fossilien sind die Zeugen dieser Ereignisse. Deshalb können Fossilfunde in Sedimentserien dazu beitragen, die Geschehnisse zeitlich einzuordnen.

Die paläontologischen Merkmale der Gesteine wurden erfasst, um eine relative geologische Alterseinstufung für die Fälle einzurichten, in denen lithologische (gesteinskundliche) Kriterien allein nicht zum Erfolg führen. Tatsächlich erwies sich dort, wo die lithologischen Merkmale nicht ausreichten, um zwei Gesteinsschichten zu identifizieren oder ihre gleichzeitige Entstehung zu bestätigen, ihr fossiler Inhalt als äußerst wertvoll.

Das Prinzip, nach dem zwei Schichten mit gleichem paläontologischen Inhalt dasselbe Alter haben, wirft dann Probleme auf, wenn sehr unterschiedliche Arten oder Fossilgruppen zur stratigrafischen Gliederung (Gliederung nach der zeitlichen Ordnung der Gesteine) verwendet werden müssen, um diesem Prinzip Gültigkeit zu verleihen.

Faunen in weit voneinander entfernten Gebieten zeigen häufig keinerlei morphologische Gemeinsamkeiten, anhand derer sie mit-

Unbelebter kristalliner Sockel (Granit)

Trilobiten sind charakteristisch für das Paläozoikum.

einander verglichen werden könnten. Beziehungen zwischen diesen räumlich getrennten Schichten können also nur durch eine Untersuchung der fossilen Faunen nachgewiesen werden, die eine vermittelnde Stellung zwischen diesen entfernten Schichten einnehmen. Auch die Beziehungen zwischen kontinentalen und marinen fossilen Faunen stellen ein Forschungsproblem dar.

Trotz dieser Einschränkungen haben die Fossilien wesentlich zur Begründung der relativen geologischen Alterseinstufung beigetragen, auch wenn nicht ausgeschlossen werden kann, dass die Gültigkeit dieser relativen Altersbestimmung aufgrund von Faunenwanderungen über mehrere Millionen Jahre hinweg infrage gestellt wird.

Selbstverständlich bieten die Fossilien keine Hilfe für die azoischen (unbelebten) Schichten, die keine Versteinerungen enthalten.

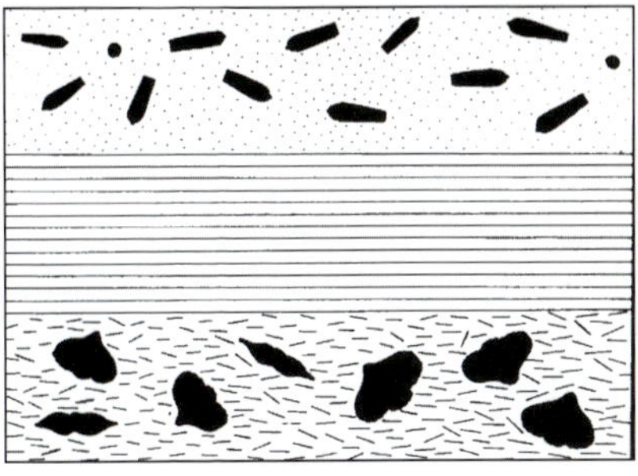

Die beiden fossilführenden Schichten ermöglichen die Datierung der fossilleeren Schicht auf 60 bis 90 Millionen Jahre.

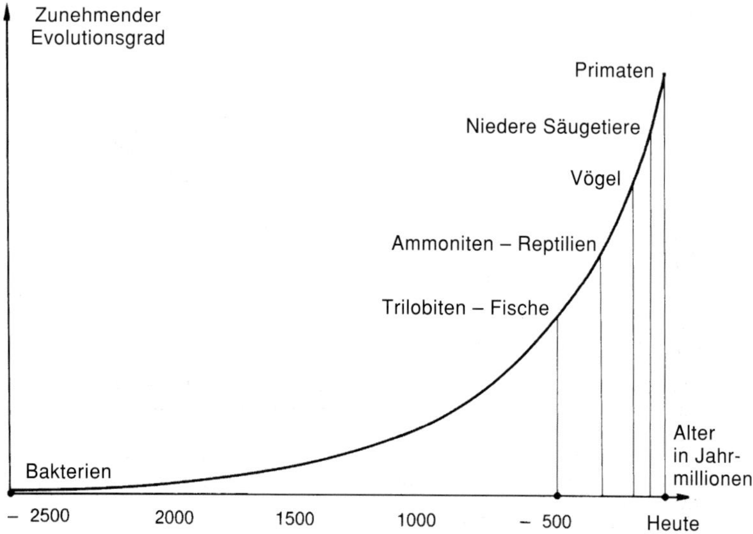

Die Evolution der Lebewesen beschleunigte sich sprunghaft mit Beginn des Mesozoikums (steiler werdender Bereich der Kurve).

Um solche Gesteine wie z. B. Granite zu analysieren, entstand die radiometrische Altersbestimmung, die absolute Altersbestimmung auf der Grundlage der Radioaktivität bestimmter chemischer Stoffe in diesen Gesteinsschichten. Es können jedoch fossilführende Zonen zwischen den fossilleeren Schichten existieren. Anhand der dort eingeschlossenen Fossilien lassen sich Datierungen vornehmen.

Die Evolution der Fossilien verlief nicht gleichmäßig, so dass einige Arten relativ abrupt verschwanden, während andere zur selben Zeit erstmals auftraten. Anhand dieser markanten Unterbrechungen in der Evolution großer Gruppen lassen sich Eckpunkte für die Gliederung der Erdgeschichte festlegen. So zeigt z. B. das Verschwinden der Ammoniten das Ende des Mesozoikums an.

Neben diesen großen Einschnitten in der Geschichte der Lebewesen kann man als Folge evolutiver Vorgänge geringeren Ausmaßes innerhalb der Fossilgruppen kleinere Einschnitte festlegen. Hier stellt sich die Frage, weshalb sich Tiere manchmal abrupt weiterentwickeln oder aussterben. Ihre Evolution kann anhand von genetischen Mutationen interpretiert werden. Ein mutiertes Gen kann seine Funktion verlieren oder im Gegenteil z. B. die Synthese eines neuen Proteins bewirken, durch das das mutierte Tier ein neues „Merkmal“ erhält. Die natürliche Auslese sorgt dann für die Erhal-

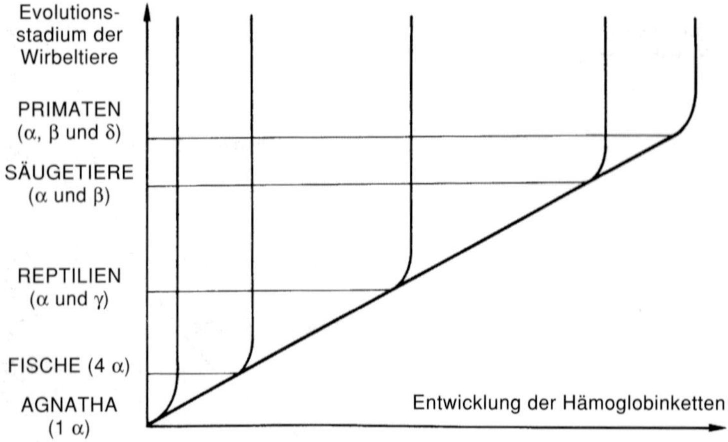

Entwicklung des Hämoglobins bei den Hauptgruppen der Wirbeltiere.
Bei den Agnatha befindet sich eine einzige Aminosäurekette im Hämoglobin. Sie hat den Typ α.
Fische haben 4 Ketten vom Typ α in ihrem Hämoglobin.
Der Typ α findet sich bei allen Wirbeltieren, aber nach und nach erscheinen neue Typen. So haben Primaten das komplexeste Hämoglobin mit Ketten vom Typ α, β und δ.

tung dieses Merkmals oder für das Aussterben derjenigen, die es besitzen. Für Mutationen können verschiedene Faktoren verantwortlich sein. Eine wichtige Rolle bei den Mutationsphänomenen im Lauf der Geschichte der Lebewesen spielte vermutlich die kosmische Strahlung.

In bestimmten geologischen Epochen waren die Atmosphärenschichten (Van-Allen-Gürtel), die die Erdoberfläche vor kosmischen Strahlen schützen, nahezu verschwunden. Zu diesen Zeiten führten zahlreiche Mutationen zur Beschleunigung der Diversifikation der Arten oder zum Aussterben einiger Arten. Dies waren bedeutende Wendepunkte in der Evolution. Das plötzliche Aussterben ganzer Gruppen wie der Dinosaurier gegen Ende des Mesozoikums ist schwer zu erklären. Waren Mutationen, Klimaänderungen, Unfruchtbarkeit, Riesenwuchs oder die Erschöpfung der Nahrungsreserven die Ursache? Auch wenn für jede dieser Hypothesen gewisse Anzeichen sprechen, gibt es bis heute keine eindeutige Antwort auf diese Frage.

Aber auch außerhalb der kritischen Perioden schreitet die Evolution unablässig voran, wenn auch nicht in solch abrupten Schritten. Die Vorstellung von der Unveränderlichkeit der Arten außerhalb großer Katastrophen muss also zurückgewiesen werden. Die Evolution ist ein andauerndes Phänomen, wenn auch ihre Geschwindigkeit nicht immer gleich ist. Das bedeutet, dass die Einschnitte, welche die Veränderung markieren, willkürlich festgelegt sind. Sie dürfen daher lediglich als Anhaltspunkte verstanden werden und sind nur unter diesem Gesichtspunkt von Nutzen. Derartige Einschnitte sind anhand charakteristischer Gesteinsschichten zu erkennen und betreffen entweder das geologische Alter oder die Sedimentschichten, die sich zwischen zwei solchen Einschnitten abgelagert haben.

Der übergeordnete Abschnitt in der geologischen Zeitrechnung ist die Ära. Auf der paläontologischen Ebene wird sie von großen Veränderungen der Fauna und Flora charakterisiert. Das Paläozoikum ist die Ära der Trilobiten und der Fusulinen. Es geht der Entstehung der Ammoniten voraus, die charakteristisch für das Mesozoikum sind. Diese Ära wiederum geht mit dem Aussterben der Ammoniten und dem Auftreten der Nummuliten zu Ende, deren Entwicklung ihren Höhepunkt im Tertiär erreicht.

Ein noch bedeutenderer Einschnitt kann zwischen der weitgehend fossilienlosen präkambrischen Zeit und der fossilführenden Zeit gesetzt werden, die in die Ären Paläozoikum, Mesozoikum und Känozoikum unterteilt ist.

Neben paläontologischen Hinweisen werden auch stratigrafische Hinweise (Diskordanzen) und die Orogenese oder Gebirgsbildung untersucht. Maßgeblich bei der Festlegung der großen Abschnitte bleiben jedoch die paläontologischen Indizien.

Jede Ära wird in Perioden unterteilt, die auf besonderen, in den Sedimenten nachweisbaren Ereignissen und auf dem Vorhandensein von Leitfossilien beruhen. In einigen Fällen bestimmt allein das paläontologische Kriterium den Einschnitt und den Namen der Periode. So basiert die Kreidezeit auf paläontologischen Befunden und stellt eine Periode im Mesozoikum dar, auf die das Alttertiär folgt.

Die Perioden werden wiederum in Stufen unterteilt. Eine Stufe ist eine elementare Einheit in der Stratigrafie und bildet die Grundeinheit bei der Rekonstruktion der Geschichte von Sedimentablagerungen durch die Geologen. Der Zeitabschnitt, der der Stufe entspricht, wird Alter genannt, was auf die fundamentale Bedeutung der Stufe als stratigrafische Einheit hinweist. Die Fauna einer Stufe ist jedoch nicht einheitlich, und es lassen sich in einer Stufe verschiedene Bereiche unterscheiden, die durch unterschiedliche Arten charakterisiert werden. Diese Bereiche werden Biozonen genannt und definieren kleinere elementare Abschnitte der Erdgeschichte.

Paläontologische und stratigrafische Kriterien werden gemeinsam angewandt und die verschiedenen Stufen entsprechen verschiedenen charakteristischen Stratotypen. Die Fortschritte beim Studium der Mikrofossilien erlauben inzwischen eine Präzisierung der ungenauen Ergebnisse, die nur auf stratigrafischen Indizien basieren. Über einige Stufen diskutieren die Geologen heftig; dies zeigt, dass stratigrafische und paläontologische Befunde sich auch widersprechen können.

Die Paläontologen greifen nach Möglichkeit auf die kleinste Einteilung, die Biozone, zurück, da sie die wenigsten Unsicherheitsfaktoren aufweist. Die Probleme mit der Zeit und der relativen geologischen Alterseinstufung sind noch nicht vollkommen gelöst. Bei den Forschungen auf diesem Gebiet nehmen die Fossilien wiederum eine zentrale Stellung ein. Das Hauptaugenmerk der Fossilienforschung liegt also auf der Beurteilung der Chronologie der Ereignisse. Damit befasst sich die Biostratigrafie. Neben der Tierwelt erforscht die Biostratigrafie auch die Evolution der Pflanzenwelt. Diese relative Altersbestimmung auf der Basis der Evolution der Lebewesen wird durch die physikalische Altersbestimmung präzisiert. Einige der klassischen Methoden werden im Folgenden vorgestellt.

Physikalische Altersbestimmung

Eine verstrichene Zeitspanne kann nur gemessen werden, wenn chemische Elemente zur Verfügung stehen, die sich in dieser Zeit anteilsmäßig verändern. Wenn die Entwicklung dieser Elemente kontinuierlich ist, kann durch ihre Analyse das Alter dieser Elemente und damit auch das Alter des Gesteins, in dem sie enthalten sind, bestimmt werden. Das führt zu einer sog. physikalischen oder absoluten Altersbestimmung im Gegensatz zur relativen geologischen Alterseinstufung, die durch die Analyse der Fossilien und ihrer Evolution ermöglicht wird. Die einzigen Phänomene, die dieses Kriterium der mehr oder weniger stetigen Entwicklung innerhalb eines bestimmten und bekannten Zeitraums erfüllen, sind die Ablagerung von Sedimenten und vor allem die natürliche Radioaktivität bestimmter Gesteinsbestandteile. Eine physikalische Altersbestimmung auf der Grundlage der Dicke eines Sedimentpaketes als Maßeinheit für die Zeit, die diese Schicht brauchte, um abgelagert zu werden, stößt jedoch auf viele Hindernisse. Eines der offensichtlichsten Probleme liegt darin, dass die Ablagerungsgeschwindigkeit zu einem gegebenen Zeitpunkt je nach Epoche schwankt. Die Einschätzung der Abweichungen dieser Geschwindigkeit ist allerdings ungenau und kann auch nicht konstant sein. Im Ergebnis ist die Zeit nun nicht mehr die einzige Unbekannte. Wenn man außerdem die Unterbrechungen im Ablagerungsvorgang in Betracht zieht, die sich durch Lücken in Sedimentabfolgen verraten

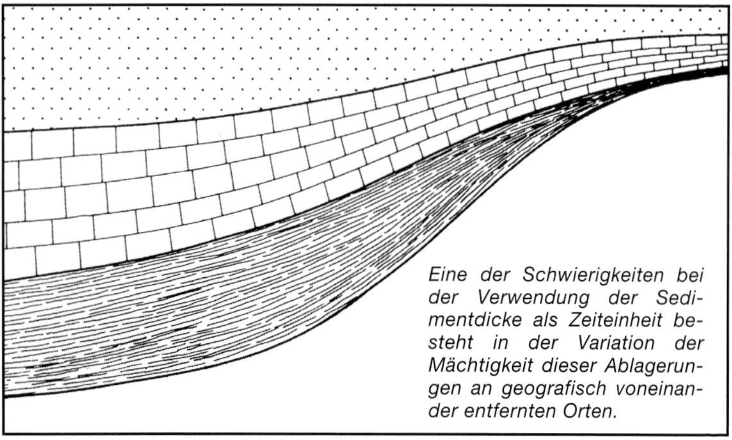

Eine der Schwierigkeiten bei der Verwendung der Sedimentdicke als Zeiteinheit besteht in der Variation der Mächtigkeit dieser Ablagerungen an geografisch voneinander entfernten Orten.

und deren Dauer teilweise nicht einmal zu schätzen ist, kommt man zu dem Schluss, dass eine physikalische Altersbestimmung auf der Grundlage einer Zeittafel, deren Einheiten die Dicke der Sedimentschichten sind, kaum zu verwirklichen ist.

Die physikalische Altersbestimmung beruht also vor allem auf der Analyse der Phänomene natürlicher Radioaktivität. Bestimmte chemische Elemente, die am Aufbau und an der mineralischen Zusammensetzung der Gesteine beteiligt sind, weisen eine solche Radioaktivität auf. Das Prinzip, nach dem die Radioaktivität zur Messung der Zeit verwendet wird, funktioniert folgendermaßen: Ein sog. radiogener Körper verändert sich durch Zerfall eines radioaktiven Elements. Diese Veränderung findet in einer bestimmten Zeitspanne statt, der Halbwertszeit. Die Halbwertszeit ist die Zeit, nach der die Hälfte des radioaktiven Elements zerfallen ist. Die unterschiedlichen Halbwertszeiten der radioaktiven Elemente führen dazu, dass verschiedene Elemente zur Analyse der verschiedenen Epochen verwendet werden. So wird das Element-Paar Lutetium-Hafnium für Zeitalter benutzt, die mehr als einige hundert Millionen Jahre zurückliegen. Das Paar Rubidium-Strontium wird für die Zeitalter über 50 Millionen Jahre verwendet und mit dem Paar Kalium-Argon werden Alter zwischen einer Million und 10 000 Jahren bestimmt. Das Paar Uranium-Blei wird für die Epochen zwischen 10 000 und 500 000 Jahren benutzt. Die Radiokarbonmethode schließlich ermöglicht die Datierung „junger“ Ereignisse vor etwa 1000 bis 50000 Jahren vor der Gegenwart.

Diese Methoden werden bei zahlreichen Mineralen eingesetzt, darunter Glimmer und Kalifeldspat. Ihre Anwendung ist jedoch hei-

Zweiglimmergranit unter dem Polarisationsmikroskop. Der Feldspat und der Glimmer in diesem Gestein ermöglichen seine Datierung.

kel, bei Sedimentgesteinen sogar unmöglich, so dass Untersuchungen auf der Grundlage der physikalischen Altersbestimmung nur in begrenztem Rahmen möglich sind. Lediglich bei reinen granitischen Gesteinen erweisen sie sich als geeignet. Bei den Sedimentgesteinen dagegen beschränken sie sich auf umgelagerte Minerale, die älter als die Ablagerungen sind.

Die Sedimentabfolgen werden so weit möglich in Abhängigkeit von vulkanischen Komplexen datiert. Daraus resultiert wiederum eine relative Altersbestimmung, in diesem Fall relativ zum vulkanischen Gestein. Dabei wäre es gerade für die Sedimentgesteine am interessantesten, eine physikalische Altersbestimmung vorzunehmen. Neben den seltenen Fällen, bei denen man auf den Kohlenstoff-14 oder auf radioaktive Elemente im Glaukonit (einem zeitgleich mit den Sedimenten entstandenen Mineral) zurückgreifen kann, bleibt die Zeitbestimmung in der Geologie ein schwieriges Unterfangen. Das Verdienst der radiometrischen Altersbestimmung ist es, Zeiträume einzuordnen, denen auf der geologischen Zeittafel Jahrmillionen entsprechen können.

Der Vorteil der auf der Radioaktivität basierenden Methoden besteht darin, dass der Zerfall des radiogenen Elements nicht von physikalischen Faktoren wie Druck, Temperatur usw. abhängig ist, die im Lauf der geologischen Zeit variieren können. Auf ein Jahr verkürzt, ergäbe sich folgende relative Gewichtung der verschiedenen bedeutenden Epochen in der Erdgeschichte:

	EREIGNIS	MONAT	ERSCHEINEN DER WIRBELTIERGRUPPEN
– 0,4	Diversifikation der Wirbeltiere	Dezember	31. 18 Uhr Hominiden 30. Säugetiere
– 0,8	Erste Wirbeltiere	November	25. Vögel
– 1,2		Oktober	
– 1,6		September	
– 2,0	Algen	August	10. Reptilien
– 2,4		Juli	1. Fische und Amphibien
– 2,8	Bakterien	Juni	
– 3,2	Erste Lebensformen	Mai	Der Mensch ist ein Spätankömmling auf der Erde; er tritt erst am späten Nachmittag des 31. Dezember in Erscheinung. Eine Woche in diesem Kalender entspricht mehr als einer Million Jahre in der Erdgeschichte.
– 3,6	Unbelebte Periode	April	
– 4,0		März	
– 4,4		Februar	
		Januar	

Vergleichstafel: Erdgeschichte auf ein Jahr übertragen

Schließlich ist die physikalische Altersbestimmung die einzige Methode, mit der präzise Aussagen über die Jahrmilliarden der Erdgeschichte gemacht werden können, die dem Erscheinen von stratigrafisch verwertbaren Lebewesen vorausgingen. Die Evolution der Lebewesen ist eine unumkehrbare Funktion der Zeit, deshalb spielen die Fossilien eine Hauptrolle in der Abfolge der geologischen Ereignisse. Eine numerische Datierung dieser Ereignisse ist jedoch nur über die radiometrische Altersbestimmung möglich.

Das Studium der Fossilien verfolgt neben der Aufstellung chronologischer Anhaltspunkte noch viele andere Ziele. Die Analysen geben z. B. Auskunft über die Lagerungsverhältnisse der Sedimente und können Hinweise auf vergangene klimatische Bedingungen lie-

Diese fossilisierten Seelilien liefern Hinweise auf die Ablagerungsbedingungen der Schichten, in denen sie eingeschlossen sind (hier Encrinus liliiformis).

ERDGESCHICHTLICHE

ÄRA		SYSTEM/PERIODE	SERIE/EPOCHE	STUFE	ALTER (M. J.)
PALÄOZOIKUM		PERM		Thuringium Saxonium Autunium	235
	Oberes	KARBON	Ober-Karbon	Stephanium Westphalium	290
			Unter-Karbon	Namurium Viseum Tournaisium	
		DEVON	Ober-Devon	Famennium Frasnium	340
			Mittel-Devon	Givetium Couvinium/Eifelium	
			Unter-Devon	Emsium Siegenium Gedinnium	
	Unteres	SILUR		Pridolium Ludlowium Wenlockium Llandoverium	400
		ORDOVIZIUM	Ober-Ordovizium	Ashgillium Caradocium	440
			Mittel-Ordovizium	Llandeilium Llanvirnium	
			Unter-Ordovizium	Arenigium Tremadocium	
		KAMBRIUM	Oberes Kambrium		500
			Mittleres Kambrium		
			Unteres Kambrium		
PRÄKAMBRIUM	PROTEROZOIKUM	OBER-PROTERO-ZOIKUM			570
		MITTEL-PROTERO-ZOIKUM			1000
		UNTER-PROTERO-ZOIKUM			1600
	ARCHAIKUM				2500

ZEITTAFEL

ÄRA	SYSTEM/PERIODE		SERIE/EPOCHE	STUFE	ALTER (M. J.)
KÄNOZOIKUM	QUARTÄR		Holozän (Gegenwart) Pleistozän		
	TERTIÄR	NEOGEN	Pliozän		2
			Miozän		5
		PALÄOGEN	Oligozän		23
			Eozän	Bartonium Lutetium Ypresium	35
			Paläozän	Thanetium Danium/Montium	50
MESOZOIKUM	KREIDE		Ober-Kreide	Maastrichtium (Senonium) Campanium (Senonium) Santonium (Senonium) Coniacium (Senonium) Turonium Cenomanium	65
			Unter-Kreide	Albium Aptium Barremium Hauterivium (Neokomium) Valanginium (Neokomium) Berriasium (Neokomium)	
	JURA		MALM = Ober-Jura	Portlandium Kimmeridgium Oxfordium	135
			DOGGER = Mittel-Jura	Callovium Bathonium Bajocium Aalenium	
			LIAS = Unter-Jura	Toarcium Pliensbachium Sinemurium Hettangium	
	TRIAS			Rhätium Keuper Muschelkalk Buntsandstein	200

fern. Nicht alle Fossilien haben dabei den gleichen Nutzen und liefern gleich wertvolle Informationen.

Bevor wir auf die verschiedenen Einsatzmöglichkeiten der Fossilien eingehen, werden wir erläutern, unter welchen Bedingungen Fossilisation stattfindet und wie sie funktioniert. Anschließend wird erklärt, was gute und schlechte Leitfossilien sind.

Verschiedene Aspekte der Fossilisation

Es gibt sowohl Fossilien von vollständigen Organismen als auch von teilweise sehr kleinen Fragmenten solcher Organismen. Spuren, die bestimmte Lebewesen in den Sedimenten hinterlassen haben, werden ebenfalls Fossilien genannt und sind Belege ihrer Aktivitäten. Die Interpretation solcher Spuren ist häufig ein schwieriges Unterfangen. Meistens versteinern die härtesten Teile von Lebewesen: Schalen, Skelette oder verholzte Teile. Selbst die Hartteile der Lebewesen neigen an der Luft zur Zersetzung. Die erste Bedingung für eine Fossilisation ist daher die Geschwindigkeit, mit der diese Organismen nach ihrem Tod verschüttet werden. Manchmal ist dieser Vorgang selbst die Todesursache. Wo Lebewesen plötzlich in Schlamm- oder Sandlawinen starben, finden sich reichhaltige fossilführende Fundorte mit tausenden von vollständig konservierten Exemplaren. Bei vielen landlebenden Wirbeltieren gab es solche Verschüttungen, wie z. B. bei den Smilodon, die in großer Zahl bei Los Angeles gefunden wurden. Die bedeutenden Fossilfundstellen in Deutschland mit ihren mesozoischen Fischen entstanden als Folge eines plötzlichen Massensterbens durch Austrocknen, gefolgt von einer schnellen Einsedimentierung.

Meistens geht die Bedeckung nicht so schnell vonstatten, dass das Lebewesen in seiner Gesamtstruktur erhalten bleibt. Der Organismus wird in der Regel zerteilt, und seine Teile werden nicht immer zur selben Zeit einsedimentiert. Die Teile können außerdem zu einem späteren Zeitpunkt entweder in dem Gestein, in dem sie eingelagert wurden, oder in späteren Lagerstätten umgelagert werden. Diese Umlagerungen sind teilweise physikalischer Natur, wie die Verlagerung von Gehäusen oder Knochen, und teilweise chemischer Natur.

Es gibt unterschiedliche Mechanismen, die zur Fossilisation führen. Das Teil kann als Fossil bestehen bleiben oder nach der Verfestigung der Lagerstätte, in der es eingeschlossen wurde, verschwinden; dann bleibt nur ein Abdruck erhalten. Man findet z. B. Abdrücke von Muscheln, deren Schale selbst sich aufgelöst hat. Es gibt sehr unterschiedliche Fossilisationszustände, man kann aber

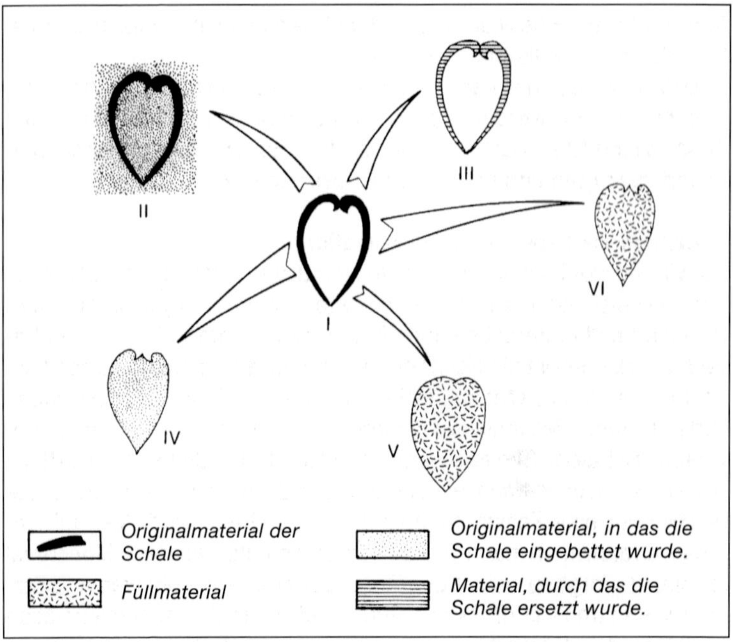

Hauptmechanismen der Fossilisation
I: Originalschale
II: Schale, die ohne Änderungen in der chemischen Zusammensetzung aufgefunden wurde.
III: Chemisch veränderte Schale
IV: Steinkern der Schale, identisch mit Originalfüllmaterial
V: Außenabdruck der Schale nach Änderung des Originalfüllmaterials
VI: Steinkern der Schale nach Änderung des Originalmaterials der Schale

exakte ultrastrukturelle Analysen vornehmen. Fossilisationen von weichem Gewebe sind fantastische Studienobjekte. Dies ist der Fall bei bestimmten Deckgeweben von Amphibien aus dem Eozän oder bei Melanozyten (Pigmentzellen) von Fischen aus dem Mesozoikum. Auch bei Insekten, die in fossilem Harz, dem Baltischen Bernstein, eingeschlossen sind, können Studien an weichem Gewebe, Muskeln und Deckgewebe vorgenommen werden. Die berühmtesten Beispiele sind die vollständig im Eis erhaltenen Mammute. Bei diesen Mumien können durch die Analyse des Mageninhalts sogar Rückschlüsse auf die Ernährung gezogen werden.

Fossilfunde bestimmter Lebewesen in verschiedenen Entwicklungs- oder Wachstumsstadien liefern ebenfalls wertvolle Informationen. Durch den Vergleich mit verwandten rezenten, d. h. gegenwärtig lebenden Formen können interessante Erkenntnisse

Diese Fische wurden in ganzen Schwärmen im Karbonatschlamm von Solnhofen (Bayern) eingeschlossen.

gewonnen werden. Dabei sind vor allem die Hartteile, die in verschiedenen Lebensphasen unterschiedlich schnell wachsen, eine wichtige Informationsquelle. Bestimmte Nesseltiere des Paläozoikums weisen am Kelch Wachstumsfalten auf und bilden so Streifen, die auf das tägliche Wachstum schließen lassen. Anhand der Analyse dieser Streifen konnten Schätzungen vorgenommen werden, nach denen im Mittel-Devon ein Jahr aus ca. 400 Tagen mit ca. 24 Stunden bestand. Die Anwachsstreifen der Gehäuse enthalten außerdem wertvolle Informationen über die klimatischen Bedingungen, unter denen die Organismen lebten.

Angesichts der Anzahl und Vielfalt der aus dem Gestein gelösten Fossilien darf man jedoch nicht vergessen, dass die Fossilisation unter günstigen Bedingungen ein relativ seltener Prozess ist, so dass man sogar Zweifel hegen muss, ob die versteinerten Formen für die gesamte Fauna und Flora der entsprechenden Epoche repräsentativ sind. Das ist zwar ein Hemmnis für die lückenlose Einsicht in vergangene Zeiten, dennoch bleiben die Fossilien natürlich Zeugen dieser Epochen.

Bestimmte Fossilien sind so häufig anzutreffen, dass sie eigene Gesteine bilden können, wie Kalkstein, Radiolarit oder Kieselgur.

Ein großes Reptil aus dem Mesozoikum hinterließ hier vor 100 Millionen Jahren seine Spuren.

Die verschiedenen Fossilisationsprozesse lassen sich auf folgende Vorgänge zurückführen:

Mineralisation: Zerfall der Weichteile nach der Bedeckung mit Sediment und Erhaltung der Hartteile mit langsamer Umwandlung. Dieser Prozess kann die ursprüngliche chemische Zusammensetzung grundlegend verändern; so hat man in einigen peruanischen Minen Fossilien aus Silber gefunden. Pflanzenmaterial kann zunächst als Ganzes umgewandelt werden, und die Zellulose kann dann nach der Fossilisation in Karbonat oder Kohle übergehen. Der Fossilisationsgrad hängt weitgehend von den Sedimenten ab, in denen die Fossilien eingeschlossen sind. Einige Lagerstätten sind weltweit bekannt für die Qualität der Fossilisationsprozesse, beispielsweise die Fossillagerstätten von Solnhofen in Bayern, aus denen man hervorragend erhaltene Fische aus dem Jura gewonnen hat, sowie die für ihre Reptilien berühmten Lagerstätten von Lyme Regis in England.

Inkrustierung: Eine Schicht aus Kalziumkarbonat bedeckt in kurzer Zeit den Organismus. Das ist z. B. bei Tuffgestein und Travertin der Fall, in denen man interessante Ausgüsse findet. So konnte man in

Frankreich durch Gipsinjektionen Ausgüsse einer ganzen Eozän-Flora aus dem Travertin von Sézanne in der Marne rekonstruieren.

Trittsiegel von Tieren, die im Sedimentgestein konserviert wurden: Die Analyse dieser Spuren gehört zur Ichnologie (Erforschung von Lebensspuren wie Trittspuren oder Bauten) und liefert interessante Informationen über Morphologie und Größe bestimmter Reptilien, über Perforationen von Muscheln in der Nähe von Küsten, die auf eine ehemalige Kliffküste hindeuten, oder über den Kot von Reptilien (Koprolithen), aus dem sich Rückschlüsse auf die Ernährungsweise ziehen lassen. Einige dieser Spuren werfen viele Fragen auf, beispielsweise die Helminthoiden im alpinen Flysch, die möglicherweise Wurmspuren sind.

Methoden der Fossilanalyse

Die Bergung eines Fossils ist oft eine äußerst heikle Operation, die nur mit geeignetem Werkzeug durchgeführt werden kann. Wenn die Gefahr besteht, dass man ein Fragment beim Herauslösen beschädigt, sollte man auf das Freilegen verzichten, auch wenn es sich vermutlich um ein äußerst interessantes Fossil handelt. Man sollte in diesem Fall die geowissenschaftlich-paläontologische Abteilung einer Universität informieren. Empfehlenswert ist es in jedem Fall, sich

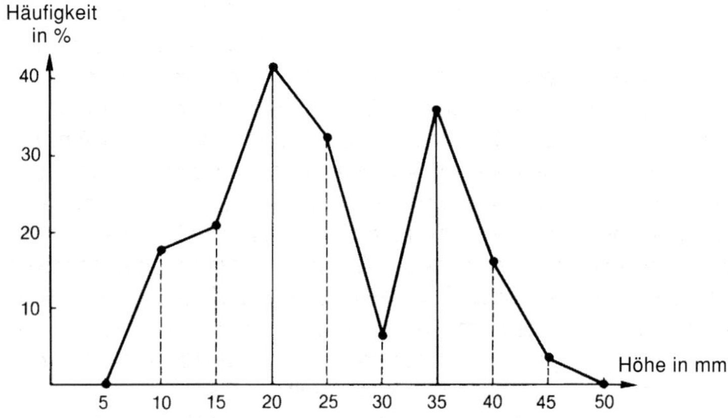

Beispiel einer biometrischen Untersuchung einer Mollusken-Population der Klasse Lamellibranchia: Die Häufigkeitskurve als Funktion der Höhe der Schalen in Millimetern zeigt zwei sehr deutliche Peaks (Modalwerte). Das deutet auf eine heterogene Population hin und lässt vermuten, dass die untersuchten Schalen zu zwei verschiedenen Arten gehören.

einem professionellen Verein anzuschließen und nur unter Anleitung zu graben. Zur eigenen Sicherheit ist es wichtig, an eine Schutzbrille zu denken, bei Grabungen in Schiefergestein unbedingt!

Die Analyse der Fossilien erfordert weit reichende anatomische Kenntnisse. Zur Rekonstruktion von Schädeln sind z. B. zahllose Laborstunden nötig.

Beim Fund eines bisher unbekannten Fossils wird es zunächst vollständig beschrieben. Anschließend erhält es zwei lateinisch-griechische Namen, einen für die Gattung, den anderen für die Art. Durch einen Vergleich mit bereits beschriebenen Arten oder mit rezenten Formen kann man es im System der Lebewesen klassifizieren: Stamm, Klasse, Ordnung, Familie, Gattung und Art. Die Bestimmung der Position eines Fossils im System ist manchmal problematisch, da meist nur Fragmente von Organismen zur Verfügung stehen. So weit möglich werden die Analysetechniken daher auf Fossilpopulationen angewandt. Wenn zahlreiche Proben zur Verfügung stehen, wendet der Paläontologe statistische Methoden an. Diese Methoden kommen bei den Wirbeltieren aufgrund ihrer relativen Seltenheit zwar nur spärlich zum Einsatz, für die Analyse bestimmter Mollusken- oder Brachiopoden-Populationen gehören sie jedoch zum Standardvorgehen. So können verschiedene morphologische Merkmale untersucht werden, die auf unterschiedliche Weise ausgebildet sein können. Diese Formen der Ausbildung geben an, ob eine Population homogen ist oder ob sie im Bezug auf das untersuchte Merkmal nicht homogen ist. In diesem Fall muss die Heterogenität interpretiert werden, und es muss geprüft werden, ob es sich um zwei verschiedene Arten handelt. Von größtem Interesse sind dabei die chemischen Analysen. Einige Fossilien sind tatsächlich so vollständig erhalten, dass man sie chemisch analysieren kann. Auf diese Weise wurden fossile Aminosäuren bei einigen Brachiopoden aus dem Paläozoikum und einigen Reptilien aus dem Mesozoikum entdeckt und analysiert. Anhand dieser Analysen können Affinitäten zwischen fossilen und rezenten Gruppen bestätigt oder präzisiert werden. So kann man z. B. die Graptolithen aufgrund eines chemischen Identitätskriteriums der Proteine in ihrem Gehäuse in die Nähe der heutigen Hemichordaten stellen. Diese Annäherungen verdanken wir den Untersuchungen der Paläochemie.

Anhand von Untersuchungen bestimmter Isotopverbindungen, beispielsweise O^{16} und O^{18} in den Gehäusen von Mollusken oder Foraminiferen, kann man sich schließlich ein Bild von den Temperaturbedingungen bestimmter Meere in einer fernen Vergangenheit machen. Dieser Aspekt ist auch mit einem anderen Hauptinteresse der Fossilforschung verbunden: den Klimaindikatoren. Die Isotopenanalysen wie beispielsweise die Untersuchung von Kohlenstoff-12 und -13 liefern auch Hinweise darauf, ob bestimmte Strukturen auf Lebewesen hindeuten. So hat das Verhältnis von C^{12} zu C^{13} bei *Corycium enigmaticum,* einer sehr alten Form des Präkambriums, gezeigt, dass es sich um eine fossile Pflanze handelt, da das Verhältnis analog zu dem der rezenten Pflanzen ist.

Leitfossilien

Die Paläontologen teilen die Fossilien je nach möglichem Informationsgehalt in verschiedene Kategorien ein. Einige sind von großem Nutzen bei der Definition einer Stufe und ihrer Einordnung in die relative geologische Zeitskala; es handelt sich dabei um stratigrafisch bedeutsame Fossilien, die Leitfossilien. Das Hauptinteresse an solchen Fossilien besteht darin, sie als Anhaltspunkte bei der Altersbestimmung zu nutzen. Andere Fossilien geben Aufschluss über die Bedingungen, unter denen bestimmte Sedimente abgelagert wurden; diese nennt man Faziesfossilien. Wieder andere enthalten z. B. Informationen über Klima und Ökologie. Im Folgenden sollen die Merkmale dieser Fossilienkategorien dargestellt werden.

Gute Leitfossilien

Der kleinste mögliche Zeitabschnitt, der sich mit Hilfe der Fossilien festlegen lässt, ist die Biozone. Um eine solche Biozone definieren zu können, muss ein Leitfossil mit ihr in Verbindung gebracht werden, das korrekte stratigrafische Werte liefert. Dieser Fossiltyp muss zwei Anforderungen erfüllen: Zum einen muss das Lebewesen geografisch weit verbreitet gewesen sein, wenn möglich weltweit. Zum anderen muss die Evolution eines guten Leitfossils sehr schnell vorangeschritten sein. Wenn zu diesen Eigenschaften noch ein häufiges Auftreten in den Sedimenten und eine einfache Identifikation hinzukommen, handelt es sich um ein ausgezeichnetes Leitfossil.

Das Kriterium der möglichst großen Verbreitung wird am besten von den höheren Pflanzen erfüllt, deren Pollen über riesige Entfernungen transportiert werden. Auch nicht sessile Meerestiere werden diesem Anspruch in befriedigendem Maß gerecht. Bei kontinentalen Organismen (mit Ausnahme der Pollen) ist die Wahrscheinlichkeit einer großen geografischen Verbreitung am geringsten.

Nur wenige Fossilien erfüllen alle Eigenschaften eines ausgezeichneten chronostratigrafischen Indikators, jedoch sind beispielsweise Graptolithen, Cephalopoden, Tetrakorallen oder Foraminiferen immerhin sehr gute Leitfossilien. Um das Fehlen bestimmter

Eigenschaften auszugleichen, greifen die Paläontologen häufig nicht nur auf eine einzelne Art oder eine Gruppe zurück, sondern auf eine ganze Faunenvergesellschaftung, die dann insgesamt als charakteristisch für eine bestimmte Sedimentfolge gilt.

Schlechte Leitfossilien
Als schlechte Leitfossilien gelten Organismen, die sich über einen sehr langen Zeitraum nicht verändert haben wie die Lingulida oder viele Schwämme. Neben den guten und den schlechten Leitfossilien gibt es zahlreiche Zwischenformen. Überdies können sich Fossilien, die in stratigrafischer Hinsicht ohne Bedeutung sind, durchaus in anderer Hinsicht als interessant erweisen. So dienen bestimmte Fossilien z. B. als geografische oder ökologische Indikatoren. Solche Fossilien werden Faziesfossilien genannt. Der Begriff „Fazies" wurde erstmals 1838 verwendet und später präzisiert. Im heutigen Sprachgebrauch lässt sich die Fazies als die Gesamtheit der lithologischen und paläontologischen Merkmale eines Sedimentgesteins definieren. Manche Fossilien sind daher charakteristisch für eine bestimmte Fazies, z. B. die Rifforganismen.

Wenn ein Lebewesen aufgrund seiner biologischen Eigenschaften besondere Ansprüche an die Umweltbedingungen stellt, lassen sich auch daraus verschiedene Informationen ableiten:
– über die Art des Milieus, in dem die Ablagerung erfolgte (z. B. beim Übergang einer terrestrischen Fauna zu einer marinen oder lakustrinen Fauna),
– über die Wassertemperatur (bei zahlreichen marinen Lebewesen), teilweise auch über die wahrscheinliche Wassertiefe,
– über Lagunen- oder Seemilieus, Sümpfe usw. mit der jeweils charakteristischen Fauna und Flora.

Über die Interpretation der Fazies ist grundsätzlich eine Rekonstruktion der paläogeografischen Bedingungen möglich; dies ist jedoch niemals ein einfaches Unterfangen. Die paläontologischen Daten geben außerdem Hinweise auf die klimatischen Bedingungen; vor allem Pflanzen sind nützliche Klimaindikatoren. So hat man z. B. festgestellt, dass die Karbonwälder in tropischen Klimazonen wuchsen, denn in den Stämmen der Bäume ist kein Wechsel von Früh- und Spätholz festzustellen, der einen Jahreszeitenwechsel anzeigen würde. Auch die tierischen Formen bieten viele Informationen. Ein klassisches Beispiel dafür sind die riffbildenden Korallen, die u. a. auf eine hohe Temperatur des Meerwassers hindeuten. Und auch die Analyse von fossilen Pollen leistet einen wertvollen Beitrag zur Rekonstruktion der Klimaentwicklung, vor allem im Quartär.

Eine weitere Möglichkeit zur Untersuchung von Fossilien ist die Isotopenanalyse. Im Gegensatz zu den Analysen, die bei der absoluten Altersbestimmung Anwendung finden, werden bei den Isotopenanalysen die stabilen Isotope untersucht. Zur Erinnerung: Isotope sind identische chemische Elemente mit unterschiedlicher Massenzahl. Zum Zeitpunkt der Fossilisation existiert ein bestimmtes Verhältnis zwischen den stabilen Isotopen. Dieses Verhältnis hängt von verschiedenen Umweltbedingungen ab, die durch die Zeit konstant sind. Die Bestimmung dieses Isotopenverhältnisses in den fossilen Fundstücken liefert Hinweise auf diese Einflüsse.

Die stabilen Isotope des Sauerstoffs spielen z. B. eine wichtige Rolle bei der Rekonstruktion vergangener klimatischer Bedingungen. Bei der Aufnahme dieser Isotope durch lebende Organismen ist das Verhältnis $O^{18}:O^{16}$ entscheidend. Im Meerwasser liegt dieses Verhältnis in der Größenordnung 1:500. Wenn das Wasser verdunstet, enthält der Wasserdampf mehr O^{16}, und die verbleibende Flüssigkeit reichert sich relativ mit O^{18} an. So hat Süßwasser, das durch die Verdampfung von Meerwasser entsteht, z. B. ein geringeres $O^{18}:O^{16}$ Verhältnis als Meerwasser. Die Messung dieses Verhältnisses in den Fossilien ermöglicht eine genauere Bestimmung des Salzgehaltes des Milieus, in dem sie sich bewegten. Warme Gewässer verdampfen eher als kalte. Anhand der Messung des Verhältnisses $O^{18}:O^{16}$ kann daher auch die Wassertemperatur der Umgebung bestimmt werden, in der das untersuchte Fossil lebte. Solche Hinweise sind z. B. von großem Wert bei der Erstellung von Paläotemperatur-Karten zu einem bestimmten Zeitpunkt in der Geschichte der Ozeane. Das Wachstum bestimmter Hartteile wie der Rostren von Belemniten kann eine Änderung der Jahreszeiten anzeigen, da das Verhältnis $O^{18}:O^{16}$ im Winter höher ist als im Sommer. Auch andere Gruppen stabiler Isotope werden für solche Untersuchungen verwendet, z. B. das Verhältnis $C^{13}:C^{12}$, das im Süßwasser sehr gering ist, im Meerwasser deutlich höher und am höchsten in sehr warmen und salzhaltigen Gewässern.

Strontium- und Magnesiumgehalt sagen ebenfalls etwas über die Temperaturen vergangener Epochen aus. Diese Elemente sind in den Karbonaten anzutreffen, die die Lebewesen für den Aufbau bestimmter Skelettstrukturen benötigen. Magnesium- und Strontiumgehalt steigen, wenn sich die Temperatur erhöht.

Eine der problematischen Fragen, zu deren Beantwortung solche Untersuchungen beitragen, ist die nach der Evolution und der Abstammung der Lebewesen. Die Fossilien stellen die fassbarsten Beweise der Evolution dar. Dies soll anhand der Geschichte der

Wirbeltiere und des Beitrags, den die Paläontologie zu ihrer Rekonstruktion geleistet hat, genauer ausgeführt werden.

Zu Beginn des Paläozoikums gab es keine Wirbeltiere. Die ersten kieferlosen Wirbeltiere (Agnatha) treten im Oberen Kambrium auf. Unter evolutiven Gesichtspunkten sprechen viele Argumente dafür, sie als die urtümlichsten Wirbeltiere anzusehen; hier ergänzen sich also paläontologische und biologische Schlussfolgerungen. Die Reihenfolge des Auftretens der verschiedenen Wirbeltiergruppen geht im Folgenden konform mit deren zunehmendem Organisationsgrad und mit ihrem Platz in der Hierarchie der rezenten Tierwelt. Die Paläontologie zeigt damit, dass die Evolution ein unumkehrbares Prinzip ist und mit wenigen Ausnahmen stets eine Weiterentwicklung der Lebewesen zur Folge hat.

Im Devon treten erstmals Dipneusta bzw. Dipnoi (Lungenfische) und Crossopterygii (Quastenflosser) auf, im Karbon dominieren die Stegocephalia. Ab dem Perm entwickeln sich die Reptilien, die Säugetiere erscheinen in der Trias, die Vögel im Jura. Diese Reihenfolge spiegelt die Evolutionshierarchie der Wirbeltiergruppen wider, und Untersuchungen dieser Gruppen liefern wertvolle Informationen über die Verwandtschaftsbeziehungen zwischen ihnen.

Die Entdeckung von Zwischenformen ist unter diesem Gesichtspunkt von außerordentlicher Bedeutung. So schlägt *Ichthyostega* eine Brücke zwischen den Fischen und den Tetrapoden, so dass bestimmte Aspekte der Erschließung des trockenen Lebensraums vom Wasser aus besser zu verstehen sind. Die Untersuchung der säugetierähnlichen Reptilien (Therapsida) wiederum zeigt den Übergang zwischen diesen beiden großen Gruppen.

Ursprung des Lebens – Ursprung der Menschheit

Ursprung des Lebens

Anhand von Fossilien lassen sich am ehesten Erkenntnisse über die Umstände gewinnen, die zur Entstehung des Lebens auf der Erde geführt haben. Außerdem liefern die Fossilien Hinweise auf den Zeitrahmen, in dem dieses Ereignis eingetreten sein könnte.

Die präkambrischen Gesteinsschichten wurden lange Zeit als fossilleer (unbelebt) angesehen. Deshalb ging man davon aus, dass das Leben auf der Erde erst im Paläozoikum entstanden ist bzw. dass keine Hinweise auf eine Form von Leben, das dem gegenwärtigen biologischen Verständnis dieses Begriffs entspricht, als Fossilien erhalten blieben. Dann wurden jedoch auch in präkambrischen Gesteinsschichten Fossilien entdeckt, und es war erneut fraglich, wann das Leben auf der Erde entstand. Man kann niemals

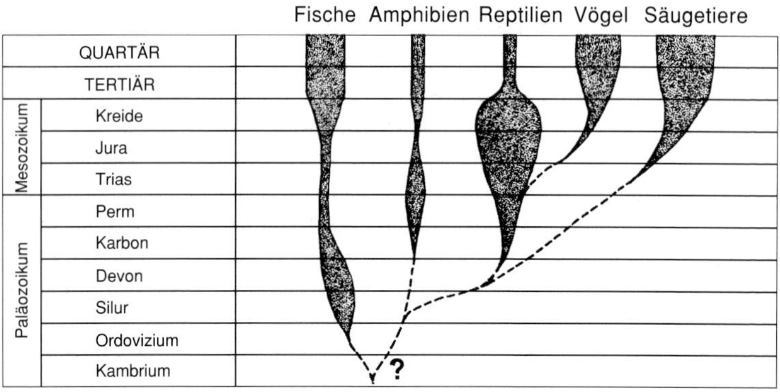

Die großen Evolutionslinien der Wirbeltiere in der geologischen Zeitrechnung

sicher sein, auf die älteste Lebensform gestoßen zu sein, selbst wenn ein Fossil in einer Gesteinsschicht entdeckt wird, die älter ist als alle anderen bekannten fossilführenden Schichten. Eine solche Entdeckung kann höchstens dazu beitragen, die Entstehung des Lebens in eine noch fernere Vergangenheit zurückzudatieren. Man ist sich heute darüber einig, dass die Erde vor etwa 4,6 Milliarden Jahren entstand. Die ältesten fossil erhaltenen Lebensformen sind die Stromatolithen, Ablagerungen von Blau- oder Grünalgen. Durch die physikalische Altersbestimmung konnten die ältesten bekannten Stromatolithenbildungen auf 3,8 Milliarden Jahre datiert werden. Es wurden aber auch andere Fossilien in präkambrischen Gesteinsfolgen identifiziert, z. B. *Corycium enigmaticum* in Finnland; schon der Name dieses Fossils *(enigmaticum* = „rätselhaft") deutet auf die Schwierigkeiten bei seiner Interpretation hin. Weitaus sicherer ist man bei der Einordnung der Fossilien, die man in den Feuersteinen der Gunflint-Formation in den USA fand und auf 2 Milliarden Jahre datieren konnte. Die in den präkambrischen Gesteinen der ehemaligen UdSSR gefundenen Sporomorphae zeugen ebenfalls von pflanzlichem Leben in dieser Epoche.

Zu den ersten bekannten Tierformen auf der Erde gehören beispielsweise die präkambrischen Medusen, die in Australien und in den USA gefunden wurden. Ebenfalls aus dem Präkambrium stammen einige in der Bretagne entdeckte Schwämme. Diese präkambrischen Tierformen scheinen jedoch später aufgetreten zu sein als die ältesten bekannten Pflanzenformen. Bedeutet das, dass zuerst die Pflanzen die Erde besiedelten? Waren sie die Voraussetzung für die Entstehung der Tiere, indem sie ihnen Sauerstoff lieferten? Ist die Behauptung haltbar, dass das Pflanzen- und das

Tierreich aus einer gemeinsamen Form, einer „Ursubstanz", hervorgingen? Auf solche Fragen versuchten verschiedene Theorien Antworten zu finden. Die „Lücke" zwischen der Entstehung der Erde und den ersten Spuren von Leben wurde häufig damit erklärt, dass der primitiven Erdatmosphäre der Sauerstoff fehlte. Sauerstoff wäre damit also eine unentbehrliche Lebensgrundlage. Man kennt jedoch auch Organismen, die keinen Sauerstoff brauchen; überdies ist es schwierig festzustellen, wann es erstmals Sauerstoff gab und ob seine Entstehung auf die Aktivität primitiver pflanzlicher Organismen zurückgeht.

Vermutlich entstand das Wasser auf der Erde durch Kondensation vor rund 3,8 Milliarden Jahren. Darin lösten sich dann die atmosphärischen Gase, vor allem Kohlendioxid. Aus dieser Nährlösung („Ursuppe") entstanden unter dem Einfluss kosmischer Strahlung, insbesondere der ultravioletten Strahlen, die ersten bakteriellen Lebensformen. Die Photolyse des Wasserdampfs leitete dann das Auftreten von Sauerstoff in der Atmosphäre ein. Es gilt jedoch als gesichert, dass die ersten zur Photosynthese fähigen Organismen den größten Beitrag zur Anreicherung der Atmosphäre mit Sauerstoff geleistet haben. Eine Hauptrolle kam dabei vor etwa 3 Milliarden Jahren vermutlich den Blau- oder Grünalgen zu. In der Folge erhöhte sich durch die Freisetzung von Sauerstoff bei der Photosynthese der Sauerstoffgehalt der Atmosphäre zunehmend, was die Entwicklung immer höher entwickelter Lebewesen und den Übergang einiger Organismen aus dem Wasser auf das Festland ermöglichte.

Ursprung der Menschheit

Der Ursprung der Menschheit ist zu einem sehr späten Zeitpunkt und auf einem hohen Evolutionsniveau zu suchen. Die Frage nach dem Ursprung der Menschheit führt zu anderen fundamentalen Fragen: Ab wann kann man vom Menschen sprechen? Was macht den Menschen als eigenständige Gattung aus? Für einige Wissenschaftler ist das die Entwicklung der Sprache; diese Bedingung würde jedoch unsere Suche an dieser Stelle beenden, denn die Suche nach einer fossil erhaltenen Sprache wäre vollkommen sinnlos. Wir beschränken uns daher auf die Nennung einiger bekannter Tatsachen, ohne sie voreilig zu interpretieren.

In der Geschichte der Erde tritt der Mensch erst spät in Erscheinung. Das Quartär wurde auch deshalb von den übrigen geologischen Zeiten abgetrennt, um die Bedeutung des Auftretens des Menschen zu unterstreichen. Die Geschichte der Menschheit ist also die Geschichte des Quartärs. Es muss jedoch darauf hingewiesen werden, dass trotz aller Bemühungen, das Quartär als Epoche der Menschheitsgeschichte herauszustellen, es heute als wahrscheinlich gilt, dass die Hominiden bereits vor 4 Millionen Jahren lebten, also gegen Ende des Tertiärs. Die Daten der Altersbestimmung menschlicher Fossilien, die anhand von Werkzeugen und aus Skelettstücken gewonnen wurden, sind durch die Karbon-14-Methode im Zeitraum bis vor 50000 Jahren sehr genau; danach hilft das Element-Paar Argon-Kalium bei der Datierung der Fundstücke, aber die Altersbestimmung quartärer Fossilien erweist sich teilweise als problematisch. Meinungsverschiedenheiten der Experten beziehen sich daher häufig auf die Interpretation solcher Fossilien. In der Paläontologie ist jedoch der Gebrauch von Werkzeugen das am weitesten verbreitete Kriterium für die Zuordnung zu den Hominiden.

Stammt der Mensch von den Affen der Alten Welt ab? Ging er ursprünglich auf allen Vieren? Auf diese Fragen hat man relativ befriedigende Antworten gefunden. Der Ursprung des Menschen liegt irgendwo innerhalb der anthropomorphen *Catarrhini* (Altweltaffen), aber er stammt nicht einfach von den bekannten rezenten Formen ab. Die Antwort auf die zweite Frage ergänzt diese Feststellung: In Kenia hat man 3,8 Millionen Jahre alte Trittsiegel gefunden, die die Existenz eines dauernd zweibeinig lebenden Primaten belegen. Diese Spuren stammen von Australopithecinen und deuten darauf hin, dass in diesem Stadium der Übergang zum aufrechten Gang vollzogen war. Auf diese Epoche lassen sich also die ersten echten Hominiden zurückführen. Die Spuren stammen von zwei Erwachsenen und einem Kind, die aufrecht über Vulkanschlamm gingen. Dies lässt darauf schließen, dass ihre Füße sich bereits deutlich von denen der Menschenaffen unterschieden. Die Australopithecinen hatten sich zu diesem Zeitpunkt also schon von den Affen entfernt. Gegenwärtig gibt es jedoch keine Fossilien, die den Übergang von der einen Gruppe zur anderen zweifelsfrei belegen.

Bei den Australopithecinen handelte es sich je nach Typ (es gibt drei Typen) um kleine Wesen von 1,2 m bis 1,5 m Größe mit massigem Schädel (dolichocephal), der einen dicken, durchgehenden Überaugenwulst aufwies. Teilweise ist ein Scheitelkamm (Sagittalgrat) sichtbar, der auf eine vegetarische Ernährungsweise hindeutet. Das Schädelvolumen betrug etwa 500 cm^3. Es ist nicht bekannt, ob die Australopithecinen ein Bewusstsein hatten und sprechen konnten; man findet jedoch immer wieder primitive Werkzeuge, die vor 2,8 Millionen Jahren gefertigt wurden.

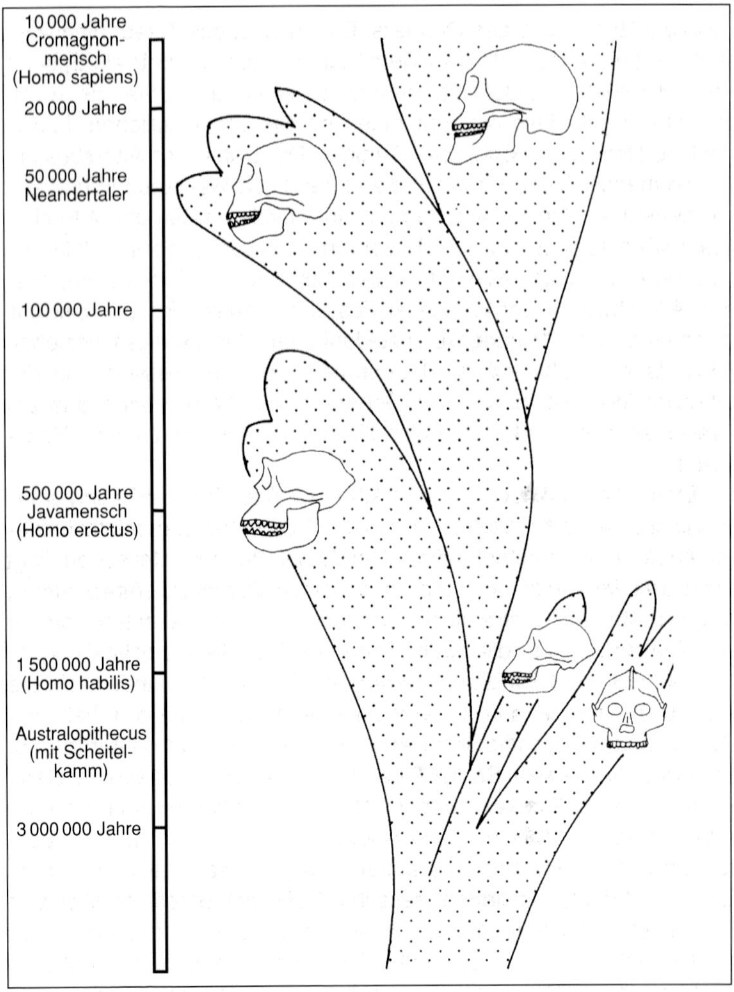

Die großen Evolutionslinien der Hominiden

Vor 2 Millionen Jahren erschien in Afrika zeitgleich mit einigen Australopithecinen ein Hominide, den man als *Homo habilis* bezeichnet. Er wurde in Oldoway (auch: Olduvai-Schlucht; Tansania) gefunden. Das Gesicht ist weniger hoch und breit, der Hinterhauptknochen ist gerundet, das Schädelvolumen liegt zwischen 600 und 800 cm^3.

Die Spur der Australopithecinen verliert sich vor etwa 700 000 Jahren. *Homo habilis* hinterlässt Spuren bis vor etwa 400 000 Jahren. Schließlich erscheint ca. 700 000 Jahre vor unserer Zeitrechnung eine weitere Hominidenfamilie, die *Arcanthropini.* Man findet ihre Spuren in Afrika, Asien und Europa; die bekanntesten Vertreter sind der chinesische *Sinanthropus* (Pekingmensch) und der javanische *Pithecanthropus* (Javamensch). Andere Vertreter fand man in Tansania, Kenia und Äthiopien. Diese so genannten Frühmenschen existierten teilweise zeitgleich mit den Australopithecinen, teilweise nach ihnen.

Das Merkmal der *Pithecanthropi* ist ihr Schädel, dessen Form sich der rezenten Form annähert. Das Schädelvolumen nimmt beträchtlich zu und erreicht teilweise 1250 cm^3. Die Stirn ist noch nicht deutlich entwickelt, die Überaugenwülste sind noch immer präsent; zusätzlich ist ein Hinterhauptswulst (Supraorbitalwulst) zu erkennen.

Die kulturelle Entwicklung ist je nach geografischer Verbreitung unterschiedlich. In Asien werden die *Arcanthropini* lediglich mit einer entwickelten Geröllkultur in Zusammenhang gebracht. In Afrika und Europa dagegen müssen zwei Kulturstufen unterschieden werden: ein Altstadium, das ebenfalls noch von der Geröllkultur gekennzeichnet ist, und ein weiterentwickeltes Stadium, das Acheuléen. Hier entstanden die ersten Hausgemeinschaften, und der Mensch entdeckte das Feuer, mit dessen Hilfe er sich beträchtliche Vorteile verschaffte. Vor allem konnte er seine Nahrung nun garen, was eine Ernährungsumstellung nach sich zog. Das Feuer ermöglichte ihm aber auch die Besiedelung kalter Regionen, denn vor 400 000 Jahren erreichten die Vergletscherungen in Nordeuropa ihren Höhepunkt.

Die *Pithecanthropi* entwickelten sich weiter, und vor etwa 250 000 Jahren traten die ersten Präneandertaler auf, von denen einige wieder verschwanden und andere sich zu den Neandertalern weiterentwickelten, wie sie in Europa beschrieben wurden. Die Neandertaler sind eine enorm vielgestaltige Gruppe; so zeigt der Tautavelmensch z. B. bereits Merkmale des *Homo sapiens.* Anerkannt wurde der Hominidentyp aus dem Neandertal (einem Ort in der Nähe von Düsseldorf) mit der Entdeckung des Menschen von Chapelle-aux-Saints im Jahr 1905. Sein Schädelvolumen betrug 1600 cm^3. Die Werkzeuge, die er fertigte, sind relativ komplex und stellen ein Merkmal der älteren Altsteinzeit dar. Diese Hominiden können ohne Zweifel als Menschen bezeichnet werden; sie übten bereits religiöse Praktiken aus und hatten einen echten Totenkult. Die fossilen Menschen, die in Israel und im Libanon gefunden wurden, legten z. B. Grabstätten in einigen hundert Metern Entfernung vom Eingang ihrer Höhlen an. Pollenanalysen zeigten, dass auf diese Grabstätten Blumen niedergelegt wurden. Es wäre jedoch gewagt zu behaupten, dass *Homo sapiens* sich aus dem Neandertaler entwickelt hat. Die fossilen Menschen aus Palästina z. B. zeigen Merkmale beider Gruppen; es hat hier also vielmehr eine Vermischung stattgefunden. Das bedeutet auch, dass *Homo neandertalensis* vom zoologischen Standpunkt aus nur eine Variation des *Homo sapiens* ist. Der genaue Ursprung von *Homo sapiens* liegt also weiterhin im Dunkeln.

Ab dem Aurignacien (Kulturstufe der jüngeren Altsteinzeit) gehören alle menschlichen Fossilfunde zu *Homo sapiens.* Vor etwa 33000 Jahren ersetzte der Cromagnonmensch den Neandertaler. Einige Fragen bleiben dabei offen, beispielsweise: Hat er den Neandertaler vertrieben? Woher kam er selbst? Was ist mit dem Neandertaler geschehen? Sicher ist, dass es zu dieser Zeit kaum noch Unterschiede zum heutigen Menschen gab. Die Stirn ist breit und hoch, die Überaugenwülste sind verschwunden. Alle menschlichen Fossilfunde an verschiedenen Orten aus dem Zeitraum zwischen 33000 und 11000 Jahren vor unserer Zeitrechnung scheinen Variationen desselben Themas zu sein: des *Homo sapiens.*

Wir können also festhalten, dass der Ursprung der Menschheit vor 600000 oder 700000 Jahren irgendwo zwischen den Australopithecinen und den *Pithecanthropi* liegt. Niemand kann jedoch mit Sicherheit sagen, dass die Erde nicht schon vor 5 oder 6 Millionen Jahren von echten Hominiden bevölkert war.

Bei der Datierung markanter Ereignisse in der Evolution der Hominiden spielen die Fossilien von Wirbellosen eine wichtige Rolle, z. B. *Mya truncata* aus dem Sizilium (Spät-Pleistozän) und *Strombus bubonius* aus dem Tyrrhenium (Warmzeit im Spät-Pleistozän). Auch die Fauna des Villafranchiums wird häufig zur chronologischen Einordnung der Ereignisse verwendet.

WIRBELLOSE UND IHR PLATZ IN DER ERDGESCHICHTE

Wie bereits ausgeführt wurde, sind die präkambrischen Schichten keineswegs unbelebt. Man findet dort einige Lebensspuren, die von fossilen Wirbellosen gebildet wurden, z. B. bestimmten Schwämmen und Nesseltieren (Cnidaria). Allerdings sind die Überreste dieser Fauna sehr spärlich. Der Großteil der Wirbellosengruppen erscheint erst mit Beginn des Kambriums. Die Behauptung, es hätte im Präkambrium nur eine sehr reduzierte Fauna gegeben, muss jedoch differenziert werden. Es gibt Hinweise darauf, dass das Ende des Präkambriums von zahlreichen Wirbellosengruppen geprägt war, jedoch verhinderten die umfassenden Veränderungen, denen die meisten Erdschichten dieser Epoche unterlagen, die Erhaltung von Fossilien. Das Präkambrium ging vor 600 Millionen Jahren zu Ende; nach diesem Zeitpunkt kann die Erdgeschichte anhand fossiler Wirbelloser gut rekonstruiert werden. Die charakteristischste Faunengruppe bilden dabei die Trilobiten, die sich ausschließlich auf das Paläozoikum beschränken und daher eine komplette Analyse der entsprechenden Erdschichten ermöglichen. Beispiele für die nachfolgend angeführten Gruppen befinden sich im Porträtteil des Buches.

Im Paläozoikum erreichen einige Gruppen ihre Blütezeit, die im Anschluss daran entweder zurückgehen oder ganz aussterben. Dies ist beispielsweise bei den Orthoceraten, einer Gruppe der Cephalopoden, der Fall. Brachiopoden sind in dieser Epoche sehr häufig vertreten. Einige Gruppen sind charakteristisch für bestimmte Perioden, z. B. die Archäocyathiden für das Kambrium und die Graptolithen für das Silur. Die Fusulinen sind sowohl im Karbon als auch im Perm häufig zu finden.

Gegen Ende des Paläozoikums vollzogen die Wirbellosen den Übergang vom Wasser zum Land, und im Karbon verbreiteten sich die ersten Insekten, vertreten durch die Schaben und die Libellen. Es fällt auf, dass die verschiedenen Wirbellosengruppen genau in der Reihenfolge erscheinen, die gegenwärtig auch von der Zoologie unter dem Gesichtspunkt der Evolution angegeben wird. Mit dem Ende des Paläozoikums treten die ersten Ammoniten auf. Die Tabulata verschwinden im Lauf des Mesozoikums, ebenso die spiriferiden Brachiopoden. Bei den Cephalopoden werden die Orthoceraten von den Ammoniten verdrängt.

Die terebratuliden Brachiopoden spielen eine wichtige Rolle für die Stratigrafie des Mesozoikums, ebenso die Rudisten, die Ammoniten und die Belemniten. Auch die orbitoliniden Foraminiferen sowie die Orbitoideen sind von großer Bedeutung für diesen Zeitraum.

Die Schnecken und die Muscheln nehmen einen bedeutenden Raum in den Schichten des Tertiärs ein. Die Bedeutung der Nummuliten für das Paläogen wird im Französischen durch die Bezeichnung „Nummulitique" unterstrichen, die ein Synonym für diesen Teil des Tertiärs ist. Ebenso wichtig sind die Orthophragminae für das Eozän und die Lepidocyclinen für das Oligozän. Im Folgenden werden die verschiedenen Gruppen genauer dargestellt.

DIE HAUPTGRUPPEN DER FOSSILEN WIRBELLOSEN

Protozoen und Mikropaläontologie

Die Analyse von Mikrofossilien hat in den letzten Jahren einen bedeutenden Aufschwung erlebt. Einige sind unter stratigrafischen Gesichtspunkten von großer Bedeutung. Die Protozoen (Urtierchen) sind einzellige Lebewesen. Ihre wichtigsten Untergruppen sind die Flagellaten (Geißeltierchen) und die Rhizopoden (Wurzelfüßer), zu denen auch die Foraminiferen gehören. Diese sind in jeder Hinsicht die wichtigste Gruppe der Mikrofossilien, da sie zahlreiche Arten bilden, von großem stratigrafischem Wert sind und Informationen über die Ablagerungsmilieus bieten.

Aufbau und Aussehen einer lebenden Foraminifere wird in der unten stehenden Abbildung verdeutlicht: Das Tier hat an der Außenseite Erweiterungen des Protoplasmas, also des Zellmaterials, die sog. Pseudopodien (Scheinfüßchen). Sie sind einziehbar und bilden ein Netz, das zur Fortbewegung und für den Beutefang dient. Das charakteristischste Merkmal der Foraminiferen ist jedoch ihr Skelett, das Gehäuse. Es kann einkammerig sein oder aus mehreren Kammern bestehen, die untereinander durch kleine Löcher, die Foramina, verbunden sind.

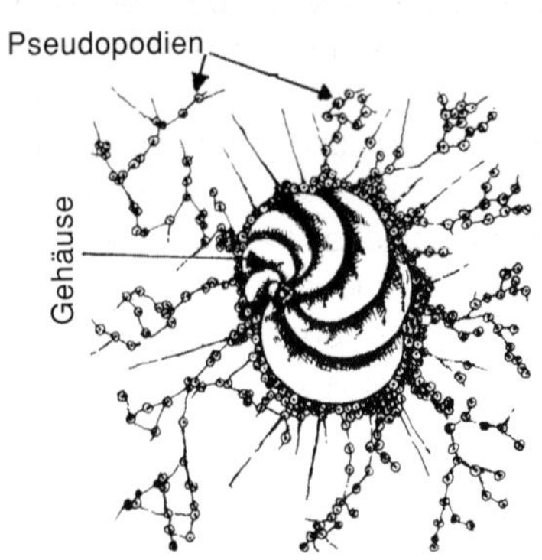

Aufbau einer Foraminifere

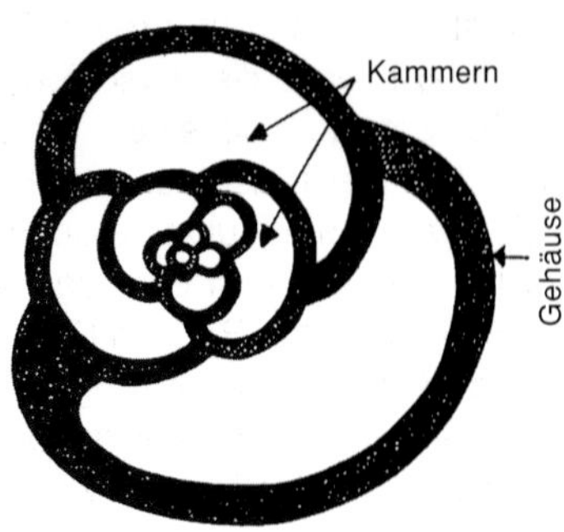

Die Anordnung der Kammern

WIRBELLOSE IN DER

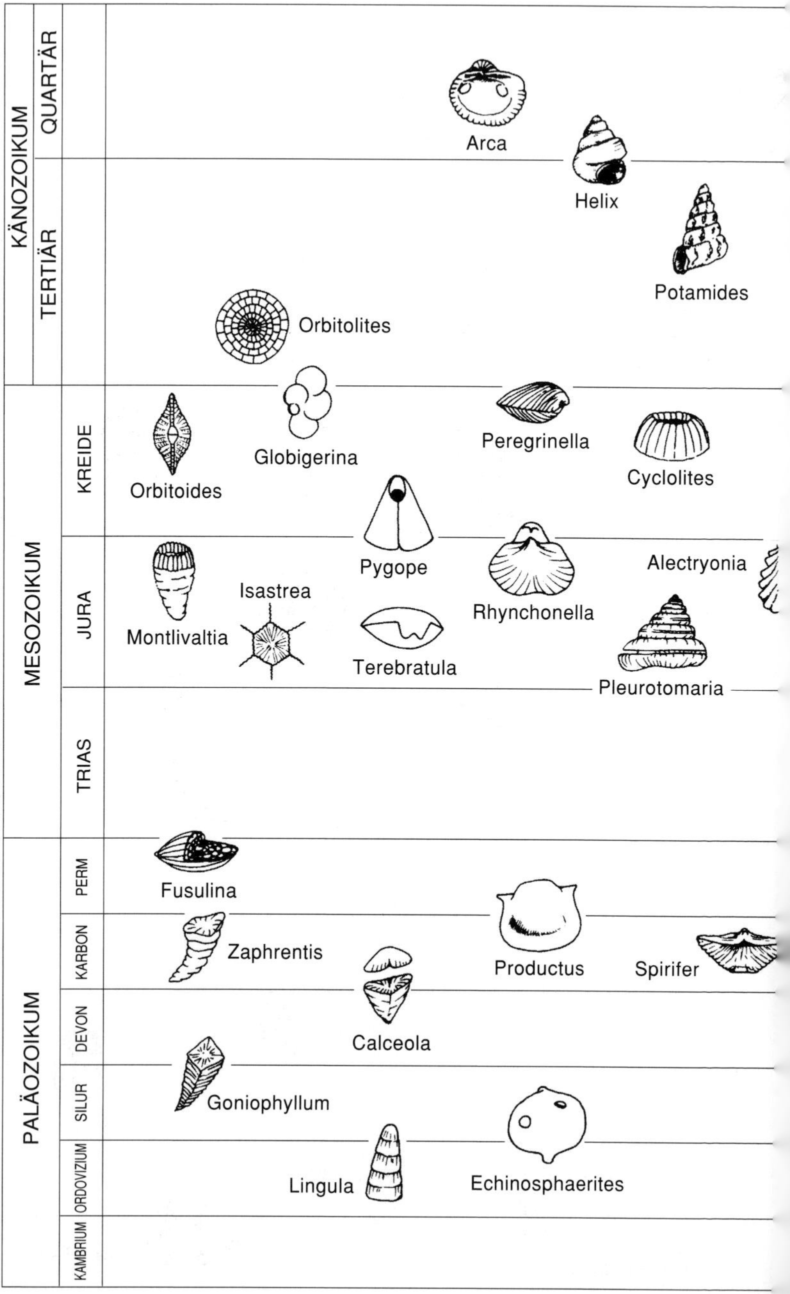

GEOLOGISCHEN ZEITRECHNUNG

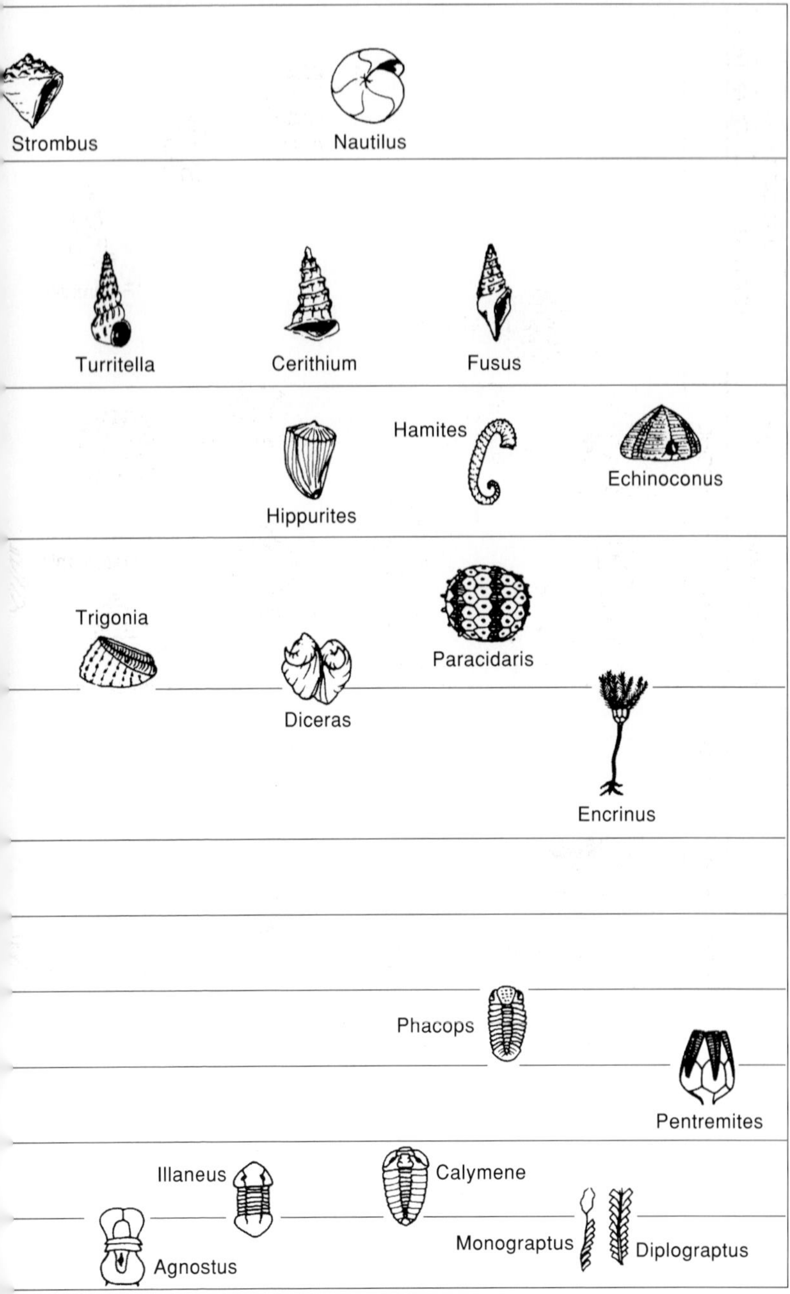

Innerhalb derselben Art gibt es meistens zwei Formen. Die eine Form ist klein, hat aber eine große Anfangskammer; sie wird als megalosphärisch bezeichnet. Die andere, seltenere Form wird von größeren Exemplaren vertreten, deren Anfangskammer jedoch kleiner ist; dies ist die mikrosphärische Form. Diese beiden Formen entsprechen zwei Stufen des Entwicklungszyklus der Foraminiferen. Jede Stufe ist von einer anderen Vermehrungsweise gekennzeichnet. Die ungeschlechtliche Vermehrung, Schizogonie, führt zur haploiden, megalosphärischen Gamonten-Form, die am häufigsten anzutreffen ist. Aus der anschließenden geschlechtlichen Vermehrung entsteht ein diploider Schizont, der der mikrosphärischen Form entspricht (siehe Abbildung unten).

Die Foraminiferen werden nach ihren Gehäusemerkmalen in mehrere große Gruppen eingeteilt. Das Gehäuse kann aus verklebten Fremdkörpern gebildet sein, man spricht dann von agglutinierten

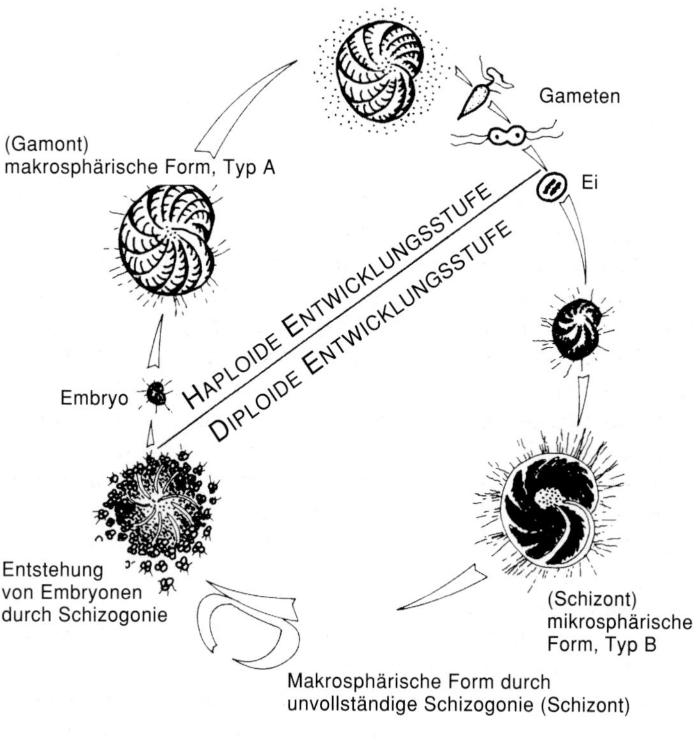

Entwicklungszyklus der Foraminiferen

Unter dem Mikroskop werden in dieser dünnen Kalkschicht verschiedene Protozoa *sichtbar.*

Gehäusen. Die Gehäusesubstanz kann allerdings auch vom Tier selbst ausgeschieden werden. Man unterscheidet zwischen porzellanschaligen (opaken) und hyalinen (transparenten) Gehäusen. Die Anfangskammer des Gehäuses wird als Proloculus bezeichnet. Bei den einfachsten Formen besteht das Gehäuse aus nur einer Kammer, in den meisten Fällen sind die Gehäuse jedoch mehrkammerig. Die Gehäuseoberfläche kann sowohl glatt als auch von Rippen überzogen sein. Überdies kann sie Kiele oder Stacheln aufweisen. Solche Merkmale werden zur Klassifikation der Arten verwendet, die komplex ist, da es mehr als 30000 Foraminiferenarten gibt, 25000 davon fossil. Die Größe der Foraminiferen ist abhängig von der Art und kann zwischen 0,1 mm und 10 cm betragen; die größten Formen sind die Nummuliten. In diesem Buch werden nur die Hauptformen besprochen.

Die Foraminiferen traten erstmals im Kambrium auf. Die ältesten Formen sind einkammerig und haben ein agglutiniertes Gehäuse. Septen (Scheidewände) entstanden erst an der Wende vom Devon zum Karbon. Anschließend bildeten sich porzellanschalige Gehäuse und es erfolgte die Trennung in Gamont und Schizont. Hyaline Gehäuse sind charakteristisch für den Jura.

Anhand der Analyse der Foraminiferen lassen sich unterschiedliche Informationen ableiten. Am interessantesten sind dabei neben den stratigrafischen Daten die Hinweise auf die paläoökologischen Bedingungen. Im Einzelnen liefern die Foraminiferen Informationen über die Tiefe und die Temperatur des Meerwassers, in dem sie lebten.

Auch die Bedeutung der pflanzlichen Mikroorganismen darf nicht unterschätzt werden, vor allem die der Diatomeen (Kieselalgen). Diatomeen sind äußerst einfach gebaute Algen, die im Wesentlichen aus einer Siliziumkapsel, der Frustula, bestehen und in den kalten Meeren anzutreffen sind. Die Analyse fossiler Pollen und Sporen schließlich ist ebenfalls von großer Bedeutung für die Rekonstruktion der aufeinander folgenden Klimate des Quartärs. Solche Pollen werden auch in der Stratigrafie der früheren Zeitabschnitte verwendet.

Frustula einer Diatomee unter dem Rastermikroskop

Nesseltiere (Cnidaria)

Die Cnidaria haben eine höhere Evolutionsstufe erreicht als die Schwämme (Porifera). Sie sind vierfach oder sechsfach radialsymmetrisch. Die Tetracorallia haben allerdings eine Tendenz zur bilateralen Symmetrie. Der Körper besteht aus zwei Zellschichten: einer inneren, dem Entoderm, das die Verdauungsfunktionen übernimmt, und einer äußeren, dem Ektoderm, das ein Kalkskelett ausscheidet. Diese beiden Schichten sind durch Mesenchym getrennt, eine

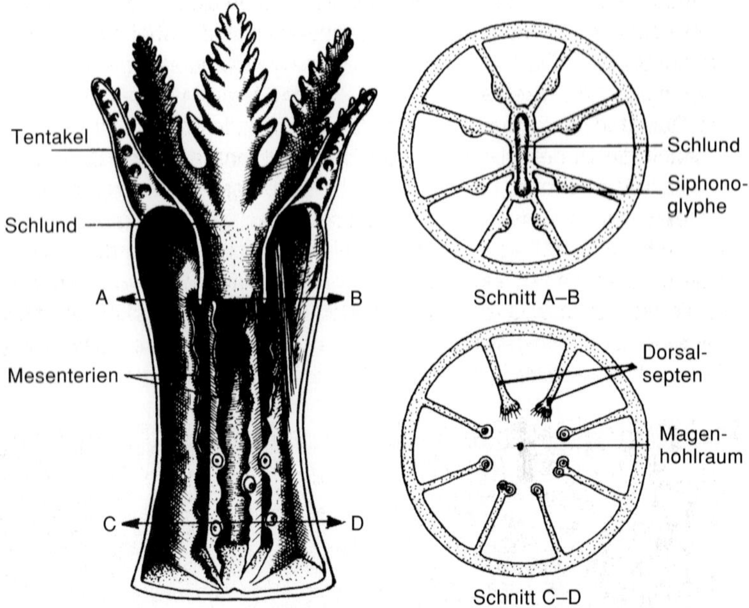

Aufbau einer Oktokoralle

Zwischenschicht (Mesoderm) und eine sekundäre Leibeshöhle (Coelom) sind jedoch nicht zu erkennen. Die einzige Leibeshöhle ist der Magenhohlraum.

Die Cnidaria zeigen in der Regel einen Generationswechsel: Die eine Generation besteht aus frei schwimmenden Organismen, die andere aus sessilen Formen. Der Vertreter des sessilen Stadiums ist der Polyp. Zu den Polypen gehört auch die Gruppe der Anthozoa (Korallen), die sich aus den Tabulata, den Tetracorallia und den Hexacorallia zusammensetzt. Viele Arten dieser Gruppen waren riffbildend. Die Polypen haben radiale Septen und weisen eine bilaterale *(Calceola sandalina, Zaphrentis)* oder sechsstrahlige Symmetrie auf. Die paläozoischen Polypen werden durch unregelmäßige Zwischenböden unterteilt; sie bilden die Gruppe der Tabulata, zu denen z. B. *Favosites* und *Halysites* gehören. Die krustenbildenden Formen vom Typ *Stromatopora* werden heute den Schwämmen zugeordnet.

Im Paläozoikum bilden Tetracorallia und Tabulata die ersten Riffe. Auch im Präkambrium sind massive Formationen bekannt, die Stromatolithen. Die ersten echten Riffe stammen jedoch aus dem

Ordovizium. Die in Kolonien lebenden, riffbildenden Hexacorallia erscheinen erst im Jura. Die fossilen Riffe sind von größter Bedeutung für das Verständnis der Paläoökologie und der Paläogeografie.

Brachiopoden

Die Brachiopoden erinnern an die zweiklappigen Muscheln, zu denen sie früher gerechnet wurden. Heute ordnet man sie mit den Bryozoa (Moostierchen) einem relativ heterogenen Stamm zu, den Lophophorata. Das beiden Klassen gemeinsame Lophophor besteht aus einer Krone von mit Flimmerhärchen bedeckten Tentakeln. Dieser Apparat dient der Ernährung, der Atmung und dem Ausscheiden von Exkrementen. Je nach Art kann er sehr unterschiedliche Formen haben. Da man im Lophophor Ähnlichkeiten zum Fuß der Muscheln erkennt, nennt man diese Gruppe Brachiopoden (Armfüßer).

Die Brachiopoden sind marine, sedentäre, meist sessile Lebewesen. Die Anheftung an den Untergrund geschieht direkt oder mittels eines Stiels. Es gibt mehr als 7000 fossile Brachiopodenarten. Im Längsschnitt werden die Klappen jeweils in der Mitte geteilt. Man unterscheidet also eine ventrale und eine dorsale Klappe, nicht wie bei den Muscheln eine rechte und eine linke. Man teilt die Brachiopoden in zwei Gruppen ein: die artikulaten und die inartikulaten Brachiopoden. Die Klappen der inartikulaten Brachiopoden haben keine gelenkige Verbindung; dies ist z. B. bei *Crania* und *Lingula* der Fall. Die Artikulaten sind weitaus häufiger vertreten. Unter ihnen findet man auch die Brachiopoden mit dem größten stratigrafischen Wert. Die beiden Klappen sind hier durch Zähne und Gruben miteinander verbunden, die parallel zu den Klappen angeordnet sind (nicht im rechten Winkel wie bei den Muscheln). Zu den artikulaten Brachiopoden gehören z. B. *Terebratula* und *Rhynchonella.*

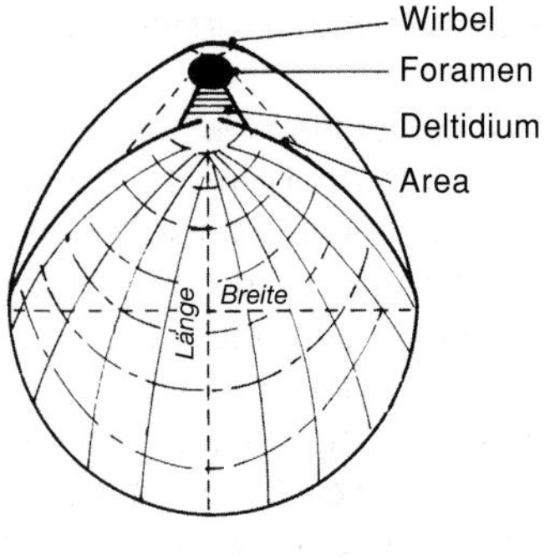

Rückenansicht eines Brachiopoden

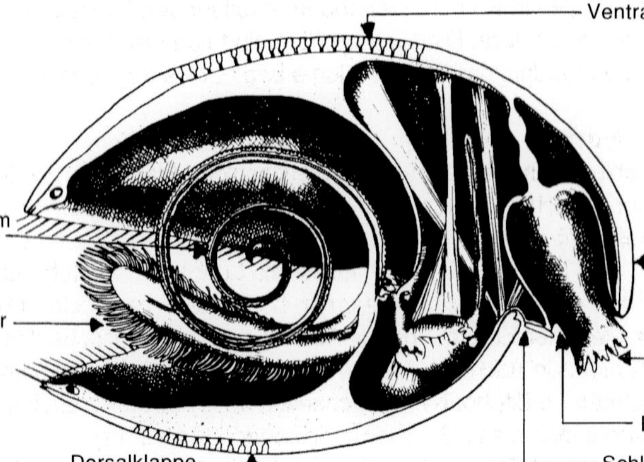

Aufbau eines Brachiopoden

Das Öffnen des Gehäuses ist bei den Brachiopoden eine aktive Bewegung. Wenn diese Bewegung aufhört, schließen sich die Klappen. Fossile Brachiopodengehäuse sind daher stets geschlossen. Ablagerungen vieler Gehäuse dieser Art können zur Bildung von Kalkstein führen (Brachiopoden-Schalenkalk).

Mollusken

Mollusken wie die Chitoniden kennt man bereits aus dem Kambrium. Im Silur erscheinen dann die Scaphopoda (Kahnfüßer). Eine wichtige Klasse der Mollusken sind die Lamellibranchiata (Muscheln). Die Vertreter dieser Klasse haben sehr unterschiedliche Lebensformen: Einige Arten leben frei schwimmend, andere sessil und wieder andere grabend.

Anhand der Bilateralsymmetrie unterscheidet man hier eine rechte und eine linke Klappe. Die Klappen werden mit Hilfe von Adduktormuskeln geschlossen, die bei den Monomyaria einen einzelnen und bei den Dimyaria einen doppelten Abdruck auf der Innenseite der Klappen hinterlassen. Zähne und Zahngruben, die im rechten Winkel zu den Klappen angeordnet sind, haben eine Art Gelenkfunktion. Bei den Dimyaria unterscheidet man außerdem zwischen den Homomyaria oder Isomyaria, bei denen beide Muskelabdrücke gleich groß sind, und den Anisomyaria mit unterschiedlich großen Muskelabdrücken.

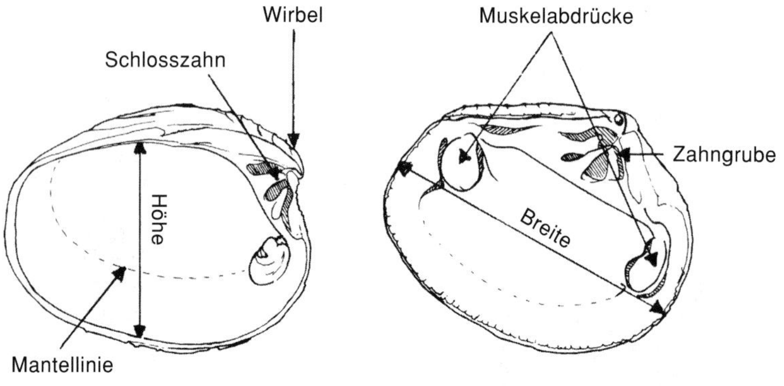

A: Monomyar *B: Dimyar*

Für die Paläontologie sind die Monomyaria und die Homomyaria am interessantesten. Die Monomyaria werden vertreten durch die Austern und beispielsweise durch die Gattung *Pecten.* Die Homomyaria werden nach dem Bau ihres Schlosses unterteilt. Dabei unterscheidet man u. a. folgende Gruppen:

– Bei den Taxodonta besteht das Schloss aus zahlreichen gleichförmigen Zähnen (z. B. *Arca).*

– Die Heterodonta sind die wichtigste Gruppe der Lamellibranchiata. Die Zähne sind nicht gleichförmig. Stärker entwickelte Zähne werden als Schloss- oder Kardinalzähne bezeichnet. Bei den Heterodonta unterscheidet man weiter zwischen den echten Heterodonta vom Typ *Venericardia* und den riffbewohnenden Heterodonta, die wiederum in drei Typen unterteilt werden: *Chama, Diceras* und *Hippurites. Diceras* und *Hippurites* sind Vertreter der Gruppe der Rudisten (Hippuriten). Dabei handelt es sich um Muscheln, die mit einer Klappe am Untergrund festgewachsen sind. Bei den normalen Formen ist das die rechte, bei den inversen Formen die linke Klappe. Die Rudisten traten erstmals im Oxfordium (Ober-Jura) auf und starben gegen Ende der Kreide aus. Ihre rechte Klappe ist festgewachsen; sie hat die Form eines geraden Konus.

Die Lamellibranchiata sind ausgezeichnete Faziesfossilien, in der Regel für Küstenzonen. Die Rudisten und einige Austern sind zudem auch gute Leitfossilien; die riffbewohnenden Rudisten bildeten z. B. bedeutende Kalksteine in der alpinen Region Dauphiné.

Die zweite wichtige Klasse der Mollusken sind die Gastropoden, die seit dem Paläozoikum bekannt sind. Die rezenten Formen werden nach Merkmalen ihres Atmungsapparates eingeteilt. Bei den fossilen Formen basiert die Einteilung auf der Gehäuseform. Das

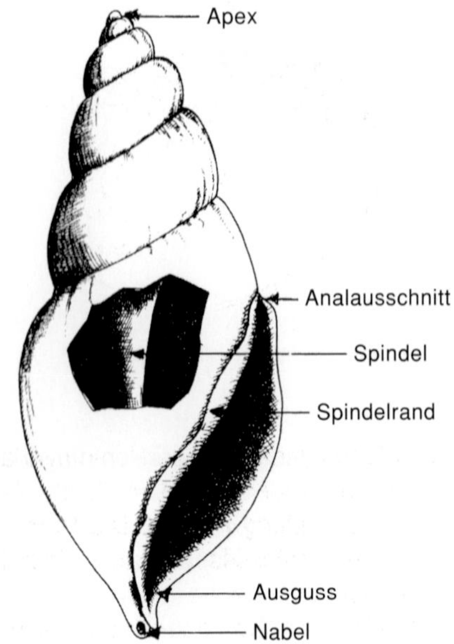

linksgewundene Form

rechtsgewundene Form

Aufbau eines Gastropodengehäuses

Gehäuse hat die Grundform eines bilateral-symmetrischen Kegels. Die Symmetrie ist jedoch meist durch die spiralige Aufrollung verdeckt. Aus der Verschmelzung der Innenseiten der Gewindeumgänge entsteht die Spindel. Das Gehäuse kann unterschiedliche Formen aufweisen, von discoid bis turriculat, hoch und spitz oder spindelförmig wie bei *Fusus noae.* Bei einigen Arten ist an der Öffnung ein Schlitz zu erkennen, der der Lage eines vorderen oder hinteren Siphos entspricht. Bei *Pleurotomaria* ist dieser Schlitz ein charakteristisches Merkmal. Einige Arten sind unregelmäßig aufgerollt, so z.B. *Platyceras* aus dem Paläozoikum. Die Klassifikation der Gastropoden kann wie folgt zusammengefasst werden:

A) Prosobranchia (Vorderkiemer): Mantelhöhle nach vorne offen
1. Diotocardia: zwei Nieren, zwei Herzvorhöfe; z. B. *Pleurotomaria.*
2. Heterocardia: zwei Nieren, ein Herzvorhof; z. B. *Patella.*
3. Monotocardia: eine Niere, ein Herzvorhof.

Weiterhin unterscheidet man zwischen den holostomen Gastropoden ohne Siphonalkanal (z. B. *Turritella)* und den siphonostomen Gastropoden mit Siphonalkanal (z. B. *Potamides lamarcki)*.

B) Opisthobranchia (Hinterkiemer): Mantelhöhle hinten
1. Tectibranchia: eine seitliche Kieme, durch den Mantel geschützt.
2. Nudibranchia: ungeschützte Kiemen.

C) Pulmonata (Lungenschnecken): Wand der Mantelhöhle zu einer Lunge umgeformt
1. Basommatophora: Augen an der Basis des Fühlerpaares.
2. Stylommatophora: Augen an der Spitze des Fühlerpaares.

Die dritte Klasse der Mollusken ist für die Paläontologie von besonderer Bedeutung, da sie die bekanntesten Fossiliengruppen umfasst: die Ammoniten und die Belemniten. Es handelt sich dabei um die Klasse der Cephalopoden (Kopffüßer). Diese Weichtiere besitzen zwar wie alle Mollusken einen Eingeweidesack und einen Mantel, der Fuß bildet jedoch eine charakteristische Tentakelkrone, die den Kopf umgibt. Hier sollen drei Gruppen von paläontologischer Bedeutung unterschieden werden: die Nautiliden, die Belemniten und die Ammoniten, die Ähnlichkeiten mit den Nautiliden zeigen.

Nautiliden
Das Gehäuse der Nautiliden besteht aus Kammern, die über Siphonalöffnungen miteinander verbunden sind und aufeinander folgenden Wohnhöhlen des Tieres im Lauf seiner Entwicklung entsprechen. Das Tier lebt stets in der letzten Kammer. Die anderen Kammern sind mit Gas gefüllt und ermöglichen dem Tier, im Was-

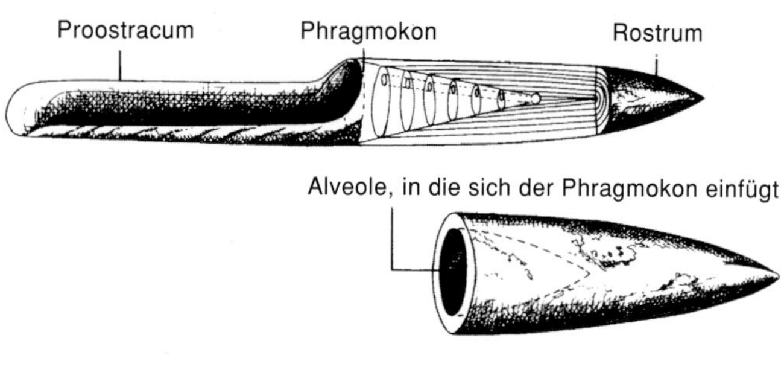

Innenskelett der Belemniten (Gehäuse und Rostrum)

ser zu treiben. Das Gehäuse ist gerade *(Orthoceras)* oder spiralig aufgerollt *(Nautilus)*. Der Nautilus existiert noch als rezente Form.

Belemniten

Diese rein fossile Gruppe ist mit den rezenten Dekapoden verwandt. Ihr Gehäuse ist ein Innenskelett und besteht aus drei Teilen:

1. dem in Kammern unterteilte Phragmokon, das dem eigentlichen Gehäuse entspricht,
2. dem Proostracum, der dorsalen Verlängerung des Phragmokons,
3. dem Rostrum, welches das Phragmokon aufnimmt.

In der Regel wird nur das Rostrum gefunden. Es besteht aus mehreren Kalzitschichten und kann unterschiedliche Formen annehmen. Das Rostrum dient auch als systematisches Kriterium.

Die Belemniten traten vermutlich erstmals im Paläozoikum auf und starben gegen Ende des Mesozoikums aus.

Ammoniten

Die Ammoniten sind eine rein fossile Gruppe von großer Bedeutung. Bei den Nautiliden sind die Septen konkav nach vorne gewölbt, bei den Ammoniten dagegen ist die Wölbung nach hinten

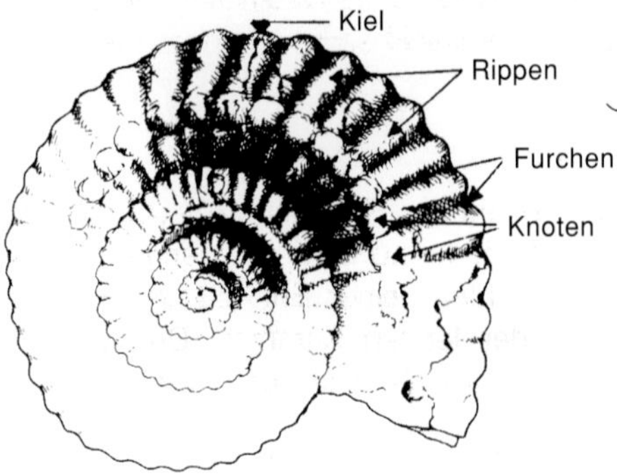

Ornamentierung eines Ammonitengehäuses

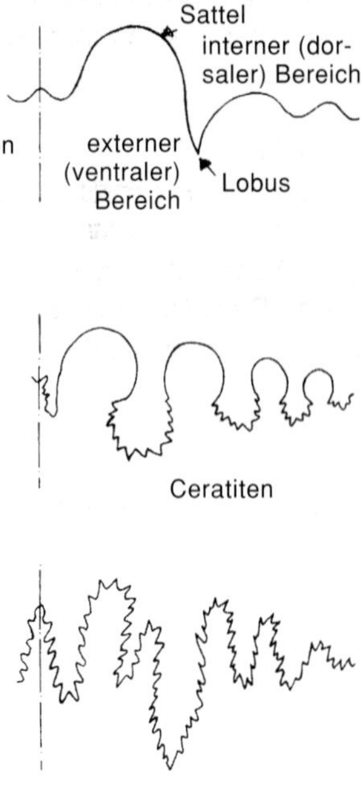

Lobenlinien der Ammoniten

gerichtet. Der Sipho befindet sich in marginaler Position, während er bei den Nautiliden zentral sitzt. Auf der Außenseite sind Lobenlinien zu erkennen, die den gewundenen Rändern der Septen entsprechen und als Klassifikationsmerkmal der Ammoniten dienen (siehe Abbildung S. 55).

Die Ammoniten sind ausgezeichnete Leitfossilien für das Mesozoikum. Ihre Gehäuseform ist unterschiedlich: evolut, involut oder entrollt (siehe Abbildung unten).

Das Gehäuse kann außerdem verschiedene Ornamentierungen aufweisen, wie Kiele, Furchen, Rippen, Knoten. Mit dem Ende des Paläozoikums verbreiteten sich die Ammoniten über weite Gebiete und entwickeln sich sehr schnell weiter. Diese beiden Eigenschaften räumen ihnen eine Vorrangstellung unter den Leitfossilien des Mesozoikums ein. Die beiden anderen Cephalopodengruppen sind für die Paläontologie dagegen von geringerem Interesse.

Gehäuseformen der Ammoniten

Echinodermen (Stachelhäuter)

Die Echinodermen sind Meerestiere, deren kalkiges Hautskelett oftmals erhalten bleibt. Die meist fünfstrahlige Symmetrie ist sekundär erworben. Die großen Gruppen der Echinodermen sind fossil nicht gleichmäßig vertreten. Am häufigsten sind Echiniden (Seeigel), Blastoidea, Cystoidea und Crinoidea zu finden, wobei Blastoidea und Cystoidea rein fossile Gruppen sind. Die Echinodermen sind von großer Bedeutung für die Paläontologie. Einige davon sind gute Leitfossilien. Die Seeigel sind Indikatoren für ehemalige Küstengebiete, während die Crinoiden geografisch weiter verbreitet waren.

Beutelstrahler und Knospenstrahler (Cystoidea und Blastoidea)

Die Cystoideen charakterisiert ein Kelch, der aus vielen kleinen Platten besteht. Der Mund nimmt den oberen Teil des Kelches ein,

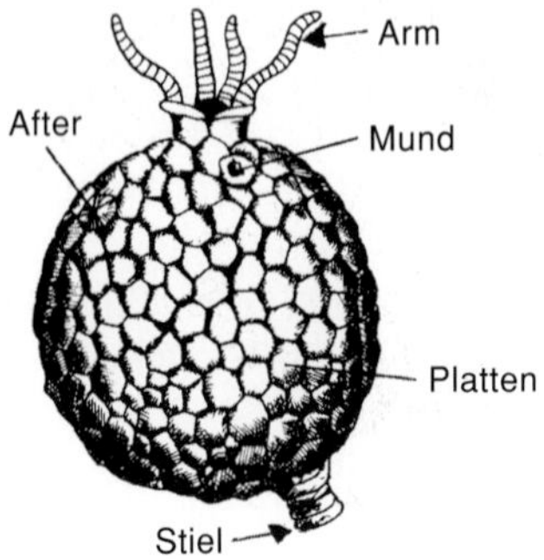

Kelch der Cystoidea

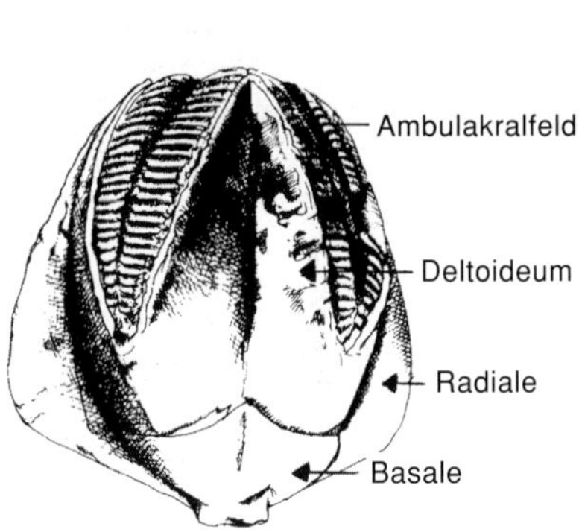

Kelch der Blastoidea

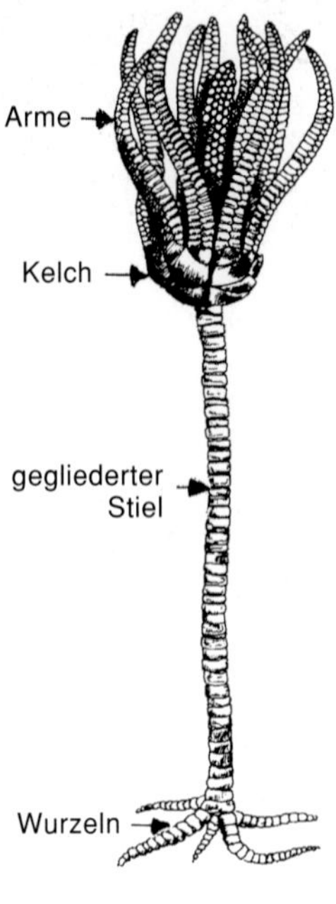

Aufbau der Crinoidea

während der After lateral sitzt. Aus dem Mündungsrand entspringen einige Arme. Der Kelch wird von einem kurzen Stiel gehalten.

Die Blastoideen lebten wie die Cystoideen ausschließlich im Paläozoikum. Im Gegensatz zu den Crinoidea ist die fünfstrahlige Symmetrie in dieser Gruppe stark ausgeprägt. Auch hier ist der Kelch das charakteristische Merkmal, und neben den Basalplatten sind alle anderen Platten genau fünfmal vertreten. Die Mundöffnung befindet sich in der Mitte der Oberseite, der After sitzt äquatorial.

Seelilien (Crinoidea)
Die Seelilien, deren rezenter Vertreter die Gattung *Comatula* ist, durchliefen eine bedeutende Entwicklung. Es handelt sich hierbei um sessile Echinodermen. Ein typisches Fossil für diese Klasse ist *Encrinus.* Der Stiel der Crinoidea setzt sich aus übereinander angeordneten flachen Gliedern zusammen. Die Anhäufung von Crinoiden-Plättchen und -Stielgliedern führte zur Bildung von Crinoiden- oder Trochitenkalk.

Echiniden
Diese Gruppe entspricht den Seeigeln, die ab dem Paläozoikum auftreten (Anatomie siehe Abbildung unten). Bei den Seeigeln unterscheidet man zwei Grundtypen:
– Die regulären Seeigel, bei denen Mund und After zwei entgegengesetzte Pole einnehmen. Der After sitzt dabei dorsal neben der Madreporenplatte, die der Öffnung des Ambulakralkanals entspricht.
– Die irregulären Seeigel, bei denen eine Bilateralsymmetrie entstanden ist, entweder durch „Migration“ des Afters, wobei der Mund an seinem Platz bleibt, oder durch „Migration“ von After und Mund.

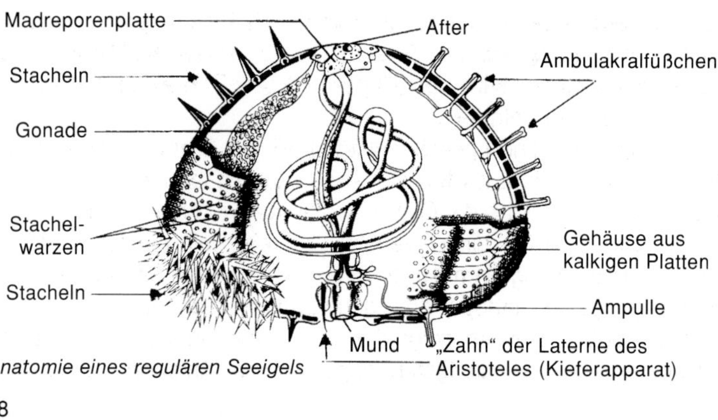

Anatomie eines regulären Seeigels

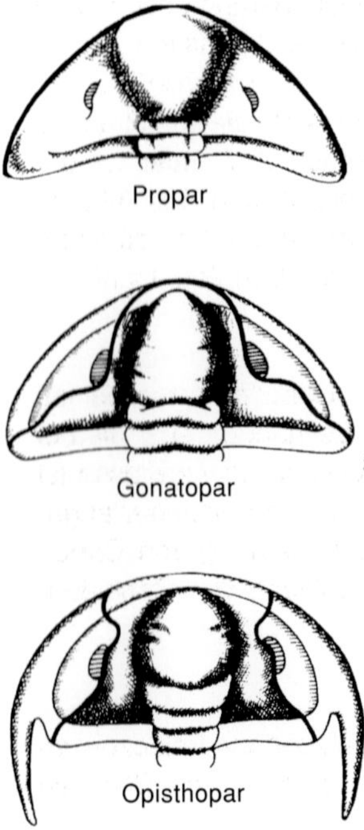

Verschiedene Artikulationsarten zwischen den festen und den freien Wangen bei Trilobiten

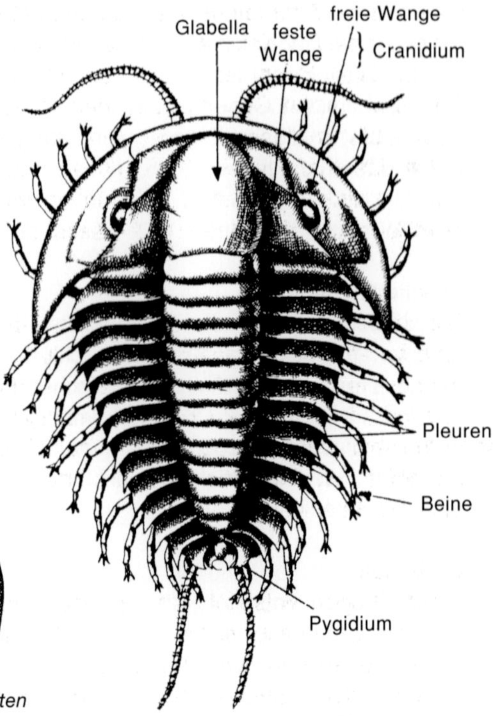

Aufbau eines Trilobiten

Trilobiten

Die Trilobiten sind die einzigen Arthropoden (Gliederfüßer), auf die in dieser Einleitung eingegangen wird. Sie sind ausschließlich in den Erdschichten des Paläozoikums anzutreffen. Der Name „Trilobiten" bezieht sich auf die Längsteilung des Chitinpanzers in drei Lappen: eine mediane Spindel (Rhachis) und zwei laterale Pleuren. Von vorne nach hinten wird der Körper in Kopf, Thorax und Pygidium (Schwanzschild) unterteilt.

Der Kopf hat einen gewölbten Mittelteil, die Glabella, die von den Wangen eingerahmt wird. Diese sind unterteilt in einen inneren Teil (feste Wange), der an die Glabella angrenzt, und einen äußeren Teil (freie Wange). Eine Linie, die Gesichtsnaht, teilt die feste Wange und die freie Wange am Auge. Diese Naht wird je nach ihrem Verlauf als propar, opisthopar oder gonatopar bezeichnet.

Die Abbildung oben zeigt die verschiedenen Körperteile eines Trilobiten. Die am häufigsten angewandten Kriterien zur Identifikation sind die Form des Cranidiums (bestehend aus Glabella, festen Wangen und Nackenring), der Verlauf der Gesichtsnaht, die Form der Pleuren und die des Pygidiums.

Die Trilobiten kamen in relativ großen Meerestiefen, aber auch in Küstenzonen vor. Sie lebten grabend oder kriechend. Einige Arten konnten auch schwimmen.

Graptolithen

Wie bereits erwähnt, stellt man die Graptolithen in die Nähe der rezenten Pterobranchia (Federkiemer). Es handelt sich um koloniebildende Meerestiere, die in Schichten paläozoischen Alters anzutreffen sind. Die einzelnen Koloniebewohner lebten in Theken, die bei den dendroiden Graptolithen in einem Netz, bei den graptoloiden Graptolithen an meist bilateral-symmetrischen Achsen befestigt sind. Die Kolonie kann von einem Pneumatophor getragen werden, der als Schwimmer dient; tatsächlich waren die Graptolithen frei schwimmende Lebewesen. Einige Arten scheinen jedoch sessil am Boden gelebt zu haben.

Die Graptolithen sind Indikatoren für ruhige, seichte Meere. Sie sind ausgezeichnete Leitfossilien mit weltweiter Verbreitung.

Diese Einführung in das Reich der Wirbellosen ließe sich mit einer Tabelle abschließen, welche die stammesgeschichtlichen Beziehungen zwischen den verschiedenen Stämmen aufzeigt. Einige dieser Verbindungen sind jedoch rein hypothetisch, so dass an dieser Stelle darauf verzichtet werden soll.

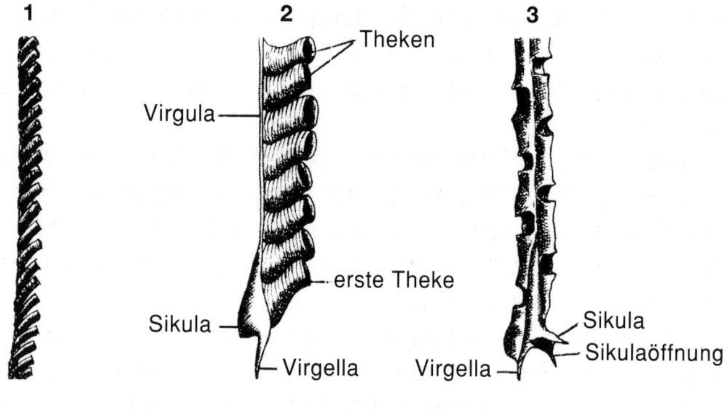

Elementarkolonien der Graptolithen
1 *und* **2** Monograptus *(Rhabdosom)*
3 Climacograptus *(Rhabdosom)*

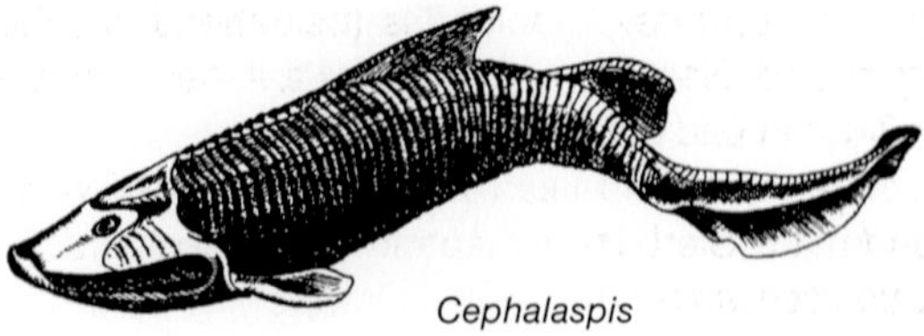

Cephalaspis

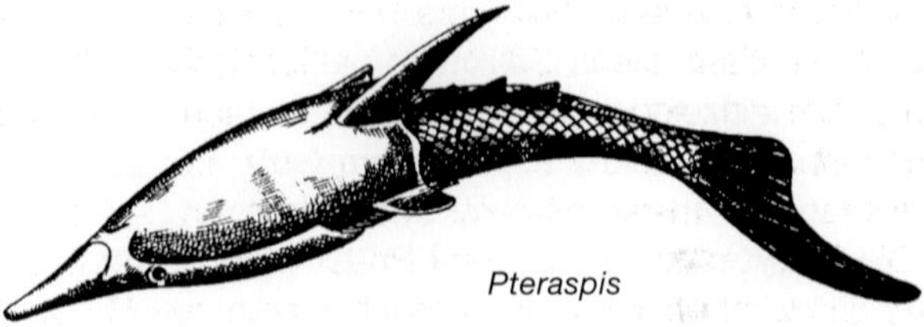

Pteraspis

FOSSILE WIRBELTIERE

Es ist nicht auszuschließen, dass die ersten Wirbeltierstämme zu Beginn des Kambriums entstanden, aber erst im Ober-Silur und zu Beginn des Devons begannen sie, sich zu diversifizieren. Auch bei den Wirbeltieren treten als Erstes die primitivsten Klassen auf. Ihre Geschichte beginnt mit den Agnatha (Kieferlosen) und einigen Placodermi (Panzerfischen). Den Namen Panzerfische verdanken diese ersten Formen ihrem stark entwickelten Exoskelett (Außenskelett). Die gepanzerten Agnatha des Paläozoikums konnten dank der Arbeiten von Stensiö mit einer bemerkenswerten Präzision rekonstruiert werden. Die Ordnung Osteostraci zeichnet sich dabei durch einen Kopfschild aus. Wegen ihrer dorsal gelegenen Hypophyse wird sie mit den rezenten Neunaugen in Verbindung gebracht.

Die Anaspida haben keinen Schild. Ihr Körper ist vielmehr von kleinen, parallel (vertikal) zu den darunter liegenden Muskeln ausgerichteten Schuppen bedeckt. Die Flosse ist heterocerk (unsymmetrisch), während der am stärksten ausgeprägte Lappen nach unten gerichtet (hypocerk) ist.

Die Heterostraci wiederum haben einen geteilten Panzer, wie am Beispiel von *Pteraspis* aus dem Devon zu sehen ist (siehe Abbildung oben). Neben diesen Agnatha gibt es auch echte Fische: die Placodermi. Sie haben einen Kopf- und einen Brustpanzer. Im Devon sind auch die Dipneusta (Lungenfische) häufig anzutreffen, die sowohl über Kiemen als auch über Lungen atmen konnten, ein erster Hinweis auf den Übergang vom Wasser zum Land. Die rezenten Knochenfische erscheinen erst in der Kreide.

An dieser Stelle muss auch auf die Crossopterygii (Quastenflosser) eingegangen werden, zu denen der bekannte *Coelacanthus,* ein lebendes Fossil, gehört. Diese Gruppe trat erstmals im Devon auf, und ursprünglich war man der Meinung, sie sei seit der Kreide ausgestorben. Eine mit Choanen ausgestattete Teilgruppe der Crossopterygii führte zur Entwicklung der ersten Landwirbeltiere.

Nach den Fischen erscheinen die Amphibien. Eine Gruppe, die Stegalocephalia, wird durch ihre Größe und ihr weitgehend verknöchertes Skelett charakterisiert und ist heute ausgestorben. Auch andere Gruppen wie die Phyllospondylia und die Lepospondylia haben keine rezenten Vertreter mehr.

Im Ober-Karbon treten dann die Reptilien auf. Die ersten Vertreter dieser wichtigen Klasse sind die Cotylosauria. Die Reptilien scheinen am Ursprung zweier ganz unterschiedlicher Linien zu stehen. Die erste wird von den Sauropsida vertreten, zu denen die rezenten und die meisten fossilen Reptilien gehören, die zweite durch die Therapsida, die säugetierähnliche Reptilien umfasst. So stehen die aus der Trias stammenden Tritylodonta den Säugetieren bereits sehr nahe. Zu den Sauropsida gehören die bekanntesten Vertreter des Mesozoikums wie *Diplodocus* sowie alle großen Dinosaurier aus dem Ober-Jura. Eine Gruppe der Dinosaurier, die Pterosaurier, hatte sich dem Leben in der Luft angepasst. Ihre Flügel unterscheiden sich jedoch von denen der Vögel, da sie nur aus einer Membran bestehen, die zwischen dem vierten Finger der Hand und dem Körper gespannt ist. Andere Reptilien wie die Ichthyosaurier oder die Plesiosaurier waren perfekt an das Leben im Wasser angepasst.

Zwischen den Reptilien und den Vögeln steht der berühmte *Archaeopteryx*. Die Chance, auf Überreste dieses Tieres zu stoßen, ist jedoch äußerst gering; weltweit wurden nur acht Vertreter gefunden, alle in Solnhofen. *Archaeopteryx* lebte im Jura. Die ersten Vögel waren vermutlich eher schlechte Flieger. In der Folge fand dann eine umfassende Diversifikation statt.

Auf die wohl bekannte Gruppe der Säugetiere soll hier nicht näher eingegangen werden. Es sei nur erwähnt, dass die ersten Vertreter aus der unteren Trias stammen und dass sie während des Mesozoikums in einer Art „Evolutionsbereitschaft“ verharrten.

VEGETATION IM LAUF DER ERDGESCHICHTE

Die Geschichte des Lebens auf der Erde begann mit der Geschichte der Pflanzen, genauer mit den Algen des Präkambriums. Seit dem Paläozoikum ist die Pflanzenwelt relativ vielfältig. Im Silur treten die ersten Gefäßpflanzen auf. Im Devon gibt es die ersten Landpflanzen, beispielsweise die Psilophyten (Nacktfarne). Die meisten bekannten Formen dieser Gruppe stammen von der Fundstelle Rhynie in Schottland. Die Psilophyten sind eine relativ heterogene Gruppe. Einige Vertreter sind eng mit den Farnen verwandt. Ab dem Devon erscheinen neben den Psilophyten auch die eng mit dem rezenten Bärlapp verwandten Lycophyta (Bärlappgewächse), die dem heutigen Schachtelhalm nahe stehenden Sphenophyllales, die Farne und die Cordaiten.

Im Karbon sterben diese Gruppen aus oder diversifizieren sich. So zeigen z. B. die Lycophyta baumähnliche Formen wie die bekannten Gattungen *Lepidodendron* und *Sigillaria.* Von diesen Formen wurden kohlige Überreste und hervorragend erhaltene Fossilien gefunden, die entweder verkieselten oder in Kalziumkarbonat eingeschlossen wurden. Die karbonzeitlichen Schachtelhalme gehörten meist zu den Sphenophyllales und erreichten eine Höhe von bis zu 30 m. Die Gruppe der Farne umfasste typische Formen und auch Samen tragende Arten, die keine rezenten Vertreter mehr haben. Man bezeichnet sie als Präspermaphyten, um ihre Verwandtschaft mit den rezenten Blütenpflanzen zu verdeutlichen. Weiterhin gehören zu dieser paläozoischen Fauna die permischen Cordaiten und Ginkgoales sowie ab dem Ende des Karbons die Coniferales (Nadelbäume).

Im Mesozoikum findet eine deutliche Veränderung der Flora statt. Die formenreichsten Gruppen aus dem Paläozoikum gehen zurück oder sterben aus, nur die Gymnospermen (Nacktsamer) bleiben in ihrer Fülle erhalten und differenzieren sich. Mit dem Beginn des Mesozoikums treten außer den bereits erwähnten Ginkgoales und den Coniferales auch die Cycadales (Palmfarne) und die Bennettitales auf.

Das Studium der fossilen Pflanzenformen führte zu einem besseren Verständnis der Entwicklung von Organisationsniveaus. Die Trennung zwischen Cryptogamen und Phanerogamen wurde stark verfeinert. Der Ursprung der Angiospermen (Bedecktsamer), welche die größte Gruppe der heutigen Pflanzen stellen, ist allerdings noch immer nicht zweifelsfrei geklärt. Sie könnten von den Bennettitales oder von den triadischen Caytoniales abstammen.

So sah der Karbonwald vermutlich aus: Im Vordergrund versinken Lepidodendron-*Stämme in unverfestigten Sedimenten.*

Ab der Trias traten die ersten Angiospermen der Erde auf und gliederten sich bald in neue Arten auf. Im Quartär folgten verschiedene Floren relativ schnell aufeinander. Die Untersuchung dieser Floren ermöglichte eine Rekonstruktion der nacheiszeitlichen Klimaabfolge in Europa.

FOSSILIEN

1 GLOBOROTALIA

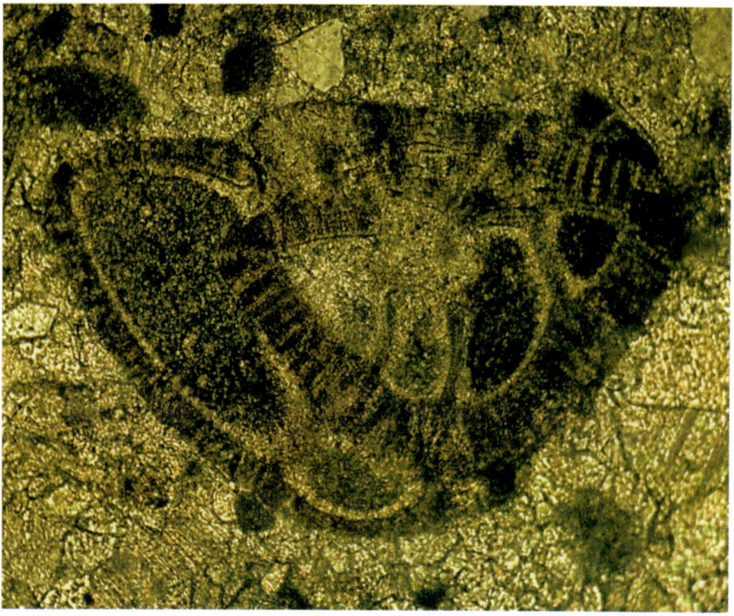

Klassifizierung: *Stamm:* Protozoen – *Klasse:* Rhizopoden – *Ordnung:* Foraminiferen – *Familie:* Globigerinidae
Alter: Eozän – Gegenwart
Verbreitung: Europa
Größe des Fossils: Durchmesser (Ø) 0,4 cm
Beschreibung: *Globorotalia* gehört zu den Foraminiferen und hat ein stark perforiertes Kalkgehäuse. Die wenigen Kammern sind in einer niedrigen konischen Spirale angeordnet (trochospirales Gehäuse). Sie sind kantig und besitzen einen Kiel. Die Gehäuseoberfläche ist mit feinen Stacheln ornamentiert, die nur selten erhalten bleiben. Die winzige Mündung befindet sich auf der Umbilikalseite des Gehäuses. Das einzige Merkmal, das die Gattung *Globorotalia* von *Rosalina* unterscheidet, sind die Kiele: *Rosalina* besitzt zwei, *Globorotalia* nur einen. Man beachte, dass die Kammern in den Sedimenten häufig getrennt werden.
Biologie – Ökologie: Über den Vermehrungszyklus von *Globorotalia* ist wenig bekannt. Man weiß nur, dass sich eine geschlechtliche mit einer ungeschlechtlichen Phase abwechselt. Das Tier gehört zum Meeresplankton und lebt in tropischen Flachmeerbereichen. Es wird mit den Strömungen verdriftet und kann so weite Strecken zurücklegen. Seine große geografische Verbreitung macht es zu einem guten Leitfossil. Bemerkenswert ist, dass die Mündung in unterschiedlichen Lebensphasen ihre Form verändert.

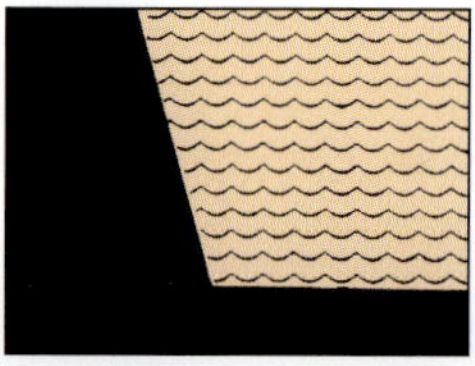

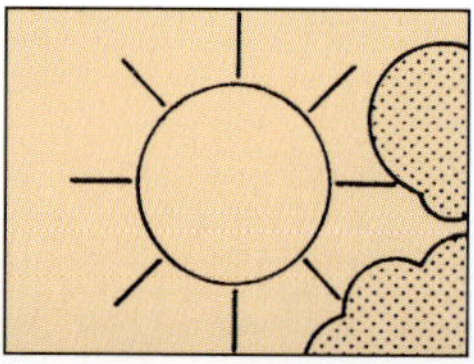

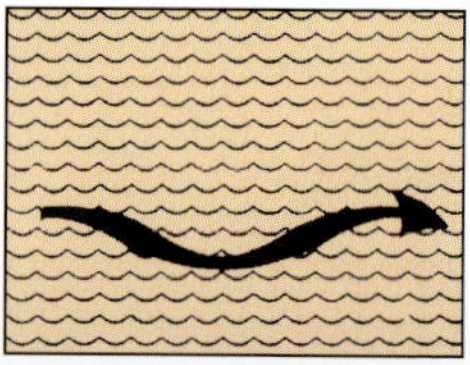

Klassifizierung: *Stamm:* Protozoen – *Klasse:* Rhizopoden – *Ordnung:* Foraminiferen – *Familie:* Miliolidae
Alter: Eozän
Verbreitung: Weltweit
Größe des Fossils: Ø 1 mm
Beschreibung: In den Sedimenten findet man die dicken, kompakten Gehäuse dieser fossilen, porzellanschaligen Foraminiferen. Sie zeigen keine Perforierungen und bestehen aus mehreren röhrenförmigen Kammern, deren Enden mit der Längsachse verbunden sind. Diese um die Hauptachse gewickelten Kammern sind sternförmig in fünf Richtungen angeordnet, die gut zu unterscheiden sind. Jede Kammer ist zur gegenüberliegenden geöffnet. Die letzte Kammer hat ein „Maul“, das von einem perforierten Deckel aus Kalk verschlossen wird. Im Querschnitt ist zu erkennen, dass die Kammern keine innere Struktur aufweisen. Mit ihren Pseudopodien konnten diese Einzeller Strömungen erzeugen, die für ihre Nahrungsaufnahme lebenswichtig waren.
Biologie – Ökologie: Diese benthischen Tiere lebten vorzugsweise in tropischen Meeren und bewegten sich am Boden nach Art der Amöben fort. Sie vermehrten sich ungeschlechtlich. Der Milioiden-Embryo gehörte zum Plankton und trug zur großen geografischen Verbreitung der Arten bei. Die Mililoliden sind gute Leitfossilien; überdies waren sie die Grundlage für die Bildung von Kalkformationen des Lutetiums, wie z. B. der „Banc royal“ bei Paris.

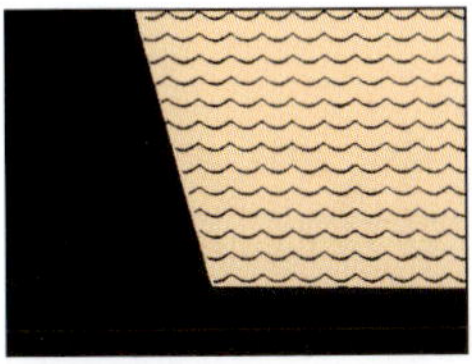
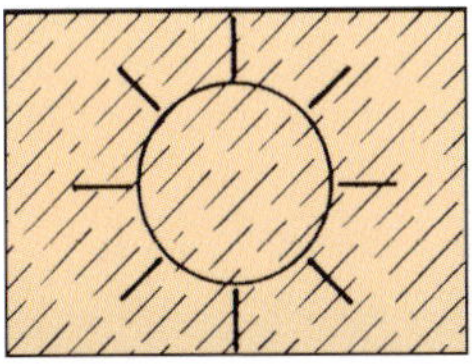

3 ORBITOLITES

Klassifizierung: *Stamm:* Protozoen – *Klasse:* Rhizopoden – *Ordnung:* Foraminiferen – *Familie:* Orbitolidae
Alter: Ober-Kreide – Eozän
Verbreitung: Westeuropa, Mittelmeerraum
Größe des Fossils: Ø bis 5 cm
Beschreibung: *Orbitolites* ist eine fossile Foraminifere. Das diskusförmige, zweischalige, bikonkave Gehäuse wird von einer imperforaten, spiraligen Kalkschicht gebildet. Das porzellanschalige Gehäuse besteht aus Kalzitkristallen von 0,2 mm Länge, die vom Tier ausgeschieden wurden. In der Seitenansicht erkennt man auf der Diskusscheibe zahlreiche buccale Mündungen. Die Hauptkammerscheidewände trennen die konzentrisch angeordneten, ringförmigen Kammern, die mit wachsender Entfernung vom Zentrum an Größe zunehmen. Senkrechte kleinere Kammerscheidewände (Septulen) unterteilen die Kammern in vollständige wellenförmige Kämmerchen. Die Mündungen befinden sich abwechselnd auf beiden Seiten der Wellen. Bei einigen Formen ist der Embryo spiralig. Dieses Merkmal ist stammesgeschichtlich begründet und belegt den Übergang von der aufgerollten zur konzentrischen Form.
Biologie – Ökologie: *Orbitolites* war eine benthische Foraminifere. Sie bewegte sich am Boden nach Art der Amöben fort und fing kleine lebende Beute. Sie besiedelte mit Milioliden und Alveolinen Algen- und Korallenböden der warmen Meere.

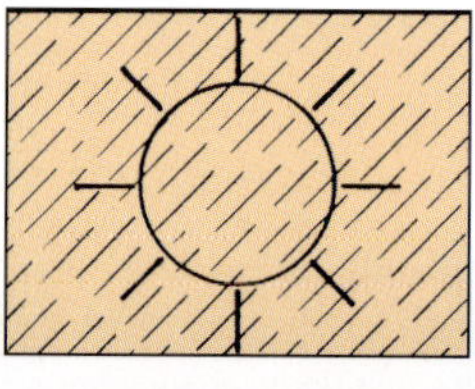

Klassifizierung: *Stamm:* Protozoen – *Klasse:* Rhizopoden – *Ordnung:* Foraminiferen – *Familie:* Orbitolinidae
Alter: Barremium – Turonium
Verbreitung: Frankreich (Aquitanisches Becken, Rhonetal, Alpen), Mittelamerika, Südostasien
Größe des Fossils: Ø 2 cm bis 6 cm
Beschreibung: *Orbitolina* ist eine marine Foraminifere. Ihr sandschaliges Gehäuse hinterließ Abdrücke im einbettenden Sediment. An der Außenseite sind große Quarzkörner durch einen Kalzitzement befestigt, den das Tier ausschied. Das Gehäuse hat eine abgeflachte, konische Form und kann einen Durchmesser von einigen Zentimetern erreichen. Die Gehäusewand ist unvollständig. Der Innenteil des Gehäuses ist durch radiale Kammerscheidewände in übereinander angeordnete Kammern gegliedert. Kleine Kammerscheidewände (Septulen) unterteilen diese nach außen. Die Verlängerung zum Zentrum der radialen Scheidewände ist verdickt und gewellt. Im Zentralbereich sind die Septen miteinander verwachsen, um die Achse sitzen zwischen den Kammerscheidewänden unvollständige dünne Wände.
Biologie – Ökologie: Dieses benthische Tier ernährte sich von Kleinlebewesen wie Diatomeen, bewegte sich mit seinen Pseudopodien nach Art der Amöben fort und bildete Kolonien. Man findet *Orbitolina* mit Rudisten und Korallen in zoogenen Fazies der Mesogäaprovinz. Sie ist ein gutes Leitfossil.

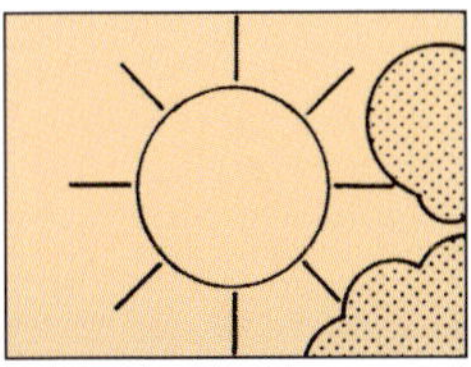

5 LEPIDOCYCLINA

Klassifizierung: *Stamm:* Protozoen – *Klasse:* Rhizopoden – *Ordnung:* Foraminiferen – *Familie:* Lepidocyclinidae
Alter: Mittel-Eozän – Unter-Miozän
Verbreitung: Westeuropa, Afrika, Südamerika, USA
Größe des Fossils: Ø 0,2 cm bis 1 cm
Beschreibung: Die Gattung *Lepidocyclina* gehört zu den echten Orbitoiden, einer Gruppe von Großforaminiferen. Die Orbitoiden entwickelten sich aus einfachen Formen. Die Anordnung und die Gestalt der Kammern stellen die Hauptkriterien dar, nach denen die verschiedenen Typen der Orbitoiden unterschieden werden. Bei den Lepidocyclinidae sind die äquatorialen Kämmerchen meist sechseckig und länglich. Fehlende Seitenwände können ihnen jedoch auch eine Rautenform verleihen, dann sind sie nur schwer von der Gattung *Orbitoides* zu unterscheiden. Von außen betrachtet hat das Gehäuse von *Lepidocyclina* die Form eines bauchigen Diskus, und es kann mehrere Zentimeter groß werden. Nach Meinung einiger Experten stammen die Lepidocyclinen aufgrund der Evolution der Embryonalkammern von den Orthophragminen ab. Möglicherweise lassen sie sich auf die amerikanische spiralige *Helicolepidina* zurückführen.
Biologie – Ökologie: *Lepidocyclina* ist die älteste Gattung der Lepidocyclinidae. Sie zählt zu den typischen Leitfossilien des Oligozäns. Vermutlich lebten diese benthischen Tiere in den warmen Meeren in unterschiedlichen Tiefen.

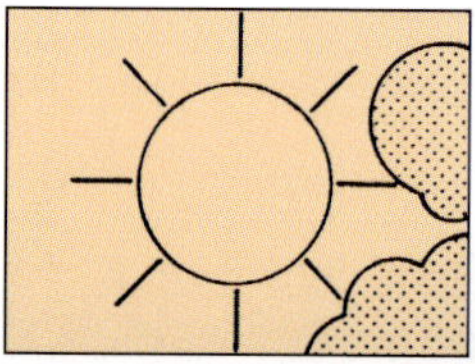

Klassifizierung: *Stamm:* Protozoen – *Klasse:* Rhizopoden – *Ordnung:* Foraminiferen – *Familie:* Orbitoididae
Alter: Ober-Kreide – Miozän
Verbreitung: Europa (Mittelmeerraum), Afrika, Südamerika, Asien
Größe des Fossils: Ø 0,2 cm bis 1 cm
Beschreibung: Diese Foraminiferen haben ein perforiertes Kalkgehäuse. Es setzt sich aus Kalzitkristallen zusammen, die das Tier ausschied und die alle gleich ausgerichtet sind. Die Orbitoiden haben die Form einer bikonvexen Linse, deren Seiten mit Körnchen skulptiert sind. Die Struktur eines Orbitoiden ist komplex: In der Mitte des Gehäuses befinden sich die Embryonalkammern oder der Proloculus, der aus zwei Kammern besteht. Auf beiden Seiten der Äquatorialebene findet man einfache laterale Kämmerchen, die durch radiale und ringförmige Stolonen miteinander verbunden sind. Ihr unterschiedliches Wachstum verleiht diesen Foraminiferen ein bauchiges Aussehen. Zwischen diesen Kämmerchen können Stützen sitzen, die anhand von hellen Körnchen an der Außenseite zu erkennen sind.
Biologie – Ökologie: Die Orbitoiden sind unter wenigen Zentimetern Sediment begraben oder finden sich an Felsen in warmen Meeren. Sie lebten in größeren Tiefen als die Nummuliten (bis 150 m), man trifft beide Familien jedoch in derselben Gesteinsschicht an. Die Orbitoiden sind von großer Bedeutung für die Stratigrafie der Ober-Kreide und des Paläogens.

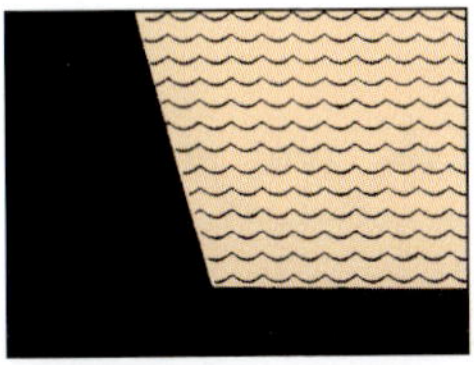

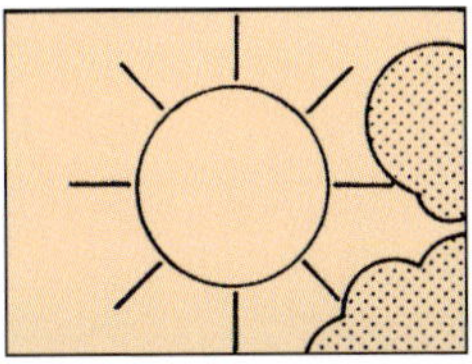

7 FUSULINA

Klassifizierung: *Stamm:* Protozoen – *Klasse:* Rhizopoden – *Ordnung:* Foraminiferen – *Familie:* Fusulinidae

Alter: Karbon

Verbreitung: Westfalen, Mittelmeerraum, Spitzbergen, Nordamerika, Mittelamerika, Alaska, China, Japan

Größe des Fossils: Länge 25 mm bis 30 mm

Beschreibung: *Fusulina* gehört zu den fossilen Foraminiferen des Karbons. Aus ihren Ausscheidungen entstand ein spindelförmiges Kalkgehäuse, das außen aus einer spiralig aufgerollten, perforierten Schale besteht. Die Gehäusewand wird von gegenüberliegenden kleinen Kalzitkristallen gebildet, die ungeordnet und durch Kalzitzement verkittet sind. Im Äquatorialschnitt sind senkrecht zur Wand stehende Septen zu erkennen, die die länglichen Kammern begrenzen. Diese Hauptkammerscheidewände sind stark wellenförmig und bilden auf der Außenseite am Gehäuse längs angeordnete Suturen. Die kugelförmige Anfangskammer ist relativ groß. Man beachte, dass auf der Gehäusewand und den Septen sekundäre Kalzitablagerungen vorhanden sein können.

Biologie – Ökologie: *Fusulina* war ein benthisches Tier, das auf dem ruhigen Grund der seichten, warmen Meere lebte. Es bewegte sich nach Art der Amöben fort und ernährte sich von kleinen Lebewesen wie den Diatomeen. *Fusulina* ist ein gutes Leitfossil und ein wichtiger Gesteinsbildner.

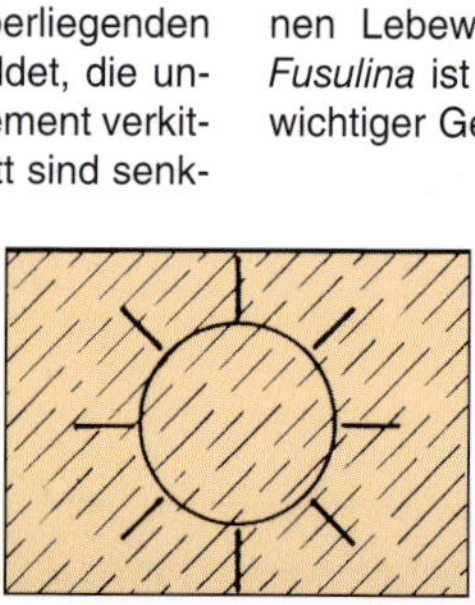

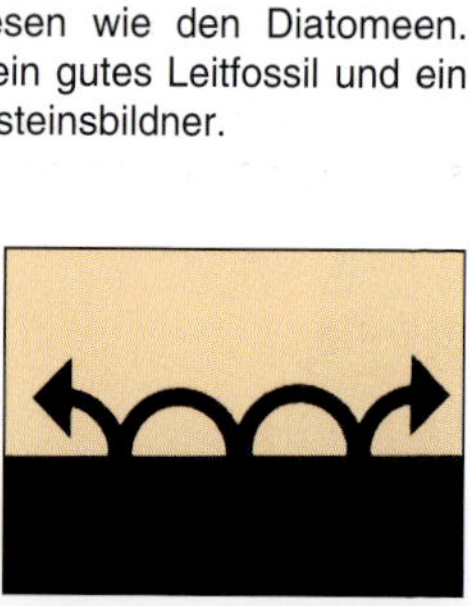

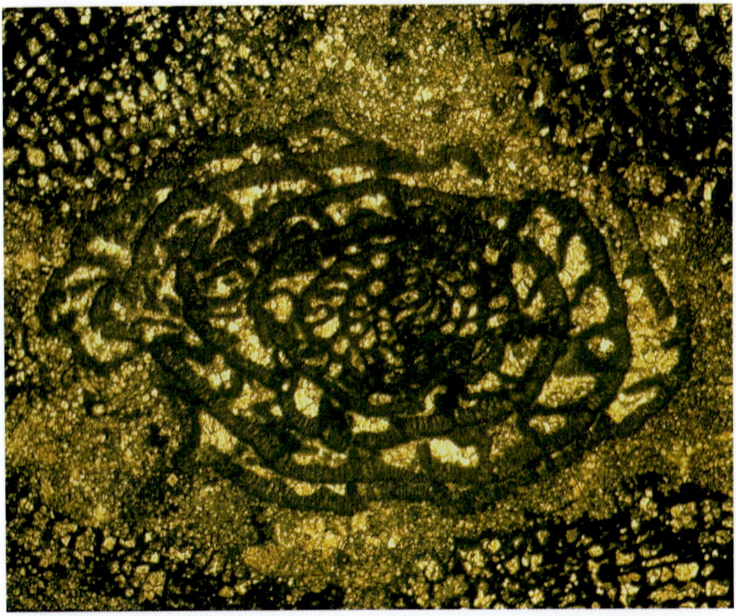

Klassifizierung: *Stamm:* Protozoen – *Klasse:* Rhizopoden – *Ordnung:* Foraminiferen – *Familie:* Fusulinidae
Alter: Perm
Verbreitung: Mittelmeerraum, Japan
Größe des Fossils: Länge 25 mm bis 30 mm
Beschreibung: *Neoschwagerina* hat die komplexeste Struktur unter den fossilen Fusulinen. Ihr Kalkgehäuse in Form eines Rugbyballs resultiert aus der Aufrollung einer spiraligen Schicht um eine Achse. Die Außenseite weist in Übereinstimmung mit der inneren Struktur ein Netzmuster auf. Die Kammern werden wie bei *Fusulina* von geradlinigen Septen begrenzt. Sie sind durch quer verlaufende, vollständige Nebenscheidewände (Septulen) in geschlossene Kämmerchen unterteilt. Darüber hinaus sind an der Oberseite der Kammern unvollständige Nebenscheidewände zu finden. Das Gehäuse besteht aus einer dunkel gefärbten Außenschicht, dem Tectum, einer dickeren Mittelschicht, der Keriothek, sowie einer inneren Schicht, dem Tectorium.
Biologie – Ökologie: *Neoschwagerina* war ein benthischer Organismus, der die warmen Meere mit normalem Salzgehalt bevölkerte. Das Tier fing mit seinen Pseudopodien kleinere Lebewesen und phagozytierte sie. Das plötzliche Aussterben dieser Foraminiferen gegen Ende des Perms muss mit der Ausbreitung der Gletscher zu dieser Zeit in Zusammenhang gebracht werden. *Neoschwagerina* ist ein gutes Leitfossil.

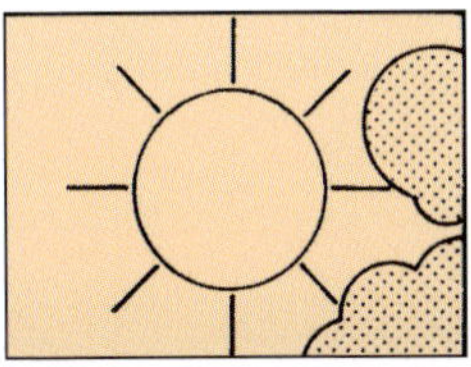

9 ALVEOLINA (FASCIOLITES)

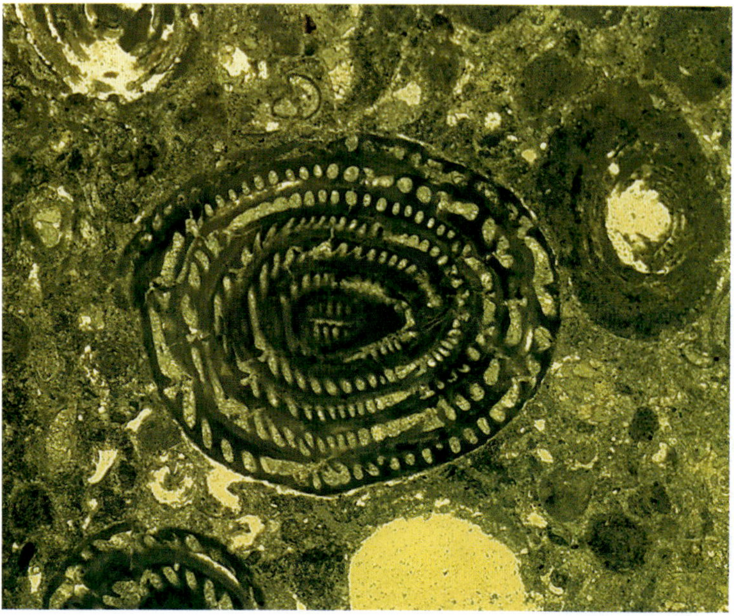

Klassifizierung: *Stamm:* Protozoen – *Klasse:* Rhizopoden – *Ordnung:* Foraminiferen – *Familie:* Alveolinidae
Alter: Eozän
Verbreitung: Europa, Asien, Nordafrika
Größe des Fossils: Länge 0,2 cm bis 7 cm
Beschreibung: *Alveolina* oder *Fasciolites* ist eine Großforaminifere und hat die Form eines Rugbyballs. Die Außenwand des kompakten Gehäuses ist auf eine spiralige Kalkschicht beschränkt. Die letzte Kammer wird durch parallel angeordnete Mündungen nach außen geöffnet. Die Oberfläche des Gehäuses trägt Suturen und Furchen, die ein netzartiges Muster bilden. Die Kammerscheidewände, die aus Einbuchtungen der Außenwand entspringen, sind geradlinig und haben an der Basis eine runde Öffnung. Dicht nebeneinander stehende, quer verlaufende, dicke Septulen trennen im Tangentialschnitt die typischen eiförmigen Kammern. Die Kämmerchen sind durch ein Kanalsystem miteinander verbunden. Häufig bildet der Kammerboden sekundäre Verstärkungen.
Biologie – Ökologie: Dieses benthische Tier lebte in seichten und warmen Meeren. *Alveolina* wurde in den obersten Zentimetern der Sedimentschichten der Kontinentalplatten eingebettet, die durch Riffe geschützt waren. Die Embryonen lebten als Plankton und wurden durch die Meeresströmungen in alle Ozeane verdriftet. *Alveolina* ist daher ein gutes Leitfossil und bildet die Grundlage für bedeutende Kalksteine.

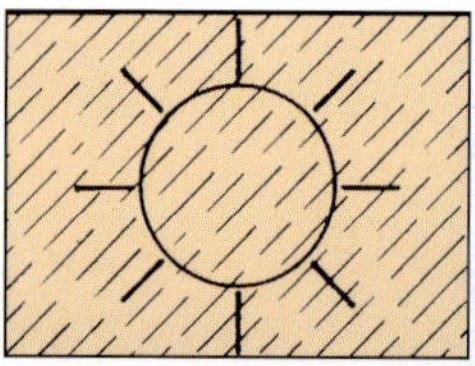

Klassifizierung: *Stamm:* Protozoen – *Klasse* Rhizopoden – *Ordnung:* Foraminiferen – *Familie:* Rotaliida
Alter: Eozän – Gegenwart
Verbreitung: Südeuropa
Größe des Fossils: Ø 5 mm bis 20 mm
Beschreibung: *Operculina* ist eine Foraminifere mit locker aufgerolltem, sehr flachem Gehäuse, dessen Windungen sich nicht völlig umschließen. Die Ornamentierung besteht aus einer Reihe von strahlenartigen Bildungen. Das perforierte Gehäuse setzt sich aus Kalzitkristallen zusammen. Im Schnitt scheint es aus zwei übereinander liegenden Schichten zusammengesetzt zu sein. Die äußere perforierte Kalkschicht wird innen von einer dünnen, nicht perforierten Kalkschicht verstärkt. Aus deren Einbuchtungen entspringen schräge Wände, die die spiraligen Kammern unterteilen. Die Suturen dieser Wände auf der Außenschicht des spiraligen Gehäuses bilden das Strahlenmuster. *Operculina* ist den Nummuliten sehr ähnlich, die jedoch involut aufgerollt sind, *Operculina* evolut.
Biologie – Ökologie: *Operculina* ist ein benthisches Meerestier. Mit den Pseudopodien erzeugt es Wasserströmungen, durch die Nahrungspartikel angeschwemmt werden, die das Protozoon phagozytiert. Die Embryonen leben als Plankton; auf diese Weise verbreitet *Operculina* sich in kurzer Zeit über weite Teile der Meere und ist damit ein gutes Leitfossil.

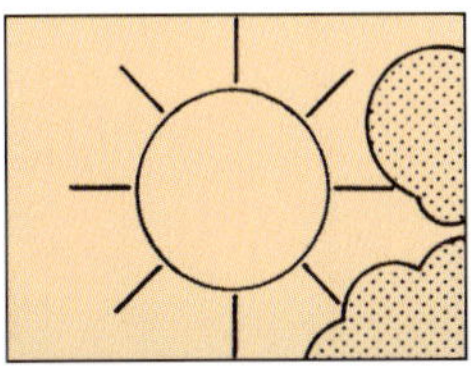

11 NUMMULITES

Klassifizierung: *Stamm:* Protozoen – *Klasse:* Rhizopoden – *Ordnung:* Foraminiferen – *Familie:* Nummulitidae
Alter: Ober-Kreide – Oligozän
Verbreitung: Frankreich (Aquitanien, Alpen, Pariser Becken)
Größe des Fossils: Ø 0,6 cm bis 7 cm
Beschreibung: Die Familie der Nummulitidae ähnelt von der Größe her den Fusulinidae. Ihr aufgerolltes Kalkgehäuse ist involut und perforiert. Die Dichte und die Verteilung der Mündungen sind unterschiedlich. Die äußere Ornamentierung besteht aus einer Vielzahl von Strahlen oder Körnchen. Das Gehäuse setzt sich aus kleinen Kalzitkristallen zusammen, die das Tier ausschied. Die Gehäuseform wird durch die spiralige Aufrollung einer dicken Kalkschicht bestimmt. Darüber hinaus ist eine Verflachung senkrecht zur Einrollungsachse zu beobachten: Im Axialschnitt weist die Schalenschicht eine charakteristische Spitzbogenform auf. Dies verleiht den Nummuliten die Gestalt einer bikonvexen Linse. Im Äquatorialschnitt ist zu erkennen, dass sich die Wände schräg von der Innenseite der Außenwand entfernen. Jede hat eine kleine runde Öffnung und begrenzt die spiralig angeordneten Kammern. Die häufig wellenförmigen Suturen dieser Wände bilden auf den Außenseiten des spiraligen Gehäuses ein netzförmiges Muster, anhand dessen sich die einzelnen Arten unterscheiden lassen. Die Außenwand kann von Querpfeilern gestützt werden, die wie Nägel senkrecht in der Oberfläche versenkt sind. An der Außenseite bestimmen sie die Granulierung. *Nummulites planulatus* ist klein, flach und hat keine Querpfeiler.
Biologie – Ökologie: Die Nummuliten waren benthische Meerestiere. Sie existierten in Lebensräumen unterhalb der Gezeitenbereiche und vor allem in den unteren Riffbereichen. Sie benötigten eine offene, sauerstoff- und kalkreiche Meeresumgebung und ernährten sich von kleinen Lebewesen wie den Diatomeen. Die erste, große Form hat eine kleine Anfangskammer, die zweite, kleinere Form eine relativ große. Die Ornamentierung ändert sich jedoch bei den verschiedenen Formen nicht. Die Nummuliten sind vor allem interessant, weil sie sehr bedeutende Gesteinsbildner sind. Aufgrund ihrer großen geografischen Verbreitung ermöglichen diese aufeinander folgenden Arten die Aufstellung einer genauen Stratigrafie von der obersten Kreidezeit bis ins Oligozän.

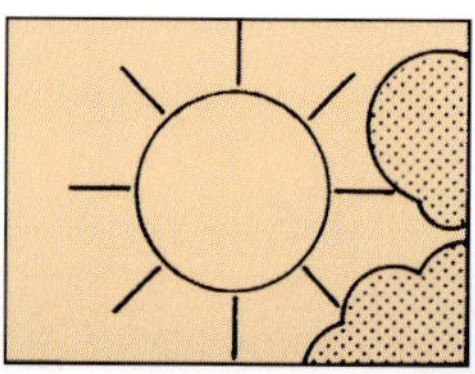

12 PROTOPHARETRA POLYMORPHA

Klassifizierung: *Stamm:* Poriferen – *Familie:* Archäocyathidae
Alter: Unteres Kambrium
Verbreitung: Europa, Ostküste USA
Größe des Fossils: Länge 2 cm
Beschreibung: Bei *Protopharetra* fossilisiert das kelchförmige Innenskelett, das aus einem Aggregat von kleinen Kalkpartikeln besteht. Zwischen den porösen Außenwänden des konischen Skeletts befinden sich unregelmäßig gefaltete Septen. Der Innenraum des Konus ist besonders eng. Man kann bei *Protopharetra* zwischen den Septen ein blasiges Gewebe erkennen, der zweischichtige Organismus weist hier eine Konvergenz zu den Korallen auf. Die Wasserzirkulation im Inneren des Tieres wurde durch Poren in den beiden Wänden und in den vertikalen Septen sichergestellt.
Biologie – Ökologie: Die Larvalformen waren nicht sessil und verteilten sich über alle Meere. Mit der Ausbildung des Skeletts setzte sich das nun erwachsene Tier am Meeresboden fest. *Protopharetra* war ein Mikrophage und lebte in seichten, warmen Gewässern. Man nimmt an, dass das Tier zusammen mit Algen kalkige Reliefstrukturen bildete.

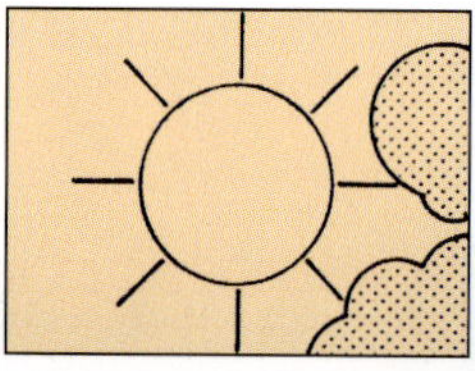

Klassifizierung: *Stamm:* Poriferen – *Klasse:* Demospongea – *Ordnung:* Lithistida
Alter: Kreide – Tertiär
Verbreitung: Weltweit
Größe des Fossils: Höhe 5 cm
Beschreibung: Durch ihre kugelförmige, bauchige Form erinnert *Siphonia* entfernt an eine Feige. Auf der Oberfläche des Skeletts befinden sich unregelmäßig verteilte Poren. An einem Ende ist eine rundliche Öffnung zu erkennen, das Osculum. Am anderen Ende findet man einen Stiel, mit dem das Tier am Boden verankert war. Wie bei fast allen verkieselten Schwämmen ist das Skelett in Höhe des Stiels, in dessen Richtung auch die Nadeln ausgerichtet sind, deformiert. Die Wasserzirkulation funktionierte wie bei den anderen Demospongea, d. h. die äußeren Poren sind durch Einlasskanäle mit der Geißelkammer verbunden.
Biologie – Ökologie: Dieser fossile Schwamm ist typisch für Küstenbereiche. Er benötigte zum Leben eine Umgebung mit starker Wasserbewegung. Interessanterweise leben die rezenten Demospongea in über 200 m Tiefe; im Laufe der Zeit verlagerte sich ihr Lebensraum in immer tiefere Bereiche.

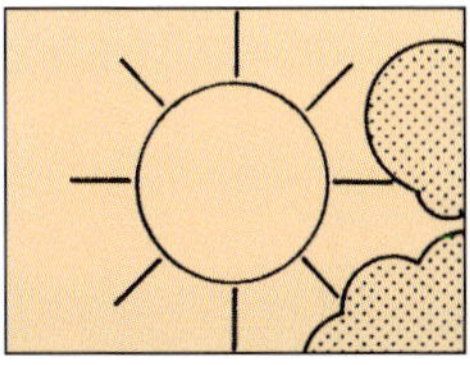

14 CHAETETES RADIANS

Klassifizierung: *Stamm:* Poriferen – *Klasse:* Calcarea – *Ordnung:* Chaetaetiden – *Familie:* Chaetaetidae
Alter: Karbon
Verbreitung: Russland
Größe des Fossils: Höhe 10 cm
Beschreibung: *Chaetetes radians* gehört zu den fossilen Schwämmen des Karbons. Er hat eine massive Form mit unregelmäßigen, annähernd gerundeten Konturen. Das Skelett setzt sich aus dünnen, haarähnlichen, polygonalen Röhren mit porenlosen Wänden zusammen. Zwischen den Zellen ist kein Bläschengewebe zu erkennen, und die abgerundeten Öffnungen der Kammern, die aneinander stoßen, sind ohne regelmäßiges Muster angeordnet. Im Längsschnitt erkennt man vollständige Querböden, die die Röhren unterteilen, sich aber nicht immer von einer Röhre zur benachbarten fortsetzen.
Biologie – Ökologie: *C. radians* war ein Meerestier, das in seichten, warmen Gewässern in Riffbereichen lebte. Die Individuen vermehrten sich durch Teilung. Man findet *C. radians* zusammen mit Brachiopoden und Mollusken.

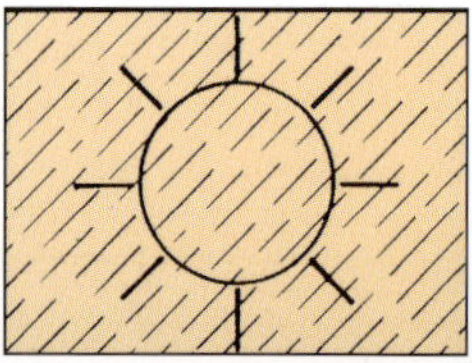

Klassifizierung: *Stamm:* Poriferen – *Ordnung:* Stromatoporoida – *Familie:* Stromatoporidae
Alter: Ordovizium – Kreide
Verbreitung: Europa, ehemalige Sowjetunion, Nordafrika
Größe des Fossils: Höhe 30 cm
Beschreibung: Die Oberfläche dieses Krusten bildenden Schwamms weist viele Poren auf und ist oft warzig. Die blättrige Struktur formt ein System von übereinander geschichteten wellenförmigen Laminae. Jede Lamina besteht aus Kalklamellen, die mit vertikalen Säulchen verbunden sind. Die Poren können abgerundet oder sternförmig sein. Die Röhren, die die kalkige Oberfläche durchstoßen, ermöglichten es dem tierischen Weichkörper, sich zum Schutz zurückzuziehen. Das Skelett erscheint sehr fein und ist fast immer wurmartig ornamentiert.
Biologie – Ökologie: Der Meeresbewohner *Stromatopora* lebte in Küstennähe in seichten Bereichen mit starker Wasserbewegung und war auf sehr klares Wasser angewiesen. Man findet ihn ebenso wie *Hexagonaria* und *Favosites* in fossilen Riffen des Devons in den Ardennen. Nachdem diese Gattung gegen Ende des Paläozoikums beinahe ausgestorben war, verbreitete sich *Stromatopora* erneut im Mesozoikum.

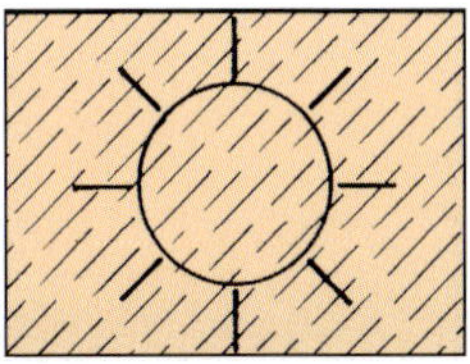

16 ASPIDISCUS CRISTATUS

Klassifizierung: *Stamm:* Cnidaria – *Klasse:* Anthozoa – *Ordnung:* Hexacorallia/Scleractinia – *Familie:* Cyclolitidae

Alter: Cenoman

Verbreitung: Südeuropa, Nordafrika

Größe des Fossils: Ø 3 cm bis 5 cm

Beschreibung: Das scheibenförmige Skelett von *Aspidiscus cristatus* hat die Gestalt einer Kuppel, deren Unterseite von einer dicken Membran bedeckt ist, die konzentrische Falten wirft. Diese koloniebildende Koralle findet man in ausgefallenen Erscheinungsformen: Die Kelche einer solchen Kolonie sind teilweise miteinander verbunden und bilden kreuzförmige, radial angeordnete Grate und charakteristische Hügel. Jedes Koloniemitglied lebte in einem Kelch und besaß eine Gastralhöhle, die durch doppelte, radial angeordnete Septen in Kammern unterteilt war. Diese Septen erschienen in Sechsergruppen. Die Öffnung, durch die diese Höhle mit der Außenwelt verbunden war, umgaben mehrere Ringe von Tentakeln, deren Anzahl immer ein Vielfaches von sechs war.

Biologie – Ökologie: *Aspidiscus* war eine Koralle von kleinem Wuchs und massiger Form. Sie konnte in relativ großen Meerestiefen leben und reagierte auf Schwankungen der physikalischen Milieubedingungen weniger empfindlich als *Acropora.* Sie lebte frei am Boden, lediglich im Jugendalter war sie dort festgewachsen.

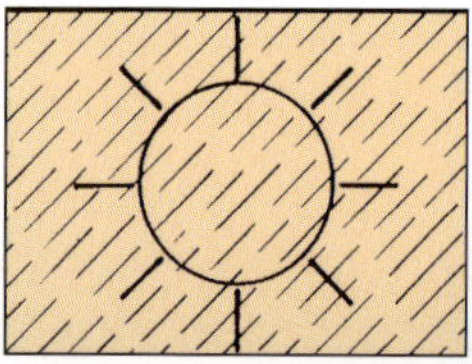

Klassifizierung: *Stamm:* Cnidaria – *Klasse:* Anthozoa – *Ordnung:* Hexacorallia – *Familie:* Cyclolitidae
Alter: Ober-Kreide – Tertiär (Eozän)
Verbreitung: Frankreich (Aquitanien, Pyrenäen, Provence), Südwesteuropa
Größe des Fossils: Ø 3 cm bis 5 cm
Beschreibung: Die solitäre Hexakoralle *Cyclolites* hat die Form einer leicht abgeflachten Halbkugel. Die flache Grundseite ist uneben und weist konzentrische Falten auf. Die Seitenwand fehlt. Das Tier ist radialsymmetrisch, was durch zahlreiche winzige Septen betont wird. Diese Septen sind dünn und perforiert und reichen vom Rand der Unterseite bis zu einer zentralen, länglichen Öffnung, die mit einem schwammigen Gewebe ausgefüllt war.

Biologie – Ökologie: *Cyclolites* lebte in der Ober-Kreide im Mittelmeerraum. Sie besaß in der Epidermis Zellen, die der Verteidigung dienten. Es ist anzunehmen, dass *Cyclolites* aufgrund der solitären Lebensweise weniger empfindlich auf Veränderungen der Umgebung reagierte als die riffbildenden Formen. *Cyclolites* lebte frei (nur die Jugendform war am Boden festgewachsen) in seichten Meeren auf relativ instabilem Substrat. Es gibt eine weitere Art, die sehr klein ist und deutlich weniger längliche Furchen aufweist.

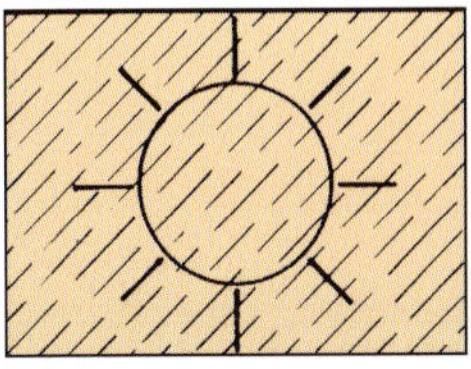

18 MONTLIVALTIA

Klassifizierung: *Stamm:* Cnidaria – *Klasse:* Anthozoa – *Ordnung:* Hexacorallia – *Familie:* Montlivaltiidae
Alter: Trias – Eozän
Verbreitung: Europa, Afrika
Größe des Fossils: Ø 3 cm bis 5 cm
Beschreibung: Im Inneren des Kelches findet man gut ausgebildete Septen, die radial verlaufen. Im distalen Bereich sind die Septen miteinander verwachsen und formen eine Pseudothek, die den oberen Rand des Kelches nicht erreicht. Die Ränder der Septen sind fein gezähnelt. Die Weichteile dieses zweischichtigen Tieres bestanden aus zwei Gewebeschichten. Das Ektoderm überzog die Außenseite des Körpers, das Entoderm, das Geißelzellen enthielt, die Gastralhöhle. Wie alle Cnidaria besaß das Tier Nesselzellen, die auf den geringsten Kontakt reagierten.
Biologie – Ökologie: *Montlivaltia* war ein benthischer, sessiler Meeresbewohner, der in seichten Gewässern in einiger Entfernung der Küste lebte. Man findet dieses Fossil zusammen mit Rhynchonelliden, Ammoniten und anderen Mollusken.

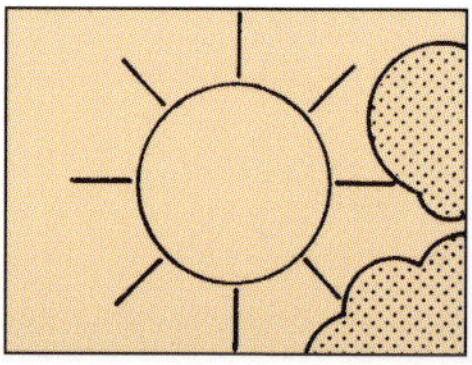

Klassifizierung: *Stamm:* Cnidaria – *Klasse:* Anthozoa – *Ordnung:* Hexacorallia – *Familie:* Dendrophylliidae
Alter: Eozän
Verbreitung: Frankreich (Aquitanien, Alpen, Pariser Becken)
Größe des Fossils: Ø 1 cm bis 2 cm
Beschreibung: *Eupsammia trochiformis* ist eine kleine, einfach gebaute Koralle. Der Kelch von nahezu elliptischem Querschnitt hat keine Außenwand. Die Septen stehen außen hervor und bilden an der lateralen Oberfläche körnige, unebene, mehr oder weniger bündelförmig zusammengefasste Rippen. Zwischen den Rippen reihen sich Perforationen aneinander. *E. trochiformis* hat ein ektodermes Kalkskelett, das sich zwischen der Koralle und dem Substrat entwickelte. Der Körperbau dieses Tieres gleicht dem von *Montlivaltia.* Die junge Koralle bildete nach dem Festsetzen an der Basis zunächst einen kleinen Kalkbecher. Anschließend entstanden auf diesem Sockel radiale Septen, die von der Peripherie zum Zentrum wuchsen.
Biologie – Ökologie: *E. trochiformis* war eine solitäre Koralle, die in mäßig warmen, seichten Gewässern in der Nähe der Küste den Meeresboden bewohnte. Man findet sie vor allem in Grobsanden.

20 TURBINOLIA

Klassifizierung: *Stamm:* Cnidaria – *Klasse:* Anthozoa – *Ordnung:* Hexacorallia – *Familie:* Turbinolidae
Alter: Eozän – Oligozän
Verbreitung: Frankreich, Großbritannien
Größe des Fossils: Höhe 1 cm, Ø 0,5 cm
Beschreibung: *Turbinolia* ist eine einfache kleine Koralle mit einem Kalkskelett in Form eines länglichen Kelches. Auf der lateralen Oberfläche des Kelches stehen Rippen hervor, die von Querstreifen durchzogen sind. Die zahlreichen Septen sind radial angeordnet, ragen über die Außenwand hinaus und formen einen gemeinsamen Rand. Im Zentrum des Kelches befindet sich eine senkrechte Säule oder Columella. Bei *Turbinolia* ist eine Radialsymmetrie festzustellen. Das Aragonitskelett wird auf die gleiche Weise gebildet wie bei den anderen Hexakorallen. Die Columella entsteht in dem Bereich, der von den unvollständigen Septen des Polypen frei gelassen wird. Die Koralle weist keine horizontalen Böden zwischen den radialen Septen auf. Das Skelett wurde von spezialisierten Ektodermzellen ausgeschieden.
Biologie – Ökologie: *Turbinolia* war ein sessiler Meeresbewohner, der sich mikrophag ernährte und nur in ganz bestimmten Umgebungen lebte. Sehr eng mit *Turbinolia* verwandte Formen leben noch heute in den warmen Gewässern unserer Ozeane.

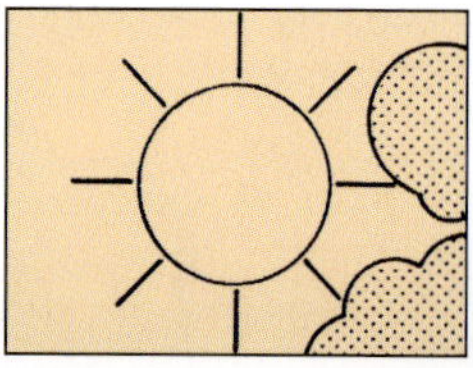

Klassifizierung: *Stamm:* Cnidaria – *Klasse:* Anthozoa – *Ordnung:* Hexacorallia – *Familie:* Montlivaltiidae
Alter: Trias – Kreide
Verbreitung: Weltweit
Größe des Fossils: Ø des Kelches 1,5 cm
Beschreibung: *Thecosmilia* ist eine koloniebildende Koralle. Ihr Skelett setzt sich aus Koralliten zusammen, die eine Art Strauch bilden. Die laterale Oberfläche der Koralle ist von einer stark gefälteten Kalkwand bedeckt. Die Kelche haben einen relativ großen Durchmesser. Zahlreiche radial verlaufende Septen lassen im Zentrum der Kelche einen Raum frei. Die Oberfläche der Septen ist körnig, und die Kanten sind mit regelmäßig angeordneten spitzen Zähnchen versehen. Die Röhren werden nicht durch Böden quer untergliedert. Die Koralle teilte sich, sobald sie in die Länge wuchs.
Biologie – Ökologie: *Thecosmilia* war ein riffbildendes Tier mit streng definierten Lebensbedingungen: In Tiefen über 40 m konnte sie nicht existieren. Sie war sehr empfindlich gegenüber kalten Strömungen und Wasserverschmutzungen durch Schlamm, den die Flüsse ins Meer spülten. Im Riff muss *Thecosmilia* eine Symbiose mit Grünalgen eingegangen sein, die zur Photosynthese fähig waren.

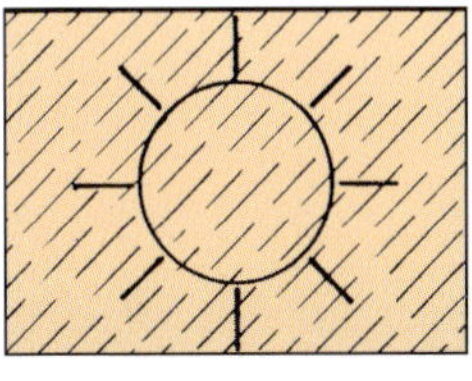

22 CALCEOLA SANDALINA

Klassifizierung: *Stamm:* Cnidaria – *Klasse:* Anthozoa – *Ordnung:* Tetracorallia – *Familie:* Goniophyllidae
Alter: Mittel-Devon
Verbreitung: Europa (außer Italien), ehemalige Sowjetunion, China, Nordwestafrika
Größe des Fossils: Länge 6 cm
Beschreibung: *Calceola sandalina,* die Pantoffelkoralle, ist eine solitäre Koralle in Form eines großen Pantoffels. Auf der einen Seite ist die Oberfläche konvex, auf der anderen eben. Rudimentäre radiale Septen finden sich ausschließlich auf der ebenen Seite. Sie verteilen sich in der Mitte symmetrisch zu beiden Seiten einer Furche. Zahlreiche Wachstumsstreifen prägen die Oberfläche des „Pantoffels". *C. sandalina* besitzt einen abgeflachten, halbkreisförmigen Deckel, der den Kelch bedeckte und die zentrale Einbuchtung vollkommen abdichtete. Auf der Innenseite dieses Deckels finden sich die Verlängerungen der radialen Septen des Kelches.
Biologie – Ökologie: *C. sandalina* hatte ein dickes Gehäuse und konnte sich in seiner Theke einschließen. Daher nimmt man an, dass dieses Tier in sehr seichten Meereszonen lebte und einen vorübergehenden Rückgang des Wassers überleben konnte. Es war bezüglich der Wassertemperatur weit weniger anspruchsvoll als die riffbildenden Formen. Dieses Fossil ist nahezu in allen Breitengraden zu finden.

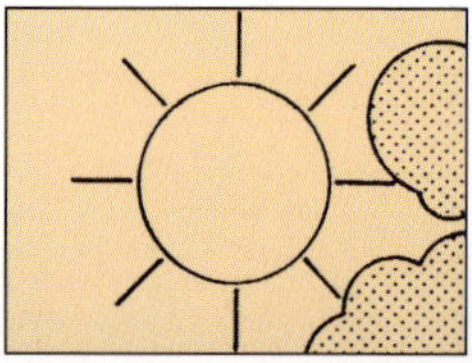

Klassifizierung: *Stamm:* Cnidaria – *Klasse:* Anthozoa – *Ordnung:* Tetracorallia – *Familie:* Goniophyllidae
Alter: Silur
Verbreitung: Europa
Größe des Fossils: Ø des Kelches 3 cm
Beschreibung: *Goniophyllum* ist eine solitäre Koralle mit wurzelförmigen Auswüchsen. Ihr Kelch hat die Form eines gekrümmten Horns mit viereckigem Querschnitt. Diese vierseitige Hohlpyramide erinnert im Querschnitt an einen Korbstuhl; dieser Effekt entsteht durch die dicken radialen Septen. Ebenso wie *Calceola* besitzt *Goniophyllum* einen Deckel. Er hat die Form einer niedrigen Pyramide mit polygonalem Querschnitt, ist aus vier dreieckigen Stücken zusammengesetzt und durch ein kräftiges Scharnier am Hauptteil des Kelches befestigt.
Biologie – Ökologie: Man vermutet, dass der Deckel und die dicke Theke eine Anpassung an einen sehr küstennahen Lebensraum im Bereich der Brandung war. Das Tier konnte so den brechenden Wellen und den Strömungen widerstehen. Darüber hinaus konnte es sich ins Innere des Kelches zurückziehen und ihn mit dem Deckel verschließen, um sich vor dem Austrocknen zu schützen.

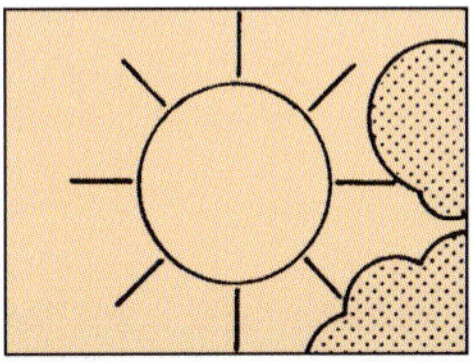

24 CYATHOPHYLLUM

Klassifizierung: *Stamm:* Cnidaria – *Klasse:* Anthozoa – *Ordnung:* Tetracorallia – *Familie:* Cyathophyllidae
Alter: Obersilur – Karbon
Verbreitung: Europa, Amerika
Größe des Fossils: Ø 3 cm bis 5 cm
Beschreibung: Diese Gattung umfasst einfache Formen sowie verzweigte oder kompakte Kolonien. Jedes Individuum lebte in einem kalkigen, lang gestreckten, zylindrischen Korallit. Die zahlreichen radialen Septen sind relativ gut ausgebildet. Während die stärksten bis ins Zentrum des Kelches reichen, werden die feineren eher schnell unterbrochen. In der Kolonie sind die Korallite isoliert und nicht durch Gewebe miteinander verbunden. Bei *Cyathophyllum* findet man keine bilaterale Anfangssymmetrie. Wie bei allen Tetrakorallen werden die Röhren nicht durch eine echte Theke begrenzt, es findet sich lediglich eine Pseudothek am distalen Ende der radialen Septen.
Biologie – Ökologie: *Cyathophyllum* lebte in den seichten Strömungszonen der Meere. Man findet die Art zusammen mit koloniebildenden Formen wie den Stromatoporen. Im Laufe des Devons trug sie zum Aufbau der Riffe in warmen, sauerstoffreichen Gewässern bei; dort wurde sie auch fossilisiert. Wie die meisten Tetrakorallen ist auch diese Art ein gutes Faziesfossil.

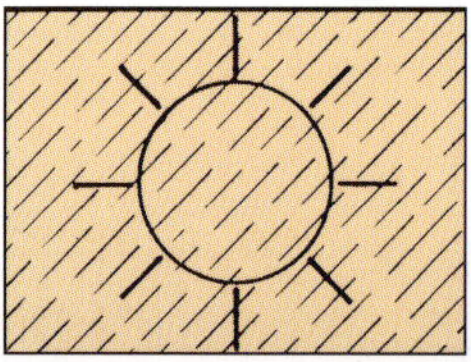

Klassifizierung: *Stamm:* Cnidaria – *Klasse:* Anthozoa – *Ordnung:* Tetracorallia – *Familie:* Lithostrotionidae
Alter: Devon – Perm
Verbreitung: Westeuropa, Afrika, USA
Größe des Fossils: Länge des Kelches 0,5 cm bis 1 cm
Beschreibung: Hierbei handelt es sich um eine koloniebildende Tetrakoralle, bei der die Korallite zu Büscheln zusammengefasst sind; die Kolonie ist also bündelartig. Die länglichen Kelche erinnern an Basaltsäulen. An der Seite weisen sie Querstreifen und vergrößerte Bereiche auf. Sie ragen aus einer kompakten Masse hervor, die aus gut ausgebildetem Bläschengewebe besteht. Im Inneren der Kelche befinden sich gleichmäßig angeordnete, gleich große Septen. Diese vertikalen Lamellen sind seitlich nicht befestigt. Das Zentrum der Kelche wird von einer Kalksäule, der Columella, ausgefüllt. Ausgewachsene Exemplare sind radialsymmetrisch.
Biologie – Ökologie: *Lithostrotion* lebte in den wärmsten Meeren der Erde. Die Kolonien werden zusammen mit Schwämmen, Tabulata und Algen gefunden. In den Riffen des Unter-Karbons der Region um Béchar bildet *Lithostrotion* die Basis der Riffbildungen. Diese Art lebte sessil in bewegtem, klarem Wasser in Küstenbereichen.

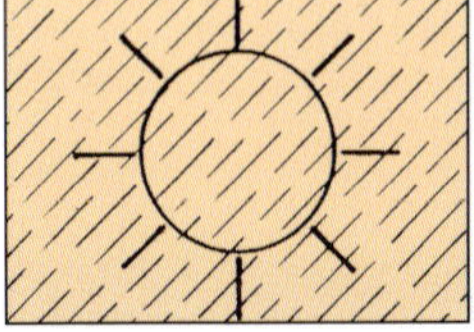

26 CYSTIPHYLLUM

Klassifizierung: *Stamm:* Cnidaria – *Klasse:* Anthozoa – *Ordnung:* Tetracorallia – *Familie:* Cystiphyllidae
Alter: Obersilur – Devon
Verbreitung: Weltweit
Größe des Fossils: Ø 2 cm bis 4 cm
Beschreibung: *Cystiphyllum* ist eine solitäre Tetrakoralle mit einer annähernd zylindrischen Gestalt und einem längs gestreiften und geringelten Kelch. Die radialen Septen sind nur schwer zu unterscheiden, vor allem in der Kelchperipherie. Sie sind vollkommen in einem blasigen Gewebe eingebettet, das die gesamte Koralle ausfüllt. Überdies sind unvollständig ausgebildete, horizontale Böden zu erkennen, die an der Kelchaußenseite aufeinander folgende Manschetten formen. Das Längenwachstum des Tieres vollzog sich durch das regelmäßige Hinzufügen von Kalkringen von der Basis des untersten Kalkbechers. Wie alle Tetrakorallen schied *Cystiphyllum* eine Kalkepithek aus. Aufgrund ihrer unebenen Oberfläche gab man den Tetrakorallen auch den Namen Rugosa.
Biologie – Ökologie: *Cystiphyllum* heftete sich an mehr oder weniger tonigen Meeresböden fest. Sie ernährte sich von kleinen Tieren, die sie mit ihren Tentakeln fing.

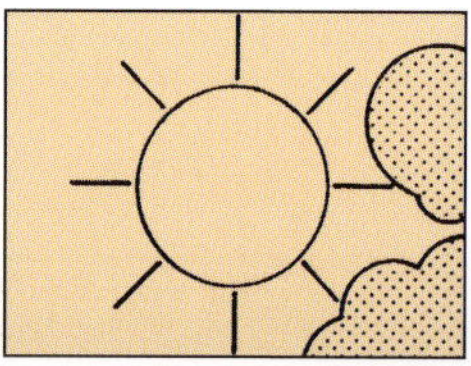

Klassifizierung: *Stamm:* Cnidaria – *Klasse:* Anthozoa – *Ordnung:* Tetracorallia – *Familie:* Disphylliidae
Alter: Obersilur – Karbon
Verbreitung: Frankreich, Polen, Nordafrika
Größe des Fossils: Ø des Kelches 1 cm
Beschreibung: *Hexagonaria* ist eine massige Tetrakoralle, die große Kolonien mit annähernd diskusförmigen Oberflächen bilden konnte. Eine Kalkschicht mit zahlreichen Streifen überzieht die Innenseite der Kolonie. Die Kelche sind polygonal und formen unterschiedlich große Alveolen. Sie sind durch eine dünne, teilweise degenerierte Wand mehr oder weniger stark voneinander getrennt. Jeder Kelch enthält radiale Septen, die sich zur Außenseite hin verdicken. Diese Scheidewände reichen manchmal bis ins Zentrum des Kelches. Mit dem Längenwachstum des Tieres bildeten sich horizontale Böden. Sie unterteilen die von den radialen Septen begrenzten Kammern.
Biologie – Ökologie: *Hexagonaria* war eine riffbildende Koralle des Paläozoikums. Sie lebte in küstennahen, strömungsreichen, warmen und ausreichend klaren Gewässern. Man findet sie zusammen mit Stromatoporenriffen. Geografisch war *Hexagonaria* weit verbreitet.

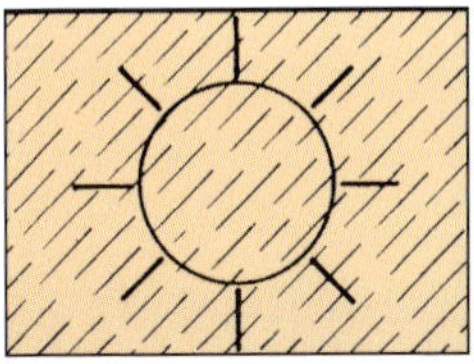

28 ZAPHRENTIS

Klassifizierung: *Stamm:* Cnidaria – *Klasse:* Anthozoa – *Ordnung:* Tetracorallia – *Familie:* Zaphrentidae
Alter: Obersilur – Perm
Verbreitung: Schottland, Moskauer Becken, Quebec, Mississippi
Größe des Fossils: Ø 3 cm bis 4 cm
Beschreibung: Diese Tetrakoralle bildete nicht immer Kolonien und hat ein Kalkskelett. Ihre Form erinnert an ein Horn mit umgebogener Spitze. Es sind deutlich radial angeordnete Septen zu erkennen, die bis ins Zentrum des Kelches reichen. Das Fossil ist bilateral symmetrisch, was durch eine radiale Furche markiert wird, die die Septen trennt. Die Kelchwand wird durch die Verwachsung der Septen an der Peripherie gebildet. Die radiale Anordnung der Scheidewände sieht folgendermaßen aus: Zunächst erkennt man einen Kreis von sechs bilateralsymmetrischen Hauptsepten, anschließend erscheinen weitere Septen in Vierergruppen.
Biologie – Ökologie: *Zaphrentis* war eine einfache Koralle, die sich am Boden festheftete. Sie benötigte streng definierte Bedingungen zum Überleben: Sandflächen mit groben Partikeln, eine hohe Wassertemperatur, seichtes Wasser und Wellenbewegung. Man findet *Zaphrentis* zusammen mit Tabulaten *(Favosites, Aulopora)*. Es handelt sich hier um ein gutes Leitfossil, das zur Bestimmung der Zonen in den marinen Schichten des Dinantiums dient.

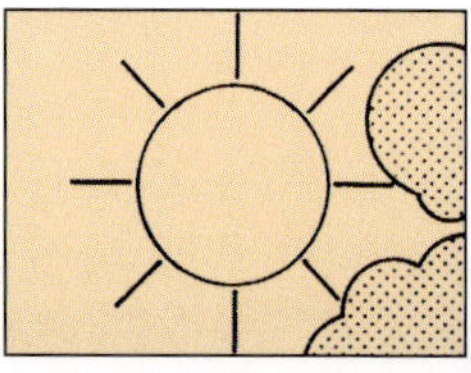

Klassifizierung: *Stamm:* Cnidaria – *Klasse:* Anthozoa – *Ordnung:* Tabulata – *Familie:* Thamnoporidae

Alter: Devon – Perm

Verbreitung: Nordfrankreich, Polen, Südmarokko

Größe des Fossils: Ø des Kelches 0,2 cm bis 0,4 cm

Beschreibung: Die koloniebildende, massige Koralle *Thamnopora* ist sehr eng mit *Favosites* verwandt. Sie besteht aus polygonalen Röhren mit dicken Kalkwänden. Diese aneinander stoßenden Röhren sind an der Seite stark perforiert. Dünne Böden unterteilen die Kammern. Das Kalkskelett ist von kompakter Struktur. Die Vermehrung der Individuen in der Kolonie vollzog sich durch Knospung. Interessanterweise variieren Anzahl und Verteilung der Böden in Abhängigkeit von den Milieubedingungen.

Biologie – Ökologie: *Thamnopora* lebte in der Umgebung von Riffen in ruhigen Meeren. Sie tolerierte etwas größere Tiefen und trübere Gewässer als die riffbildenden Stromatoporen. Man vermutet, dass *Thamnopora* genau wie *Favosites* in Symbiose mit Grünalgen lebte. Den rezenten Rifftyp mit einer Lebensgemeinschaft von Algen und Korallen gibt es seit dem Paläozoikum.

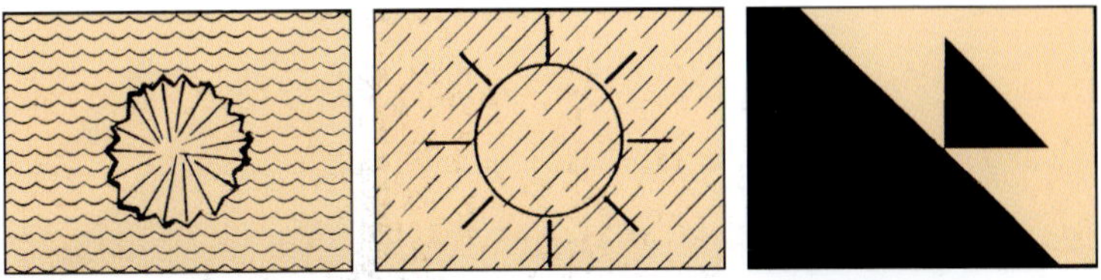

30 FAVOSITES

Klassifizierung: *Stamm:* Cnidaria – *Klasse:* Anthozoa – *Ordnung:* Tabulata – *Familie:* Favositidae
Alter: Silur – Karbon
Verbreitung: Weltweit
Größe des Fossils: Ø des Kelches 0,5 cm
Beschreibung: Diese koloniebildende Koralle besteht aus teilweise fächerförmig und unregelmäßig angeordneten Röhren, die eine knollige Kolonie bilden. Die Kolonie kann aber auch vollkommen gerade sein. Jede Röhre hat einen polygonalen Querschnitt, und die Ränder sind deutlich abgegrenzt, wodurch die Röhren ein prismenförmiges Aussehen erhalten und an Basaltsäulen erinnern. Die dünnen Seitenwände können lokale Verdickungen aufweisen. Sie werden von großen Poren in einer oder mehreren vertikalen Reihen durchbrochen. Die radial angeordneten Septen im Inneren jedes Kelches sind rudimentär, man unterscheidet nur kaum markierte Grate. Gleichmäßig angeordnete Böden unterteilen jede Röhre.
Biologie – Ökologie: *Favosites* war ein bedeutender Riffbildner. Die Gattung lebte sessil in seichten, strömungsreichen Meeresbereichen. Die robusten Individuen besetzten dabei die kaum geschützten Riffhänge. Vermutlich lebten sie in Symbiose mit Algen (Zooxanthellen): Die Algen waren zur Photosynthese fähig, und *Favosites* versorgte die Gemeinschaft mit Kohlendioxid und Nahrung.

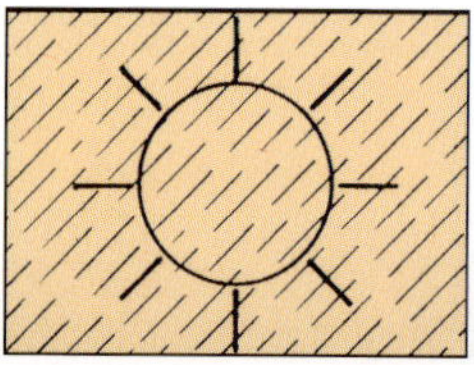

Klassifizierung: *Stamm:* Cnidaria – *Klasse:* Anthozoa – *Ordnung:* Tabulata – *Familie:* Halysitidae
Alter: Ordovizium – Silur
Verbreitung: Europa, Nordamerika
Größe des Fossils: Ø des Kelches 0,2 cm
Beschreibung: *Halysites catenularia* ist eine tabulate Koralle, die lockere Kolonien bildete. Sie besteht aus vertikalen Lamellen, die von kettenförmig miteinander verbundenen, mehr oder weniger verzweigten Röhren gebildet wird. Auf diese Weise entstand ein lockeres Netz. Jede Röhre ist imperforat und hat einen ovalen Querschnitt. Bei gut erhaltenen Fossilien erkennt man im Inneren der Kelche etwa ein Dutzend rudimentäre radiale Septen. Horizontale, in der Mitte leicht eingebuchtete Böden unterteilen jede Röhre. Im Laufe seines Wachstums musste das Individuum die unteren Teile aufgeben, die durch diese Böden isoliert wurden.
Biologie – Ökologie: *Halysites* besetzte riffnahe Lebensräume. Man findet sie in Stromatoporenriffen in warmen, seichten und relativ bewegten Gewässern. Sie lebte auch sessil auf küstennahen Bryozoen-Rasen in geringen Tiefen.

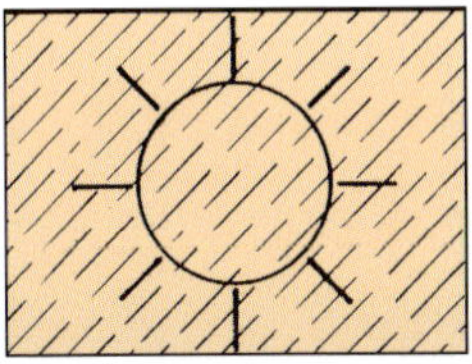

32 MICHELINIA

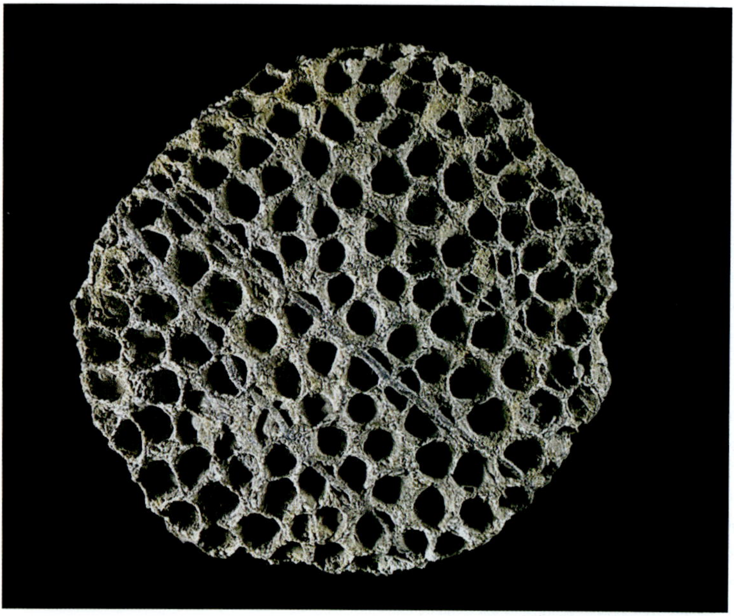

Klassifizierung: *Stamm:* Cnidaria – *Klasse:* Anthozoa – *Ordnung:* Tabulata – *Familie:* Micheliniidae

Alter: Devon – Perm

Verbreitung: Deutschland, Polen (Heiligkreuz-Gebirge), Belgien, Großbritannien, Nordafrika (Tindouf-Becken)

Größe des Fossils: Ø 8 cm bis 10 cm

Beschreibung: *Michelinia* ist eine massige, becherfömige Koralle, die an ein Wespennest erinnert. Die rundliche Grundfläche wird von einer Theke mit konzentrischen Falten überragt, aus denen häufig kleine Befestigungsstollen hervorgehen. Die Kammern, die die Kolonie bilden, sind im Schnitt polygonal; ihre dünnen Wände werden von unregelmäßig angeordneten Poren durchbrochen. Über diese Wände sind die aneinander stoßenden Kammern miteinander verbunden. In den Kelchen finden sich keine radialen Septen. Man erkennt lediglich vertikale Streifen. Jede prismenförmige Kammer wird von zahlreichen vollständigen oder unvollständigen Böden unterteilt.

Biologie – Ökologie: *Michelinia* war eine kleine Koralle, die in sehr seichten, küstennahen Gewässern in den Meeren des Paläozoikums beheimatet war. Sie lebte festgeheftet in strömungsreichen Küstenzonen. Man findet sie zusammen mit Brachiopoden und mit *Calceola sandalina.*

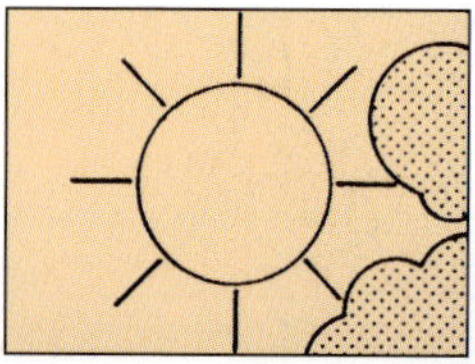

Klassifizierung: *Stamm:* Cnidaria – *Klasse:* Anthozoa – *Ordnung:* Hexacorallia – *Familie:* Isastraeidae
Alter: Trias – Kreide
Verbreitung: Westeuropa, Nordafrika
Größe des Fossils: Ø der Kammer 1 cm
Beschreibung: Die massive, koloniebildende Koralle *Isastrea* setzt sich aus nebeneinander liegenden, polygonalen Kelchen zusammen, die alle die gleiche Größe haben. Gezackte Suturen verbinden sie miteinander. Jedes Individuum der Kolonie baute zahlreiche radiale Septen mit gleichmäßig gezähnelten Oberrändern auf. Die sich eng überlappenden Kelche haben keine richtige Außenwand. Das Kalkskelett, das von spezialisierten Zellen ausgeschieden wurde, befand sich außerhalb der Weichteile des Tieres und schützte diese. Als Hexakoralle ist *Isastrea* auf den ersten Blick radiärsymmetrisch. Das ganze Tier präsentierte sich als eine Gruppe von Kalkkammern, aus denen die Tentakel der Individuen ragten.
Biologie – Ökologie: *Isastrea* lebte festgeheftet auf felsigem Untergrund im Meer. Diese Art hatte den Höhepunkt ihrer Entwicklung zu einer Zeit erreicht, die sehr günstig für die Entwicklung von Korallenriffen war. Daher findet man sie in großer Zahl in allen Korallenfazies des Jura.

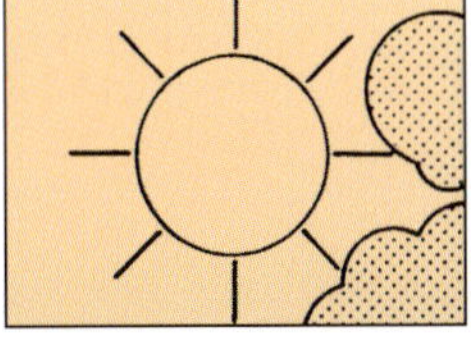

34 SYRINGOPORA

Klassifizierung: *Stamm:* Cnidaria – *Klasse:* Anthozoa – *Ordnung:* Tabulata – *Familie:* Syringoporidae
Alter: Silur – Karbon
Verbreitung: Deutschland, Nordengland, Nordamerika
Größe des Fossils: Ø des Kelches 0,1 cm
Beschreibung: *Syringopora* ist eine koloniebildende Koralle mit einer charakteristischen Form, die in der Regel der Ordnung Tabulata zugeschrieben wird. Die kalkige Kolonie setzt sich aus langen, schmalen Röhren zusammen, die parallel ausgerichtet sind und nicht aneinander grenzen. Sie werden durch ein System von quer verlaufenden Nebenröhren verbunden. Die Wände der vertikalen Röhren weisen zahlreiche Poren auf. Die radial angeordneten Septen sind rudimentär oder fehlen ganz. Zahlreiche eingedrückte Böden schneiden die vertikalen Röhren.
Biologie – Ökologie: Man hat bei bestimmten Stromatoporen kleine Kalkröhrchen entdeckt, die in der Regel *Syringopora* zugeschrieben werden. Man vermutet deshalb, dass diese beiden Korallen eine Symbiose eingingen. *Syringopora* lebte in warmen, sehr seichten Gewässern in riffähnlichen Umgebungen. Sie bewohnte die sandigen, küstennahen Gründe. Man findet sie zusammen mit Brachiopoden wie *Atrypa,* aber auch mit anderen Tabulaten wie *Favosites* und *Halysites.*

Klassifizierung: *Stamm:* Cnidaria – *Klasse:* Anthozoa – *Ordnung:* Tabulata – *Familie:* Pleurodictyidae
Alter: Ordovizium – Perm
Verbreitung: Deutschland, Frankreich (Ardennen), Belgien, Großbritannien
Größe des Fossils: Ø der Säule 3,5 cm
Beschreibung: *Pleurodictyum problematicum* ist eine koloniebildende, becherförmige Koralle, die sich auf einer bereits vorhandenen organischen Unterlage entwickelte. Die Basis ist von einer Epithek überzogen, die konzentrische Wülste aufweist. Die Kelche formen eine Rosette mit zwei oder drei Windungen. Die Wände dieser polygonalen Röhren sind dick und größtenteils perforiert. Die radial angeordneten Septen sind rudimentär oder fehlen ganz. Im Zentrum der Koralle befindet sich ein wurmförmiger Abdruck, möglicherweise die Spur eines Gliederwurms, der mit *Pleurodictyum* in Symbiose gelebt haben könnte. Dieses Rätsel ist jedoch noch nicht vollständig gelöst, und der Artname zeugt von der schwierigen Lage, in der sich der „Erfinder“ dieses Fossils (Goldfuss) befand.
Biologie – Ökologie: *Pleurodictyum* bildete keine Riffe. Diese Koralle lebte festgeheftet auf Schalen oder auf den Stielen von Seelilien. Ihr Lebensraum waren Muschelwiesen. Möglicherweise besetzte sie Zonen, die bei Ebbe trocken lagen. Sie ist charakteristisch für das Unter-Devon Mitteleuropas.

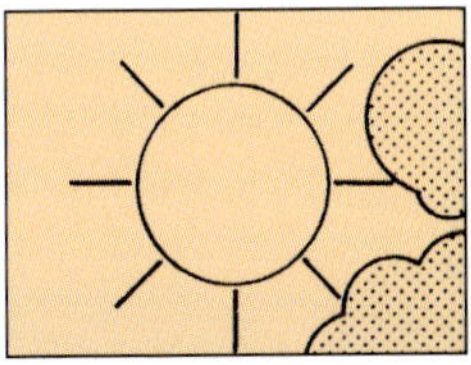

36 HELMINTHOIDEA LABYRINTHICA

Klassifizierung: *Stamm:* Incertae sedis
Alter: Kreide – Tertiär
Verbreitung: Westeuropa
Größe des Fossils: Breite 0,2 cm
Beschreibung: Als *Helminthoidea labyrinthica* werden Weidespuren eines Tieres in Form eines schmalen, glatten Wulstes von konstanter Breite bezeichnet, der mäanderförmige, miteinander verbundene Reliefstrukturen bildet. Es gibt kein Anzeichen für eine Segmentierung. Der gewundene, horizontale Verlauf lässt darauf schließen, dass es sich um eine Weidespur handelt. Das Lebewesen muss das zarte Häutchen, das den Schlamm bedeckte (den Schleimfilm) vollkommen abgefressen haben. Als Detritusfresser fand es hier eine große Menge an organischem Material.
Biologie – Ökologie: Es handelt sich um Weidespuren von wurmähnlichen Tieren.

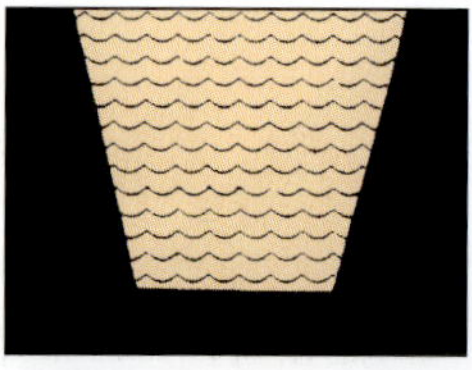

Klassifizierung: *Stamm:* Annelida – *Klasse:* Polychaeta – *Ordnung:* Sedentaria – *Familie:* Serpulidae
Alter: Silur – Gegenwart
Verbreitung: Europa, Nordamerika
Größe des Fossils: Breite 3 mm
Beschreibung: Der erhaltene Teil von *Serpula* besteht aus einer kalkigen Hohlröhre mit kreisrundem Querschnitt; der äußere Bereich ist relativ kantig und rechteckig. Häufig findet man diese Wurmröhren auf Muschelschalen, aber auch auf den Gehäusen von Cephalopoden, auf denen sie leben. Die Wanddicke variiert je nach Art, und die Wand selbst ist in der Regel wenig oder nicht skulptiert. Manchmal sind die Röhren eingerollt und liegen übereinander. Die fossilisierte septenlose Röhre bildet die Wohnstätte des Tieres, das ebenso häufig sessil auf Felsen oder Geröll wie auf Muschelschalen lebt. Auf dem Foto oben ist *Serpula* zusammen mit Bryozoen-Kolonien zu sehen.
Biologie – Ökologie: Diese kleinen Kalkröhrchen findet man auf vielen benthischen Organismen. *Serpula* ernährt sich von Plankton und Abfällen. Ihre Lebensweise und die Tatsache, dass sie sich im Laufe der Zeit nicht weiterentwickelt hat, machen sie als Leitfossil ungeeignet.

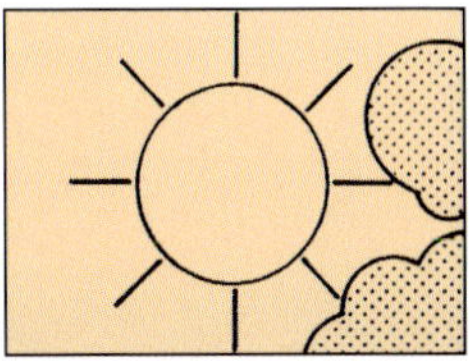

38 CELLARIA

Klassifizierung: *Stamm:* Bryozoa – *Klasse:* Ectoprocta – *Ordnung:* Cheilostomata – *Familie:* Cellariidae
Alter: Kreide – Gegenwart
Verbreitung: Frankreich, England
Größe des Fossils: Ø der Einzelkammer 0,2 mm
Beschreibung: *Cellaria* ist eine heute noch existierende Bryozoe (Moostierchen) von hohem Entwicklungsgrad. Sie besteht aus einer verästelten Kolonie mit gegabelten, zylindrischen kleinen Zweigen. Das hornförmige Skelett ist mehr oder weniger verkalkt. Die äußere Oberfläche ist in ein Netz aus polygonalen Maschen unterteilt. In jeder Masche befindet sich eine sichelförmige Perforation, die weniger als die Hälfte der Oberfläche ausmacht. Diese Öffnung führt in eine kleine eiförmige Kammer, die durch ein bewegliches Operculum verschlossen werden kann, wenn sich das Individuum zurückzieht. Man erkennt auch deutlich kleinere rundliche Perforationen. *Cellaria* besitzt ein externes hydrostatisches System: Wenn sich die Tentakel zurückziehen, kommt ein Sack zum Vorschein, der für Druckausgleich sorgt und eine Änderung des Innendrucks vermeidet.
Biologie – Ökologie: Die *Cellaria*-Kolonien beherbergen Individuen, die auf das Erbrüten von Eiern spezialisiert sind, die Ovicellen. *Cellaria* ist ein Tier des offenen Meeres und ernährt sich von Beutetieren, die es mit seinen Tentakelkronen fängt.

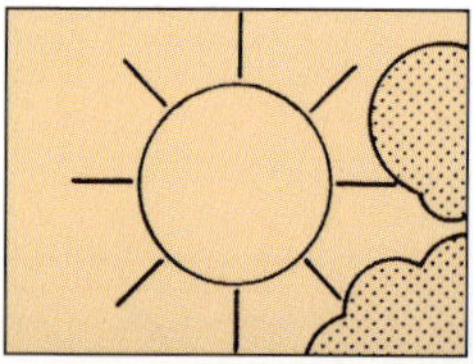

Klassifizierung: *Stamm:* Bryozoa – *Klasse:* Ectoprocta – *Ordnung:* Cryptostomata – *Familie:* Fenestellidae
Alter: Devon – Perm
Verbreitung: Deutschland, Spanien, Großbritannien
Größe des Fossils: Höhe 4 cm
Beschreibung: *Fenestella* ist eine fossile Bryozoe (Moostierchen) des Paläozoikums, die zur Bildung verschiedener Kalkgesteine beigetragen hat. Die Kolonie besteht aus einer Art Stiel, aus dem ein netzartig ornamentiertes, gewundenes, zu einem Horn eingerolltes Blatt entspringt. Die Oberfläche dieses Fächers ist in rechteckige Maschen unterteilt. Die kurzen zylindrischen Kammern enthalten eine zentrale Säule. Ihre ovalen Öffnungen sind in Reihen angeordnet, die auf den Stiel zulaufen. Zwischen zwei benachbarten Reihen steht jeweils ein Kiel hervor. Betrachtet man die Oberfläche der Kolonie unter der Lupe, erkennt man, dass jede Reihe mit Öffnungen von zwei deutlich feineren Porenreihen gesäumt ist. Der Mund befindet sich im Zentrum der Tentakelkrone, der Anus neben diesem Kranz.
Biologie – Ökologie: *Fenestella* ist ein gutes Faziesfossil. Die Gattung lebte in warmen Gewässern, in Zonen, die die Entstehung von Korallenriffen begünstigen. Sie war Teil der Bryozoen-Wiesen, auf denen viele Brachiopoden, Stachelhäuter und Trilobiten lebten.

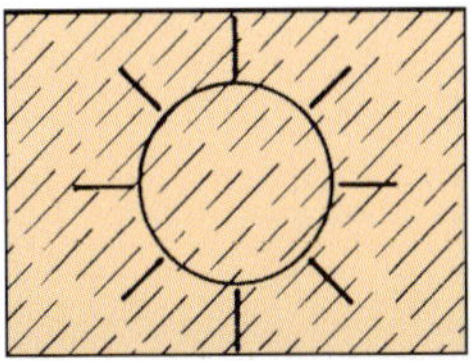

40 HETEROPORA

Klassifizierung: *Stamm:* Bryozoa – *Klasse:* Ectoprocta – *Ordnung:* Cyclostomata – *Familie:* Heteroporidae
Alter: Jura – Kreide
Verbreitung: Deutschland, Schweiz, Frankreich (Jura, Ain), Großbritannien
Größe des Fossils: Ø 3 mm
Beschreibung: Bei *Heteropora* fossilisiert das Skelett. Das Gehäuse ist chitinös und wird mehr oder weniger durch Kalk überkrustet. Die Kolonie hat eine verzweigte Gestalt. Die Wände der zylindrischen Kammern sind fein perforiert. Außer am oberen Ende sind sie miteinander verwachsen. Ihre große Öffnung besitzt kein Operculum. Auf der Oberfläche bemerkt man neben den rundlichen Öffnungen dieser Kammern deutlich kleinere Perforationen von unterschiedlicher Form. Diese entsprechen ehemals vorhandenen, zusätzlichen Röhrchen. Zwischen den Kammern ist Platz für ein blasiges Gewebe. *Heteropora* erinnert an bestimmte Hydrozoa, da sich manchmal quer verlaufende Böden finden, die die Röhren unterteilen. Es handelt sich hier um eine primitive Bryozoen-Gattung, die keine spezialisierten Kammern besitzt, in denen sich die Larve entwickeln konnte.
Biologie – Ökologie: Die *Heteropora*-Kolonien lebten in seichten Meeresbereichen. Nach und nach eroberten sie die von Coelenteraten-Riffen besetzten Zonen. Sie benötigten klares und bewegtes Wasser.

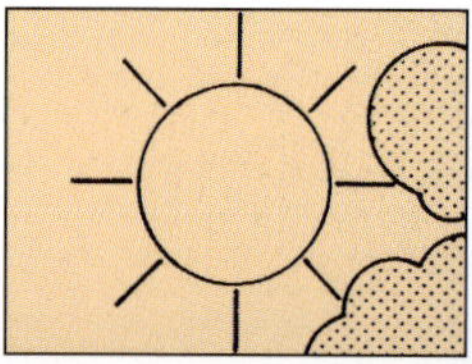

Klassifizierung: *Stamm:* Bryozoa – *Klasse:* Ectoprocta – *Ordnung:* Cyclostomata – *Familie:* Horneridae
Alter: Unter-Miozän – Pliozän
Verbreitung: Westfrankreich, England
Größe des Fossils: Höhe 10 cm, Länge 10 cm
Beschreibung: Bei *Hornera* handelt es sich um eine cyclostome Bryozoe, von der man das äußere Skelett findet. Sie bildete verästelte Kolonien. Die zahlreichen Zweige setzen sich aus röhrenförmigen Kammern mit fein perforierten Wänden zusammen. Die Röhren öffnen sich alle nach derselben Seite und zeigen eine runde Öffnung ohne Operculum. Die Oberfläche des Skeletts trägt viele Längsfurchen, in die sich interne Vakuolen öffnen. Die Kolonie enthält spezialisierte Individuen: Die Ovicellen, die der Bildung von Embryonen dienten. Man erkennt sie als Taschen, die an der Seite des Skeletts hervorstehen. Sie besitzen als Öffnung eine runde Pore auf einem kleinen Kragen. Interessanterweise konnte der primäre Embryo sich in eine sehr große Anzahl sekundärer Embryonen teilen, aus denen sich jeweils eine frei schwimmende Larve entwickelte.
Biologie – Ökologie: *Hornera* war ein sessiles Tier mit großer geografischer Verbreitung. Ton- oder mergelhaltige Meeresböden dienten ihr nicht als Lebensraum, weil sie sich dort nicht festsetzen konnte. Das Wasser in ihrer Umgebung musste sauerstoffreich sein.

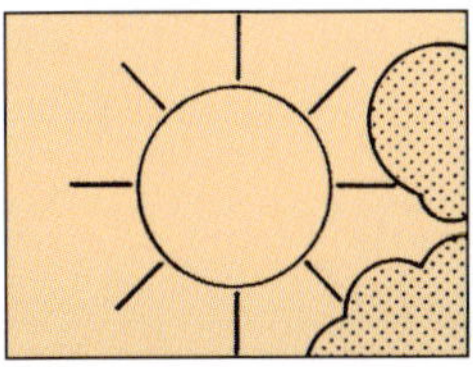

42 LINGULA

Klassifizierung: *Stamm:* Brachiopoda – *Klasse:* Inarticulata – *Ordnung:* Atremata – *Familie:* Lingulidae
Alter: Kambrium – Gegenwart
Verbreitung: Weltweit
Größe des Fossils: Länge 4 cm
Beschreibung: Das hornig-phosphatische, längliche, dünne Gehäuse von *Lingula* besteht aus zwei Klappen, die nur durch Muskeln miteinander verbunden sind. Das Fehlen eines Schlosses erklärt die Tatsache, dass man nur selten beide Klappen zusammen überliefert findet. Am Wirbel der beiden Klappen befindet sich eine Rinne, durch die ein langer Befestigungsstiel austritt. Die Klappenoberfläche ist glatt oder mit feinen konzentrischen Streifen versehen. Im Inneren erkennt man symmetrische Muskelabdrücke. Das Tier besitzt kein Armgerüst.
Biologie – Ökologie: Die heute noch existierende Gattung *Lingula* hat einen großen Teil der geologischen Zeitrechnung – mehr als 500 Millionen Jahre – ohne nennenswerte Änderungen überdauert. Es handelt sich bei *Lingula* um einen solitären, wühlenden Organismus, der im Sand oder Schlamm vergraben wohnt, vor allem in Bereichen von Ästuaren. Aufgrund ihrer Langlebigkeit ist *Lingula* kein geeignetes Leitfossil, dient aber manchmal als Faziesindikator.

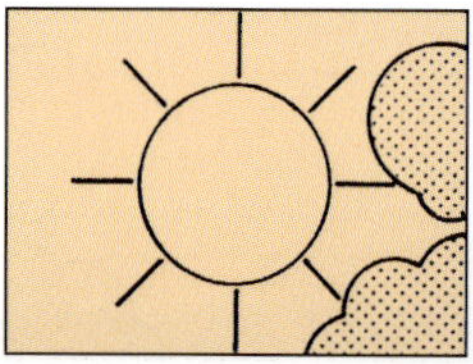

Klassifizierung: *Stamm:* Brachiopoda – *Klasse:* Inarticulata – *Ordnung:* Atremata – *Familie:* Obolidae
Alter: Kambrium – Silur
Verbreitung: Europa, Amerika, Asien
Größe des Fossils: Länge 4 cm
Beschreibung: Die paläozoische Gattung *Obolus* umfasst verschiedene dickschalige, linsenförmige Arten mit rundem bis fast dreieckigem Umriss. Am Wirbel der Klappen entspringt in einem gestreiften Bereich aus einer Furche ein kurzer Stiel. Einige Arten sind nicht gleichklappig und haben eine stärker ausgeprägte Ventralklappe. Häufig kann man ein kleines Septum erkennen, das sich im Inneren in der Mitte befindet und kaum hervorsteht. Die äußere Oberfläche der Klappe ist von einer feinen konzentrischen Streifung überzogen. Wie die Lingulidae besitzen auch die Obolidae kein Schloss und kein Armgerüst.
Biologie – Ökologie: Diese Tiere lebten vermutlich sessil an treibenden Objekten. Das Kambrium des Baltischen Schildes enthält Formationen, die „*Obolus*-Sandstein" genannt werden und typischerweise zahlreiche Exemplare von *Obolus apollinis* enthalten. *Obolus* ist sowohl ein gutes Leitfossil als auch ein Faziesindikator.

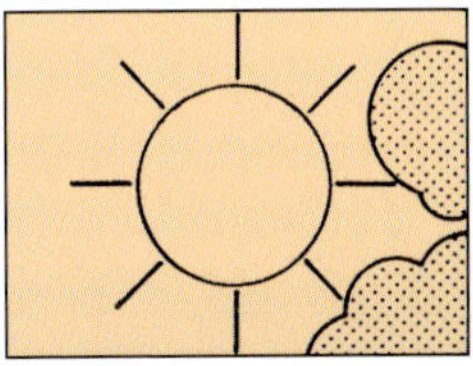

44 DISCINA NITIDA

Klassifizierung: *Stamm:* Brachiopoda – *Klasse:* Inarticulata – *Ordnung:* Neotremata – *Familie:* Discinidae
Alter: Pleistozän – Gegenwart
Verbreitung: Ostafrika
Größe des Fossils: Ø 1,5 cm
Beschreibung: Typisch für dieses Fossil ist sein phosphatisches Gehäuse, welches das Außenskelett des Tieres bildet: Die beiden Klappen, die dieses Gehäuse aufbauen, sind miteinander verwachsen und haben kein Schloss. Aus der Ventralklappe entspringt direkt unter dem Wirbel ein Stiel. Es ist eine Stielkerbe zu sehen, die im erwachsenen Stadium geschlossen ist. *Discina* ist eine archaische (inartikulate) Form, aber der Klappenaufbau zeigt hoch entwickelte Merkmale. Die Ornamentierung ist durch konzentrische Streifungen gekennzeichnet.
Biologie – Ökologie: *Discina nitida* ist eine rezente Form, die in tropischen oder äquatorialen Meeren lebt, also in warmen Klimazonen. Diese Form ist wie alle Brachiopoden mit einem Stiel am Boden oder an anderen Lebewesen verankert. Es handelt sich hier nicht um ein Leitfossil, aber *D. nitida* kann für die Epochen des späten Quartärs als Klimaindikator dienen.

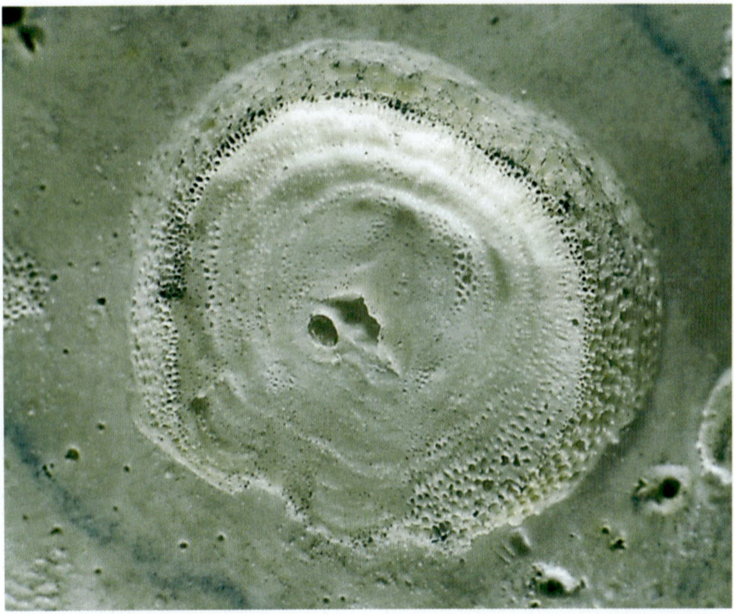

Klassifizierung: *Stamm:* Brachiopoda – *Klasse:* Inarticulata – *Ordnung:* Neotremata – *Familie:* Craniidae
Alter: Silur – Gegenwart
Verbreitung: Europa
Größe des Fossils: Ø 0,7 cm bis 1 cm
Beschreibung: Die Craniidae sind abweichende Formen mit vollkommen kalkiger Schale. Die Gattung *Crania* hat ein sehr dickwandiges Gehäuse. Die Ventralklappe ist fest an die Unterlage zementiert, so dass die Dorsalklappe als Deckel dient. Die Rückbildung des Stiels aufgrund dieser besonderen Befestigungsweise erklärt das Fehlen des Stielloches. Die obere Klappe in Form eines flachen Kegels ist konzentrisch gestreift und hat vom annähernd zentral gelegenen Wirbel radial verlaufende Rippen. Die Innenseite der Ventralklappe wird von einem Wulst eingerahmt, der eine Vertiefung umschließt. Totenkopfförmige Muskelabdrücke im Inneren der Ventralklappe gaben diesen interessanten Formen ihren Namen.
Biologie – Ökologie: Die Besonderheit der Craniidae liegt in ihrer Art, sich durch Zementierung am Untergrund zu verankern. Sie lebten in einer durch Korallen gekennzeichneten Fazies, sind aber auch heute noch anzutreffen.

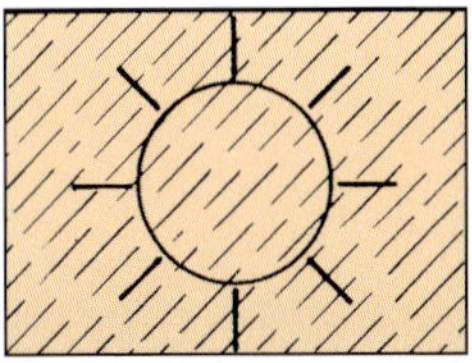

46 ORTHIS

Klassifizierung: *Stamm:* Brachiopoda – *Klasse:* Articulata – *Ordnung:* Protremata – *Familie:* Orthidae
Alter: Mittel-Devon
Verbreitung: Europa
Größe des Fossils: Länge 3 cm
Beschreibung: Das in der Regel kleine Gehäuse von *Orthis* ist sehr flach und nahezu gleichklappig. Die Ventralklappe ist mit einem Pseudodeltidium versehen, einer Platte, die vom Ventrallappen des Mantels ausgeschieden wird und das Stielloch einengt. Der Schlossrand verläuft sehr gerade und erstreckt sich über die ganze Breite des Gehäuses. Die Ornamentierung ist netzartig: Sie besteht aus konzentrischen Streifen und radialen, feinen Rippen, die vor allem am Rand sehr eng stehen und sich dort vervielfachen. Das Armgerüst ist hier auf zwei symmetrische Fortsätze beschränkt.
Biologie – Ökologie: Die Gattung *Orthis* war mit einem kurzen Stiel auf meist weichem, mobilem Substrat verankert. Man findet sie hauptsächlich in den Faziesbereichen, die den ruhigen Zonen des Subtidals entsprechen. Als Leitfossil ist *Orthis* nur mäßig geeignet, sie ist jedoch ein guter Indikator für ihren Lebensraum.

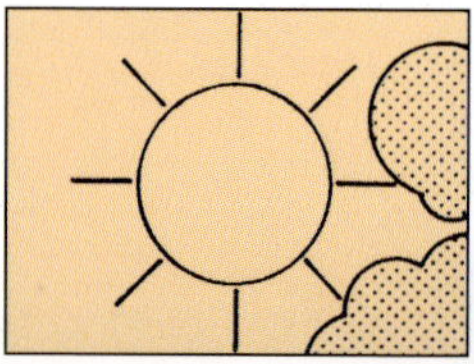

Klassifizierung: *Stamm:* Brachiopoda – *Klasse:* Articulata – *Ordnung:* Protremata – *Familie:* Strophomenidae
Alter: Perm
Verbreitung: Tunesien, Japan, Südchina, Mongolei, USA
Größe des Fossils: Höhe 10 cm, Ø 7 cm
Beschreibung: Das Gehäuse von *Leptodus* ist silifiziert. Die beiden Klappen sind abgeflacht, die Ventralklappe ist nur an der Wirbelregion befestigt. Der Schlossrand ist kurz und verläuft geradlinig. Die Ventralklappe besitzt einen löffelförmigen Septenapparat. Es sind ein Mittelkamm und laterale lappenartige Loben (bis zu 48 Paare) zu erkennen. Die Dorsalklappe dient als Operculum und weist zahlreiche Loben auf, die denen der Ventralklappe entsprechen. Interessanterweise entstehen die stark ausgebildeten, riemenförmigen lateralen Septen aus einer Ansammlung von Kieselnadeln. In den lateralen oder brachialen Septen befinden sich die Armgerüste, die die Arme tragen.
Biologie – Ökologie: Der benthische *Leptodus* lebte in seichten, gemäßigten und relativ bewegten Meeren. Aufgrund seiner zeitlichen Einordnung dient er nicht als Leitfossil oder Indikator für Fazies und Paläomilieu.

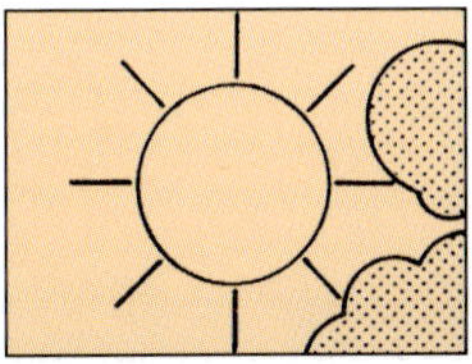

STROPHOMENA

Klassifizierung: *Stamm:* Brachiopoda – *Klasse:* Articulata – *Ordnung:* Protremata – *Familie:* Strophomenidae
Alter: Ordovizium – Silur
Verbreitung: Europa, Nordamerika
Größe des Fossils: Länge 3 cm
Beschreibung: Typisch für die Gattung *Strophomena* ist vor allem die konkav-konvexe Form ihres Gehäuses. Die Ventralklappe ist konvex, die Dorsalklappe dagegen deutlich konkav, wodurch die Wohnkammer des Tieres auf ein Minimum reduziert wurde. Der Gehäuserand ist halbkreisförmig, der lange gerade Schlossrand entspricht dabei dem Durchmesser des Halbkreises. Die in der Regel netzartig ornamentierte Oberfläche ist strahlenförmig von Rippen unterschiedlicher Ausprägung überzogen. Bei einigen Arten ist die radiale Skulptur nur auf einem Teil des Gehäuses vorhanden.
Biologie – Ökologie: Die Gattung *Strophomena* lebte auf weichem Substrat, an das sie sich anpasste, um nicht darin zu versinken. Sie bevorzugte ruhigeres Milieu, das nicht tiefer als der Kontinentalrand lag. *Strophomera* ist ein guter Milieuindikator.

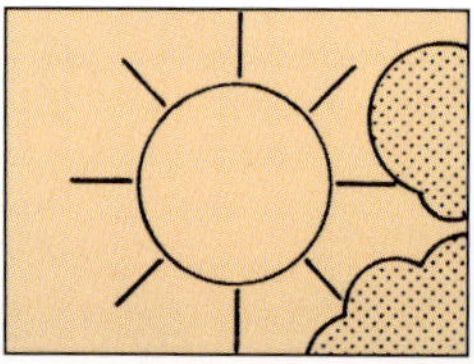

Klassifizierung: *Stamm:* Brachiopoda – *Klasse:* Articulata – *Ordnung:* Protremata – *Familie:* Gigantoproductidae
Alter: Viseum (Unter-Karbon)
Verbreitung: Westeuropa
Größe des Fossils: Länge 16 cm
Beschreibung: *Gigantoproductus giganteus* (auch: *Gigantella gigantea* oder *Productus giganteus)* ist der größte der bekannten Brachiopoden. Sein Gehäuse kann einen Durchmesser von 30 cm erreichen. Die Stielklappe schließt sich im hinteren Teil in Höhe des hervorstehenden Wirbels über der Dorsalklappe. Auf der Innenseite der Ventralklappe sind spiralige Spuren zu erkennen, die den Armen entsprechen, sowie zwei jeweils paarige Muskelabdrücke. Auf der Dorsalklappe befindet sich ein großer Fortsatz, an dem die Muskeln befestigt waren, und ein Mittelseptum, das die anderen Muskelabdrücke trennt. Die Ornamentierung besteht aus relativ gleichmäßigen, gebogenen Radialrippen, die teilweise mit anderen gekrümmten Linien zusammenlaufen. Der Schlossrand trägt häufig kleine, nach innen gebogene Stacheln.
Biologie – Ökologie: *G. giganteus* ist ein Leitfossil für das Unter-Karbon.

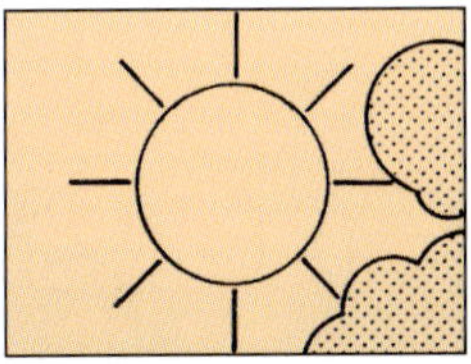

50 HORRIDONIA HORRIDA

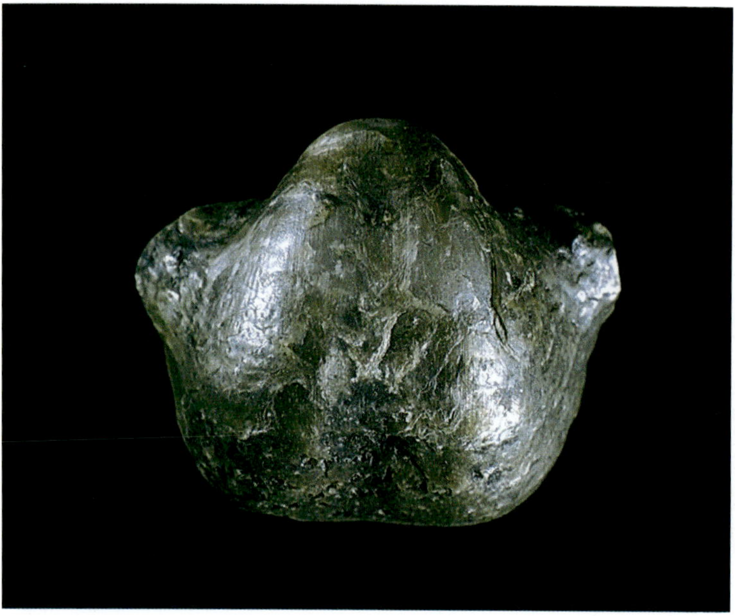

Klassifizierung: *Stamm:* Brachiopoda – *Klasse:* Articulata – *Ordnung:* Protremata – *Familie:* Productidae
Alter: Thuringium
Verbreitung: Westeuropa
Größe des Fossils: Länge 6 cm
Beschreibung: Das Gehäuse der Productidae ist ungleichklappig, die Dorsalklappe dient als Deckel. Diese Formen sind nie mit einem Stiel verankert, was das Fehlen von Foramen und Deltidium erklärt. Sie lebten frei schwimmend oder mit Hilfe von Hohlstacheln vertikal verankert, wie es auch bei *Horridonia horrida* (oder *Productus horridus)* der Fall war. Ihren Namen verdankt die Art den Narben, die ihre Stacheln hinterließen. Sie stellen auch die einzige Ornamentierung des Gehäuses dar. Der Schlossrand ist lang und verläuft sehr gerade. Insgesamt hat *H. horrida* eine trapezoide Form; die Ventralklappe ist stark konvex und mit einem kräftigen Wirbel versehen. Die Dorsalklappe besitzt einen großen Fortsatz, in dem sich die Muskeln befanden.
Biologie – Ökologie: *H. horrida* mit ihren langen Stacheln ist ein Leitfossil für das Thuringium. Normalerweise finden die Productidae sehr häufig in der Stratigrafie des Karbons und des Perms Verwendung.

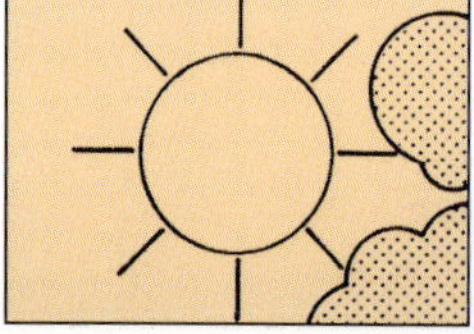

Klassifizierung: *Stamm:* Brachiopoda – *Klasse:* Articulata – *Ordnung:* Protremata – *Familie:* Dictyoclostidae
Alter: Tournaisium
Verbreitung: Westeuropa
Größe des Fossils: Länge 7 cm
Beschreibung: Das Gehäuse von *Dictyoclostus semireticulatus* besteht aus zwei sehr ungleichen Klappen. Die größere Ventralklappe hat ein halbkreisförmiges, die Dorsalklappe ein plankonkaves Profil. Die besondere Ornamentierung des Gehäuses setzt sich aus zwei Arten zusammen: Über die gesamte Oberfläche verlaufen feine radiale Rippen, und zum Kardinalfortsatz hin schneiden konzentrische, wellige Falten das erste Ornament. Auf diese Weise ergibt sich nur auf einem Teil des Gehäuses eine retikulate Ornamentierung.
Biologie – Ökologie: *D. semireticulatus* hatte keinen Stiel und lebte festgeheftet oder mit seinen langen Hohlstacheln verankert auf dem Substrat. Die Art ist ein Leitfossil für karbonische Kalksteine. Sie war vor allem in gemäßigten, sogar kalten Meeren verbreitet und kam in Küstennähe vor. Das Fossil ist wichtig für die Stratigrafie des Karbons.

52 CYCTACANTHORIA KINGORUM

Klassifizierung: *Stamm:* Brachiopoda – *Klasse:* Articulata – *Ordnung:* Strophomenacea – *Familie:* Strophomenidae

Alter: Perm

Verbreitung: Südeuropa, Asien, Nordamerika, Nordafrika

Größe des Fossils: Höhe 6 cm

Beschreibung: *Cyctacanthoria kingorum* ist ein korallenähnlicher Brachiopode, der an das Leben in Riffen angepasst war. Seine Klappen sind unterschiedlich aufgebaut: Die Ventralklappe hat eine konische, sehr längliche Form und erinnert ein wenig an ein Horn. An der Außenseite trägt er Stacheln. Der Boden ist wie bei einigen Tetrakorallen durch einen Kalkbecher an den Untergrund zementiert. Die Dorsalklappe ist deckelförmig. Die Weichteile hatten vermutlich nicht viel Platz zwischen den Klappen.

Biologie – Ökologie: *C. kingorum* lebte in Riffen, an denen er mit seiner Ventralklappe und mit seitlichen Stacheln verankert war. Er weist in seiner Struktur eine deutliche Konvergenz zu bestimmten Korallen auf, mit denen er zusammenlebte, wie beispielsweise zu den Rudisten vom Typ der Gattung *Hippurites.* Dieser Brachiopode ist nur in den Korallenfazies des Perms anzutreffen, war jedoch weltweit verbreitet. *Cyctacanthoria* kann als gutes Leitfossil und als gutes Faziesfossil betrachtet werden.

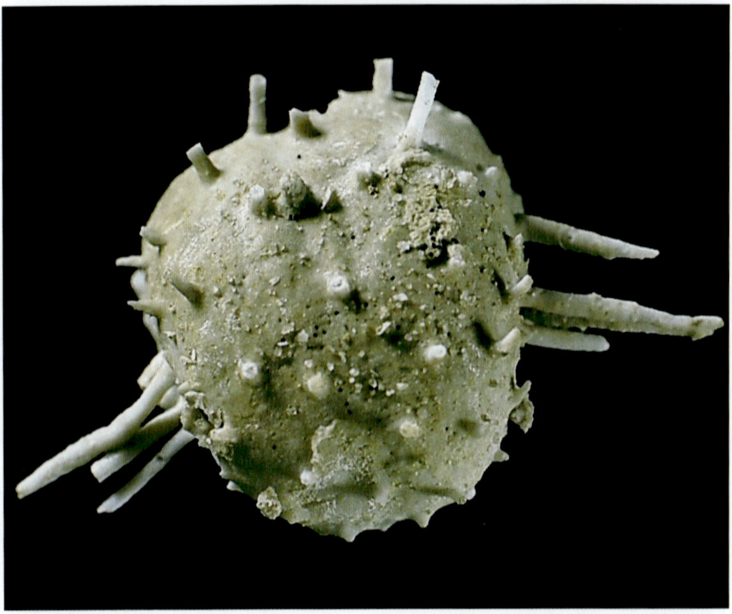

Klassifizierung: *Stamm:* Brachiopoda – *Klasse:* Articulata – *Ordnung:* Protremata – *Familie:* Marginiferidae

Alter: Perm

Verbreitung: USA (Texas)

Größe des Fossils: Länge 3 cm

Beschreibung: *Echinauris lateralis* ist ein articulater Brachiopode mit zwei sehr ungleichen Klappen. Die Dorsalklappe ist flach und deckelförmig, die glatte Ventralklappe dagegen sehr bauchig. Bei diesem Brachiopoden verläuft der Schlossrand gerade, die Area und das Armgerüst sind nur rudimentär vorhanden. Dieser fixierten Art fehlt der Stiel. Mit zahlreichen Hohlstacheln, die über die gesamte Oberfläche der Ventralklappe verteilt sind, verankerte sich das Tier im Substrat.

Biologie – Ökologie: *E. lateralis* stammt aus den permischen Schichten von Texas in den USA. Obwohl es auch rezente Brachiopoden in den Meeren gibt, sind solche stachelbesetzten Formen heute völlig verschwunden. Sie lebten auf weichen Sedimenten am Meeresgrund, wobei ihre Stacheln als Stabilisatoren und möglicherweise als Schutz gegen bestimmte Räuber dienten. Wie die meisten Brachiopoden ist *Echinauris* ein ausgezeichnetes Leitfossil, das typisch für gewisse Horizonte im Perm ist.

54 GYPIDULA

Klassifizierung: *Stamm:* Brachiopoda – *Klasse:* Articulata – *Ordnung:* Protremata – *Familie:* Pentameridae
Alter: Silur – Devon
Verbreitung: Europa, Russland, China, Marokko, Nordamerika
Größe des Fossils: Länge ca. 5 cm
Beschreibung: *Gypidula* ist ein fossiler Brachiopode aus der ersten Hälfte des Paläozoikums. Das aus Kalzit bestehende Gehäuse ist kugelförmig und hat einen ovalen Umriss. Die Ventralklappe ist die größere der beiden Klappen. Sie weist eine Medianfalte auf, ist stark konvex und endet hinten in einem hervorstehenden, gebogenen Wirbel. Die kleinere Dorsalklappe hat eine zentrale Einbuchtung. Die Ornamentierung des Gehäuses besteht aus radialen, gerundeten Rippen, die sich zur Mitte hin deutlich unterscheiden lassen. Die beiden Gehäuseklappen sind artikuliert; der Schlossrand ist gekrümmt. Das Armgerüst beschränkt sich auf zwei Fortsätze oder Cruren. Im Gehäusequerschnitt ist zu erkennen, dass die Ventralklappe von einem großen Septum geteilt wird.
Biologie – Ökologie: *Gypidula* war ein Meerestier, das sich mit seinem Stiel am Boden verankerte. Die Brachiopoden sind von großem stratigrafischem Interesse, da man sie in Formationen antrifft, in denen Ammoniten fehlen.

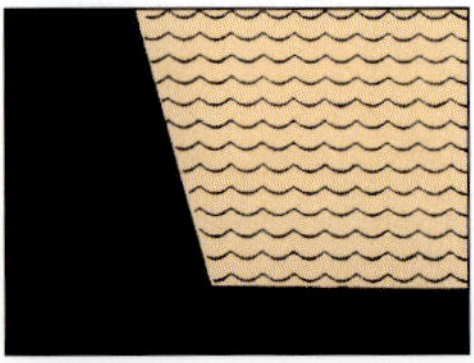

Klassifizierung: *Stamm:* Brachiopoda – *Klasse:* Articulata – *Ordnung:* Protremata – *Familie:* Pentameridae
Alter: Obersilur
Verbreitung: Westeuropa
Größe des Fossils: Länge 3,5 cm
Beschreibung: *Conchidium knighti* hat ein großes Gehäuse, das höher als breit ist und einen stark gekrümmten ventralen Wirbel aufweist. Der Schlossrand ist gekrümmt, eine Area fehlt. Bei den Pentameridae entwickelt sich das Armgerüst individuell . Es trägt im hinteren Bereich der Dorsalklappe in der Nähe des Schlossfortsatzes zwei kleine symmetrische Fortsätze, die Cruren. Die Gehäuseoberfläche ist von zahlreichen Radialrippen bedeckt, die teilweise von unterbrochenen konzentrischen Streifen gekreuzt werden. Das Pseudodeltidium wird bei *C. knighti* durch ein tiefes, rautenförmiges Grübchen ersetzt, das sich unter dem Ventralwirbel befindet.
Biologie – Ökologie: Die Gattung *Conchidium* umfasst silurische und devonische Arten. *C. knighti* ist eine charakteristische Art für das Obersilur. Neben der Tatsache, dass sie mit einem Stiel im Boden verankert war, ist nur wenig über ihre Lebensweise bekannt.

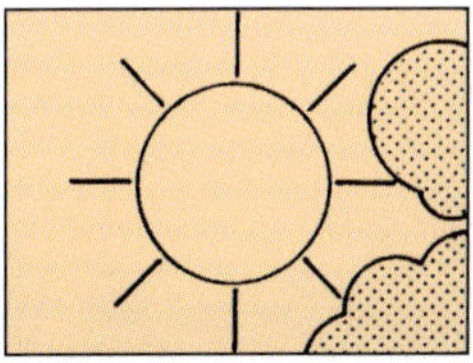

56 ATRYPA RETICULARIS

Klassifizierung: *Stamm:* Brachiopoda – *Klasse:* Articulata – *Ordnung:* Telotremata – *Familie:* Atrypidae
Alter: Silur – Devon
Verbreitung: Europa, USA
Größe des Fossils: Länge 2,5 cm
Beschreibung: Die Art *Atrypa reticularis* ist vor allem durch die netzartige Skulptur ihres Gehäuses gekennzeichnet, die dadurch entsteht, dass sich Radialrippen und konzentrische Wachstumsstreifen überlappen. Das Armgerüst ist sehr gut entwickelt und in zwei spiralige Kegel geteilt, die sich am Scheitelpunkt gegenüberstehen. Das kleine runde Foramen wird beiderseits von Deltidialplatten begrenzt. Die Klappen von *A. reticularis* sind unterschiedlich aufgebaut: Die Dorsalklappe ist stark bauchig, um dem vertikal angeordneten Armgerüst genügend Platz zu bieten, während die Ventralklappe annähernd eben ist. Der Schlossrand ist gekrümmt, eine Area fehlt.
Biologie – Ökologie: Die Gattung *Atrypa* existierte vom Silur bis zum Devon, die Art *A. reticularis* ist jedoch typisch für das Devon. Sie lebte mit dem Stiel am Boden verankert im Gezeitenbereich unter ruhigen Strömungsbedingungen. Aufgrund ihrer großen geografischen Verbreitung und ihres zeitlich begrenzten Vorkommens ist sie ein gutes Leitfossil.

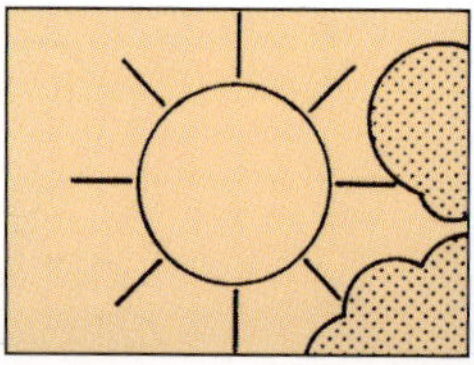

CYRTOSPIRIFER VERNEUILLI

Klassifizierung: *Stamm:* Brachiopoda – *Klasse:* Articulata – *Ordnung:* Telotremata – *Familie:* Cyrtospiriferidae
Alter: Frasnium – Famennium (Ober-Devon)
Verbreitung: Westeuropa, USA
Größe des Fossils: Länge 6 cm
Beschreibung: Das aus Kalzitfasern aufgebaute Gehäuse von *Cyrtospirifer verneuilli* ist impunktat und mit feinen, eng stehenden Radialrippen versehen. Es hat eine sehr breite Form, ist aber nicht so stromlinienförmig wie das von *Euryspirifer speciosus*. Die Besonderheit von *Spirifer* ist sein Armgerüst: Es besteht aus zwei spiraligen Kegeln, die sich an der Basis gegenüberliegen. Sie sind horizontal im Gehäuse angeordnet, das Jugum, das sie bei manchen Gattungen verbindet, fehlt hier. Der Schlossrand verläuft vollkommen geradlinig und weist auf der gesamten Länge eine ventrale Area auf. Das Foramen wird von einem unvollständigen Pseudodeltidium begrenzt.
Biologie – Ökologie: *C. verneuilli* ist charakteristisch für das Ober-Devon (Frasnium und Famennium). Mit den anderen Arten dieser Gattung trägt es zur präzisen Stratigrafie im Devon bei. Es handelt sich um ein ausgezeichnetes Leitfossil, auf das die Geologen häufig zurückgreifen. Die Art lebte im ruhigen Milieu innerhalb der Flachwasserzone.

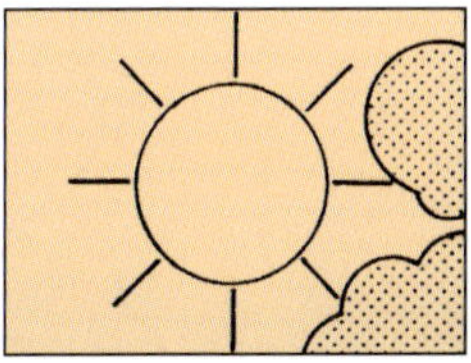

58 PARASPIRIFER CULTRIJUGATUS

Klassifizierung: *Stamm:* Brachiopoda – *Klasse:* Articulata – *Ordnung:* Telotremata – *Familie:* Delthyrididae
Alter: Ober-Emsium – Couvinium (Unter-Devon – Mittel-Devon)
Verbreitung: Europa, USA
Größe des Fossils: Länge 3,5 cm
Beschreibung: Sein ventraler Sinus und ein stark ausgeprägter dorsaler Wulst verleihen *Paraspirifer cultrijugatus* ein gedrungenes Aussehen und das typische stumpfe Profil. Diese Art ist eng mit *Spirifer* verwandt; dessen Ähnlichkeit mit einer Flugzeugtragfläche ist hier allerdings nur schwach ausgeprägt. Das sehr gut entwickelte Armgerüst besteht aus zwei spiraligen, horizontal angeordneten Kegeln. Das Schloss verläuft vollkommen geradlinig und nimmt die gesamte Breite des Gehäuses ein, ebenso wie die eher schmale ventrale Area. Das Gehäuse ist mit feinen Rippen skulptiert, die vom Pseudodeltidium ausgehend radial angeordnet sind.
Biologie – Ökologie: Anhand der Spiriferen lassen sich neun stratigrafische Zonen im Devon unterscheiden. *P. cultrijugatus* markiert das Mittel-Couvinium. Er lebte mit einem Stiel verankert auf beweglichen Sedimenten außerhalb der Gezeitenzone. Seine begrenzte geografische Verbreitung schmälert jedoch seine Verwendbarkeit.

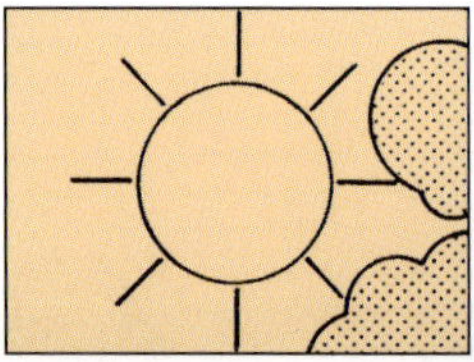

Klassifizierung: *Stamm:* Brachiopoda – *Klasse:* Articulata – *Ordnung:* Telotremata – *Familie:* Delthyrididae
Alter: Couvinium (Mittel-Devon)
Verbreitung: Europa
Größe des Fossils: Länge 3,5 cm, Breite 11 cm
Beschreibung: Das Gehäuse von *Euryspirifer speciosus* erinnert an ein Objekt aus der Luftfahrt. Es ist dickwandig, von faseriger Struktur, imperforat und trägt breite radiale Rippen, die den vorderen Rand des Gehäuses schneiden. Der Schlossrand verläuft teilweise geradlinig und wird von einer sehr schmalen Area gesäumt. Diese wird von einer dreieckigen Kerbe eingeschnitten, durch die der Stiel zur Befestigung austritt. Der dorsale Wulst ist stärker ausgeprägt als der ventrale Sinus. Dem spiraligen, horizontal angeordneten Armgerüst fehlt das Jugum. Das Armgerüst wird von der Dorsalklappe getragen, die eine kleine Area aufweist.
Biologie – Ökologie: *E. speciosus* lebte in warmen bis temperierten Meeren. Der sessile, benthische Organismus entwickelte sich in ruhigen Bereichen auf Substraten, die aus mobilen Sedimenten bestanden. *E. speciosus* trägt zur Definition der neun stratigrafischen Zonen des Devon bei. Seine relativ weite geografische Verbreitung macht ihn auch allgemein zu einem nützlichen Hilfsmittel der Stratigrafie.

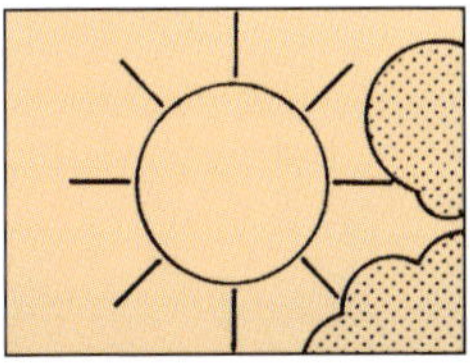

60 SPIRIFERINA WALCOTTI

Klassifizierung: *Stamm:* Brachiopoda – *Klasse:* Articulata – *Ordnung:* Telotremata – *Familie:* Spiriferinidae
Alter: Sinemurium (Unter-Jura)
Verbreitung: Westeuropa
Größe des Fossils: Länge 4,5 cm
Beschreibung: Das Gehäuse von *Spiriferina walcotti* zeigt einige Merkmale von *Spirifer,* die Seitenränder sind jedoch gerundet und die Oberfläche ist durchgehend mit feinen Knötchen versehen. Die sehr kräftigen radialen Rippen variieren zahlenmäßig von vier bis sechs, sie überlagern auf jeder Seite des Sinus die Ornamentierung. Der ventrale Wirbel steht manchmal sehr stark hervor. Weitere Unterschiede zu *Spirifer* sind der gekrümmte Schlossrand, die Ventralklappe, die ein gut entwickeltes Medianseptum aufweist, und die Spiralen des Armgerüsts, die mit einem Jugum verbunden sind.
Biologie – Ökologie: Die Gattung *Spiriferina* ist vor allem für das Sinemurium (Unter-Jura) bedeutend. Die Art *S. walcotti* existierte – vor allem in Marokko – sogar bis in den Mittel-Jura. Unter den Spiriferinidae überlebte diese Gruppe am längsten.

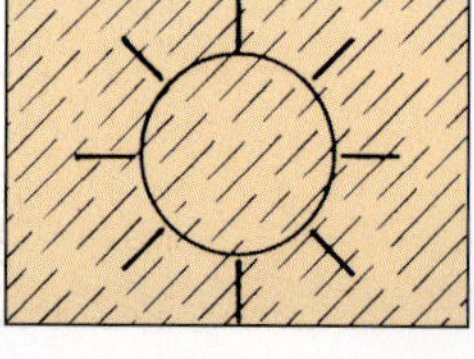

SPIRIFERINA TUMIDA

Klassifizierung: *Stamm:* Brachiopoda – *Klasse:* Articulata – *Ordnung:* Telotremata – *Familie:* Spiriferinidae
Alter: Hettangium – Pliensbachium
Verbreitung: Europa
Größe des Fossils: Länge 3,5 cm
Beschreibung: *Spiriferina tumida* erinnert an einen stämmigen *Spirifer* mit stark ausgeprägtem Ventralwirbel und großer Area. Sie unterscheidet sich durch die typischen Merkmale der Spiriferinen: kurze, gerundete Seitenränder, gekrümmter Schlossrand, Armgerüst mit Jugum. Die Ornamentierung besteht aus acht bis zwölf schmalen, abgerundeten Rippen, die von jeder Seite des Sinus aus radial angeordnet sind. Die Punktierungen, die Spuren von Stacheln entsprechen, überlagern diese Skulptur. In der Regel ist die Ornamentierung nur schwach ausgeprägt und erscheint verwischt. Einige Experten haben diese Art sogar mit glattem Gehäuse beschrieben.
Biologie – Ökologie: Die Gattung *Spiriferina* erscheint erstmals im Karbon, erreicht ihren Höhepunkt im Unter-Jura und verschwindet im Mittel-Jura mit Arten wie *S. tumida* oder *S. walcotti*. Die große geografische Verbreitung und die deutlich erkennbare Evolution der Merkmale machen die Vertreter dieser Gattung zu guten Leitfossilien.

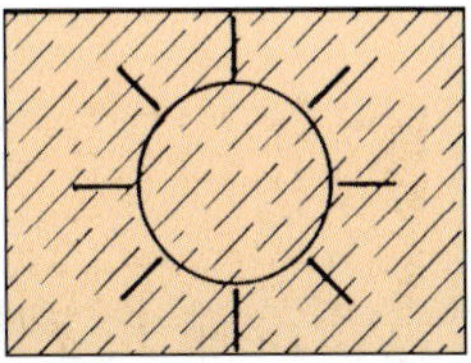

62 UNCITES GRYPHUS

Klassifizierung: *Stamm:* Brachiopoda – *Klasse:* Articulata – *Ordnung:* Telotremata – *Familie:* Uncitidae
Alter: Mittel-Devon
Verbreitung: Europa
Größe des Fossils: Länge 7 cm
Beschreibung: *Uncites gryphus* ist ein aberranter Spiriferide, der sich an das Leben in Riffen angepasst hat. Das große, hohe Gehäuse hat einen voluminösen ventralen Wirbel. Der Schlossrand ist kurz und gekrümmt, einzigartig für *Spirifer.* Er wird nicht von einer Area begrenzt. Das Deltidium besteht aus miteinander verwachsenen Platten und lässt genau unter der Spitze des Wirbels eine Öffnung für den Stiel frei. Die Ventralklappe zeigt eine mediane Einbuchtung, die für eine Krümmung des Umrisses sorgt. Die Gehäuseoberfläche ist mit feinen Radialrippen besetzt.
Biologie – Ökologie: Die Art *U. gryphus* entwickelte sich in den Riffen der warmen Meere des Devons, genauer des Givetiums. So passte sie sich warmen Meeren mit starken Strömungen und hohem Sauerstoffgehalt an. Sie ist ein guter Faziesindikator und hilft auch bei der Einordnung des Givetiums, denn in Europa ist *U. gryphus* relativ weit verbreitet (Deutschland, Belgien, Frankreich, Großbritannien).

 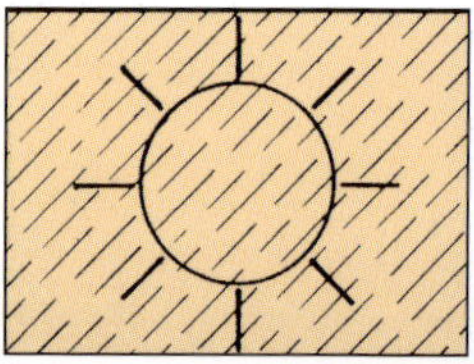 

Klassifizierung: *Stamm:* Brachiopoda – *Klasse:* Articulata – *Ordnung:* Telotremata – *Familie:* Athyrididae
Alter: Devon – Trias
Verbreitung: Europa, USA
Größe des Fossils: Länge 3,3 cm
Beschreibung: Die generelle Form dieses Fossils erscheint gedrungener als die von *Spirifer.* Es gibt jedoch zahlreiche Analogien: ventraler Sinus, dorsaler Wulst, Armgerüst aus zwei spiraligen Kegeln, die sich an der Basis gegenüberliegen. Die beiden Spiralen sind allerdings durch ein weitaus komplexeres Jugum verbunden als bei *Spirifer.* Das Gehäuse ist annähernd rund, fast gleichklappig, hat einen gekrümmten Schlossrand und keine Area. Der Wirbel der Ventralklappe, der sich über die Dorsalklappe krümmt, wird an seinem Ende vom Stielloch abgestutzt. Das Deltidium ist hier rudimentär vorhanden und begrenzt ein großes rundes Loch. Die Gehäuseoberfläche kann glatt oder gerippt sein oder konzentrische Lamellen tragen.
Biologie – Ökologie: Die Athyrididae lebten mit der bekanntesten Gattung *Athyris* im Wesentlichen im Devon. Sie existierten jedoch bis zur Trias. Athyrididae sind gute Leitfossilien, deren Bedeutung allerdings durch ihre geringe geografische Verbreitung gemindert wird.

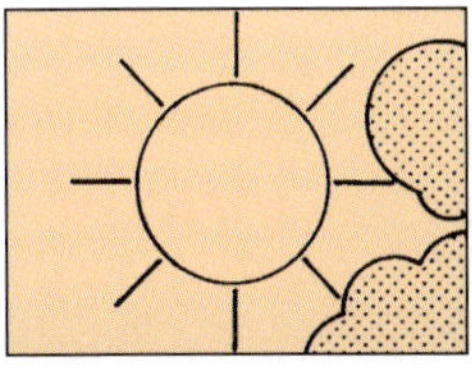

64 ACANTHOTHYRIS SPINOSA

Klassifizierung: *Stamm:* Brachiopoda – *Klasse:* Articulata – *Ordnung:* Telotremata – *Familie:* Rhynchonellidae
Alter: Bajocium – Bathonium (Mittel-Jura)
Verbreitung: Europa
Größe des Fossils: Länge 2,5 cm
Beschreibung: *Acanthothyris spinosa* ist ein Rhynchonellide von kugeliger Gestalt mit schwach ausgeprägtem Sinus. Sie hat bestachelte, radial angeordnete Rippen, denen sie ihren Artnamen verdankt. Die Stacheln sind alternierend auf den Rippen angebracht. Das winzige Foramen befindet sich unter dem Ventralwirbel, der eher unauffällig ist und die Form eines spitzen Schnabels hat. Er gab den Rhynchonellidae ihren Namen. Das Armgerüst, das dafür konstruiert ist, das Lophophor zu stützen, beschränkt sich hier auf die Cruren. Die Schale ist faseriger aufgebaut, das Gehäuse mit Stacheln übersät – eine Ausnahme bei den Rhynchonellidae.
Biologie – Ökologie: Unter den 600 Formen von Rhynchonelliden, die vom Obersilur bis zur Gegenwart verbreitet sind, ist *Acanthothyris,* eine mit *Rhynchonella* verwandte Art, charakteristisch für das Bajocium (Mittel-Jura). Sie ist als Leitfossil relativ bedeutsam, im Gegensatz zu einigen anderen Rhynchonelliden, die trotz ihrer Formenvielfalt keine charakteristische stratigrafische Abfolge erlauben.

Klassifizierung: *Stamm:* Brachiopoda – *Klasse:* Articulata – *Ordnung:* Telotremata – *Familie:* Rhynchonellidae
Alter: Coniacium – Santonium
Verbreitung: Westeuropa
Größe des Fossils: Länge 2,5 cm
Beschreibung: Das Gehäuse von *Cyclothyris vespertilio* weist einen starken ventralen Sinus mit einem abgeflachten Flügel auf beiden Seiten auf. Dies verleiht ihm eine verbreiterte Form, die bei den Rhynchonelliden selten anzutreffen ist, und erinnert an eine Fledermaus; daher auch der Artname. Die Oberfläche ist gleichmäßig gerippt: Man erkennt 30 bis 45 Rippen, von denen etwa zehn den medianen Sinus bilden. Die beiden Klappen sind an der Vorderseite durch eine Reihe von Zähnen miteinander verbunden, die den Rippen entsprechen. Das Armgerüst fehlt oder ist auf Cruren reduziert. Der Schlossrand ist gekrümmt, und das sehr unauffällige Foramen befindet sich unter dem ventralen Wirbel.
Biologie – Ökologie: *C. vespertilio* ist charakteristisch für die Kreidefazies der Emscher-Zeit. Die Tatsache, dass die verschiedenen Formen von Rhynchonelliden schwer zu unterscheiden sind, schränkt ihren Nutzen für die Stratigrafie ein. *C. vespertilio* ist jedoch so einzigartig, dass keine Probleme bei der Bestimmung auftreten. Die Art ist relativ hilfreich bei Untersuchungen in der Ober-Kreide.

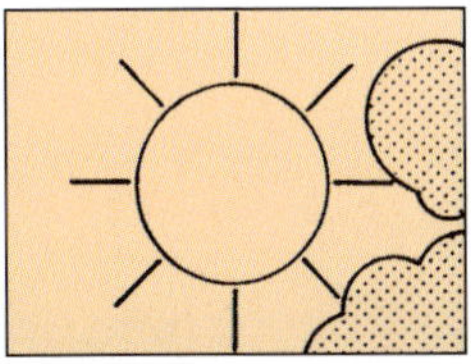

66 HYPOTHYRIDINA CUBOIDES

Klassifizierung: *Stamm:* Brachiopoda – *Klasse:* Articulata – *Ordnung:* Telotremata – *Familie:* Uncinulidae
Alter: Givetium – Frasnium
Verbreitung: Nordeuropa
Größe des Fossils: Länge 2,5 cm
Beschreibung: *Hypothyridina cuboides* gehört zu den Rhynchonelliden, trägt aber nicht den Gattungsnamen *Rhynchonella,* der den mesozoischen Formen vorbehalten ist. Charakteristisch für dieses paläozoische Fossil sind die stark konvexe Armklappe und der ausgeprägte rechteckige Sinus. Dieser verleiht *H. cuboides* ein kubisches Aussehen, dem sie ihren Artnamen verdankt. Der unauffällige ventrale Wirbel hat die Form eines spitzen Schnabels und beweist die Zugehörigkeit dieser Art zu den Rhynchonellaceae. Der Ventralsinus ist kaum eingebuchtet. Die Stielklappe ist nahezu flach und endet an der Vorderseite in einer emporragenden Zunge, die dem Sinus entspricht.
Biologie – Ökologie: *H. cuboides* ist eine Art des Devons (Givetium und Frasnium). Auch heute noch existieren primitivere Rhynchonelliden, die ersten erschienen 65 Millionen Jahre früher im Silur. Das zeugt von der Langlebigkeit der Rhynchonellaceae.

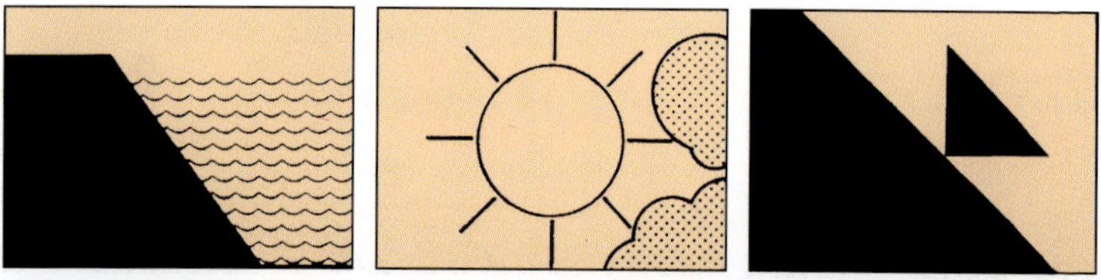

Klassifizierung: *Stamm:* Brachiopoda – *Klasse:* Articulata – *Ordnung:* Telotremata – *Familie:* Rhynchonellidae.
Alter: Trias – Ober-Kreide.
Verbreitung: Weltweit
Größe des Fossils: Länge 1 cm bis 4 cm
Beschreibung: Die Rhynchonelliden sind articulate Brachiopoden der Ordnung Telotremata. Bei dieser Familie fehlt das Armgerüst oder es ist auf Cruren reduziert. Das Foramen befindet sich unter dem Wirbel. Die Rhynchonelliden umfassen mehr als 600 Arten und stellen daher eine bedeutende Familie dar. Die Klappen sind sehr bauchig und weisen einen Sinus auf. Der Schlossrand ist gekrümmt. *Rhynchonella* repräsentiert den mittleren Typus. Die alten Formen des Paläozoikums werden vor allem durch die Uncinulidae und verwandte Familien vertreten. Im Mesozoikum sind die Arten *Burmirhynchia decorata*, *Thurmanella thurmanini* und *Cyclothyris vespertilio* am ehesten repräsentativ. Die einzelnen Arten sind aufgrund ihrer zu geringen geografischen Verbreitung oder wegen der Schwierigkeit, sie zweifelsfrei zu identifizieren, nicht immer gute Leitfossilien. Das Gehäuse ist in der Regel bilateral symmetrisch. Eine der beiden Klappen besitzt einen medianen Sinus und zeigt eine Einbuchtung am Rand. Der Scheitelpunkt der Klappe liegt unter dem Stielloch. *Rhynchonella* ist eng verwandt mit *Acanthothyris.*
Biologie – Ökologie: Es handelt sich um benthische, sessile Arten, die sich mikrophag ernährten.

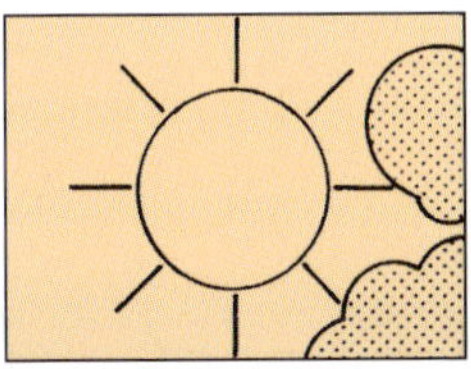

HOMOEORHYNCHIA CYNOCEPHALIA

Klassifizierung: *Stamm:* Brachiopoda – *Klasse:* Articulata – *Ordnung:* Telotremata – *Familie:* Rhynchonellidae
Alter: Pliensbachium – Aalenium
Verbreitung: Europa
Größe des Fossils: Länge 2 cm
Beschreibung: Diese kleinwüchsige Art verdankt ihren Namen ihrem charakteristischen Profil, das an einen Hundekopf erinnert. Es wird durch einen stark ausgeprägten Sinus bestimmt, der von zwei scharfen Rippen bedeckt wird. Das unauffällige Foramen befindet sich unter der Krümmung des nur schwach ausgeprägten ventralen Wirbels. Das kurze gekrümmte Schloss verbindet die Klappen, die sehr bauchig und mit den typischen radialen Rippen der Rhynchonelliden ornamentiert sind. Das Armgerüst im Inneren ist auf zwei nicht spiralige Fortsätze (Cruren) reduziert. Die Schale ist faserig aufgebaut und impunktat. Auf der Vorderseite werden die Klappenränder von den Rippenenden zickzackförmig begrenzt.
Biologie – Ökologie: Diese Art gehört zu einer Gruppe mit einer großen geografischen und zeitlichen Verbreitung. Sie markiert den Grenzbereich zwischen Unter- und Mittel-Jura vor ca. 175 Millionen Jahren. Trotz seiner Vielfalt hat es sich als sehr heikel erwiesen, von diesen Fossilien ausgehend eine stratigrafische Abfolge zu erstellen.

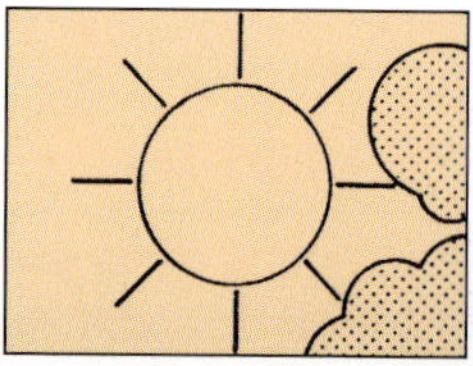

Klassifizierung: *Stamm:* Brachiopoda – *Klasse:* Articulata – *Ordnung:* Telotremata – *Familie:* Rhynchonellidae
Alter: Bajocium
Verbreitung: Frankreich, Großbritannien
Größe des Fossils: Länge 4 cm
Beschreibung: *Sphenorhynchia plicatella* ist ein Vertreter der mittleren Rhynchonelliden-Formen. Die Stielklappe ist relativ flach, die Dorsalklappe eher kugelig. Bei den Rhynchonelliden ist die Ventralklappe in der Regel weniger entwickelt, was für den Stamm der Brachiopoden eine Ausnahme darstellt. Die frontale Einbuchtung ist schwach ausgeprägt, und man findet die typische Ornamentierung mit Radialrippen. Das Armgerüst, Stützskelett für das Lophophor, fehlt oder ist auf Cruren reduziert. Das Foramen befindet sich unter dem Wirbel, der Schlossrand ist gekrümmt. Ein Erkennungsmerkmal dieser Art ist die Armklappe, die dem Gehäuse in der Seitenansicht ein eckiges Aussehen verleiht.
Biologie – Ökologie: *S. plicatella* ist eine Art des Mittel- und Ober-Bajociums. Ihre geringe Verbreitung schmälert ihre Bedeutung für die Stratigrafie.

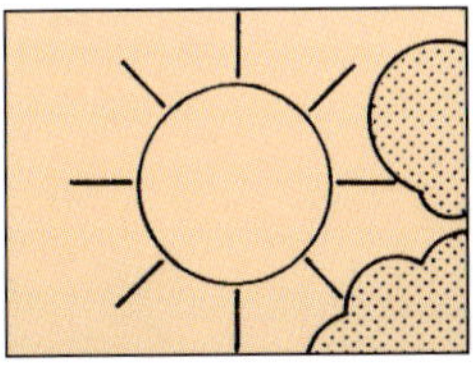

70 BURMIRHYNCHIA DECORATA

Klassifizierung: *Stamm:* Brachiopoda – *Klasse:* Articulata – *Ordnung:* Telotremata
Alter: Bathonium
Verbreitung: Westeuropa, Naher Osten
Größe des Fossils: Länge 3,5 cm
Beschreibung: *Burmirhynchia decorata* besteht aus einem hohen, schmalen Gehäuse mit konvexer Dorsalklappe. Der ventrale Sinus ist stark ausgeprägt und wird von zwei bis vier Rippen gebildet. Die gebogene Kommissur der beiden Klappen wird durch den Sinus und den Wulst im mittleren Teil des Gehäuses verkrümmt. Die scharfen, radial angeordneten Rippen stellen die einzige Skulptur des Gehäuses dar. Weitere Merkmale, die zwar nicht artspezifisch, aber typisch für Rhynchonelliden sind, sind der gekrümmte Schlossrand, ein auf Cruren reduziertes Armgerüst und eine faserige, impunktate Schale.
Biologie – Ökologie: *B. decorata* ist eine mesozoische Art und kennzeichnend für das Bathonium. Sie lebte mit einem Stiel verankert auf Weichböden außerhalb der Gezeitenzone. Die stratigrafische Bedeutung, die ihr aufgrund ihres zeitlich begrenzten Auftretens zukommt, wird durch ihre geringe geografische Verbreitung gemindert. *B. decorata* kann teilweise als Faziesfossil eingesetzt werden.

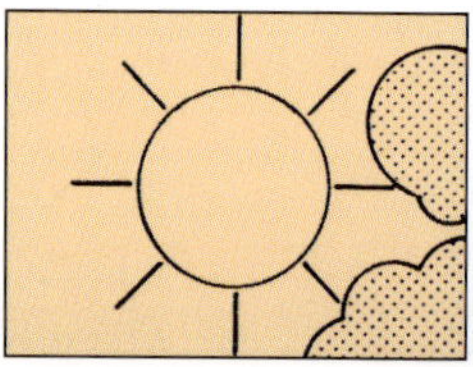

Klassifizierung: *Stamm:* Brachiopoda – *Klasse:* Articulata – *Ordnung:* Telotremata – *Familie:* Dictyothyrididae
Alter: Bathonium
Verbreitung: Nordfrankreich, Großbritannien
Größe des Fossils: Länge 2,5 cm
Beschreibung: *Dictyothyris coarctata* ist eine aberrante Form, die im Vergleich zu den echten Terebratuliden eine umgekehrte Verteilung von Sinus und Wulst aufweist: Sie besitzt einen ventralen und zwei dorsale Sinus. Die Skulptur besteht aus feinen Radialrippen und konzentrischen Anwachsstreifen, die auf der Gehäuseoberfläche ein netzartiges Muster ergeben. An jedem Schnittpunkt des Netzes sitzt ein Stachel. Das Armgerüst hat hier die Form eines nicht spiraligen, teilweise aber sehr kompliziert gewickelten Bandes. Die Wirbelspitze wird durch das Foramen abgestutzt. Das Gehäuse hat einen annähernd fünfeckigen Umriss.
Biologie – Ökologie: *D. coarctata* gehörte zum Benthos und lebte in bewegten Gewässern des Gezeitenbereiches, verankert auf eher felsigen Substraten. Dieses Fossil ist in Nordfrankreich und Großbritannien relativ häufig zu finden, sonst ist seine geografische Verbreitung jedoch begrenzt, so dass es für die Stratigrafie nur von geringem Nutzen ist.

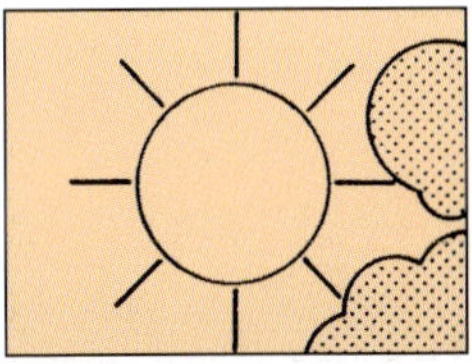

72 STRINGOCEPHALUS BURTINI

Klassifizierung: *Stamm:* Brachiopoda – *Klasse:* Articulata – *Ordnung:* Telotremata – *Familie:* Stringocephalidae
Alter: Givetium
Verbreitung: Nord- und Mitteleuropa, Amerika
Größe des Fossils: Länge 10 cm bis 30 cm
Beschreibung: Das dickwandige Gehäuse dieser Art ist ungewöhnlich für die Terebratuliden und zeugt von der Anpassung an das Leben im Riff. *Stringocephalus burtini* ist breiter als hoch und hat eine stark konvexe Ventralklappe. Die Art weist einen ausgeprägten Wirbel auf und ein hohes Medianseptum, das manchmal anhand einer Narbenspur auf der Außenseite zu erkennen ist. Das Armgerüst besteht aus zwei breiten Bändern, die beiderseits des Septums auf der gegenüberliegenden Klappe inserieren. Das Foramen ist unterständig, nicht apikal. Die Gehäuseoberfläche ist praktisch glatt, mit Ausnahme von schwach ausgeprägten Anwachsstreifen.
Biologie – Ökologie: *S. burtini* tritt immer zusammen mit *Uncites gryphus* auf. Die Lebensweise in der Korallenfazies zeigt, dass die Art sauerstoffreiche, weil strömungsintensive, warme Gewässer bevorzugte. Dieses Fossil ist sowohl als Faziesindikator als auch als Leitfossil für das Givetium interessant.

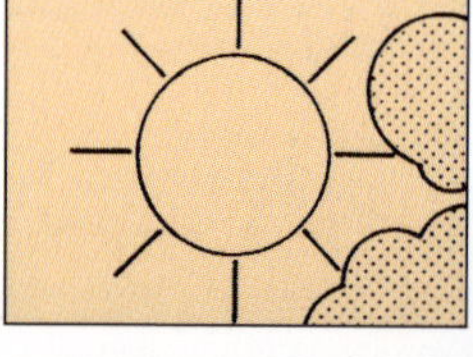

Klassifizierung: *Stamm:* Brachiopoda – *Klasse:* Articulata – *Ordnung:* Telotremata – *Familie:* Terebratulidae
Alter: Bathonium
Verbreitung: Westeuropa
Größe des Fossils: Länge 5 cm
Beschreibung: *Cererithyris* vertritt den mittleren Typ der Terebratuliden. Das Gehäuse wird von einem Mediansinus auf der Dorsalklappe durchzogen. Auf der Stielklappe erkennt man einen medianen Wulst. Das Armgerüst ist in Form eines mehr oder weniger kompliziert gewickelten, aber nie spiraligen Bandes ausgebildet und durch Cruren mit dem Gehäuse verbunden. Das Foramen sitzt am Ende des stumpfen Wirbels. Das Gehäuse ist in der Regel dünnwandig und nur mit konzentrischen Anwachsstreifen ornamentiert.
Biologie – Ökologie: Die Gattung *Cererithyris* ist mit *Terebratula* verwandt. Die Gattung *Terebratula* ist heute auf das Miozän bis Pliozän beschränkt. Die alte Gattung *Terebratula* umfasste zahlreiche andere Gattungen, die nun eigenständig klassifiziert werden. *Cererithyris* ist vor allem durch die Art *C. intermedia* des Bathoniums vertreten.

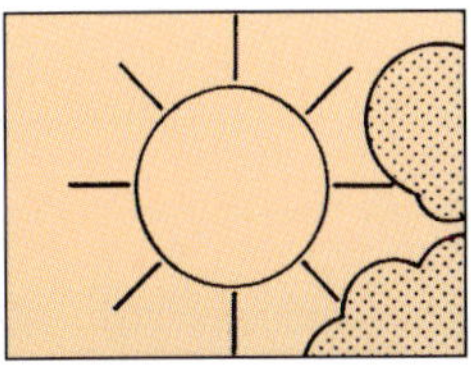

SPHAEROIDOTHYRIS SPHAEROIDALIS

Klassifizierung: *Stamm:* Brachiopoda – *Klasse:* Articulata – *Ordnung:* Telotremata – *Familie:* Terebratulidae
Alter: Ober-Bajocium – Bathonium
Verbreitung: West- und Zentralfrankreich, Département Côte d'Or, Großbritannien
Größe des Fossils: Länge 3 cm
Beschreibung: Diese Art hat ein kalkiges, bikonvexes, kugeliges und punktates Gehäuse von mittlerer Größe, das abgesehen von Anwachsstreifen glatt ist. *Sphaeroidothyris sphaeroidalis* hat einen sehr kurzen Wirbel und einen gekrümmten Schlossrand (Charakteristikum für die meisten Brachiopoden des Mesozoikums). Das Deltidium ist teilweise durch ein kaum sichtbares Symphytium (verwachsene oder getrennte Deltidialplatten) geschlossen. Die Kommissur verläuft annähernd geradlinig.
Biologie – Ökologie: *S. sphaeroidalis* war ein sessiler, benthischer Organismus. Eine Besonderheit dieses Tieres war seine Lebensweise auf Karbonatplattformen des Bajociums, also in warmen, seichten, sauerstoffreichen und relativ bewegten Meeren. Es handelt sich um ein sehr gutes Leitfossil und um ein gutes Faziesfossil für Paläoklima und Paläomilieu. Man findet diese Art häufig zusammen mit anderen Wirbellosen wie Mollusken und Stachelhäutern, die für dieselbe Fazies charakteristisch sind.

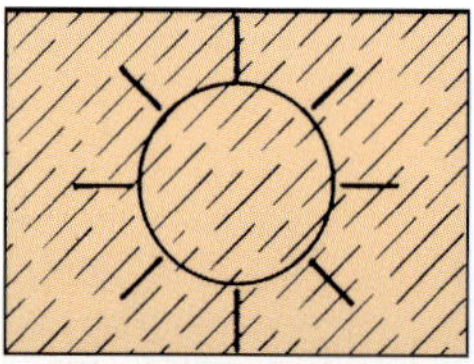

Klassifizierung: *Stamm:* Brachiopoda – *Klasse:* Articulata – *Ordnung:* Telotremata – *Familie:* Terebratulidae
Alter: Aptium
Verbreitung: Europa
Größe des Fossils: Länge 4 cm
Beschreibung: Das Gehäuse dieser Art ähnelt dem von *Cererithyris,* ist jedoch schmaler und länger. Die Falten betreffen nur das vordere Drittel des Gehäuses. Sie werden durch einen Mediansinus und zwei laterale Wülste auf der Dorsalklappe gebildet. Die Stielklappe ist an der Hinterseite besser entwickelt und besitzt einen starken, durch ein großes kreisrundes Foramen abgestutzten Wirbel. Das Foramen wird am Rand durch eine Umbiegung der Schale verstärkt. Die Schleifen des Armgerüsts sind durch zwei Fortsätze mit der Dorsalklappe verbunden. Die schlichte Ornamentierung besteht aus konzentrischen, weit auseinander stehenden Anwachsstreifen.
Biologie – Ökologie: *Praelongithyris praelongiformis* ist charakteristisch für das Aptium (Unter-Kreide). Die Größe des Foramens legt den Schluss nahe, dass das Tier über einen sehr kräftigen Stiel zur Befestigung verfügte, mit dem es sich im bewegten Wasser halten konnte.

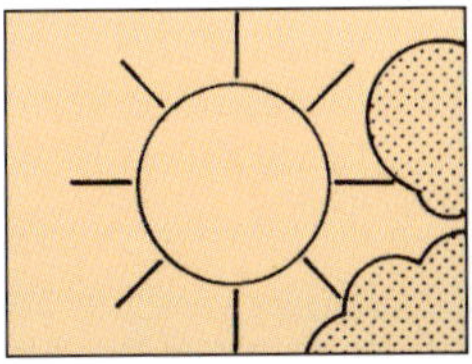

76 PYGOPE JANITOR

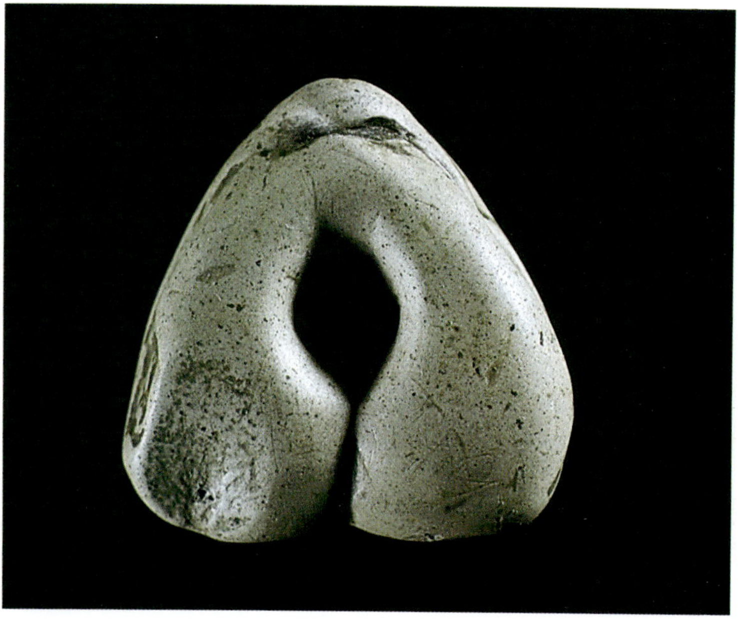

Klassifizierung: *Stamm:* Brachiopoda – *Klasse:* Articulata – *Ordnung:* Telotremata – *Familie:* Pygopidae
Alter: Portlandium (Ober-Jura)
Verbreitung: Südostfrankreich
Größe des Fossils: Länge 5 cm
Beschreibung: Die Gattung *Pygope* ist an ihrem annähernd dreieckigen Umriss zu erkennen. Das Gehäuse besteht aus zwei Loben, die ein tropfenförmiges Loch in der Mitte des Fossils frei lassen. Diese Loben können verwachsen oder getrennt sein. Auf der Ventralklappe verbindet ein konvexer Wulst das Loch mit dem Wirbel. Auf der Dorsalklappe setzt sich das Loch in einer einfachen Einbuchtung fort. Der gebogene Wirbel wird vom Foramen abgestutzt. Die glatte Gehäuseoberfläche wird nur von der zentralen Öffnung und der Medianfalte unterbrochen.
Biologie – Ökologie: *Pygope* und verwandte Formen sind Terebratuliden mit einem Loch, die im Jura und in der Kreide in den tieferen Faziesbereichen der alpinen Geosynklinale lebten. Der Übergang von der *Terebratula*- zur *Pygope*-Gestalt ist bei den jungen Exemplaren und bei einigen intermediären Arten zu beobachten. *Pygope janitor* ist charakteristisch für das Portlandium.

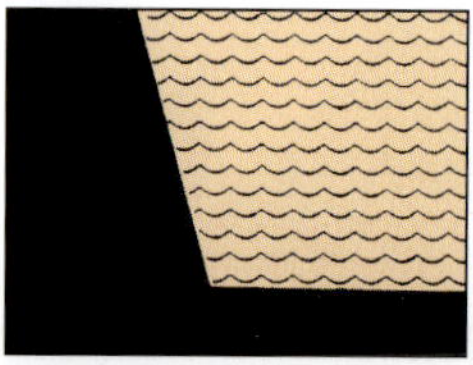

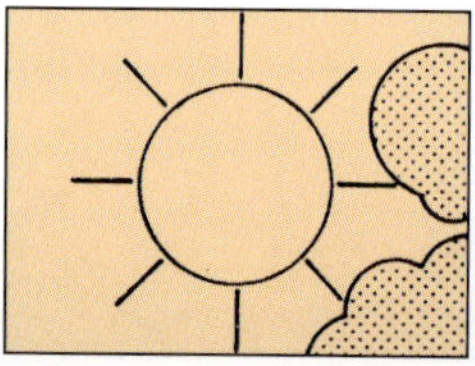

Klassifizierung: *Stamm:* Brachiopoda – *Klasse:* Articulata – *Ordnung:* Telotremata – *Familie:* Pygopidae
Alter: Berriasium (Unter-Kreide)
Verbreitung: Südostfrankreich
Größe des Fossils: Länge 6,5 cm
Beschreibung: Die Grundform von *Pygites diphyoides* ist rundlicher als die seines Vorfahren *Pygope janitor.* Zwei laterale Loben, die mehr oder weniger getrennt sind, bilden das Gehäuse. Sie lassen in der Mitte des Fossils ein Loch frei. Der Wulst auf der Ventralklappe, der das Loch mit dem Wirbel verbindet, ist durch eine Furche zweigeteilt. Auf der Dorsalklappe setzt sich das Loch in zwei kurzen Rinnen fort. Diese können von zwei lateralen Falten begleitet sein, die im mittleren Teil des Schlosses entspringen. Das mittelgroße Foramen stutzt den Wirbel an seinem Ende ab. Die Anwachsstreifen sind in der Regel gut zu erkennen und verstärken die umgekehrte Herzform des Tieres.
Biologie – Ökologie: *P. diphyoides,* eine Art aus dem Berriasium (Unter-Kreide), gehört zu einer Entwicklungslinie, die im Portlandium mit *P. janitor* ihren Anfang nimmt. Die Gattungen setzen sich aus Individuen zusammen, die im Jura und in der Unter-Kreide in größerer Meerestiefe in der alpinen Geosynklinale lebten. Es handelt sich dabei um bedeutende Faziesfossilien.

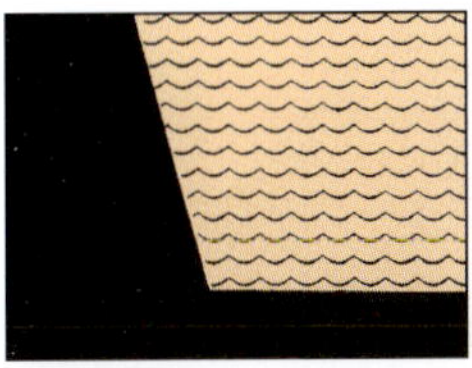

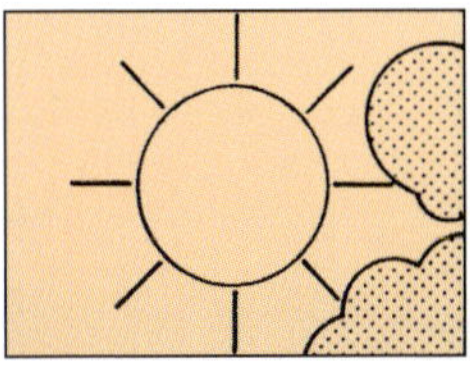

78 COENOTHYRIS VULGARIS

Klassifizierung: *Stamm:* Brachiopoda – *Klasse:* Articulata – *Ordnung:* Telotremata – *Familie:* Dielasmatidae

Alter: Muschelkalk

Verbreitung: West- und Mitteleuropa

Größe des Fossils: Länge 3,5 cm

Beschreibung: *Coenothyris vulgaris* ähnelt einer *Terebratula* mit nur einem großen ventralen Sinus. Es handelt sich hier um eine aberrante Form unter den Terebratuliden, die sich von diesen durch ihr reduziertes Armgerüst unterscheidet, das nicht über die Gehäusemitte hinausragt. Die Dorsalklappe hat ein Septum, das mit den Schleifen des Armgerüsts verwachsen ist. Das Deltidium begrenzt ein in der Regel sehr großes Stielloch. Der Gehäuseumriss ist annähernd fünfeckig. Die Gehäuseoberfläche wird nur von zwei sinusartigen Einbuchtungen und von konzentrischen Anwachsstreifen bedeckt.

Biologie – Ökologie: *C. vulgaris* ist eine häufig anzutreffende Art der Trias, von der man Stücke in den Schichten des Muschelkalks findet. Es handelt sich um ein gutes Leitfossil, das oft zur Bestimmung genau dieser stratigrafischen Einheit verwendet wird. In West- und Mitteleuropa ist die Art weit verbreitet, am häufigsten findet man sie jedoch in Deutschland.

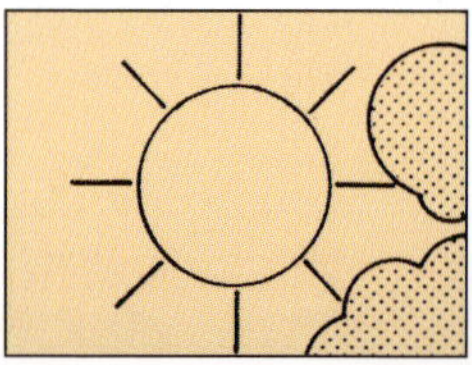

Klassifizierung: *Stamm:* Brachiopoda – *Klasse:* Articulata – *Ordnung:* Telotremata – *Familie:* Eudesiidae
Alter: Bathonium
Verbreitung: Europa
Größe des Fossils: Länge 3,5 cm
Beschreibung: *Eudesia cardium* erinnert aufgrund ihrer Ornamentierung mit Radialrippen an die Rhynchonelliden, von denen sie sich aber grundsätzlich durch ihr weiter entwickeltes Armgerüst unterscheidet, das bis zur Kommissur der Klappen reicht. Das Gehäuse hat einen ovalen oder halbkreisförmigen Umriss, der von den radial verlaufenden, scharfen Furchen auf der Oberfläche gezähnelt wird. Die Stielklappe wird an der Wirbelspitze von einem großen Foramen durchstoßen. Die Dorsalklappe wird durch ein Medianseptum, das längs an der Innenseite verläuft, zweigeteilt. Ein Sinus fehlt. Die direkte Verwachsung der Schleifen des Armgerüsts am Septum ist ein eigenes Merkmal der Familie der Terebratellidae.
Biologie – Ökologie: *E. cardium* ist eine typisch benthische Art, die charakteristisch für das Bathonium ist. Erwähnenswert ist die nahe Verwandtschaft mit der Familie der Terebratellidae, die gegenwärtig unter den Brachiopoden am stärksten vertreten ist, vor allem mit der Küsten bewohnenden Art *Megathyris decollata*. Diese Familie umfasst benthische, sessile Arten, die in bewegten Gewässern leben können.

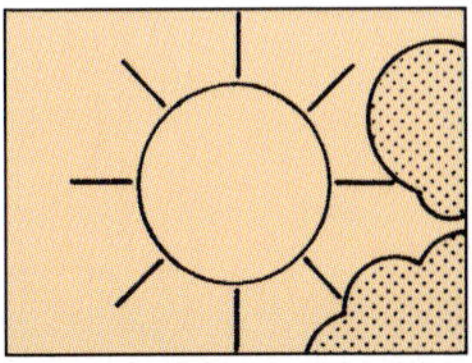

80 PEREGRINELLA MULTICARINATA

Klassifizierung: *Stamm:* Brachiopoda – *Klasse:* Articulata – *Ordnung:* Telotremata – *Familie:* Dimerellidae
Alter: Valanginium – Hauterivium
Verbreitung: Westeuropa, USA (Westküste)
Größe des Fossils: Länge 6 cm bis 8 cm
Beschreibung: Das Gehäuse von *Peregrinella multicarinata* ist sehr regelmäßig und relativ rund. Die Ornamentierung besteht in Radialrippen, die konzentrische Anwachsstreifen schneiden. Das kleine Foramen wird von einem Wirbel, der nicht vorspringt, überragt. Das breite Schloss wird von zwei Schlosszähnen an der Ventralklappe gebildet, die in zwei Zahngruben in der Dorsalklappe (Armklappe) greifen. Der Schlossrand verläuft gerade. Das Fossil ist ungleichklappig, und gleichseitig. Die Schale besteht aus Aragonit.
Biologie – Ökologie: *P. multicarinata* war ein benthischer Organismus, der mit einem muskulösen Stiel im Boden verankert lebte. Die Form des Gehäuses verhinderte das Einsinken, denn diese Art lebte in Zonen mit mobilem Substrat, in einer Tiefe von etwa 50 m, unweit der Küste und außerhalb der Gezeitenzone. Das Tier war ein Suspensionsfresser, das mit dem Lophophor organische Partikel aus dem Wasser filterte. Sein kurzes Auftreten in der Erdgeschichte macht es zu einem brauchbaren Leitfossil, dessen Bedeutung jedoch aufgrund seiner geringen geografische Verbreitung begrenzt ist.

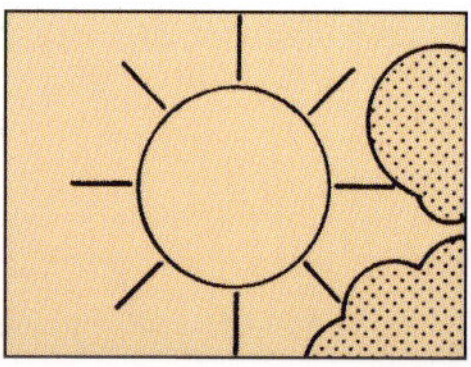

Klassifizierung: *Stamm:* Brachiopoda – *Klasse:* Articulata – *Ordnung:* Telotremata – *Familie:* Zeilleriidae
Alter: Bathonium (Mittel-Jura)
Verbreitung: Frankreich, Großbritannien
Größe des Fossils: Länge 2,5 cm
Beschreibung: *Digonella digona* hat eine kugelige, an der Vorderseite abrupt abgestumpfte Form, die dem Fossil ein sackartiges Aussehen verleiht. Zwei kleine Rippen markieren die unteren Ecken dieses Sackes. Sie werden durch eine sehr große, flache Einbuchtung getrennt. Die Kommissur der Klappen verläuft geradlinig, und der ausgeprägte Wirbel auf der Gegenseite wird von einem kleinen Foramen abgestutzt, das von einem Deltidium des *discretum*-Typs begrenzt wird. Die Stielklappe ist größer als die Dorsalklappe, an deren Innenseite sich ein Medianseptum befindet. An diesem sind die Schleifen des Armgerüsts angewachsen. Die Gehäuseoberfläche, die von feinen Anwachslinien geschnitten wird, ist mit winzigen Perforationen übersät.
Biologie – Ökologie: Normalerweise sind die Zeilleriidae gute Leitfossilien, denn die einzelnen Arten treten nur für kurze Zeit auf. Sie ermöglichen eine sehr präzise Einstufung der Sedimentserien des Juras.

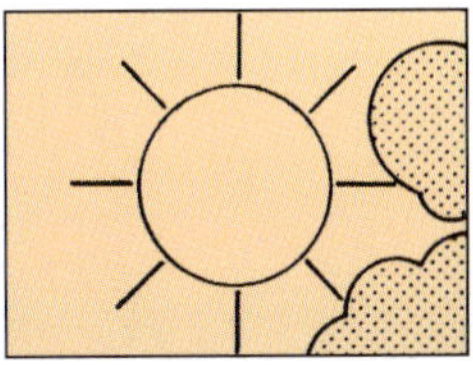

82 ZEILLERIA NUMMISMALIS

Klassifizierung: *Stamm:* Brachiopoda – *Klasse:* Articulata – *Ordnung:* Telotremata – *Familie:* Zeilleriidae
Alter: Pliensbachium (Unter-Jura)
Verbreitung: Westeuropa
Größe des Fossils: Länge 3 cm
Beschreibung: Die Gattung *Zeilleria* ist die einzige unter den Terebratulaceae, die ein Gehäuse mit gerader Kommissur besitzt. *Zeilleria nummismalis* weist eine diskusartige, beinahe kreisrunde und annähernd gleichklappige Form auf. An der Vorderseite wird sie leicht durch eine schwache Einbuchtung abgestutzt, die in der Mitte der beiden Klappen liegt. Die glatte Gehäuseoberfläche ist von zahlreichen Punktierungen überzogen, die unter der Lupe sehr gut zu erkennen sind. Im Gegensatz zu anderen Vertretern dieser Familie ist das Foramen klein. Es sitzt an der Spitze des kaum ausgebildeten Wirbels der Ventralklappe. Die Schleifen des Armgerüsts sind direkt mit dem Medianseptum der Dorsalklappe verwachsen.
Biologie – Ökologie: Die Gattung *Zeilleria* umfasst zahlreiche Arten, die jeweils für eine Zone charakteristisch sind. *Z. nummismalis* ist der Vertreter des Unter-Pliensbachiums. Diese Tiere lebten küstennah und waren mit einem verzweigten Stiel im Boden verankert. Die schnelle Weiterentwicklung dieser Gruppe ist für die Stratigrafie des Unter-Juras eine wertvolle Hilfe.

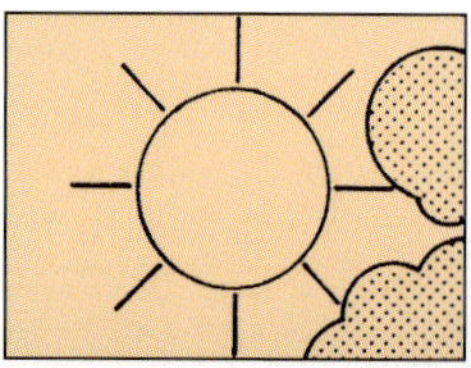

Klassifizierung: *Stamm:* Mollusca – *Klasse:* Lamellibranchia/Bivalvia – *Ordnung:* Pterioida – *Familie:* Oxytomidae
Alter: Mittel-Jura
Verbreitung: Westeuropa
Größe des Fossils: Länge etwa 3 cm
Beschreibung: Von dieser aviculiden Muschel findet man das zweiklappige Kalkgehäuse in den Sedimenten. Es ist klein, ungleichseitig und hat zwei Ohren, wobei das vordere kürzer ist als das hintere. Die rechte, flache Klappe weist eine Einkerbung auf, die dem Durchlass für den Byssus entspricht. Die linke, bauchigere Klappe ist mit zwölf bis 16 glatten Hauptrippen ornamentiert, zwischen denen sich feinere Rippen befinden. *Oxytoma* gehört zu den dysodonten Lamellibranchia. Sie hat ein langes geradliniges Schloss; jede Klappe weist einen kleinen Kardinalzahn und einen lamellenförmigen Zahn auf. Das Ligament, das die beiden Gehäusehälften verbindet, verschwindet zum größten Teil in einer tiefen Rille. Die fein gestreifte, eingebuchtete äußere Ligamentarea ist auf den vorderen Teil des Schlosses beschränkt. Das Gehäuse weist innen eine Perlmutterschicht auf.
Biologie – Ökologie: *Oxytoma* war ein Meeresbewohner, der sich mit seinem Byssus im Boden verankerte und auf Seegras- sowie Muschelwiesen über schlammigem Grund lebte. Die Rückbildung des vorderen Teils hängt mit dieser Lebensweise zusammen. Die mit *Oxytoma* auftretende Fauna war sehr vielfältig.

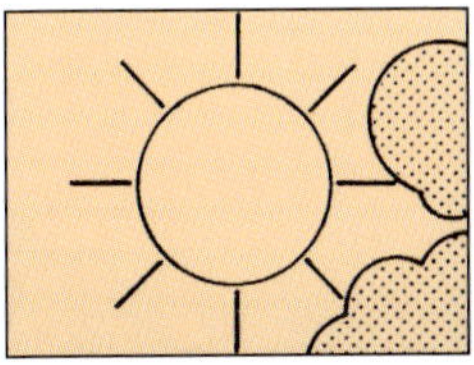

84 POSIDONIA (POSIDONOMYA)

Klassifizierung: *Stamm:* Mollusca – *Klasse:* Lamellibranchia/Bivalvia – *Ordnung:* Pterioida – *Familie:* Posidoniidae

Alter: Viseum

Verbreitung: Deutschland, Belgien, Spanien, Großbritannien

Größe des Fossils: Länge 6 cm

Beschreibung: Die leicht ungleichklappige, dünnwandige, ovale, schwach konkave und ungleichseitige Schale von *Posidonia/Posidonomya* ist kalkig. Die Wirbel sind klein, der Schlossrand verläuft geradlinig, und dem Schloss fehlen Schlosszähne. Die Ligamentarea ist dreieckig. Die Ornamentierung wird von unregelmäßigen konzentrischen Rippen gebildet, zu denen sich sehr feine Streifen gesellen. Die vollständige Mantellinie im Gehäuseinneren ist gut zu erkennen.

Biologie – Ökologie: *Posidonia* war ein benthischer Organismus, der sich vor allem im Unter-Karbon (Viseum) entwickelte. In diesem Zeitabschnitt waren die Küstenlinien und Meeresböden mehr oder weniger tief, ruhig, klar und äußerst instabil. Die erwachsenen Tiere verankerten sich mit einem Byssus am Boden, der aus einer Einkerbung in der rechten Klappe austrat, oder indem die rechte Klappe mit dem Untergrund verwuchs. Diese Formen lebten vermutlich pseudo-planktisch. Aufgrund ihres begrenzten zeitlichen Auftretens ist *Posidonia* ein sehr gutes Leit- und Faziesfossil für das Unter-Karbon.

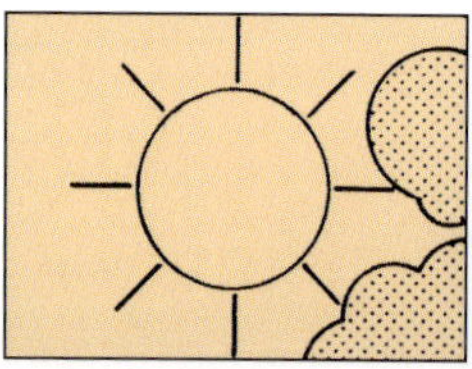

Klassifizierung: *Stamm:* Mollusca – *Klasse:* Lamellibranchia/Bivalvia – *Ordnung:* Mytiloida – *Familie:* Pinnidae
Alter: Devon – Gegenwart
Verbreitung: Weltweit
Größe des Fossils: Länge 10 cm bis 30 cm
Beschreibung: Das Fossil besteht aus einem großen, relativ flachen, zweiklappigen Gehäuse. Die Ornamentierung wird von radialen Rippen gebildet und ist manchmal durch eine Mittelfurche unterbrochen, die über die ganze Länge der Klappe verläuft. Im Inneren erkennt man einen großen submedianen Muskelabdruck. Bei der Gattung *Pinna* ist das Verbindungssystem zwischen den beiden Klappen stark reduziert. Es gibt kein Schloss, lediglich ein Ligament, eine elastische Schicht zwischen den Klappen, die diese zusammenhält. Die Klappenränder stoßen an der breitesten Stelle nicht aneinander, die Muschel klafft. Der Byssus ist dick.
Biologie – Ökologie: Hier handelt es sich um eine endobyssate Gattung, d. h. das Tier lebt halb eingegraben in sandigem Substrat in mäßig tiefen Gewässern. Es ist mit seinem Byssus verankert, der aus einer Einbuchtung im Vorderteil des Gehäuses entspringt. Der rezente Typ dieser Gattung ist die im Atlantik lebende „Steckmuschel".

MYTILUS (MIESMUSCHEL)

Klassifizierung: *Stamm:* Mollusca – *Klasse:* Lamellibranchia/Bivalvia – *Ordnung:* Mytiloida – *Familie:* Mytilidae
Alter: Jura – Gegenwart
Verbreitung: Europa
Größe des Fossils: Länge 5 cm
Beschreibung: Das dünnwandige Gehäuse von *Mytilus* ist gleichklappig, stark ungleichseitig, hat eine kantige Dreiecksform und weist nur wenig Perlmutter auf. Die Oberfläche zeigt an der Außenseite keine Ornamentierung. Der endständige Wirbel ist leicht gebogen. Die Miesmuschel ist charakteristisch für diese Gattung. Das Schloss ist zahnlos oder schwach gekerbt. Die beiden Muskelabdrücke sind von unterschiedlicher Größe. Einer befindet sich unter dem Wirbel, kann aber auch fehlen, der andere ist größer und sitzt an der gegenüberliegenden Seite. *Mytilus* besitzt einen gut ausgebildeten Byssus.
Biologie – Ökologie: Die Gattung *Mytilus* ist der Prototyp der mit einem Byssus verankerten Lamellibranchia. Sie ist charakteristisch für die Küstenzonen mit Felsen, auf denen sie festgeheftet und häufig in großer Zahl lebt. Die Arten von *Mytilus* sind ebenso im Salzwasser wie im Süß- oder Brackwasser anzutreffen.

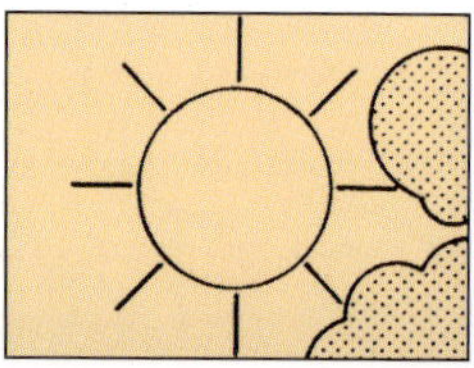

Klassifizierung: *Stamm:* Mollusca – *Klasse:* Lamellibranchia/Bivalvia – *Ordnung:* Mytiloida – *Familie:* Mytilidae
Alter: Devon – Gegenwart
Verbreitung: Westeuropa
Größe des Fossils: Einige Zentimeter Länge
Beschreibung: Das gleichklappige Gehäuse von *Modiolus* hat einen ovalen Umriss. Seine glatte Oberfläche trägt kaum Skulptur. Das Gehäuse weist zwei Einbuchtungen auf, die vom Wirbel ausgehen und der Muschel ein gewundenes und ungleichklappiges Aussehen verleihen. Auf der Oberfläche sind konzentrische Anwachsstreifen zu erkennen. Der Wirbel ist im Gegensatz zur Gattung *Mytilus* nicht ganz endständig. Die Muskelabdrücke sind nur undeutlich zu erkennen, und der eine ist größer als der andere. Das Verbindungssystem der beiden Klappen ist stark reduziert: Es gibt nur ein dysodontes (zahnloses) Schloss.
Biologie – Ökologie: *Modiolus* ist ein endobyssates, etwas eingegraben lebendes Tier, das mit einem Byssus im Boden verankert lebt. Byssus-Fäden sind unter den Fossilien erst ab dem Unter-Ordovizium bekannt. Die mehr und mehr endständige Position des Wirbels und die Rückbildung des Gehäusevorderteils sind Zeichen für die Anpassung an eine sessile Lebensweise.

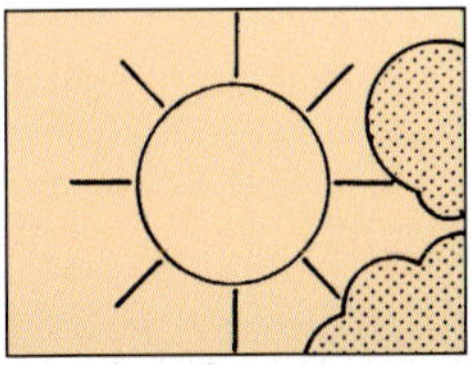

INOCERAMUS SULCATUS

Klassifizierung: *Stamm:* Mollusca – *Klasse:* Lamellibranchia/Bivalvia – *Ordnung:* Pterioida – *Familie:* Inoceramidae
Alter: Mittel-Albium – Ober-Albium
Verbreitung: Westeuropa
Größe des Fossils: Länge 5 cm bis 6 cm
Beschreibung: *Inoceramus* (heute in mehrere selbstständige Gattungen aufgeteilt) hat ein außerordentlich charakteristisches Gehäuse. Es ist nahezu kreisrund, relativ ungleichklappig (die linke Klappe ist konvexer als die rechte) und stark ungleichseitig. Die vorne liegenden Wirbel sind nach vorne gebogen und ragen hervor. Der Schlossrand verläuft gerade, dem Schloss fehlen die Zähne, und die Ligamentarea wird aus zahlreichen kleinen Gruben gebildet. *Inoceramus sulcatus* ist typischerweise mit scharfen Radialrippen ornamentiert. Die im Inneren des Gehäuses gut sichtbare Mantellinie ist integripalliat. Die Adduktormuskeln sind ungleich: Der vordere ist rückgebildet oder gar nicht vorhanden, für einige Experten eine Folge der byssaten Verankerung. Das Gehäuseinnere ist mit Perlmutter beschichtet.
Biologie – Ökologie: *I. sulcatus* war eine benthische Form, die sehr zahlreich anzutreffen war. Die Art verankerte sich mit einem Byssus, der durch eine Einbuchtung der rechten Klappe austrat, am Substrat, oder sie war mit dieser Klappe am Untergrund festgewachsen. *I. sulcatus* ist ein ausgezeichnetes Leitfossil und ein Indikator für das Milieu.

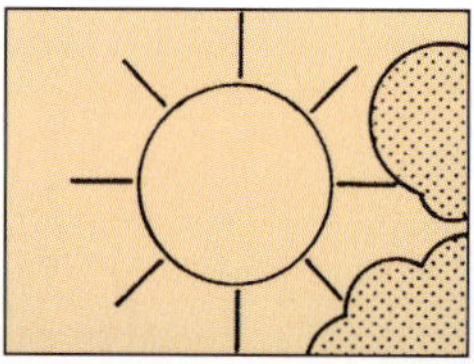

Klassifizierung: *Stamm:* Mollusca – *Klasse:* Lamellibranchia/Bivalvia – *Ordnung:* Pterioida – *Familie:* Pectinidae
Alter: Kreide
Verbreitung: Frankreich, England
Größe des Fossils: Länge 5 cm
Beschreibung: Die eine Klappe des Gehäuses von *Neithea* ist sehr konvex, und ihr Wirbel ist über die andere flache oder leicht konkave Platte gebogen. Die ausgeprägte Skulptur verläuft radial. Kräftigere und schwache Rippen wechseln ab. Es sind zwei Ohren zu erkennen, die je nach Art gleich groß oder unterschiedlich groß sein können. Das Schloss weist zwei kleine Zähne auf, die manchmal gekerbt sind.

Biologie – Ökologie: *Neithea* war ein frei schwimmendes Tier, das sich nicht mit einem Byssus im Boden verankerte. Sie lebte bewegungsarm auf sandigen Böden, wobei sie auf der bauchigen Klappe lag. Die flachere Klappe, die beim lebenden Tier in der natürlichen Position die obere war, diente nur noch als Deckel. Die Anatomie des Adduktormuskels ermöglichte es dem Tier, seine Klappen schnell zu schließen und sich auf diese Weise fortzubewegen. Dieses System findet man häufig bei den Arten der Pectiniden.

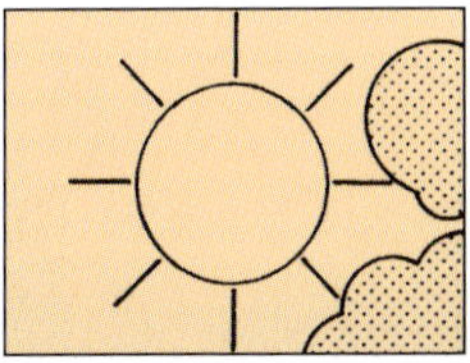

PECTEN (KAMMMUSCHEL)

Klassifizierung: *Stamm:* Mollusca – *Klasse:* Lamellibranchia/Bivalvia – *Ordnung:* Pterioida – *Familie:* Pectinidae
Alter: Unter-Kreide – Gegenwart
Verbreitung: West- und Südeuropa
Größe des Fossils: Länge von einigen Zentimetern bis über 10 cm
Beschreibung: Das Gehäuse von *Pecten,* der Kammmuschel, ist ungleichklappig und kann unterschiedlich aufgebaut sein: Eine Klappe ist annähernd flach, die andere bauchig, oder beide Klappen sind konvex, jedoch auf unterschiedliche Art. Der Scheitel ist häufig gekrümmt, und zu beiden Seiten erkennt man zwei gleich große Ohren. Dadurch lässt sich diese Gattung von *Chlamys* unterscheiden. Die Grundform ist kreisrund und relativ gleichseitig oder leicht schief. Die Skulptur besteht aus radialen, gleichmäßig verteilten Rippen, die sich oft von der Gehäusemitte ausgehend bis zum meist gewellten Rand der Klappen verbreitern. Im Inneren der Klappen ist ein großer runder Muskelabdruck zu erkennen.
Biologie – Ökologie: Die Arten von *Pecten* leben auf sandigen Böden in ausreichend großer Tiefe. Es handelt sich dabei, ebenso wie bei *Chlamys,* die im Laufe des Miozäns den Süden Frankreichs besiedelten, um opportunistische Arten. *Pecten* stellt vor allem für das Tertiär gute Leitfossilien.

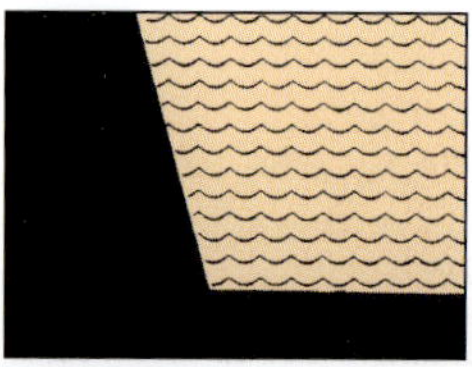

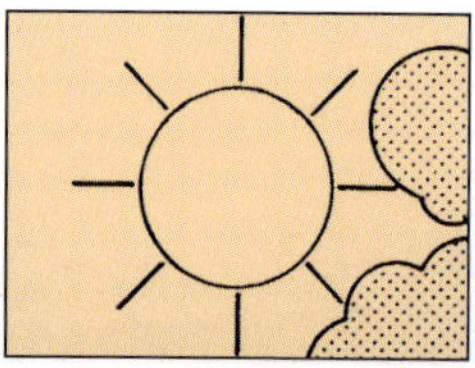

Klassifizierung: *Stamm:* Mollusca – *Klasse:* Lamellibranchia/Bivalvia – *Ordnung:* Pterioida – *Familie:* Pectinidae
Alter: Devon – Gegenwart
Verbreitung: Weltweit
Größe des Fossils: Länge von einigen Zentimetern bis 30 cm
Beschreibung: Das relativ flache Gehäuse von *Chlamys* ist in der Regel annähernd rund und gleichklappig. Es weist jedoch zwei Ohren von unterschiedlicher Größe auf. Die Skulptur setzt sich aus Radialrippen und manchmal auch aus kleinen Unebenheiten zusammen. Das Schloss ist zunächst isodont, wird aber im adulten Stadium des Tieres dysodont; die Zähne bilden sich dann zurück. *Chlamys* ist monomyar, hat also nur noch einen hinteren Muskel, dessen Abdruck sich im Mittelteil des Gehäuses befindet, und besitzt einen Byssus.
Biologie – Ökologie: Dieses Tier lebt sessil, meist in Küstenbereichen, je nach Art in kalten oder warmen Gewässern. In der Ökologie unterscheidet man die hoch spezialisierten Arten von den opportunistischen wie *Chlamys,* die sich durch eine große Fruchtbarkeit auszeichnen und Generationen hervorbringen, die im Laufe der Zeit rasch entstehen und wieder verschwinden. *Chlamys* wird häufig biostratigrafisch verwendet.

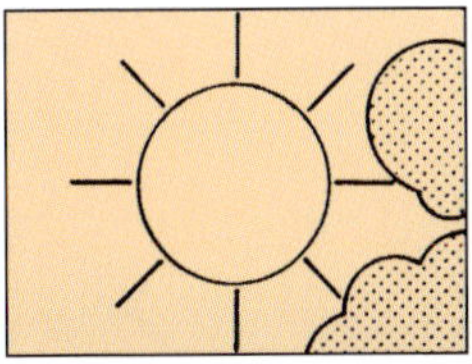

92 PLICATULA

Klassifizierung: *Stamm:* Mollusca – *Klasse:* Lamellibranchia/Bivalvia – *Ordnung:* Pterioida – *Familie:* Plicatulidae
Alter: Trias – Gegenwart
Verbreitung: Weltweit
Größe des Fossils: Länge 2,5 cm
Beschreibung: Das Gehäuse von *Plicatula* ist ungleichklappig und ungleichseitig: Eine Klappe ist bauchig, die andere nahezu flach. Die Grundform erinnert an ein Dreieck, ist aber relativ schräg und nicht eckig. Die Oberfläche ist unregelmäßig skulptiert. Die Skulptur besteht aus radialen Rippen, auf denen Stacheln oder einfache Unebenheiten sitzen. Die Area in der Nähe des Scheitelpunktes ist reduziert. Im Inneren der Klappe erkennt man deutlich einen runden Muskelabdruck, der leicht zum Rand hin verschoben ist. Das isodonte Schloss ist nur bei erwachsenen Tieren vorhanden.
Biologie – Ökologie: Wie alle Plicatulidae setzen sich die Muscheln der Gattung *Plicatula* mit ihrer bauchigen Klappe am Boden fest. Sie sind typisch für tonige Faziesbereiche. Diese Tiere können ihren Adduktormuskel abrupt zusammenziehen und auf diese Weise die Klappen blitzschnell schließen.

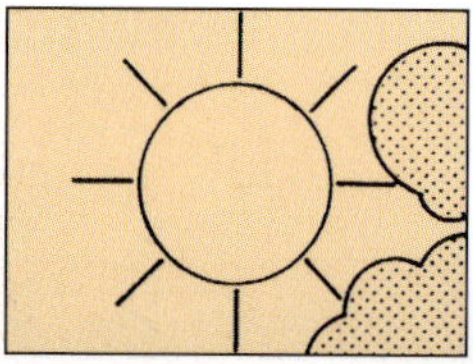

Klassifizierung: *Stamm:* Mollusca – *Klasse:* Lamellibranchia/Bivalvia – *Ordnung:* Pterioida – *Familie:* Spondylidae
Alter: Turonium – Senonium (Ober-Kreide)
Verbreitung: Frankreich, Belgien, England
Größe des Fossils: Länge 6 cm
Beschreibung: Das Gehäuse von *Spondylus spinosus,* der Klappmuschel, ist ungleichklappig und ungleichseitig. Beide Klappen sind konvex. Die Klappe, die mit dem Untergrund verwächst, ist jedoch oft unregelmäßig geformt. Die Wirbel sind stark ausgeprägt, vor allem der lange gerade Wirbel der festgewachsenen Klappe. Die Skulptur besteht aus unterschiedlich großen Radialrippen, die größten tragen Stacheln, was den Artnamen erklärt. Die gut entwickelten Zähne des isodonten Schlosses sind deutlich zu erkennen. Der runde Muskelabdruck ist etwas zur Außenseite hin verschoben.
Biologie – Ökologie: *S. spinosus* lebte zur Zeit des Senoniums in Korallenriffen warmer Gewässer. Er war mit einer Klappe am Untergrund befestigt. Wie die anderen Spondylidae und auch die Pectinidae hatte die Art einen speziellen Adduktormuskel aus glatten und gestreiften Fasern, mit dem sie ihre Klappen abrupt schließen konnte. *S. spinosus* ist ein gutes Faziesfossil.

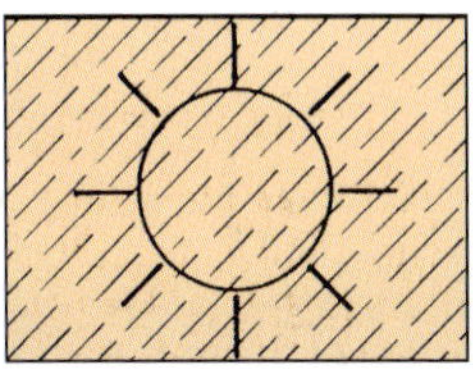

94 CONGERIA SUBGLOBOSA

Klassifizierung: *Stamm:* Mollusca – *Klasse:* Lamellibranchia/Bivalvia – *Ordnung:* Veneroida – *Familie:* Dreisseniidae
Alter: Pontium
Verbreitung: Österreich
Größe des Fossils: Länge 9 cm bis 10 cm
Beschreibung: Das Gehäuse dieser Art ist viereckig, dickwandig und hat ein Schloss ohne Zähne, eine Ligamentgrube und einen eingerollten Wirbel. Es sind zwei Muskelabdrücke zu erkennen, die vom vorderen Adduktormuskel und dem Retraktormuskel zum Einziehen des Fußes erzeugt wurden. Hinter dem vorderen Muskelabdruck ist ein Vorsprung zu sehen, an dem der Byssusmuskel inserierte. Die Mantellinie ist integripalliat. Die äußere Skulptur beschränkt sich auf Anwachsstreifen. *Congeria subglobosa* ist aufgrund ihrer Größe bemerkenswert.
Biologie – Ökologie: Die benthische Art *C. subglobosa* ist typisch für das Pontium, eine Zeit, in der die Meere warm waren. Diese Muschel war mit einem Byssus im Boden verankert. Die Dicke des Gehäuses stellt eine Anpassung an eine bestimmte Lebensweise dar (z. B. Widerstandsfähigkeit gegen Stöße). Seine geografische Verbreitung und das äußerst begrenzte zeitliche Auftreten machen dieses Fossil zu einem guten stratigrafischen Marker und einem Anzeiger für Küstenbereiche, vor allem Lagunen, in der Brandungszone.

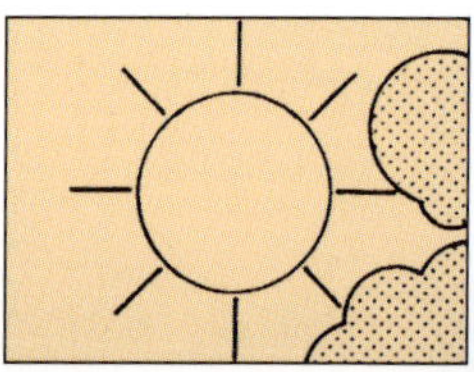

Klassifizierung: *Stamm:* Mollusca – *Klasse:* Lamellibranchia/Bivalvia – *Ordnung:* Ostreina – *Familie:* Ostreidae

Alter: Unter-Kreide

Verbreitung: Europa

Größe des Fossils: Länge 8 cm bis 12 cm

Beschreibung: Das Gehäuse von *Rastellum rectangulare* ist mittelgroß, länglich, gebogen, beinahe gleichklappig und mit einer dreieckigen Ligamentgrube versehen. Es hat weder Zähne noch eine Mantellinie. Der gekrümmte Gehäuseumriss erinnert an eine Sichel; er hat eine konvexe Vorder- sowie eine konkave Rückseite. Die Skulptur bestimmt ein schmaler Kamm, der längs der Mittelachse der Klappen verläuft. Aus diesem entspringen einfache Rippen, die schließlich zu Falten werden. Daraus ergibt sich eine zickzackförmige Kommissur. Der Abdruck des Adduktormuskels liegt relativ nahe beim Schloss. Der Atmungsapparat dieses Muscheltyps besteht aus zwei Kiemenpaaren.

Biologie – Ökologie: Diese benthische Art ist für die Unter-Kreide (Valanginium bis Aptium) typisch, die sich in klimatischer Hinsicht (heißes Klima) an den Jura anschließt. Die carnivoren Tiere waren mit der linken Klappe auf mehr oder weniger karbonatischen Meeresböden festgewachsen. Sie lebten in seichten, warmen, sauerstoffreichen Gewässern. Aufgrund ihrer zeitlichen Ausdehnung ist diese Art kein gutes Leitfossil, aber ein paläoökologischer Indikator.

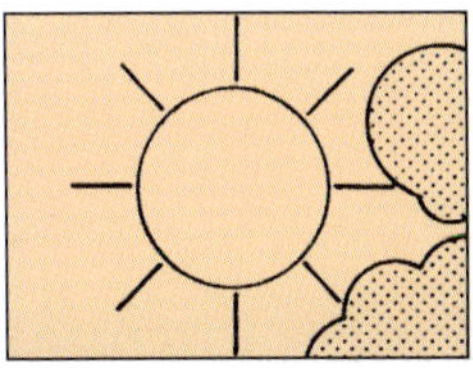

96 LOPHA GREGAREA

Klassifizierung: *Stamm:* Mollusca – *Klasse:* Lamellibranchia/Bivalvia – *Ordnung:* Ostreina – *Familie:* Ostreidae
Alter: Mittel-Jura – Ober-Jura
Verbreitung: Westeuropa
Größe des Fossils: Ø 6 cm bis 8 cm
Beschreibung: Das eher kleine Gehäuse der Hahnenkamm-Auster ist bikonvex und annähernd gleichklappig. Die Klappen sind stark verfaltet und weisen eine gezackte Kommissur auf. Die linke Klappe dieser formenreichen Art ist mit zahlreichen Rippen skulptiert, die zickzackförmig zu beiden Seiten eines Mittelkamms angeordnet sind. Der Abdruck des Adduktormuskels liegt in unmittelbarer Nähe des hinteren Klappenrandes. Das Atmungssystem besteht aus zwei Kiemenpaaren. Das Gehäuse hat eine dreieckige Ligamentgrube ohne Zähne und keine Mantellinie.
Biologie – Ökologie: Die benthische Art *Lopha* oder *Alectryona gregarea* ist charakteristisch für den Mittel- und Ober-Jura (Bajocium bis Oxfordium). In dieser Periode herrschten Karbonat-Plattformen vor. *Lopha gregarea* lebte in warmen Meeren in Küstennähe, in Tiefen von bis zu 1000 m. Diese carnivoren Muscheln waren mit der linken Klappe am Boden festgewachsen. Aufgrund ihrer stratigrafischen Reichweite ist diese Art zwar kein Leitfossil, aber ein gutes Faziesfossil, das charakteristisch für einen Lebensraum im Mittel- und Ober-Jura ist.

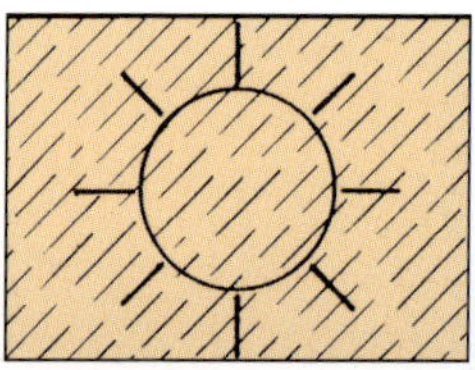

DELTOIDEUM DELTA

Klassifizierung: *Stamm:* Mollusca – *Klasse:* Lamellibranchia/Bivalvia – *Ordnung:* Ostreina – *Familie:* Ostreidae
Alter: Ober-Jura
Verbreitung: Frankreich (Boulonnais, Calvados)
Größe des Fossils: Länge bis 15 cm
Beschreibung: *Deltoideum delta* hat eine annähernd dreieckige Form, ist ungleichseitig, ungleichklappig und relativ groß. Das flache Tier besitzt einen Wirbel, der im Gegensatz zu den meisten Muscheln leicht opisthogyr (nach hinten gedreht) ist. Das Gehäuse wird von unregelmäßigen konzentrischen Lamellen skulptiert. Ein kleiner Muskelabdruck befindet sich etwa im Zentrum. Das Schloss ist dysodont, der innere Rand unter dem Wirbel breit und gestreift. Hier befindet sich die große dreieckige Ligamentgrube.
Biologie – Ökologie: Diese Art lebte in der Regel im Schlick der flachen Gewässer. Man findet sie jedoch auch in küstennahen Zonen mit normaler Salinität und in Zonen mit wechselnder Salinität. *D. delta* ernährte sich von Plankton oder gelösten Partikeln. Es handelt sich hier um ein gutes Leitfossil, das zur Datierung und Charakterisierung der tonigen Faziesbereiche verwendet wird.

 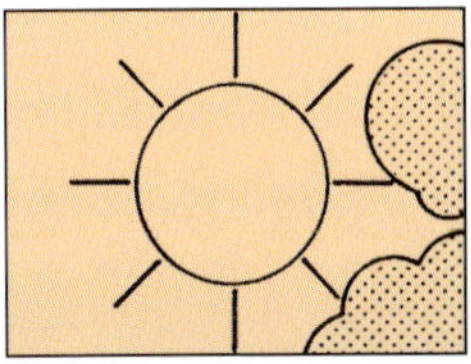 

98 OSTREA BELLOVACINA (AUSTER)

Klassifizierung: *Stamm:* Mollusca – *Klasse:* Lamellibranchia/Bivalvia – *Ordnung:* Ostreina – *Familie:* Ostreidae
Alter: Paläogen
Verbreitung: Westeuropa
Größe des Fossils: Länge bis 12 cm
Beschreibung: Das Gehäuse dieser Auster zeigt eine unregelmäßige und insgesamt längliche Grundform. *Ostrea bellovacina* hat zwei ungleiche Klappen: eine konvexe (links) und eine flache. Die konvexe Klappe weist einen stark ausgeprägten Wirbel auf, die flache einen leicht aufgestellten, aber unauffälligen Wirbel. Die Gehäuseoberfläche wird von unregelmäßigen Lamellen gebildet. Die Skulptur besteht aus konzentrischen Blättern, die radiär in groben Falten angeordnet sind, vor allem auf der konvexen Klappe. Der eiförmige Muskelabdruck befindet sich in der Mitte. Das Schloss hat keine Zähne. Der gestreifte flache Bereich unter dem Wirbel, die Ligamentarea, weist eine deutliche tropfenförmige Vertiefung auf, die der inneren Ligamentgrube entspricht.
Biologie – Ökologie: Die benthische Art *O. bellovacina* lebte im Schlick der flachen Gewässer des Eozäns. Das Tier lag mit der konvexen Klappe auf dem Grund. Die flache Marennes-Auster ist typisch für diese Gattung. Sie ist ein ausgezeichnetes Leitfossil und charakterisiert das Thanetium (Paläozän).

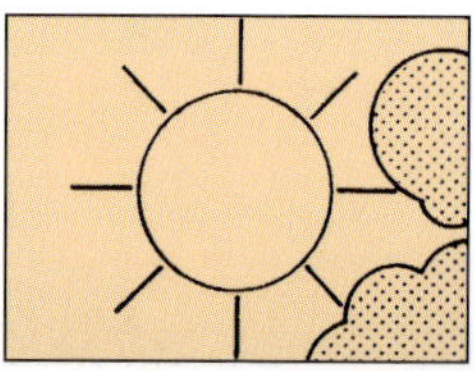

Klassifizierung: *Stamm:* Mollusca – *Klasse:* Lamellibranchia/Bivalvia – *Ordnung:* Ostreina – *Familie:* Ostreidae
Alter: Stampium
Verbreitung: Westeuropa, Frankreich (Pariser Becken)
Größe des Fossils: Länge 12 cm
Beschreibung: *Crassostrea longirostris* ist eine große fossile Auster. Das unregelmäßige, unebene Gehäuse ist lamellenartig aufgebaut und hat keine Perlmutterschicht. Es ist konvex und dickschalig. Die Oberfläche wird durch radiäre, schuppige Falten skulptiert. Die rechte Klappe ist flach, kaum ornamentiert und weist an beiden Seiten des Vorderteils kleine Kerben auf. Das Ligament, das die beiden Klappen verbindet und ihren Abstand voneinander bestimmt, bedeckt eine große Fläche. Das Schloss besitzt keine Zähne und ist gerade. Auf dem Gehäuse sind zahlreiche kleine Perforationen zu erkennen; in diesen Hohlräumen setzten sich Algen und Schwämme fest.
Biologie – Ökologie: *Crassostrea* ist eine Muschel, die in der Gezeitenzone lebte und mit der linken Klappe am Untergrund festgewachsen war. Sie tolerierte unterschiedliche Salzgehalte. Die Eiablage der Austern zur Fortpflanzung vollzog sich beim Gezeitenwechsel in stark bewegtem Wasser. Ihre Biologie ist identisch mit der von rezenten Austern. *C. longirostris* spielt eine wichtige Rolle als Leitfossil: Sie ist charakteristisch für Tone und Mergel des Stampiums (Oligozän).

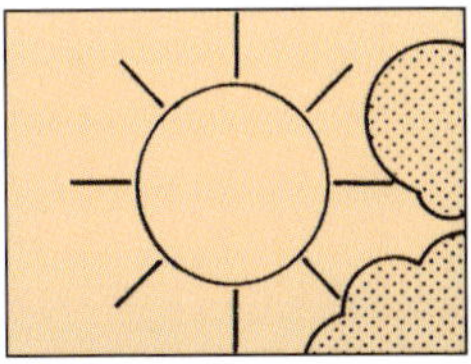

100 GRYPHAEA ARCUATA

Klassifizierung: *Stamm:* Mollusca – *Klasse:* Lamellibranchia/Bivalvia – *Ordnung:* Ostreina – *Familie:* Gryphaeidae
Alter: Sinemurium
Verbreitung: Deutschland, Frankreich
Größe des Fossils: Länge 6 cm
Beschreibung: Diese Art hat ein längliches, relativ stark gebogenes Gehäuse. Eine der Klappen bildet einen großen Hohlraum, die andere ist flach oder konkav und wesentlich kleiner und bildet einen Deckel. Der hervorspringende bauchige Wirbel ist zur kleineren Klappe hin gebogen. Unter dem Scheitelpunkt befindet sich eine breite gestreifte Ligamentarea. Die Skulptur fehlt oder beschränkt sich auf Anwachsstreifen, die in ausgeprägten Lamellen angeordnet sind. Sie ändern in Höhe einer längs verlaufenden Vertiefung auf der konvexen Klappe ihre Richtung. Ein Muskelabdruck ist selten zu erkennen. Das Schloss hat keine Zähne; es ist dysodont.
Biologie – Ökologie: *Gryphaea arcuata* lebte im Sinemurium (Unter-Jura) in küstennahen Brandungszonen. Das sehr bauchige und relativ dickwandige Gehäuse musste den Erschütterungen durch die Wellen standhalten können. Diese Art bildete kleine Kolonien. Ihre Nahrung filterte sie aus dem Meerwasser. Es handelt sich hier um ein gutes Leitfossil.

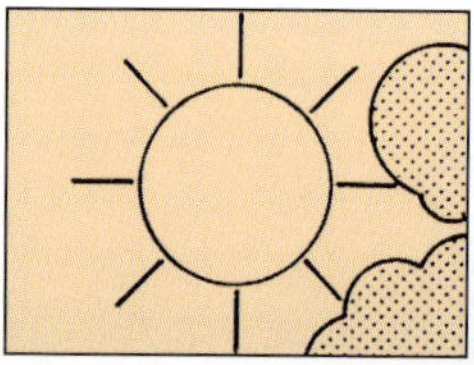

Klassifizierung: *Stamm:* Mollusca – *Klasse:* Lamellibranchia/Bivalvia – *Ordnung:* Ostreina – *Familie:* Grypheidae
Alter: Pliensbachium
Verbreitung: Westeuropa
Größe des Fossils: Länge 10 cm bis 12 cm
Beschreibung: Das Gehäuse von *Gryphaea gigantea* ist relativ groß, flach und beinahe ebenso lang wie hoch. Die linke Klappe ist konvex, der kleine fransige Wirbel opisthogyr (nach vorne eingerollt) bis orthogyr, die Ligamentarea ist von variabler Größe. Die Klappen sind glatt oder mit relativ konzentrischen Streifen ornamentiert. Die rechte Klappe ist schwach konkav, wird durch das Schloss abgestumpft und ist kaum ornamentiert. Es handelt sich hier um eine monomyare Lamellibranchia-Form mit nur einem runden oder ovalen Abdruck des Adduktormuskels. Die Mantellinie ist integripalliat. Der Atmungsapparat dieses Lamellibranchia-Typs besteht aus zwei Kiemenpaaren. Das Tier war in der Regel mit der linken Klappe am Kalkuntergrund festgewachsen.
Biologie – Ökologie: *G. gigantea* ist eine charakteristische Benthosform des Unter-Juras, das reich an terrigenen Anlieferungen war, aber auch kalkige Fazies aufweist. Man findet das Fossil nur in den Kalkgesteinen des Pliensbachiums (Gryphaeakalk). Ihr begrenztes zeitliches Auftreten macht *G. gigantea* zu einem sehr guten Leitfossil und zu einem guten Faziesfossil (kalkig-mergelige Fazies mit organischer Materie).

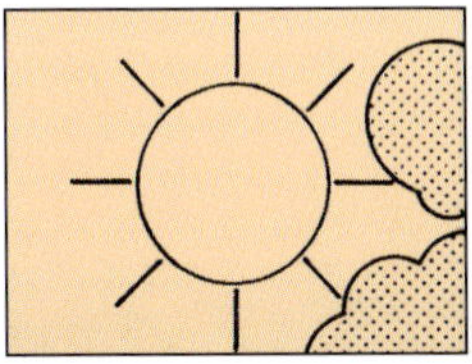

102 GRYPHAEA OBLIQUATA

Klassifizierung: *Stamm:* Mollusca – *Klasse:* Lamellibranchia/Bivalvia – *Ordnung:* Ostreina – *Familie:* Grypheidae
Alter: Unter-Jura
Verbreitung: Westeuropa
Größe des Fossils: Länge 11 cm
Beschreibung: *Gryphaea obliquata* hat ein ungleichseitiges, ungleichklappiges Gehäuse, das an der bauchigen und verbreiterten linken Klappe mit dem Untergrund verwachsen ist. Sie trägt einen mittelgroßen Wirbel, der sich nur wenig zur rechten Klappe hin krümmt. Unter dem Wirbel verdickt sich der Rand zu einer relativ breiten, gestreiften Fläche. Die deckelförmige rechte Klappe ist konkav. Die Oberfläche besteht aus konzentrischen Lamellen. Das Schloss ist dysodont; das innere Ligament, das sich in einer dreieckigen Resiliumgrube befindet, sorgt nahezu allein für den Zusammenhalt der Klappen. Die jungen, noch nicht sessilen Exemplare haben ein gleichklappiges Gehäuse mit einem taxodonten (bezahnten) Schloss. Nach dem Festwachsen bildeten sich die Zähne zurück, und die Gehäuseform veränderte sich.
Biologie – Ökologie: *Gryphaea* gehört zu den marinen Lamellibranchia und lebte sessil. Lebensräume in der Nähe von Schlickzonen waren besonders günstig für sie. Sie ist ein gutes Leitfossil, das ganze Bänke bilden kann.

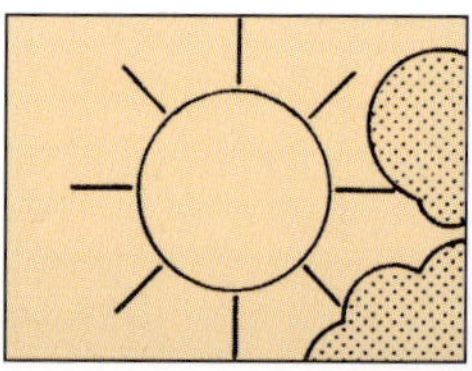

Klassifizierung: *Stamm:* Mollusca – *Klasse:* Lamellibranchia/Bivalvia – *Ordnung:* Nuculoida – *Familie:* Nuculidae
Alter: Albium
Verbreitung: Westeuropa
Größe des Fossils: Länge 3 cm
Beschreibung: Das kleine Gehäuse von *Nucula pectinata* ist gleichklappig und weist im Inneren eine Perlmutterschicht auf. Die Grundform entspricht einem asymmetrischen Dreieck; der dem Wirbel gegenüberliegende Rand ist deutlich gerundet. Die Wirbel sind etwas zur jeweils anderen Klappe gebogen und leicht opisthogyr. Das innen liegende Ligament befindet sich in einer tiefen Grube unter dem Wirbel. Diese Grube ist von zahlreichen, deutlich gleich großen Zähnen umgeben. Die Ornamentierung besteht aus feinen Radialrippen, die erhaben auf dem Gehäuse liegen. Im Inneren der Klappe ist eine Linie zu erkennen, die die beiden Muskelabdrücke miteinander verbindet: die Palliallinie, d. h. der Mantelabdruck. Diese Linie zeigt keine Einstülpungen, sie ist integripalliat.
Biologie – Ökologie: *Nucula* war ein aktives Tier, das mit seinem Fuß in Schlickböden in tieferen Gewässern kroch und sich von den organischen Partikeln der Sedimente ernährte, die es mit Labialtastern aufnahm. Es handelt sich um eine primitive Art.

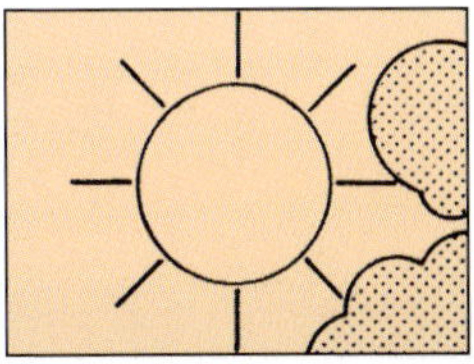

ARCA NOAE

Klassifizierung: *Stamm:* Mollusca – *Klasse:* Lamellibranchia/Bivalvia – *Ordnung:* Arcoida – *Familie:* Arcidae
Alter: Miozän – Gegenwart
Verbreitung: Europa
Größe des Fossils: Länge 4 cm
Beschreibung: *Arca noae* ist ein sehr hübscher Vertreter der Familie der Arcidae. Dank ihrer besonderen Gehäuseform ist sie leicht zu identifizieren. Die Klappen sind wesentlich länger als hoch, und ihre Kante ist durch eine deutliche Einbuchtung fast genau in der Mitte gekennzeichnet. Das gleichklappige Gehäuse hat eine trapezoidale Form. Der Schlossrand ist lang, die Ornamentierung besteht aus relativ ausgeprägten, hochkant verlaufenden Rippen, die feinere konzentrische Streifen schneiden. Im Mittelbereich werden die Rippen undeutlich, die Ornamentierung ist hier gitterartig. Im Inneren der Klappen sind zwei Muskelabdrücke zu erkennen, die den Adduktoren entsprechen. Das Schloss ist typisch taxodont, und der Wirbel befindet sich auf der Symmetrieachse des Gehäuses. Seit der Trias brachte die Gattung *Arca* 600 Arten hervor, von denen 200 noch überall auf der Welt in Küstennähe leben.
Biologie – Ökologie: *A. noae* lebt im Boden verankert in der Nähe der Küstenlinie.

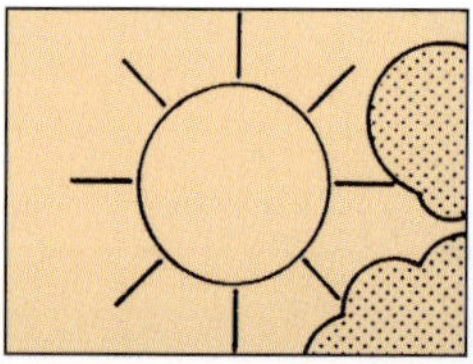

Klassifizierung: *Stamm:* Mollusca – *Klasse:* Lamellibranchia/Bivalvia – *Ordnung:* Arcoida – *Familie:* Arcidae
Alter: Miozän – Gegenwart
Verbreitung: Westeuropa
Größe des Fossils: Länge 3 cm bis 4 cm
Beschreibung: Das Gehäuse von *Anadara diluvii* ist grob trapezoidal. Die äußere Ornamentierung besteht aus breiten Rippen und ausgeprägten Furchen, die hochkant (von den Rändern zum Schloss) verlaufen. Darüber hinaus sind eher unauffällige konzentrische Streifen zu erkennen. Das Innere der Klappen weist ebenfalls eine undeutliche feine Streifung auf; die Stelle, an der die beiden Adduktormuskeln saßen, ist gut zu erkennen. Der Klappenrand ist auf der Innenseite durch einen (negativen) Abdruck der Rippen und Furchen gezeichnet. Das Schloss ist ganz typisch taxodont: Die zahlreichen Zähne sind auf einer langen Schlossplatte aufgereiht. *A. diluvii* unterscheidet sich von *Arca noae* durch die Länge dieser Platte (bei *A. noae* länger und höher stehend) und vor allem durch die Form des Klappenrandes, der bei *A. diluvii* gerundet ist. Der Wirbel liegt praktisch auf der Symmetrieachse des Gehäuses.
Biologie – Ökologie: Diese Art führt ein sessiles Leben in tieferen Gewässern. Aufgrund ihres Vorkommens über einen langen Zeitraum in der geologischen Zeitrechnung ist sie kein gutes Leitfossil.

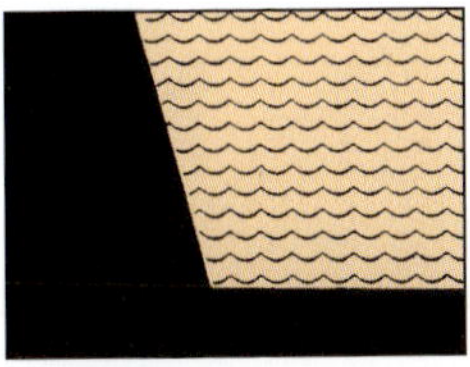

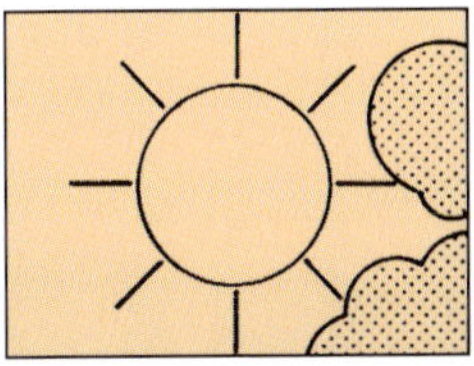

ANADARA TURONICA

Klassifizierung: *Stamm:* Mollusca – *Klasse:* Lamellibranchia/Bivalvia – *Ordnung:* Arcoida – *Familie:* Arcidae
Alter: Miozän
Verbreitung: Südeuropa, Frankreich, Spanien
Größe des Fossils: Länge 6 cm
Beschreibung: *Anadara turonica* ist eine charakteristische Art der Familie der Arcidae. Das typisch taxodonte Schloss hat zahlreiche kleine Zähne. Das Kalkgehäuse ist gleichklappig und stark ungleichseitig, das Schloss lang gestreckt und gerade. Die sehr auffällige Ornamentierung besteht aus strahlenförmigen Rippen, die in regelmäßigen Abständen angeordnet sind. Die feinen Anwachsstreifen sind ebenfalls zu sehen. Der Gehäuserand ist abgerundet, die hintere Seite ist stärker entwickelt. Die Streifen der Ligamentarea haben die Form von Sparren. Sie entsprechen den Ligamentansätzen. Das Gehäuse ist homomyar, die Mantellinie integripalliat. Das Ligament befindet sich wie bei allen Arcidae an der Außenseite und liegt in einer breiten dreieckigen Ligamentarea.
Biologie – Ökologie: Die sessile Form *A. turonica* lebte nicht weit vom Ufer im Litoralbereich. Sie ernährte sich mikrophag. Diese Art ist als Leitfossil von mittlerer Bedeutung, kann aber Aufschluss über die Fazies geben.

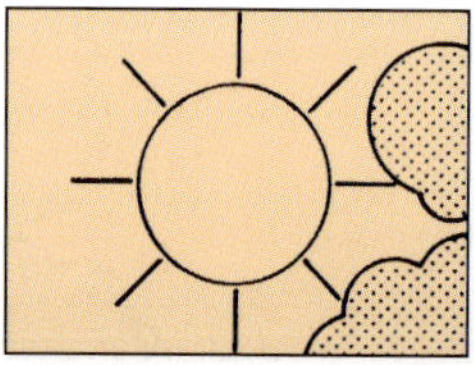

Klassifizierung: *Stamm:* Mollusca – *Klasse:* Lamellibranchia/Bivalvia – *Ordnung:* Arcoida – *Familie:* Glycymerididae
Alter: Unter-Kreide – Gegenwart
Verbreitung: Weltweit
Größe des Fossils: Ø 5 cm bis 10 cm
Beschreibung: *Glycymeris,* auch *Pectunculus* genannt, hat ein dickwandiges, nahezu kreisrundes Gehäuse. Die Schlossplatte verläuft in einem Kreisbogen. Auf ihr sitzt ein Schloss mit zahlreichen Zähnen, die von der Mitte ausgehend zunehmend gebogen sind. Die am weitesten seitlich stehenden Zähne sind manchmal sparrenförmig. Die kleine Area weist ebenfalls ein Sparrenmuster auf. Die Wirbel sind klein, die radiale Ornamentierung ist wenig ausgeprägt. Die Muskelabdrücke sind gleichförmig und rund, die integripalliate Mantellinie ist deutlich zu erkennen. Zwischen den einzelnen Fundorten und den einzelnen Exemplaren lässt sich eine große Formenvielfalt feststellen.
Biologie – Ökologie: *Glycymeris* ist eine nicht sessile, aktive Gattung, die in sandigen Küstenbereichen lebt und mit ihren Klappen auf dem Sand liegt. Das taxodonte Schloss war bei den Vorfahren von *Glycymeris* noch heterodont.

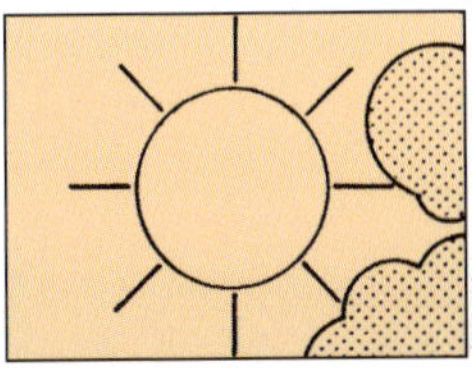

108 TRIGONIA RETICULATA

Klassifizierung: *Stamm:* Mollusca – *Klasse:* Lamellibranchia/Bivalvia – *Ordnung:* Trigonioida – *Familie:* Trigoniidae
Alter: Ober-Jura
Verbreitung: Westeuropa
Größe des Fossils: Länge ca. 10 cm
Beschreibung: Die Gattung *Trigonia* wird durch die sehr dickwandige Schale und deren Dreiecksform charakterisiert. Auch die Ornamentierung ist stark ausgeprägt. Das Gehäuse hat hinten zwei Kiele. *Trigonia reticulata* hat unterschiedliche Proportionen und Ornamentierungen und besteht aus zwei konvexen Klappen mit dreieckigem Umriss. Die Ornamentierung der Flanken unterscheidet sich grundlegend von der der hinteren Kiele. Sie setzt sich aus stark ausgeprägten konzentrischen Rippen im vorderen Teil und feineren vertikalen Lamellen im hinteren Teil zusammen. Die hintere Area trägt in der Mitte eine punctuate Rippe, die deutlich hervorsteht. Das Gehäuseinnere ist mit Perlmutter beschichtet, und man erkennt zwei breite Muskelabdrücke, die durch eine Linie verbunden sind.
Biologie – Ökologie: *T. reticulata* lebte in küstennahen Riffbereichen. Die Entwicklung des Gehäuses zeugt von ihrer Anpassung an diese Umgebung. Die Gattung *Trigonia* umfasst zahlreiche Arten, die sich im Laufe der Zeit kaum verändert haben. In bestimmten Pazifikregionen leben auch heute noch Vertreter dieser Gattung.

Klassifizierung: *Stamm:* Mollusca – *Klasse:* Lamellibranchia/Bivalvia
Alter: Unter-Jura
Verbreitung: Deutschland, Ostfrankreich
Größe des Fossils: Länge 7 cm bis 8 cm
Beschreibung: *Scaphotrigonia navis* hat ein zweiklappiges, konvexes Gehäuse, das an einen Schiffsrumpf erinnert. Dieses Gehäuse ist sehr dick und weist zwei Kiele auf, die den hinteren konkaven Teil der sog. Kardinal-Area begrenzen. Die äußerst eigenwillige Ornamentierung unterscheidet diese Art von *Trigonia reticulata.* Im Mittelbereich sind acht bis 15 sehr dicke, stark hervortretende, in regelmäßigen Abständen angeordnete Rippen zu sehen. Auf diesen Rippen sitzen mehr oder weniger entwickelte runde Knoten. Die hintere Region weist feine konzentrische Rippen auf, die an Anwachsstreifen erinnern. Auf der Innenseite der Klappen befinden sich zwei Muskelabdrücke.
Biologie – Ökologie: *S. navis* ist einer der bekanntesten Vertreter der Familie der Trigoniidae. Sie gehört überdies zu den ersten Formen, die im Unter-Jura auftraten. Diese Art lebte in warmen Gewässern in Küstennähe.

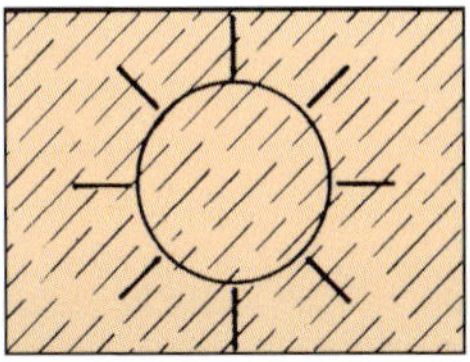

110 CRASSATELLA PONDEROSA

Klassifizierung: *Stamm:* Mollusca – *Klasse:* Lamellibranchia/Bivalvia – *Ordnung:* Veneroida – *Familie:* Crassatellidae

Alter: Ypresium – Bartonium

Verbreitung: Frankreich (Pariser Becken), Westeuropa

Größe des Fossils: Länge 6 cm

Beschreibung: Das stets aufgeblähte Gehäuse von *Crassatella ponderosa* ist gleichklappig und schwach konvex. Die Art hat eine asymmetrische Grundform; eine Seite ist stärker ausgeprägt als die andere. Die große flache Kardinal-Area verleiht dem Gehäuse ein trapezoidales Aussehen. Der Wirbel ist klein. Das Ligament liegt im Inneren in einer großen Resiliumgrube. Die Kardinalzähne sind groß, mit Ausnahme derjenigen, die nahe an der Resiliumgrube stehen. Die Lateralzähne sind schwach entwickelt. Das heterodonte Schloss hat zwei Zähne in der einen Klappe und einen bis drei Zähne in der anderen. Die Ornamentierung besteht aus kaum hervorstehenden Anwachsstreifen.

Biologie – Ökologie: Dieses nicht sessile, benthische Tier bewegte sich im seichten Wasser fort. Das Gehäuse stand dabei senkrecht. Der Suspensionsfresser ernährte sich von organischen Partikeln, die er aus dem Meerwasser filterte.

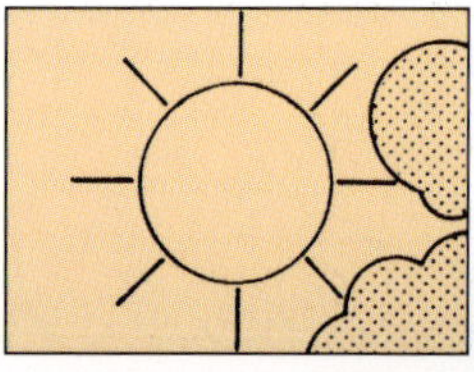

Klassifizierung: *Stamm:* Mollusca – *Klasse:* Lamellibranchia/Bivalvia – *Ordnung:* Veneroida – *Familie:* Astartidae
Alter: Mittel- bis Ober-Jura
Verbreitung: Weltweit
Größe des Fossils: Länge 3 cm
Beschreibung: Die Gattung *Neocrassina* weist variable, in der Regel dicke und meist ovale, hohe Gehäuseformen auf. Die Wirbel sind deutlich ausgebildet und gekrümmt. Das Gehäuse ist mäßig bauchig, immer ungleichseitig und hat keine Perlmutterschicht. Die Lunula und die Kardinal-Area sind deutlich zu erkennen. Das heterodonte Schloss hat auf beiden Seiten des Wirbels zwei Arten von Zähnen: die großen geraden Kardinalzähne und die schrägen, lamellenförmigen Lateralzähne. Das Innere des Gehäuses weist zwei Muskelabdrücke auf. Die Mantellinie ist integripalliat. Die Ornamentierung besteht aus konzentrischen Streifen, die in der Nähe der Wirbel häufig verwischt sind.
Biologie – Ökologie: Es handelt sich hier um eine aktive, nicht sessile Gattung. Die rezenten Arten leben in kalten Gewässern, dagegen bewohnte *Neocrassina* im Jura (Bajocium bis Kimmeridgium) die warmen Meere und tolerierte den Salzgehalt von Lagunen.

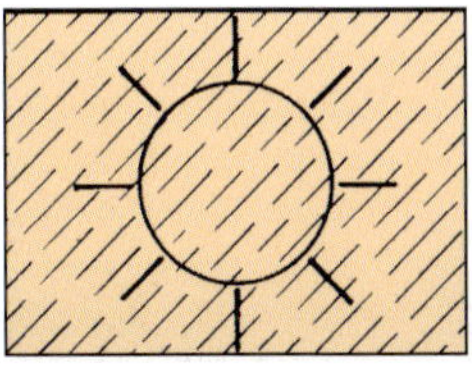

Klassifizierung: *Stamm:* Mollusca – *Klasse:* Lamellibranchia/Bivalvia – *Ordnung:* Veneroida – *Familie:* Veneridae
Alter: Oligozän – Gegenwart
Verbreitung: Frankreich (Cotenin), Portugal, Marokko
Größe des Fossils: Länge 3,5 cm
Beschreibung: Das bauchige Gehäuse dieser Gattung hat einen elliptischen Umriss und ist gleichklappig, jedoch stets ungleichseitig. Der spitze Wirbel ist prosogyr. Ein flacher Bereich, der von einer kantigen Falte begrenzt wird, die aus dem Wirbelbereich entspringt, markiert den hinteren Abschnitt. Die konzentrische Ornamentierung besteht aus teilweise stark hervorstehenden Lamellen. Die Kardinalzähne sind kräftig und ähneln den Lateralzähnen unter dem Wirbel. Die anderen Zähne sind nur schwach entwickelt oder fehlen. Die tiefe Mantelbucht hat die Form eines Dreiecks. Auf dem Innenrand der Klappen sitzen zahlreiche Zähnchen.
Biologie - Ökologie: Die Gattung *Venus* umfasst benthische, grabende Arten. Das Gehäuse hat oft Löcher, wenn die Tiere den räuberischen Gastropoden nicht entfliehen konnten. Anhand der Lage und Ausbildung der Rippen erkennt man, dass die Tiere ständig gegen das Einsinken ankämpfen müssen. Am weitesten verbreitet sind die Arten *V. verrucosa* und *V. plicata.*

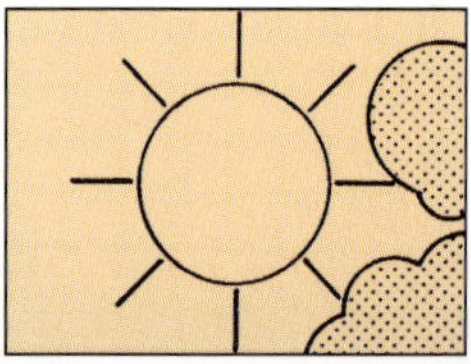

Klassifizierung: *Stamm:* Mollusca – *Klasse:* Lamellibranchia/Bivalvia – *Ordnung:* Veneroida – *Familie:* Lucinidae
Alter: Ober-Kreide – Gegenwart
Verbreitung: Weltweit
Größe des Fossils: Ø 2 cm bis 3 cm
Beschreibung: Diese Gattung hat ein flaches, diskusförmiges, gleichklappiges und leicht ungleichseitiges Gehäuse. Der kleine Wirbel ist gekrümmt. Lunula und Kardinal-Area sind häufig vorhanden. Das Schloss ist – falls vorhanden – heterodont. Es besteht aus maximal zwei Kardinalzähnen und zwei länglichen Lateralzähnen. Die Gattung *Codakia* wird durch ihre Muskelabdrücke charakterisiert, von denen einer sehr lang gestreckt ist und innerhalb der integripalliaten Mantellinie liegt. Die Ornamentierung besteht lediglich aus schwachen konzentrischen Streifen.
Biologie – Ökologie: Vertreter dieser Gattung leben tief vergraben im Sediment, vor allem in sauerstoffarmen Schlickböden. Sie haben große getrennte Siphonen auf beiden Seiten des Gehäuses. Der Inhalationssipho bestimmt die eigenartige Form des Adduktormuskels. Die Tiere sind Suspensionsfresser.

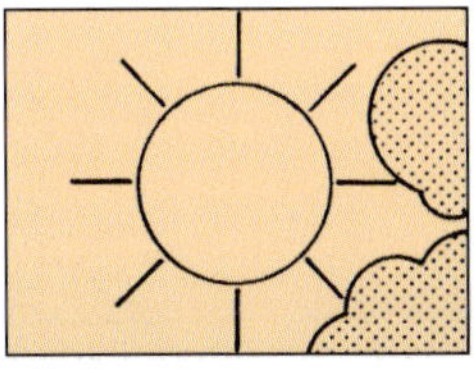

114 CERASTODERMA EDULE

Klassifizierung: *Stamm:* Mollusca – *Klasse:* Lamellibranchia/Bivalvia – *Familie:* Cardiidae
Alter: Pliozän – Gegenwart
Verbreitung: Europa
Größe des Fossils: Ø 5 cm bis 6 cm
Beschreibung: Das Gehäuse dieser Art ist gleichklappig und bauchig mit hervorstehenden, leicht eingerollten Wirbeln. Es hat ein äußeres Ligament, zwei Kardinalzähne auf jeder Klappe und einen vorderen sowie einen hinteren Lateralzahn. Die Art weist bezüglich der Gehäusedicke und der Schiefe der Klappen viele Variationen auf. Die Radialrippen können glatt oder körnig sein. Die Mantellinie verläuft durchgehend, und die beiden Adduktormuskeln sind nahezu gleich. Die Lebensweise ist aktiv, seltener grabend und sessil.
Biologie – Ökologie: *Cerastoderma edule* kommt sehr häufig vor. Man findet sie in allen Meeren, in Trichtermündungen und im Brackwasser. Diese Muschel ist essbar. Im Pliozän lebte die Art noch in warmen Meeren, die sich zum Quartär hin immer mehr abkühlten, und sie bewegte sich auf den kontinentalen Sedimenten fort. Aufgrund ihres Auftretens in langen Zeitabschnitten des Tertiärs ist *C. edule* kein gutes Leitfossil, und wegen ihres Vorkommens in allen Meeren ist sie auch kein guter Indikator für das Paläomilieu.

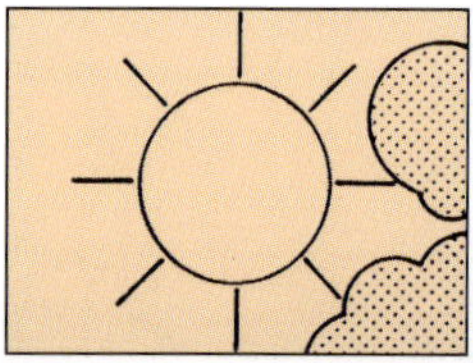

Klassifizierung: *Stamm:* Mollusca – *Klasse:* Lamellibranchia/Bivalvia – *Ordnung:* Veneroida – *Familie:* Carditidae
Alter: Oligozän
Verbreitung: Frankreich
Größe des Fossils: Länge 3 cm
Beschreibung: Das Gehäuse dieser Art ist bauchig, gleichklappig und ungleichseitig. Es hat einen rundlich-trapezoidalen, nach einer Seite verschobenen Umriss. Der bauchige Wirbel ist nach vorne geneigt, d. h. prosogyr. Das heterodonte Schloss weist kurze, konische Kardinalzähne auf. Die Lateralzähne stehen in einiger Entfernung und haben die Form schiefer Lamellen. Die Ornamentierung besteht aus etwa 20 mit Knoten besetzten Radialrippen. Im hinteren Teil sind sie stärker ausgeprägt und lamellenförmig. Der Gehäuserand ist gezähnelt. Das Gehäuse weist eine integripalliate Mantellinie und zwei gleichförmige Muskelabdrücke auf.
Biologie – Ökologie: Diese benthische Art lebte mehr oder weniger im Sediment eingegraben in der Nähe der Küste. Die Schlosszähne im hinteren Teil des Gehäuses hatten eine Tendenz zur Rückbildung.

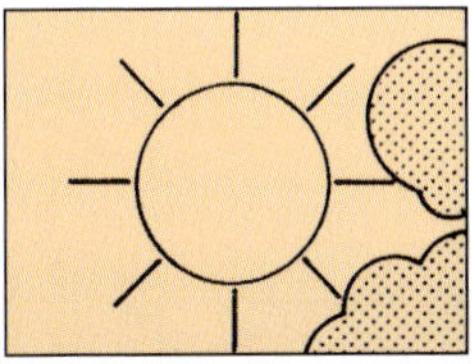

116 VENERICARDIA PLANICOSTA

Klassifizierung: *Stamm:* Mollusca – *Klasse:* Lamellibranchia/Bivalvia – *Ordnung:* Veneroida – *Familie:* Carditidae
Alter: Eozän
Verbreitung: Frankreich, Belgien, England, USA
Größe des Fossils: Länge 6 cm
Beschreibung: Das Gehäuse dieser Art ist sehr dickwandig, eiförmig und nach unten geneigt. Die großen Wirbel stehen hervor. Das große Schloss sitzt auf einer breiten Schlossplatte. Die Kardinalzähne sind schräg. Dieses Charakteristikum unterscheidet *Venericardia* von *Astarte.* Die schwach ausgeprägten Lateralzähne stehen parallel zum Gehäuserand. Die Ornamentierung verläuft stets radial; in diesem Fall besteht sie aus großen flachen Rippen, die am unteren Klappeninnenrand Einbuchtungen verursachen. Die Mantellinie ist integripalliat.
Biologie – Ökologie: Diese grabende Art wühlte sich nur wenig ins Sediment. Sie lebte in seichten Gewässern in Küstennähe. Die Gehäuse tragen sehr oft löchrige Fraßspuren von räuberischen Gastropoden der Familie der Naticidae oder Muricidae.

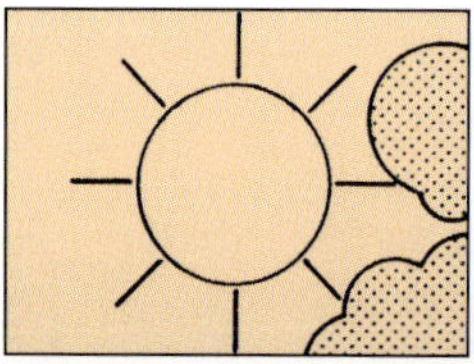

Klassifizierung: *Stamm:* Mollusca – *Klasse:* Lamellibranchia/Bivalvia – *Ordnung:* Veneroida – *Familie:* Mactridae
Alter: Eozän – Gegenwart
Verbreitung: Westeuropa
Größe des Fossils: Länge 4 cm
Beschreibung: Die Arten der Gattung *Mactra* sind eiförmig, teilweise auch dreieckig mit dünnschaligem Gehäuse. Die mehr oder weniger bauchigen Klappen weisen spitze Wirbel auf. An den Außenrändern befinden sich auf jeder Seite der Wirbel abgeflachte Bereiche. Typisch für das Schloss sind die Kardinalzähne, die eine tiefe Resiliumgrube einrahmen; das Ligament liegt also auf der Innenseite. Die Lateralzähne sind stark ausgeprägt. Das Tier ist ein Homomyarier mit sinupalliater Mantellinie.
Biologie – Ökologie: *Mactra* lebt grabend; ihre eckige Form erleichtert ihr das Eindringen in das Sediment. Der Sipho findet beim Schließen der Klappen in der Mantelbucht Platz. Die Gehäuse der Tiere tragen häufig löchrige Fraßspuren von Gasteropoden der Familie der Naticidae. Diese opportunistischen Arten (siehe Pectinidae) sind aufgrund ihrer sehr großen Verbreitung und der raschen Weiterentwicklung der einzelnen Arten gute Leitfossilien.

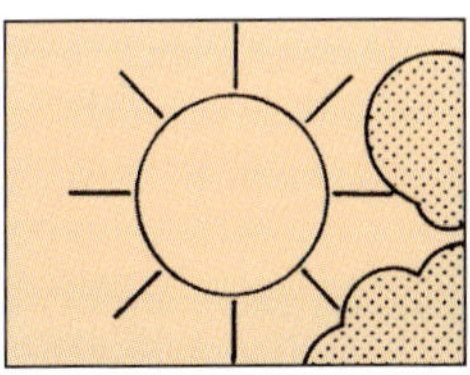

118 TELLINA (PLATTMUSCHEL)

Klassifizierung: *Stamm:* Mollusca – *Klasse:* Lamellibranchia/Bivalvia – *Ordnung:* Veneroida – *Familie:* Tellinidae
Alter: Paläozän – Gegenwart
Verbreitung: Weltweit
Größe des Fossils: Länge 4 cm
Beschreibung: Die Formen von *Tellina,* der Plattmuschel, sind stets ungleichklappig. Das flache, dünnschalige Gehäuse weist auf einer Seite Radiallinien auf, die am Klappenrand winklige Falten aufwerfen und so eine Reihe flacher Bereiche in der Nähe des Randes begrenzen. Der Rand wird durch die Falten eingebogen. Die Wirbel sind klein, das heterodonte Schloss hat kleine Zähne. Die Ornamentierung besteht aus konzentrischen Lamellen, das Gehäuse kann jedoch auch glatt sein. Einer der Muskelabdrücke ist länglicher als der andere, die Mantelbucht ist tief eingebuchtet und unregelmäßig.
Biologie – Ökologie: Die flache Form des Gehäuses erleichtert *Tellina* das Eindringen in das Sediment, was sehr wichtig für die Arten dieser Gattung ist, denn das Eingraben muss so schnell wie möglich vonstatten gehen. Nur die sehr langen Siphonen ragen aus dem Sand und ermöglichen den Tieren die Nahrungsaufnahme.

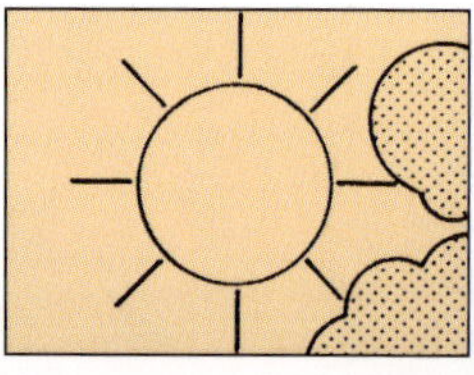

Klassifizierung: *Stamm:* Mollusca – *Klasse:* Lamellibranchia/Bivalvia – *Ordnung:* Veneroida – *Familie:* Solenidae
Alter: Eozän – Gegenwart
Verbreitung: Weltweit
Größe des Fossils: Länge 5 cm bis 15 cm
Beschreibung: Die typische *Solen*- oder Scheidenmuschel-Art hat ein relativ flaches, in der Breite sehr gestrecktes und rechteckiges Gehäuse. Die an den Enden klaffenden Klappen haben ein röhrenartiges Aussehen, die Wirbel sind unscheinbar. Das sehr reduzierte Schloss zeigt jederseits einen Zahn. Das Ligament ist mit einem löffelartigen, verlängerten Fortsatz an der Innenseite befestigt. Dies ist ein Charakteristikum für die Desmodonta. Die Muskelabdrücke sind unregelmäßig; zwei Fortsätze markieren die Mantellinie. Die Klappen weisen keine besondere Ornamentierung auf, die äußere Oberfläche ist glatt.
Biologie – Ökologie: Das hier abgebildete Exemplar lebte ausschließlich im Litoral in sandigen Fazies, vertikal im Sand eingegraben. Der enorme Sipho wird durch einen Schlauch geschützt. Der konische Fuß ermöglicht den Vertretern dieser Gattung ein blitzschnelles Eingraben.

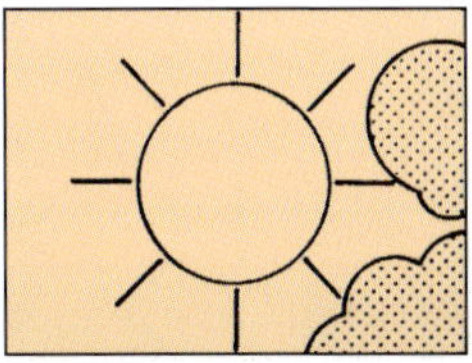

CORBULA GALLICA

Klassifizierung: *Stamm:* Mollusca – *Klasse:* Lamellibranchia/Bivalvia – *Ordnung:* Myoida – *Familie:* Corbulidae
Alter: Eozän
Verbreitung: Frankreich (Aquitanien, Pariser Becken), England, Belgien
Größe des Fossils: Länge 4 cm
Beschreibung: *Corbula gallica* hat ein dünnwandiges, ovales, ungleichseitiges Gehäuse, das auf einer Seite im rechten Winkel abgestumpft ist. Eine der Klappen ist manchmal ein wenig größer als die andere. Das desmodonte Schloss hat einen langen löffelartigen Fortsatz, an dem das innere Ligament befestigt ist. In der Regel existiert nur noch ein relativ großer Kardinalzahn oder eine Grube auf der gegenüberliegenden Klappe. Der Mantelabdruck zeigt eine schwach ausgeprägte Einbuchtung, die Form ist also sinupalliat. Die runden Muskelabdrücke sind gut zu erkennen und durch eine dünne Linie verbunden. Diese Linie weist auf der stumpfen Seite eine deutliche Einbuchtung auf (Pallialsinus). Die äußere Gehäuseoberfläche ist schwach mit konzentrischen Rippen ornamentiert, manchmal aber auch vollkommen glatt.
Biologie – Ökologie: *C. gallica* lebte auf schlammigen Böden im Litoral, in der Regel in warmen Meeren. Die runde Gehäuseform verhinderte ein allzu tiefes Einsinken im Sand. Der Sipho war relativ schwach entwickelt.

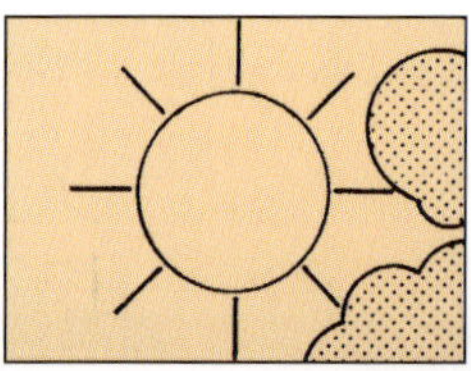

Klassifizierung: *Stamm:* Mollusca – *Klasse:* Lamellibranchia/Bivalvia – *Ordnung:* Myoida – *Familie:* Pholadomyidae

Alter: Ober-Jura

Verbreitung: Frankreich (Calvados, Charentes, Yonne), Westeuropa

Größe des Fossils: Länge 6 cm bis 7 cm

Beschreibung: Das große, gleichklappige und ungleichseitige Gehäuse von *Pholadomya* ist von massiger, kantiger Form. Die konvexen Klappen sind auf einer Seite gerundet, auf der anderen verlängert. Die Wirbel sind groß und bauchig. Das sehr reduzierte Schloss ist zahnlos. Das Ligament liegt auf der Innenseite und ist an einem löffelartigen Fortsatz befestigt. Die charakteristische Ornamentierung besteht aus schwach ausgeprägten Linien. Im mittleren Bereich befinden sich drei bis fünf radiale Kiele, die dieser Art ihr typisches Aussehen verleihen.

Biologie – Ökologie: Diese grabende Art lebte in der Regel auf schlammigen Böden. Die Evolution dieses Grabertyps führte zu einem beinahe vollständigen Verschwinden des Schlosses. Der Sipho ist stark entwickelt. Die Pholadomyidae waren vor allem im Jura verbreitet. Diese Art ist ein gutes Faziesfossil für mergelige Fazies.

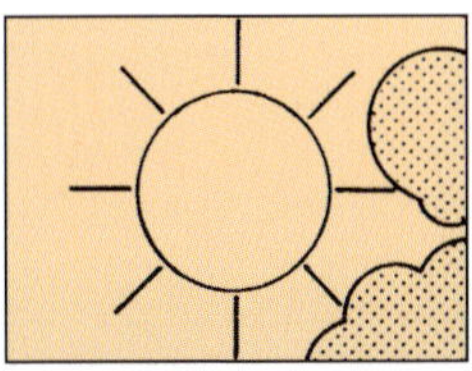

122 TEREDINA PERSONATA

Klassifizierung: *Stamm:* Mollusca – *Klasse:* Lamellibranchia/Bivalvia – *Ordnung:* Myoida – *Familie:* Pholadidae
Alter: Unter-Eozän
Verbreitung: Westeuropa
Größe des Fossils: Länge 15 cm, Ø 3 cm
Beschreibung: Das Gehäuse von *Teredina personata* ist gleichklappig. Die beiden symmetrischen Klappen sind konvex und haben eine charakteristische Form. Ein Ende ist gerundet und wird von einem hervorstehenden Schild geschlossen. Am anderen Ende befindet sich eine lange gekrümmte Röhre, die verlagerte Siphoröhre. Das Gehäuse selbst ist klein und dreilappig. Die Ornamentierung besteht aus konzentrischen Streifen. *Teredina* war eine Bohrmuschel; die sehr außergewöhnliche Form, die von der Siphoröhre bestimmt wird, findet man bei der Familie der Clavagellidae wieder, bei der sie sogar noch stärker ausgeprägt ist. Die Siphoröhre ist mit Kalk getränkt und bleibt so erhalten.
Biologie – Ökologie: Die Arten der Gattung *Teredina* bohrten sich in Treibholz und lebten darin. Die Sande der Argonnen enthalten fossilisiertes, von *Teredina* durchbohrtes Holz. Diese Gattung ist eng verwandt mit den rezenten Bohrwürmern, die erstmals im Jura auftraten und bis heute unverändert blieben.

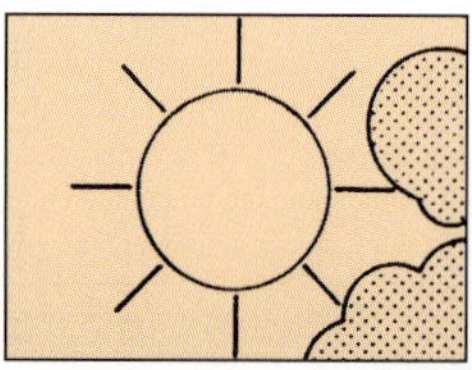

Klassifizierung: *Stamm:* Mollusca – *Klasse:* Lamellibranchia/Bivalvia – *Ordnung:* Precardioida – *Familie:* Precardiidae
Alter: Silur
Verbreitung: Frankreich (Cotentin, Montagne Noir), Schottland, Böhmen
Größe des Fossils: Länge 2 cm
Beschreibung: Das dünnschalige Gehäuse von *Cardiola interrupta* (oder *C. cornucopiae)* ist oval, aber leicht ungleichseitig. Der Wirbel steht über dem Gehäuse hervor. Die Klappen sind identisch gebaut. Die radiale und konzentrische Ornamentierung bildet ein charakteristisches Relief-Karomuster. Das Schloss ist kryptodont und hat weder Zähne noch Gruben. Die Funktion des Schlosses wird hier von den bis auf die Schlossplatte verlängerten Radialrippen übernommen. Dieses sehr primitive Artikulationssystem mit geradem Schlossrand unterscheidet die Gattung *Cardiola* deutlich von der Gattung *Cardium,* mit der sie einige Konvergenzen aufweist.
Biologie – Ökologie: Es handelt sich hier um äußerst primitive Formen des Paläozoikums, die den Vorfahren der Lamellibranchia noch sehr nahe standen. Das kryptodonte Schloss stellt einen archaischen Typ der Klappenverzahnung dar. Diese Familie ist relativ eng mit den Nuculaceae verwandt, die man häufig in Graptolithenschiefer antrifft. Sie ist ein wichtiges Silur-Leitfossil.

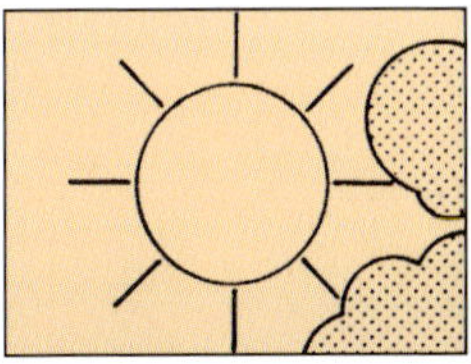

CHAMA LAMELLOSA

Klassifizierung: *Stamm:* Mollusca – *Klasse:* Lamellibranchia/Bivalvia – *Ordnung:* Veneroida – *Familie:* Chamidae
Alter: Eozän
Verbreitung: Westeuropa
Größe des Fossils: Ø 5 cm
Beschreibung: Bei *Chama lamellosa* ist die linke Klappe am Untergrund festgewachsen, bei *C. fimbriata* ist es die rechte. *C. lamellosa* zeigt auf der Außenseite der Klappen eine andere Ornamentierung als die Art *C. calcarata.* Auf den konzentrischen Lamellen sitzen keine stacheligen Auswüchse. Die Lamellen sind hier in regelmäßigen Abständen voneinander angeordnet, stehen deutlich hervor und sind leicht gezähnelt. Das Schloss besteht aus einem Zahn zwischen zwei Gruben auf der einen Klappe und zwei durch eine Grube getrennte Zähne auf der anderen Klappe. Im Gehäuseinneren sind sehr deutlich die beiden Muskelabdrücke und die Mantellinie zu erkennen. Bei den Chamidae wird die freie Klappe in der Regel als α-Klappe bezeichnet, die festgewachsene als β-Klappe. Die Schlossplatte ist massiv, und die sehr kräftigen Zähne erinnern an die der Rudisten, die beiden Familien sind jedoch nicht verwandt.
Biologie – Ökologie: Die Chamidae traten erstmals im Paläozoikum auf. Die dicken Wände des Gehäuses und die Ornamentierung belegen ihre Anpassung an Küstenbereiche. Einige Arten leben noch heute in warmen Meeren.

Klassifizierung: *Stamm:* Mollusca – *Klasse:* Lamellibranchia/Bivalvia – *Ordnung:* Veneroida – *Familie:* Chamidae
Alter: Eozän
Verbreitung: Deutschland, Schweiz, Frankreich, Belgien, Großbritannien
Größe des Fossils: Ø 5 cm
Beschreibung: Das Gehäuse dieser Art besteht aus zwei annähernd symmetrischen Klappen. Die charakteristische Ornamentierung ermöglicht eine mühelose Identifizierung dieser Art. Die Klappen tragen mehr oder weniger hervortretende Relieflamellen, wobei konzentrische, stark ausgeprägte Lamellen mit unregelmäßig entwickelten Dornen sich mit weniger auffälligen, dornenlosen Lamellen abwechseln. Die Ornamentierung der Klappen ist nicht identisch. Auf der linken Klappe stehen die konzentrischen Lamellen enger, und in den Zwischenräumen sind Rippen zu erkennen. Eine Verwechslung mit *Chama fimbriata* ist ausgeschlossen, da ihre Lamellen enger stehen und weniger Dornen tragen. Das einfache Schloss ist mittelgroß. Die beiden Zähne sind kräftig, dick und gekerbt. Der Wirbel der linken Klappe ist gekrümmt.
Biologie – Ökologie: Diese Art lebte sessil und war an schalenreiche Böden angepasst. Das erklärt die häufig anzutreffende Pachyostose (Hypertrophie des Gehäuses) in dieser Fazies. Die Herkunft der Chamidae ist nicht eindeutig geklärt. Vermutlich stammen sie von bestimmten heterodonten Vertretern der Lucinidae ab.

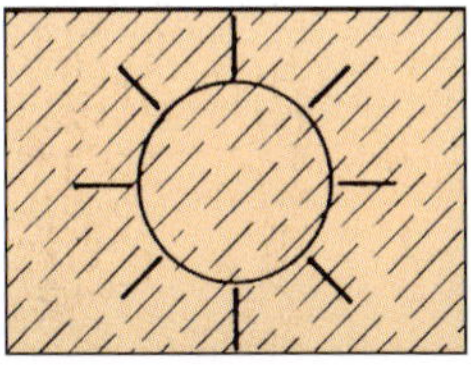

126 DICERAS ARIETINUM

Klassifizierung: *Stamm:* Mollusca – *Klasse:* Lamellibranchia/Bivalvia – *Ordnung:* Hippuritoida – *Familie:* Diceratidae

Alter: Ober-Jura

Verbreitung: Deutschland (Bayern), Frankreich (Charentes, Meuse)

Größe des Fossils: Länge 10 cm bis 15 cm

Beschreibung: Diese Art ist eindeutig an ihrem Aussehen zu erkennen, das an ein Widderhorn erinnert. Die beiden Klappen sind ungleich und haben enorme eingerollte Wirbel. Es handelt sich um eine aberrante Form, die durch ihre stark ausgeprägte rechte Klappe charakterisiert wird. Das Gehäuse ist sehr dickwandig, der innere Rand nimmt die Hälfte der Oberfläche ein. Das pachydonte Schloss trägt einen sehr großwüchsigen konischen Zahn. Die Muskelabdrücke sind ungleichmäßig, der des hinteren Muskels, der hintere Myophor, ist stark ausgeprägt. Die Ornamentierung fehlt.

Biologie – Ökologie: Diese Art weist eine deutlich stärker ausgeprägte Pachyostose auf als die Chamidae (siehe *Chama calcarata)*. Sie gehört zu den ersten Rudisten und lebte in den Riffen der Fazies des „Rauracien" (Ober-Jura) in seichten Gewässern, häufig zusammen mit Vertretern der Nerineae (Gasteropoden). *Diceras arietinum* war mit der stärker ausgebildeten Klappe festgewachsen, bei dieser Art war dies meist die rechte. Es handelt sich um ein gutes Leitfossil.

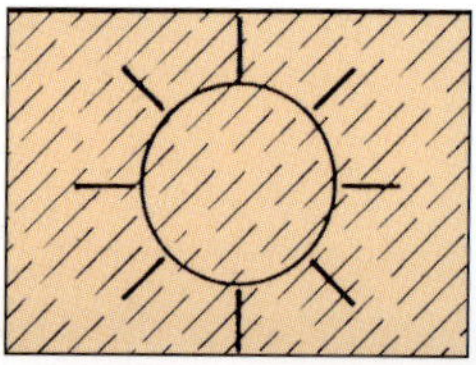

Klassifizierung: *Stamm:* Mollusca – *Klasse:* Lamellibranchia/Bivalvia – *Ordnung:* Hippuritoida – *Familie:* Requieniidae
Alter: Unter-Kreide
Verbreitung: Frankreich (Vaucluse, Jura)
Größe des Fossils: Länge 10 cm bis 12 cm
Beschreibung: Hier handelt es sich um eine ganz besondere Form mit sehr ungleichklappigem, ungleichseitigem Gehäuse. Die stärker entwickelte linke Klappe hat einen enormen kielförmigen Wirbel in Form eines aufgerollten Horns. Die rechte Klappe ist nahezu flach und deckelähnlich und trägt ebenfalls einen solchen Wirbel. Das pachydonte Schloss hat einen stark hervortretenden Zahn. Der Innenraum ist aufgrund der Dicke des Gehäuses sehr beschränkt. Die Ornamentierung fehlt.
Biologie – Ökologie: *Requienia ammonia* ist ein Rudist aus der „Urgon-Fazies“ der Kreidezeit. Sie lebte mit einer Klappe festgewachsen in Riffen in geringer Tiefe. Die andere Klappe diente nur noch als Deckel. Wie alle Rudisten stellte sie hohe Ansprüche an Temperatur, Salzgehalt und Klarheit des Wassers. Die Vorfahren der Rudisten sind die Cardiidae. Es handelt sich hier um ein ausgezeichnetes Leitfossil.

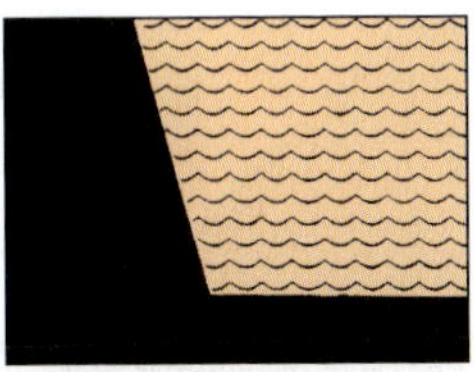

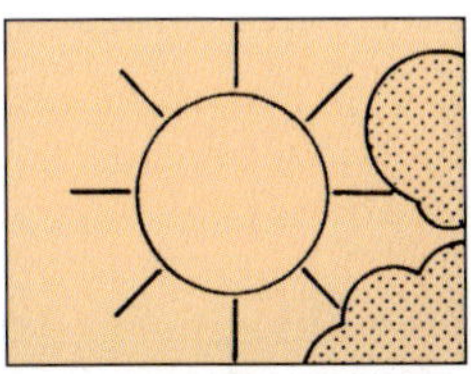

128 HIPPURITES

Klassifizierung: *Stamm:* Mollusca – *Klasse:* Lamellibranchia/Bivalvia – *Ordnung:* Hippuritoida – *Familie:* Hippuritidae

Alter: Ober-Kreide

Verbreitung: Österreich, Frankreich

Größe des Fossils: Länge 10 cm bis 40 cm

Beschreibung: Die Arten dieser Gattung stellten aufgrund ihres Aussehens, das sich vollkommen von dem der anderen Lamellibranchia unterscheidet, lange Zeit ein großes Rätsel dar. Das Gehäuse ist sehr dickwandig. Eine der Klappen ist stark zurückgebildet und übernimmt die Funktion eines Deckels. Sie weist eine Ornamentierung aus radialen Streifen auf. Die Zähne dieser Klappe sind sehr groß, und es ist ein Myophor in einem Fortsatz zu erkennen. Die andere Klappe ist hornförmig. Das sehr komplexe Innere dieser Klappe weist Einfaltungen auf, die sog. Pfeiler. Als Äquivalente dazu befinden sich an der Außenseite drei Furchen. Diese Klappe ist längs gestreift. Das Gehäuse ist von zahlreichen Kanälen perforiert.

Biologie – Ökologie: Die Pachyostose ist hier deutlich zu erkennen. Die kleinere Klappe ist ein Operculum, mit der anderen Klappe war das Tier mit dem Riff verwachsen. Vertreter von *Hippurites* bildeten auf den Riffen ganze Bänke. Es handelt sich hier um sehr gute Leitfossilien.

Klassifizierung: *Stamm:* Mollusca – *Klasse:* Lamellibranchia/Bivalvia – *Ordnung:* Hippuritoida – *Familie:* Radiolitidae

Alter: Ober-Kreide

Verbreitung: Frankreich (Dordogne)

Größe des Fossils: Länge 30 cm, Ø 20 cm

Beschreibung: *Bournonia bournoni* ist ein spezieller Vertreter der Lamellibranchia. Die sehr dicke linke Klappe diente als Deckel und ist stark konvex (hutförmig). Diese Klappe weist vorne und hinten je einen Fortsatz auf sowie einen Zahn am hinteren Ende. Die rechte Klappe ist konisch und sehr dickwandig. Die Wand besteht aus mehreren Schichten und hat auf der Innenseite eine Furche mit geriffeltem Boden. Diese ligamentlosen Formen haben glatte Siphobänder, die von den Krümmungen des Gehäuses oder von hervorstehenden Rippen geprägt werden. Sie waren an der Basalklappe (rechte Klappe) mit dem Untergrund verwachsen. Diese Formen hatten zwei Adduktormuskeln, die an den beschriebenen Fortsätzen ansetzten.

Biologie – Ökologie: *B. bournoni* ist eine typische Form des Maastrichtiums der Dordogne. Diese Art lebte in sessilen Kolonien auf felsigem Untergrund in warmen, relativ bewegten Gewässern. Ihr begrenztes zeitliches Auftreten macht sie zu einem guten Leitfossil.

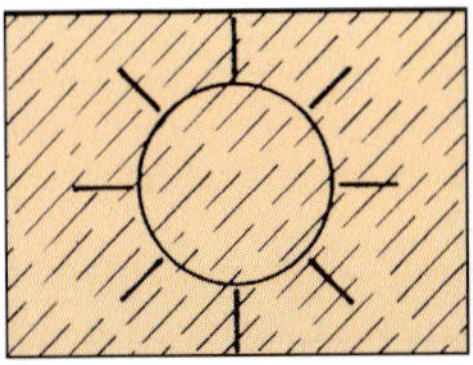

 VACCINITES

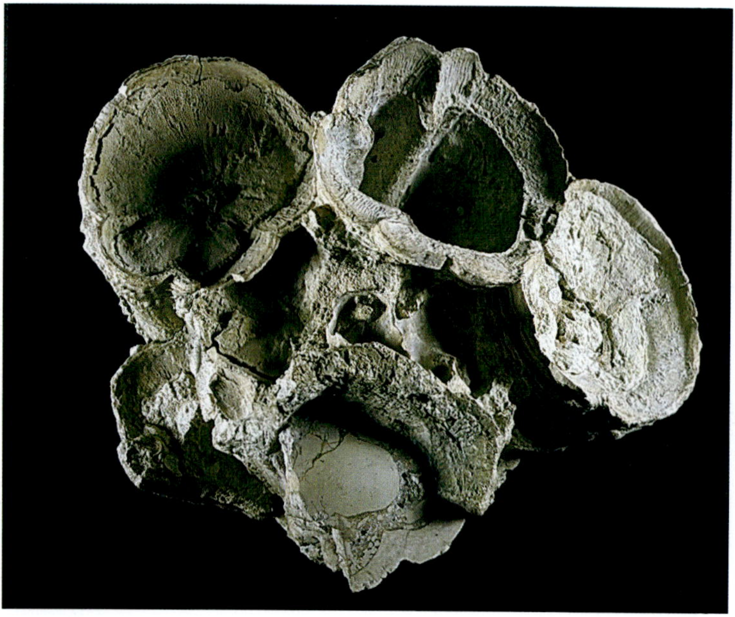

Klassifizierung: *Stamm:* Mollusca – *Klasse:* Lamellibranchia/Bivalvia – *Ordnung:* Hippuritoida – *Familie:* Hippuritidae
Alter: Ober-Kreide
Verbreitung: Südfrankreich, Spanien, Italien
Größe des Fossils: Länge 15 cm, Ø 5 cm
Beschreibung: *Vaccinites* hat ein Kalkgehäuse aus zwei Klappen, einer konischen rechten und einer flachen linken Klappe. Die rechte Klappe kann sehr große Ausmaße erreichen, sowohl in der Länge als auch im Durchmesser. Sie ist mit starken Längs- und Querrippen ornamentiert. Die äußere Gehäuseschicht ist faltig; sie wird von drei Furchen markiert, die einem Ligamentvorsprung und zwei Pfeilern (Stützskelett) entsprechen. Die linke Klappe ist flach und deckelartig. Sie trägt zwei Zähne oder Kalkfortsätze.
Biologie – Ökologie: *Vaccinites* ist ein charakteristischer Hippurit für das Coniacium *(Vaccinites giganteus)* bzw. für das Campanium *(V. sulcatus)*. Es handelt sich hier um ausgezeichnete Leit- und Faziesfossilien, da diese Lebewesen sehr ausgedehnte Bänke bildeten und für die Entstehung ganzer Kalkgesteine verantwortlich waren („Hippuritenriffe“ oder „Hippuritenkalk“).

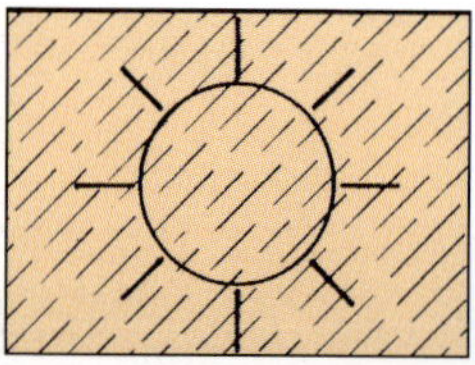

Klassifizierung: *Stamm:* Mollusca – *Klasse:* Lamellibranchia/Bivalvia – *Ordnung:* Hippuritoida – *Familie:* Radiolitidae
Alter: Maastrichtium
Verbreitung: Frankreich (Dordogne, Charente-Maritime)
Größe des Fossils: Höhe 10 cm, Ø 25 cm
Beschreibung: *Lapeirousia* hat ein kalkiges Gehäuse mit zwei Schutzklappen, von denen das Tier jedoch nur eine bewohnte. Das ganze Gehäuse ist kegelförmig und hat einen Deckel; die rechte Klappe hat die Form eines sehr breiten, abgeflachten und dickwandigen Kegels. Im Inneren befinden sich zwei Pseudopfeiler, die sich über die gesamte Länge der rechten Klappe, auf deren Innenseite sie hervorstehen, hinziehen. Die beiden Zähne der linken Klappe greifen in zwei Zahngruben, die den Pfeilern gegenüberliegen. Die Tiere hatten zwei Adduktormuskeln, einen hinteren und einen vorderen.
Biologie – Ökologie: *Lapeirousia jouanneti* ist ein typischer Rudist des Maastrichtiums (Ober-Kreide). Die Art zeichnete sich durch die Bildung von Kolonien aus und war mit der rechten Klappe am Untergrund festgewachsen. Dieser Rudist bildet Riffkalk. Er lebte in den warmen, sauerstoffreichen Meeren in mittlerer Tiefe und ist ein gutes Leit- und Faziesfossil.

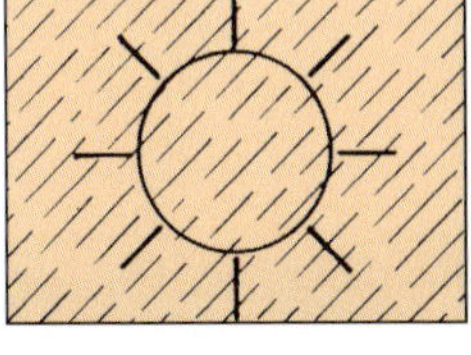

 MURCHISONIA

Klassifizierung: *Stamm:* Mollusca – *Klasse:* Gastropoda – *Ordnung:* Prosobranchia – *Familie:* Murchisoniidae
Alter: Ordovizium – Ober-Trias
Verbreitung: Europa, Nordamerika
Größe des Fossils: Höhe 17 cm, Ø 3 cm
Beschreibung: Die zahlreichen rechtsgewundenen, runden oder eckigen Umgänge, die hohen Umgänge und die flachen Suturen verleihen dem Gehäuse von *Murchisonia* eine sehr schlanke Turmform. Das Peristom weist eine kleine Siphonalkerbe und einen Mündungsschlitz auf, den eine spiralige Ornamentierung auf der Mitte der Windungen verlängert. Die morphologischen Ähnlichkeiten mit den rezenten Vertretern von *Turritella* sind kein Anzeichen für die Zugehörigkeit zur selben Linie.
Biologie – Ökologie: *Murchisonia* ist eine benthische Form, die ebenso an klastische wie an karbonatische Fazies (devonische Riffe) angepasst war. Das Tier bewegte sich mittels seines muskulösen Kriechfußes fort und ernährte sich von den am Boden wachsenden Pflanzen. Das Gehäuse hielt es dabei leicht schräg. Als Leitfossil ist *Murchisonia* von mittlerer Bedeutung, sie charakterisiert jedoch die Benthosmilieus des Paläozoikums. Im Silur hatte die Gattung ihre größte Verbreitung.

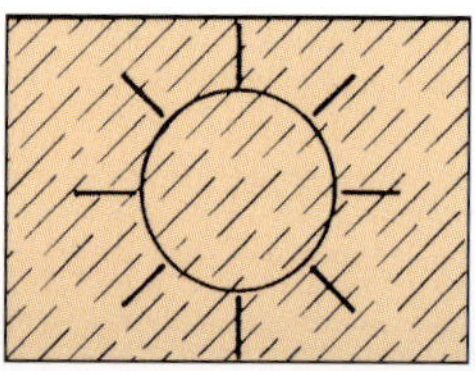

Klassifizierung: *Stamm:* Mollusca – *Klasse:* Gastropoda – *Ordnung:* Prosobranchia – *Familie:* Pleurotomariidae
Alter: Unter-Jura – Gegenwart
Verbreitung: Weltweit
Größe des Fossils: Höhe 7 cm, Ø 5,2 cm bis 6,5 cm
Beschreibung: Das trochiforme Gehäuse von *Pleurotomaria* bleibt flach und bildet eine rechtsgewundene Spirale. Der Mündungsschlitz mit eingekerbter Lippe, auch pleurotomarischer Schlitz genannt, ist charakteristisch für diese Gattung. Ein Schlitzband zieht sich über alle Windungen hinweg. Eine Spiralstreifung und Knoten am Rand der Umgänge bestimmen die Ornamentierung. Die rezenten Formen und einige gut erhaltene fossile Formen weisen im Gehäuseinneren eine Perlmutterschicht auf. Die rezenten Vertreter dieser Gattung besitzen ein hornartiges Operculum.
Biologie – Ökologie: *Pleurotomaria* ist eine charakteristische Gattung für die Karbonatplattformen: warme, sauerstoffreiche Meere. So trifft man sie in großer Zahl in den oolitischen Kalkgesteinen des Bajociums an. Es handelt sich um Pflanzenfresser, die den Meeresboden abweiden. Ihre lange zeitliche Verbreitung macht *Pleurotomaria* zu einem ungeeigneten Leitfossil.

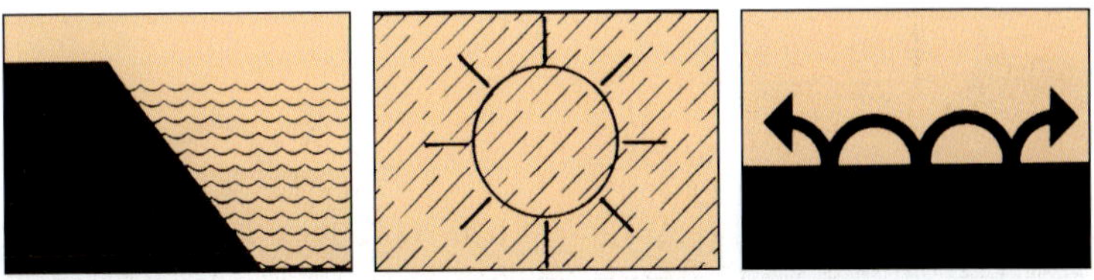

 PATELLA

Klassifizierung: *Stamm:* Mollusca – *Klasse:* Gastropoda – *Ordnung:* Prosobranchia – *Familie:* Patellidae
Alter: Eozän – Gegenwart
Verbreitung: Weltweit
Größe des Fossils: Höhe 3 cm bis 5 cm, Ø 5,5 cm bis 6 cm
Beschreibung: Das Gehäuse von *Patella* ist kegel- oder mützenförmig. Es ist sehr solide und nicht spiralig aufgebaut. Der Apex liegt subzentral, und es gibt weder ein Schlitzband noch ein inneres Septum. Kräftige Radialrippen ornamentieren das Gehäuse. Die Innenseite der Wand ist mit einer irisierenden Schicht verkleidet. Der vom Fuß des Tieres hinterlassene Muskelabdruck auf dem Fossil ist halbkreisförmig. Die fehlende Spiralisierung könnte als Merkmal einer primitiven Form gedeutet werden, was jedoch aufgrund des Larvengehäuses, das spiralig ist, widerlegt zu sein scheint.
Biologie – Ökologie: Diese rezente marine Form lebt fest angeheftet auf felsigem Untergrund oder auf einem anderen Lebewesen. Die Napfschnecken sind Pflanzenfresser und weiden Algen ab, die sie mit ihrer Radula abraspeln. Im Tertiär und vor allem im Paläogen lebten die Napfschnecken auf Karbonatplattformen. Es handelt sich um ungeeignete Leitfossilien, da die Tiere sich nur langsam weiterentwickelt haben und über einen langen Zeitraum auftreten. Sie gelten als Hauptvertreter der Napfschnecken.

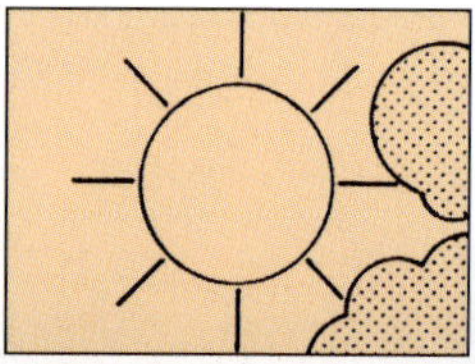

Klassifizierung: *Stamm:* Mollusca – *Klasse:* Gastropoda – *Ordnung:* Prosobranchia – *Familie:* Fissurellidae

Alter: Eozän (vielleicht schon Trias) – Gegenwart

Verbreitung: Weltweit

Größe des Fossils: Höhe 1 cm bis 2,5 cm, Ø 1,7 cm bis 3,5 cm

Beschreibung: Das Gehäuse von *Fissurella* hat eine konische Grundform und weist ein spiraliges Embryonalgewinde auf. Der annähernd zentral gelegene Apex zeigt eine Öffnung, die in der Regel von einem gerundeten Kragen umgeben ist. Auf der Gegenseite nimmt das Peristom nahezu den gesamten unteren Teil des Fossils ein. Das ganze Gehäuse wird von einem Karomuster ornamentiert, das sich aus Radialrippen und konzentrischen Streifen zusammensetzt. Die inneren Gehäuseschichten bestehen häufig aus Perlmutter und sind glatt oder schwach gezähnelt. Der vom Fuß des Tieres hinterlassene Muskelabdruck auf dem Fossil hat die Form eines Hufeisens, das sich zum Vorderteil des Fossils öffnet.

Biologie – Ökologie: Diese Gattung findet man im Tertiär und im Quartär bis zur Gegenwart. Während des Paläogens und Neogens charakterisierte sie warme Meere und subtropische Klimazonen. Ihre bevorzugten Lebensbereiche sind litorale und kontinentale Plattformen. Ihre stratigrafische Bedeutung ist aufgrund ihrer zeitlichen Verbreitung beschränkt.

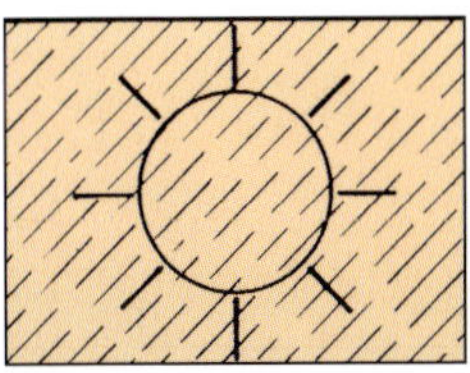

136 HALIOTIS

Klassifizierung: *Stamm:* Mollusca – *Klasse:* Gastropoda – *Ordnung:* Prosobranchia – *Familie:* Haliotidae
Alter: Miozän – Gegenwart
Verbreitung: Weltweit
Größe des Fossils: Höhe 1 cm, Ø 4,5 cm
Beschreibung: *Haliotis* ist eine rezente Form, die man häufig gut erhalten in unverfestigten Sedimenten antrifft. Das Gehäuse ist ohrförmig mit dezentralem Gewinde, der Apex ist fast marginal, statt Schlitzband hat es eine Reihe Löcher. Das sehr große Peristom nimmt beinahe den gesamten unteren Teil ein. Längsstreifen ornamentieren das Gehäuse.

Biologie – Ökologie: *Haliotis* ist eine marine Gattung. Sie entwickelte sich in den warmen Meeren des Miozäns, die im Pliozän/Quartär abkühlten. Die rezenten Formen leben in Küstennähe auf felsigem Untergrund. Die Tiere bewegen sich kriechend auf ihrem muskulösen Fuß fort und weiden die Algen ab, die auf dem Untergrund wachsen. Ihre zeitliche Ausdehnung und die schwache Evolution machen sie als Leitfossilien ungeeignet.

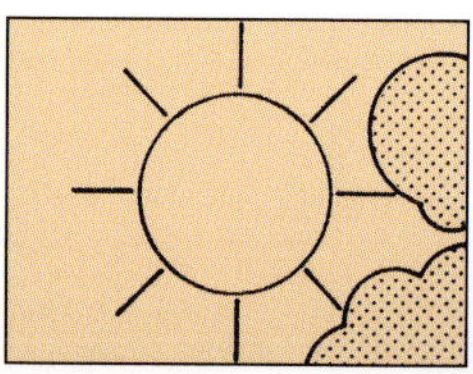

Klassifizierung: *Stamm:* Mollusca – *Klasse:* Gastropoda – *Ordnung:* Prosobranchia – *Familie:* Euomphalidae
Alter: Silur – Trias
Verbreitung: Weltweit
Größe des Fossils: Höhe 2,5 cm, Ø 7 cm
Beschreibung: Die sehr primitive Gattung *Euomphalus* hat ein annähernd scheibenförmiges Gehäuse mit einem leicht erhabenen Gewinde. Die Aufrollung ist nahezu symmetrisch. Der eckige Spiralrand auf der Oberseite der Windung war beim lebenden Tier vermutlich von einem Atemkanal besetzt. Die Unterseite ist runder. Die Suturen sind in der Regel tief. Knoten und wenige feine Anwachsstreifen ornamentieren die Gehäuseoberfläche, die kein Schlitzband aufweist. Die dicke Gehäusewand setzt sich aus einer äußeren Prismenschicht und einer inneren Lamellenschicht zusammen.
Biologie – Ökologie: Die marine Benthosform *Euomphalus pentagulatus* ist in den klastischen Ablagerungen des Silurs, des Karbons und des Perms zu finden sowie in Riffumgebungen des Devons. Aus diesem Grund lässt diese Art nur wenige Rückschlüsse auf die Fazies zu, in denen sie auftritt. Dieser Pflanzenfresser bewegte sich kriechend fort. *Euomphalus* ist ein typisches Fossil des jüngeren Paläozoikums.

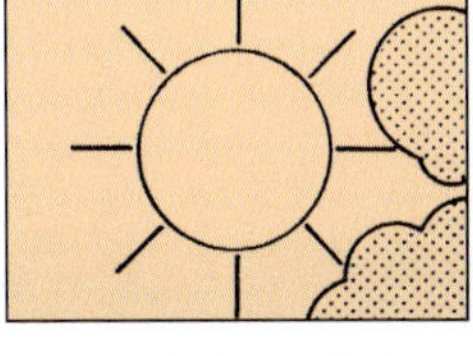

138 TECTUS CRENULARIS

Klassifizierung: *Stamm:* Mollusca – *Klasse:* Gastropoda – *Ordnung:* Prosobranchia – *Familie:* Trochidae
Alter: Ober-Kreide – Gegenwart
Verbreitung: Nordfrankreich, England
Größe des Fossils: Höhe 4 cm, Ø 2,5 cm
Beschreibung: Dieses Fossil verdankt seinen Namen der Gehäuseform, die an ein spitzes Dach erinnert. Über der mehr oder weniger flachen Basis erhebt sich ein eher flaches, rechtsgewundenes Gehäuse. Die Mündung ist holostom und viereckig. Die Ornamentierung folgt nahezu ausschließlich der Spira und besteht aus Strängen von Körnchen und Knoten. Das Fehlen eines Mündungsschlitzes erklärt das Verschwinden des Schlitzbandes. Das Innere des Gehäuses ist mit einer Perlmutterschicht verkleidet. Das chitinöse Operculum verschließt das Peristom und ist spiralig aufgebaut.
Biologie – Ökologie: Im Laufe der Epochen erschien die Gattung *Tectus* in unterschiedlichen Fazies: In der Ober-Kreide waren es detritische, im Eozän kalkige, im Neogen sandige. Sie alle charakterisieren jedoch die relativ warmen Meere. Der Fortbestand dieser Gattung und ihre Anpassungsfähigkeit an verschiedene Lebensräume erklären, weshalb dieses Fossil selten in der Geologie Verwendung findet.

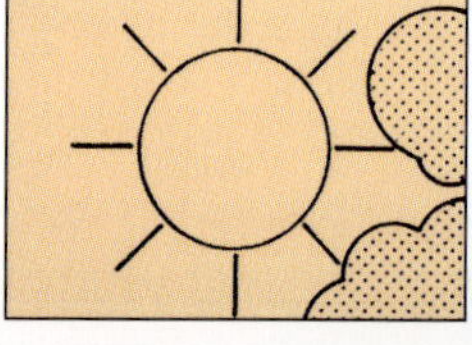

Klassifizierung: *Stamm:* Mollusca – *Klasse:* Gastropoda – *Ordnung:* Prosobranchia – *Familie:* Xenophoridae
Alter: Ober-Kreide – Gegenwart
Verbreitung: Weltweit
Größe des Fossils: Höhe 2,3 cm bis 6,5 cm, Ø 4 cm bis 6 cm
Beschreibung: Das rechtsgewundene Spiralgehäuse von *Xenophora* oder *Onustus* hat die Form eines abgeflachten Konus. Ein schräges, durchgehendes Peristom charakterisiert diese Form. Es wird von einer erweiterten Außenlippe begrenzt, die einen kleinen Flügel bildet. Die vielgestaltige Ornamentierung entspringt in der Nähe der Sutur. Die dicke Gehäusewand zeigt keine innere Perlmutterschicht. Die rezenten Formen haben kein Operculum für das Peristom.
Biologie – Ökologie: Im Laufe der Zeit hat sich *Xenophora* an alle Faziestypen angepasst, ob detritisch oder kalkig. Eine Besonderheit dieses Tieres besteht darin, dass es Fremdkörper wie Muschelschalen an seinem Gehäuse festklebt. Das entspricht einer Lebensweise, die in engem Bezug zum benachbarten Benthos steht; dieses dient *Xenophora* als Unterlage und Baumaterial. Der Fleischfresser bewegt sich mit seinem muskulösen Kriechfuß fort. Aufgrund seiner ausgeprägten zeitlichen Verbreitung wird dieses Fossil in der Stratigrafie nur selten eingesetzt.

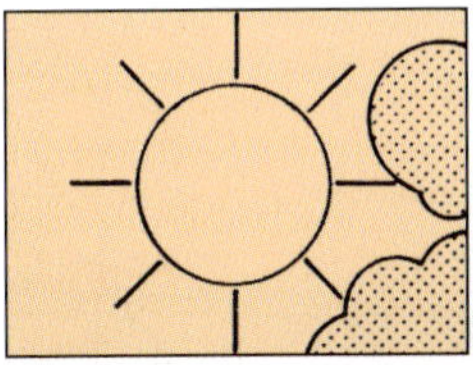

Klassifizierung: *Stamm:* Mollusca – *Klasse:* Gastropoda – *Ordnung:* Prosobranchia – *Familie:* Neritidae
Alter: Ober-Kreide – Eozän
Verbreitung: Europa
Größe des Fossils: Höhe 5 cm, Ø 12 cm
Beschreibung: Das spiralige, bauchige Gehäuse von *Velates* weist ein relativ niedriges Gewinde mit wenigen Umgängen auf. Die Endwindung bedeckt die anderen Windungen beinahe vollständig. Diese Form hat weder Nabel noch Sipho. Der Septalkanal nimmt die gesamte Basis ein. Das Peristom weist einen gezähnelten Spindelrand auf. Die dicke Gehäusewand behält häufig ihre Originalfarbe und hat keine innere Perlmutterschicht. Die einzige Ornamentierung besteht aus Anwachsstreifen. Bei den lebenden Tieren verschloss ein Operculum das Peristom.
Biologie – Ökologie: Die Gattung *Velates* ist in den feinkörnigen Sedimenten der Ober-Kreide und in den Sand- oder Karbonatsedimenten des Eozäns vertreten. Es handelt sich um eine benthische Form, die sich kriechend fortbewegte. Die Tiere waren Pflanzenfresser. Da diese Gattung in der geologischen Zeitrechnung nur kurz vertreten war, wird sie häufig in der Stratigrafie eingesetzt.

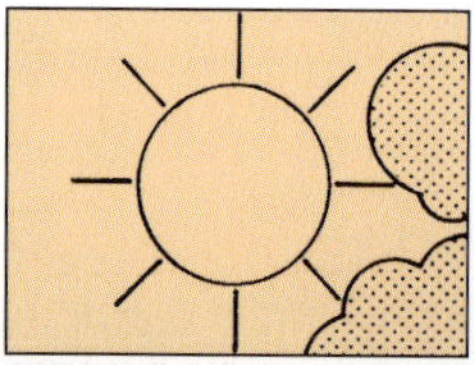

Klassifizierung: *Stamm:* Mollusca – *Klasse:* Gastropoda
Alter: Silur – Trias
Verbreitung: Weltweit
Größe des Fossils: Höhe 1,8 cm, Ø 2 cm
Beschreibung: Dieser sehr primitive Gastropode ist morphologisch bemerkenswert, da seine Symmetrieebene erhalten ist. Ein Schlitzband unterbricht die normalen Anwachsstreifen des Gehäuses. Das Peristom ist durch eine Außenlippe gekennzeichnet, die von einem Mündungsschlitz eingekerbt wird. Die Gehäusewand ist von variabler Dicke. Diese archaische Form weist weder Sipho noch Nabel auf. Das Gehäuse hat keine Perlmutterschicht, und das Operculum ist bei *Bellerophon* unbekannt.
Biologie – Ökologie: Die marine Benthosform *Bellerophon* war an keinen bestimmten Lebensraum gebunden. Man findet sie in den Detritusablagerungen des Silurs, des Karbons, des Perms und der Trias ebenso wie in devonischen Riffumgebungen. Es handelte sich um einen Pflanzenfresser, der sich auf verschiedenen Böden kriechend fortbewegte. Die schwache Evolution der Gattung im Laufe eines relativ langen Zeitraums nimmt ihr die stratigrafische Bedeutung.

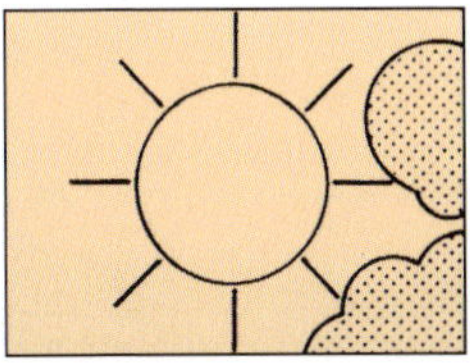

Klassifizierung: *Stamm:* Mollusca – *Klasse:* Gastropoda – *Ordnung:* Prosobranchia – *Familie:* Hydrobiidae

Alter: Jura – Gegenwart

Verbreitung: Westeuropa, Mainzer Becken

Größe des Fossils: Länge 5 mm

Beschreibung: *Hydrobia* hat ein hohes spiraliges Gehäuse von bescheidener Größe. Es ist dünnwandig und weist keine besondere Ornamentierung auf. Bei der Verdauung scheidet *Hydrobia* ein kristallines Stilett aus, das aus Verdauungssäften besteht, die mit Schleim vermischt sind. Das Stilett ist charakteristisch für die Arten, die sich von Detritus ernähren.

Biologie – Ökologie: *Hydrobia* hängt oft unter der Wasseroberfläche. Durch ihr zahlreiches Auftreten spielte sie in einigen Gebieten eine große Rolle bei der Bildung der Kalkgesteine des Stampiums („Hydrobienkalk“). Das Gehäuse von *Hydrobia* wird manchmal von Köcherfliegenlarven benutzt, die daraus ihre Röhre bauen. Man findet die Tiere in bestimmten Phryganenkalken von Allier und Puy-de-Dôme. Die fossilen *Hydrobia* sind charakteristisch für Süßwassersee-Umgebungen. Die rezenten Formen leben in Brackwasser- und Süßwassersümpfen.

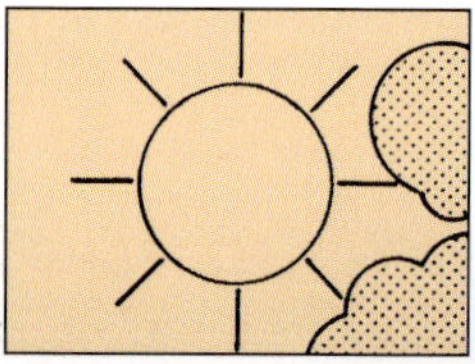

Klassifizierung: *Stamm:* Mollusca – *Klasse:* Gastropoda – *Ordnung:* Prosobranchia – *Familie:* Viviparidae
Alter: Eozän
Verbreitung: Westeuropa, Frankreich (Aisne)
Größe des Fossils: Höhe 2 cm, Ø 1,8 cm
Beschreibung: Das schraubenartig eingerollte, rechtsgewundene Gehäuse dieser Art besteht aus einem niedrigen Gewinde mit relativ gestreckter Endwindung. Insgesamt ist der Eindruck kugelig, da der Apex abgerundet und nur schwach ausgeprägt ist. Das praktisch kreisrunde Peristom ist im oberen Teil leicht eingekerbt. Das Gehäuse erscheint durch die fehlende Ornamentierung vollkommen glatt; es weist auch keine Anwachsstreifen auf.
Biologie – Ökologie: *Viviparus suessoniensis* lebte in fließenden Gewässern und charakterisiert das Ypresium (Eozän). Diese Tiere bevorzugten Süßwasser, das häufig viel Schlamm führte. Sie ernährten sich über ihre Kiemenfäden, die an das Herausfiltern von Nahrungspartikeln aus dem Wasser angepasst waren, und bewegten sich mittels ihres muskulösen Kriechfußes fort. Es handelt sich um ausgezeichnete Leitfossilien.

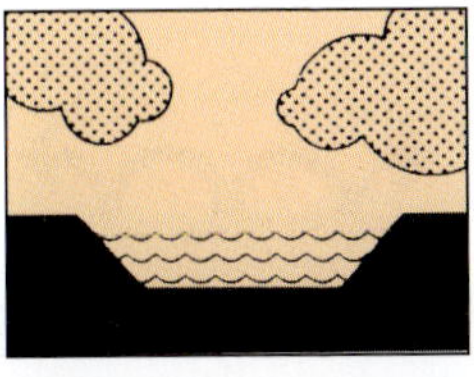
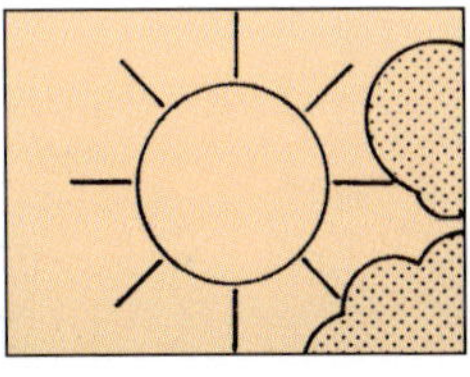

144 LITTORINA LITTOREA

Klassifizierung: *Stamm:* Mollusca – *Klasse:* Gastropoda – *Ordnung:* Prosobranchia – *Familie:* Littorinidae
Alter: Pleistozän – Gegenwart
Verbreitung: West- und Nordeuropa
Größe des Fossils: Höhe 3 cm, Ø 2,4 cm
Beschreibung: Die Turmform des Gehäuses dieser Art ergibt sich aus einer relativ niedrigen, spiraligen, rechtsgewundenen Aufrollung. Das ovale Peristom ist holostom und hat einen in der Regel abgeflachten Spindelrand. Einfache Spirallinien bilden die einzige Ornamentierung. Die Gehäusewand von variabler Dicke hat keine innere Perlmutterschicht. Die rezenten Tiere haben ein hornartiges Operculum, das das Peristom verschließt.
Biologie – Ökologie: Die Gattung *Littorina* existiert seit dem Eozän, gewann jedoch erst mit dem Auftreten der Art *Littorina littorea* im Pleistozän an Bedeutung. Sie entspricht der rezenten Uferschnecke und lebt in der Ostsee. Die dicken Gehäusewände sind eine Temperaturschranke für das Tier. Der Pflanzenfresser bewegt sich kriechend fort. *L. littorea* markiert die borealen Bereiche des Pleistozäns.

Klassifizierung: *Stamm:* Mollusca – *Klasse:* Gastropoda – *Ordnung:* Prosobranchia – *Familie:* Hipponicidae
Alter: Eozän
Verbreitung: Weltweit
Größe des Fossils: Höhe 6,5 cm, Ø 4 cm
Beschreibung: Das konische Gehäuse von *Hipponyx cornucopia* weist einen gekrümmten Apex in marginaler Stellung auf. Es hat kein Schlitzband und kein inneres Septum. Das Peristom ist praktisch kreisrund. Die Ornamentierung beschränkt sich auf Anwachsstreifen, die teilweise Wülste bilden. Der Muskelabdruck, den der Fuß des Tieres hinterließ, hat die Form eines Hufeisens, dessen Öffnung nach vorne zeigt.
Biologie – Ökologie: *H. cornucopia* war eine benthische Art, die sessil auf felsigem Untergrund oder häufiger auf einem anderen Tier lebte. Diese Gastropoden bevölkerten Karbonatplattformen oder detritische Umgebungen wie muschelhaltige Sande. Sie waren Fleischfresser. *H. cornucopia* war eine häufige Art im Lutetium und im Bartonium. Sie ist daher ein Leitfossil für diese Stufen.

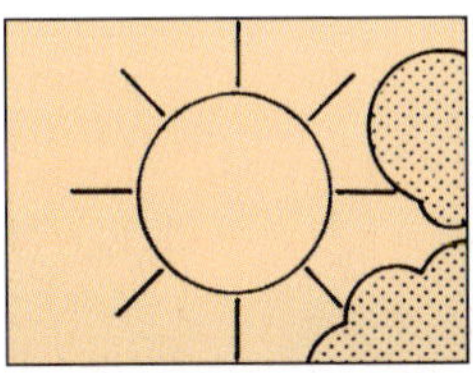

TURRITELLA

Klassifizierung: *Stamm:* Mollusca – *Klasse:* Gastropoda – *Ordnung:* Prosobranchia – *Familie:* Turritellidae
Alter: Ober-Kreide – Gegenwart
Verbreitung: Weltweit
Größe des Fossils: Höhe 10 cm, Ø 2 cm
Beschreibung: Das rechtsgewundene, sehr lang gestreckte Gehäuse von *Turritella* hat eine typische Turmform. Das eiförmige Peristom ist holostom. Längs verlaufende Schnüre und stark gewundene Anwachsstreifen machen die Ornamentierung aus. Manchmal werden diese Elemente von feinen Spiralrippen und einem suprasuturalen Kiel überlagert. Der relativ dicken Gehäusewand fehlt die innere Perlmutterschicht. Der aufgrund seiner Form zerbrechliche Apex bleibt selten erhalten.
Biologie – Ökologie: Die Gattung *Turritella* existiert seit der Kreide bis in die Gegenwart, ihre Blütezeit lag jedoch im Eozän. Man findet Exemplare in verschiedenen Sedimenten: sandig, kalkig und sogar in Riffen (im Paläogen). In der Kreide dominierte die Gattung in den Karbonatfazies. Diese mobilen Detritusfresser graben sich in bewegliche Sedimente ein. Die Turritellidae finden häufig in der Tertiärstratigrafie Verwendung.

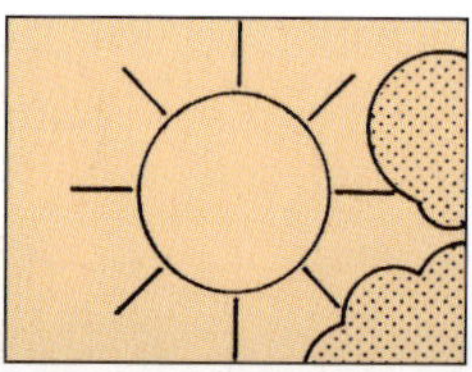

Klassifizierung: *Stamm:* Mollusca – *Klasse:* Gastropoda – *Ordnung:* Prosobranchia – *Familie:* Vermetidae
Alter: Tertiär (vielleicht schon Trias) – Gegenwart
Verbreitung: Weltweit
Größe des Fossils: Ø 2,5 cm
Beschreibung: Das Gehäuse von *Vermetus* weist keine Spiralgeometrie im engeren Sinne auf, es handelt sich vielmehr um eine entrollte, in sich geknäulte Gehäuseröhre. Sie entspricht einem weniger lang gezogenen *Turritella*-Stadium. Mündungsschlitz und Schlitzband fehlen. Die Ornamentierung besteht aus stark gewundenen Anwachsstreifen. Die Innenschicht der Gehäusewand weist kein Perlmutter auf. Die Form des Gehäuses kann sehr unterschiedlich sein, und seine Ornamentierung ist nicht einheitlich. *Vermetus* ist eine aberrante Form.
Biologie – Ökologie: Die benthische Gattung *Vermetus* lebt überwiegend in Kolonien und ist immer nach der Art von Röhrenbewohnern (ohne aufgerollte Gehäuseröhre) am Untergrund angeheftet. Heute findet man sie vor allem in karbonatischen Umgebungen mit harten Böden. *Vermetus* ist ein Suspensionsfresser. Aufgrund seines Auftretens über einen sehr langen Zeitraum ist er kein gutes Leitfossil.

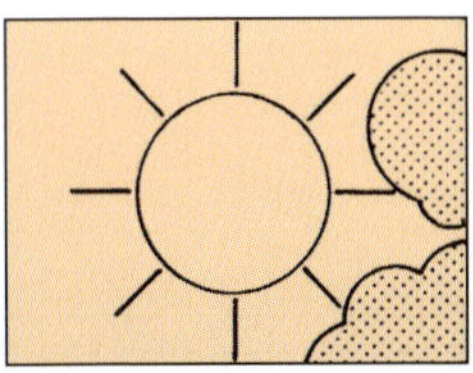

HINIA SEMISTRIATA

Klassifizierung: *Stamm:* Mollusca – *Klasse:* Gastropoda – *Ordnung:* Prosobranchia – *Familie:* Nassidae
Alter: Astium
Verbreitung: Italien (Piemont), Frankreich (Cotentin)
Größe des Fossils: Länge 3 cm
Beschreibung: *Hinia* ist ein fossiler Gastropode des ausklingenden Tertiärs. In den Sedimenten findet man das einklappige, schraubenförmig aufgerollte Gehäuse. Es hat eine unscheinbare, mehr oder weniger netzartige Ornamentierung. Die aneinander stoßenden Umgänge sind kurz, und jede Windung wird von tiefen Suturen begrenzt. Überdies sind zwei spiralige Streifen zu erkennen: einer auf der Vorderseite jedes Umgangs, der andere an der Rückseite, an der er die Sutur doppelt. Die Endwindung ist relativ groß und weist eine spindelförmige Mündung auf. Auf dieser Höhe ist eine Außenlippe zu erkennen, die sich leicht nach innen neigt. Der dicke Spindelrand bildet einen breiten Wulst. Der kurze Siphonalkanal ist zur Dorsalseite des Gehäuses gekrümmt. Das Tier konnte sich mit Hilfe eines Operculums im Inneren des Gehäuses einschließen.
Biologie – Ökologie: *Hinia* war ein Meeresbewohner, der durch Kiemen atmete. Das Tier lebte in tropischen Meeren, bewegte sich auf Schlickböden in relativ großen Tiefen fort und war ein Schlammfresser.

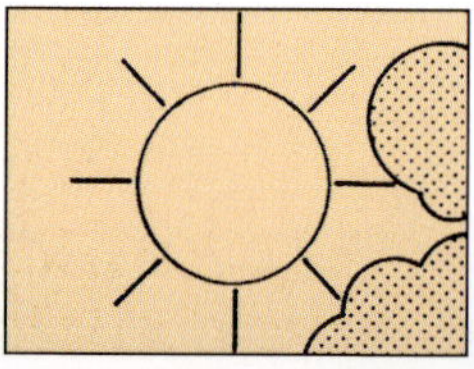

Klassifizierung: *Stamm:* Mollusca – *Klasse:* Gastropoda – *Ordnung:* Prosobranchia – *Familie:* Ampullospiridae
Alter: Karbon – Gegenwart
Verbreitung: Weltweit
Größe des Fossils: Höhe 3 cm, Ø 2,5 cm
Beschreibung: Das kurze Gewinde des Gehäuses von *Globularia* mit stark ausgeprägter Endwindung verleiht dem Fossil ein kugeliges Aussehen. Das Gehäuse ist rechtsgewunden und endet in einem charakteristischen holostomen Peristom, dessen Spindelrand einen Kragen bildet. Die einzige Ornamentierung auf der glatten Außenseite stellen die Anwachsstreifen dar. Dem Inneren der Gehäusewand fehlt die Perlmutterschicht. Die Gattung umfasst zahlreiche Arten, von denen einige vom beschriebenen Typ abweichen.
Biologie – Ökologie: Die gut erhaltenen Exemplare dieser Gattung stammen in der Regel aus relativ unverfestigten Sedimenten. Es handelt sich um eine Benthosform, die in warmen Meeren lebt und sich von Fleisch ernährt: Mit seiner Radula durchlöchert dieses Tier die Gehäuse von Lamellibranchia oder anderen Lebewesen. Aufgrund ihres Auftretens über einen ungewöhnlich langen Zeitraum hat *Globularia* keine stratigrafische Bedeutung.

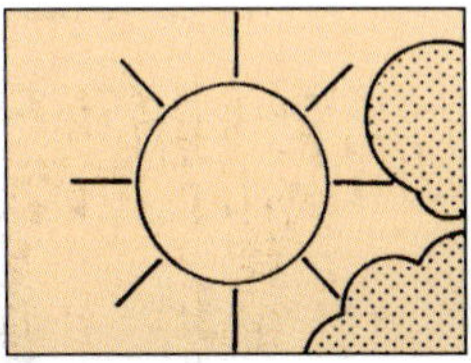

150 CAMPANILE GIGANTEUM

Klassifizierung: *Stamm:* Mollusca – *Klasse:* Gastropoda – *Ordnung:* Prosobranchia – *Familie:* Cerithiidae
Alter: Lutetium (Tertiär)
Verbreitung: Westeuropa
Größe des Fossils: Höhe 60 cm, Ø 20 cm
Beschreibung: Das turmförmige Gehäuse dieser Art ist von riesigem Ausmaß und besteht aus zahlreichen rechtsgewundenen Umgängen. Das Peristom, das oben von einem schnabelartigen Siphonalkanal eingekerbt wird, weist eine ohrmuschelartig ausgezogene Außenlippe auf. Die Ornamentierung ändert sich vom Apex zur Gehäusebasis. Sie besteht aus Längsstreifen und quer verlaufenden Knotensträngen, die zum Peristom hin stärker ausgeprägt sind. Diese decken sich mit den Querrippen. Die Anwachsstreifen sind zur Vorderseite des Fossils hin gedreht konkav.
Biologie – Ökologie: Es handelt sich um eine Benthosform, die man ebenso in Karbonat- wie auch in Sandfazies (Faluns) findet. Die Tiere hielten das Gehäuse leicht nach hinten geneigt. *Campanile giganteum* bewegte sich auf seinem muskulösen Kriechfuß fort und weidete dabei Nahrungspartikel vom Untergrund ab. Sein begrenztes zeitliches Auftreten macht ihn zu einem recht guten Leitfossil.

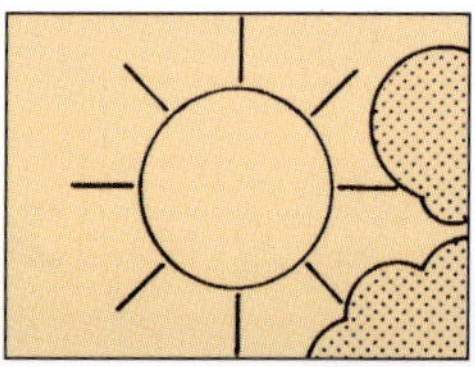

Klassifizierung: *Stamm:* Mollusca – *Klasse:* Gastropoda – *Ordnung:* Prosobranchia – *Familie:* Cerithiidae
Alter: Oligozän
Verbreitung: Europa
Größe des Fossils: Höhe 4 cm, Ø 0,9 cm bis 1,1 cm
Beschreibung: Das turmförmige Gehäuse von *Potamides lamarcki* besteht aus zahlreichen rechtsgewundenen Umgängen. Die Mündung hat einen kurzen Ausguss. Sie verfügt über einen kurzen Siphonalkanal und an der Oberseite über eine Einkerbung, den Analausschnitt. Das gesamte Gehäuse wird von drei spiraligen, aneinander stoßenden Knötchenreihen und von Anwachsstreifen ornamentiert. Die Wohnhöhle ist zum Peristom hin gedreht. Der Apex ist in der Regel nicht erhalten. Das Gehäuse dieser Art weist zahlreiche deutliche Variationen auf, vor allem in der Gewindeform und in der Ornamentierung.
Biologie – Ökologie: *P. lamarcki* war eine Benthosform, die hauptsächlich in der stets ruhigen Umgebung kleiner Lagunen- oder Brackwasserbecken in heißen Klimazonen lebte. Er ist ein Leitfossil des Oligozäns; in dieser Stufe findet man ihn teilweise in großer Zahl fossilisiert. Er war ein Fleischfresser und bewegte sich kriechend fort. Es handelt sich bei *P. lamarcki* um ein gutes Leitfossil und einen guten Faziesindikator.

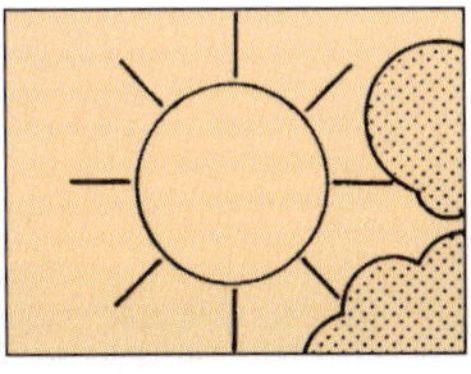

152 POTAMIDES LAPIDUS

Klassifizierung: *Stamm:* Mollusca – *Klasse:* Gastropoda – *Ordnung:* Prosobranchia – *Familie:* Cerithiidae
Alter: Eozän
Verbreitung: Frankreich, Ostspanien, Ostküste Nordamerikas, Nordwesten Südamerikas
Größe des Fossils: Höhe 5 cm, Ø 1,4 cm
Beschreibung: Das Gehäuse von *Potamides lapidus* ist turmförmig und rechtsgewunden. Das Peristom wird durch einen kurzen Siphonalkanal und die Einkerbung des Analausschnitts im oberen Teil gekennzeichnet. Die Ornamentierung besteht aus lamellenartigen Schnüren und Längsstreifen, die die Querrippen schneiden. Der Kiel in der Turmmitte ist teilweise kaum zu erkennen. Die Anwachsstreifen sind nach vorne hin konkav. Die Innenschicht des Gehäuses besteht nicht aus Perlmutter. Man findet teilweise viele Exemplare dieses Fossils zusammen im Sediment.
Biologie – Ökologie: *Potamides* war eine Benthosform, die vor allem in den Brackwasserfazies des Eozäns lebte. Das Tier trug das Gehäuse aufrecht und leicht nach hinten geneigt. Aufgrund seines relativ beschränkten zeitlichen Auftretens wird *Potamides* als gutes Leitfossil betrachtet.

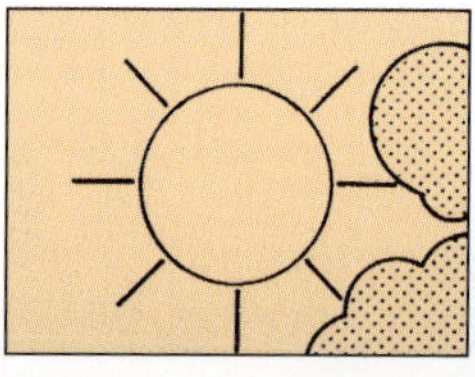

Klassifizierung: *Stamm:* Mollusca – *Klasse:* Gastropoda – *Ordnung:* Prosobranchia – *Familie:* Aporrhaidae
Alter: Ober-Jura – Ober-Kreide
Verbreitung: Schweiz, Frankreich
Größe des Fossils: Höhe 12 cm, Ø 12 cm
Beschreibung: Das turmförmige und rechtsgewundene Gehäuse von *Harpagodes* hat eine erhöhte Basis. Das Gewinde ist konisch und hat eine dominante Endwindung. Das Peristom ist charakteristisch für dieses Tier: Der Siphonalkanal und die stark ausgeprägte Außenlippe bilden eine fingerförmige Schwimmhaut. Diese Fingerform ist in Abhängigkeit vom Fossilisationsmilieu mehr oder weniger gut erhalten. Spiralschnüre und Anwachsstreifen ornamentieren die sehr dicke Wand.
Biologie – Ökologie: Die Gattung *Harpagodes* ist häufig in den Karbonatfazies des Ober-Juras bis zur Ober-Kreide vertreten. Das Aussehen dieses Tieres steht im Zusammenhang mit seiner Lebensweise und seiner Umgebung: Es lebte am Boden und hielt sich mit seinen fingerförmigen Fortsätzen aufrecht. Der Detritusfresser lebte überwiegend im Litoral. Einige Arten gelten als gute Leitfossilien.

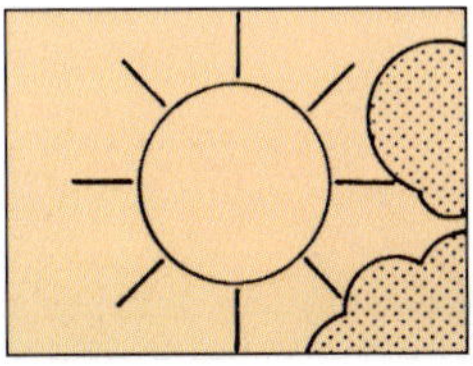

MELONGENA

Klassifizierung: *Stamm:* Mollusca – *Klasse:* Gastropoda – *Ordnung:* Prosobranchia – *Familie:* Fasciolariidae
Alter: Lutetium – Miozän
Verbreitung: Westeuropa
Größe des Fossils: Höhe 8 cm, Ø 4 cm
Beschreibung: Bei *Melongena* handelt es sich um einen fossilen Gastropoden des Tertiärs. Das rechtsgewundene, schraubenförmige Gehäuse dieses Tieres besteht aus Kalziumkarbonat. Die Endwindung ist lang gestreckt und erweitert. Der relativ kurze Siphonalkanal verleiht dem Fossil eine stämmige Form. Die breite Mündung ist im oberen Teil erweitert und hat einen gesäumten Spindelrand. Die Ornamentierung besteht aus Radial- und Querrippen, die je nach Windung gefaltet oder schwächer ausgeprägt sind. Die Ornamentierung variiert je nach Individuum. Mit Hilfe eines Operculums konnte das Tier sein Gehäuse verschließen.
Biologie – Ökologie: *Melongena* ist eine charakteristische Benthosform der Kalksteine des Lutetiums sowie der Sande des Bartoniums. Sie lebte in subtropischen Klimazonen im Litoral. Der Fleisch fressende Nahrungsspezialist bewegte sich mit seinem muskulösen Kriechfuß fort. Dieses Fossil ist ein guter stratigrafischer Indikator.

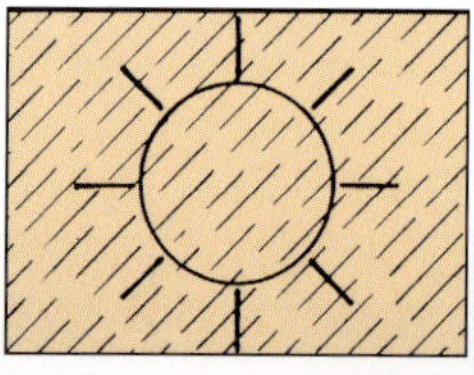

Klassifizierung: *Stamm:* Mollusca – *Klasse:* Gastropoda – *Ordnung:* Prosobranchia – *Familie:* Cypraeidae
Alter: Miozän – Gegenwart
Verbreitung: Europa
Größe des Fossils: Höhe 1,2 cm, Ø 0,8 cm
Beschreibung: Das kleine Gehäuse von *Trivia* hat in der Regel die Form einer Kaffeebohne, es kann aber auch ei- oder birnenförmig sein. Das niedrige Gewinde wird von der Endwindung umschlossen, die sich in einem charakteristischen langen, schmalen Peristom öffnet. Die Ränder sind häufig faltig. Das fein gerippte Gehäuse wird vom Mantel bedeckt. Eine lackartige Schicht schützt beide Seiten der Wand. Die Außenseite ist unterschiedlich gefärbt.
Biologie – Ökologie: *Trivia europaea* ist eine Art, die man in Karbonat- und in Detritusfazies antrifft. Das Gehäuse ist in der Regel gut erhalten. Dieser Pflanzenfresser bewegt sich kriechend fort. Das Auftreten dieser Art erstreckt sich über einen langen Zeitraum, daher ist sie als Leitfossil oder Faziesindikator ungeeignet. Die rezenten Formen findet man an allen europäischen Küsten.

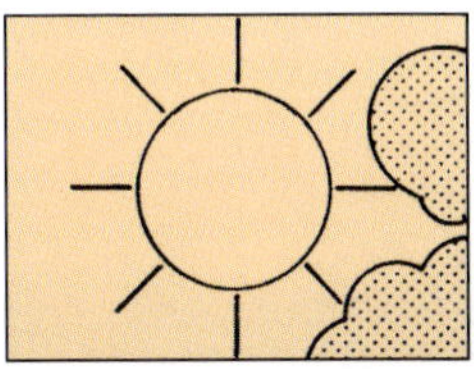

156 NERINEA

Klassifizierung: *Stamm:* Mollusca – *Klasse:* Gastropoda – *Ordnung:* Prosobranchia – *Familie:* Nerineidae
Alter: Jura – Kreide
Verbreitung: Weltweit
Größe des Fossils: Höhe 20 cm, Ø 3 cm
Beschreibung: Das Gehäuse von *Nerinea* ist von variabler Größe und kann bis ca. 20 cm hoch werden. Die lang gestreckte, rechtsgewundene Spira gibt ihm eine beinahe zylindrische Form. Die Gehäusebasis ist kurz und hat eine typisch siphonostome, annähernd quadratische Mündung. Die sehr dicke Gehäusewand wird von zwei Wülsten ornamentiert, die entlang der unteren und oberen Suturen der Umgänge verlaufen. Innenwände, die im polierten Längsschnitt sichtbar werden, verstärken diese Struktur. Die Spindelfalten auf der Parietal- und der Außenlippe entsprechen den Entwicklungsmerkmalen des Tieres.
Biologie – Ökologie: *Nerinea* ist typisch für die Karbonatplattformen des Juras und der Kreide. Vertreter dieser Gattung lebten teilweise mit *Diceras* und anderen Rudisten in Korallenformationen der warmen, seichten und sauerstoffreichen Meere. *Nerinea* ist ein gutes Leitfossil und wird auch als Marker für Rifffazies verwendet.

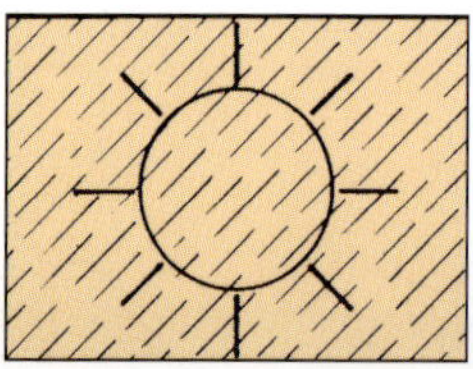

Klassifizierung: *Stamm:* Mollusca – *Klasse:* Gastropoda – *Ordnung:* Prosobranchia – *Familie:* Fasciolariidae
Alter: Miozän – Gegenwart
Verbreitung: Westeuropa
Größe des Fossils: Länge 4 cm
Beschreibung: Das deutlich spindelförmige Gehäuse von *Fusus* wird von einem langen Siphonalkanal verlängert. Die schraubenförmige, rechtsgewundene, hohe Spira steht hervor und hat eine lang gezogene, jedoch kaum verbreiterte Endwindung. Das Peristom ist länglich und im unteren Teil zusammengedrückt; es hat einen geraden, stark ausgeprägten Siphonalkanal. Die Spindelfalten fehlen bei den Fasciolariidae. Die netzartige Ornamentierung besteht aus Querrippen und groben Axialrippen, die sich in den letzten Umgängen verwischen. Die Anwachsstreifen sind gut ausgebildet. Es gibt teilweise große Unterschiede in der Ornamentierung, aber das allgemeine Aussehen dieser Familie ist stets deutlich wieder zu erkennen.
Biologie – Ökologie: Die Gattung *Fusus* ist typisch für die Litoralzonen vom Miozän bis in die Gegenwart, vor allem aber für die des Pliozäns. *Fusus* lebt in warmen, seichten und ruhigen Gewässern (lagunär-marine Fazies). Diese frei lebende Form bewegt sich kriechend fort und ernährt sich von anderen Lebewesen. Das Fossil findet als Marker von litoralen Plattformen Verwendung, es ist also ein Faziesindikator.

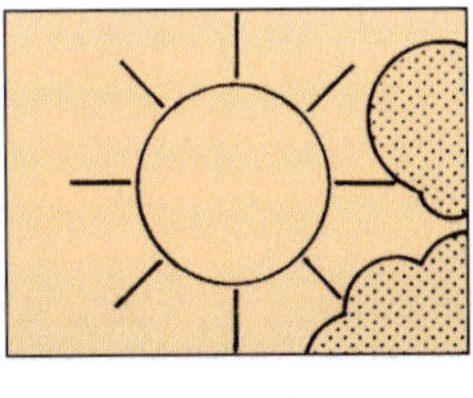

 SYCOSTOMA BULBUS

Klassifizierung: *Stamm:* Mollusca – *Klasse:* Gastropoda – *Ordnung:* Prosobranchia – *Familie:* Galeodidae
Alter: Eozän
Verbreitung: Nordeuropa
Größe des Fossils: Höhe 7,5 cm bis 8,5 cm, Ø 4,5 cm
Beschreibung: Das schraubenförmig aufgerollte Gehäuse von *Sycostoma bulbus* besitzt eine kurze Spira und eine ausgeprägte Endwindung. Diese beiden Merkmale unterliegen jedoch deutlichen Variationen bei dieser Art (die Endwindung kann aufgebläht sein). Das gesamte Gehäuse ist birnenförmig mit einem in der Regel spitzen Apex. Die längliche, spitze Mündung weist einen über die ganze Länge gesäumten Spindelrand und einen geraden, kurzen Siphonalkanal auf. Die Anwachsstreifen stellen die einzige Ornamentierung des Gehäuses dar.
Biologie – Ökologie: *S. bulbus* war eine marine Benthosart, die als Leitfossil für die Karbonat- und die Detritusfazies des Eozäns dient. Für diese Zeitabschnitte sind warme, küstennahe Meeresgebiete in subtropischen Klimazonen typisch. Dieser Pflanzenfresser bewegte sich kriechend fort. Ihr begrenztes zeitliches Auftreten macht *S. bulbus* sowohl zu einem guten Leitfossil als auch zu einem guten Faziesfossil.

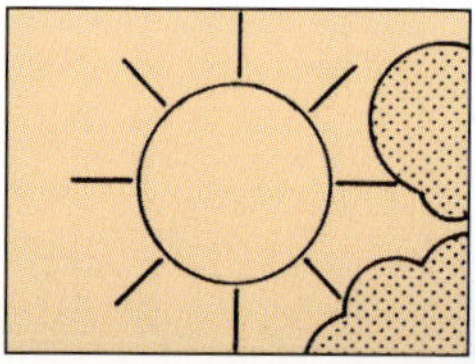

Klassifizierung: *Stamm:* Mollusca – *Klasse:* Gastropoda – *Ordnung:* Prosobranchia – *Familie:* Buccinidae
Alter: Oligozän
Verbreitung: Europa
Größe des Fossils: Höhe 2,6 cm, Ø 1,4 cm
Beschreibung: Das helicoide, rechtsgewundene Gehäuse von *Cominella gossardi* hat eine relativ niedrige, ausgeprägte Spira. Die Endwindung ist stark verbreitert. Der grobe Kegel wird von einem spitzen Apex gekrönt. Das längliche und an den Enden eckige Peristom wird von einer nicht gesäumten Außenlippe und einem über die ganze Länge gesäumten Spindelrand charakterisiert. Der kurze Siphonalkanal ist gekerbt und zurückgebogen. Gewundene Radialrippen, die die Anwachsstreifen verstärken, und Querstreifen ornamentieren das Gehäuse.
Biologie – Ökologie: *C. gossardi* ist eine Benthosform und charakterisiert die Sande des Oligozäns. Das Tier lebte in den warmen, küstennahen Meeresbereichen in subtropischen Klimazonen. Es war ein Fleischfresser und bewegte sich mit seinem muskulösen Kriechfuß fort. Aufgrund ihres begrenzten zeitlichen Auftretens und ihrer Vorliebe für Sandböden ist *C. gossardi* ein gutes Leit- und Faziesfossil.

 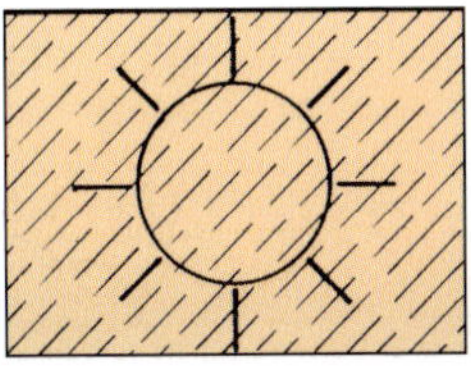 

 MUREX

Klassifizierung: *Stamm:* Mollusca – *Klasse:* Gastropoda – *Ordnung:* Prosobranchia – *Familie:* Muricidae
Alter: Tertiär – Gegenwart
Verbreitung: Weltweit
Größe des Fossils: Höhe 3 cm bis 8 cm, Ø 2,3 cm bis 3 cm
Beschreibung: Das Kalkgehäuse, das Außenskelett des Tieres, zeigt eine helicoide Aufrollung. Die Spira ist mehr oder weniger hoch, die Endwindung ist jedoch stets gut ausgeprägt. Die Mündung weist zwei charakteristische Ränder auf: die Außenlippe mit gezähneltem Rand und den innen liegenden Spindelrand ohne ausgeprägte Falten. Das Peristom ist leicht an seinem langen, offenen Siphonalkanal zu erkennen. Die Ornamentierung wird von drei dicken Axialrippen pro Windung bestimmt sowie vor allem von Adern, die mehr oder weniger lange Stacheln oder blattartige Auswüchse tragen. Auch nadelige Grate treten häufig auf.
Biologie – Ökologie: *Murex* ist eine Benthosform. Seine Blütezeit lag im Eozän bis Miozän, als das Tier die warmen, küstennahen Meere der Subtropen bevölkerte. Aufgrund seines Auftretens über einen langen Zeitraum ist *Murex* kein Schichtmarker. Er dient jedoch als Faziesindikator.

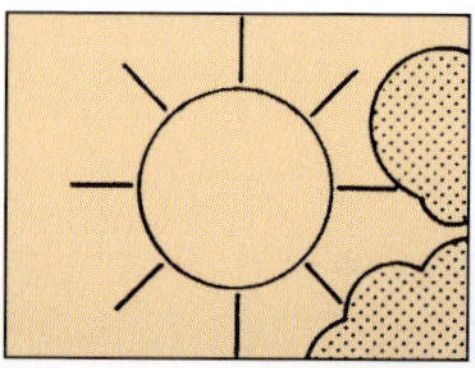

Klassifizierung: *Stamm:* Mollusca – *Klasse:* Gastropoda – *Ordnung:* Prosobranchia – *Familie:* Volutidae
Alter: Eozän
Verbreitung: Westeuropa
Größe des Fossils: Höhe 2,5 cm
Beschreibung: Das Gehäuse dieser Art besteht aus Kalk. Es ist helicoid und rechtsgewunden aufgerollt und weist eine relativ kurze Spira sowie eine ausgeprägte Endwindung auf. Man unterscheidet an der Mündung zwei typische Ränder: Die Außenlippe, die sich leicht zum Gehäuseinneren krümmt (Rundsaum), und den Spindelrand an der Innenseite, der Spindelfalten aufweist. Das Peristom wird vom langen, gekerbten Siphonalkanal charakterisiert. Die Ornamentierung besteht aus Längs- und Querrippen mit kleinen Stacheln in Höhe der Sutur.
Biologie – Ökologie: *Athleta* ist eine Benthosform, die sich ab dem Turonium (Ober-Kreide) entwickelte und bis in die Gegenwart auftritt. Die fossilen Formen wie *Athleta elevata* lebten vor allem in den warmen, küstennahen Meeren in subtropischen Klimazonen. *A. elevata* war ein carnivorer Nahrungsspezialist, der sich mit seinem muskulösen Kriechfuß über den Boden bewegte. Dieses Fossil ist als Schichtmarker von mittlerer Bedeutung, dient jedoch als Indikator für das Paläomilieu.

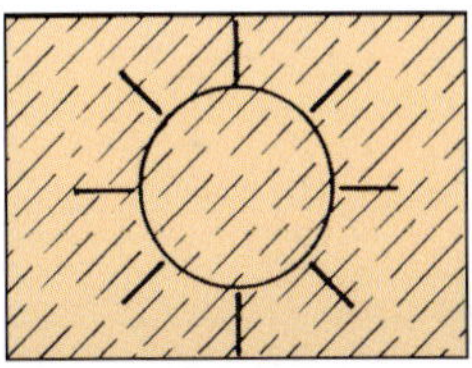

162 ATHLETA SPINOSA

Klassifizierung: *Stamm:* Mollusca – *Klasse:* Gastropoda – *Ordnung:* Prosobranchia – *Familie:* Volutidae
Alter: Lutetium
Verbreitung: Europa
Größe des Fossils: Höhe 5,5 cm, Ø 3 cm
Beschreibung: Das mittelgroße Gehäuse von *Athleta spinosa* hat eine kurze Spira und eine stark entwickelte Endwindung. Die rechtsgewundenen Umgänge sind eckig und tragen stachelige Rippen. Auf der Endwindung sind diese Stacheln am stärksten ausgebildet. Das lang gestreckte, schmale Peristom verfügt über eine Siphonalkerbe und über feine spiralige Spindelfalten.

Biologie – Ökologie: Die Gattung *Athleta* ist seit der Ober-Kreide bis in die Gegenwart verbreitet und trat verstärkt an der Grenze zwischen Eozän und Oligozän auf. Die Art *A. spinosa* ist ein Leitfossil für das Lutetium (Mittel-Eozän). Es handelt sich dabei um typische Bewohner der warmen, seichten Meere. Das Tier bewegte sich kriechend fort und trug das Gehäuse stark geneigt. Es war ein Fleischfresser. *A. spinosa* ist ein gutes Faziesfossil.

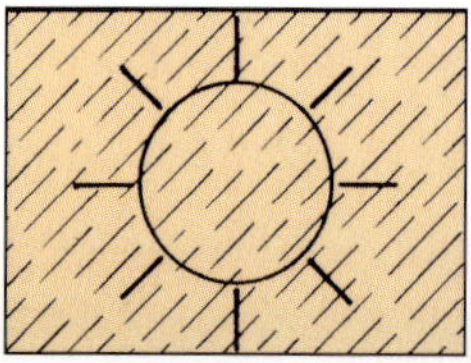

Klassifizierung: *Stamm:* Mollusca – *Klasse:* Gastropoda – *Ordnung:* Prosobranchia – *Familie:* Volutidae
Alter: Cuisium
Verbreitung: Nord- und Westeuropa
Größe des Fossils: Höhe 7 cm, Ø 2,5 cm
Beschreibung: Das rechtsgewundene Gehäuse von *Volutilithes angustus* besteht aus einer hohen hervorstehenden Spira und einer stark verlängerten Endwindung. Es hat die Form einer zugespitzten Spindel mit einem in der Regel spitzen Apex. Die lang gestreckte, schmale Mündung wird an der Basis von einem kurzen Siphonalkanal eingekerbt. Der gesäumte Spindelrand ist mit Spindelfalten versehen. Die Ornamentierung besteht aus groben Radialrippen. Von der Basis bis zum Apex hat das Gehäuse kleine Treppenstufen.
Biologie – Ökologie: *V. angustus* ist eine marine Benthosform und ein Leitfossil für die Sande des Cuisiums. Er lebte im Litoral in subtropischen Klimazonen und war ein Fleischfresser. Die Art trat nur über einen kurzen Zeitraum auf und ist daher ein relativ präzises Leitfossil für die Unterstufe des Cuisiums (Eozän) und die klastische Fazies.

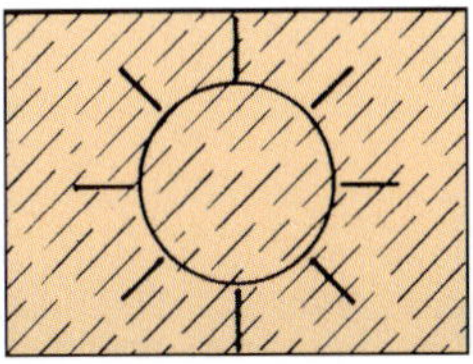

164 ANCILLA BUCCINOIDES

Klassifizierung: *Stamm:* Mollusca – *Klasse:* Gastropoda – *Ordnung:* Prosobranchia – *Familie:* Olividae
Alter: Cuisium – Bartonium
Verbreitung: Westeuropa
Größe des Fossils: Höhe 4,5 cm, Ø 2 cm
Beschreibung: Das helicoid aufgerollte, rechtsgewundene Gehäuse von *Ancilla buccinoides* hat eine hohe hervorstehende Spira und eine verlängerte Endwindung, die die Spira umfasst. Die konisch-spindelförmige Grundform wird von einem Apex abgeschlossen, der in der Regel sehr spitz ist. Das mandelförmige Peristom hat an der Basis einen kurzen Siphonalkanal. Spiralige Falten charakterisieren den Spindelrand. Das glatte Gehäuse mit seiner aerodynamischen Form weist neben den Anwachsstreifen keine weitere Ornamentierung auf.
Biologie – Ökologie: Die Art *A. buccinoides* umfasst benthische Exemplare, die Leitfossilien für die Sande des Cuisiums und des Bartoniums sind, seltener auch für die Kalkgesteine des Lutetiums. Sie entwickelte sich in den warmen, küstennahen Meeren in subtropischen Klimazonen. Dieser Pflanzenfresser bewegte sich kriechend fort. Die Art wird häufig als Faziesfossil verwendet, ist jedoch als Stufenmarker nur von geringem Interesse.

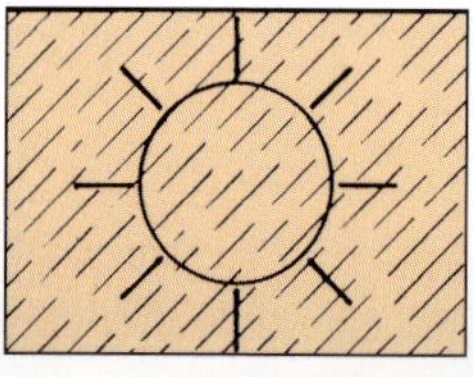

Klassifizierung: *Stamm:* Mollusca – *Klasse:* Gastropoda – *Ordnung:* Prosobranchia – *Familie:* Conidae
Alter: Ober-Kreide – Gegenwart
Verbreitung: Weltweit
Größe des Fossils: Höhe 8 cm, Ø 4 cm bis 4,5 cm
Beschreibung: Das rechtsgewundene, helicoide Gehäuse von *Conus* besteht aus einer kurzen Spira und einer relativ großen Endwindung, die sich zur Basis hin konusartig verengt. Die Außenlippe und der Spindelrand stehen extrem eng beieinander, was dem Peristom ein sehr lang gestrecktes Aussehen verleiht. Die schlichte Ornamentierung beschränkt sich auf Anwachsstreifen. Die Gehäuseoberfläche erscheint glatt. Ein Operculum verschließt in der Regel das Peristom.
Biologie – Ökologie: Dies ist eine Benthosform, die sich seit der Ober-Kreide bis in die Gegenwart in karbonatischer Fazies entwickelte. Die größte Verbreitung erreichte sie im Miozän. Dieses Tier ist im Gegensatz zu vielen anderen Gastropoden ein Fleischfresser. Es ist außerdem giftig, was diese Gattung als hoch entwickelt qualifiziert. *Conus* bewegt sich kriechend fort. Aufgrund ihrer langen zeitlichen Verbreitung ist diese Gattung nicht als Schichtmarker zu verwenden, sie charakterisiert jedoch die warmen Meere.

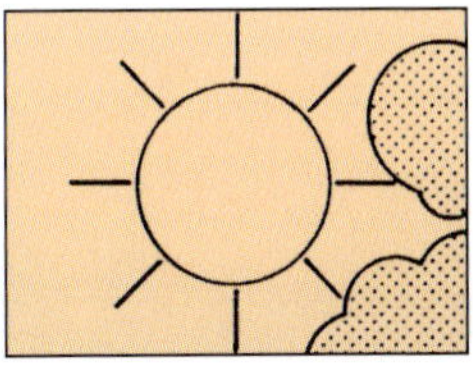

TURRICULA DIMIDIATA

Klassifizierung: *Stamm:* Mollusca – *Klasse:* Gastropoda – *Ordnung:* Prosobranchia – *Familie:* Turridae
Alter: Mittel-/Ober-Miozän – Pliozän
Verbreitung: Südeuropa
Größe des Fossils: Höhe 4 cm, Ø 1 cm bis 2 cm
Beschreibung: *Turricula dimidiata* hat ein helicoides, rechtsgewundenes Kalkgehäuse, das aus einer mehr oder weniger hohen Spira (Spindelform) und einer schwach ausgeprägten Endwindung besteht. An der Mündung unterscheidet man zwei charakteristische Ränder: die Außenlippe und den Spindelrand, der keine Falten aufweist. Das Peristom hat einen langen, offenen Siphonalkanal. Die Ornamentierung besteht aus kleinen Rippen. Das stark ausgeprägte Schlitzband ist relativ weit von der Sutur entfernt.
Biologie – Ökologie: *Turricula* ist eine Benthosform, die vom Miozän bis zur Gegenwart auftritt. Die fossilen Formen wie *T. dimidiata* lebten in warmen, küstennahen Meeren in subtropischen Klimazonen. Es handelt sich bei dieser Art um ein Fleisch fressendes, giftiges Tier, dessen Radula nur noch zwei Zähne aufweist. *T. dimidiata* bewegte sich mit ihrem muskulösen Kriechfuß über den Boden. Sie ist ein gutes Leitfossil und ein guter Indikator für das Paläomilieu.

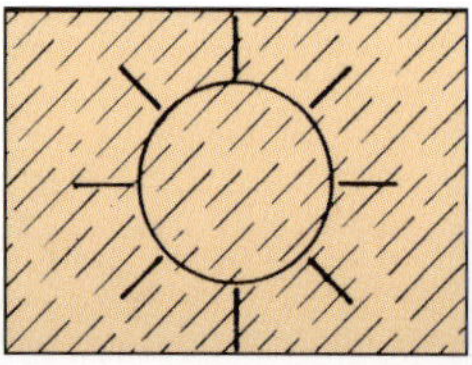

Klassifizierung: *Stamm:* Mollusca – *Klasse:* Incertae sedis
Bemerkung: Diese Art lässt sich nicht eindeutig klassifizieren. Viele Experten ordnen sie gegenwärtig den Cnidaria zu.
Alter: Ordovizium
Verbreitung: Frankreich (Manche, Calvados), Großbritannien
Größe des Fossils: Höhe 20 cm, Ø 5 cm
Beschreibung: Das Gehäuse dieser Conularie ist relativ dünnwandig; man bezeichnet es auch als Periderm. Das Skelett hat die Form einer Pyramide mit sehr dünnen Wänden und einer gerundeten Spitze. Die vier Seiten werden von schrägen Falten ornamentiert und tragen eine mediane Längsfurche. Sie werden von Kielen begrenzt, die auf der ganzen Länge gefurcht sind.
Biologie – Ökologie: Man weiß nur wenig über die Lebensweise der Conularien. Diese Organismen lebten vor allem in den warmen Meeren des Ordoviziums, zusammen mit charakteristischen Formen dieser Periode mit ihrer artenreichen Meeresfauna (Trilobiten, Brachiopoden, Graptolithen, Mollusken, Echinodermen). Als Leitfossil ist *Exoconularia pyramidata* von mittlerer Bedeutung, sie stellt aber einen guten Milieuindikator dar.

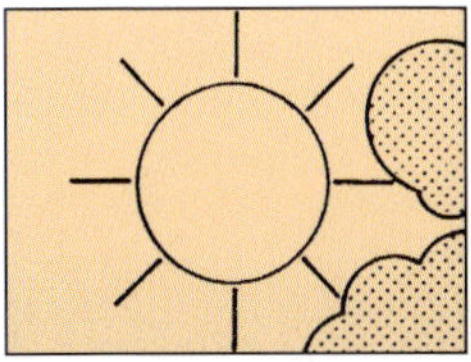

168 HELIX (OCHTHEPHILA RAMONDI)

Klassifizierung: *Stamm:* Mollusca – *Klasse:* Gastropoda – *Ordnung:* Pulmonata – *Familie:* Helicidae

Alter: Pliozän – Gegenwart

Verbreitung: Weltweit

Größe des Fossils: Höhe 3 cm, Ø 2,5 cm

Beschreibung: Die Gattung *Helix* hat ein in sich zusammengerolltes Gehäuse, was dem Fossil ein kugeliges Aussehen verleiht. Es ist helicoid und rechtsgewunden. Das Gehäuse öffnet sich in einem runden Peristom, das an der Außenseite von der Außenlippe begrenzt wird. Zur Gewindeachse hin ist der Spindelrand in der Regel dick und steht schräg. Diese Gattung weist keine charakteristische Ornamentierung auf.

Biologie – Ökologie: *Ochthephila ramondi* entwickelte sich in den kontinentalen Fazies, die typisch für ein tropisch-feuchtes Klima sind. Sie ist zwar kein geeignetes Leitfossil, bestimmt aber die kontinentalen Milieus. Sie lebt auf dem Boden und auf Pflanzen, bewegt sich kriechend fort und ist ein Pflanzenfresser. Besonders gut erhaltene Fossilien dieser Gattung bieten die Vorkommen des ausgehenden Oligozäns von Limagne (Frankreich) in bituminösen lakustrinen Kalken.

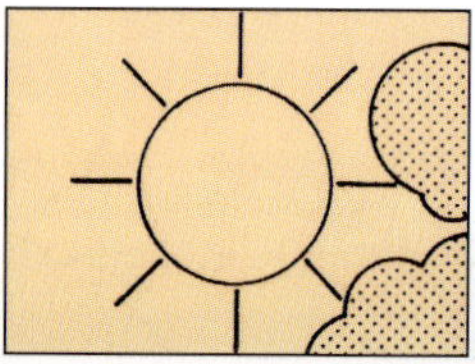

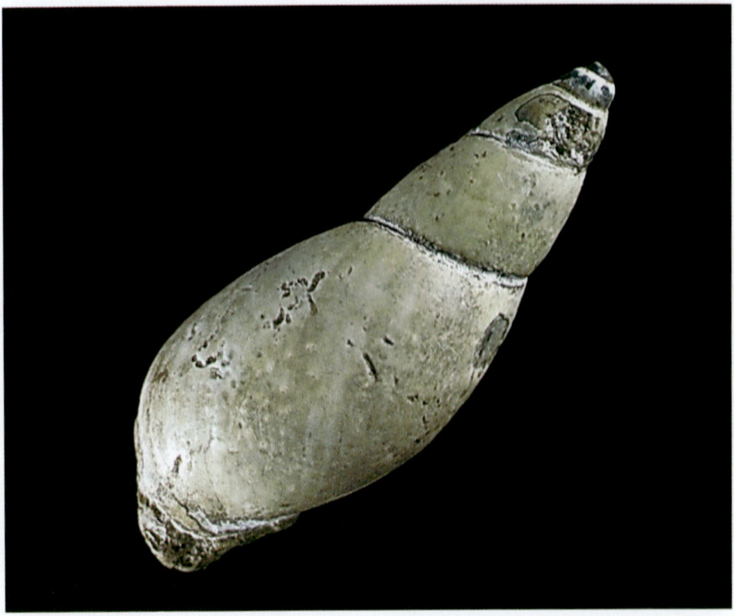

Klassifizierung: *Stamm:* Mollusca – *Klasse:* Gastropoda – *Ordnung:* Pulmonata – *Familie:* Limnaeidae
Alter: Ober-Eozän – Gegenwart
Verbreitung: Westeuropa
Größe des Fossils: Höhe 3,7 cm, Ø 1,4 cm
Beschreibung: *Stagnicola* ist ein fossiler Gastropode mit spindelförmigem, einklappigem Gehäuse, das aus einer hohen, hervorstehenden Spira und einer verlängerten Endwindung besteht und rechtsgewunden ist. Die Gesamtform entspricht einem Konus, wobei der spitze Apex in der Regel abgebrochen oder abgerieben wurde. Die Umgänge werden durch tiefe Suturen deutlich voneinander getrennt. Die mandelförmige Mündung ist im oberen Teil eckig. Anwachsstreifen bilden die einzige Ornamentierung des Gehäuses. Das Atmungssystem besteht aus einer Art von Lungen, das Tier kann jedoch ebenso an der Luft wie unter Wasser atmen.
Biologie – Ökologie: *Stagnicola* ist typisch für Süßwassermilieus. Man findet sie in den lakustrinen Kalkgesteinen von Beauce. Diese Gattung entwickelte sich in subtropischem bis gemäßigtem Klima, in der Regel vergesellschaftet mit Vertretern der Planorbidae. Das Tier zeigt eine große Toleranz gegenüber der Qualität des Wassers, das vollmarin, brackisch oder sogar schwefelhaltig sein kann. *Stagnicola* ist ein gutes Leitfossil und ein Faziesindikator.

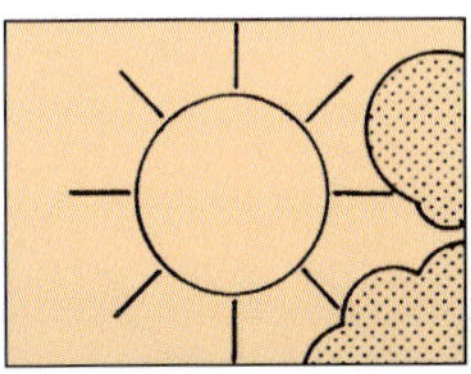

170 PHYSA (APLEXIA) GIGANTEA

Klassifizierung: *Stamm:* Mollusca – *Klasse:* Gastropoda – *Ordnung:* Pulmonata – *Familie:* Physidae
Alter: Thanetium
Verbreitung: Europa
Größe des Fossils: Höhe 5 cm bis 6 cm, Ø 3 cm
Beschreibung: Bei *Physa gigantea* muss vor allem auf das linksgewundene Gehäuse hingewiesen werden, eine Besonderheit bei den Gastropoden. Die Spira ist hervorstehend, die Endwindung sehr verbreitert. Das Gehäuse kann verschiedene Formen und Größen haben; in der Regel ist es konisch mit einem spitzen Apex. Die ovale Mündung ist im Oberteil eckig. Jeder Umgang setzt sich durch eine Wölbung von den anderen ab. Aufgrund der fehlenden Ornamentierung erscheint das Gehäuse glatt. Die Mantelhöhle dieses Tieres war zu einer Lunge umgeformt, wodurch ihm das Atmen an der Luft und unter Wasser ermöglicht wurde.
Biologie – Ökologie: *P. gigantea* ist eine für die Kalkgesteine des Thanetiums (Paläozän) charakteristische Süßwasserform. Diese Übergangsbereiche zwischen Meer- und Landraum ermöglichten oder erforderten die Anpassung des Atmungssystems dieses Tieres. Es war ein Pflanzenfresser und bewegte sich kriechend fort. Es wird als gutes Leitfossil betrachtet, ist aber auch ein Indikator für lakustrine Fazies.

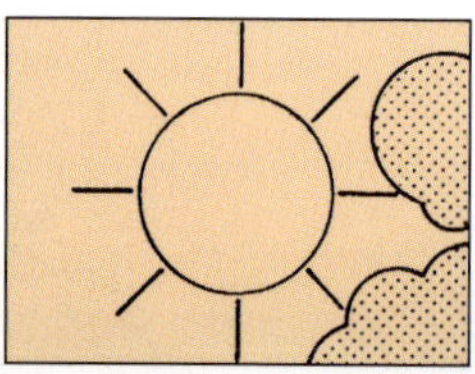

Klassifizierung: *Stamm:* Mollusca – *Klasse:* Gastropoda – *Ordnung:* Basommatophora – *Familie:* Planorbidae
Alter: Oligozän – Miozän
Verbreitung: Europa
Größe des Fossils: Höhe 0,7 cm, Ø 3 cm
Beschreibung: Das scheibenförmige Gehäuse von *Planorbis,* der Posthornschnecke, ist linksgewunden und planspiral. Die Spira ist evolut, die Endwindung erweitert. Das typischerweise holostome Peristom ist rund und in der Regel nicht gesäumt. Das Gehäuse wird lediglich durch Anwachsstreifen ornamentiert und wirkt dadurch glatt; die Umgänge sind jedoch deutlich voneinander abgesetzt.

Biologie – Ökologie: Die Süßwasserform *Planorbis* ist typisch für die Kalkgesteine des Oligozäns und des Miozäns. Häufig trifft man sie auch in den „Argiles à meulières" des Oligozäns an. Sie tritt in der Regel zusammen mit *Lymnaea* auf. Dieser Gastropode besetzte ein Übergangsgebiet zwischen Wasser und Land; sein Atmungssystem war an beide Lebensräume angepasst. Das Tier war ein Pflanzenfresser. *Planorbis* ist ein ausgezeichneter Indikator für lakustrine Fazies.

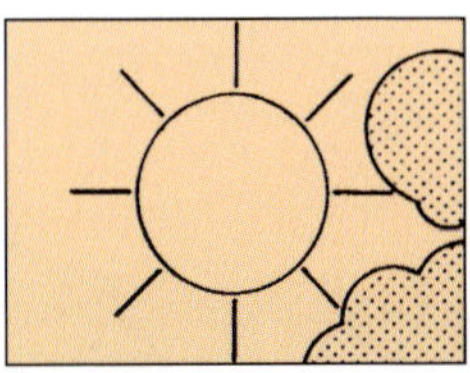

Klassifizierung: *Stamm:* Mollusca – *Klasse:* Scaphopoda – *Familie:* Dentaliidae
Alter: Trias (Gattung *Dentalium)* bzw. Silur (Familie Dentaliidae) – Gegenwart
Verbreitung: Weltweit
Größe des Fossils: Länge 2 cm bis 15 cm
Beschreibung: Diese Arten gehören einem speziellen Typ an. Das einklappige Gehäuse ist länglich und hat die Form einer leicht gebogenen Röhre mit freien Enden. Die Ornamentierung variiert; sie besteht aus hervorspringenden Längsrippen, die häufig von kleineren Rippen zwischen den Hauptrippen begleitet werden. *Dentalium circinatum* weist darüber hinaus ausgeprägte Ringe auf.
Biologie – Ökologie: *Dentalia* sind augenlose, bilateral symmetrische Tiere. Sie leben im Meer in sandigen Küstengebieten mit stabilem Salzgehalt und wühlen sich mit ihrem länglichen Fuß in den Untergrund. Ihre Klassifizierung ist nicht eindeutig. Möglicherweise handelt es sich um eine Zwischenform zwischen *Lamellibranchia* und *Gastropoda.* Die Bezeichnung „Scaphopoda“ ist von dem griechischen Wort „scaphe“ abgeleitet und bedeutet „Kahn“.

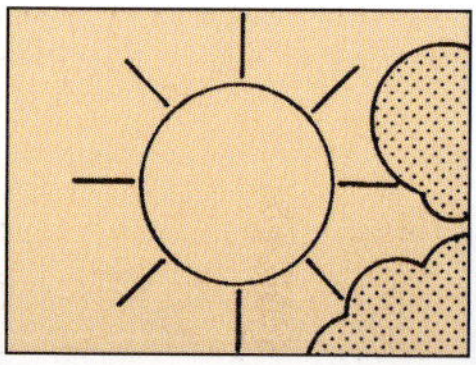

Klassifizierung: *Stamm:* Mollusca – *Klasse:* Cephalopoda – *Ordnung:* Nautiloida (Onkocerida) – *Familie:* Archiacoceratidae
Alter: Devon
Verbreitung: Westeuropa
Größe des Fossils: Ø 4 cm
Beschreibung: Das Kalkgehäuse von *Cyrtoceratites,* das man in den Sedimenten findet, hat die Form eines gekrümmten Horns, das sich nach oben hin langsam verbreitert. Der Querschnitt ist elliptisch. Die äußere Oberfläche ist mit Querstreifen oder -rippen ornamentiert, die von Längsrippen geschnitten werden. Im Inneren ist das Gehäuse sehr eng gekammert. Der Rückenteil des Tieres entspricht dem Außenrand des Gehäuses. Der Sipho ist in der Regel in der Symmetrieebene zur inneren Bauchseite hin verlagert. Er wird von zahlreichen charakteristischen, kleinen, radialen Kalklamellen ausgefüllt. Die Weichteile des Tieres waren vermutlich wie bei den Nautiloidae mit Muskeln in der letzten Kammer des Gehäuses befestigt. Das Tier hatte vermutlich Tentakel rund um die Mundöffnung.
Biologie – Ökologie: Der marine Fleischfresser *Cyrtoceratites* war aufgrund seines schweren Gehäuses vermutlich ein schlechter Schwimmer. Er ist ein gutes Leitfossil.

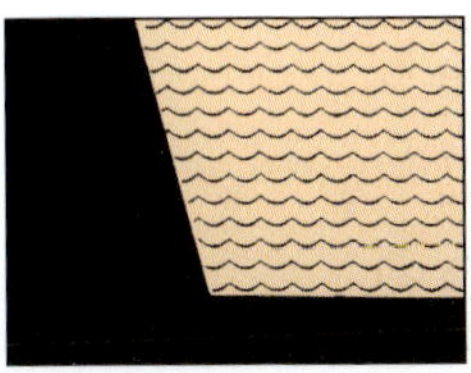

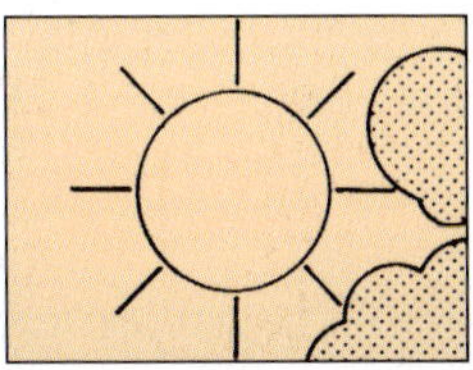

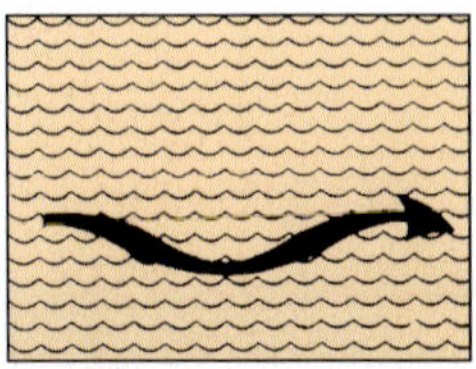

174 ORTHOCERAS

Klassifizierung: *Stamm:* Mollusca – *Klasse:* Cephalopoda – *Ordnung:* Nautiloida (Orthocerida) – *Familie:* Orthoceratidae

Alter: Ordovizium – Trias

Verbreitung: Weltweit

Größe des Fossils: Länge einige Zentimeter bis 2 m

Beschreibung: Das Gehäuse von *Orthoceras* ist gerade. Man nimmt an, dass die Formen mit geradem, sog. orthoconem Gehäuse der Ursprung für die Nautiloidea waren. Die ersten Nautiloidea-Formen traten im Oberen Kambrium auf. Die Orthocerathidae erscheinen erstmals im Ordovizium. In dieser Epoche erreichten einige Orthoconen beachtliche Größen (z. B. *Endoceras duplex* mit 2 m). Die ersten aufgerollten Formen entstanden aus diesen Orthoconen und treten seit dem Silur auf. Die Orthoconen gehen dagegen im Karbon zurück. *Orthoceras* hat ein massives, von einer Matrix ausgefülltes Gehäuse, das die Form eines kleinen geraden Stabes mit mehr oder weniger kreisrundem Querschnitt hat. Im Längsschnitt lassen sich die Septen der verschiedenen Kammern unterscheiden, die konkav zur Gehäusemündung hin gebogen sind. An den Septen sind weißliche Verkrustungen zu erkennen, und an den Enden ist eine dunkle Wölbung sichtbar. Die Ornamentierung der Gehäuseaußenseite besteht aus linearen Spuren oder Suturlinien, die den inneren Septen entsprechen. Abgesehen von diesen Ringfurchen kann die Oberfläche glatt sein, Rippen oder Streifungen aufweisen. Manchmal sind auf dem Gehäuse Längsstreifen zu erkennen, was dem Ganzen ein gitterartiges Aussehen verleiht. Der Sipho ist zentral und durchstößt alle Septen. Unter den bekanntesten Arten dieser Gattung sollen an dieser Stelle *Orthoceras estivali* aus dem Unter-Ordovizium erwähnt werden sowie *O. bohemicum* aus dem Silur und vor allem *O. giganteum* aus dem Unter-Karbon Belgiens, Nordfrankreichs und Spaniens, der eine Länge von 2 m und einen Durchmesser von mehr als 20 cm erreichen konnte.

Biologie – Ökologie: Über die Lebensweise von *Orthoceras* ist nur wenig bekannt. Man vermutet, dass die Tiere Fleischfresser waren. Ihre Tauchtiefe betrug bis zu 400 m.

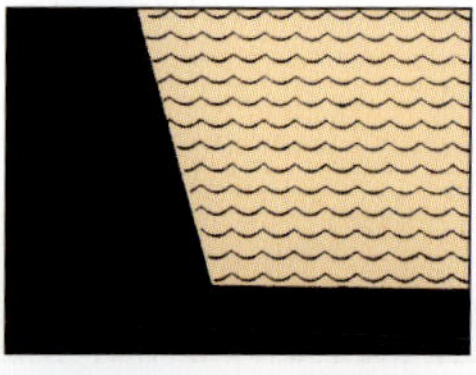
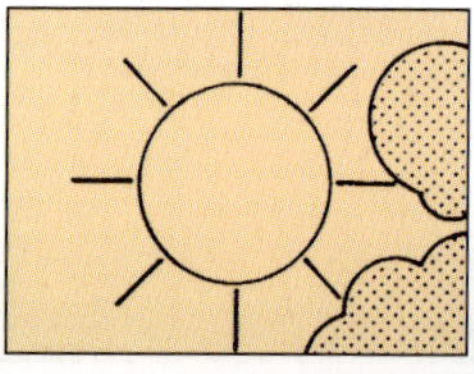

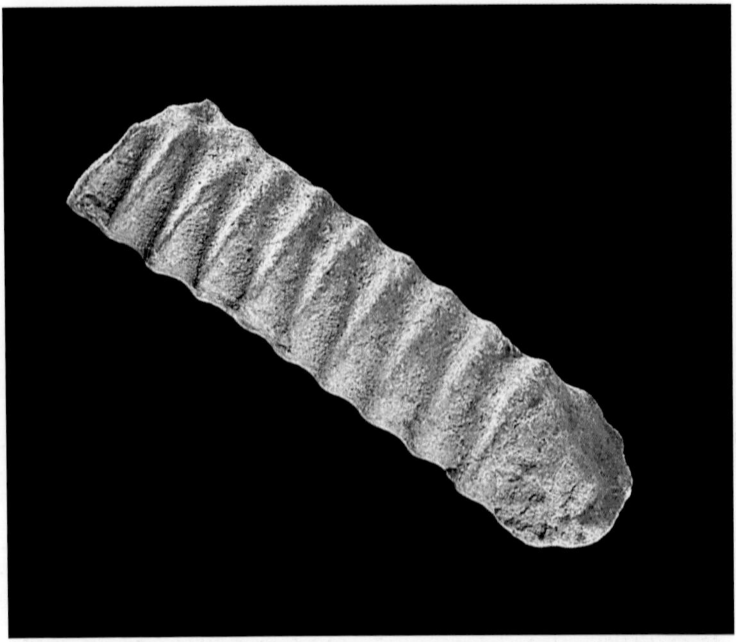

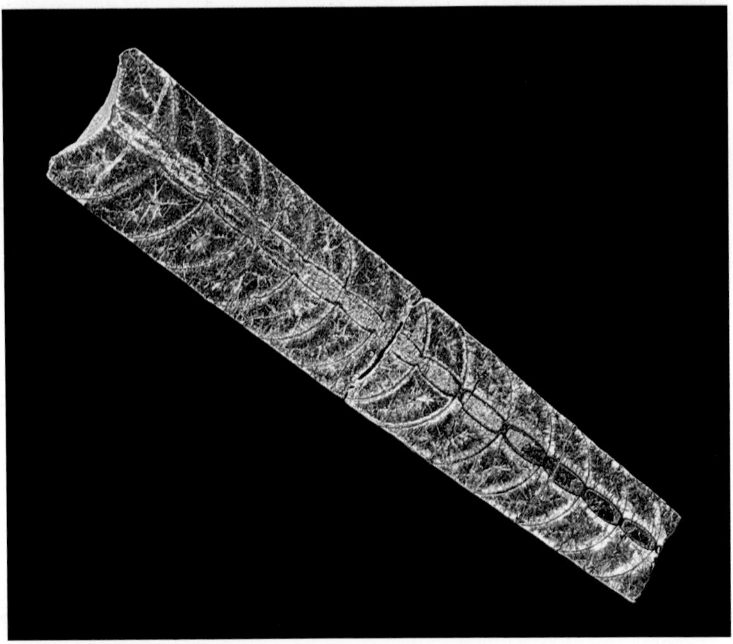

175 NAUTILUS (CENOCERAS)

Klassifizierung: *Stamm:* Mollusca – *Klasse:* Cephalopoda – *Ordnung:* Nautiloida
Alter: Trias (die ersten echten Nautiloida) – Gegenwart
Verbreitung: Weltweit
Größe des Fossils: Ø 25 cm
Beschreibung: Die Ordnung Nautiloida umfasst archaische Cephalopoden, deren einzige rezente Gattung *Nautilus* ist. Das Tier wird von einem vielkammerigen Gehäuse geschützt, in dem es die letzte Kammer bewohnt. Ein Sipho durchstößt die Kammern und markiert den Durchgang des Ektosipho, der alle Kammern durchquert. Das kalkige Gehäuse ist hartschalig. Die Kammern sind konkav und weisen je eine Siphonaldüte auf, die den Sipho umschließt. Diese Siphonaldüte ist zum hinteren Teil der Kammer ausgerichtet. Die Kammern, die im Laufe des Wachstums nacheinander vom Tier verlassen werden, werden mit einem sehr stickstoffhaltigen Gasgemisch gefüllt. Die Gehäuseaufrollung vollzieht sich auf einer Ebene. Das Periostrakum kann verschiedene Farben tragen. Es ist von einer dicken Perlmutterschicht überzogen. Von den Ammonitida lässt sich *Nautilus* durch die Form der quer verlaufenden Septen und die Position des Siphos (hier sagittal) unterscheiden. Das Tier hat sehr viele Arme (40), die um die Lippentaster angeordnet sind, die wiederum den runden Mund mit den kräftigen Kiefern (Papageienschnabel) umgeben. Der untere Lippentaster trägt das Riechorgan. Zwei stark erweiterte Arme bilden an der Basis einen Schutz, wenn *Nautilus* sich in sein Gehäuse zurückzieht. Die Arme spielen vor allem beim Ergreifen der Beute eine Rolle und werden außerdem zum Kriechen eingesetzt.
Biologie – Ökologie: Die wenigen rezenten Vertreter von *Nautilus* leben im indopazifischen Raum bei Papua-Neuguinea, um die Philippinen und um die Fidschiinseln. Sie bewohnen seichte Gewässer und bewegen sich kriechend über den felsigen Boden oder schwimmen mit Hilfe ihrer Tentakel. Beim Beutefang jedoch bedient sich der *Nautilus* der Rückstoßtechnik, bei der das Wasser aus der Mantelhöhle ausgestoßen wird. Diese Technik ermöglicht ihm eine schnelle Fortbewegung. Ab dem Oberen Kambrium erschienen die ersten Nautiloida. Das Gehäuse war zunächst gerade, rollte sich dann aber immer mehr auf. Man nimmt an, dass einige Vertreter dieser Ordnung in Tiefen von bis zu 500 m leben konnten. Die Nautiloida diversifizierten sich und entwickelten sich bis zur Trias weiter. Nach dieser Epoche ging ihr Bestand immer stärker zurück, und der rezente *Nautilus* wird als lebendes Fossil betrachtet. Diese Meerestiere lebten pelagisch und konnten, indem sie das Gasvolumen in ihren Kammern änderten, problemlos in obere oder untere Wasserschichten gelangen. Ab dem Mesozoikum wurden sie von den Ammonitida verdrängt.

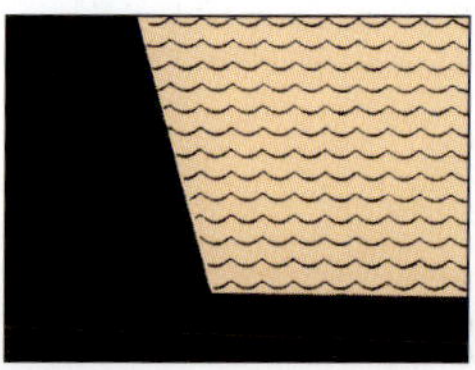
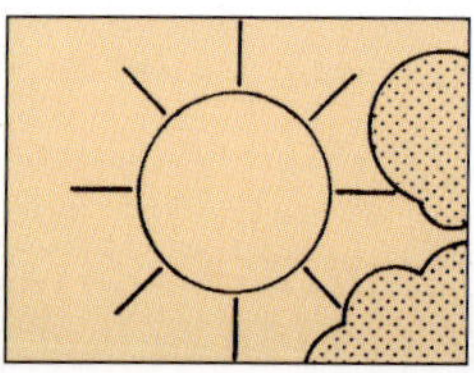
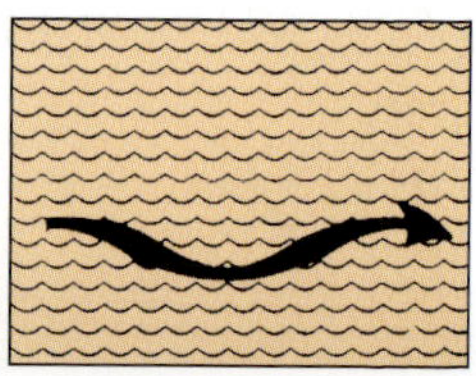

Klassifizierung: *Stamm:* Mollusca – *Klasse:* Cephalopoda – *Ordnung:* Ammonitida
Alter: Ober-Silur – Tertiär
Verbreitung: Weltweit
Größe des Fossils: Ø 1 cm bis 2,5 m
Beschreibung: Vieles im Zusammenhang mit den Ammoniten ist noch unbekannt, vor allem bezüglich ihrer Anatomie. Dies beruht auf der Tatsache, dass die Ammonitida, anders als die Nautiloida, keine rezenten Vertreter haben. So ist man sich beispielsweise über die Anzahl der Kiemen noch nicht im Klaren. Die Zeichnung der Lobenlinien auf dem Gehäuse ist sehr unterschiedlich, jedoch stets kompliziert, da die Septen in der Regel gefaltet sind. Der Aufbau dieser Cephalopoden ist dem der Nautiloida ähnlich, jedoch ist der Sipho hier – außer bei den Clymenidae – nicht axial. Bei den anderen Familien liegt der Sipho in der Nähe des Außenrandes. Die Lobenlinie bestimmt die Einteilung der Ammonitida in verschiedene Familien. Der große Evolutionserfolg der Ammoniten zeigt sich in den zahlreichen Formvarianten, aber auch in der Dicke des Gehäuses. So hat *Leioceras* ein sehr dünnwandiges Gehäuse, während die Gehäuse anderer Ammoniten dicke Wände haben. Auch die Abmessungen können extrem unterschiedlich sein und wenige Zentimeter *(Nannites)* bis 2,5 m *(Pachydiscus seppenradensis)* betragen.
Biologie – Ökologie: Die Ammoniten waren pelagische Meeresbewohner, die in verschiedenen Tiefen lebten (dickwandige Gehäuseformen waren besser an küstennahe Lebensräume angepasst). Die entrollten Formen der Kreidezeit waren vermutlich litorale oder benthische Formen. Die Ammonitida erfuhren im Mesozoikum einen beträchtlichen Aufschwung und sind teilweise ausgezeichnete Leitfossilien. Erwähnenswert ist, dass unter der Bezeichnung *Aptychus* oder *Synaptychus* Fossilien zusammengefasst werden, die als schützende Opercula dienten, wenn die Ammoniten sich in ihr Gehäuse zurückzogen.

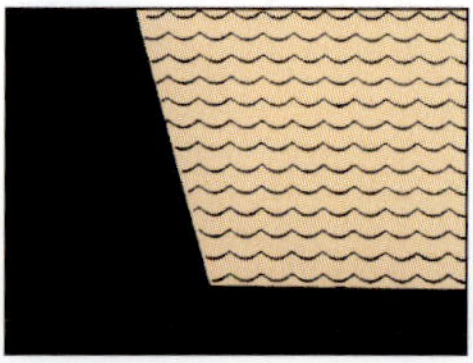
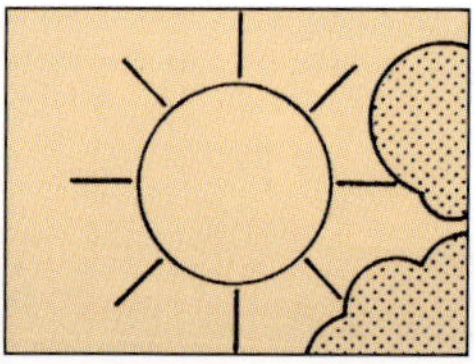
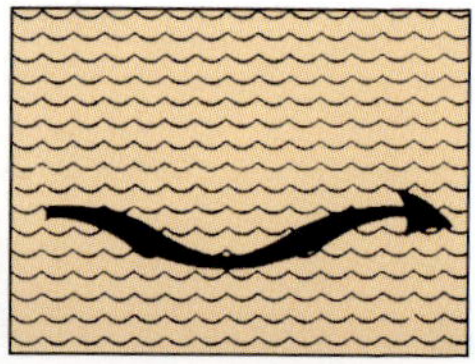

177 CHEILOCERAS

Klassifizierung: *Stamm:* Mollusca – *Klasse:* Cephalopoda – *Ordnung:* Ammonitida – *Familie:* Cheiloceratidae
Alter: Famennium
Verbreitung: Deutschland, Frankreich
Größe des Fossils: Ø 5 cm
Beschreibung: Das eingerollte, kugelige Gehäuse von *Cheiloceras* hat einen ovalen bis spitzbogigen Querschnitt. Die Windungen sind involut und lassen nur einen sehr engen Nabel frei, der auf den Flanken des Gehäuses eine schräg stehende Nabelwand aufweist. Auf dem Gehäuse sind feine, nach hinten umgebogene Querstreifen zu erkennen. Überdies weist jeder Umgang drei, vier oder fünf quer verlaufenden Einschnürungen auf. Der Sipho ist zum Ventralrand des Gehäuses verschoben und nach hinten gerichtet. Die Sutur ist typischerweise goniatitisch und weist eine kleine Anzahl einfacher Windungen mit einem großen Krümmungsradius auf; man erkennt einen breiten Sattel und einen breiten Laterallobus sowie einen kleinen spitzen Ventrallobus. Die internen Septen haben wellige Ränder und sind nach hinten konkav.
Biologie – Ökologie: *Cheiloceras* war ein mariner Räuber, der vermutlich schwimmen konnte. Wie alle Goniatiten ist er ein gutes Leitfossil.

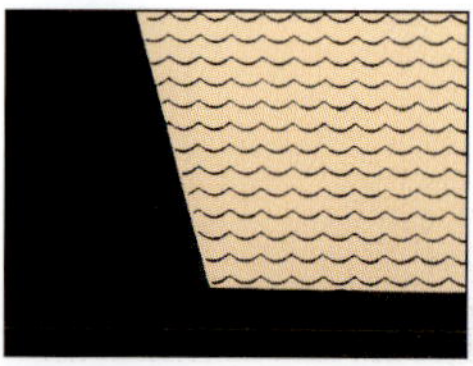

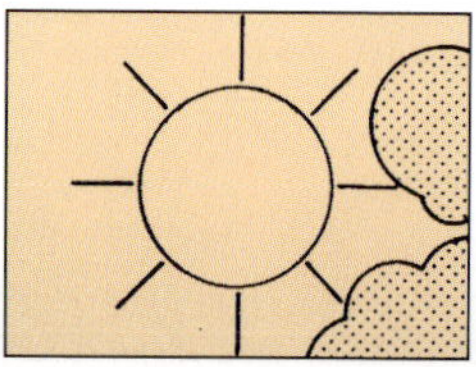

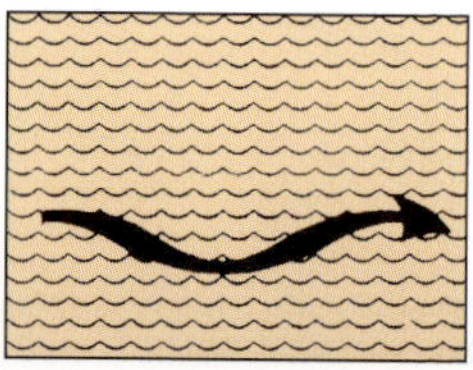

Klassifizierung: *Stamm:* Mollusca – *Klasse:* Cephalopoda – *Ordnung:* Ammonitida – *Familie:* Goniatitidae
Alter: Viseum (Unter-Karbon)
Verbreitung: Deutschland, Großbritannien, Belgien, Marokko
Größe des Fossils: Ø 7 cm
Beschreibung: Das relativ große Kalkgehäuse von *Goniatites* hat eine kugelige Form, die Windungen sind jedoch weniger involut als bei *Cheiloceras.* Der Nabel ist eng. Manchmal werden ausgewachsene scheibenförmige Gehäuse mit einem weiteren Nabel gefunden. Die Ornamentierung des Gehäuses besteht aus vielen Anwachsstreifen. Die Mündung weist einen Ventralschlitz auf. Der Sipho liegt ventral an der Außenseite. Die Lobenlinie bildet spitze Windungen mit nur einem Laterallobus. Der Ventrallobus wird durch einen kleinen Sattel unterteilt, der selbst eine Siphonalkerbe aufweist. Der zweite laterale Sattel ist breit und gerundet.
Biologie – Ökologie: *Goniatites* lebte auf küstennahen Meeresböden in strömungsreichen, warmen, sauerstoffreichen Gewässern. Zum Laichen begaben sich die Tiere auf Seegraswiesen.

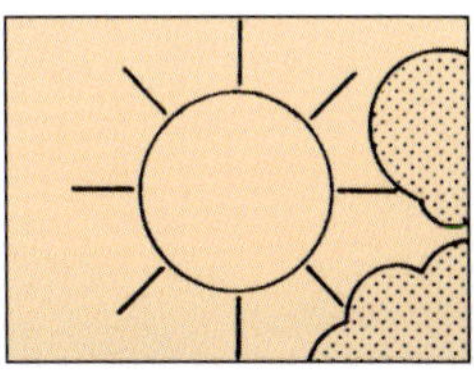

179 CLYMENIA ANNULATA

Klassifizierung: *Stamm:* Mollusca – *Klasse:* Cephalopoda – *Ordnung:* Ammonitida – *Familie:* Clymeniidae
Alter: Famennium
Verbreitung: Deutschland, Frankreich, Nordamerika
Größe des Fossils: Ø 5 cm
Beschreibung: Diese Art hat ein scheibenförmiges Gehäuse, das seitlich zusammengedrückt ist. Die Windungen sind advolut und umfassen einander nur wenig; dadurch bilden sie einen weiten Nabel. Das Gehäuse hat einen gerundeten oder viereckigen Außenrand. Die äußere Oberfläche ornamentieren wenig deutliche, an der Außenseite nach vorne gebogene Rippen. Das Innere wird von Septen unterteilt, deren Lobenlinie – die Naht an der Gehäusewand – einfach aufgebaut ist. Der Außenrand weist eine nach vorne geneigte Ausbuchtung auf, den Sattel. Der interne Sipho liegt nicht zentral, sondern ist zum Innenrand verschoben. Die Septen sind an der Durchtrittsstelle des Siphos eingebuchtet und bilden eine breite, lange, nach hinten weisende Siphonaldüte.
Biologie – Ökologie: *Clymenia annulata* lebte in küstennahen Algen- und Seegraswiesen, die bei Ebbe nicht freilagen. Sie ist ein gutes Leitfossil, weil sie sich sehr schnell weiterentwickelt hat und in allen Meeren verbreitet war.

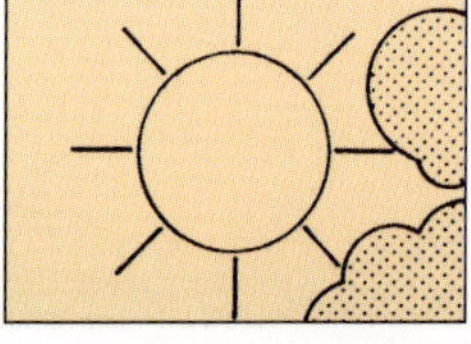
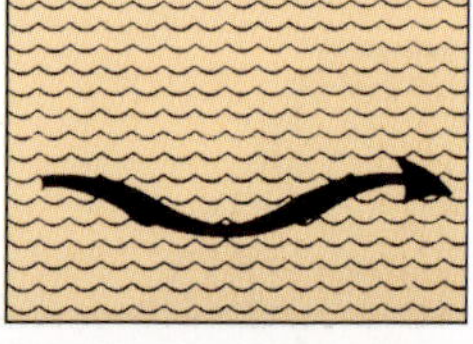

Klassifizierung: *Stamm:* Mollusca – *Klasse:* Cephalopoda – *Ordnung:* Ammonitida – *Familie:* Ceratitidae
Alter: Oberer Muschelkalk
Verbreitung: Europa
Größe des Fossils: Ø 9 cm
Beschreibung: *Ceratites nodosus* hat ein großes, nach der Symmetrieebene eingerolltes und seitlich zusammengedrücktes Gehäuse. Die knotige Ornamentierung besteht beim Jungtier aus einer doppelten Knotenreihe auf jeder Rippe; beim erwachsenen Tier finden sich kräftige Querrippen, die jeweils einen umbilikalen und einen marginalen Knoten tragen. Die Lobenlinie ist zwischen der Lobenlinie der Goniatiten und der der Ammoniten anzusiedeln. Die Sättel sind breit, gerundet und nicht gezähnelt. Die Loben sind ein wenig enger und weisen feine sekundäre Unterteilungen auf. Der Sipho liegt an der Außenseite.
Biologie - Ökologie: Dieses Tier bevölkerte das nahezu geschlossene und isolierte Meer des Muschelkalks. Die im Flachwasser lebende Gattung umfasste viele Individuen, aber nur wenige Arten. Man findet sie zusammen mit *Terebratula* und *Encrinus lilliformis. C. nodosus* ist ein gutes Leitfossil.

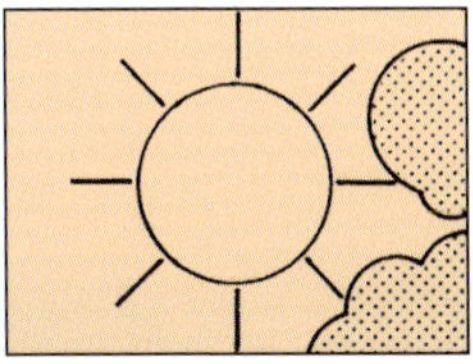

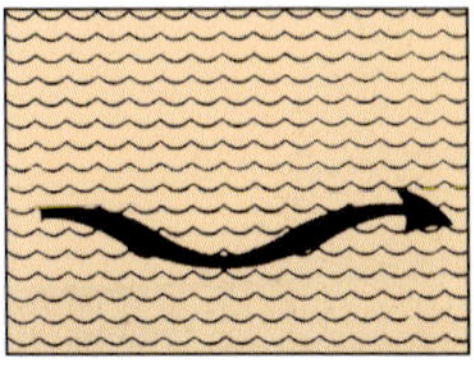

181 PHYLLOCERAS HETEROPHYLLUM

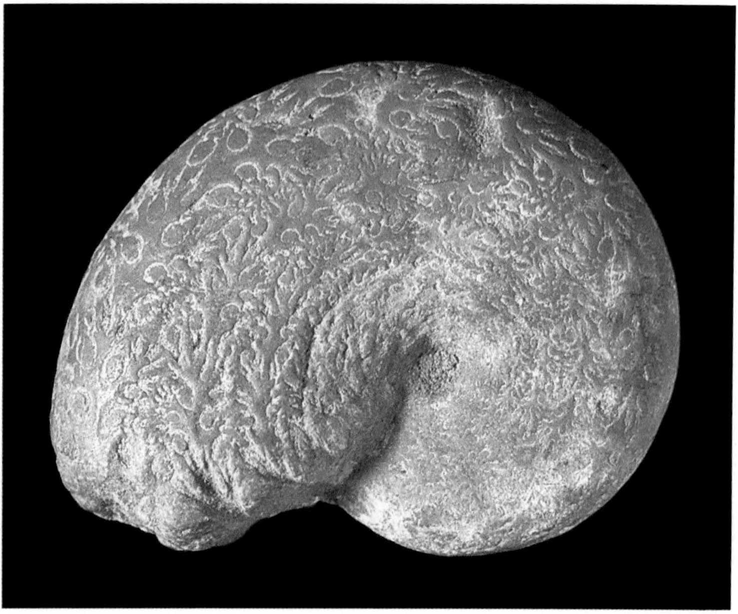

Klassifizierung: *Stamm:* Mollusca – *Klasse:* Cephalopoda – *Ordnung:* Ammonitida – *Familie:* Phylloceratidae
Alter: Toarcium
Verbreitung: Westeuropa
Größe des Fossils: Ø bis 20 cm
Beschreibung: Dieser Ammonit ist relativ abgeflacht. Die Endwindung umfasst die anderen stark. Sie ist sehr hoch und zeigt einen ovalen Querschnitt. Das Gehäuse ist stark involut. Der Nabel wird durch die Ausprägung der Endwindung deutlich reduziert. Die Externseite ist gerundet. Das Gehäuse ist glatt oder kann bei den großen Formen zahlreiche feine, leicht gebogene Rippen tragen, die an der Externseite unterbrochen werden. Das charakteristische Merkmal dieser Art ist die sehr komplexe Form der gut sichtbaren Lobenlinie. Die Suturen sind stets stark gezackt, und die Sättel enden in blattförmigen Divertikeln, die ebenfalls stark gezackt sind.
Biologie – Ökologie: Es handelt sich hier um eine Art des Toarciums (Unter-Jura), deren Vorfahren die Monophyllitidae der Trias waren. Die Gattung *Phylloceras* ist die einzige, die vom Beginn des Juras bis zum Ende der Kreide lebte. Ihr Aussehen veränderte sich in diesen 130 Millionen Jahren nur wenig.

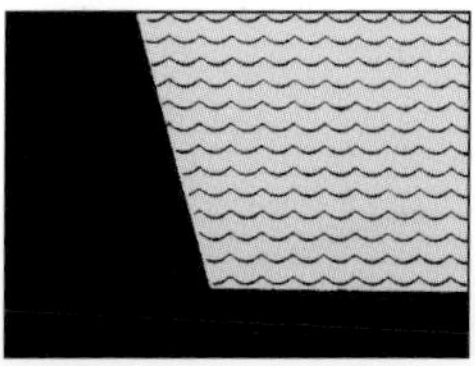
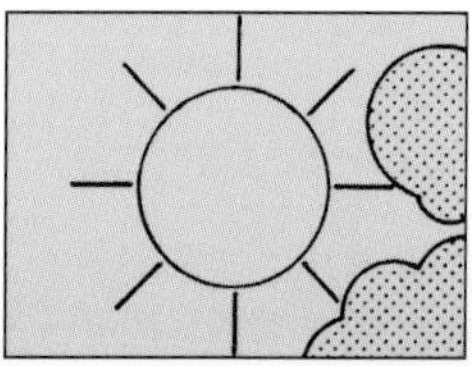
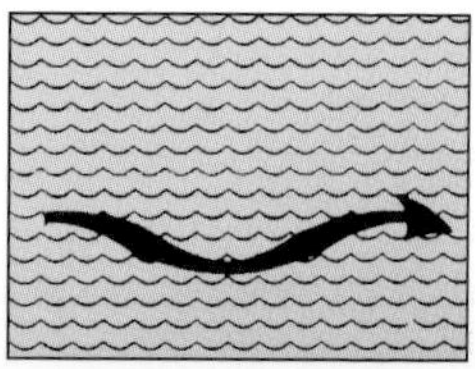

Klassifizierung: *Stamm:* Mollusca – *Klasse:* Cephalopoda – *Ordnung:* Ammonitida – *Familie:* Lytoceratidae
Alter: Pliensbachium
Verbreitung: Frankreich, England
Größe des Fossils: Ø 6 cm
Beschreibung: Diese Art hat ein symmetrisches, abgeflachtes Gehäuse. Die einzelnen Windungen berühren sich, umschließen sich aber nicht. Es handelt sich um eine vollkommen evolute Form. Die Endwindung ist im Querschnitt nahezu kreisrund. Die kaum sichtbaren Suturen formen Loben und Sättel, die sich oft gabeln. Die Ornamentierung fehlt oder ist unscheinbar; dann besteht sie aus geraden Radialrippen, von denen einige stärker ausgeprägt sein können. Teilweise kommt auf den Flanken eine spiralige Ornamentierung hinzu, so dass sich ein Gittermuster ergibt.
Biologie – Ökologie: *Lytoceras fimbriatum* war ein Ammonit des Ober-Pliensbachiums (Unter-Jura). Wie bei den meisten Ammoniten handelt es sich hier um eine nektische Form. Die Familie der Lytoceratidae stellt den Ursprung für zahlreiche Ammoniten des Juras dar. Die Tiere bewegten sich vermutlich wie die rezenten Cephalopoden per Rückstoß fort.

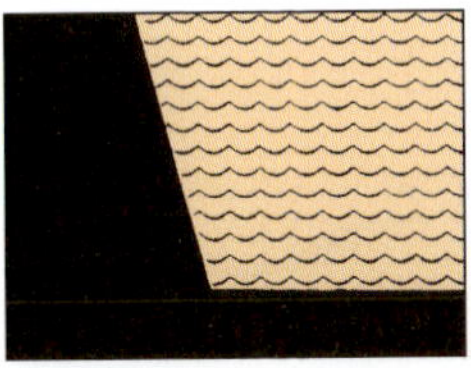

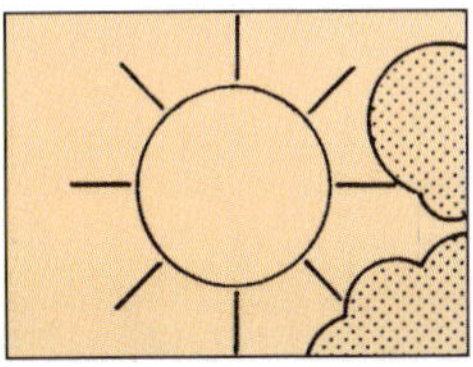

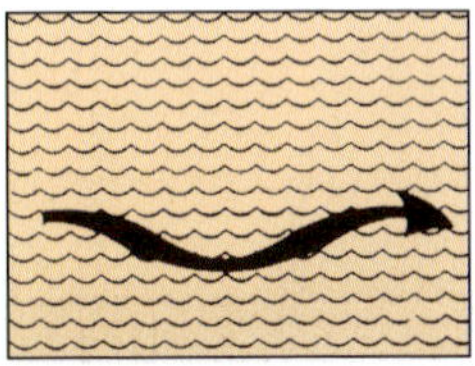

183 MACROSCAPHITES YVANI

Klassifizierung: *Stamm:* Mollusca – *Klasse:* Cephalopoda – *Ordnung:* Ammonitida – *Familie:* Macroscaphitidae
Alter: Barremium
Verbreitung: Frankreich, Mitteleuropa, Nordafrika
Größe des Fossils: Ø 10 cm
Beschreibung: *Macroscaphites yvani* ist eine teilweise entrollte Form. Der eingerollte Teil ist ein relativ abgeflachtes Gewinde mit einem weiten, langsam wachsenden Nabel. Der entrollte Teil löst sich davon zunehmend, nimmt im Durchmesser zu und krümmt sich letztlich in einem Bogen zum spiraligen Teil zurück. Die Externseite ist auf der gesamten Länge abgerundet. Das Gehäuse wird von regelmäßig angeordneten, einfachen Rippen ornamentiert. Manche Rippen stehen stärker hervor, und man erkennt einige Einschnürungen. Die Externseite trägt weder Kiel noch Furche und unterbricht die Rippenornamentierung nicht.
Biologie – Ökologie: Diese Art des Barremiums (Unter-Kreide) gehört zu den ersten abweichenden Arten mit unvollständiger Einrollung. Nach der Analyse von Schwerpunkt und Wasserlinie muss die Gehäusemündung nach oben gezeigt haben. Es handelte sich möglicherweise um eine Form, die in Bodennähe lebte. Hierfür gibt es jedoch keine eindeutigen Beweise.

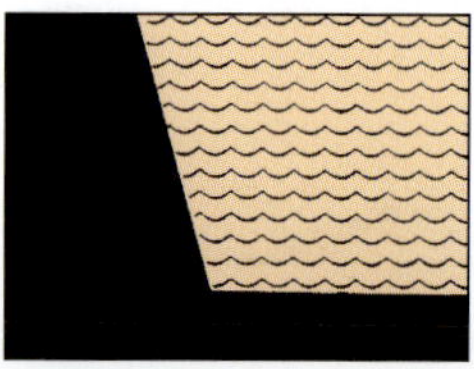

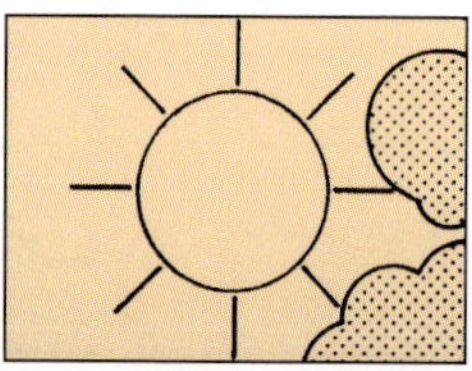

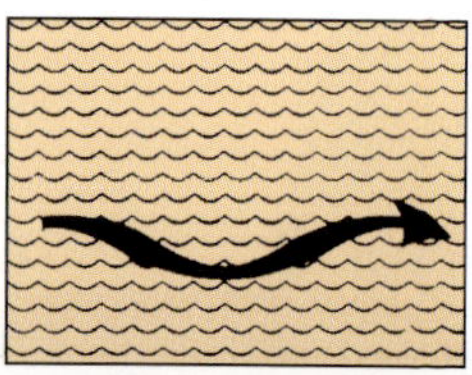

Klassifizierung: *Stamm:* Mollusca – *Klasse:* Cephalopoda – *Ordnung:* Ammonitida – *Familie:* Liparoceratidae
Alter: Pliensbachium
Verbreitung: Westeuropa, Frankreich (Basses-Alpes, Calvados, Cher, Indre)
Größe des Fossils: Ø 7 cm
Beschreibung: *Aegoceras capricornus* hat ein symmetrisches, mäßig abgeflachtes, serpentikones Gehäuse. Es ist eine evolute Form, deren Endwindung die vorhergehenden kaum umschließt. Die Windungen werden in der Regel nicht sehr hoch. Die Externseite ist abgeflacht. Der Nabel bildet keine deutlich begrenzte Einbuchtung. Die Ornamentierung ist charakteristisch für diese Art. Sie besteht aus geraden Rippen, die in regelmäßigen Abständen auf den Flanken verteilt sind. Sie flachen sich in Höhe der Externseite ab, die sie von Flanke zu Flanke ohne Unterbrechung überspannen. Die Suturen sind stets sehr komplex und teilweise sichtbar.
Biologie – Ökologie: *A. capricornus* ist ein Fossil des Pliensbachiums (Unter-Jura). Das Tier konnte wie die anderen Ammoniten vermutlich seine Dichte durch die Gasmenge in den Endkammern regulieren. Über seine Lebensweise ist kaum etwas bekannt.

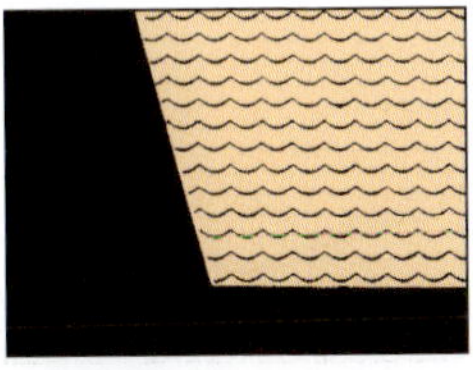

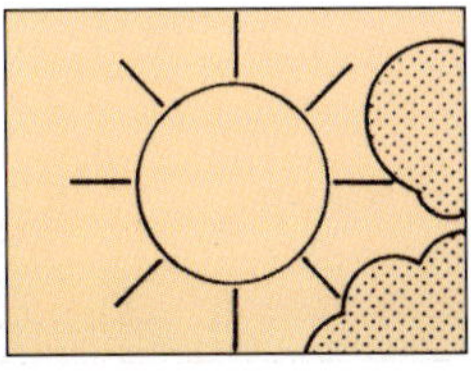

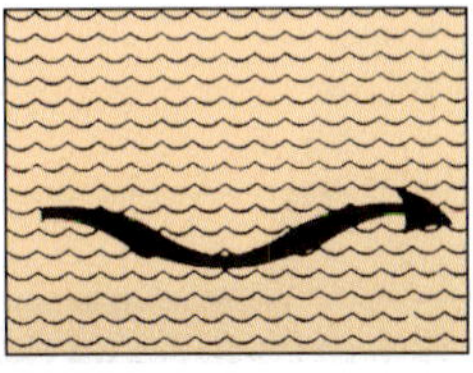

185 ARIETITES BUCKLANDI

Klassifizierung: *Stamm:* Mollusca – *Klasse:* Cephalopoda – *Ordnung:* Ammonitida – *Familie:* Arietitidae
Alter: Sinemurium
Verbreitung: Westeuropa
Größe des Fossils: Ø 4,5 cm
Beschreibung: Diese relativ flache Art kann eine beträchtliche Größe erreichen. Das Gehäuse ist symmetrisch und serpentikon, die Endwindung hat einen rechteckigen Querschnitt. Die Windungen bedecken sich leicht, das Gehäuse ist trotzdem relativ evolut. Der Nabel nimmt im Zentrum der Spirale einen großen Raum ein. Die kaum sichtbaren Suturen sind von komplexer Gestalt. Diese Art hat eine charakteristische Ornamentierung, die aus kräftigen, regelmäßig angeordneten, geraden Rippen besteht. In der Nähe der Externseite krümmen diese Rippen sich nach vorne und bilden je einen Randknoten. Ein glatter Siphonalkiel unterbricht die Ornamentierung; er wird von zwei Furchen eingefasst. Manchmal verlaufen neben den Furchen auch zwei Seitenkiele.
Biologie – Ökologie: Wie viele Ammoniten ist *Arietites bucklandi* ein ausgezeichnetes Leitfossil. Die sehr leichten Gehäuse dieser Art waren schwimmfähig. Man findet sie in allen Milieus, sie markieren somit Schichten unterschiedlicher Fazies.

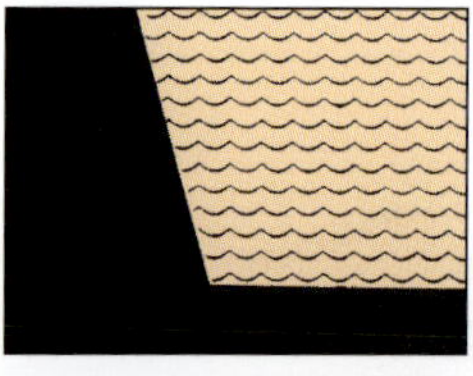

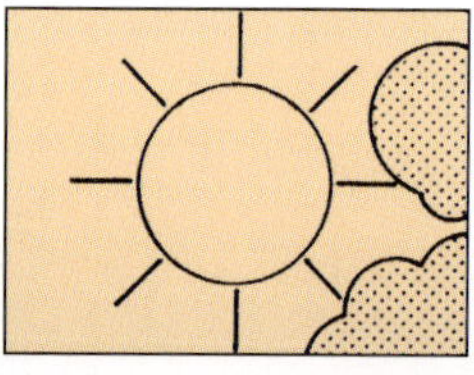

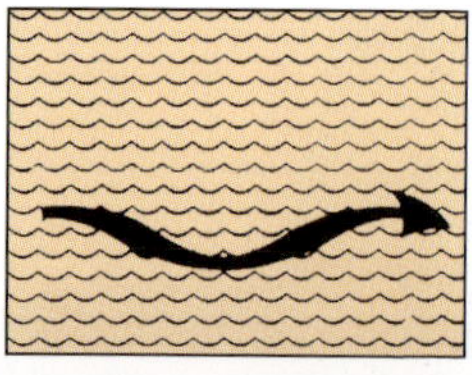

Klassifizierung: *Stamm:* Mollusca – *Klasse:* Cephalopoda – *Ordnung:* Ammonitida – *Familie:* Harpoceratidae
Alter: Toarcium
Verbreitung: Westeuropa
Größe des Fossils: Ø 4 cm und mehr
Beschreibung: Diese große Art hat ein stark abgeflachtes, symmetrisches Gehäuse. Es ist platycon und wenig evolut. Die Endwindung ist höher als die vorangehenden Windungen und weist zum Scheitel hin einen verlängerten Abschnitt auf. Der Ventralrand ist scharfkantig. Man erkennt einen Siphonalkiel, dem jedoch die seitlichen Furchen von *Arietites bucklandi* fehlen. Der Nabel ist klein, die Nabelkante eckig. Sie wird dadurch gebildet, dass die innerste Windung auf den Nabel zrückfällt. Die Ornamentierung besteht aus schwach ausgebildeten, sichelförmigen Rippen. Die erste Einkrümmung der Rippen ist im Medianbereich der Flanke zu erkennen und nach vorne gerichtet. Die zweite Einkrümmung ist stärker ausgeprägt. Sie befindet sich im Siphodrittel und ist nach hinten gerichtet.
Biologie – Ökologie: *Harpoceras serpentinum* ist ein Fossil des Unter-Toarciums (Unter-Jura). Es handelt sich um eine nektische Form. Die zugespitzte Gestalt lässt vermuten, dass diese Art wie viele andere Ammonitenarten ein ausgezeichneter Schwimmer war.

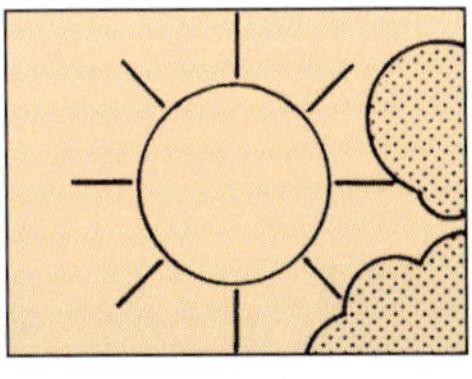

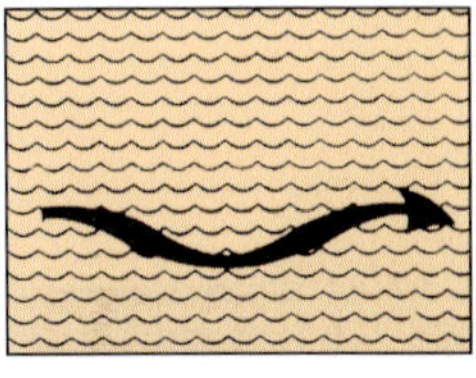

187 HILDOCERAS BIFRONS

Klassifizierung: *Stamm:* Mollusca – *Klasse:* Cephalopoda – *Ordnung:* Ammonitida – *Familie:* Hildoceratidae

Alter: Toarcium

Verbreitung: Westeuropa, Südrussland

Größe des Fossils: Ø 6 cm

Beschreibung: *Hildoceras bifrons* hat eine flache, symmetrische Form. Das platycone Gehäuse hat einen rechteckigen Windungsquerschnitt. Die Endwindung ist mäßig hoch und umschließt die anderen Windungen; die Form ist evolut. Diese Art lässt sich anhand ihrer sehr deutlichen spiraligen Medianfurche identifizieren, die die Flanken jeder Windung zweiteilt. Man erkennt auch einen kräftigen, von Furchen umgebenen Siphonalkiel. Die Nabelkante ist abgerundet. Die Ornamentierung besteht aus halbmondförmigen Rippen, die in dem Teil unter der Spiralfurche nach vorne gekrümmt sind. Die Ornamentierung unter der Furche ist häufig verwischt oder trägt sichelförmige Rippen, die ebenfalls nach vorne gekrümmt sind.

Biologie – Ökologie: *Hildoceras* ist ein Leitfossil für das Mittel-Toarcium (Unter-Jura). Die Vertreter dieser Gattung sind ausgezeichnete Leitfossilien, da sich das Gehäuse sehr schnell weiterentwickelt hat, wie es bei zahlreichen Ammonitenarten der Fall ist.

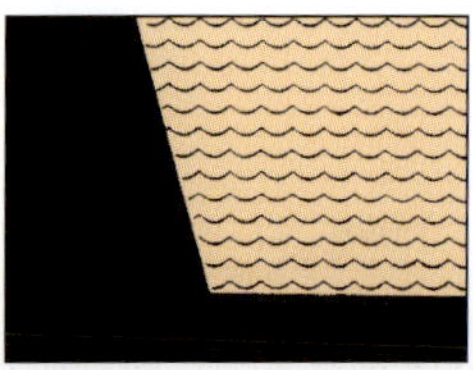

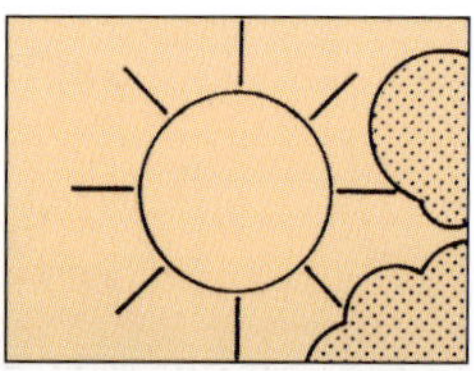

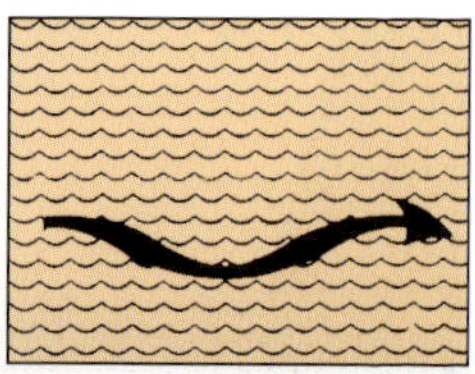

Klassifizierung: *Stamm:* Mollusca – *Klasse:* Cephalopoda – *Ordnung:* Ammonitida – *Familie:* Graphoceratidae
Alter: Aalenium
Verbreitung: Westeuropa
Größe des Fossils: Ø 5 cm
Beschreibung: Das eher flache, symmetrische Gehäuse dieser Art ist platy- bis oxycon. Der Ventralrand endet in einem relativ offenen Spitzbogen. Die Windungen umschließen sich stark, die Form ist also involut. Die Endwindung ist im Vergleich zu den vorangehenden Windungen sehr hoch. Auf der Peripherie erkennt man einen scharfen Kiel, der jedoch keine lateralen Furchen besitzt. Die kantige Nabelwand steht nicht rechtwinklig auf dem Nabel, sondern schräg. Die schwache, unscheinbare Ornamentierung besteht aus sichelförmigen Streifen, die sich im Nabeldrittel der Flanke gabeln. Die Lobenlinie ist sichtbar und weist viele Windungen auf.
Biologie - Ökologie: *Leioceras opalinum* ist ein Leitfossil des Aaleniums (Mittel-Jura). Das Tier lebte vermutlich in der letzten Kammer des Gehäuses, die von den anderen durch ein Septum getrennt war. Dieser Cephalopode hatte wie die rezenten Tintenfische Tentakel in der Nähe des Kopfes.

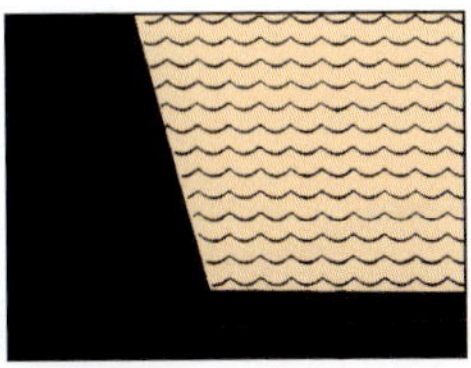

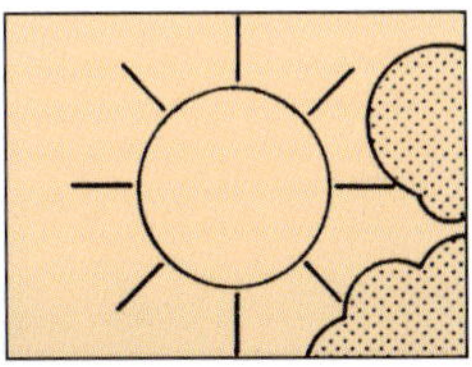

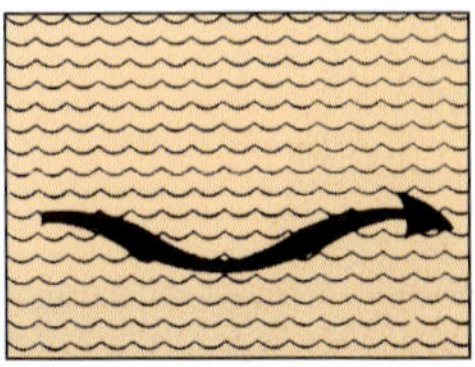

189 AMALTHEUS MARGARITATUS

Klassifizierung: *Stamm:* Mollusca – *Klasse:* Cephalopoda – *Ordnung:* Ammonitida – *Familie:* Amaltheidae
Alter: Pliensbachium – Domerium
Verbreitung: Deutschland (Gebiet des ehemaligen Preußens, Württemberg), Frankreich (Bas-Rhin)
Größe des Fossils: Ø 6 cm
Beschreibung: *Amaltheus margaritatus* ist eine symmetrische Art mit einem abgeflachten Gehäuse, das oxycon ist und eine hohe Endwindung aufweist. Die Form ist wenig evolut, die Endwindung umschließt die anderen relativ eng. Der scharfe Ventralrand weist einen streifig ornamentierten Kiel auf. Die Flanken sind unabhängig davon mit Rippen ornamentiert, die im Nabeldrittel gerade sind, sich dann nach oben hin biegen und teilweise gabeln. Beim Jungtier können sie im Medianteil knotig sein. Bei den älteren Formen ist das Gehäuse manchmal glatt und zeigt eine spiralige Ornamentierung auf der Endwindung. Die Suturen sind kompliziert geformt und relativ gut zu erkennen.
Biologie – Ökologie: *A. margaritatus* ist ein ausgezeichnetes Leitfossil für das Domerium (Unter-Jura). Das pelagische Meerestier schwamm vermutlich nach Art des rezenten Nautilus mit Hilfe eines hydrostatischen Apparates wie möglicherweise alle Ammoniten.

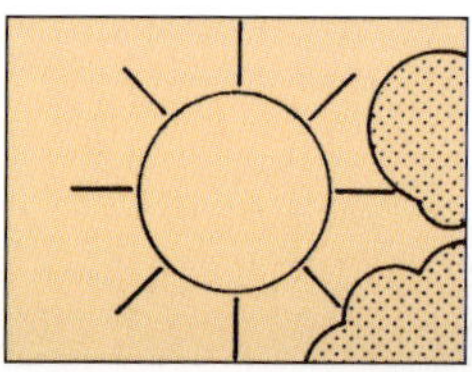

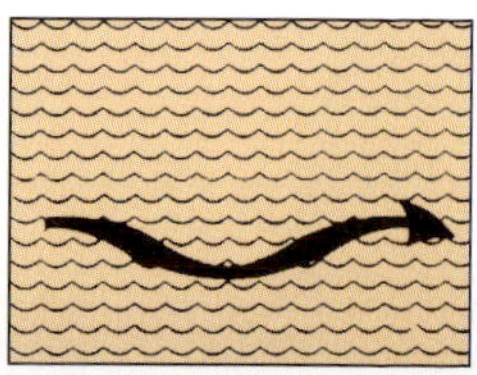

Klassifizierung: *Stamm:* Mollusca – *Klasse:* Cephalopoda – *Ordnung:* Ammonitida – *Familie:* Amaltheidae
Alter: Pliensbachium
Verbreitung: Westeuropa
Größe des Fossils: Ø 10 cm
Beschreibung: *Pleuroceras spinatum* ist ein besonders wohlgeformter Ammonit. Diese Art hat ein symmetrisches, mäßig abgeflachtes Gehäuse. Es ist relativ evolut und hat eine wenig erhabene Endwindung mit annähernd viereckigem Querschnitt. Der Nabel ist nicht sehr weit, aber tief. Die Ornamentierung setzt sich aus hervorstehenden, sehr scharfkantigen Rippen zusammen. Auf dem größten Teil der Flanke verlaufen diese Rippen gerade oder leicht geschwungen, krümmen sich dann nach vorne und verdicken sich in der Nähe der Externseite. Die Rippen sind auf beiden Seiten eines kräftigen gestreiften Kiels symmetrisch und sparrenartig angeordnet. Sie überspannen den Siphobereich also nicht.
Biologie – Ökologie: Die Gattung *Pleuroceras* weist viele Varianten auf, und es ist teilweise heikel, ihre Arten in einer strengen stratigrafischen Klassifizierung einzuordnen. Die Art *P. spinatum* wird jedoch als Leitfossil für das Ende des Pliensbachiums verwendet.

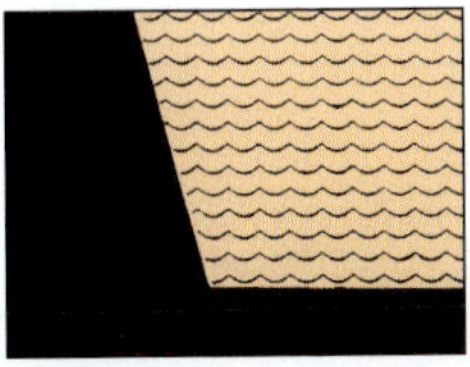

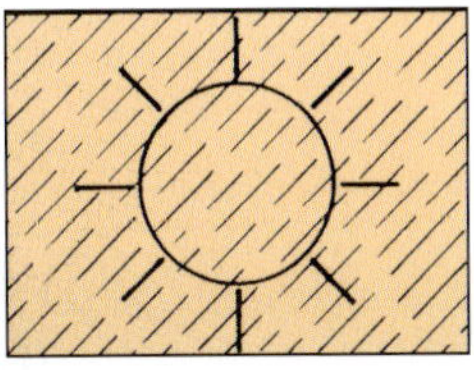

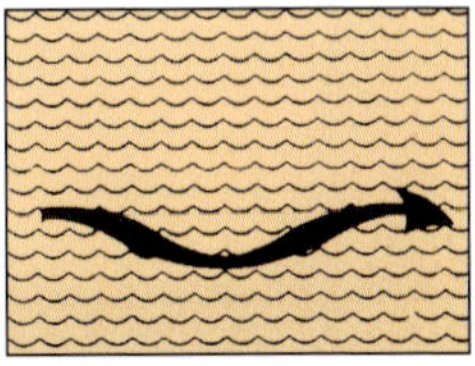

191 OPPELIA SUBRADIATA

Klassifizierung: *Stamm:* Mollusca – *Klasse:* Cephalopoda – *Ordnung:* Ammonitida – *Familie:* Oppeliidae
Alter: Bajocium
Verbreitung: Westeuropa bis zu den Karpaten
Größe des Fossils: Ø 6 cm, häufig mehr
Beschreibung: Diese Art hat ein symmetrisches, stark abgeflachtes, oxycones Gehäuse. Die Externseite ist sehr scharfkantig, der Windungsquerschnitt hat die Form eines ausgezogenen Spitzbogens. Nur beim Jungtier ist ein stumpfer Kiel zu erkennen. Die Endwindung ist stark umgreifend und deutlich höher als die anderen Windungen. Es handelt sich um eine typisch involute Form. Die Nabelwand steht vertikal auf dem engen Nabel. Die Flanken sind auf der Nabelseite oft nahezu glatt; es sind jedoch einige große sichelförmige Rippen zu sehen. In der Nähe der Externseite erkennt man kleine gebogene Sekundärrippen. Sie werden von der Externseite unterbrochen. Die Lobenlinien haben sehr komplexe Formen.
Biologie – Ökologie: *Oppelia subradiata* ist ein gutes Leitfossil für das Bajocium (Mittel-Jura). Bei den Oppeliidae tritt teilweise ein Geschlechtsdimorphismus auf. Diese Familie war bis in die Kreidezeit vertreten und ist charakteristisch für die südeuropäische Mesogäa-Faunenprovinz.

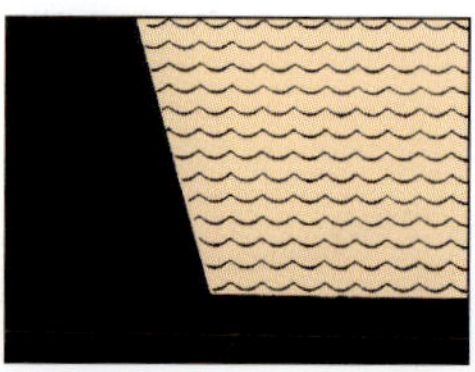
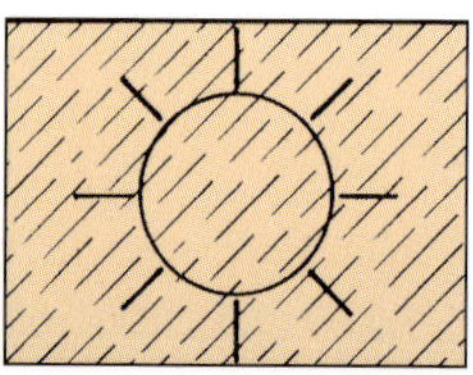
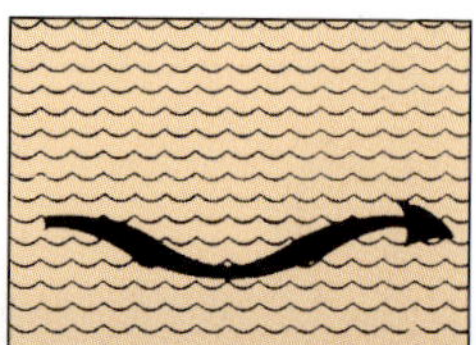

Klassifizierung: *Stamm:* Mollusca – *Klasse:* Cephalopoda – *Ordnung:* Ammonitida – *Familie:* Stephanoceratidae
Alter: Bajocium
Verbreitung: Westeuropa
Größe des Fossils: Ø bis 20 cm
Beschreibung: *Stephanoceras subcoronatus* hat ein symmetrisches, leicht bauchiges, evolutes Gehäuse mit kaum umgreifender Endwindung. Im Vergleich zu den anderen Windungen ist die Endwindung nicht sehr hoch. Der Gehäusequerschnitt ist nahezu kreisrund. Der Nabel ist weit, jedoch in der Regel nicht tief. Die Externseite ist abgerundet. Die Ornamentierung besteht aus hervorstehenden geraden Rippen. Im Medianbereich tragen sie jeweils einen runden Knoten, von dem mehrere Rippen abzweigen. In der Regel sind es zwei oder drei Äste, es können jedoch bis zu fünf sein.
Biologie – Ökologie: *S. subcoronatus* ist ein Fossil des Bajociums (Mittel-Jura). Die Stephanoceratidae bilden eine homogene, durch wenige Arten vertretene Familie. Sie ist vielleicht die wichtigste Familie des Mittel-Juras.

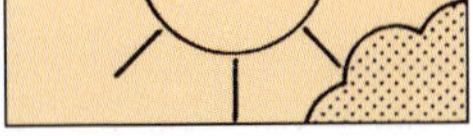

193 CARDIOCERAS CORDATUM

Klassifizierung: *Stamm:* Mollusca – *Klasse:* Cephalopoda – *Ordnung:* Ammonitida – *Familie:* Cardioceratidae
Alter: Oxfordium
Verbreitung: Schweiz, Frankreich (Poitou, Jura, Bourgogne, Sarthe), Westeuropa, ehemalige UdSSR
Größe des Fossils: Ø 5 cm
Beschreibung: *Cardioceras cordatum* hat ein kaum abgeflachtes, symmetrisches Gehäuse. Die Endwindung ist weiter als die vorangehenden Windungen. Die Form ist relativ involut, die Externseite ist wie ein Spitzbogen geformt. Der Nabel liegt tief. Die Flanken tragen kräftige, stumpfe Rippen, die sichelförmig oder einfach gebogen sind und sich im Medianbereich gabeln. In der Nähe der Externseite werden sie jeweils von zwei dazwischen liegenden Rippen abgelöst, die gebogen sind. Der kräftige Kiel ist im Gegensatz zu *Amaltheus margaritatus* in Übereinstimmung mit der Flankenornamentierung gestreift. Die Lobenlinie ist in zahlreiche komplexe Loben und Sättel unterteilt.
Biologie – Ökologie: Über die Lebens- und Ernährungsweise von *C. cordatum* ist nichts bekannt. Es handelt sich um ein Fossil des Oxfordiums (Ober-Jura). Die Familie der Cardioceratidae ist in den nördlichen Regionen Europas zahlreich vertreten und stammt von den Arten der Familie der Stephanocerataceae ab.

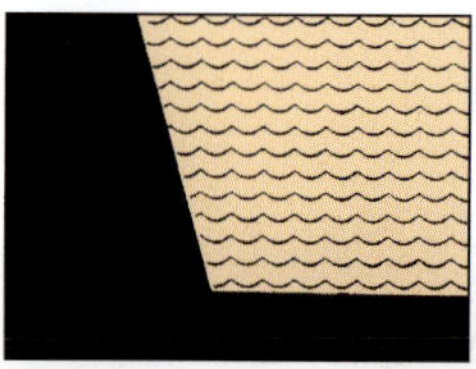
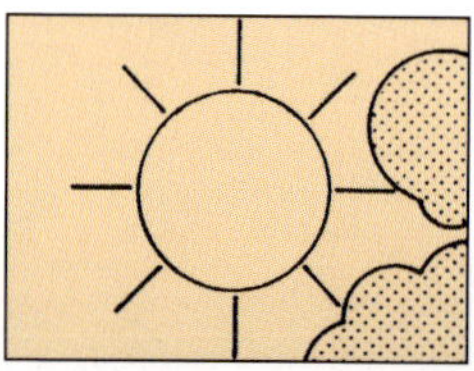
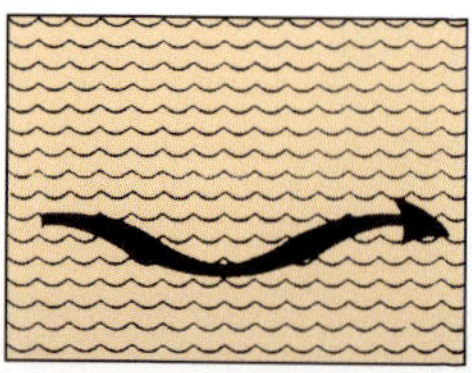

Klassifizierung: *Stamm:* Mollusca – *Klasse:* Cephalopoda – *Ordnung:* Ammonitida – *Familie:* Reineckeidae
Alter: Callovium (Mittel-Jura)
Verbreitung: Westeuropa (tropische Provinz des Juras) bis zu den Karpaten
Größe des Fossils: Ø 4 cm
Beschreibung: *Reineckeia anceps* hat ein leicht abgeflachtes, serpenticones Gehäuse mit kreisrundem Querschnitt; bei älteren Exemplaren ist es eher oval. Die Endwindung ist nicht sehr hoch, das Gehäuse ist evolut. Der enge Nabel liegt tief. Manchmal sind auf den Flanken Einschnürungen zu sehen. Die Ornamentierung variiert, umfasst jedoch stets stachelige Knoten über der Flankenmitte, von denen mehrere scharfe, gebogene Rippen nach vorne auslaufen. Die Rippen, die unter diesen Knoten liegen, sind weniger deutlich ausgeprägt oder fehlen. Die abgerundete Externseite weist einen schmalen, glatten Bereich auf, der die Flankenornamentierung unterbricht. Teilweise sind die Fortsätze der Mündung zu erkennen.
Biologie – Ökologie: *R. anceps* ist ein ausgezeichnetes Leitfossil. Die Gehäusemündung war wie bei *Nautilus* nach oben gerichtet. Man weiß nur wenig über die Lebensweise dieser Tiere.

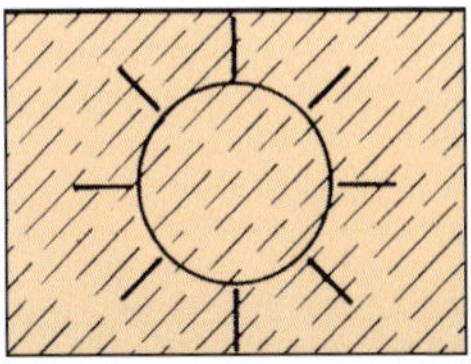

195 PARKINSONIA PARKINSONI

Klassifizierung: *Stamm:* Mollusca – *Klasse:* Cephalopoda – *Ordnung:* Ammonitida – *Familie:* Parkinsoniidae
Alter: Ober-Bajocium (Mittel-Jura)
Verbreitung: Westeuropa, Russland, Weißrussland
Größe des Fossils: Ø 4 cm und mehr
Beschreibung: *Parkinsonia parkinsoni* konnte eine beachtliche Größe erreichen. Das Gehäuse dieser Art ist flach und symmetrisch. Es handelt sich um eine planulate Form, die im Laufe ihres Wachstums zunehmend evolut wurde. Die Endwindung ist höher als die inneren Windungen. Der relativ weite Nabel liegt mäßig tief. Zahlreiche scharfe Rippen bedecken das Gehäuse. Auf den ersten Windungen sind sie gerade, später nach vorne gekrümmt. Teilweise gabeln sie sich kurz über der Flankenmitte. Die Rippen setzen sich über die Externseite hinweg fort, werden aber von einer schmalen Furche unterbrochen. Sie sind nicht symmetrisch zu dieser Furche, sondern alternieren auf charakteristische Weise. Wenn das Gehäuse gut erhalten ist, kann man eine Mündung mit kurzen Jochfortsätzen erkennen.
Biologie – Ökologie: *P. parkinsoni* ist ein Leitfossil des Bajociums (Mittel-Jura). Im Gegensatz zu den Nautiloida befindet sich der Sipho in ventraler (peripherer), nicht in medianer Position auf den Flanken.

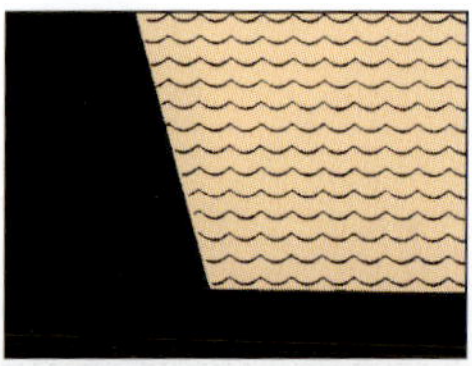
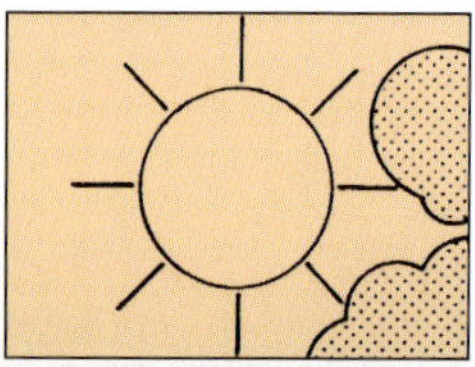
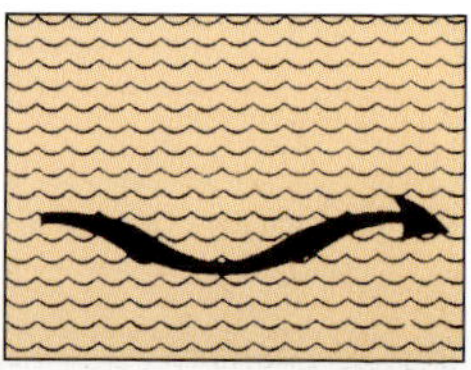

Klassifizierung: *Stamm:* Mollusca – *Klasse:* Cephalopoda – *Ordnung:* Ammonitida – *Familie:* Perisphinctidae
Alter: Oxfordium
Verbreitung: Westeuropa, Frankreich (Bourgogne, Poitou, Sarthe), ehemalige UdSSR
Größe des Fossils: Ø 7 cm
Beschreibung: *Perisphinctes plicatilis* ist eine Art von klassischem Aussehen. Das Gehäuse ist symmetrisch, relativ flach und serpenticon. Der Windungsquerschnitt ist rechteckig, hat aber abgerundete Kanten. Die wenig umgreifende Endwindung ist kaum breiter als die anderen Windungen. Es handelt sich um eine relativ evolute Form mit einem weiten, tief liegenden Nabel. Die Ornamentierung besteht aus zahlreichen abgerundeten Rippen, die sich in der Nähe der Externseite gabeln. Diese ist abgerundet, und die Ornamentierung setzt sich ohne Unterbrechung auf beiden Flanken fort. Eine Besonderheit sind die unregelmäßigen, wenig ausgeprägten, jedoch sichtbaren Einschnürungen, die vor allem an jungen Exemplaren zu beobachten sind.
Biologie – Ökologie: Dieser Ammonit ist ein Leitfossil für eine Zone des Oxfordiums (Ober-Jura). Er lebte im damaligen Borealen Meer, also in kälteren Gewässern als denen in der weiter südlich gelegenen Mesogäa-Faunenzone; das Klima war jedoch trotzdem gemäßigt-warm. Die Perisphinctidae lebten in seichten Gewässern.

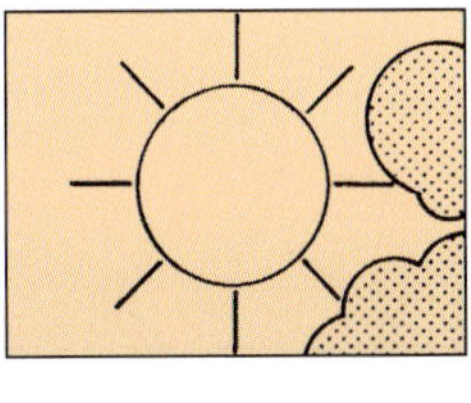

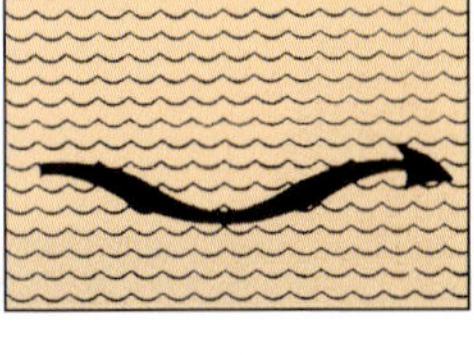

197 NEOCOMITES NEOCOMIENSIS

Klassifizierung: *Stamm:* Mollusca – *Klasse:* Cephalopoda – *Ordnung:* Ammonitida – *Familie:* Berriasellidae
Alter: Valanginium (Unter-Kreide)
Verbreitung: Deutschland, Österreich, Schweiz, Frankreich (Vaucluse, Rhonetal, Chartreuse, Hautes-Alpes, Alpes-de-Haute-Provence),
Größe des Fossils: Ø 3 cm
Beschreibung: Diese kleine Art hat ein planulates, also relativ abgeflachtes, involutes Gehäuse. Die Endwindung ist deutlich höher als die vorangehenden Windungen, und sie umgreift diese stark. Der enge Nabel liegt tief. Die Ornamentierung besteht aus scharfkantigen Rippen, die sich sofort an ihrem Ursprung in der Nähe der Nabelkante gabeln. Sie wechseln sich mit einfachen Rippen ab, die gleichmäßig nach vorne gekrümmt sind. Eine deutliche Siphonalfurche unterbricht die Flankenornamentierung. Die Rippen sind jedoch auf beiden Seiten der Furche symmetrisch. Die sichtbaren Lobenlinien sind stark zerteilt.
Biologie – Ökologie: *Neocomites neocomiensis* ist eine Art des Valanginiums (Unter-Kreide). Die Arten der Gattung *Neocomites* waren Teil der Faunenerneuerung der Ammoniten im Valanginium und ersetzten zahlreiche jurassische Arten, die damals ausstarben. Es handelt sich um gute Leitfossilien.

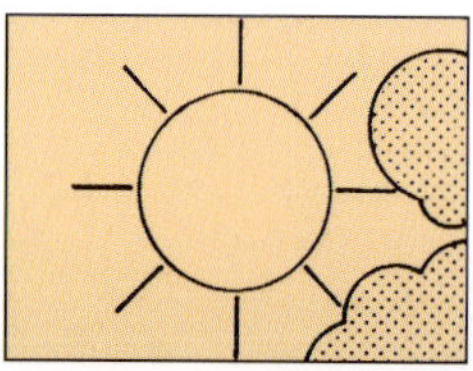

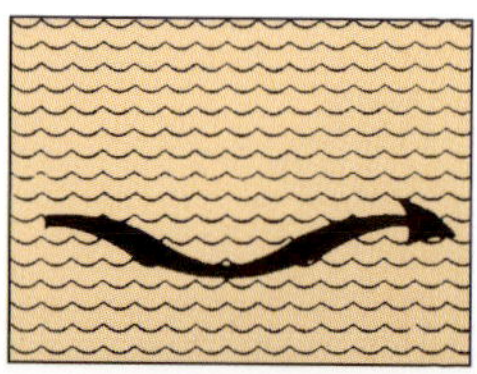

PELTOCERAS ATHLETA 198

Klassifizierung: *Stamm:* Mollusca – *Klasse:* Cephalopoda – *Ordnung:* Ammonitida – *Familie:* Aspidoceratidae
Alter: Callovium (Mittel-Jura)
Verbreitung: Westeuropa, Nordafrika
Größe des Fossils: Ø 10 cm
Beschreibung: *Peltoceras athleta* hat ein symmetrisches, abgeflachtes und serpenticones Gehäuse. Der Windungsquerschnitt ist rechteckig oder trapezoidal. Die Endwindung ist im Vergleich zu den anderen Windungen nicht sehr hoch, das Gehäuse ist evolut. Der Nabel ist weit. Die Ornamentierung besteht aus Rippen, die auf den ersten Windungen relativ regelmäßig angeordnet sind. Beim erwachsenen Tier stehen sie weiter auseinander und tragen Knoten. Die Endwindung weist sehr grobe Rippen auf, die zum einen an ihrem Ursprung im Nabeldrittel einen Knoten tragen und zum anderen einen deutlich größeren marginalen Knoten am Flankensaum der Ventralseite. Die Rippen überspannen ohne Unterbrechung die Externseite. Die marginalen Knoten bilden eine Krone, die den Flankensaum unregelmäßig wirken lässt.
Biologie – Ökologie: *P. athleta* ist ein Leitfossil für eine Zone des Calloviums (Mittel-Jura). Es handelte sich um ein nektisches Tier. Diese Art ist relativ unbekannt.

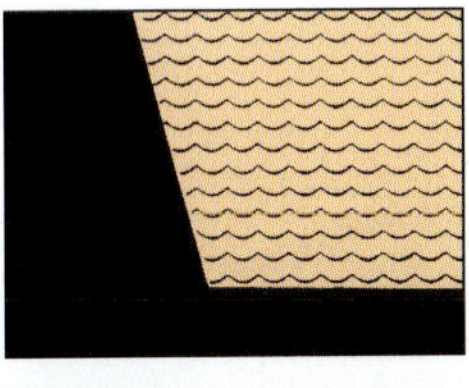

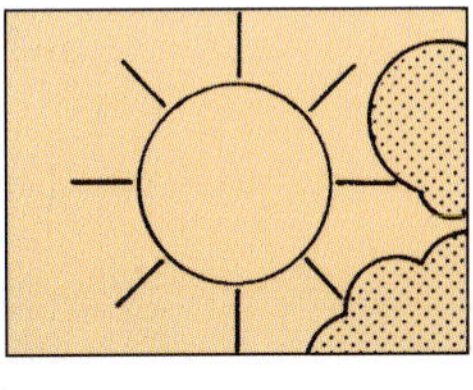

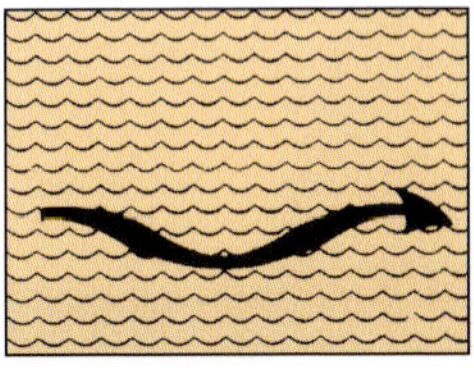

199 HOPLITES DENTATUS

Klassifizierung: *Stamm:* Mollusca – *Klasse:* Cephalopoda – *Ordnung:* Ammonitida – *Familie:* Hoplitidae
Alter: Albium
Verbreitung: Schweiz, Frankreich (Gegend von Calais, Haute-Marne, Jura, Provence), Großbritannien (Kent)
Größe des Fossils: Ø 4 cm
Beschreibung: *Hoplites dentatus* hat ein gewölbtes, symmetrisches, kaum evolutes Gehäuse. Die Endwindung ist wesentlich höher als die vorangehenden Windungen. Der enge Nabel liegt tief. Die Flanken weisen schmale, kräftige Rippen auf, die im Siphonalbereich gewunden sind und hervorstehen. Dies gibt der Art einen unregelmäßigen Umriss. Die Rippen gabeln sich an einem kleinen länglichen Knoten in der Nähe des Nabels. Zwischen den Hauptrippen befindet sich außerdem je eine Zwischenrippe. Die Externseite weist eine tiefe Furche auf, die die zu ihr symmetrische Ornamentierung unterbricht.
Biologie – Ökologie: Es handelt sich hier um einen Ammoniten, der als Leitfossil für das Albium (Unter-Kreide) dient. Die Konzentration der Gehäusevorkommen einiger Arten legt den Schluss nahe, dass die Ammoniten in Schwärmen lebten, häufig in marinen Algenwiesen. Ihre Lebensweise ist jedoch schwer zu interpretieren. So weiß man beispielsweise nicht, ob *H. dentatus* räuberisch lebte oder nicht.

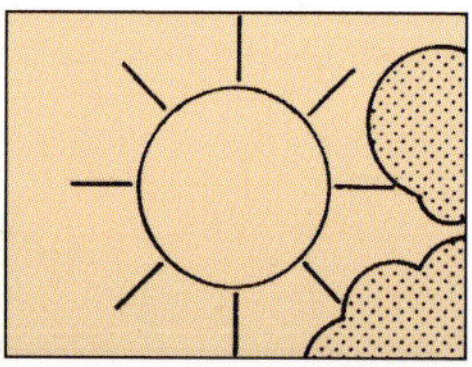

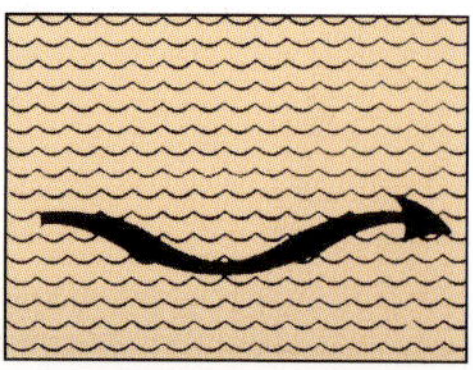

Klassifizierung: *Stamm:* Mollusca – *Klasse:* Cephalopoda – *Ordnung:* Ammonitida – *Familie:* Schloenbachiidae
Alter: Cenomanium
Verbreitung: Schweiz, Frankreich (Charentes, Vaucluse, Normandie), Großbritannien,
Größe des Fossils: Ø 3 cm
Beschreibung: Diese Art hat ein symmetrisches, relativ abgeflachtes Gehäuse. Es handelt sich um eine evolute Form, deren schwach ausgeprägte Endwindung hoch ist und einen nahezu sechseckigen Querschnitt hat. Der enge Nabel ist schwach entwickelt. Die Ornamentierung der Flanken besteht aus länglichen umbilikalen und lateralen Knoten, die durch Rippen verbunden sind. Von jeder Rippe geht eine Reihe oft verzweigter Rippen aus, die in einem marginalen Knoten in der Nähe der Externseite enden. Damit lässt sich der unregelmäßige Gehäuseumriss von *Schloenbachia varians* erklären. Ein scharfer Siphonalkiel unterbricht die gerippte Ornamentierung.
Biologie – Ökologie: Diese Form ist charakteristisch für das Cenomanium (Ober-Kreide). In der Ober-Kreide wurden die Ammoniten seltener und zogen sich in küstennahe, neritische oder sublitorale Fazies zurück. Die Lebensbedingungen von *S. varians* sind nicht genau bekannt.

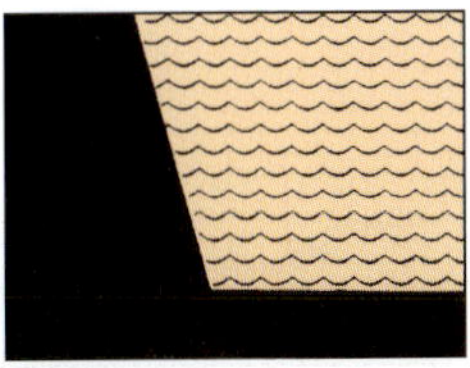
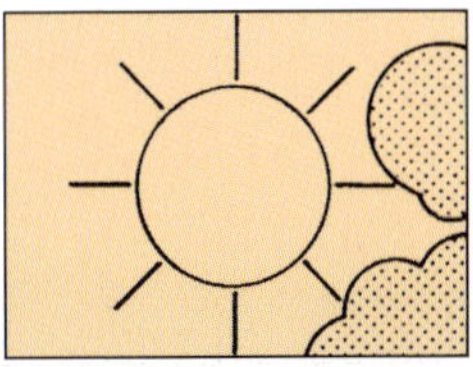
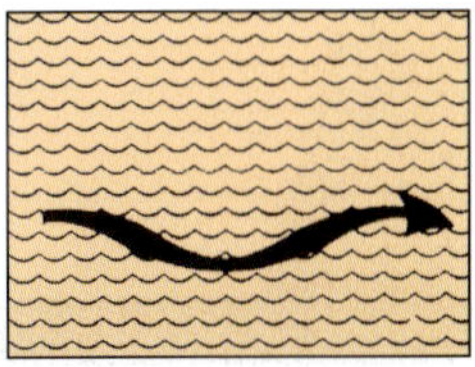

201 ACANTHOCERAS RHOTOMAGENSE

Klassifizierung: *Stamm:* Mollusca – *Klasse:* Cephalopoda – *Ordnung:* Ammonitida – *Familie:* Acanthoceratidae

Alter: Cenomanium (Ober-Kreide)

Verbreitung: Frankreich, Großbritannien, Nordafrika (Tunis)

Größe des Fossils: Ø 7 cm

Beschreibung: *Acanthoceras rhotomagense* hat ein symmetrisches, mäßig abgeflachtes, evolutes Gehäuse. Die Endwindung ist nicht sehr hoch und hat einen annähernd quadratischen Querschnitt; die Flanken tragen kräftige, einfache, gerade Rippen, die ohne Unterbrechung die gerundete Externseite überqueren. Überdies weisen sie im Nabeldrittel einen Knoten auf sowie einen wesentlich größeren marginalen Knoten in der Nähe der Externseite. Weitere Knoten befinden sich auf der Externseite auf beiden Seiten des Siphos, der auch selbst welche trägt. Insgesamt ergeben sich auf diese Weise sieben radiale Knotenreihen pro Windung.

Biologie – Ökologie: Diese Art gehört ebenfalls zur Kreidezeit (Ober-Kreide). Die Gattung *Acanthoceras* erschien in relativ großer Artenzahl gegen Mitte der Kreide. Ihre Lebensbedingungen und ihre Ernährungsweise sind nicht genau bekannt. Dickwandige und stark ornamentierte Gehäuse sind typisch für die Blütezeit einer Ordnung.

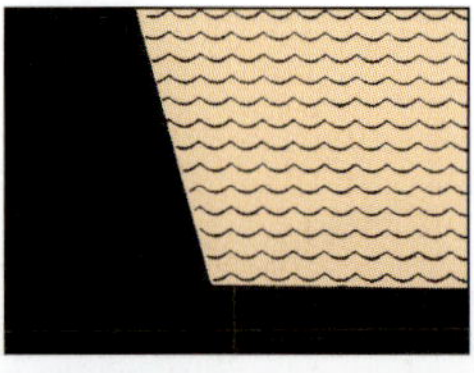

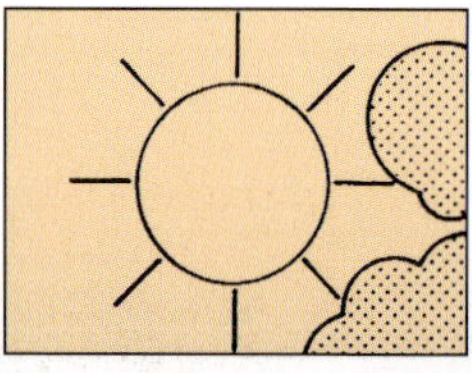

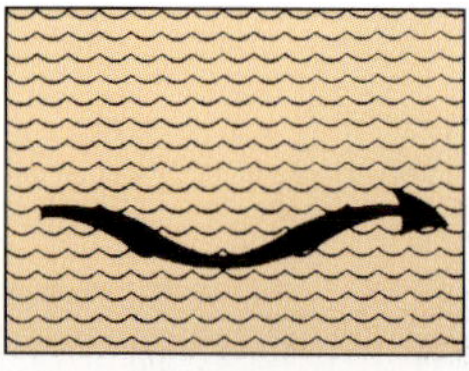

Klassifizierung: *Stamm:* Mollusca – *Klasse:* Cephalopoda – *Ordnung:* Ammonitida – *Familie:* Acanthoceratidae

Alter: Unter-Cenomanium (Ober-Kreide)

Verbreitung: Westeuropa

Größe des Fossils: Ø 7 cm bis 8 cm

Beschreibung: Das Kalkgehäuse der Ammoniten wird durch Septen in Kammern unterteilt. Das Tier lebte in der letzten Kammer, der sog. Wohnkammer. Das Gehäuse ist in einer Ebene eingerollt, wobei die letzten Windungen die ersten bedecken, das Gehäuse ist also involut. Der Windungsquerschnitt ist annähernd sechseckig, die gewundenen Rippen sind von unterschiedlicher Länge und im Siphonalbereich etwas schwächer ausgeprägt. Insgesamt sechs Knotenreihen sind beim erwachsenen Tier zu erkennen. Die Lobenlinie ist charakteristisch zerschlitzt und weist kaum tiefe Loben auf.

Biologie – Ökologie: *Mantelliceras mantelli* ist eine nektische Form, die man in der bekannten cenomanischen Kreide (mehr oder weniger mergelige und glaukonitische Kreide-Sedimente) findet. Das Vorkommen terrigener Komponenten weist auf die Nähe zur Küste mit bewegtem Wasser hin. Im Cenomanium lebten diese Tiere in Gewässern mit relativ hoher Temperatur in subtropischen bis tropischen Klimazonen. Ihre auf das Unter-Cenomanium beschränkte Verbreitung macht *M. mantelli* zu einem ausgezeichneten Leitfossil und zu einem Indikator für das Paläomilieu.

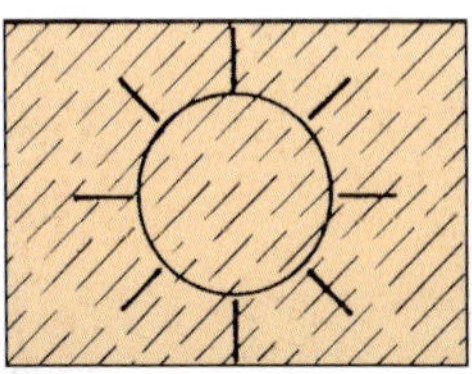

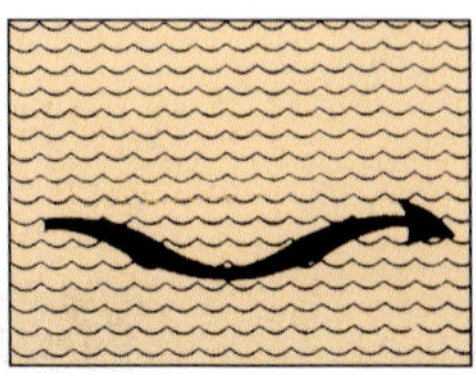

203 SCAPHITES EQUALIS

Klassifizierung: *Stamm:* Mollusca – *Klasse:* Cephalopoda – *Ordnung:* Ammonitida – *Familie:* Schaphitidae
Alter: Cenomanium (Ober-Kreide)
Verbreitung: Frankreich, England
Größe des Fossils: Ø 5 cm
Beschreibung: *Scaphites equalis* ist eine besondere Art. Es handelt sich um eine teilweise entrollte, aber bilateral-symmetrische Form. Das relativ kleine Gehäuse ist dickwandig und gewölbt. Diese Art ist scaphicon: Die ersten Windungen sind zunächst sphaerocon und involut. Sie entrollen sich dann in ein kurzes, krummstabähnliches Gebilde, das sich am Ende zum Ausgangspunkt zurückkrümmt. Der Nabel ist stark reduziert. Die Ornamentierung besteht aus sichelförmigen Rippen, die auf den Flanken längliche Knoten bilden. Diese Rippen überspannen ohne Unterbrechung den stark abgerundeten Siphonalbereich. Dies gilt auch für zahlreiche sekundäre Rippen. Die Ornamentierung ist auf dem Stabteil oftmals weniger dicht.
Biologie – Ökologie: *S. equalis* ist ein teilweise entrollter Ammonit aus dem Cenomanium (Ober-Kreide). Ammoniten treten in der Ober-Kreide nur noch selten auf und zeigen regressive Formen – entweder entrollt oder mit vereinfachten Lobenlinien.

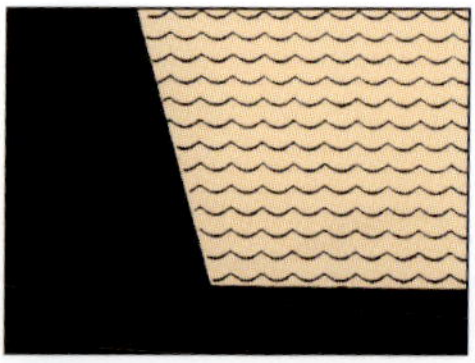

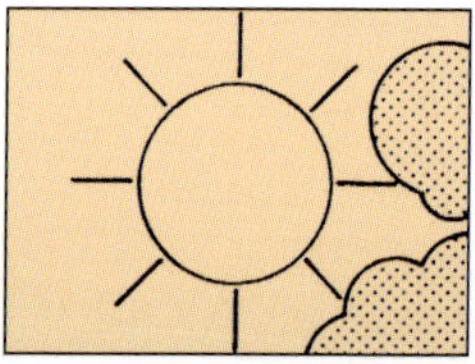

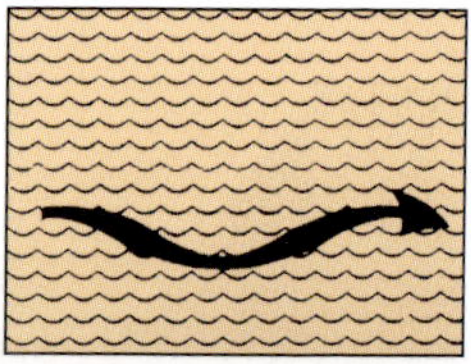

Klassifizierung: *Stamm:* Mollusca – *Klasse:* Cephalopoda – *Ordnung:* Ammonitida – *Familie:* Douvilleiceratidae
Alter: Albium
Verbreitung: Europa, Naher Osten
Größe des Fossils: Ø 5 cm
Beschreibung: Diese Art hat ein symmetrisches, relativ dickwandiges Gehäuse. Es ist evolut und hat einen nahezu kreisrunden Querschnitt, was ihm eine kugelige Form verleiht. Die charakteristische Ornamentierung besteht aus groben geraden Rippen, die sich gleichmäßig von der Nabelkante aus verbreitern und die Externseite überspannen. Sie tragen zahlreiche Knoten, die zur Externseite hin größer werden. Diese Knötchen sind auf den letzten Windungen sehr zahlreich und spiralig angeordnet. Die stark abgerundete Externseite weist einen Bereich ohne Knoten auf. Auf dem Gehäuse befinden sich manchmal laterale Stacheln.
Biologie – Ökologie: Diese Art ist ein Zonenleitfossil für das Albium (Unterkreide). Bei *Douvilleiceras* handelt es sich zwar um eine normale Form, ihre Vorfahren waren jedoch nicht eingerollt. Sie ist in bestimmten Sedimenten des Pas-de-Calais (Frankreich) und in Kent (Großbritannien) häufig anzutreffen.

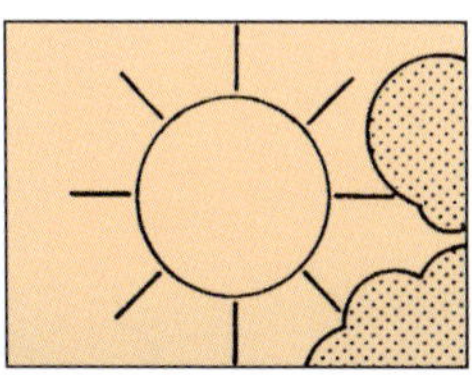

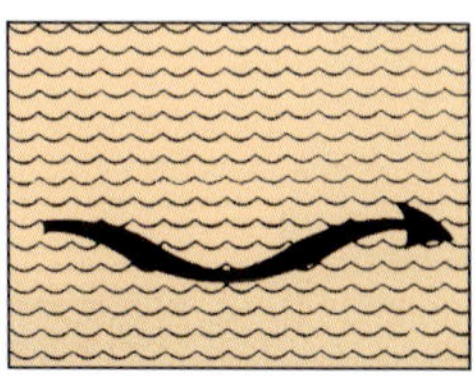

205 TURRILITES COSTATUS

Klassifizierung: *Stamm:* Mollusca – *Klasse:* Cephalopoda – *Ordnung:* Ammonitida – *Familie:* Turrilitidae
Alter: Albium – Cenomanium (Kreide)
Verbreitung: Westeuropa, ehemalige UdSSR, Nordafrika
Größe des Fossils: Ø 8 cm
Beschreibung: *Turrilites costatus* ist eine asymmetrische Form mit helicoid linksgewundener Aufrollung nach Art der Gastropoden. Die gleichmäßigen Windungen stoßen aneinander und haben einen ovalen Querschnitt. Es handelt sich um eine turriliticone Form. Die tief gezackten Lobenlinien unterscheiden die Art jedoch eindeutig von den Gastropoden. Das Gehäuse ist nur selten vollständig erhalten. Die Flanken tragen Knoten, von denen der niedrigste lang gestreckt ist. Er ist von den anderen durch eine Spiralfurche getrennt, die sich kurz oberhalb der Windungsmitte befindet. Der mittlere Knoten ist ebenfalls länglich, jedoch kleiner und nach vorne geneigt. Die Endwindung des Gehäuses weist oben einen stacheligen Knoten auf, der wegen der Sutur im oberen Teil der Flanke Suturalknoten genannt wird.
Biologie – Ökologie: *T. costatus* ist eine aberrante Form des Cenomaniums (Ober-Kreide). Die Analyse der Lebensstellung der Cephalopoden scheint darauf hinzudeuten, dass die Mündung dieser Art nach unten gerichtet war, im Gegensatz zu den spiralig aufgerollten Formen, deren Mündungen wie bei den Nautiloida nach oben wiesen.

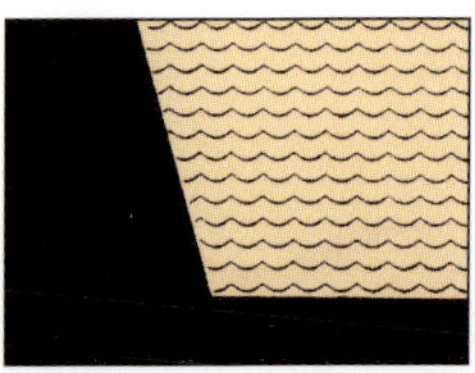

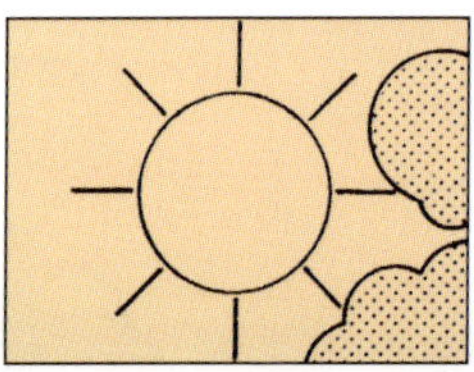

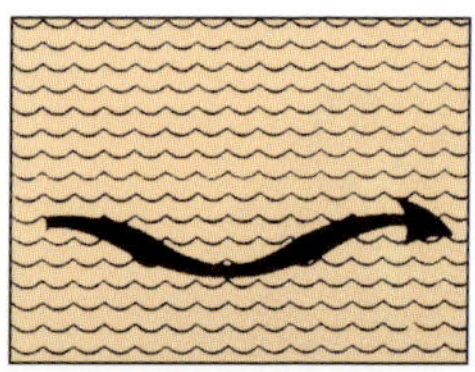

Klassifizierung: *Stamm:* Mollusca – *Klasse:* Cephalopoda – *Ordnung:* Ammonitida – *Familie:* Hamitidae
Alter: Albium (Unter-Kreide)
Verbreitung: Westeuropa
Größe des Fossils: Ø 5 cm
Beschreibung: *Hamites rotundus* ist eine entrollte Art von sehr spezieller Form. Sie hat ein gerades Gehäuse, dessen Enden hakenförmig gebogen sind und parallel zum geraden Teil verlaufen. Der jüngste Teil des Gehäuses ist zerbrechlich und fehlt oft. Der Gehäusequerschnitt ist mehr oder weniger rund. Die Ornamentierung besteht aus kräftigen einfachen Rippen, die gleichmäßig über die gesamte Länge verteilt sind. In der Regel sind sie schräg, vor allem im gekrümmten Teil mit dem größten Durchmesser. Sie sind auf der Externseite nicht unterbrochen. Die Lobenlinie ist sehr komplex.
Biologie – Ökologie: Die Kreidezeit kennzeichnet das Auftreten zahlreicher entrollter Ammonitenformen. *H. rotundus* ist ein Leitfossil des Albiums (Unter-Kreide). Diese abnorme Form ist ein Vorbote der Degenerierung der Ammoniten und wirft viele Fragen bezüglich der Interpretation ihrer Lebensweise auf.

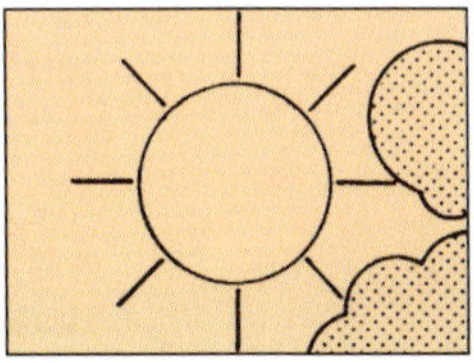

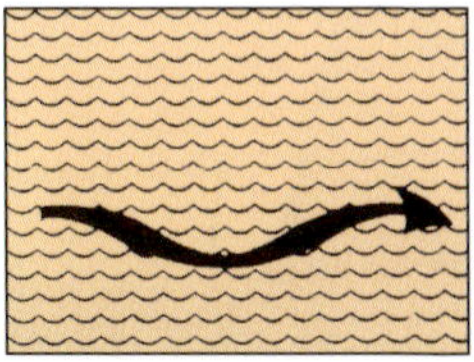

207 BACULITES ANCEPS

Klassifizierung: *Stamm:* Mollusca – *Klasse:* Cephalopoda – *Ordnung:* Ammonitida – *Familie:* Baculitidae
Alter: Maastrichtium
Verbreitung: Frankreich (Cotentin, Manche) Belgien, Niederlande
Größe des Fossils: Länge 10 cm
Beschreibung: *Baculites anceps* hat ein sehr spezifisches Aussehen. Sie ist vollkommen entrollt; das Gehäuse ist baculicon. Man erkennt nur die erste Windung teilweise, sie ist jedoch stets extrem reduziert. Das Gehäuse hat die Form eines kleinen Stabes mit elliptischem Querschnitt. Die Ornamentierung besteht aus schwach ausgeprägten, stark gewundenen Falten, fehlt aber häufig ganz. Die deutlich sichtbare Lobenlinie weist sechs Loben und sechs zweigeteilte Sättel auf. Die Suturen gliedern das Gehäuse in Kammern, die man häufig in den Sedimenten findet.
Biologie – Ökologie: Dies ist eine klassische Art des Maastrichtiums (letzte Stufe der Ober-Kreide). Die stabähnliche Form wird als regressive Evolution interpretiert. *Baculites* ist einer der letzten Vertreter der Ammoniten, und die degenerierte Form kündigt bereits sein Aussterben an. Über seine Lebensweise ist nichts bekannt.

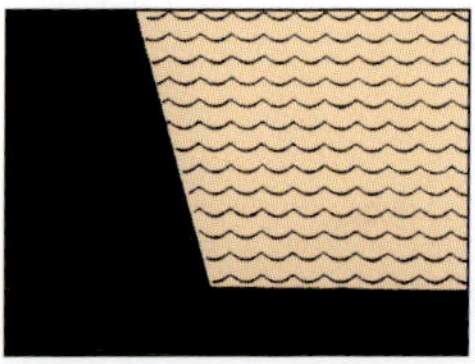

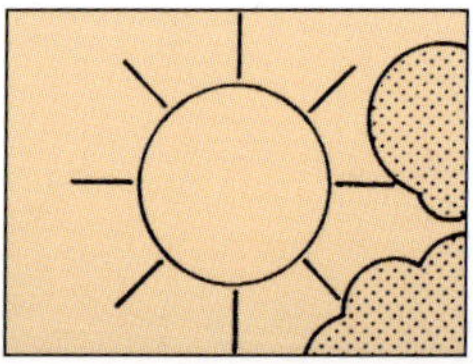

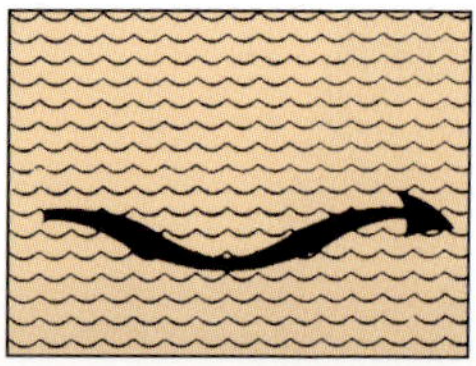

Klassifizierung: *Stamm:* Mollusca – *Klasse:* Cephalopoda – *Ordnung:* Ammonitida – *Familie:* Ancyloceratidae

Alter: Unter-Kreide

Verbreitung: Frankreich (Bouches-du-Rhône, Hautes-Alpes, Drôme)

Größe des Fossils: maximale Länge des Gehäuses 40 cm

Beschreibung: Die Gattung *Ancyloceras* hat ein kalkiges Gehäuse. Es ist in einer Ebene aufgerollt, wobei sich die Windungen nicht berühren, und endet in einem hakenförmig zurückgekrümmten Schaft. Die Gehäusewindung hat einen rundlichen oder ovalen Querschnitt. Die Ornamentierung besteht aus charakteristischen gerundeten, feinen, eng stehenden, ungeteilten Rippen; in Abständen sind zumindest auf den ersten Windungen dickere Rippen zu sehen, die aus den drei stacheligen Knoten entspringen. Auf der Wohnkammer sind weit auseinander stehende Rippen zu erkennen. Die Lobenlinie ist fein gezackt und hat enge, sehr tiefe Loben.

Biologie – Ökologie: *Ancyloceras* war ein räuberisches Tier und begab sich aktiv auf die Jagd. Man findet diese Form in den Kalksteinen der Unter-Kreide (Barremium/Aptium). Das Tier lebte in Umgebungen mit starkem Wasserdruck und starkem Wellenschlag (Pelagium der tiefen Meere) in subtropischen Klimazonen. Das Wasser musste warm und sauerstoffreich sein. *Ancyloceras* ist ein sehr gutes Leitfossil.

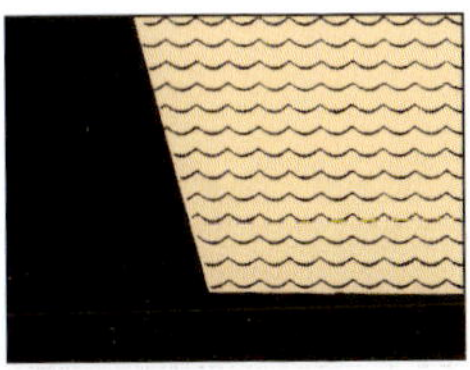

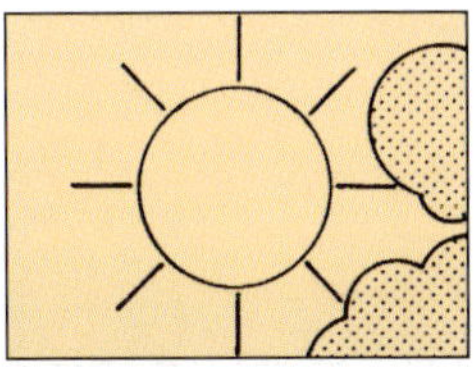

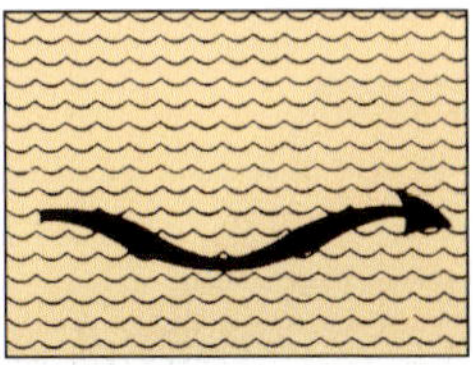

209 CRIOCERATITES DUVALI

Klassifizierung: *Stamm:* Mollusca – *Klasse:* Cephalopoda – *Ordnung:* Ammonitida – *Familie:* Crioceratitidae
Alter: Hauterivium (Unter-Kreide)
Verbreitung: Südliches Mitteleuropa
Größe des Fossils: Ø 5 cm
Beschreibung: Das seitlich zusammengedrückte Kalkgehäuse von *Crioceratites duvali* ist in einer Ebene uhrfederartig aufgerollt. Der Querschnitt ist kreisrund oder oval. Die wenigen Windungen berühren sich nicht. Das Gehäuse bildet eine flache Spirale. Die Ornamentierung ist gut zu erkennen: Feine gerade Querrippen bedecken das gesamte Gehäuse. Überdies ist jeweils nach vier oder fünf Rippen eine größere hervorstehende Rippe zu sehen, die sechs Knoten trägt. Die Gehäusemündung weist eine einfache Form auf. Die Septenspur (Lobenlinie) ist stark zerschlitzt und hat ein gezacktes Aussehen. Die quer verlaufenden Septen sind konkav nach hinten gebogen. Die zum Außenrand verschobenen Siphonaldüten zeigen zum Vorderteil des Gehäuses.
Biologie – Ökologie: *C. duvali* war ein benthisches Tier. Es lebte in seichten Meeren mit kalten Strömungen. Man findet es zusammen mit *Pygope* (Brachiopode) und Radiolarien.

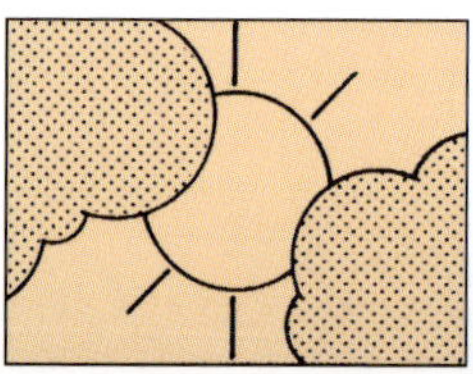

Klassifizierung: *Stamm:* Mollusca – *Klasse:* Cephalopoda – *Ordnung:* Ammonitida – *Familie:* Ptychoceratidae
Alter: Barremium (Unter-Kreide)
Verbreitung: Frankreich, Westeuropa, Kalifornien
Größe des Fossils: Länge 10 cm
Beschreibung: Die Arten der Gattung *Hamulina* haben ein sehr spezifisches Aussehen. Das längliche Gehäuse hat die Form eines konischen Stabes, der in der Nähe eines Endes zurückgebogen ist. Die beiden geraden Teile verlaufen parallel, sind aber unterschiedlich lang. Die Ornamentierung besteht aus zahlreichen hervorstehenden Rippen, die im gebogenen Teil schräg stehen. Auf dem schmalsten Gehäuseteil tragen sie drei Knoten, später findet man nur noch einen Knoten im Nabeldrittel. Auf dem letzten Gehäuseteil sind schließlich keine Knoten mehr vorhanden; dieser Teil hat einen kreisrunden Querschnitt. Es ist eine Lobenlinie mit zweispitzigen, symmetrischen Loben zu sehen.
Biologie – Ökologie: Dieses Fossil trifft man in relativ großer Zahl in bestimmten Sedimenten des Barremiums (Unter-Kreide) an. Es stellt ein gutes Beispiel für eine vom Normalzustand abweichende Rückbildung bei einem ursprünglich aufgerollten Gehäusetyp dar. Einige Experten gehen davon aus, dass diese Gattung mit Arten der Familie der Crioceratidae verwandt ist.

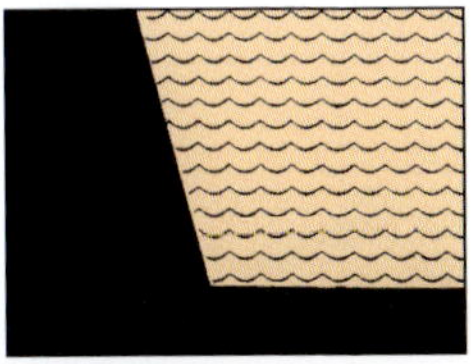

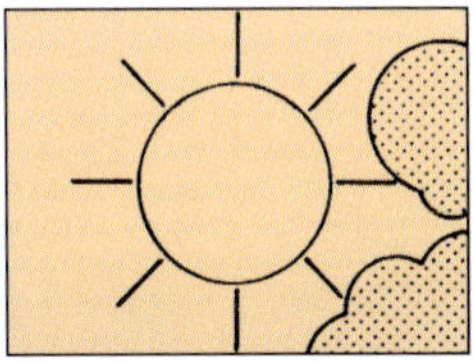

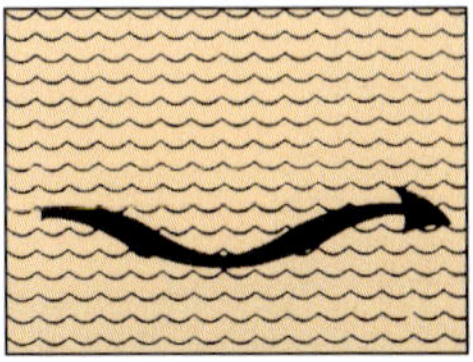

211 LAMELLAPTYCHUS

Klassifizierung: *Stamm:* Mollusca – *Klasse:* Cephalopoda – *Ordnung:* Ammonitida
Alter: Devon – Ober-Kreide
Verbreitung: Weltweit
Größe des Fossils: Länge 1 cm bis 5 cm
Beschreibung: Die Aptychen sind die Hartteile, die zu einer der zahlreichen Ammonitenarten gehörten. Manchmal bestehen sie aus einem Teil, aber in den meisten Fällen handelt es sich um zwei symmetrische, abgeflachte, zusammenhängende Teile. Die Grundform kann je nach Art variieren, weist jedoch häufig bei Einzelstücken einen ovalen, bei paarigen Stücken einen dreieckigen Umriss auf. Jedes Teil trägt auf der einen Seite rippenförmige Anwachsstreifen, die an der Spitze des Dreiecks entspringen und nicht parallel zum Rand des Stückes verlaufen. Die andere Seite ist in der Regel glatt oder sehr zart gestreift.
Biologie – Ökologie: In der klassischen Interpretation werden Aptychen als Deckel von Ammonitengehäusen betrachtet. Neuere Studien scheinen jedoch darauf hinzudeuten, dass es sich um Stücke des Unterkiefers handelt. Die Ammoniten ernährten sich vermutlich nicht von solch großen Beutetieren wie die rezenten Cephalopoden. Der hier gezeigte *Lamellaptychus* ist ein charakteristisches Exemplar für die Oppeliidae.

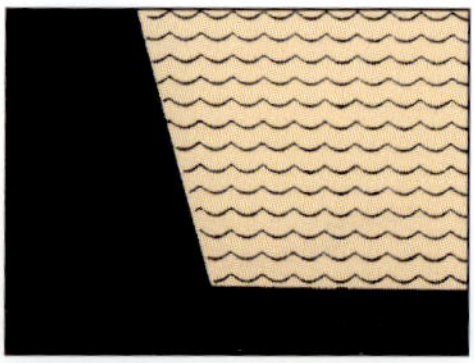

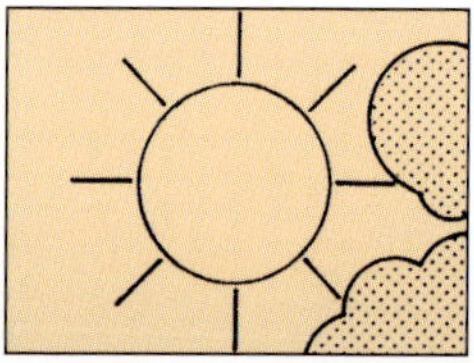

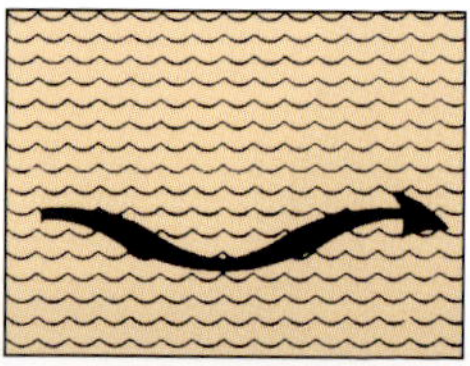

Klassifizierung: *Stamm:* Mollusca – *Klasse:* Cephalopoda – *Ordnung:* Dibranchiata – *Familie:* Belemnitidae
Alter: Valanginium
Verbreitung: Europa (Süden Mitteleuropas bis Rif-Atlas in Nordmarokko), Madagaskar
Größe des Fossils: Länge 8 cm
Beschreibung: Das Kalkskelett von *Duvalia emerici* hat eine unverkennbare Form. Das Rostrum ist stark abgeflacht, seitlich ausgezogen und erinnert an eine Pfeilspitze. Es weist eine Asymmetrie zwischen Dorsal- und Ventralseite auf. Die Dorsalseite trägt einen Kiel. An der schmalsten Stelle weist das Rostrum einen ovalen Querschnitt auf. Es wird von einer Alveole ausgehöhlt, die keinen Schlitz aufweist. Eine Ventralfurche tritt nie auf. Auf der Dorsalseite ist eine kurze Alveolarfurche zu erkennen. Das Phragmokon ist leicht gebogen und weist zahlreiche Kammern auf, die vermutlich mit einer Flüssigkeit oder mit Gas gefüllt waren, was eine Rolle bei der Schwimmfähigkeit spielte. Die Anfangskammer des Gehäuses ist kugelig.
Biologie – Ökologie: *D. emerici* lebte in relativ kalten Meeresströmungen in der alpinen Zone, in Tiefen von 40 bis 70 m. Man findet Haizähne und Radiolarien in der Nähe dieses Fossils, niemals jedoch Korallenriffe.

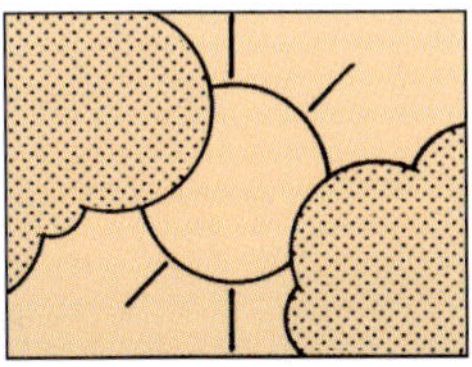

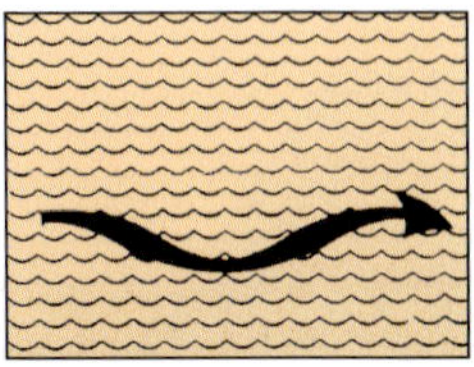

213 HIBOLITES HASTATUS

Klassifizierung: *Stamm:* Mollusca – *Klasse:* Cephalopoda – *Ordnung:* Dibranchiata – *Familie:* Belemnitidae
Alter: Bathonium – Oxfordium
Verbreitung: Europa, Russland, Algerien, Indien, Madagaskar
Größe des Fossils: Länge 20 cm
Beschreibung: Das fossil erhaltene Rostrum dieser Art ist lanzettförmig: Der Teil in der Nähe des spitzen Endes ist erweitert, während am anderen Ende eine Einschnürung zu sehen ist. Die strahlenförmige, kompakte Struktur der Wände ist im Querschnitt gut zu erkennen. Bei den großen Formen sind die Seitenlinien gut entwickelt. In der Regel nimmt die Aushöhlung des Phragmokons ein Viertel der Rostrumlänge ein. Von seinen Rändern geht eine deutlich sichtbare Ventralfurche aus, die sich im erweiterten Teil des Fossils ebenfalls verbreitert.
Biologie – Ökologie: Das Tier hatte einen runden Kopf mit großen Augen und kurzen Armen, an denen Klauen und Saugnäpfe saßen. Der hintere Teil des Körpers war wesentlich stärker entwickelt als bei den rezenten Kalmaren. *Hibolites hastatus* war ein Räuber mit nektischer Lebensweise. Er bewegte sich in den küstennahen Meereszonen. Man findet die Art zusammen mit Rhynchonelliden und Terebratuliden.

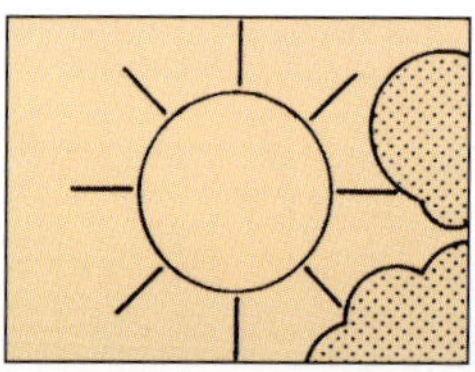

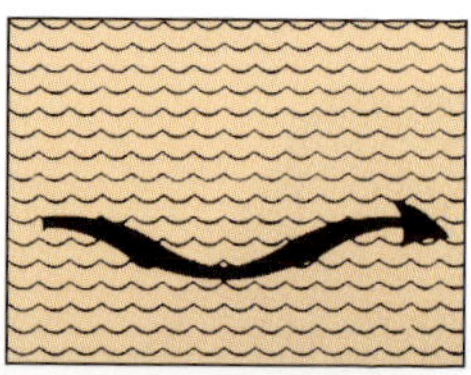

Klassifizierung: *Stamm:* Mollusca – *Klasse:* Cephalopoda – *Ordnung:* Dibranchiata – *Familie:* Belemnitidae
Alter: Campanium – Maastrichtium
Verbreitung: Europa, Nordamerika
Größe des Fossils: Länge 12 cm
Beschreibung: *Belemnitella mucronata* hat ein Kalkskelett, das man in den Sedimenten findet. Das relativ lange Rostrum ist von zylindrischer Form. Das stumpfe Ende weist eine Wölbung auf, den sog. Mucro. Die deutlich sichtbaren dorsolateralen Furchen sind mehr oder weniger gerade. Die gesamte Oberfläche des Rostrums weist stark ausgeprägte gefäßartige Verästelungen auf. Auch bei den rezenten Dibranchiata findet man an der Flossenbasis zahlreiche Blutgefäße. Man vermutet deshalb, dass die Abdrücke auf dem Rostrum vom Gefäßsystem stammen. Die kreisrunde Alveole enthält einen gerundeten Phragmokon, dessen Wand auf der gesamten Länge von einem deutlich sichtbaren Alveolarschlitz zertrennt wird.
Biologie – Ökologie: *B. mucronata* ist in Kreideschichten anzutreffen. Dieses nektische Tier lebte über der Kontinentalplatte der gemäßigten oder warmen Meere. An ihren Fundorten tritt die Art gemeinsam mit Coccolithen und Seeigeln auf.

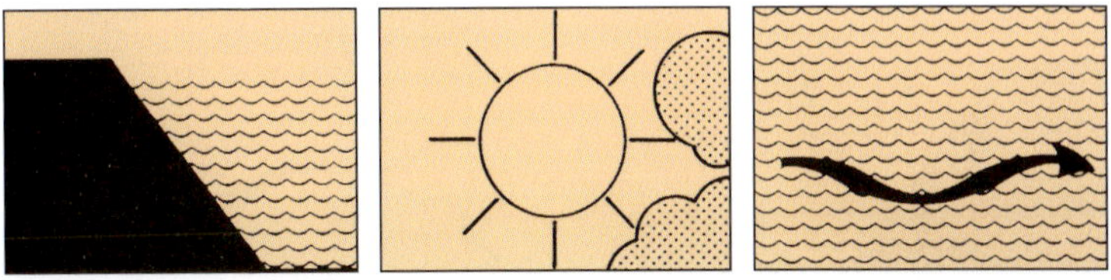

215 MEGATHEUTIS ELLIPTICA

Klassifizierung: *Stamm:* Mollusca – *Klasse:* Cephalopoda – *Ordnung:* Dibranchiata – *Familie:* Belemnitidae
Alter: Bajocium
Verbreitung: Westeuropa
Größe des Fossils: Länge 4,5 cm
Beschreibung: Der fossile Belemnit *Megatheutis elliptica* besteht aus einem großen, seitlich zusammengedrückten, zigarrenförmigen Rostrum. Es wird von konzentrischen Schichten aus faserigen Kalzitkristallen gebildet, die radial zur Achse ausgerichtet sind. Das stumpfe Ende dieser Struktur verbreitert sich leicht und weist eine trichterförmige Aushöhlung auf, die das eigentliche Gehäuse, den Phragmokon, enthält. Dieser hat Ähnlichkeit mit einem Nautiloidengehäuse. Die Oberfläche des Rostrums ist nicht einheitlich: Auf dem Teil in der Nähe des abgerundeten Endes bemerkt man vier Lateralfurchen, zwei dorsale und zwei ventrale, die kurz sind. Man weiß nur sehr wenig über die Organisation des Weichkörpers des Tieres; bekannt ist, dass ein Mantel die kalkigen Skeletttteile umhüllte.
Biologie – Ökologie: Dieses Tier hatte vermutlich seitliche Flossen. Es führte ein nektisches Leben in den oberen Schichten von küstennahen Gewässern. *M. elliptica* war ein räuberischer Organismus.

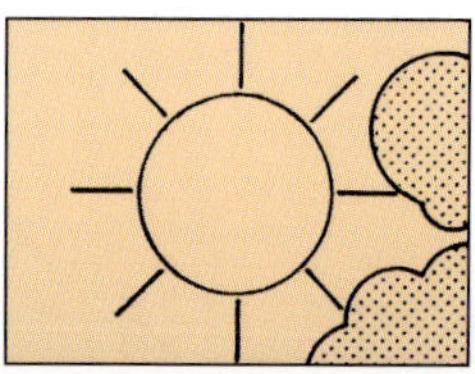

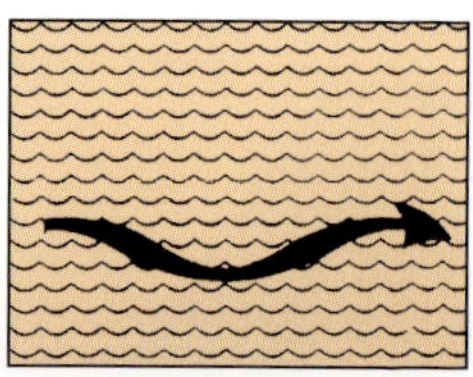

Klassifizierung: *Stamm:* Mollusca – *Klasse:* Cephalopoda – *Ordnung:* Dibranchiata – *Familie:* Belemnitidae

Alter: Bajocium

Verbreitung: Deutschland, Russland, Indien, Australien

Größe des Fossils: Länge 10 cm

Beschreibung: Bei *Belemnopsis canaliculata* hat sich das reduzierte Gehäuse nach innen verlagert. Es war vermutlich vom Mantel umgeben. Das relativ lange, zylinderförmige Rostrum zeigt eine leichte dorsoventrale Abflachung auf der schmaleren Seite. Auf der Oberfläche sind zwei schwach ausgeprägte Seitenlinien zu erkennen. Vom Rand der Alveole, die den Phragmokon enthält, geht eine gut sichtbare Ventralfurche aus, die sich praktisch bis zum anderen Ende des Rostrums fortsetzt. Ein Schlitz kerbt die Alveole deutlich sichtbar ein. Ein Teil des Belemnitengehäuses ist nur selten erhalten: das Proostracum, das beim lebenden Tier eine dorsale Verlängerung des Phragmokons darstellte. Dieser Teil ist eine hornförmige, aragonithaltige Lamelle.

Biologie – Ökologie: *B. canaliculata* war ein nektischer Fleischfresser, der in Gruppen lebte. Der Phragmokon diente vermutlich als hydrostatischer Apparat, dem Rostrum wird eine Schutzfunktion gegen Wellenschlag und als Gleichgewichthalter zugeschrieben.

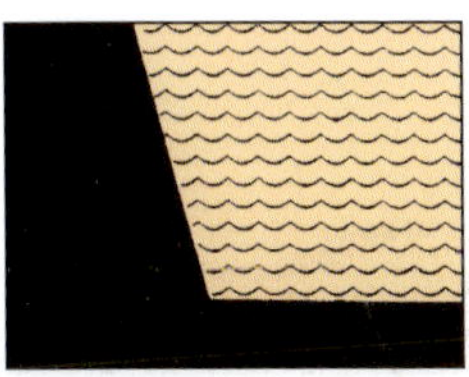

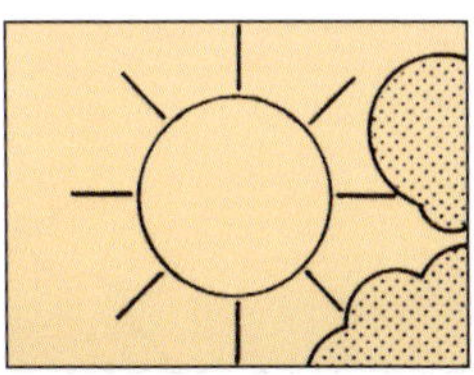

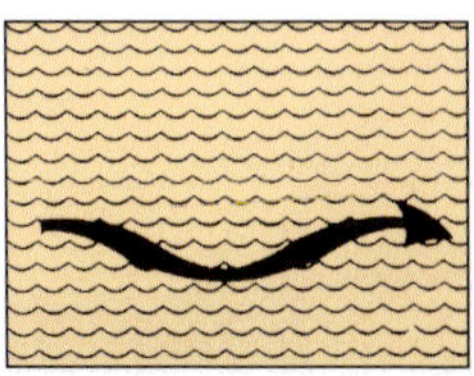

217 NANNOBELUS ACUTUS

Klassifizierung: *Stamm:* Mollusca – *Klasse:* Cephalopoda – *Ordnung:* Dibranchiata – *Familie:* Belemnitidae
Alter: Sinemurium (Unter-Jura)
Verbreitung: Westeuropa
Größe des Fossils: Ø 1 cm
Beschreibung: Das kleine Rostrum von *Nannobelus acutus* hat die Form eines Konus mit ovalem oder dreieckigem Querschnitt mit abgerundeten Ecken. Im Apikalteil befindet sich keine Lateralfurche. Eine leichte Vertiefung zeichnet auf jeder Seite des Rostrums eine sehr schwach ausgeprägte Furche. Man nimmt an, dass dieser Abdruck von Knorpelleisten stammt, die mit den Seitenflossen verbunden waren. Das stumpfe Ende weist eine Aushöhlung auf, die Alveole, die praktisch die gesamte Länge des Rostrums einnimmt. Der innen liegende Phragmokon hat Quersepten, die zahlreiche enge Kammern begrenzen. Ein Sipho durchstößt sie und wird dabei an jedem Septum eingeschnürt. Er liegt nicht zentral im Phragmokon.
Biologie – Ökologie: Wie alle Belemniten war *N. acutus* ein schwimmendes, räuberisches Meerestier. Er fing Fische und Krebstiere, diente aber selbst den Haien und carnivoren Meeresreptilien als Beute.

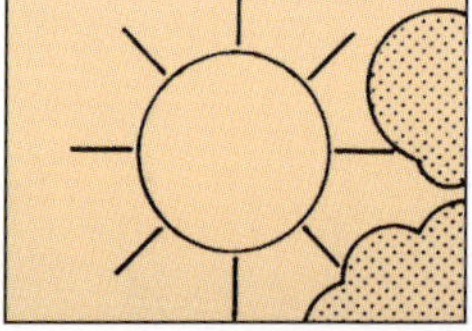
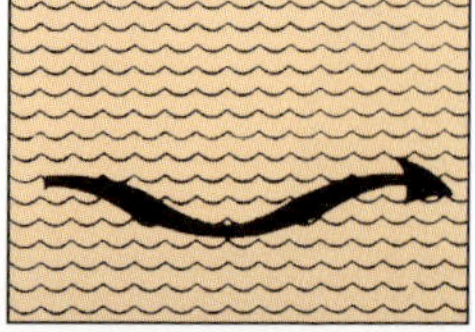

Klassifizierung: *Stamm:* Mollusca – *Klasse:* Cephalopoda – *Ordnung:* Dibranchiata – *Familie:* Belosaepiidae
Alter: Eozän
Verbreitung: Frankreich, England, Indien, Nordamerika,
Größe des Fossils: Länge 2 cm
Beschreibung: *Belosaepia* ist der direkte Vorfahre des Tintenfisches. Man findet in den Sedimenten das verkalkte innere Gehäuse, das zum großen Teil aus einem Phragmokon besteht. Dieser weist eine leichte ventrale Krümmung auf und hat sehr schiefe Septen. Der Sipho ist relativ eng. Das breite, zur Dorsalseite gekrümmte Rostrum ist eine kurze Spitze am hinteren Gehäuseende. Zwischen dem Phragmokon und der Rostrumbasis ist eine ventrale Ausbuchtung zu sehen. Diese erweitert sich und bildet einen geschwungenen Kelch mit Radialfurchen. Das Proostracum verlängert die dorsale Wand des Phragmokons nach vorne; diese sehr zerbrechliche Lamelle ist selten in den Sedimenten erhalten. Das gesamte Fossil ist bilateral symmetrisch.
Biologie – Ökologie: *Belosaepia* war ein Räuber, der ein nektisches Leben in den warmen Meeren führte. Er bewegte sich in den beutereichen, seichten Riffzonen.

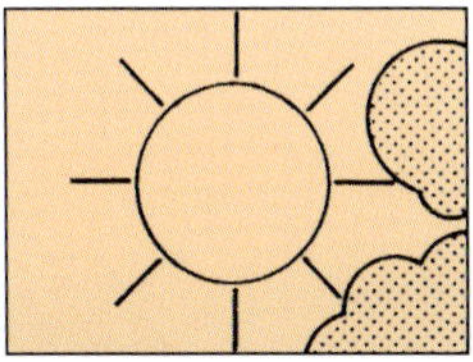
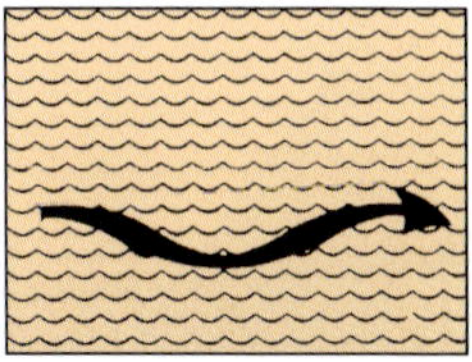

219 PARADOXIDES

Klassifizierung: *Stamm:* Arthropoda – *Klasse:* Trilobita – *Familie:* Paradoxididae

Alter: Mittleres Kambrium

Verbreitung: Nord- und Westeuropa, Nordafrika, östliche USA (Atlantikküsten)

Größe des Fossils: Länge 20 cm

Beschreibung: Bei *Paradoxides* handelt es sich um einen großen Trilobiten, dessen kugelige Glabella nach vorne erweitert ist und durch deutliche Querfurchen geteilt wird. Von den mandelförmigen Augen gehen gebogene, opisthopare Gesichtsnähte aus, die schräg verlaufen. Der Cephalothorax trägt zwei lange, schlanke Wangenstacheln. Der mittlere Teil des Körpers setzt sich aus 13 bis 21 Segmenten zusammen, deren pleuraler Teil in kleine Stacheln ausgezogen ist. Ihre Länge nimmt zum hinteren Ende des Fossils zu, und die beiden letzten stark ausgeprägten und nach hinten gerichteten Stacheln umgeben ein kleines Pygidium. Der Rand des Pygidiums kann glatt oder stachelig sein.

Biologie – Ökologie: Die Faunenprovinzen des Mittleren Kambriums sind durch die Entwicklung einer nordatlantischen *Paradoxides*-Provinz gekennzeichnet, die vom heutigen Westeuropa über Nordafrika bis zu den Appalachen in Nordamerika reicht. Die Paradoxididae gingen vermutlich aus den Olenellidae des Unteren Kambriums hervor.

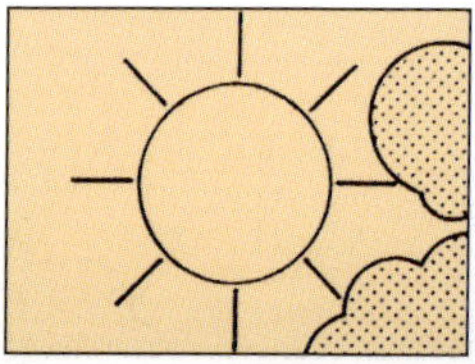

Klassifizierung: *Stamm:* Arthropoda – *Klasse:* Trilobita – *Familie:* Ellipsocephalidae
Alter: Unteres Kambrium – Mittleres Kambrium
Verbreitung: Mitteleuropa (Atlantikküsten)
Größe des Fossils: Länge 5 cm
Beschreibung: Die Gattung *Ellipsocephalus* mit grob elliptischem Umriss wird durch eine annähernd dreieckige Glabella charakterisiert, die vorne und hinten auch erweitert und rundlich sein kann. Auf den Wangen, deren Größe die der Glabella nicht überschreitet, nimmt die Gesichtsnaht eine sehr laterale Position ein. Sie verläuft nach opisthoparem Muster. Beim erwachsenen Tier fehlen die Wangenstacheln. Rhachis und Pleuren bestehen aus zwölf bis 14 Segmenten mit sehr kurzen lateralen Stacheln. Aufgrund des sehr kleinen Pygidiums mit abgerundetem Rand gehört die Familie zu den mikropygen Trilobiten. Die Oberfläche des Panzers ist glatt oder leicht granuliert.
Biologie – Ökologie: Die verschiedenen Larvalstadien scheinen denen zahlreicher anderer Gattungen ähnlich zu sein, vor allem denen von *Paradoxides,* die alle zur selben Superfamilie gehören. Tatsächlich findet man *Ellipsocephalus* in der nordatlantischen Provinz des Mittleren Kambriums, die durch die Gattung *Paradoxides* charakterisiert wird.

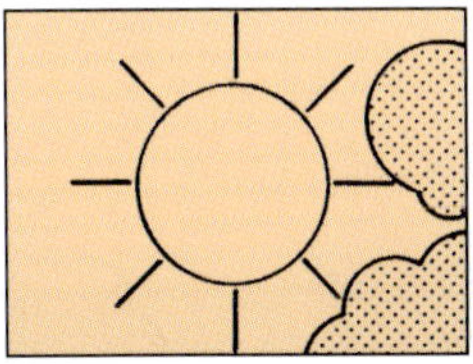

221 OLENUS

Klassifizierung: *Stamm:* Arthropoda – *Klasse:* Trilobita – *Familie:* Olenidae
Alter: Oberes Kambrium
Verbreitung: Nord- und Westeuropa, Asien, Nordamerika (Atlantikküsten)
Größe des Fossils: Länge 3 cm
Beschreibung: *Olenus* gehört zu einer relativ primitiven Familie, deren Merkmal ein subquadratischer Cephalothorax ist. Die schmale Glabella trägt nahe der Symmetrieachse leicht nach hinten gebogene Furchen. Die Gesichtsnaht ist opisthopar. In Höhe des Abdomens ist die Rhachis schmal und erreicht höchstens ein Drittel der Gesamtbreite. Die Pleuren enden in kleinen, nach hinten gekrümmten Spitzen. Das winzige Pygidium schließlich hat einen glatten, gezähnelten oder stacheligen Rand und weist zwei bis sieben Axialringe auf. Die abdominalen Segmente können jedoch sehr zahlreich sein (bis zu 22).
Biologie – Ökologie: Die Olenidae sind eine vielgestaltige Familie. Sie bestimmten im Oberen Kambrium eine genau begrenzte nordatlantische Provinz, die Ausgangspunkt für eine reiche Faunenentfaltung war. Deshalb ähneln die Olenidae den meisten Trilobiten des Oberen Kambriums und lassen die noch primitiven Merkmale dieser Formen erkennen: zahlreiche Abdominalsegmente und ein sehr kleines Pygidium.

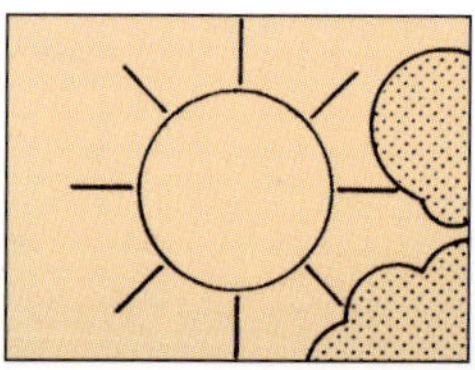

Klassifizierung: *Stamm:* Arthropoda – *Klasse:* Trilobita – *Familie:* Phillipsiidae
Alter: Unter-Karbon
Verbreitung: Europa, Nordamerika, Asien
Größe des Fossils: Länge 5,5 cm
Beschreibung: Die Gattung *Phillipsia* wird von einem mit Pusteln besetzten Cephalon mit kurzen, aber deutlich sichtbaren Wangenstacheln gekennzeichnet. Die nierenförmigen Augen liegen unmittelbar neben den Seitenrändern der Glabella. Diese ist länglich und reicht bis zum Vorderrand des Cephalons. *Phillipsia* ist die einzige Gattung der Familie ohne verbreiterte Glabella. Der Thorax besteht aus neun Segmenten, die von Pustelreihen besetzt sind. Cephalon und Pygidium sind gleich groß. Das pustulöse Pygidium hat zwölf bis 13 Spindelringe und zwölf Pleuralrippen.
Biologie – Ökologie: Die Phillipsiidae können als weiterentwickelter Zweig der Proetidae betrachtet werden. Sie stammen ursprünglich vermutlich von den Asaphiscidae des Kambriums ab. Das Studium von Exemplaren des amerikanischen Permokarbons zeigt eine zunehmende Differenzierung sowohl im Übergangsstadium zwischen Larve und erwachsenem Tier als auch während der Phylogenese. Die Unterschiede liegen dabei in der Gesamtzahl der Pleuren und der Axialringe.

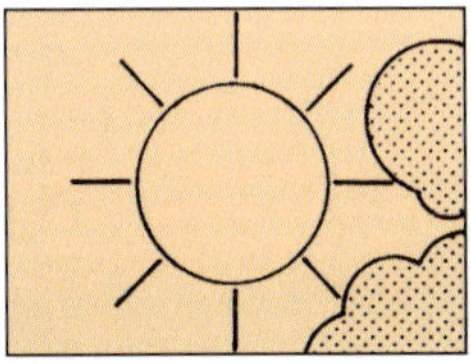

223 PROETUS

Klassifizierung: *Stamm:* Arthropoda – *Klasse:* Trilobita – *Familie:* Proetidae
Alter: Ordovizium – Devon
Verbreitung: Weltweit
Größe des Fossils: Länge 3 cm
Beschreibung: *Proetus* hat ein semi-elliptisches Cephalon. Die Glabella ist groß und glatt, die Augen sind nierenförmig und stehen hervor. Die Seitenränder des Cephalons sind oft gerundet und enden manchmal in einem Stachel. Zehn Segmente, die von Pleuralfurchen durchzogen sind, bilden den Thorax. Das Pygidium ist groß; nur die Rhachis ist segmentiert, die Pleuren sind zu einer einheitlichen Plattform verwachsen, die von Furchen durchzogen wird. Der Hinterrand ist ganzrandig und halbkreisförmig. Dieses Tier ist vollständig von einem chitinösen Panzer bedeckt. Eine unterständige Platte am Kopf diente als Lippe, mit der das Tier seine Nahrung aufnahm.
Biologie – Ökologie: *Proetus* war ein Arthopode der Schelfbereiche. Er atmete über Kiemen und ernährte sich von Protozoen und verschiedenen organischen Partikeln. Die planktische Larve sorgte für eine weite Verbreitung der Gattung. Der Übergang zum erwachsenen Tier vollzog sich durch zahlreiche Häutungen; die Häutungsreste fossilisierten häufig und sind oft schwer zu bestimmen.

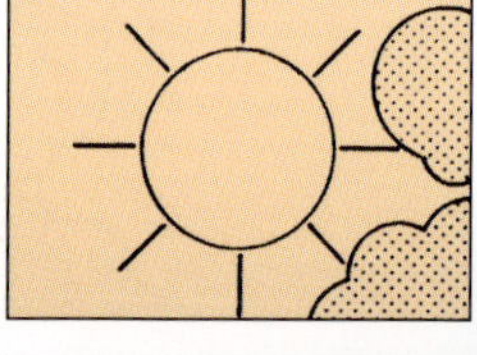

Klassifizierung: *Stamm:* Arthropoda – *Klasse:* Trilobita – *Familie:* Conocoryphidae
Alter: Mittleres Kambrium
Verbreitung: Europa, Asien, Nordamerika
Größe des Fossils: Länge 12 cm
Beschreibung: Das Cephalon dieser Gattung ist halbkreisförmig und breit, die Gesichtsnaht verläuft marginal. Die Augen fehlen bei *Conocoryphe,* sie können jedoch bei anderen Gattungen der Familie rudimentär vorhanden sein. Manchmal sind Wangenstacheln zu erkennen. Die Glabella wird subaxial von schrägen Seitenfurchen geteilt. Die Freiwangen sind schmal oder fehlen, je nach dem Verlauf der marginalen Gesichtsnaht. Der Thorax besteht aus 14 bis 17 Segmenten, die in leicht nach hinten gebogene Pleuren ausgezogen sind. An die schmale Rhachis schließt sich ein kleines Pygidium mit erkennbaren, aber nur wenigen Segmenten an.
Biologie – Ökologie: Die Conocoryphidae sind vor allem im Mittleren Kambrium der nordatlantischen Provinz anzutreffen. Zu Lebzeiten war das Tier von einem Integument umgeben; das Fehlen der Augen war vermutlich eine Anpassung an eine benthische Lebensweise.

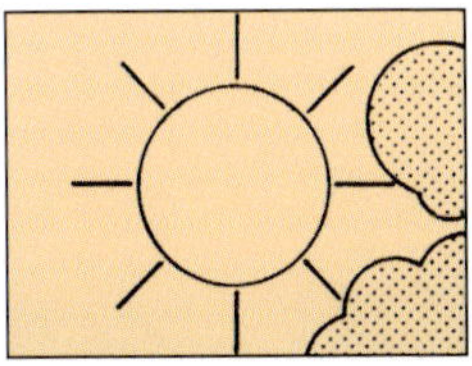

225 CTENOCEPHALUS

Klassifizierung: *Stamm:* Arthropoda – *Klasse:* Trilobita – *Familie:* Conocoryphidae
Alter: Mittleres Kambrium
Verbreitung: Frankreich (Hérault, Tarn), Spanien
Größe des Fossils: Länge 3 cm
Beschreibung: *Ctenocephalus,* eine Gattung des Mittleren Kambriums, ist eng verwandt mit *Conocoryphe.* Es handelt sich um eine altertümliche Form mit opisthoparen Gesichtsnähten. Vor der Glabella liegt ein deutlicher vereinzelter Lobus. Die Freiwangen sind relativ breit. Das Abdomen besteht aus 15 oder 16 Segmenten, der Cephalothorax ist relativ groß.

Biologie – Ökologie: Die Gattung *Ctenocephalus* dient als Leitfossil für das Mittlere Kambrium. Man findet diese Tiere in verschiedenen Schiefern dieser Epoche (Coulouma-Schiefer), in den Keltiberischen Ketten (Spanien) und in der Montagne Noire (Frankreich). Biologisch ähnelt dieser Trilobit eindeutig den anderen Trilobiten dieser Epoche. Einige Arten der Gattung *Ctenocephalus* besitzen keine Augen. Hierzu gehört beispielsweise *Ctenocephalus coronatus,* den man in den Monts de Lacaune im Département Tarn findet. Diese Tatsache könnte dahin gehend interpretiert werden, dass diese Arten auf festem Substrat lebten.

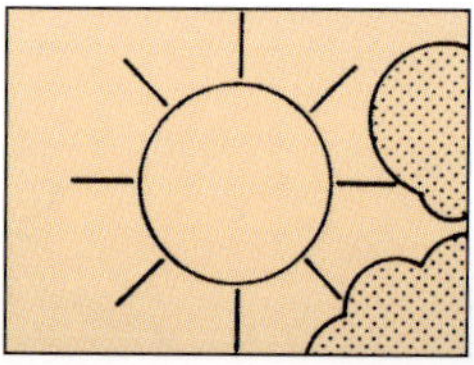

Klassifizierung: *Stamm:* Arthropoda – *Klasse:* Trilobita – *Familie:* Ptychopariidae
Alter: Mittleres Kambrium
Verbreitung: Westeuropa, Asien, Nordamerika
Größe des Fossils: Länge 4 cm
Beschreibung: Auf dem Cephalon von *Ptychoparia* sind dorsal sog. Caeca auf den Wangen zu erkennen: feine, vom Rand der Glabella radial angeordnete Gefäßsysteme. Die Glabella ist spindelförmig verlängert. Die Augen grenzen an eine Gesichtsnaht, die aus einem ptychoparioiden Vorderast, einem Augenbogen und einem postocularen Hinterast besteht. Mehrere Furchen queren lateral den mittleren Teil des Cephalons. Die Wangenstacheln verlaufen entlang der Pleuren und machen die Hälfte der Thoraxlänge aus. Der Thorax geht am Ende in ein großes Pygidium über.
Biologie – Ökologie: Die Gattung *Ptychoparia* gehört zu den Trilobiten des Kambriums mit dünnem Carapax. Während des Mittleren Kambriums ist sie in Böhmen ebenso wie in Nordamerika, Asien oder Sibirien anzutreffen. Durch die Analyse der geografischen Verbreitung lässt sich eine orientalische Provinz festlegen, die durch eine bedeutende Diversifikation der Ptychopariidae gekennzeichnet ist.

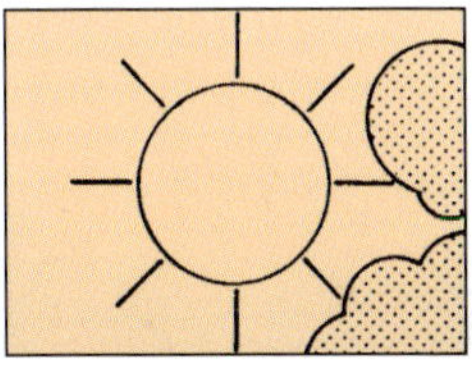

227 ASAPHUS

Klassifizierung: *Stamm:* Arthropoda – *Klasse:* Trilobita – *Familie:* Asaphidae
Alter: Ordovizium
Verbreitung: Europa, Ostasien
Größe des Fossils: Länge bis 40 cm
Beschreibung: Die Gattung *Asaphus* gehört zu einer Familie mit riesenhaften Mitgliedern, in der man die größten bekannten Trilobiten findet. Die Glabella ist breit und glatt, die Wangenstacheln sind kurz. Die gespaltenen Körperanhänge bestehen aus einer stark verlängerten Basis, die zwei Äste miteinander verbindet, den Exopodit und den Endopodit. Der Thorax ist auf acht Segmente reduziert. Unter den Pleuren befinden sich Puffer, an denen die Segmente aneinander stoßen können. Pygidium und Cephalon haben die gleiche Größe. Das Pygidium weist eine schmale Rhachis auf. Tastorgane wie Härchen und Poren sind unter den Pleuren und an der Basis der Körperfortsätze zu finden.
Biologie – Ökologie: Die Gattung *Asaphus* war während des Ordoviziums in Europa und Ostasien verbreitet. Man kann bei dieser Gattung einen Geschlechtsdimorphismus feststellen: Die Männchen lassen sich anhand ihrer langen schlanken Form von den Weibchen unterscheiden, die durch eine breitere Form gekennzeichnet sind.

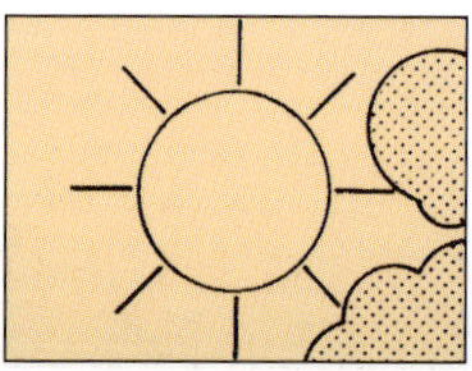

Klassifizierung: *Stamm:* Arthropoda – *Klasse:* Trilobita – *Familie:* Asaphidae
Alter: Ordovizium
Verbreitung: Frankreich (Montagne Noire), Nordamerika
Größe des Fossils: Länge 4 cm
Beschreibung: *Niobe* ist ein fossiler Trilobit des Ordoviziums. In der Regel findet man die Dorsalseite des Carapax in den Sedimenten. Sie hat eine gerundete Form und besteht aus Chitin, das mit Calciumphosphat imprägniert ist. Der Cephalothorax hat einen gerundeten Vorderrand. Die unscheinbare Glabella ist nicht segmentiert und hat eine annähernd glatte Oberfläche. Auf den Wangen sitzen in der Nähe der Glabella kleine Augen, die nach hinten verlagert sind. Es sind keine Wangenstacheln zu erkennen. Die Gesichtsnaht reicht bis zum Hinterrand des Kopfes. Der Thorax besteht aus acht Segmenten. Das Pygidium ist so groß wie das Cephalon. Es trägt keinen Schwanzstachel und endet in einem abgerundeten Rand.
Biologie – Ökologie: *Niobe* ist ein marines Fossil, das vermutlich in Gruppen lebte, sich von kleinen Tieren ernährte und durch Kiemen atmete. Man nimmt an, dass *Niobe* tiefe Meere bevölkerte und schwimmen konnte oder mit Hilfe seiner Körperanhänge über den Boden kroch.

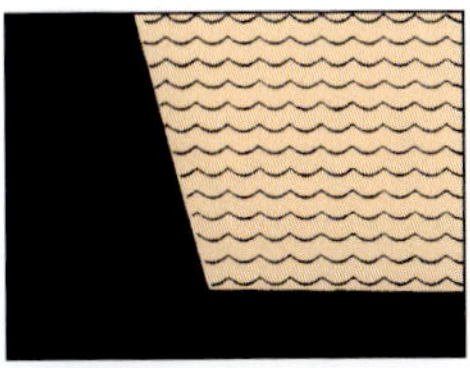

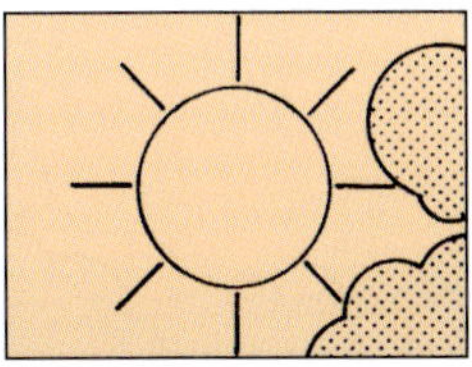

229 ILLAENUS

Klassifizierung: *Stamm:* Arthropoda – *Klasse:* Trilobita – *Familie:* Illaenidae
Alter: Ordovizium – Unter-Silur
Verbreitung: Europa, China, Nordafrika, Indien, Australien, Nord- und Südamerika
Größe des Fossils: Länge 35 cm
Beschreibung: Einige Arten der Gattung *Illaenus* erreichen eine Länge von bis zu 50 cm. Das Cephalon ist glatt, die Glabella unscheinbar, ebenso wie die halbmondförmigen Augen, die von der Gesichtsnaht durchzogen werden. Der Thorax ist kurz, und der Carapax wird stark konvex. Das nicht segmentierte Pygidium, das in Größe und Form mit dem Cephalon identisch ist, weist eine schwach abgesetzte Rhachis auf. Die Wangenstacheln sind sehr kurz oder fehlen. Die Illaenidae sind eng mit den glatten Asaphidae verwandt. Sie unterscheiden sich von diesen jedoch durch die Rostralplatte, ihre Pleuren und einige zusätzliche Thoraxsegmente.
Biologie – Ökologie: Die Gattung *Illaenus* ist im Ordovizium in großer Zahl anzutreffen und war geografisch sehr weit verbreitet. Sie wird vor allem durch *I. giganteus* vertreten, einem Leitfossil der Stufe des Llandeiliums.

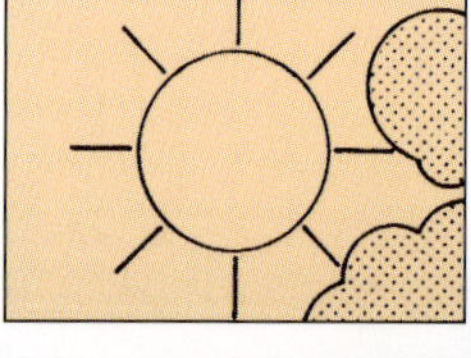

Klassifizierung: *Stamm:* Arthropoda – *Klasse:* Trilobita – *Familie:* Calymenidae
Alter: Silur – Devon
Verbreitung: Westeuropa
Größe des Fossils: Länge bis 4,5 cm
Beschreibung: Auf dem Vordersaum des Cephalons dieser Gattung ist ein dicker Wulst zu erkennen, der bis in die Nähe der Wangenstacheln reicht. Diese sind kurz oder fehlen; falls vorhanden, nehmen sie die Enden der Gesichtsnaht auf, so dass die Familie der Calymenidae eine gonatopare Gesichtsnaht aufweist. Die Freiwangen sind schmal. Die Glabella ist durch drei oder vier Furchenpaare gegliedert und reicht bis zum vorderen Saum des Cephalons. Der längliche Thorax besteht aus 13 Segmenten. Zwei *Calymene*-Arten unterscheiden sich durch ihre Pleuren im Pygidium voneinander: Bei *C. tristani* sind sie segmentiert, bei *C. aragoi* dagegen glatt. In beiden Fällen ist das Pygidium klein.
Biologie – Ökologie: Diese Gattung ist häufig im Silur Europas anzutreffen. Die Artikulation der Thoraxsegmente ermöglichte es diesen Trilobiten, sich wie eine Kellerassel einzurollen. Frühe ontogenetische Entwicklungsstadien von *Calymene* sind durch das Fehlen der Augenleisten gekennzeichnet.

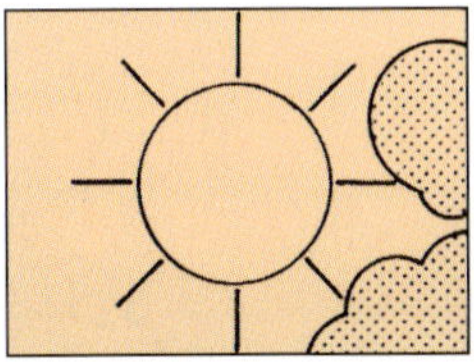

231 HOMALONOTUS

Klassifizierung: *Stamm:* Arthropoda – *Klasse:* Trilobita – *Familie:* Homalonotidae

Alter: Silur – Devon

Verbreitung: Europa, USA

Größe des Fossils: Länge 5,5 cm

Beschreibung: *Homalonotus* ist von mittlerer Größe, es gibt jedoch einige Fälle von Riesenwuchs, vor allem *H. major* (38 cm). Das Cephalon ist dreieckig mit einer unscheinbaren Glabella und randlich liegenden Augen. Die Gesichtsnaht scheint bei den meisten Arten gonatopar zu sein und schneidet den hinteren Rand des Cephalons an der Stelle, an der man die Wangenstacheln vermutet. Der Fund von außergewöhnlichen Arten mit Wangenstacheln hat Zweifel an der Klassifizierung dieser Gattung aufkommen lassen; man ordnet *Homalonotus* jetzt den proparen Trilobiten zu. Der Thorax besteht aus 13 Segmenten und weist eine verbreiterte, kaum abgesetzte Rhachis auf. Das Pygidium dagegen hat neben einem Schwanzstachel eine gut sichtbare, segmentierte Rhachis.

Biologie – Ökologie: *Homalonotus* ist vor allem in Europa anzutreffen, aber man hält auch ein eventuelles Vorkommen im Unter-Devon Afrikas, Amerikas und Australiens für möglich. Die Homalonotidae sind Verwandte der Calymenidae, unterscheiden sich von diesen jedoch durch die Gattung *Homalonotus,* deren Glabella tendenziell glatt ist.

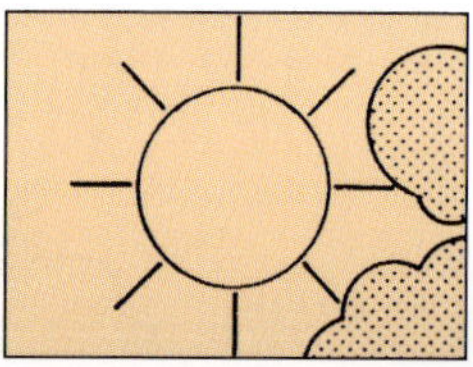

Klassifizierung: *Stamm:* Arthropoda – *Klasse:* Trilobita – *Familie:* Trinucleidae
Alter: Ordovizium
Verbreitung: Europa
Größe des Fossils: Länge 4 cm
Beschreibung: Die Gattung *Trinucleus* vertritt eine kleine Form der Trilobiten, deren granulierter, blattartiger und sehr breiter Saum ihr Hauptmerkmal darstellt. Die Glabella und die Wangen bilden drei gewölbte „Knoten", die der Familie den Namen Trinucleidae gaben. Auch der Saum ist mit konzentrischen Reihen von Perforationen ornamentiert und wird durch zwei feine, sehr lange Wangenstacheln verlängert. Die Augen sind einfach gebaut und können Knoten tragen. Der Thorax besteht aus fünf bis sechs Pleurensegmenten mit Furchen. Das Pygidium ist in der Regel klein.
Biologie – Ökologie: Die Gattung *Trinucleus* findet man häufig in Europa, vor allem in den ordovizischen Quarziten Böhmens. Dort tritt sie zusammen mit *Dalmanites* auf. In der Entwicklung der Trinucleidae weist die Art *Onnia pongerandi* eine Verästelung der Wangenstacheln auf. Hierbei handelt es sich offensichtlich um ein erbliches Missbildungsmerkmal. Dieses Phänomen tritt in der Erdgeschichte nur selten auf.

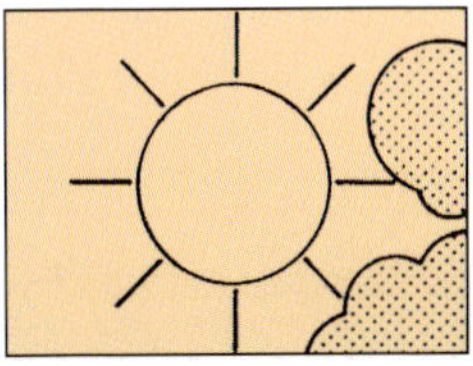

233 AMPYX

Klassifizierung: *Stamm:* Arthropoda – *Klasse:* Trilobita – *Familie:* Radiophoridae

Alter: Ordovizium

Verbreitung: Europa, Ostasien, Nordamerika

Größe des Fossils: Länge 3,5 cm

Beschreibung: *Ampyx* ist ein kleiner Trilobit mit einer Glabella, die durch eine Art Rostrum, das einen Frontalstachel bildet, über das Cephalon hinaus verlängert wird. Die Augen fehlen, und die Wangenstacheln sind relativ kurz, nur bei einigen Gattungen sind sie lang. Anhand der Gesichtsnaht lassen sich diese Tiere den opisthoparen Trilobiten zuordnen. Der Thorax besteht aus fünf oder sechs Segmenten. Das Pygidium ist kurz, deutlich breiter als lang und nicht segmentiert.

Biologie – Ökologie: Während des Silurs lebte *Ampyx* in Europa, Nordamerika und Ostasien. Für diese Gattung konnte man die Merkmale ihrer (fossilisiert) aus Kalzit bestehenden Eier bestimmen, die man unter einer feinen Kohleschicht fand und die eine Größe von annähernd 2 mm erreichten. Die Protaspis dagegen ist bisher nicht bekannt. Das Fehlen von Augen weist auf eine benthische Lebensweise hin, da Blindheit ein Merkmal grabender Tiere oder von Sedimentfressern ist.

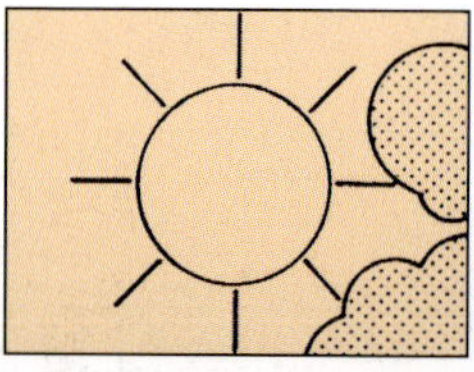

Klassifizierung: *Stamm:* Arthropoda – *Klasse:* Trilobita – *Familie:* Odontopleuridae
Alter: Ordovizium – Devon
Verbreitung: Europa, Nordamerika
Größe des Fossils: Länge 5 cm
Beschreibung: Das breite, kurze Cephalon dieser Gattung ist gespickt mit kleinen Stacheln und wird seitlich durch Wangenstacheln verlängert. Aufgrund des Verlaufs der Gesichtsnaht, die bis in die Nähe dieser Stacheln reicht, wird die Gattung *Acidaspis* zu den opisthoparen Trilobiten gezählt. Die Glabella queren sehr viele Furchen. Jedes Thoraxsegment trägt seitlich einen kleinen und einen großen dünnen Stachel, die an den Enden der Pleuren an einem medianen Wulst entspringen. Das kleine breite Pygidium trägt ebenfalls Stacheln.
Biologie – Ökologie: Die Gattung *Acidaspis* ist vom Mittel-Ordovizium bis zum Devon anzutreffen. Es wurden auch Eier von 2 mm Größe gefunden, die man *Acidaspis* zuordnete. Zudem konnte deren Protaspis, ein postembryonales Stadium, bestimmt werden. Vertreter dieser Gattung werden nicht sehr groß; dies scheint im Zusammenhang mit der Anpassung an eine benthische Lebensweise zu stehen.

235 SCUTELLUM

Klassifizierung: *Stamm:* Arthropoda – *Klasse:* Trilobita – *Familie:* Thysanopeltidae
Alter: Silur – Devon
Verbreitung: Deutschland, Belgien, Großbritannien
Größe des Fossils: Länge 11 cm
Beschreibung: Die mittelgroßen bis großen Exemplare der Gattung *Scutellum* sind von ovalem Umriss und haben eine stark nach vorne vergrößerte und eine auf der Höhe der Augen zusammengedrückte Glabella. Die Augendeckel sind halbmondförmig und in der Regel relativ klein. Der Thorax besteht aus zehn schmalen, an der Rhachis stark bauchigen Segmenten. Der Körper endet in einem breiten Pygidium, bestehend aus einer kurzen dreieckigen Spindel, von der strahlenförmig sechs bis sieben Furchenpaare ausgehen. Das Pygidium ist hier größer als die beiden anderen Teile des Tieres und sein Umriss ist beinahe vollkommen halbkreisförmig.
Biologie – Ökologie: Diese Gattung bestand über 55 Millionen Jahre, ohne eine nennenswerte Weiterentwicklung zu erfahren. Es fand keine wirkliche „Pygidisierung“ (Verschmelzung der hinteren Thoraxsegmente zu einem festen Pygidium) statt, d. h. die Endsegmente sind nicht zu einem festen Schild verwachsen. Die letzten bekannten Exemplare hatten noch sieben Segmente, die von Pleuralfurchen durchzogen waren.

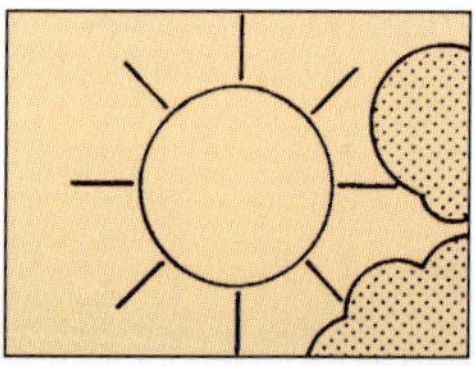

Klassifizierung: *Stamm:* Arthropoda – *Klasse:* Trilobita – *Familie:* Cheiruridae
Alter: Ordovizium – Devon
Verbreitung: Europa, Nordafrika, Nordamerika, Australien
Größe des Fossils: Länge 6 cm
Beschreibung: Das große breite Cephalon von *Cheirurus* trägt zwei kurze Wangenstacheln. Die kleinen sublateralen Augen werden von der Gesichtsnaht umfahren, die dort einen rechten Winkel bildet. Die Gattung gehört also zu den proparen Trilobiten. Die Freiwangen sind sehr schmal. Die Glabella erreicht den Vorderrand des Cephalons und wird von drei Furchen durchquert. Bei *Cheirurus* begrenzt die Nackenfurche typischerweise zwei Loben an der Basis der Glabella. Der Thorax besteht aus neun bis zwölf Segmenten, die stachelige Pleuren tragen. Das Pygidium hat jeweils zwei bis fünf Segmente, die sich in der Spindel nicht von den Spindelringen des Thorax unterscheiden.
Biologie – Ökologie: Man trifft *Cheirurus* vom Ober-Ordovizium bis zum Mittel-Devon geografisch weit verbreitet an. Zu einigen Gattungen der Cheiruridae zählen blinde Arten. Das Vorhandensein kleiner Augen oder ihr völliges Fehlen deutet auf ein Leben in tiefen Gewässern hin.

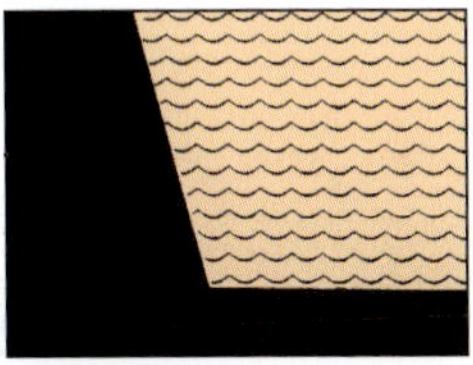

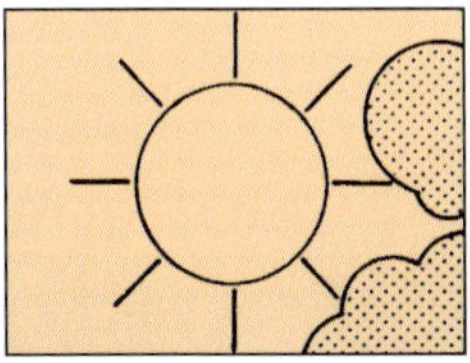

237 PHACOPS

Klassifizierung: *Stamm:* Arthropoda – *Klasse:* Trilobita – *Familie:* Phacopidae
Alter: Silur – Devon
Verbreitung: Weltweit
Größe des Fossils: Länge 5,5 cm
Beschreibung: Die Phacopidae sind Verwandte der Dalmanitidae, jedoch von rundlicherer Gestalt als diese. Sie haben eine gewölbte, häufig pustulöse Glabella ohne Seitenfurchen. Die Rostralplatte fehlt. Parallel zum Cephalonrand verläuft ventral eine Rinne, in die sich das hintere Ende des Pygidiums einklinken kann. Das Metastoma ist ausgeprägt und erstreckt sich unter den Basalgelenken der Extremitäten. Die einästigen Antennen entspringen in der Nähe des Hypostoms. *Phacops* hat große Augen und ist klein bis mittelgroß. Bemerkenswert ist, dass der fossilisierte Carapax fast immer eingerollt ist.
Biologie – Ökologie: In ihrer morphologischen Entwicklung erreicht diese Gattung eine maximale Größe, bevor sie zum Zeitpunkt ihres Aussterbens wieder zur Größe der Ursprungsarten zurückkehrt. Ab dem Silur ist eine Rückbildung der Augen festzustellen. Einige Arten existierten bereits im Ober-Ordovizium. Die Gattung *Phacops* umfasst zahlreiche Arten, die bekannteste ist *Phacops latifrons.*

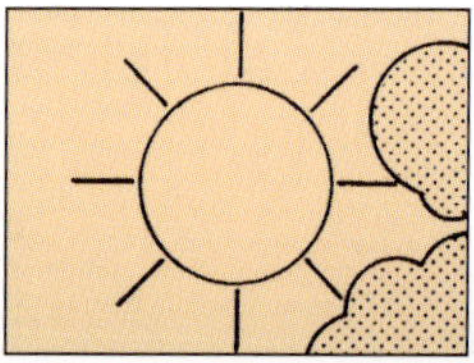

Klassifizierung: *Stamm:* Arthropoda – *Klasse:* Trilobita – *Familie:* Dalmanitidae
Alter: Silur – Unter-Devon
Verbreitung: Europa, Nordamerika, Australien
Größe des Fossils: Länge 4,5 cm
Beschreibung: Das Cephalon von *Dalmanites* weist im vorderen Teil eine rundliche Glabella auf, die von annähernd quer verlaufenden Furchen unterteilt wird. Die Gesichtsnaht verläuft an der Basis der Wangenstacheln in einem Winkel, erreicht jedoch weder diese noch den Seitenrand des Cephalons. Die halbmondförmigen Augendeckel befinden sich seitlich der Basis des kugeligen Glabellateils. Der Thorax besteht aus zehn bis zwölf Segmenten. Das große konvexe Pygidium wird am hinteren Ende von einem Schwanzstachel verlängert.
Biologie – Ökologie: *Dalmanites* bewegte sich auf dieselbe Weise fort wie *Limulus,* indem er sich wie ein Stabhochspringer mit dem Schwanzstachel abstieß. Durch diese Anpassung konnte *Dalmanites* ein benthisches Leben führen, obwohl sein visuelles System nicht an dieses Milieu angepasst war.

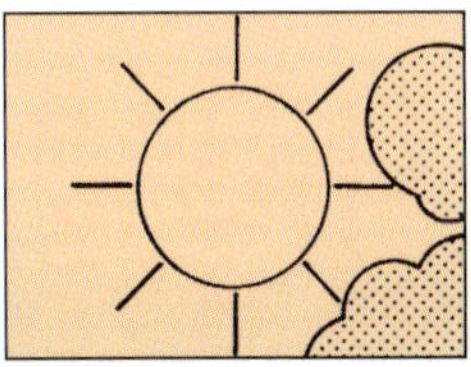

239 AGNOSTUS

Klassifizierung: *Stamm:* Arthropoda – *Klasse:* Trilobita – *Familie:* Agnostidae
Alter: Ober-Kambrium
Verbreitung: Europa, Sibirien, China
Größe des Fossils: Länge 1,4 cm
Beschreibung: In der Familie der Agnostidae finden sich die kleinsten bisher beschriebenen Trilobiten. Das hufeisenförmig gerundete Cephalon weist keine Wangenstacheln auf. Die Glabella wird vorne durch eine Querfurche geteilt, die sie in einen hinteren Hauptlobus und einen schmalen vorderen Lobus trennt. Eine Längsfurche verbindet die Glabella mit dem Saum. Freiwangen fehlen. Der Thorax besteht aus zwei Segmenten, deren Enden an der Pleurenbasis Ringe bilden. Cephalon und Pygidium sind quasi gleich. Am Pygidium können je nach Art Stacheln sitzen.
Biologie – Ökologie: Die Gattung *Agnostus* kommt nur im Oberen Kambrium vor. Die Art *Agnostus pisiformis* ist eine klassische Art und tritt massenhaft in den „Lingula Flags“ im englischen Ober-Kambrium auf.

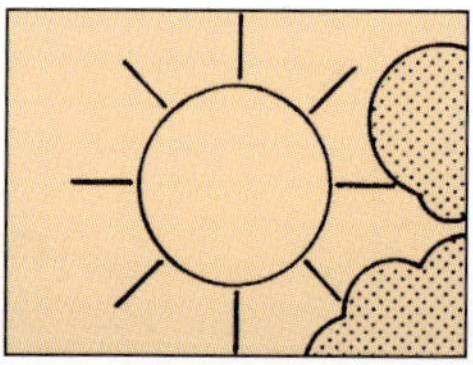

Klassifizierung: *Stamm:* Arthropoda – *Klasse:* Merostomata – *Unterklasse:* Eurypterida – *Familie:* Eurypteridae
Alter: Ordovizium – Karbon
Verbreitung: Weltweit
Größe des Fossils: Länge bis 40 cm
Beschreibung: *Eurypterus* ist ein fossiler aquatischer Arthropode. In den Sedimenten findet man seinen Panzer. Der vordere Teil ist rechteckig mit zwei abgerundeten Ecken. Er besteht aus dem Kopf und sechs Thoraxsegmenten, die damit verwachsen sind. Auf der Oberseite sitzen zwei bohnenförmige Augen deutlich entfernt vom Rand. Den Mund des Tieres auf der Ventralseite umgeben sechs paarige Körperanhänge. Auf zwei kleine Antennen folgen vier paarige Beinpaare, die zu Kauwerkzeugen umgeformt sind, sowie ein Paar größere Fortsätze, die als Schwimmplatten ausgebildet sind. Der hintere Teil des Tieres besteht aus einem leicht erweiterten Abdomen mit sechs Segmenten, auf das ein schmaleres Postabdomen folgt, das ebenfalls aus sechs Segmenten besteht. Das Telson ist ein gerader, langer, feiner Stachel.
Biologie – Ökologie: *Eurypterus* war ein schwimmfähiges benthisches Lebewesen. Er bevölkerte zunächst schlammige Meeresböden, im Devon passte er sich an das Leben im Brackwasser und später im Süßwasser an.

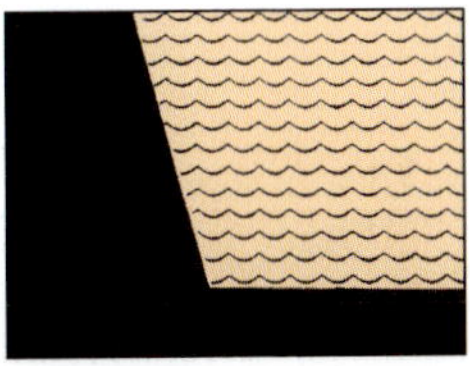

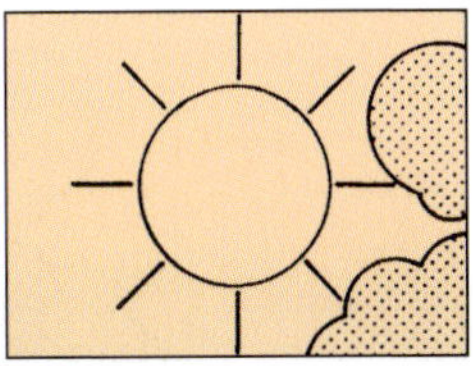

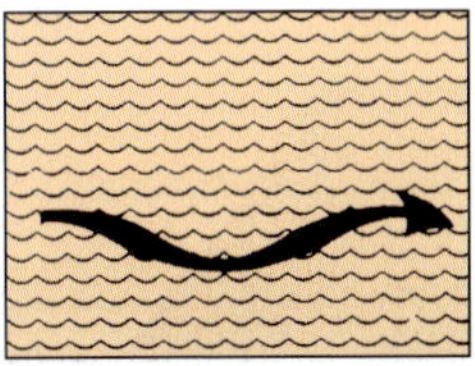

241 MESOLIMULUS

Klassifizierung: *Stamm:* Arthropoda – *Klasse:* Merostomata – *Unterklasse:* Xiphosura – *Familie:* Mesolimulidae
Alter: Trias – Ober-Jura
Verbreitung: Bayern (Solnhofen), Ostfrankreich
Größe des Fossils: Länge 12 cm
Beschreibung: Es handelt sich hier um den sklerotisierten Carapax eines Limuliden, den man in den Sedimenten findet. Er ist von plumper Gestalt und hat einen großen hufeisenförmigen, auf der Ventralseite stark konkaven Cephalothorax. Die Dorsalseite ist deutlich dreilappig. Die zentrale Glabella wird von zwei Wangen umgeben, die durch nach hinten gerichtete Spitzen verlängert werden und ein Paar laterale Augen tragen. Der ventral gelegene Mund wird von einem Paar Cheliceren und fünf Paaren zu Kauwerkzeugen umgeformten Beinen eingerahmt, die in Zangen enden. Beim erwachsenen Tier kann man vor dem Mund die Spur von Überresten eines Paares ventraler Augen erkennen. Das stark verengte Abdomen wird von miteinander verwachsenen Segmenten gebildet. Auf dieser Höhe sind fünf paarige Körperanhänge befestigt, die eine Rolle bei der Atmung und beim Schwimmen spielten. Das Telson besteht aus einem langen, an der Basis artikulierten Stachel.
Biologie – Ökologie: *Mesolimulus* ist mit dem rezenten *Limulus* verwandt. Dieses benthische, grabende Tier lebte in seichten Gewässern an den Küsten, in Mangroven und sogar im Süßwasser.

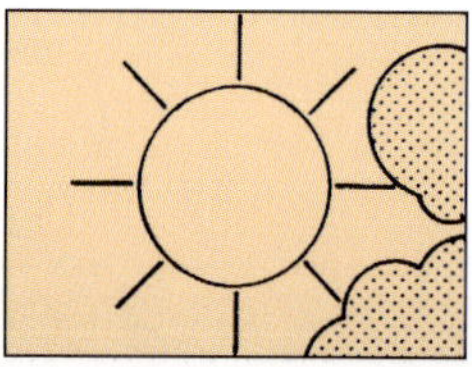
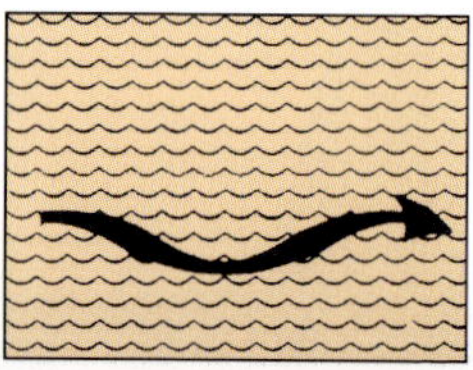

Klassifizierung: *Stamm:* Arthropoda – *Klasse:* Crustacea – *Ordnung:* Ostracoda
Alter: Ordovizium – Gegenwart
Verbreitung: Weltweit
Größe des Fossils: Länge 1 mm bis 4 mm
Beschreibung: Die Ostrakoden sind kleine Krebstiere, die einen chitinösen Carapax abscheiden. Das Fossil besteht aus diesem Carapax, der nach dem Tod des Tieres verkalkt. Er setzt sich aus zwei Klappen zusammen, die klaffen oder geschlossen sein können, solange das Tier am Leben ist. Man findet häufig Reste von Ostrakoden in den Sedimenten, und durch ihre Anhäufung können sich unverfestigte, sandartige Gesteine bilden. Die Ostrakoden sind ab dem Ordovizium bis in die Gegenwart in allen Meeren der Welt vertreten. Es gibt zahlreiche Gattungen der Ostrakoden, die in der Regel ein glattes Gehäuse haben. *Beyrichia* aus dem Paläozoikum hat jedoch einen warzigen Carapax.
Biologie – Ökologie: Die Ostrakoden sind ebenso im Süßwasser wie im Salzwasser beheimatet. Einige Formen sind benthisch, andere pelagisch. Die Formen des Paläozoikums wurden sehr genau studiert und bilden eine biostratigrafische Skala, vor allem in bestimmten Sedimenten in den USA.

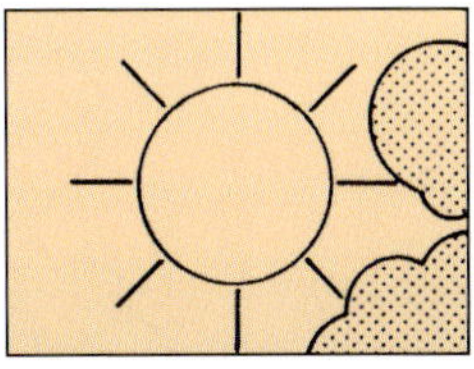

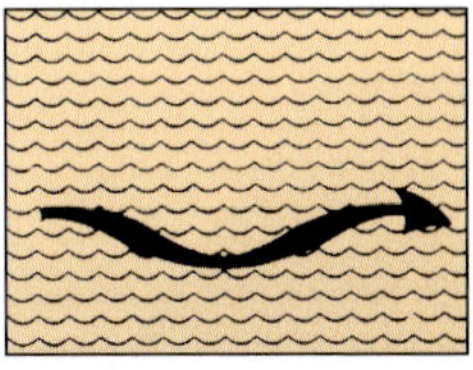

243 BALANUS

Klassifizierung: *Stamm:* Arthropoda – *Klasse:* Crustacea – *Ordnung:* Cirripedia – *Familie:* Balanidae
Alter: Eozän – Gegenwart
Verbreitung: Weltweit
Größe des Fossils: Höhe 3 cm
Beschreibung: *Balanus* ist eine spezielle, sessil lebende Form der Crustaceen. Die Individuen finden sich oft zu Kolonien zusammen. Die Weichteile des Tieres werden von einem pyramidenförmigen „Gehäuse" geschützt, das direkt an der Basis festgewachsen ist; die Spitze ist abgestumpft. Die auf diese Weise gebildete, relativ breite Mündung kann mit Deckelplatten verschlossen werden, wenn das Tier sich zurückzieht. Die laterale äußere Oberfläche der Kalkwand weist Längsfurchen auf, die sechs Plättchen von unregelmäßiger Oberfläche begrenzen. Die Anatomie des Tieres ist drastisch verändert: Stark verlängerte, aus dem Gehäuse ragende Thoraxfortsätze sind für Atmung und Beutefang zuständig.
Biologie – Ökologie: *Balanus* lebt sessil auf Felsen oder auf den Gehäusen von Mollusken in der Gezeitenzone oder in Mangroven. Er ernährt sich mikrophag und bevölkert dieselben Zonen wie Ringelwürmer und Krabben.

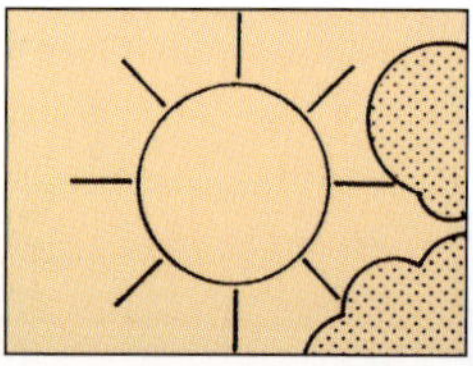

Klassifizierung: *Stamm:* Arthropoda – *Klasse:* Crustacea – *Ordnung:* Decapoda – *Familie:* Peneidae
Alter: Trias – Ober-Jura
Verbreitung: Bayern (Solnhofen)
Größe des Fossils: Länge 9 cm
Beschreibung: *Aeger* ist ein fossiles Krebstier aus dem Mesozoikum. Es handelt sich um eine Art Garnele, deren Körper seitlich zusammengedrückt und im hinteren Teil gebogen ist. Der Cephalothorax wird aus vollkommen miteinander verwachsenen Segmenten gebildet und endet vorne in einem mit kleinen Häkchen versehenen Rostrum. Der Kopf trägt ein Paar feine lange Antennulae. Dahinter sind um den Mund zwei Mandibeln und zwei Maxillen angeordnet. Die Thoraxextremitäten dienten der Fortbewegung. Das aus beweglichen Segmenten zusammengesetzte Abdomen trägt kurze Fortsätze. Das Telson besteht aus einer doppelten Schicht. Wie alle Arthropoden häutete sich *Aeger* im Laufe seines Wachstums mehrmals. Verlorene Fortsätze konnten neu gebildet werden.
Biologie – Ökologie: *Aeger* war ein Meerestier, das in warmen, küstennahen Gewässern lebte. Er bewegte sich durch Seitenbewegungen des Abdomens fort und ernährte sich wie die rezenten Garnelen.

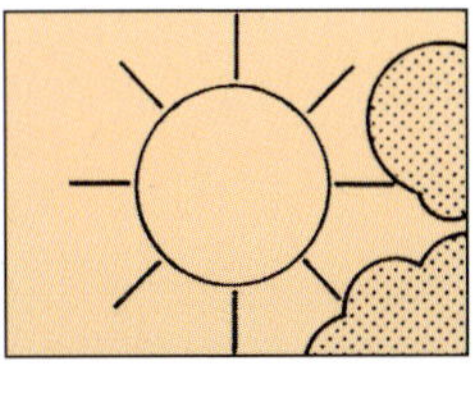
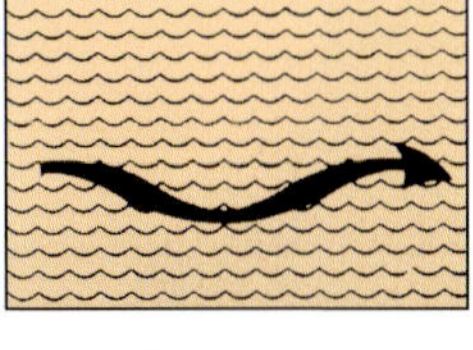

245 ERYON

Klassifizierung: *Stamm:* Arthropoda – *Klasse:* Crustacea – *Ordnung:* Decapoda – *Familie:* Eryonidae
Alter: Jura – Unter-Kreide
Verbreitung: Europa
Größe des Fossils: Länge 13 cm
Beschreibung: *Eryon* ist ein Krebs, von dem es noch einige verwandte rezente Formen in den tiefen Meeresbereichen gibt. Der Cephalothorax wird von einem flachen, breiten, annähernd fünfeckigen Carapax geschützt; seine Ränder sind scharfkantig und weisen lateral drei Einkerbungen auf. Die höckerige Oberfläche trägt einen medianen Längskiel. Der Carapax hat vorne kein Rostrum. *Eryon* hat zwei kurze Antennen sowie zwei kräftige schmale Scheren. Das Abdomen ist schmaler als der Cephalothorax, aber ebenso lang. Es besteht aus Segmenten, die jeweils einen medianen Kiel tragen. Das Telson hat einen sehr kurzen, von zwei ovalen Lamellen umgebenen Stachel. Wie alle Crustaceen legte *Eryon* Eier. Die Larve lebte nach dem Schlüpfen pelagisch.
Biologie – Ökologie: *Eryon* ist eine kriechende Form, die im Meer lebte und sich von Kleinlebewesen ernährte. Man nimmt an, dass dieses Tier in der Kreide massenhaft vom Küstenbereich in größere Tiefen wanderte.

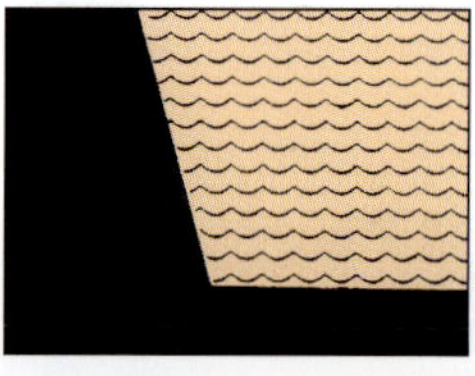

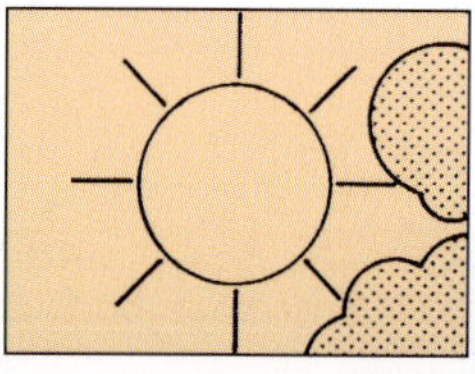

Klassifizierung: *Stamm:* Arthropoda – *Klasse:* Crustacea – *Ordnung:* Decapoda – *Familie:* Portunidae
Alter: Eozän – Gegenwart
Verbreitung: Weltweit
Größe des Fossils: Ø 6 cm bis 10 cm
Beschreibung: Die Portunidae sind noch heute durch die Wollkrabbe *(Macropipus puber)* vertreten. Der Carapax von *Portunus* ist stachelig, die hinteren Gliedmaßen sind typischerweise abgeflacht. Die Krabben sind seit dem Eozän zahlreich vertreten. Ihr Merkmal ist ein seitlich stark erweiterter, gedrückter Cephalothorax. Der abdominale Teil ist dagegen stark reduziert und ventral unter den Cephalothorax gebogen. Die Körperanhänge sind kurz, das erste Extremitätenpaar ist stark entwickelt und zu Scheren umgeformt. Bei den Krabben ist die Anzahl der Kiemen reduziert. Die Portunidae sind Schwimmkrabben, wie die Ausbildung des fünften Extremitätenpaares beweist; dieses Beinpaar ist zu richtigen Schwimmplatten umgeformt.
Biologie – Ökologie: Die Arten von *Portunus* leben in der Regel jenseits der Gezeitenzone. Diese Krabben sind schnelle, präzise Schwimmer und sehr effektiv bei der Jagd nach tierischer Beute, auf die sie in den Gezeitenzonen lauern. Sie sind keine guten Leitfossilien, jedoch gute Faziesindikatoren.

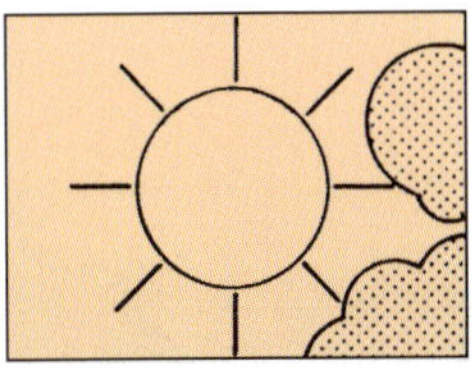

Klassifizierung: *Stamm:* Arthropoda – *Klasse:* Insecta
Alter: Ober-Devon – Gegenwart
Verbreitung: Weltweit
Größe des abgebildeten Fossils: 1 cm
Beschreibung: Die Insekten machen vier Fünftel der bisher beschriebenen Tierarten aus. Ihr Ursprung liegt im Paläozoikum; es wurden Blattoptera aus dem Stephanium im Becken von Commentry im Département Allier gefunden. Sehr bekannte Odonata (Libellen) fanden sich ebenfalls in diesem Kohlenbecken. Die stammesgeschichtlichen Beziehungen der Insekten untereinander wie die Verbindungen zwischen ihnen und den primitiven Arthropoden und den Trilobiten sind nicht eindeutig. Der Insektenkörper ist in drei Bereiche unterteilt: Kopf, Thorax und Abdomen. Der Thorax trägt drei Beinpaare und in der Regel zwei Flügelpaare. Das Abdomen besaß bei den primitiven Formen zwölf Beinpaare (eines pro Segment), die jedoch verschwunden sind, und die rezenten Formen haben typischerweise nur noch elf abdominale Segmente. Die bisher relativ selten auftretenden Fossilien erlauben keine zuverlässige Aussage über die Zeit der größten Insekten-Verbreitung. Die Diptera traten vermutlich erstmals im Tertiär auf, das abgebildete Exemplar stammt aus dem Oligozän.
Biologie – Ökologie: Hier handelt es sich um ein fliegendes Tier. Es ist nicht sicher, ob es biologisch in allen Punkten den rezenten Mücken entsprach.

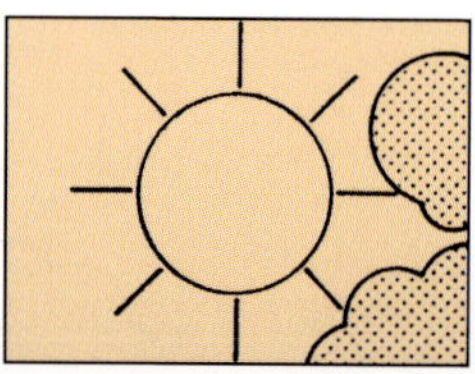

Klassifizierung: *Stamm:* Arthropoda – *Klasse:* Insecta – *Ordnung:* Odonata
Alter: Karbon – Gegenwart
Verbreitung: Bayern (Solnhofen), England, Frankreich (Commentry), Sibirien
Größe des Fossils: Flügelweite bis 70 cm
Beschreibung: Die Libellen sind pterygote Insekten, deren Vorfahren man bis ins Karbon antrifft. Ihr Körper besteht aus drei Teilen. Der Kopf wird von einer Chitinhülle geschützt und trägt ein Paar Antennen, die jeweils aus einem einreihigen Gliederstrang bestehen. Der aus drei Segmenten zusammengesetzte Thorax trägt drei Beinpaare und zwei in Ruhestellung horizontal ausgebreitete Flügelpaare. Dabei handelt es sich um abgeflachte Membransäcke, die durch Flügeladern – an der Flügelbasis entspringende Chitinstäbchen – unterstützt werden. Anhand dieser Aderung lassen sich verschiedene Arten unterscheiden. Das aus elf Segmenten bestehende Abdomen ist schlank und sehr lang. Auf dem letzten Segment sind caudale Borsten zu erkennen. Die Libellen häuten sich wie die anderen Arthropoden im Laufe ihres Wachstums mehrmals. In ihrer Entwicklung durchlaufen sie keine vollständige Metamorphose.
Biologie – Ökologie: Die Libellen sind gute Flieger, die am Ufer von Seen und in Sumpfgebieten leben. Sie ernähren sich von Kleinlebewesen. Man findet die Fossilien zusammen mit Fliegen, Termiten und Zikaden in der Nähe von Schilfrohren und Farnkraut.

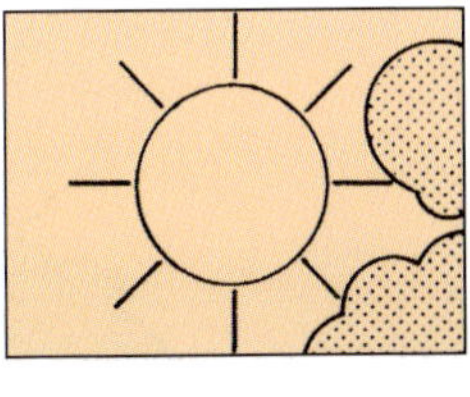
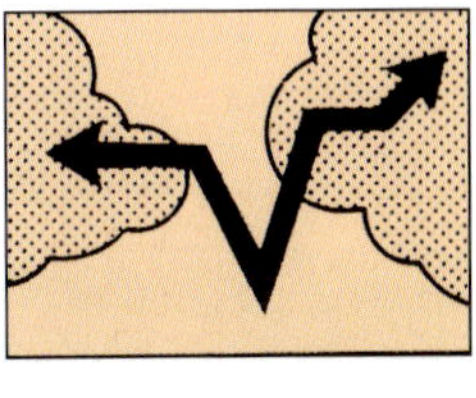

249 BERNSTEIN-INSEKTEN

Klassifizierung: *Stamm:* Arthropoda – *Klasse:* Insecta – *Ordnung:* Hymenoptera
Alter: Karbon – Gegenwart
Verbreitung: Baltisches Becken
Größe des abgebildeten Fossils: 3 mm
Beschreibung: Diese mit den rezenten Formen identische Ameise wurde vor 20 Millionen Jahren in Harz eingeschlossen. Dieses fossile Harz stammt von verschiedenen Koniferenarten und wird Bernstein genannt. Es kann opak oder durchscheinend sein; die interessantesten Fundstücke sind durchsichtig. Die Farbe reicht von gelblich-weiß über honiggelb und strohgelb bis ziegelrot. Durch einen außergewöhnlichen Fossilisationsprozess werden manche Insekten in diesem fossilen Harz eingeschlossen. Der bekannteste Bernstein ist der baltische. Man findet ihn in Stückchen, die in Nordeuropa von der Ostsee angespült werden. Im Oligozän gab es in dieser Zone eine riesige, mit Nadelhölzern bewachsene Insel. Unzählige Insekten wurden im Harz dieser Koniferen, die selbst in den Sedimenten versanken, gefangen. Bei der Erosion dieser Sedimente durch das Meer werden Bernsteinstücke freigesetzt.

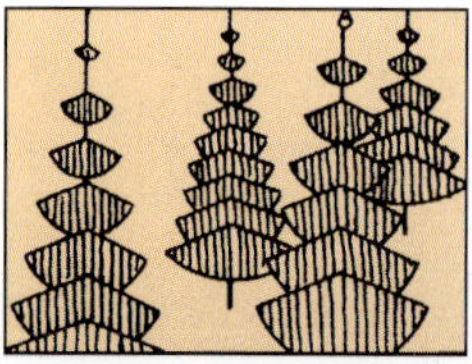 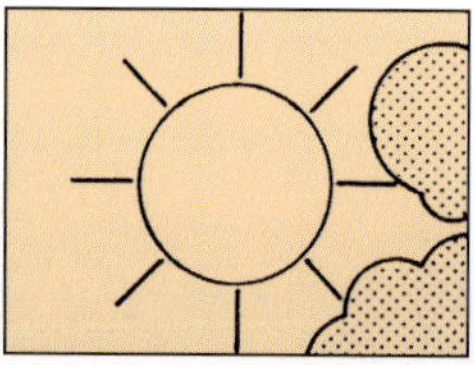 

Klassifizierung: *Stamm:* Echinodermata – *Klasse:* Cystoidea – *Ordnung:* Rhombifera – *Familie:* Echinosphaeritidae

Alter: Ordovizium

Verbreitung: Europa, Asien, Nordamerika

Größe des Fossils: Ø 3 cm bis 5 cm

Beschreibung: *Echinosphaerites* ist eine massiv gebaute, eiförmige Form, die zwei hervorstehende Pole aufweist: den Mund und die Basis, mit der das Tier festgewachsen ist. Das Gehäuse besteht aus sechseckigen Plättchen, die ohne erkennbaren Bauplan angeordnet sind. Jede Plattensutur trägt parallele Streifen von unterschiedlicher Länge, die ein Rautenmuster ergeben. Der Anus und der Gonoporus, zu erkennen durch ein sternförmiges Plättchen, befinden sich in der oberen Hälfte, deren Pol der Mund ist. Das lebende Tier bestand aus drei Teilen: einem konischen, teilweise sehr kurzen Befestigungsstiel, einem Kelch, in der Regel der einzige erhaltene Teil, und kleinen geschmeidigen, oft verästelten Armen, die den Mund umgaben.

Biologie – Ökologie: *Echinosphaerites* ist wie alle Cystoideen eine rein paläozoische Gattung, die sessil am Meeresboden lebte. Man findet Vertreter dieser Gattung in den Cystoideen-Kalken des Ordoviziums in Nordeuropa.

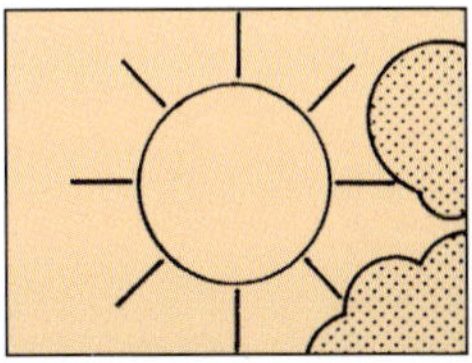

251 PENTREMITES

Klassifizierung: *Stamm:* Echinodermata – *Klasse:* Blastoidea – *Ordnung:* Spiraculata – *Familie:* Pentremitidae

Alter: Karbon

Verbreitung: Europa (selten), Nordamerika

Größe des Fossils: Höhe 3 cm, Ø 2 cm

Beschreibung: Durch die Position der Ambulakralfelder erinnert der eiförmige Kelch von *Pentremites* an eine Blume. Man unterscheidet drei Basalplatten, die den Kelch mit dem Stiel verbinden, fünf Radialplatten und fünf sog. Deltoidea. Die auf die Radialia aufgepfropften Ambulakralfelder haben die Form von Blütenblättern. Beim lebenden Tier trugen sie zahllose Brachiolen. Der Mund sitzt zentral in der Kelchdecke. Die fünfstrahlige Radialsymmetrie ist hier vollkommen und zeigt in keinem Fall Abweichungen. Die Blastoidea besaßen ein sehr komplexes Wassergefäßsystem, von dem noch die fünf runden Öffnungen um den Mund herum zu sehen sind. Die Blastoidea scheinen von den Cystoidea abzustammen.

Biologie – Ökologie: Die Arten der Gattung *Pentremites* sind in Amerika und vor allem in den karbonen Kalkgesteinen der Mississippi-Stufe verbreitet.

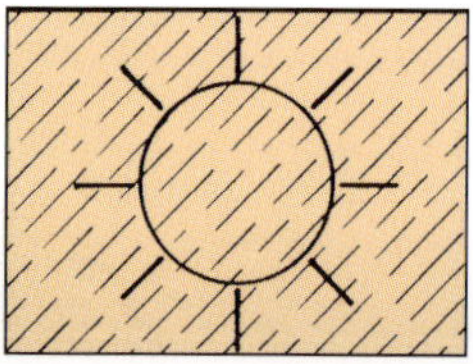

Klassifizierung: *Stamm:* Echinodermata – *Klasse:* Crinoidea – *Ordnung:* Monobathrida – *Familie:* Actinocrinidae
Alter: Karbon – Perm
Verbreitung: Europa, Nordamerika, Nordafrika, Australien, Timor
Größe des Fossils: Ø 2 cm
Beschreibung: Das Tegmen, das den Kelch verschließt, ist ebenso groß wie dieser. Es bildet eine Kuppel, die sich aus verkümmerten ovalen Interambulakralplatten zusammensetzt. Der Mund und die Ambulakralkanäle haben sich nach innen verlagert und befinden sich unter dem Tegmen. Der After sitzt am Scheitelpunkt der Kuppel, die den Kelch überspannt. Die an der Basis gegabelten Arme sind selten erhalten; sie hinterlassen jeweils zwei Löcher an ihrer Ursprungsstelle. *Actinocrinus stellaris* hatte sogar an der Basis viergeteilte Arme. Die Platten sind in der Regel stark ornamentiert: Knötchen auf den Tegmenplatten, radiale Ornamentierung auf den Thekaplatten. Insgesamt ähnelt das Fossil einem Brummkreisel.
Biologie – Ökologie: Die Gattung *Actinocrinus* hat sich im Dinantium (Unter-Karbon) entwickelt. Es handelt sich um eine hoch spezialisierte Form; sie ist jedoch nur von geringem Interesse für die Stratigrafie.

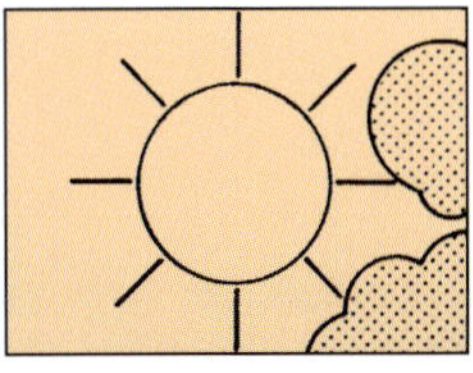

253 SOLANOCRINUS THIOLLERI

Klassifizierung: *Stamm:* Echinodermata – *Klasse:* Crinoidea – *Ordnung:* Comatulida – *Familie:* Solanocrinidae
Alter: Mittel-Jura – Unter-Kreide
Verbreitung: Frankreich (Département Ain: Cérin)
Größe des Fossils: Ø 20 cm
Beschreibung: *Solanocrinus thiolleri* zeigt auffällige Ähnlichkeiten mit den rezenten *Comatula.* Dieses prächtige Fossil wurde 1888 von P. de Loriol beschrieben. Es hat keinen Kelch, nur die Centrodorsalplatte tritt in Erscheinung. Die zehn Arme dagegen sind hervorragend erhalten, zumindest ihr Proximalteil. Einige dieser Arme hinterließen einen Abdruck und geben so Aufschluss über ihre ursprüngliche Länge. Die aus Skelettstückchen zusammengesetzten, in Reihen angeordneten Zirrhen sind ebenfalls vollständig erhalten. Sie sind über Gelenke mit der Centrodorsale verbunden; hier sind etwa 20 zu erkennen. Sie enden in einem kleinen Haken und spielten eine Rolle bei der Verankerung des Tieres auf felsigem Untergrund. Nur die Dorsalseite der Arme ist zu sehen; sie ist im Proximalteil flach und rundet sich im schmalen Distalteil. Dieses Merkmal unterscheidet *S. thiolleri* von den anderen bekannten Arten.
Biologie – Ökologie: Die rezenten *Comatula* leben in Gruppen auf felsigem Untergrund in relativ seichten Gewässern. Sie können mehrere Tage am selben Ort bleiben. Sie bewegen sich mit ihren Armen fort, die sich rhythmisch auf- und abbewegen. Sie ernähren sich mikrophag. Jeder Arm trägt eine Ambulakralfurche; je zwei dieser Furchen vereinigen sich in Höhe des Mundes. Härchen in diesen Furchen leiten die kleinen Beutestückchen, meist Protozoen, durch konstante Flimmerbewegungen zum Mund. Das Wassergefäßsystem wird von Poren gespeist, die sich zwischen den Furchen öffnen. Der After befindet sich auf der Mundseite am Ende einer Röhre. Mund, After und aborale Seite bilden eine bilaterale Symmetrie, die typisch für die Crinoidea ist. Über den After wird neben den Exkrementen auch das Wasser ausgeschieden. Die Arme sind an den Syzygien fähig zur Autotomie (Abwerfen und anschließendes Nachwachsen); die Syzygien sind am Fossil von *S. thiolleri* nicht sichtbar. Die Befruchtung findet extern statt, und die befruchteten Eier werden mittels einer viskosen Masse am Tier festgeheftet, bis die Larven schlüpfen. Die Larve heftet sich am Untergrund fest und befindet sich dann im pentracrinoiden Stadium. Erst sechs oder sieben Monate später löst sich der Kelch mit den ausgewachsenen Armen vom Fuß und nimmt dabei die ersten, Zirrhen tragenden Stielringe mit.

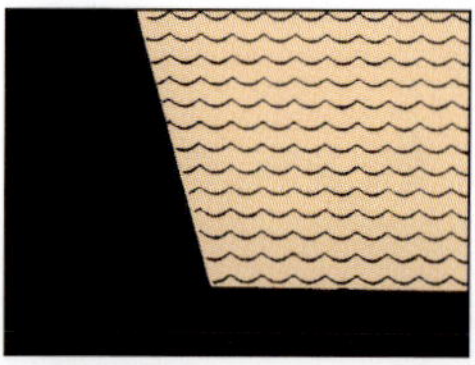
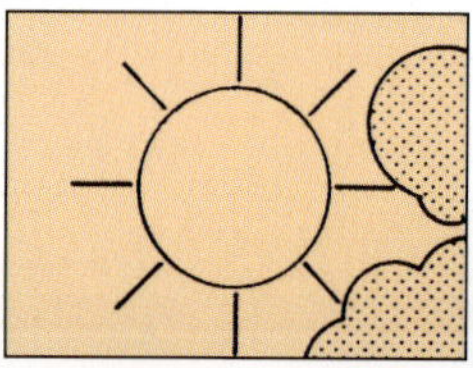

254 APIOCRINUS

Klassifizierung: *Stamm:* Echinodermata – *Klasse:* Crinoidea – *Ordnung:* Millericrinida – *Familie:* Apiocrinidae
Alter: Jura – Unter-Kreide
Verbreitung: Deutschland, Schweiz, Frankreich, Großbritannien
Größe des Fossils: Ø 4 cm
Beschreibung: Der Kelch von *Apiocrinus* hat die Form einer umgedrehten Amphore. Er ist von glatten polygonalen Platten bedeckt, die bis zum Stiel reichen. Dieser besteht aus kreisrunden, gleich großen, gelenkig miteinander verbundenen Stielgliedern. Der obere Teil des Gehäuses trug fünf gleichmäßig gegabelte Arme und einen Saum kleiner Fortsätze, die nur selten erhalten sind. Der Mund befindet sich wie der After am oberen Pol des Kelches. Die Dichotomie der Arme führt zur Vergrößerung der Oberfläche für die Nahrungsaufnahme.
Biologie – Ökologie: Das Kalkgehäuse ist mit dem der Seeigel vergleichbar und ermöglichte in einigen Fällen eine bemerkenswert gute Fossilisierung. Die Anhäufung von Resten dieser Stachelhäuter führte zur Bildung großer Mengen von Trochitenkalk, vor allem im Bajocium. *Apiocrinus* gehört zur Ordnung Millericrinida, zu der auch *Dadocrinus* zählt. Es gibt einige rezente Vertreter dieser Ordnung, die meisten Arten sind jedoch fossil.

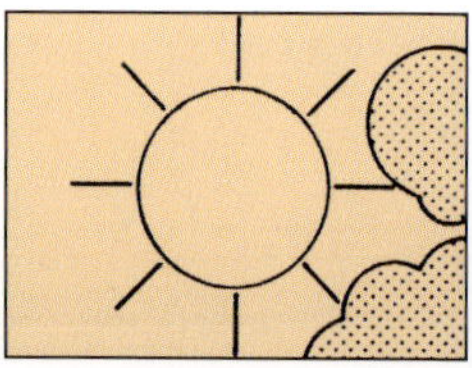

Klassifizierung: *Stamm:* Echinodermata – *Klasse:* Crinoidea – *Familie:* Encrinidae
Alter: Trias (Muschelkalk)
Verbreitung: Deutschland, Frankreich, Luxemburg
Größe des Fossils: Höhe 10 cm, Ø 5 cm
Beschreibung: Von diesem Lebewesen sind in der Regel der Kelch und die zehn verlängerten Arme erhalten. Die fünf Radialia sind trapezförmig. Die Arme sind von der Basis an geteilt und bleiben aneinander gelegt, was eine vollständige Fossilisierung sicherstellt. Der Stiel setzt sich aus hohen zylindrischen Gliedern zusammen, die in regelmäßigen Abständen Wülste formen. Im Querschnitt weisen sie eine zentrale Öffnung auf, von der strahlenförmig Streifen ausgehen. *Encrinus liliiformis* gehört zu den sog. fistulaten Formen, bei denen der After am Ende einer langen Röhre sitzt.
Biologie – Ökologie: Diese Art ist typisch für den Muschelkalk. *Inadunata* und *Articulata* sind die einzigen Crinoidea, die das Perm überdauerten und triassische Formen hervorbrachten. Die Crinoidea werden in der Gegewart von den rezenten Comatuliden vertreten. Man vermutet, dass die fossilen Crinoidea in größeren Tiefen lebten als die rezenten Comatuliden.

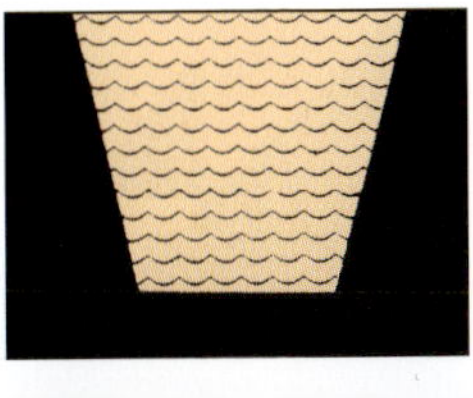

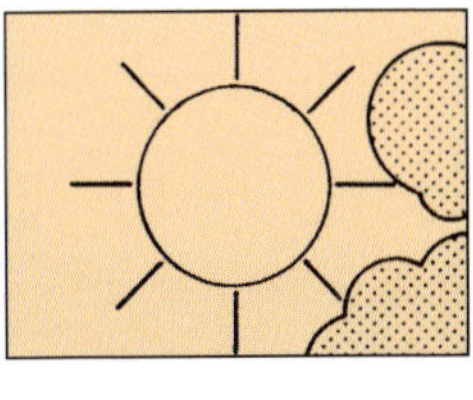

PENTACRINUS

Klassifizierung: *Stamm:* Echinodermata – *Klasse:* Crinoidea – *Ordnung:* Isocrinida – *Familie:* Pentacrinidae
Alter: Trias – Ober-Jura
Verbreitung: Westeuropa
Größe des Fossils: Ø des Stiels 1 cm bis 1,3 cm, Länge bis 20 m
Beschreibung: *Pentacrinus* hat die Form eines sehr dichten Besens. Die langen verzweigten Arme sind an einem sehr kleinen dizyklischen Kelch befestigt und werden von einer Reihe langer Fortsätze gesäumt. Das Lebewesen wird von einem langen Stiel getragen, der aus zahlreichen fünfeckigen Gliedern besteht. Er kann bei den fossilen Formen eine Länge von bis zu 20 m bei einem Durchmesser von 1 cm erreichen. *Pentacrinus* gehört zu den *Articulata* und ist der einzige Vertreter, dessen Nachfahren bis heute erhalten sind und sich weiterentwickelt haben.
Biologie – Ökologie: Diese Gattung erlebte ihre Blütezeit im Unter-Jura. Einige Sedimente dieser Epoche sind vollkommen mit den sternförmigen Stielgliedern von *Pentacrinus* angefüllt (liassischer Trochitenkalk). Einige Isocrinida leben noch heute in großen Tiefen der Meere und bilden dort riesige Rasen. Der Begriff „pentacrinoid" bezeichnet auch ein Entwicklungsstadium der Crinoida; so spricht man von der pentacrinoiden Larve von *Comatula.*

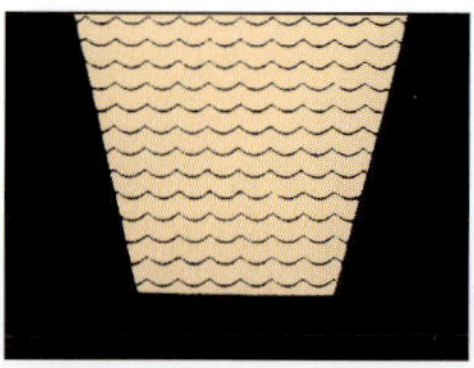
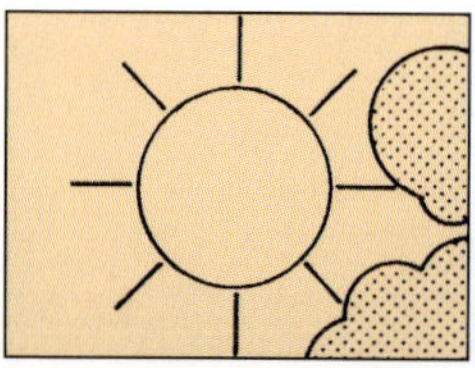

Klassifizierung: *Stamm:* Echinodermata – *Klasse:* Stelleroida – *Ordnung:* Ophiurida
Alter: Ordovizium – Gegenwart
Verbreitung: Weltweit
Größe des Fossils: Zentralscheibe Ø 1,5 cm bis 2 cm
Beschreibung: Hierbei handelt es sich um fossile Organismen, die an Seesterne erinnern. Sie setzen sich aus einer Zentralscheibe und fünf biegsamen Armen zusammen. Auf der Unterseite begrenzen fünf größere Platten den zentral gelegenen Mund. Das Apikalsystem auf der gegenüberliegenden Seite besteht aus einer centrodorsalen Platte, um die die Basalia und die Radialia angeordnet sind. Die Arme werden von Platten bedeckt, deren axiale oder vertebrale Ausrichtung charakteristisch für die Ophiuren ist, ebenso wie das Fehlen der Madreporenplatte.
Biologie – Ökologie: Fossile Ophiuren fndet man nur selten. Die im Ordovizium aufgetretenen Ophiuren überdauerten 400 Millionen Jahre ohne nennenswerte Veränderungen. Aufgrund ihrer Seltenheit sind sie in der Stratigrafie nur von geringer Bedeutung. Die schönsten Exemplare findet man im schieferigen Devon in Nordeuropa. Rezente Ophiuren sind in allen Weltmeeren verbreitet.

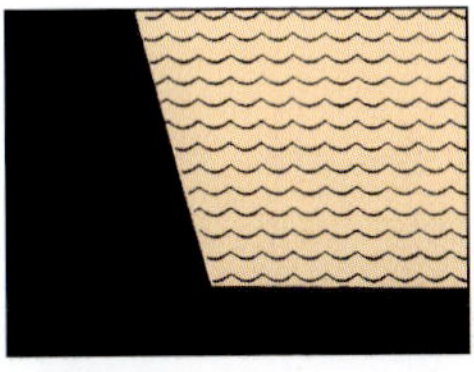
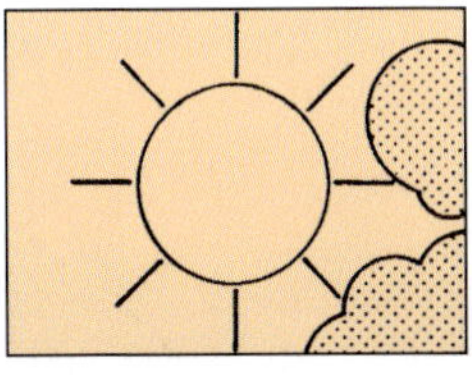

258 PLUTONASTER LITHOGRAPHICUS

Klassifizierung: *Stamm:* Echinodermata – *Klasse:* Stelleroida – *Ordnung:* Asterida, Phanerozonida– *Familie:* Astropectinidae
Alter: Ober-Jura
Verbreitung: Frankreich (Département Ain: Cérin)
Größe des Fossils: Ø 10 cm
Beschreibung: Nur die Ventralseite ist bei diesem Fossil von *Plutonaster* zu sehen. Die fünf Arme verjüngen sich stark zur Spitze hin. Die interbrachialen Winkel sind relativ spitz. Die kleinen marginalen Platten werden zur Spitze hin immer höher und ähneln schließlich kleinen runden Knötchen. In der Mitte tragen sie einen Stachel sowie einen oder zwei Stacheln auf dem Außenrand. Die Ambulakralfurchen sind eng. Die kleinen Adambulakralplatten haben eine nahezu quadratische Form und werden zum Peristom hin größer. Die Mundschilde sind ebenfalls sehr klein. Die Ventralseite der Scheibe ist von kleinen rechteckigen Plättchen übersät, die in den interradialen Bereichen drei Reihen bilden, die auf jeder Seite der Adambulakralplatten angeordnet sind. Sie werden zunehmend kleiner und verschwinden auf halber Armlänge.
Biologie – Ökologie: *Plutonaster* ist ein Stachelhäuter aus Cérin, der wie *Antedon* von P. de Loriol und vor diesem von Thiollère beschrieben wurde, der ihn *Astropecten lithographicus* benannt hatte. Biologisch ist *Plutonaster* mit den rezenten Seesternen identisch.

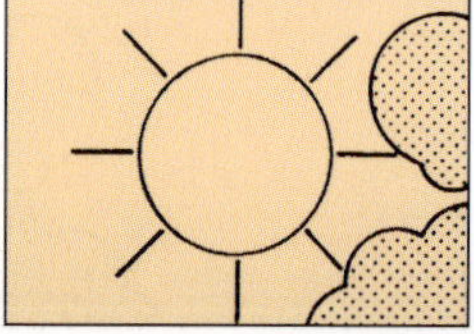

Klassifizierung: *Stamm:* Echinodermata – *Klasse:* Echinoidea – *Ordnung:* Cidaroida – *Familie:* Cidaridae
Alter: Bajocium
Verbreitung: Deutschland, Nord- und Ostfrankreich, Nordeuropa
Größe des Fossils: Höhe 2 cm, Ø 3,5 cm
Beschreibung: Das Gehäuse von *Balanocidaris* ist typisch für die Cidaridae: Es trägt zwei Knotenreihen auf den Interradialräumen und schmale Radialfelder. Es ist weniger kugelig als das von *Rhabdocidaris,* und die dorsoventrale Verflachung ist hier ausgeprägter. Die Radialfelder sind gewunden und unregelmäßig, ebenso wie die Ornamentierung der Interambulakralfelder. Die Stacheln der Cidaridae weisen eine große Formenvielfalt auf und dienen als Erkennungsmerkmal. Sie sind einzeln in den Sedimenten zu finden. Beim lebenden Tier saßen die Stacheln auf Knoten, die perforiert sein konnten, wobei der perforierte Typ der archaischere war. Die Knoten bestehen aus einem konischen Sockel und einer Warze. *Balanocidaris* hatte unterschiedlich geformte Stacheln; alle waren jedoch typischerweise gewölbt, eichelförmig und von variabler Größe.
Biologie – Ökologie: *Balanocidaris* führte wie andere Vertreter der Familie der Cidaridae ein Leben im Benthos der Felsküsten. Er ist ein gutes Leitfossil und ein Faziesanzeiger.

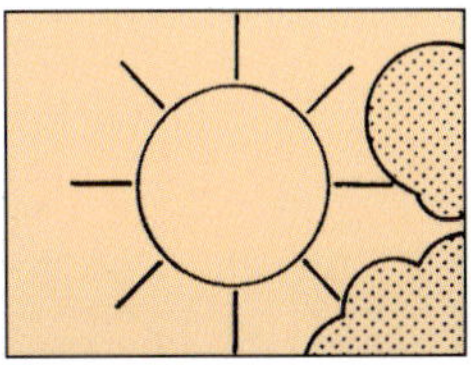

RHABDOCIDARIS (STACHEL)

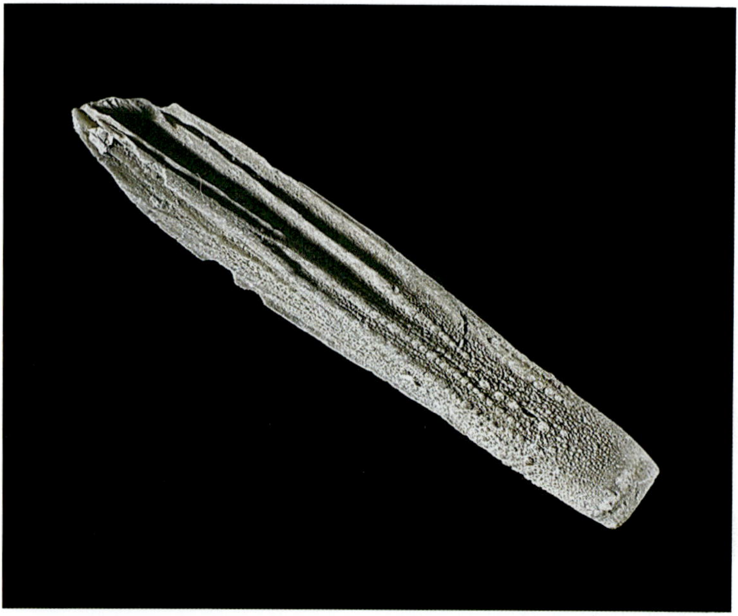

Klassifizierung: *Stamm:* Echinodermata – *Klasse:* Echinoidea – *Ordnung:* Cidaroida – *Familie:* Cidaridae
Alter: Jura – Eozän
Verbreitung: Frankreich, Westeuropa
Größe des Fossils: Stacheln 8 cm bis 10 cm Länge
Beschreibung: Die Stacheln von *Rhabdocidaris* sind lang und dornig. Sie sind immer relativ abgeflacht, haben einen dreieckigen Querschnitt und in der Regel einen Durchmesser von 2 cm. Sie sind mit schwach ausgeprägten Rippen ornamentiert, an die sich Knötchen oder kurze spitze Stacheln reihen. Das Gehäuse ist mit stark hervorgehobenen Knoten ornamentiert, die in zwei Reihen in den Interambulakralfeldern angeordnet sind. Die gleichförmigen Ambulakralfelder sind schmal und tragen kleine Platten. Hier handelt es sich um einen primitiven Vertreter der Cidaridae, bei dem die Platten nicht dachziegelartig angeordnet sind. Das Gehäuse ist kugelig bis zylindrisch und an den Polen leicht abgeflacht.
Biologie – Ökologie: Die Vertreter der Gattung *Rhabdocidaris* gehören wie alle Seeigel zum Benthos. Sie lebten auf felsigem Untergrund in der Nähe der Küsten und führten, obwohl sie vagil waren, ein nahezu sessiles Leben. Die Stacheln dienten der Fortbewegung, im Laufe der Evolution spezialisierten sie sich jedoch teilweise z. B. zu Reinigungsapparaten für das Gehäuse oder zu Giftstacheln.

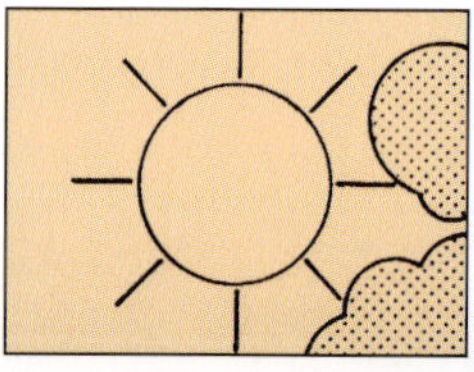

Klassifizierung: *Stamm:* Echinodermata – *Klasse:* Echinoidea – *Ordnung:* Cidaroida – *Familie:* Cidaridae
Alter: Ober-Jura
Verbreitung: Europa (bes. Schweiz)
Größe des Fossils: Höhe 4 cm, Ø 6 cm
Beschreibung: Dieser Seeigel ist an beiden Polen abgeflacht („turbanförmig") und weist eine für *Cidaris* typische Ornamentierung auf: schmale, gewundene Ambulakralfelder mit Poren, breite Interambulakralfelder mit großen gezähnelten Knoten, die als Basis für mehrere Stacheln dienen. Die Platten, die den Mund umgeben, waren beweglich und sind daher kaum erhalten. Sie fallen ab und hinterlassen eine Öffnung, die deutlich größer ist als das Periprokt. Das Peristom ist ganzrandig. Das Fehlen von Einkerbungen auf der Oralseite ist charakteristisch für holostome Seeigel mit internen Kiemen. Die Cidaridae sind sehr primitive Lebewesen, von denen alle rezenten Seeigel abstammen.
Biologie – Ökologie: *Paracidaris florigemma* ist eine in Europa weit verbreitete Art. Man findet sie vor allem in der Stufe des „Rauracien" (Ober-Jura) des Pariser Beckens, stets in Korallenfazies. Einige Sedimente setzen sich größtenteils aus den Stacheln dieses Seeigels zusammen.

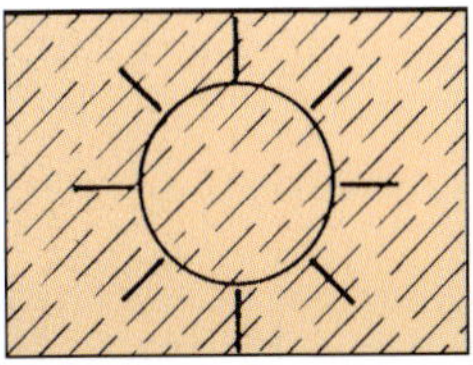

HEMICIDARIS CRENULARIS

Klassifizierung: *Stamm:* Echinodermata – *Klasse:* Echinoidea – *Ordnung:* Spirodonta Hemicidaroida – *Familie:* Hemicidaridae
Alter: Ober-Jura
Verbreitung: Deutschland, Schweiz, Frankreich
Größe des Fossils: Höhe 3 cm, Ø 4 cm
Beschreibung: Das Gehäuse von *Hemicidaris* ist rundlich. Die Mundöffnung befindet sich auf der unteren, abgeflachten Seite. Die Oberseite von *Hemicidaris* entspricht der von *Cidaris*: schmale, gewundene Radien; auf den Interradialfeldern sitzen stumpfe Kegelchen mit einem großen Knoten an der Spitze. Die Unterseite weist jedoch ein breiteres Ambulakralfeld mit einer anderen Ornamentierung auf. Die Heterogenität des Ambulakralfeldes charakterisiert die Gattung *Hemicidaris*. Das Peristom weist hier Einkerbungen auf, die Art gehört also zu den Glyphostomata (Außenkiemern). Die Laterne des Aristoteles besitzt geriffelte Zähne. Die Stacheln sind sehr dick und krenuliert. Der After an der Oberseite ist von einer kleinen Rosette aus Platten umgeben.
Biologie – Ökologie: *Hemicidaris crenularis* ist häufig in der Korallenfazies des Oxfordiums und des Kimmeridgiums anzutreffen. Er ist typisch für warme Meere und daher ein nützliches Instrument bei der stratigrafischen Untersuchung dieser Stufen, insbesondere des sog. Lusitanien.

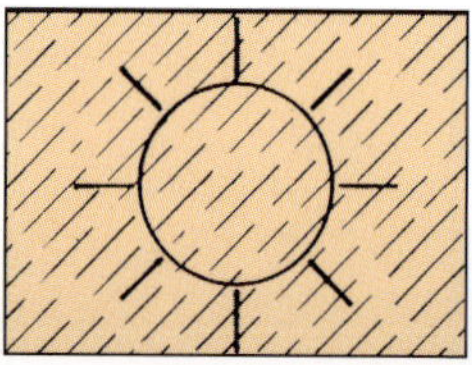

Klassifizierung: *Stamm:* Echinodermata – *Klasse:* Echinoidea – *Ordnung:* Spirodonta Hemicidaroida – *Familie:* Pseudodiadematidae
Alter: Keuper – Unter-Kreide
Verbreitung: Westeuropa
Größe des Fossils: Höhe 3 cm, Ø 5,5 cm
Beschreibung: Die niedrige Form des Gehäuses verleiht diesem Seeigel ein kuppelartiges Aussehen. Sein insgesamt kreisrunder Umriss geht jedoch leicht in Richtung Fünfeck. Das schwach entwickelte Periprokt trägt in der Mitte den After. Der Mund auf der Gegenseite ist groß und am Rand tief eingeschnitten. Die Ornamentierung ist cidaroid: Fünf doppelte Porenstreifen mit jeweils gleichem Abstand voneinander verbinden die Pole; in den Zwischenräumen verlaufen jeweils zwei Reihen aus perforierten Knoten auf einem körnigen Untergrund. Die Laterne des Aristoteles, der bewegliche Teil des Kauapparates, weist niedrige, nicht aneinander stoßende Epiphysen auf. Sie trägt fünf geriffelte Zähne.
Biologie – Ökologie: Die Gattung *Pseudodiadema* tritt zwar vom Anfang des Juras bis zum Ende der Unter-Kreide häufig auf, vor allem jedoch ist sie im Unter-Kimmeridgium anzutreffen. Ihre Vorfahren in der Trias und im Unter-Jura unterscheiden sich von den Vertretern von *Cidaris* lediglich durch ihr glyphostomes Peristom. Dieser Seeigel war an Korallenmilieus angepasst, also an warme Meere.

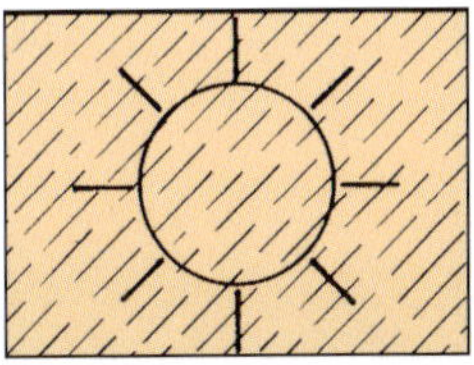

 GLYPTICUS HIEROGLYPHICUS

Klassifizierung: *Stamm:* Echinodermata – *Klasse:* Echinoidea – *Ordnung:* Spirodonta Arbacioida – *Familie:* Arbaciidae

Alter: Ober-Jura

Verbreitung: Deutschland, Schweiz, Nordfrankreich, Großbritannien

Größe des Fossils: Höhe 1,5 cm, Ø 3,5 cm

Beschreibung: Dieser entlang der Symmetrieachse sehr stark abgeflachte Seeigel ist problemlos an seiner Ornamentierung zu erkennen: Die Knoten im oberen Teil sind ungleichmäßig miteinander verwachsen und sehen daher wie Hieroglyphen aus. Das Peristom ist breit und trägt an seinem Rand zehn Einschnitte. Der After liegt auf der Gegenseite im Periprokt und wird von einer Plattenrosette umgeben. Die Einkerbungen des Peristoms deuten darauf hin, dass das Tier externe Kiemen hatte. *Glypticus hieroglyphicus* ernährte sich makrophag und besitzt daher einen gut entwickelten Kauapparat mit geriffelten Zähnen. Fünf Doppelstreifen überziehen das Gehäuse vom Mund zum After. Auf jedem Streifen ist ein schmales Band mit gewöhnlichen Knoten zu sehen sowie ein breites Band mit unregelmäßigen Knoten, deren seltsames Aussehen an Hieroglyphen erinnert.

Biologie – Ökologie: *G. hieroglyphicus* entwickelte sich vor allem im Oxfordium in Korallenfazies. Er benötigte warme, seichte und sauerstoffreiche Gewässer.

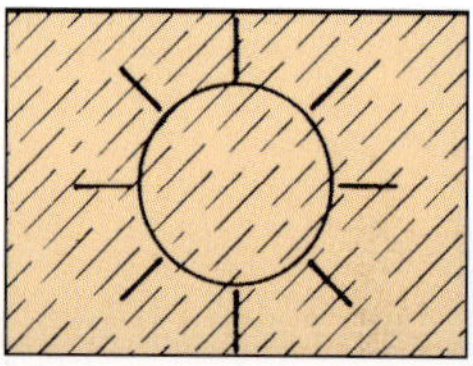

Klassifizierung: *Stamm:* Echinodermata – *Klasse:* Echinoidea – *Ordnung:* Spirodonta Hemicidaroida – *Familie:* Saleniidae
Alter: Unter-Kreide – Gegenwart
Verbreitung: Süd- und Westeuropa
Größe des Fossils: Höhe 1,3 cm, Ø 2 cm
Beschreibung: *Salenia* ist ein kleiner, auf der Oralseite leicht abgestumpfter Seeigel. Der After liegt exzentrisch in einer Rosette aus elf glatten Platten. Das Zentrum der Aboralseite, das bei den meisten regulären Seeigeln vom After besetzt ist, wird hier von einer Platte, der sog. Suranale, ersetzt. Das Apikalsystem hat aufgrund der großen Genitalporen und der suturalen Lücken ein insgesamt spitzenartiges Aussehen. Die Ornamentierung ist cidaroid. Spalten im Peristom deuten auf externe Kiemen hin; dies ist kennzeichnend für die Gruppe der Glyphostomen. Diese Seeigel stammen von holostomen Seeigeln (mit ganzrandigem Peristom) ab.
Biologie – Ökologie: *Salenia* trat erstmals in der Unter-Kreide auf und existiert noch heute. Er lebt in warmen Gewässern in Riffumgebungen. Seine Blütezeit erlebte er in der Kreide.

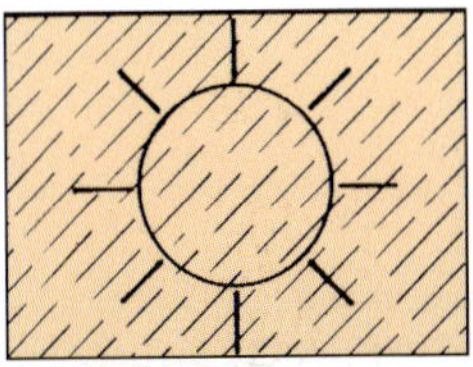

STOMECHINUS BIGRANULARIS

Klassifizierung: *Stamm:* Echinodermata – *Klasse:* Echinoidea – *Ordnung:* Spirodonta Phymosomatoida – *Familie:* Stomechinidae
Alter: Bajocium
Verbreitung: Großbritannien, Frankreich
Größe des Fossils: Höhe 3 cm, Ø 5,5 cm
Beschreibung: Das auf der Oralseite liegende Gehäuse dieser Art erinnert an eine oben leicht abgeflachte Kuppel. Der Periproktbereich ist klein und trägt in seiner Mitte den After. Der Mund bildet auf der Unterseite ein Fünfeck mit doppelten, tiefen Einkerbungen an den Ecken. Die Gehäuseoberfläche ist von kleinen Knoten überzogen, die auf einem ebenfalls körnigen Untergrund sitzen. Die Platten sind deutlich voneinander abgesetzt. *Stomechinus* ist die älteste Gattung der Familie der Stomechinidae. Der Kauapparat weist eine Laterne des Aristoteles mit bogenförmig verwachsenen Epiphysen und gekielten Zähnen auf. Die Kiemen lagen außen.
Biologie – Ökologie: Die Art *Stomechinus bigranularis* tritt vor allem im Bajocium (Mittel-Jura) auf und ist charakteristisch für tropische oder subtropische Klimazonen und Riffumgebungen. Sie gilt als gutes Leitfossil.

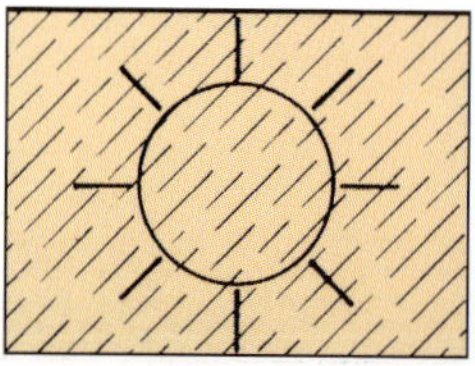

Klassifizierung: *Stamm:* Echinodermata – *Klasse:* Echinoidea – *Ordnung:* Clypeasteroida
Alter: Oligozän – Miozän
Verbreitung: Frankreich
Größe des Fossils: Höhe 1 cm, Ø 8 cm
Beschreibung: Dieser discoide, extrem flache Seeigel hat einen beinahe fünfeckigen Umriss. Die fünfstrahlige Symmetrie wird hier von einer Bilateralsymmetrie überdeckt: Das Gehäuse weist zwei Löcher auf; diese befinden sich gegenüber zwei der fünf blattförmigen Felder, die auf der Oberseite von den Poren gebildet werden. Der kleine Mund nimmt noch das Zentrum der Oralseite ein. Der After dagegen ist verlagert; er befindet sich auf der Unterseite in der Nähe des Randes in der Symmetrieebene. Die Bilateralsymmetrie schließt auch die Laterne des Aristoteles ein, die nur vier Kiefer und vier Zähne aufweist.
Biologie – Ökologie: *Amphiope* weist Merkmale auf, die auf die Anpassung an eine halb in die Sedimente eingegrabene Lebensweise hindeuten: discoide Form, auf biegsame Borsten reduzierte Stacheln, rückgebildete und durch obere, der Atmung dienende Ambulakralfüßchen ersetzte Kiemen. Die Scutellidae haben noch heute zahlreiche rezente Vertreter.

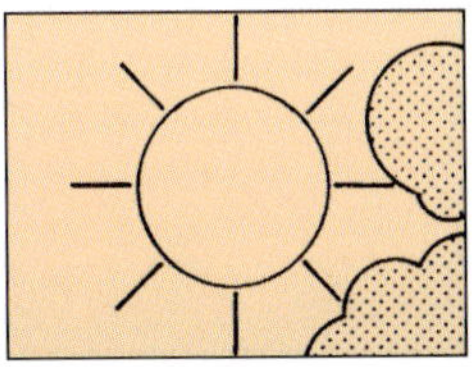

SCUTELLA SUBROTUNDA

Klassifizierung: *Stamm:* Echinodermata – *Klasse:* Echinoidea – *Ordnung:* Clypeasteroida – *Familie:* Scutellidae
Alter: Miozän
Verbreitung: Südwesteuropa
Größe des Fossils: Höhe 1,2 cm, Ø 10 cm
Beschreibung: Das Gehäuse dieses extrem flachen, annähernd kreisrunden Seeigels weist gegenüber jedem Petalodium eine Einkrümmung des Umrisses auf. Überdies ist eine der Interradialia abgestumpft. Auf der Unterseite gehen vom Mund strahlenförmige tiefe Furchen aus, die sich auf einem Viertel oder einem Drittel ihrer Länge verzweigen. Der After ist unterständig und sehr klein und befindet sich in der Nähe des Randes. Interne Scheidewände verstärken das Gehäuse dieses flachen Seeigels. Die Bilateralsymmetrie überträgt sich auch auf den Apikalapparat, der nur noch vier Genitalporen aufweist, sowie auf die Laterne des Aristoteles, die aus vier Kiefern besteht. Man nennt die Clyperasterida auch „sand dollars", weil sie so flach sind.
Biologie – Ökologie: Die Blütezeit der Gattung *Scutella* liegt im Mittel-Miozän; es gibt noch eine rezente Art, die in den warmen Meeren Japans lebt. *Scutella subrotunda* ist ein Leitfossil für das Burdigalium des Miozäns. Dieser Seeigel lebte halb im Küstensand eingegraben in warmen Klimazonen.

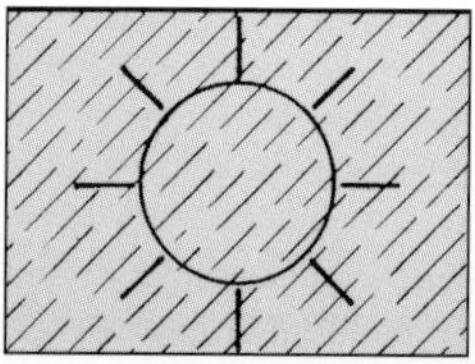

Klassifizierung: *Stamm:* Echinodermata – *Klasse:* Echinoidea – *Ordnung:* Clypeasteroida – *Familie:* Clypeasteridae
Alter: Tertiär – Gegenwart
Verbreitung: Westeuropa, Mittelamerika
Größe des Fossils: Höhe maximal 12,5 cm, Ø 14 cm
Beschreibung: Dieses große Tier hat einen fünfeckigen Umriss und weist in Höhe des Scheitels eine Wölbung auf. Die gegenüberliegende Oralseite ist deutlich konkav, zumindest bei den echten *Clypeaster.* Das Gehäuse wird von einem Netz von Septen verstärkt. Auf der Oberseite bilden Poren große Petalodien. Fünf tiefe Furchen gehen strahlenförmig vom fünfeckigen Mund aus. Der sehr kleine After befindet sich in submarginaler Position. Das Tier ernährt sich makrophag und besitzt einen funktionellen Kauapparat, dessen Kiefer jedoch weitgehend asymmetrisch ist.
Biologie – Ökologie: Den Lebensraum von *Clypeaster* bilden die warmen bewegten Meere und Korallenmilieus. Die Tiere treten erstmals im Tertiär auf und werden im Miozän sehr zahlreich. Im Laufe der quartären Vergletscherung verließen sie das Mittelmeer und wanderten in wärmere Meere ab. Diese äußerst vielgestaltige Gattung ist noch heute durch zahlreiche rezente Arten vertreten und wird in der Stratigrafie häufig verwendet.

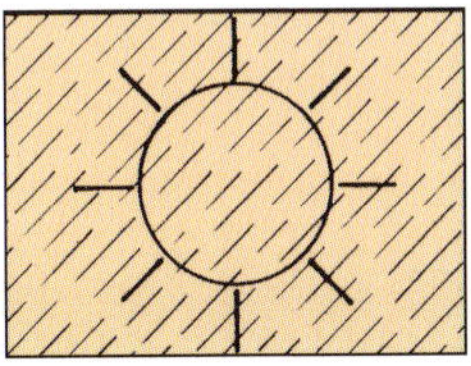

CAMEROGALERUS CYLINDRICUS

Klassifizierung: *Stamm:* Echinodermata – *Klasse:* Echinoidea – *Ordnung:* Holectypoida – *Familie:* Discoididae
Alter: Kreide
Verbreitung: Westeuropa
Größe des Fossils: Höhe 2 cm, Ø 2,5 cm
Beschreibung: Dieses Tier hat die Form eines sehr gleichmäßigen, halbkugeligen Iglus. Die Ambulakralfelder sind nicht petaloid: Fünf doppelte Porenbänder verbinden den Scheitel mit der Mundöffnung. Die Gehäuseoberfläche ist homogen gekörnt. Auf der Basalseite befinden sich der durch fünf Spalten eingekerbte Mund und der submarginale Anus. Auf dem Steinkern sieht man strahlenförmige Furchen, die hervorstehenden radialen Lamellen auf der Innenseite entsprechen. Das Tier verfügt über symmetrische Kiefer. Der gekerbte Rand des Mundes deutet vermutlich auf externe Kiemen hin.
Biologie – Ökologie: *Camerogalerus cylindricus* stammt von *Pygaster,* einem primitiven Vertreter der Holectypida ab (symmetrische Kiefer). Das Auftreten von inneren Septen legt den Schluss nahe, dass die Familie der Discoididae ihrerseits den Ursprung für die Ordnung der Clypeasteroida bildet, bei denen sich diese Septen entwickeln und komplexer werden. Diese Gattung trat erstmals im Aptium auf und entfaltete sich im Cenomanium. Ihre Vertreter sind gute Leitfossilien.

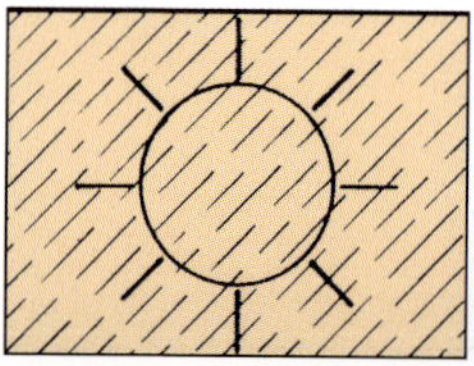

Klassifizierung: *Stamm:* Echinodermata – *Klasse:* Echinoidea – *Ordnung:* Holectypoida – *Familie:* Conulidae
Alter: Albium
Verbreitung: Westeuropa
Größe des Fossils: Ø 5 cm
Beschreibung: *Conulus albogalerus* erscheint konisch, hat jedoch eine eiförmige Basis, die zusammen mit der marginalen Position des Afters die Bilateralsymmetrie bestimmt. Die apikale Madreporenplatte und der Mund sind durch fünf doppelte Porenstreifen verbunden; nur diese Ornamentierung weist auf die fünfstrahlige Symmetrie hin. Ein kleiner Mund bestimmt das Zentrum der flachen Oralseite. *Conulus* war als frei schwimmender, beweglicher Stachelhäuter von einer Kalkkruste ohne Stacheln und Knoten bedeckt. Sein Wassergefäßsystem und sein Verdauungsapparat lassen sich anhand der Poren, des Mundes und des Afters bestimmen. Es handelt sich hier um eine eng mit *Echinoconus* verwandte Form, von dem *Conulus* sich durch die fehlenden kalkigen Kiefer am Mundrand unterscheidet.
Biologie – Ökologie: Aufgrund seiner Eiform konnte *Conulus* sich problemlos im Schlamm eingraben. Die Form weist auf eine Anpassung an sehr strömungsarme Bereiche hin. *C. albogalerus* war ein Suspensionsfresser.

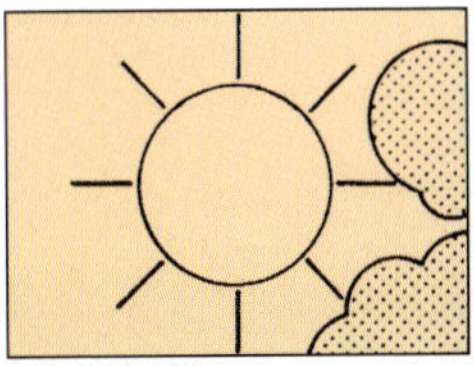

 HOLECTYPUS

Klassifizierung: *Stamm:* Echinodermata – *Klasse:* Echinoidea – *Ordnung:* Holectypoida – *Familie:* Holectypidae
Alter: Mittel-Jura – Ober-Kreide
Verbreitung: Deutschland, Schweiz, Frankreich
Größe des Fossils: Höhe 2 cm, Ø 3,3 cm
Beschreibung: Insgesamt erinnert dieses Fossil an eine rundliche, leicht abgeflachte Kuppel. Im Zentrum der leicht konkaven Unterseite befindet sich das Peristom, das stark gekerbt ist und eine große Öffnung aufweist. Das ovale, sehr lange Perikprokt reicht bis in die Nähe des Mundes. Auf der anderen Seite befindet sich der symmetrische apikale Apparat ohne After. Die Ornamentierung ist reduziert auf fünf meridiane Porenstreifen auf einer leicht körnigen Oberfläche. Die Laterne des Aristoteles ist hier funktionell und hat ihre Fünfersymmetrie beibehalten.
Biologie – Ökologie: Bei der Gattung *Holectypus* ist die fünfstrahlige Symmetrie außer durch die Position des Afters kaum verändert. Man könnte diese Seeigel als „regulär mit exzentrischem After“ einordnen. Sie sind der Ursprung für den Zweig der Discoida, bei denen interne radiale Septen auftreten.

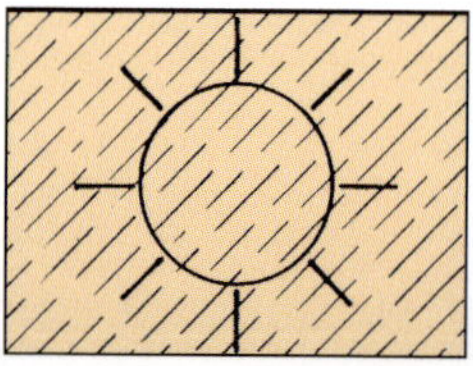

Klassifizierung: *Stamm:* Echinodermata – *Klasse:* Echinoidea – *Ordnung:* Holectypoida – *Familie:* Pygasteridae
Alter: Mittel-Jura – Cenomanium (Ober-Kreide)
Verbreitung: Europa
Größe des Fossils: Höhe 3 cm, Ø 10 cm
Beschreibung: Dieser abgeflachte große Seeigel hat keinen deutlichen Scheitelpunkt. Sein Umriss ist rund oder fünfeckig. Der Mund und das Apikalfeld sind durch fünf meridiane Ambulakralfelder verbunden, die jeweils den gleichen Abstand voneinander haben. Die Interambulakralia tragen zahlreiche Reihen oft stumpfer Knötchen. Der große mandelförmige After befindet sich seitlich auf der oberen Fläche. Das große Peristom bildet das Zentrum der Unterseite. Sein Rand ist von tiefen Kiemeneinschnitten gekerbt.
Biologie – Ökologie: *Pygaster* ist die primitive Gattung der Familie der Pygasteridae, aus der sich sehr schnell andere Gattungen entwickelt haben, die alle zu den Holectypoida gehören, bei denen die Symmetrie des Kauapparates erhalten bleibt. *Pygaster* umfasst mehrere Arten, die vom Mittel-Jura bis zum Cenomanium (Ober-Kreide) auftraten. Ihre Blütezeit erlebten sie im Ober-Jura.

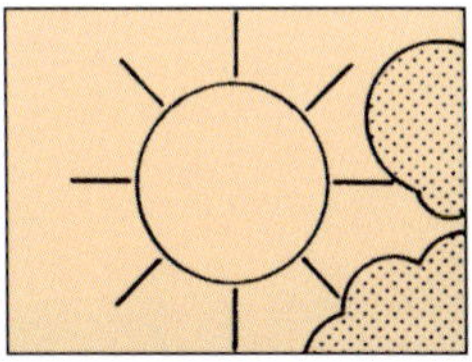

274 CLYPEUS PLOTI

Klassifizierung: *Stamm:* Echinodermata – *Klasse:* Echinoidea – *Ordnung:* Cassiduloida – *Familie:* Clypeidae
Alter: Mittel-Jura
Verbreitung: Deutschland, Schweiz, Nordosten Frankreichs, Großbritannien
Größe des Fossils: Höhe 2,5 cm, Ø 9 cm
Beschreibung: *Clypeus ploti* hat ein sehr charakteristisches Aussehen. Der leicht nach hinten verlagerte Scheitel des Fossils wird von der Madreporenplatte eingenommen, die hier sehr groß ist. Zwei Ocellarplatten befinden sich am After, der in einer Furche an der Oberseite des Seeigels liegt und den Apex mit dem Skelettrand verbindet. Die abgeflachte Oralseite ist in der Nähe des Mundes leicht eingedrückt. Dieser liegt etwas dezentral und reicht bis zur Vorderseite des Tieres. Er ist durch fünf doppelte Porenbänder, die fünf deutliche Petalodien um die Madreporenplatte bilden, mit dem Scheitel verbunden. Aufgrund der fehlenden Kiefer musste sich das Tier mikrophag ernähren. Dies ist ein Hinweis darauf, dass *C. ploti* ein Schlammfresser war.
Biologie – Ökologie: Das einfache dezentrale Peristom ist charakteristisch für die atelostomen Seeigel. Allgemein sind ihre Anatomie und ihre Ornamentierung schlichter als die ihrer Vorfahren, der *Gnathostomata. C. ploti* ist ein gutes Leitfossil für das Ober-Bajocium.

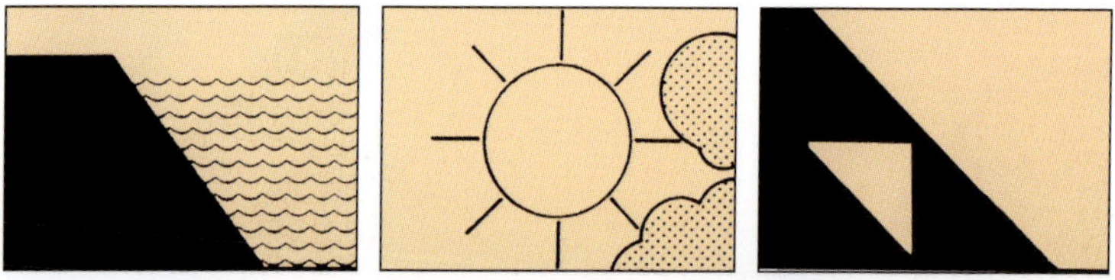

Klassifizierung: *Stamm:* Echinodermata – *Klasse:* Echinoidea – *Ordnung:* Spatangoida – *Familie:* Disasteridae
Alter: Mittel-Jura
Verbreitung: Ost- und Nordfrankreich, Belgien
Größe des Fossils: Höhe 3 cm, Ø 5,5 cm
Beschreibung: Das wichtigste Differenzierungsmerkmal dieser Familie ist der langgestreckte oder zerissene Apikalschild. Der aus drei Ocellarplatten zusammengesetzte Apex, von dem drei Porenstreifen ausgehen, liegt in annähernd zentraler Position. Die beiden anderen Platten sind dagegen nach hinten verschoben und werden mit den drei anderen durch eine Reihe lang gezogener Plättchen verbunden. Der After befindet sich in der Verlängerung dieses Systems. Auf der Unterseite verbindet der weit vom Zentrum entfernte Mund die Porenstreifen. Aufgrund seiner allgemeinen Form, seiner Anatomie und seiner Ornamentierung gehört *Collyrites elliptica* zu den Seeigeln, die am stärksten von der Fünfersymmetrie abweichen.
Biologie – Ökologie: Die Anpassung an immer schlammigere Milieus führte bei dieser Art zu einer morphologischen Vereinfachung, bei der die bilaterale Symmetrie das ursprüngliche Fünferschema der Stachelhäuter verdrängte. *C. elliptica* ist typisch für den Mittel-Jura, genauer gesagt für das Callovium.

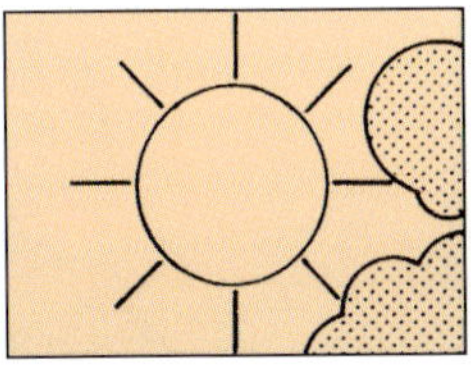

276 ECHINOLAMPAS

Klassifizierung: *Stamm:* Echinodermata – *Klasse:* Echinoidea – *Ordnung:* Cassiduloida – *Familie:* Echinolampadidae

Alter: Eozän – Gegenwart

Verbreitung: Frankreich, Italien, Belgien

Größe des Fossils: Höhe 1,5 cm, Ø 10 cm

Beschreibung: Die Arten dieser Gattung bilden in der Regel relativ große Formen. *Echinolampas* hat häufig einen eiförmigen Umriss. Vom Apex durchziehen fünf doppelte Porenstreifen das Gehäuse. Sie werden zum Rand hin immer mehr schwächer, bis sie schließlich ganz verschwinden. Der marginale After auf der Unterseite ist quer elliptisch. Der relativ zentral gelegene Mund wird von schwach ausgeprägten Furchen umgeben. Die Gehäuseoberfläche ist einheitlich gekörnt. Dieser Seeigel gehört zu den kieferlosen *Atelostomata,* deren Peristom mehr oder weniger ausgeprägte Phyllodien aufweist.

Biologie – Ökologie: Diese Gattung trat erstmals im Eozän auf und lebte bis vor ca. 200 000 Jahren im Mittelmeer bis zum Tyrrhenischen Meer. Danach wanderte sie in die wärmeren Meere an der Westküste Afrikas ab, wo sie noch heute existiert.

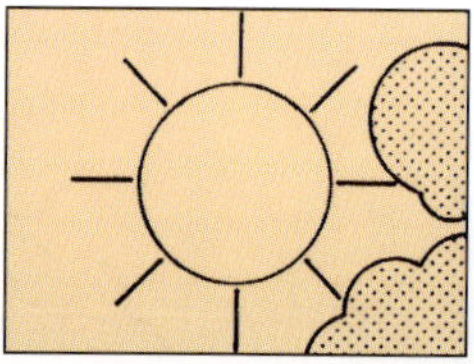

Klassifizierung: *Stamm:* Echinodermata – *Klasse:* Echinoidea – *Ordnung:* Cassiduloida – *Familie:* Echinobrissidae
Alter: Mittel-Jura – Miozän
Verbreitung: Europa, Afrika
Größe des Fossils: Höhe 1,8 cm, Ø 4,2 cm
Beschreibung: Der kleine *Nucleolites* hat einen vorne gerundeten und hinten abgestumpften Umriss. Der After befindet sich in der Nähe des Apex und liegt in einer tiefen, V-förmigen Furche, deren Spitze fast bis zum Scheitel reicht. Vom tetrabasalen Apikalapparat gehen fünf strahlenförmige Porenstreifen aus, die sich in der Peripherie des Gehäuses verwischen. Der Mund auf der Unterseite ist leicht zum vorderen Teil des Tieres hin verlagert. Das einfach gebaute Peristom hat keine Kiefer, aber auch kein Labrum und keine Flosszelle, die bei zahlreichen anderen Vertretern der Atelostomata (kieferlose Seeigel) zu finden sind.
Biologie – Ökologie: *Nucleolites* ist eine der ersten Gattungen der erstmals im Jura auftretenden irregulären Seeigel, denen der Kauapparat fehlt. Er zeigt ansonsten eine kaum veränderte fünfstrahlige Symmetrie, da After und Mund nur wenig verschoben sind. *Nucleolites scutatus* ist ein Leitfossil für das Oxfordium.

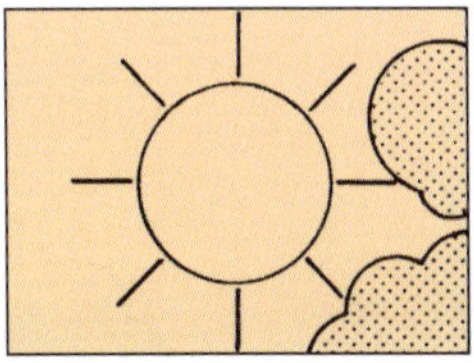

Klassifizierung: *Stamm:* Echinodermata – *Klasse:* Echinoidea – *Ordnung:* Spatanguida – *Familie:* Holasteridae
Alter: Kreide – Tertiär
Verbreitung: Frankreich (Doubs, Jura, Provence), Westeuropa
Größe des Fossils: Höhe 3,5 cm, Ø 5 cm
Beschreibung: Die Arten der Gattung *Holaster* sind relativ kugelig und ruhen auf einer nahezu flachen, herzförmigen Basis. Eine Längsfurche beherrscht die gesamte Vorderseite von Mund bis Apex. Eines der fünf Ambulakralfelder liegt in dieser Furche. Der Scheitel wird hinten von einem Vorsprung verlängert; dieser wird abrupt von einer Vertiefung unterbrochen, in der sich der After befindet. Die Ambulakralfelder bleiben schwach ausgeprägt. Der Mund auf der Unterseite ist exzentrisch und senkrecht zur Symmetrieebene verlängert. Er weist eine hervorstehende Lippe auf. Der hintere Teil dieser Seite ist in der Regel bauchig. Das Auftreten einer Lippe ist charakteristisch für die grabenden Seeigel, die ihre Nahrung im Schlamm suchen und deren Kauapparat nutzlos geworden ist.
Biologie – Ökologie: Die Gattung *Holaster* umfasst sehr viele Arten, die sich vom Valanginium bis zum Eozän ausbreiteten und vor allem in Kreidefazies anzutreffen sind.

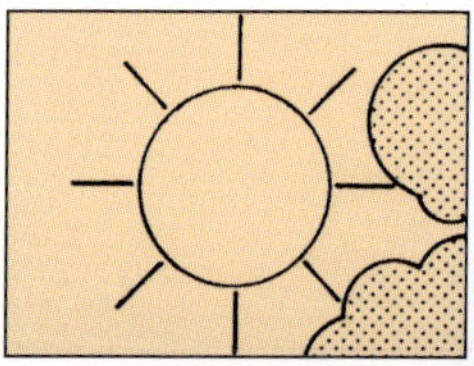

Klassifizierung: *Stamm:* Echinodermata – *Klasse:* Echinoidea – *Ordnung:* Spatangoida – *Familie:* Hemiasteridae
Alter: Kreide – Gegenwart
Verbreitung: Europa
Größe des Fossils: Höhe 2,5 cm, Ø 3,2 cm
Beschreibung: Dieses kugelige Tier hat ein asymmetrisches, hinten abgesenktes Profil. Die Ambulakralfelder bilden einen fünfarmigen Stern, der von einem charakteristischen glatten, deutlich von der körnigen Oberfläche abgesetzten Band umgeben ist. Die Symmetrieebene wird vorne von einer Furche und hinten von einem Kiel markiert, der vom After abrupt unterbrochen wird. Der Mund auf der Unterseite ist nach vorne verlagert, sitzt quer und weist eine hervorstehende Lippe auf. Diese Gattung gehört zur großen Gruppe der atelostomen Seeigel, die an ein eingegrabenes oder halb eingegrabenes Leben angepasst sind und keine großen Stacheln besitzen. Nicht alle Experten sind sich über den Platz einig, der *Hemiaster* in der Klassifikation zuzuordnen ist.
Biologie – Ökologie: Die Familie der Hemiasteridae ist noch mit zahlreichen rezenten Arten in unseren Meeren vertreten.

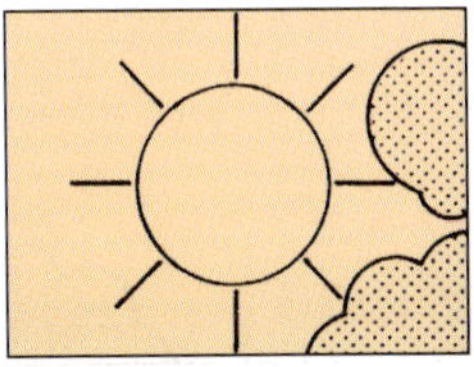

Klassifizierung: *Stamm:* Echinodermata – *Klasse:* Echinoidea – *Ordnung:* Spatangoida – *Familie:* Micrasteridae
Alter: Ober-Kreide – Tertiär
Verbreitung: Westeuropa
Größe des Fossils: Höhe 8,5 cm, Ø 10 cm
Beschreibung: Die Gattung *Micraster* bildet stark kugelige Formen. Die vordere Furche und die Wölbung über dem Anus verleihen diesen Seeigeln ein herzförmiges Aussehen. Das deutlich asymmetrische Profil ist hinten abgestumpft und vorne gerundet. Vom Apex gehen strahlenförmige Porenreihen aus, die auf der schwach körnigen Oberfläche einen fünfstrahligen Stern bilden. Der Mund sitzt am Vorderende der Unterseite in der Verlängerung des eingetieften hinteren Ambulakralfeldes und besitzt eine deutliche Lippe. Der Kauapparat hat sich hier zurückgebildet. Diese Art erreicht durch die Position von Mund und After die größtmögliche Bilateralsymmetrie.
Biologie – Ökologie: Die Gattung *Micraster* bildete vom Cenomanium bis zum Maastrichtium (Senonium) zahlreiche grabende Arten. Sie scheint von den Holectypoida abzustammen. Diese Arten werden häufig in der Stratigrafie verwendet und unterscheiden sich aufgrund der Position des Mundes und der Form der Porenbereiche voneinander. Erwähnenswert sind z. B. *Micraster decipiens* und *M. coranguinum* mit gleichmäßigen Poren.

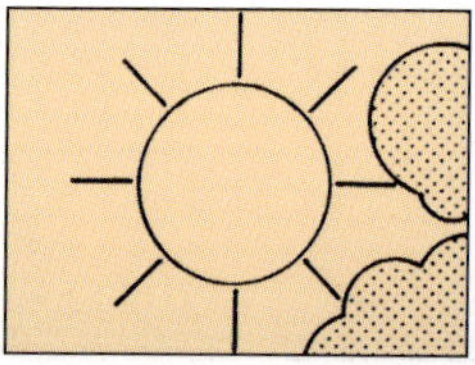

Klassifizierung: *Stamm:* Echinodermata – *Klasse:* Echinoidea – *Ordnung:* Spatangoida – *Familie:* Schizasteridae
Alter: Eozän – Gegenwart
Verbreitung: Europa
Größe des Fossils: Höhe 3 cm, Ø 8 cm
Beschreibung: Diese niedrige Form mit ovalem bis rautenförmigem Umriss erreicht die größte Höhe im hinteren abgestumpften Teil. Der Apex ist daher stark exzentrisch und das Seitenprofil deutlich asymmetrisch. Eine tiefe Längsfurche, die dem unpaarigen Radius entspricht, beherrscht die gesamte Oberseite vom Scheitel bis zum Vorderrand. Die vier paarigen Radien sind ebenfalls tief eingedrückt. Das gesamte Apikalsystem wird von einem glatten Streifen umgeben, der sich hinten verdoppelt und den auf der stumpfen Seite sitzenden After einrahmt. Der quer verlaufende Mund auf der Gegenseite ist zur vorderen Basalseite verschoben.
Biologie – Ökologie: Das stachellose Band entspricht bei den lebenden Seeigeln den Fasziolen. Dabei handelt es sich um mit Härchen besetzte Streifen, die auf dem Gehäuse leicht körnige Oberflächen bilden. Die Wurzeln dieser Härchen sind bei den fossilen Formen sehr verwischt und nur unter dem Mikroskop zu erkennen. Die erstmals im Eozän aufgetretene Gattung *Schizaster* hat noch rezente Vertreter in unseren Meeren.

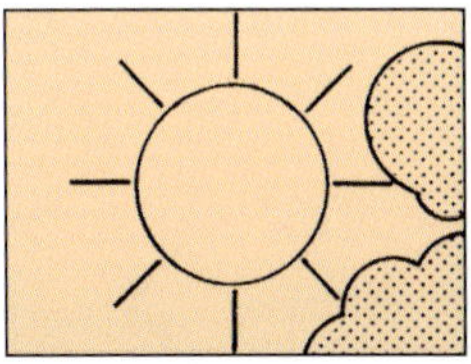

Klassifizierung: *Stamm:* Echinodermata – *Klasse:* Echinoidea – *Ordnung:* Spatangoida – *Familie:* Holasteridae
Alter: Ober-Kreide – Danium
Verbreitung: Westeuropa
Größe des Fossils: Höhe 8,5 cm, Ø 7 cm
Beschreibung: Das Gehäuse von *Echinocorys* hat die Form einer gewölbten, stark konvexen Kuppel, die auf einer flachen Basis mit eiförmigem Umriss steht. Die teilweise deutlich hervortretenden Poren sind in Reihen angeordnet, die ein Mosaik von Apikalplatten verbinden. Der Mund in submarginaler Position hat einen elliptischen Umriss, der manchmal der Form des Basisumrisses folgt. Der unterständige Anus nimmt den anderen Pol der Unterseite ein. Die Gattung *Echinocorys* gehört zu den atelostomen irregulären Seeigeln (d. h. ohne Kauapparat). Das Peristom ist häufig lippenförmig und hat auf der Innenseite einen verstärkenden Ast.
Biologie – Ökologie: Diese Gattung wird von zahlreichen Arten vertreten, die vom Turonium bis zum Danium auftraten. Der Großteil dieser Arten ist zur stratigrafischen Untergliederung dieser Stufen sehr nützlich. Überdies dienen sie als Leitformen für die Kreidefazies.

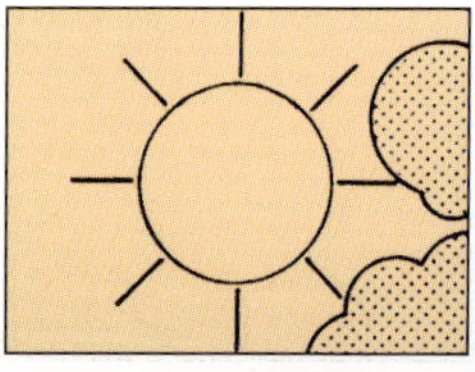

Klassifizierung: *Stamm:* Echinodermata – *Klasse:* Echinoidea – *Ordnung:* Spatangoida – *Familie:* Toxasteridae
Alter: Kreide
Verbreitung: Schweiz, Frankreich (Jura)
Größe des Fossils: Höhe 2,5 cm, Ø 4 cm
Beschreibung: Die vordere Furche, die den Mund mit dem Apikalsystem verbindet, bildet bei diesem Seeigel in der Aufsicht eine Einbuchtung des Randes, die ihm ein herzförmiges Aussehen verleiht. Die Asymmetrie des Profils geht auf eine Abstumpfung des hinteren Teils zurück, in deren Mitte das Periprokt sitzt. Die Ambulacralia haben die Form von oben offenen Blütenblättern und werden auf der Unterseite durch glatte Felder bis zum Mund verlängert. Die Bereiche zwischen den Poren sind mit kleinen Knötchen skulptiert. Das Peristom weist hier zwei Lippen auf, aber keine Kiefer; dies verrät die Anpassung des Tieres an eine eingegrabene oder halb eingegrabene Lebensweise. Die Höhe des Gehäuses variiert je nach Art.
Biologie – Ökologie: Die Gattung *Toxaster* umfasst zahlreiche schwer zu unterscheidende Arten, deren Auftreten sich vom Valanginium bis zum Cenomanium erstreckt. Man findet sie in relativ großer Zahl in mergelig-kalkigen Faziesbereichen, vor allem in denen des Neokomiums.

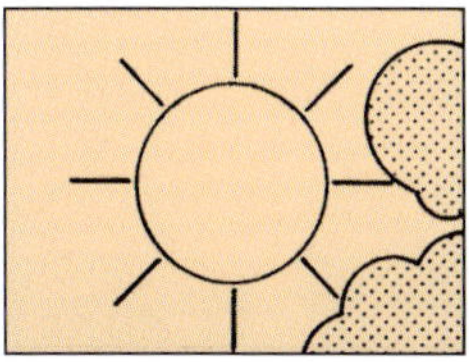

284 HETERASTER OBLONGUS

Klassifizierung: *Stamm:* Echinodermata – *Klasse:* Echinoidea – *Ordnung:* Spatangoida – *Familie:* Toxasteridae
Alter: Unter-Kreide
Verbreitung: Schweiz, Ostfrankreich, Spanien
Größe des Fossils: Höhe 2,5 cm, Ø 4,3 cm.
Beschreibung: Eine Furche auf der Vorderseite bewirkt eine Einbuchtung des grob rechteckigen Gehäuserandes dieses Seeigels. Das am stärksten ausgeprägte Porenband befindet sich in dieser Furche. Die vier anderen Bänder haben einen gewundenen Verlauf; je zwei Bänder liegen symmetrisch zueinander. Der After ist senkrecht zur Symmetrieachse verlängert und sitzt auf der Oberseite im hinteren Teil. Der vollkommen exzentrische Mund auf der Gegenseite befindet sich am Ende der Furche, die die Einkrümmung des Randes verursacht. *Heteraster oblongus* ist ein atelostomer Seeigel, d.h. dem Mund fehlt der Kauapparat. Diese Art stammt von gnathostomen Vorfahren ab. Das Tier ernährte sich mikrophag, wie alle Atelostomata.
Biologie – Ökologie: Dieser Seeigel hatte dünne Stacheln oder Borsten und lebte in feinem Sand vergraben in relativ warmen Klimazonen. *H. oblongus* ist eine Art des Barremiums und starb im Aptium aus.

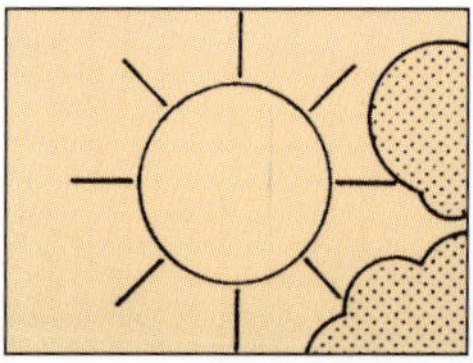

Klassifizierung: *Stamm:* Stomochorda – *Klasse:* Graptolithina – *Ordnung:* Graptoloidea – *Familie:* Diplograptidae
Alter: Ordovizium
Verbreitung: Europa, Nordamerika
Größe des Fossils: Theke 2,5 mm, Kolonie einige cm
Beschreibung: Eine einheitliche Kolonie besteht im Allgemeinen aus einer festen Saite, der sog. Nema oder Virgula, die eine einfache Form (gerade oder gebogen) hat. An der Seite trägt sie kleine Kammern (Theken), die durch einen axial verlaufenden Kanal verbunden sind. In jeder Kammer lebte ein kleiner Polyp; die Polypen waren ebenfalls über den Kanal miteinander verbunden. Am Ende der Virgula befindet sich die Sikula, die Anfangskammer, aus der sich die Kolonie entwickelte. *Didymograptus* ist ein einzeiliger Graptolith, er weist also nur auf einer Seite der Zentralachse Kammern auf. Die Zentralachse selbst ist dichotom (in zwei Äste) geteilt.
Biologie – Ökologie: Trotz ihres häufigen Vorkommens in den Schiefersedimenten des Paläozoikums war die Interpretation der Graptolithen lange Zeit schwierig. Man ordnete sie zunächst den Coelenteraten oder den Bryozoen zu. Durch genaue anatomische und morphologische Studien an gut erhaltenen Stücken konnte das Problem jedoch geklärt werden. Heute ist man sich einig über ihre Position in der Systematik und betrachtet sie als eine verwandte Gruppe der rezenten Pterobranchia.

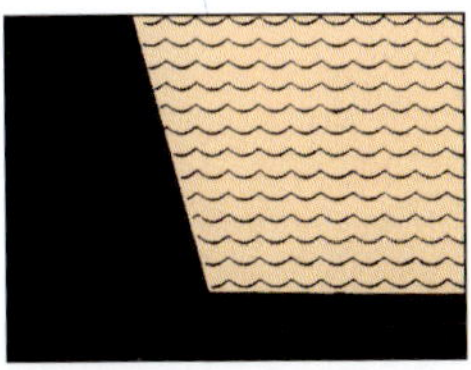

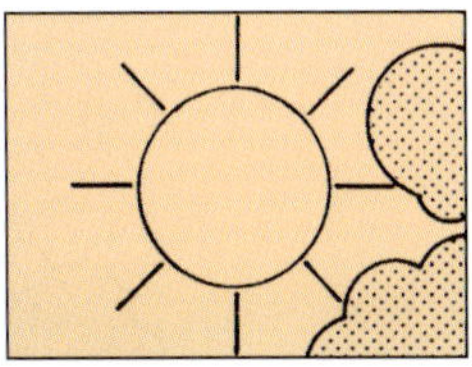

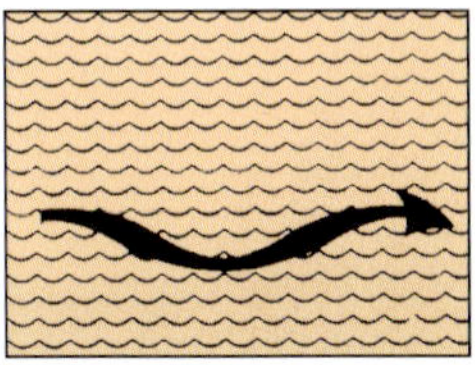

Klassifizierung: *Stamm:* Stomochorda – *Klasse:* Graptolithina – *Ordnung:* Graptoloidea – *Familie:* Diplograptidae
Alter: Ordovizium
Verbreitung: Weltweit
Größe des Fossils: Kolonie einige cm
Beschreibung: *Phyllograptus* ist ein einzeiliger Graptolith (Kammern nur auf einer Seite der Achse). Er wird als Nachfahre des Graptolithen *Tetragraptus* betrachtet (durch zwei aufeinander folgende Dichotomien unterteilt), bei dem sich jeder stark gekrümmte Zweig seitlich verlängerte, bis er mit dem Stamm verwuchs. Wie die meisten Graptholithen ist diese Gattung in der Regel in Schwarzschiefern anzutreffen; man findet sie als chitinöse Häute mit Kammern (Autotheken), die die Einzeltiere der Kolonie beherbergten. Diese Kolonie vergrößerte sich durch Knospung. Alle Individuen waren durch einen gestreiften Axialkanal miteinander verbunden, der entlang der Virgula verlief. Dieser Kanal hinterließ keine deutlichen Spuren, da er nicht chitinös war.
Biologie – Ökologie: Die Kolonie wuchs wie bei allen Graptolithen von der Sikula aus, einer konischen Anfangskammer, die eine der freien Enden der Achse enthielt. Bei *Phyllograptus* fand ein zentrifugales Wachstum durch Sprossung statt: Die neuen Kammern bildeten sich an der Sikula und schoben die alten Kammern mit dem Wachstum immer weiter von der Sikula weg.

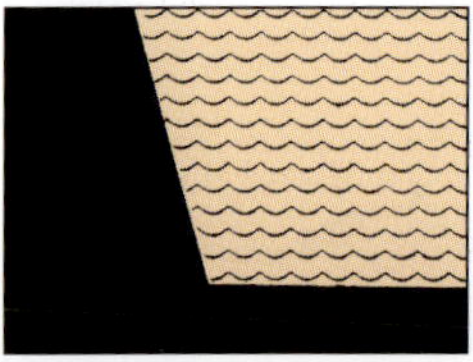

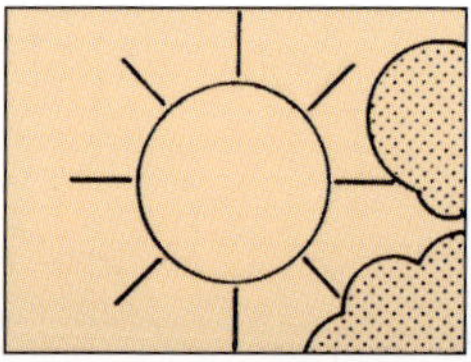

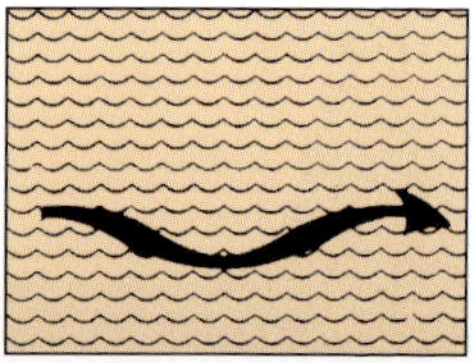

Klassifizierung: *Stamm:* Stomochorda – *Klasse:* Graptolithina – *Ordnung:* Graptoloidea – *Familie:* Diplograptidae
Alter: Ordovizium – Silur
Verbreitung: Deutschland, Frankreich, Großbritannien
Größe des Fossils: Länge 3 cm, Breite 0,3 cm.
Beschreibung: Eine elementare *Diplograptus*-Kolonie (das Rhabdosom) besteht aus zwei Reihen von Kammern auf beiden Seiten der Virgula. Diese wird von einem langen nackten Keimfaden, der Nema, verlängert, durch den sich die Elementarkolonien gruppieren und eine übergeordnete Kolonie bilden konnten. Die Nemafäden mehrerer Kolonien vereinigen sich dann in einem Stolonknoten, der sich in der Zentralkapsel befindet. Diese ist am Pneumatophor befestigt, einem Bläschen, das der gesamten Kolonie als Schwimmer diente. Unter dem Pneumatophor befinden sich die Gonotheken: kleine Bläschen, die embryonale Sikulae tragen.
Biologie – Ökologie: Die meisten Graptolithenkolonien lebten wie Plankton frei im Wasser und hingen an Schwimmern (Pneumatophoren). Sie wuchsen durch Knospung. Bei *Diplograptus* befindet sich die Sikula (Anfangskammer) am freien Ende der Achsensaiten, die gemeinsam an einem Schwimmer befestigt sind. Es wird angenommen, dass das Wachstum zentripetal war, da die neuen Kammern, die in der Sikula gebildet wurden, die älteren Kammern zum Zentrum der Kolonie verschoben.

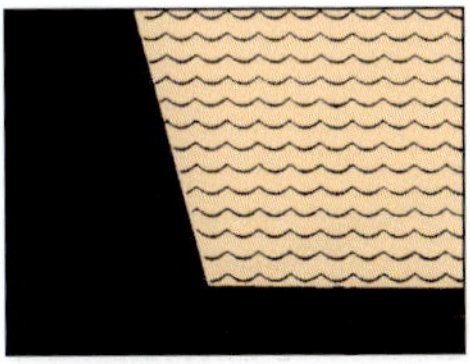

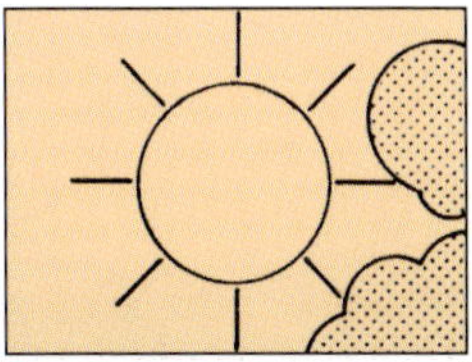

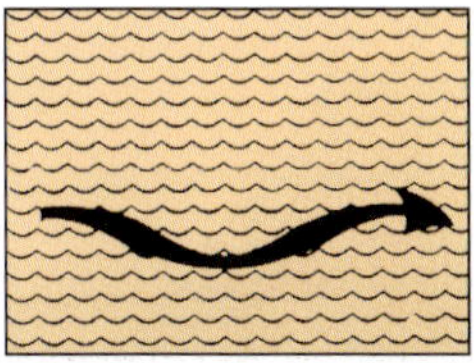

SPIROGRAPTUS

Klassifizierung: *Stamm:* Stomochorda – *Klasse:* Graptolithina – *Familie:* Monograptidae
Alter: Silur
Verbreitung: Europa; USA
Größe des Fossils: Länge der Kammern 1 mm bis 4 mm.
Beschreibung: *Spirograptus* ist ein fossiler Graptolith aus dem Silur. Er ist in schiefrigen Sedimenten anzutreffen, aber auch in bestimmten Sandsteinen. Es handelt sich um ein koloniebildendes Lebewesen mit einem hornförmigen Peridermskelett. Das flexible Chitin, aus dem es besteht, ist fein gestreift; es besteht aus einer Hauptschicht, die von einer rindenartigen Lamellenschicht verstärkt wird. Bei der Fossilisation wird dieses Material in der Regel durch Pyrit oder auch durch eine kohlige Substanz ersetzt. Die Röhrenachse des Skeletts, die Virgula, ist locker aufgerollt. Die Kammern, in denen die Individuen der Kolonie lebten, sind nur an einer Seite entlang dieser Achse aufgereiht und hakenförmig zurückgebogen. Untereinander sind sie durch einen Kanal verbunden, der an der Virgula entlang verläuft. Die Anfangskammer oder Sikula ist groß und hat die Form einer hohlen Kappe.
Biologie – Ökologie: *Spirograptus* ist wie alle Graptolithen ein sehr gutes Leitfossil. Dieses Meerestier lebte in ruhigen, flachen Gewässern. Es handelt sich um eine planktische Form, die mit Hilfe einer Art „Schwimmer“ zwischen den Wasserschichten trieb.

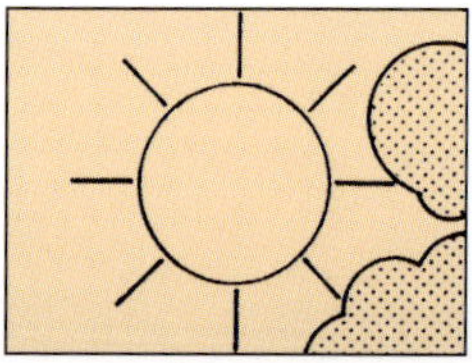

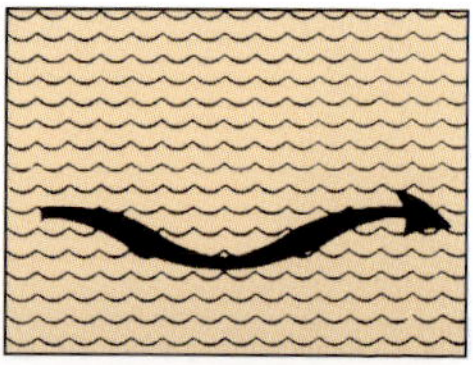

Klassifizierung: *Stamm:* Stomochorda – *Klasse:* Graptolithina – *Ordnung:* Graptoloidea – *Familie:* Monograptidae
Alter: Silur – Devon
Verbreitung: Weltweit
Größe des Fossils: Kolonie 3 cm bis 8 cm
Beschreibung: *Monograptus* ist in geradlinigen Kolonien anzutreffen; diese bestehen aus einem Stamm von gebogenen Kammern, die in einer Reihe auf derselben Seite einer hohlen, chitinösen Zentralachse, der Virgula, sitzen. Die Kolonie, das Rhabdosom, bleibt bei *Monograptus* einfach. Die Achse bildet die Verlängerung der Sikula, der Anfangskammer, aus der sich die Kolonie entwickelt hat. Die zylindrisch-konischen Kammern (Theken) enthielten die einzelnen Individuen der Kolonie. Ihre Mündungen liegen der Achse gegenüber. Alle Kammern öffnen sich an der Basis zur Achse hin und bilden so einen Axialkanal, der ursprünglich vermutlich den gemeinsamen Teil enthielt, aus dem die Individuen der Kolonie durch Knospung hervorgingen.
Biologie – Ökologie: Die Graptolithen sind meistens in schwarzem, feinem Schiefer anzutreffen; man vermutete daher lange, dass sie in großen Tiefen lebten. Man hat jedoch auch einige dieser Fossilien in Kalksteinen, Sandsteinen und sogar in Küstenablagerungen gefunden, so dass man sich heute einig ist, dass sie in ruhigen Meeren in geringen Tiefen lebten. Diese Tiere sind ausgezeichnete Zonenleitfossilien für das Silur.

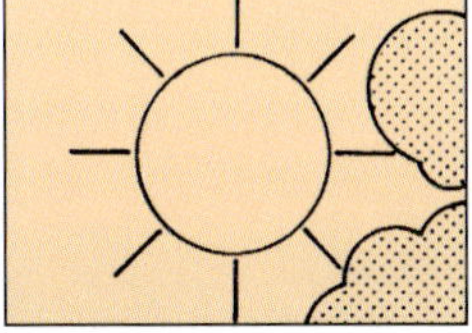

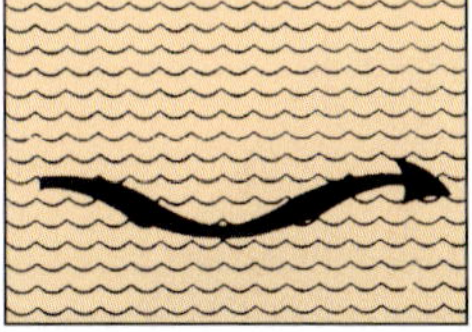

290 RHABDINOPORA FLABELLIFORME

Klassifizierung: *Stamm:* Stomochorda – *Klasse:* Graptolithina – *Ordnung:* Dendroidea – *Familie:* Dendrograptidae
Alter: Ordovizium
Verbreitung: Deutschland, Belgien, Großbritannien
Größe des Fossils: Breite einer Kolonie 4 cm bis 5 cm.
Beschreibung: Wie alle dendroiden Graptolithen hat *Rhabdinopora flabelliforme* dünne verzweigte Rhabdosome. Sie bildete netzartige Kolonien. Die verschiedenen Zweige sind miteinander verbunden, so dass die gesamte Kolonie einem Netz ähnelt. Die Hülle ist chitinös und wird von einem Gewebe gebildet, das aus zwei segmentierten Röhren besteht, die durch zickzackförmige Suturen verbunden sind und von außen durch ein Kortikalgewebe verstärkt werden. An der Basis jeder Kolonie bildete die Sikula (Anfangskammer) einen Befestigungsapparat aus, der die Verankerung am Untergrund ermöglichte.
Biologie – Ökologie: *R. flabelliforme* führte ein sessiles Leben. Da sich solche verzweigten Graptolithen von ihrem ersten Auftreten gegen Ende des Kambriums bis zu ihrem Aussterben im Karbon kaum entwickelten, sind sie im Allgemeinen keine guten Leitfossilien.

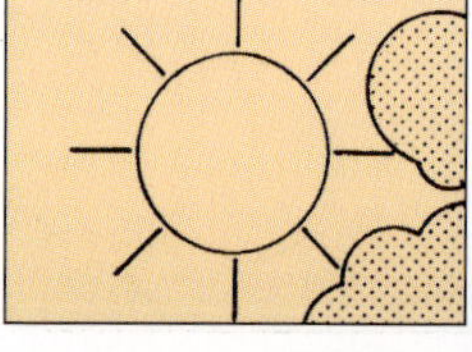

Klassifizierung: *Stamm:* Vertebrata – *Klasse:* Agnatha – *Familie:* Cephalaspidae
Alter: Obersilur – Unter-Devon
Verbreitung: Nordeuropa, Polen
Größe des Fossils: Länge 15 cm.
Beschreibung: *Cephalaspis* gehört zu den kleineren Agnathen und besitzt einen Schild, der den Kopf und den vorderen Teil des Rumpfes schützt. Der (flache) übrige Teil des Körpers war beschuppt. Das halbkreisförmige Kopfschild trägt zwei eng stehende Augen auf der Dorsalseite, ein drittes Schädelauge und ein einziges Nasenloch. Der Mund und die Kiemenöffnungen befanden sich auf der Ventralseite. Das Tier hatte weder Kiefer noch Seitenflossen; der ungeschützte Teil des Körpers endet in einer heterozerken Schwanzflosse. *Cephalaspis* besaß u. a. einen dorsalen und zwei laterale Bereiche, die als elektrische Organe interpretiert werden. Die Cephalaspidae sind Vertreter einer primitiven Entwicklungsstufe der Agnathen.
Biologie – Ökologie: Zahlreiche morphologische Merkmale verbinden die Cephalaspidae mit den rezenten Neunaugen; diese beiden Familien haben gemeinsame Vorfahren. Aufgrund seiner massigen und abgeflachten Form und wegen der fehlenden Seitenflossen konnte *Cephalaspis* sich oberhalb der Böden von Seen und Wasserläufen halten; dort ernährte er sich von Schlamm.

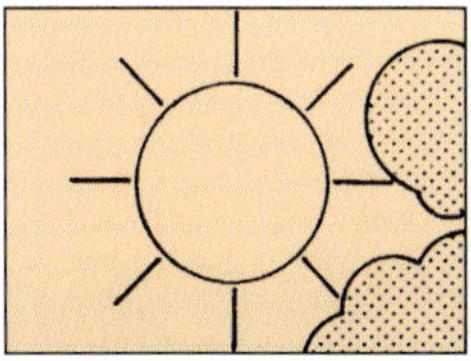

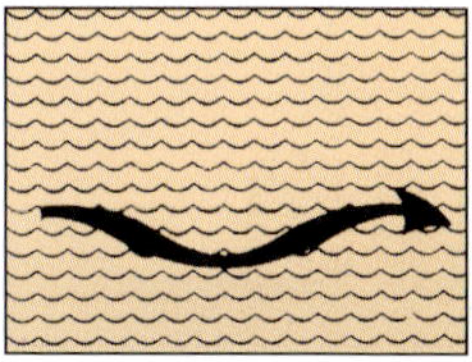

LARNOVASPIS GOUJETI

Klassifizierung: *Stamm:* Vertebrata – *Klasse:* Agnatha – *Familie:* Pteraspididae
Alter: Unter-Devon
Verbreitung: Europa (Spitzbergen)
Größe des Fossils: Länge 11 cm.
Beschreibung: Der Kopf und der vordere Rumpfteil von *Larnovaspis* sind jeweils dorsoventral abgeflacht und durch einen Panzer geschützt, der aus einem siebenteiligen Dorsalschild und einer Ventralplatte besteht. Dieser Panzer wird nach vorne durch ein schmales Rostrum verlängert, das über den ventral gelegenen Mund hervorragt, und nach hinten durch einen kräftigen, scharfen Dorsalstachel. Die Augen befinden sich in seitlicher Position. Der ungepanzerte Teil des Körpers ist von einer schuppigen Haut bedeckt und endet in einer hypozerken Schwanzflosse.
Biologie – Ökologie: Durch ihren Skelettaufbau ist eine Verwandtschaft zwischen den Pteraspidomorphi und den rezenten Myxinoida zu erkennen, die indirekt von Ersteren abstammen. Diese primitiven, kieferlosen Wirbeltiere waren durch ihren Panzer in ihrer Bewegungsfreiheit relativ eingeschränkt. Sie lebten in ihrer Blütezeit, dem Unter-Devon, auf den Böden von Seen und Wasserläufen und filterten ihre Nahrung aus dem Schlamm. Diese Familie stellt die ältesten bekannten Ostracodermi.

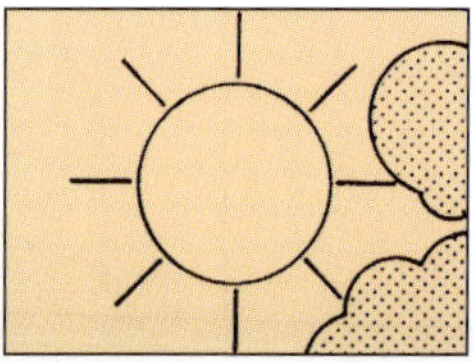
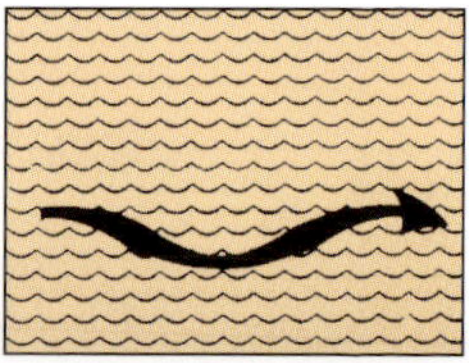

Klassifizierung: *Stamm:* Vertebrata – *Klasse:* Agnatha – *Familie:* Pterolepididae
Alter: Ober-Devon
Verbreitung: Norwegen
Größe des Fossils: Länge 12 cm
Beschreibung: *Pterolepis nitidus* hat einen spindelförmigen, seitlich stark zusammengedrückten Körper. Die Augen sind groß und befinden sich in seitlicher Position; der kleine Mund sitzt auf der Ventralseite. Der Körper ist von mehreren übereinander liegenden Reihen hoher, kurzer Schuppen bedeckt. Sie sind so ausgerichtet, dass sie in dorsoventraler Richtung eine gebrochene Linie bilden. Die kräftige Schwanzflosse ist hypozerk. Die Rückenflosse wird durch einen Grat aus spezialisierten, zu Dornen umgeformten Schuppen ersetzt. Die Afterflosse ist gut entwickelt. Es sind zehn kreisrunde Kiemenöffnungen zu erkennen. Durch die Arbeiten von Stensiö konnte diese Art vollständig rekonstruiert werden.
Biologie – Ökologie: Die Anaspida haben ein vollkommen knorpeliges Innenskelett und besitzen keinen Kopfschild. Ihr hypozerker Schwanz und ihre seitlich stark zusammengedrückte Form deuten darauf hin, dass diese Tiere nahe der Oberfläche lebten. Sie bevölkerten die Süßwassergebiete vom Obersilur bis zum Devon.

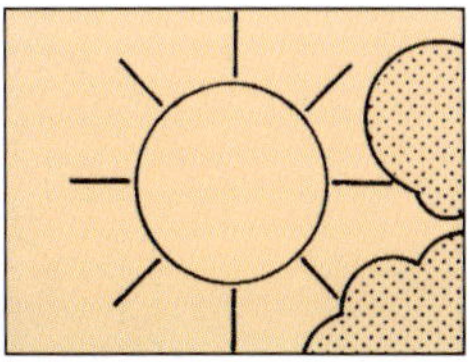

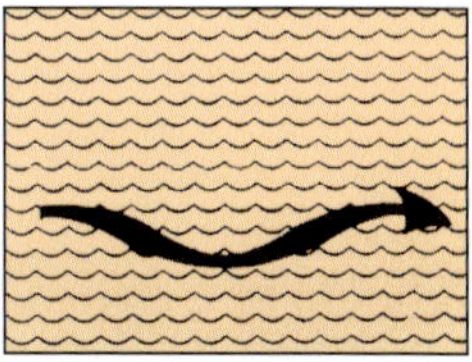

294 BOTHRIOLEPIS CANADENSIS

Klassifizierung: *Stamm:* Vertebrata – *Klasse:* Placodermi – *Ordnung:* Antiarcha – *Familie:* Bothriolepididae
Alter: Ober-Devon
Verbreitung: Kanada
Beschreibung: Der Panzerfisch *Bothriolepis canadensis* ist ein repräsentativer Vertreter der Antiarcha. Der vordere Teil des Tieres ist durch einen sehr soliden Hautpanzer geschützt, der sich aus zwei verwachsenen Schilden zusammensetzt: einem kurzen Kopfschild und einem Brustschild, der beinahe die halbe Körperlänge des Tieres einnimmt. Der Panzer besteht aus großen polygonalen Knochenplatten. Das Charakteristikum der Antiarcha sind zwei stark verlängerte Brustanhänge. Diese sind ebenfalls gepanzert und haben keine Ähnlichkeit mit normalen Brustflossen. An der Stelle, an der sie sich in den Rumpf einfügen, verschmelzen sie mit den Panzerplatten des Rumpfes. Strukturanalysen deuten darauf hin, dass diese Vorderglieder sehr beweglich waren, anders, als der dicke Panzer vermuten lässt. Die Augen liegen sehr hoch in den Orbitae, die eine Tendenz zur Verschmelzung aufweisen. Die reduzierten Bauchflossen unterschieden sich vermutlich deutlich von den Brustflossen. Die Schwanzpartie ist verlängert und panzerlos. Sie weist zwei Rückenflossen auf; der schmale Schwanz endet in einer heterozerken Flosse. In der inneren Anatomie sind zwei Hohlräume zu erkennen, die mit dem Rachendach verbunden sind. In der Regel werden sie als Lungen interpretiert, die sich bei den weiterentwickelten Gruppen zurückgebildet haben. Wie alle Antiarcha ist *Bothriolepis* ein kleiner Fisch. Der dorsoventral zusammengedrückte vordere Panzer und die Brustflossen verleihen ihm das seltsame Aussehen einer Mischung aus Meeresschildkröte und Knorpelfisch.
Biologie – Ökologie: Stücke des Kauapparates in Form von Knochenplatten deuten darauf hin, dass dieses Tier ein grabender Schlammfresser war. Bemerkenswert ist, dass die Placodermi über einen sehr kurzen Zeitraum außerordentlich unterschiedliche Formen bildeten. Die Vielfalt der Strukturen in dieser Gruppe ist allein im Laufe des Devons ebenso groß wie die aller anderen Fische im Laufe ihrer gesamten Geschichte. *Bothriolepis* lebte gegen Ende des Devons in Seen und Teichen über schlammigem Grund.

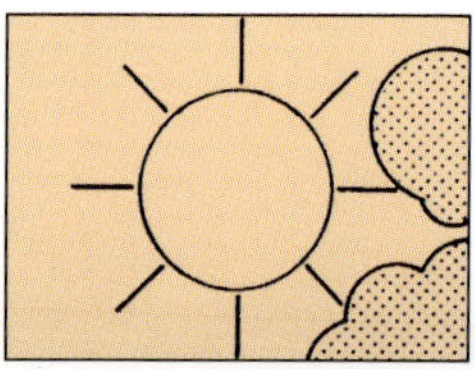
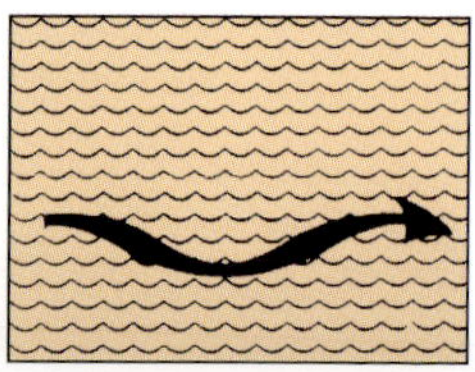

295 CARCHARODON

Klassifizierung: *Stamm:* Vertebrata – *Klasse:* Pisces – *Ordnung:* Euselachii – *Familie:* Lamnidae
Alter: Kreide – Gegenwart
Verbreitung: Weltweit
Größe des Fossils: Zahn 10 cm, Länge des Tieres über 20 m
Beschreibung: *Carcharodon* war ein riesiger Hai, der eine Länge von über 20 m erreichen konnte. Dieser Fisch gehört zu den Elasmobranchii, auch Chondropterygii genannt, die sich durch ein kaum verknöchertes Skelett auszeichnen. Die Überreste dieser Tiere sind meist einzelne Zähne, die man in den Sedimenten findet. Die Zähne von *Carcharodon* sind dreieckig mit einer einzigen Spitze und gezähnelten Kanten. Sie können bis zu 20 cm lang sein.

Biologie – Ökologie: Diese Squaloidea-Formen traten erstmals im Jura auf und entwickelten sich kaum weiter, weisen also keine bedeutenden Unterschiede zu den rezenten Formen auf. Der Körper ist insgesamt spindelförmig, der Schwanz heterozerk. Der unterständige Mund und die seitlichen Kiemenspalten waren unbedeckt. Von diesem Tier sind lediglich marine Formen bekannt, die hervorragende Schwimmer waren und bis in 3 000 m Tiefe tauchen konnten. Die rezenten Formen sind die größten bekannten Haie.

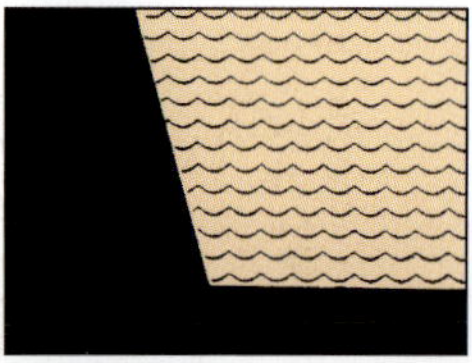

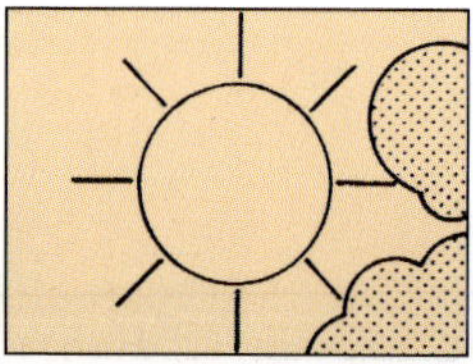

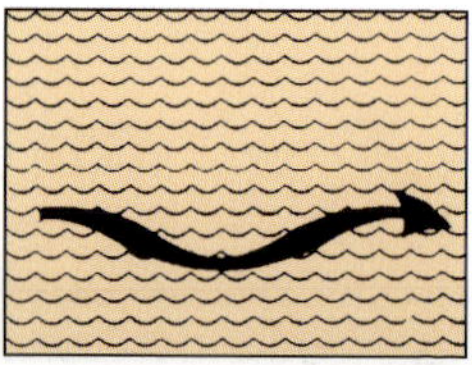

SPATHOBATIS BUGESIACUS 296

Klassifizierung: *Stamm:* Vertebrata – *Klasse:* Pisces – *Ordnung:* Elasmobranchii – *Familie:* Spathobatidae
Alter: Kimmeridgium
Verbreitung: Deutschland, Frankreich (Ain)
Größe des Fossils: Länge bis 1,5 m
Beschreibung: Das Hauptmerkmal der Bathoidea, deren rezenter Vertreter der Rochen ist, ist die Abflachung des gesamten Körpers. Überdies sitzen die Augen an der Oberseite des Kopfes, und die Kiemenspalten sind unterständig. Die mit dem Kopf verwachsenen Brustflossen sind sehr kräftig ausgebildet und fächerartig aufgespannt. Der Körper wird vorne durch ein lang gezogenes Rostrum verlängert. Der hintere Teil verjüngt sich stark, der heterozerke Schwanz ist bei *Spathobatis* deutlich rückentwickelt und bildet nur noch eine rutenförmige Verlängerung.
Biologie – Ökologie: Die Bathoidea, zu denen auch *Spathobatis bugesiacus* gehört, sind durch ihre flache Form an ein Leben auf dem Boden oder an eine grabende Lebensweise angepasst. Die Rochen sind seit dem Ober-Jura bekannt. Ihr Ursprung wirft jedoch einige Probleme auf. Man dachte lange Zeit, dass diese Gruppe sich im Laufe des Juras von den Haien gelöst hätte, aber embryologische Forschungen an beiden Stämmen zeigten so große Unterschiede zwischen ihnen, dass man heute annimmt, dass sich die beiden Stämme weitaus früher getrennt haben.

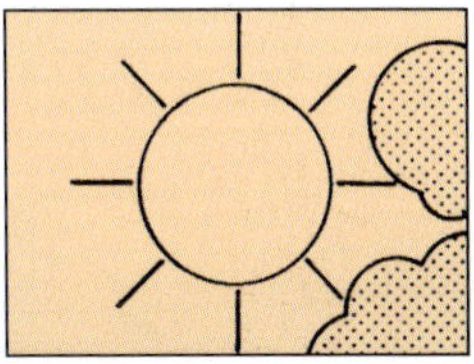

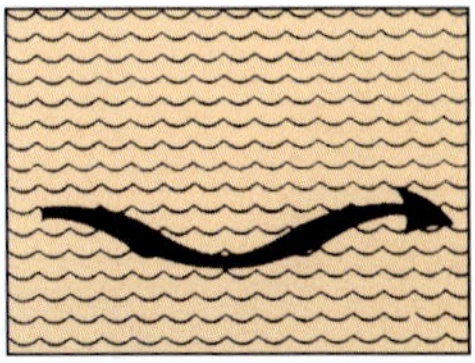

297 HOLOPHAGUS

Klassifizierung: *Stamm:* Vertebrata – *Klasse:* Pisces – *Unterklasse:* Crossopterygii – *Familie:* Coelacanthidae
Alter: Jura
Verbreitung: Deutschland
Größe des Fossils: Länge 40 cm
Beschreibung: *Holophagus* ist ein Verwandter des bekannten *Latimeria chalumnae,* eines Vertreters der Coelacanthini (Quastenflosser). Der Körper dieser Fische ist von dicken Cosmoidschuppen bedeckt. Die Schwanzflosse wird durch ihr dreilappiges Aussehen gekennzeichnet, das auf die Ausbildung eines axialen Lappens zurückgeht. Es sind zwei Rückenflossen zu sehen, von denen die zweite senkrecht zur Afterflosse steht. Die Bauch- und Brustflossen sind relativ weit zurückgesetzt. Das Skelett weist keine Rippen auf. Überdies fehlt die Schwimmblase, und es ist ein zylindrisches Organ zu sehen, das im Bereich hinter der Speiseröhre bis zum Analbereich gut ausgebildet ist. Dieses Organ wird als Lungenrest interpretiert.
Biologie – Ökologie: Die Coelacanthidae sind seit dem Perm bekannt. Es gibt noch eine rezente Art: *L. chalumnae*. *Holophagus* ist ein mittelstark entwickelter Vertreter der Coelacanthidae. Vermutlich handelte es sich hierbei um einen Fleischfresser, der in mittleren Tiefen lebte.

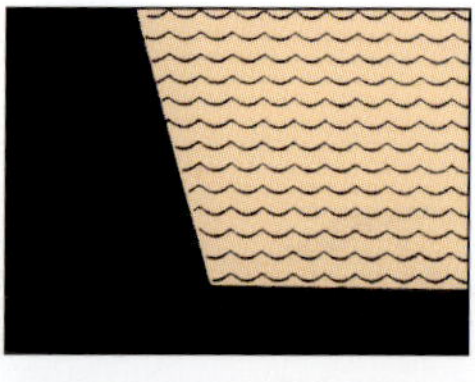

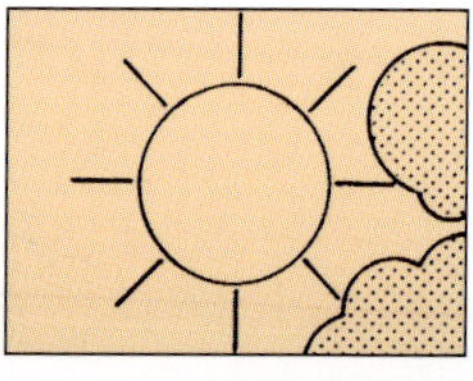

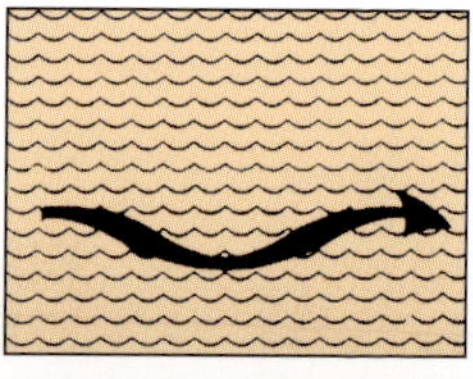

Klassifizierung: *Stamm:* Vertebrata – *Klasse:* Pisces – *Unterklasse:* Dipnoi – *Familie:* Dipteridae
Alter: Mittel-Devon
Verbreitung: Rheinland, Schottland
Größe des Fossils: Länge 12 cm
Beschreibung: Der Körper von *Dipterus valenciennesi* ist sehr schmal und spindelförmig. Die großen Brustflossen haben gut entwickelte Strahlen. Von den beiden aneinander stoßenden Rückenflossen ist die hintere stärker entwickelt. Die Bauch- und Afterflossen stehen den beiden Rückenflossen jeweils gegenüber. Der Schädel setzt sich aus Knochenplatten zusammen, die mit Schmelz überzogen sind, und aus einem gut ausgebildeten Bereich der Schädelöffnungen.

Biologie – Ökologie: Die Dipnoi (Lungenfische), zu denen *Dipterus* gehört, konnten sich an verschiedene Milieus anpassen, da sie über Lungen und über Kiemen atmeten. Neben den Kiemen hatten diese Fische zwei Lungenflügel, die über der Speiseröhre, also dorsal lagen. Die Lungenfische waren im Devon weit verbreitet und konnten sich an die charakteristischen klimatischen Bedingungen dieser Epoche anpassen. Typisch waren zeitweilige Austrocknungen von Seen und Wasserläufen. Die rudimentären Lungen ermöglichten einen fortgesetzten Gasaustausch während der Trockenperioden. Heute leben die Lungenfische nur noch in den Süßwassergebieten Australiens, Südamerikas und Afrikas.

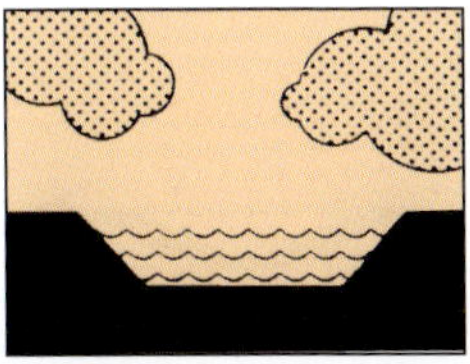

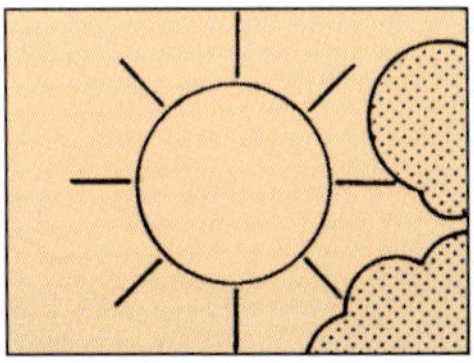

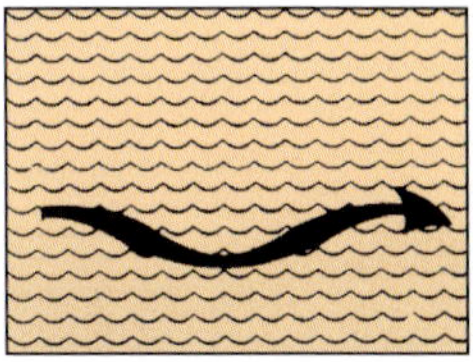

299 AEDUELLA BLANVILLEI

Klassifizierung: *Stamm:* Vertebrata – *Klasse:* Pisces – *Ordnung:* Palaeonisciformes – *Familie:* Aedullidae
Alter: Karbon
Verbreitung: Frankreich (Autun), USA
Größe des Fossils: Länge 10 cm
Beschreibung: *Aeduella blanvillei* ist ein länglicher, spindelförmiger Fisch. Er ist von übereinander liegenden Ganoidschuppen bedeckt, die bis zum oberen Schwanzlappen reichen, der breiter und länger ist als der untere Lappen. Der Fisch hat nur eine Rückenflosse, die weiter vorne sitzt als die Afterflosse. Die Bauchflossen sind klein. Alle Flossen sind vorne mit schrägen Spitzen gesäumt; es handelt sich dabei um eine Art Schuppen, die Fulcral- oder Kielschuppen genannt werden.
Biologie – Ökologie: Die Palaeonisciformes sind die ältesten Vertreter der Actinopterygii. Diese Wirbeltiere hatten anstelle der Wirbelkörper nur einen Wirbelbogen. Es handelt sich um primitive Formen. *A. blanvillei* ist eine charakteristische Süßwasserform für das Perm.

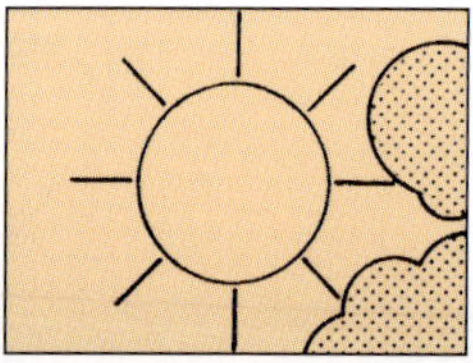

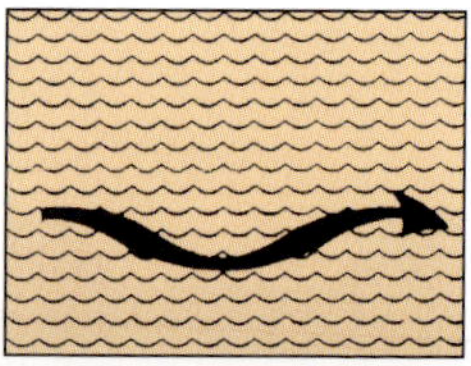

Klassifizierung: *Stamm:* Vertebrata – *Klasse:* Pisces – *Ordnung:* Amiiformes – *Familie:* Furidae
Alter: Kimmeridgium
Verbreitung: Deutschland (Bayern), Frankreich (Département Ain: Cérin)
Größe des Fossils: Länge ca. 50 cm
Beschreibung: *Furo praelongus* hat eine äußerst schmale Form. Er besitzt zwei lange, gerade und bemerkenswert entwickelte Brustflossen. Die Rückenflosse sitzt sehr weit hinten in der oberen Körperhälfte. Sie wird von Strahlen gebildet, deren Länge nach hinten kontinuierlich abnimmt. Die Afterflosse ist klein, die Bauchflossen sind lediglich schwach entwickelt. Die Schwanzflosse ist annähernd heterozerk und hat Lappen von unterschiedlicher Größe. Alle Flossen – mit Ausnahme der Brustflossen – werden von durchgehenden Kielschuppenreihen gesäumt. Die Schuppen sind viereckig und glatt. Das Schädeldach wird größtenteils von langen, schmalen Stirnbeinen gebildet, die durch eine geradlinige Naht miteinander verbunden sind. Die Mundwerkzeuge umfassen ein Paar kleiner Intermaxillaren, zwei Maxillaren und Mandibeln. Alle Stücke tragen weit auseinander stehende, konische Zähne. Die Gattung *Furo* ist eng verwandt mit *Caturus.*
Biologie – Ökologie: *Furo* lebte in relativ ruhigen Gewässern.

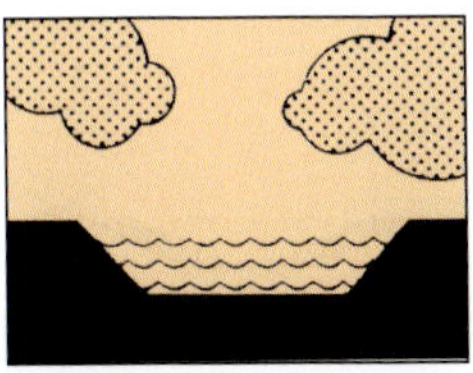
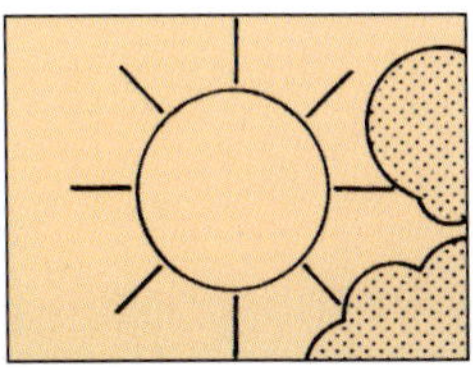
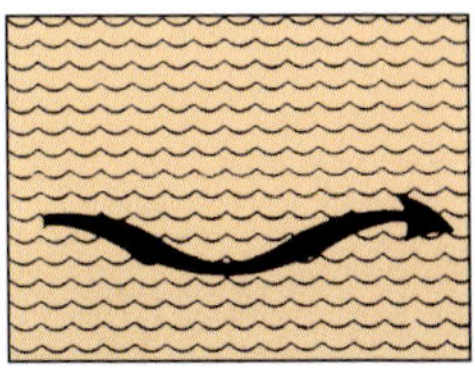

301 MICRODON EGERTONI

Klassifizierung: *Stamm:* Vertebrata – *Klasse:* Pisces – *Ordnung:* Pycnodontifomes
Alter: Ober-Jura
Verbreitung: Frankreich (Ain), Italien
Größe des Fossils: Länge 30 cm
Beschreibung: Der rundliche Körper von *Microdon egertoni* endet in einem Schwanz, der aus zwei sehr weit auseinander liegenden Spitzen besteht. Der Fisch hat nur eine Rückenflosse und eine Bauchflosse, die praktisch auf derselben Höhe ansetzt. Beide haben gerade Flossenstrahlen, die nach hinten deutlich kleiner werden. Der Körper ist mit Ganoidschuppen bedeckt, die kompakten, mit Schmelz überzogenen Knochenplättchen entsprechen. Die zahlreichen rautenförmigen Schuppen sind zu einem charakteristischen Moiré-Muster verbunden. Dieser Schuppentyp stellt eine Zwischenform zwischen den Placoidschuppen der Knorpelfische und den Cycloidschuppen der modernen Knochenfische dar.
Biologie – Ökologie: *M. egertoni* zeigt eine Anpassung an Lebensräume im Riff, die anhand des seitlich stark abgeflachten Körpers und der Mahlzähne am Gaumen deutlich wird. Das Skelett ist kaum verknöchert. Diese unvollständig verknöcherten Fische verschwanden zunehmend ab dem Ende des Paläozoikums und wurden durch vollständig verknöcherte Fische ersetzt.

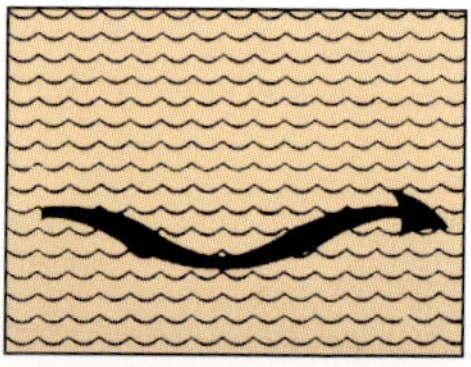

Klassifizierung: *Stamm:* Vertebrata – *Klasse:* Pisces – *Ordnung:* Amiiformes – *Familie:* Furidae
Alter: Trias – Ober-Jura
Verbreitung: Deutschland (Bayern), Österreich (Tirol), Frankreich (Ain), Großbritannien
Größe des Fossils: Länge 15 cm
Beschreibung: *Caturus* hat einen spindelförmigen, länglichen und mit Schuppen bedeckten Körper. Die Schwanzflosse ist zweilappig und tief eingeschnitten. Die Rückenflosse befindet sich senkrecht über der weit hinten ansetzenden Bauchflosse. Sie besteht aus Strahlen, deren Spitzen in zwei Reihen angeordnet sind und nach hinten deutlich kleiner werden.

Biologie – Ökologie: Die Amiiformes, zu denen die Gattung *Caturus* gehört, sind Übergangsformen. Die Wirbelsäule ist bei den am weitesten entwickelten Vertretern komplett verknöchert, mit Ausnahme des Schwanzteils. Im Paläozoikum lebten diese Fische vor allem im Süßwasser. Sie sind jedoch in den unterschiedlichsten Faziesbereichen des Mesozoikums anzutreffen. Sie nahmen in dieser Epoche denselben Platz ein wie heute die rezenten Knochenfische. Die Amiiformes werden heute durch die Gattung *Amia* vertreten, die in den großen Seen Nordamerikas lebt. Dorthin hat sie sich seit dem Tertiär zurückgezogen.

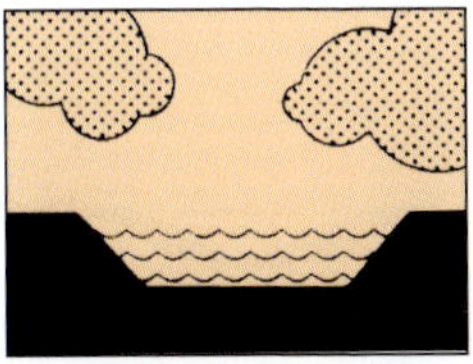

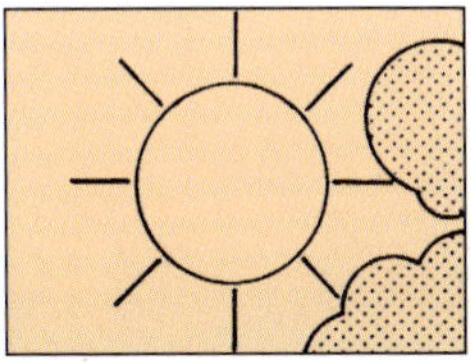

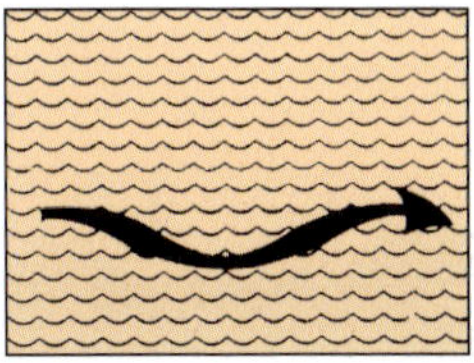

303 DAPALIS

Klassifizierung: *Stamm:* Vertebrata – *Klasse:* Pisces – *Ordnung:* Perciformes – *Familie:* Serranidae
Alter: Oligozän
Verbreitung: Frankreich (Aix-en-Provence, Pariser Becken)
Größe des Fossils: Länge 20 cm
Beschreibung: *Dapalis* ist ein kleiner Fisch mit spindelförmigem Körper und einem massigen Kopf. Die Rückenflosse setzt sich aus zwei Teilen zusammen, die stachelig sind und Strahlen tragen, die sich nach hinten deutlich verkürzen. Die hintere Rückenflosse sitzt genau über der Afterflosse. Ihr erster Flossenstrahl ist länger als der letzte der vorderen Rückenflosse. Brust- und Bauchflossen sind schwach ausgebildet. Der Körper endet in einer großen gegabelten Schwanzflosse. Aufgrund seiner beiden Rückenflossen mit den harten Strahlen wird *Dapalis* zu den Perciden gezählt.
Biologie – Ökologie: *Dapalis* gehört zu den Knochenfischen, die aus den Actinopterygii hervorgingen. Diese entwickelten sich ab dem Paläozoikum zu den rezenten Formen mit feinen, zerbrechlichen Cycloidschuppen. Weiter entwickelte Formen treten seit dem Mesozoikum auf. Sie sind gegenwärtig am stärksten vertreten und stellen 95 % aller rezenten Fische.

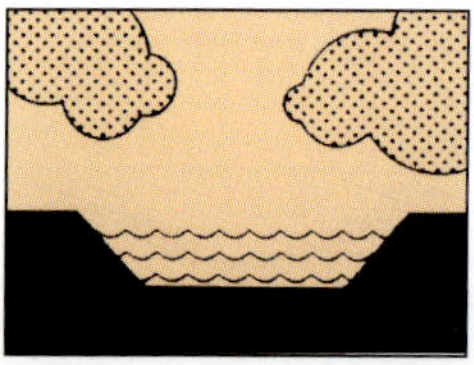

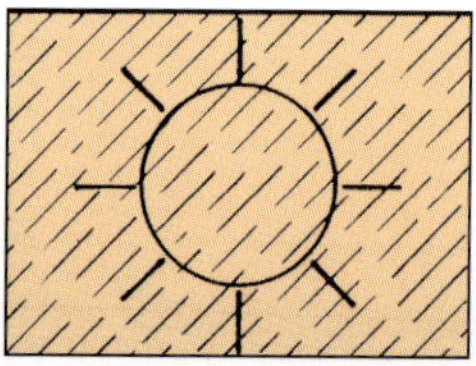

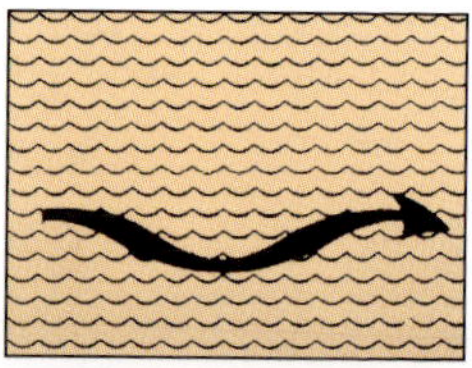

Klassifizierung: *Stamm:* Vertebrata – *Klasse:* Pisces – *Ordnung:* Amiiformes – *Familie:* Furidae
Alter: Kimmeridgium
Verbreitung: Deutschland (Bayern), Frankreich (Département Ain: Cérin), England (Dorset), Kongo
Größe des Fossils: Länge 25 cm
Beschreibung: *Ophiopsis attenuata* hat einen spindelförmigen Körper. Die Rückenflosse ist charakteristisch: Sie ist vorne sehr hoch und läuft in einem spitzen Lappen zu, der aus den ersten fünf Flossenstrahlen gebildet wird; diese sind deutlich länger als die übrigen. Die Strahlen verkürzen sich kontinuierlich und bilden so einen langen schrägen Rand. Die Brustflossen werden von rund einem Dutzend segmentierten Flossenstrahlen gebildet. Die Bauchflosse ist nur schwach ausgeprägt und besteht lediglich aus fünf Strahlen. Die Schwanzflosse ist annähernd heterozerk; der obere Teil ist etwas breiter und länger als der untere. Wie die Brustflossen und die Bauchflosse weist sie eine Reihe scharfer Kielschuppen an der vorderen Kante auf. Die Schuppen sind dick und glatt. Der größte Teil des Schädeldachs wird von den Stirnbeinen eingenommen, die sich nach vorne erweitern und einen leichten Überaugenwulst formen.
Biologie – Ökologie: Dieser Fisch lebte in kontinentalen Gewässern.

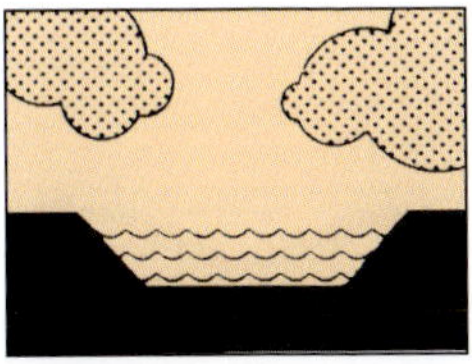
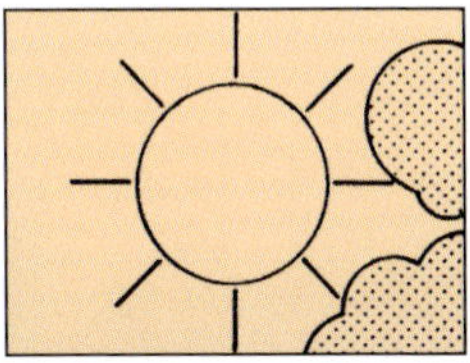
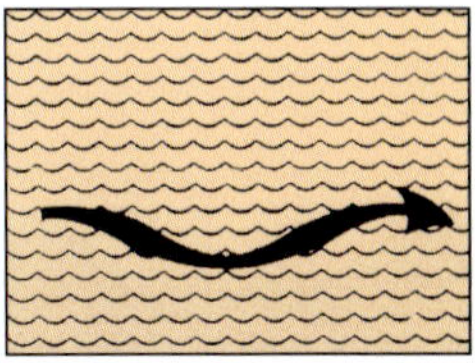

305 ICHTHYOSTEGA

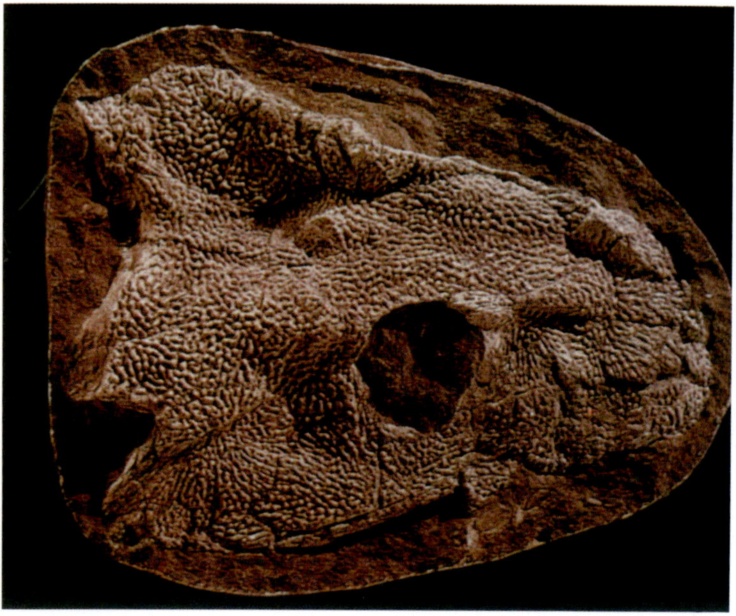

Klassifizierung: *Stamm:* Vertebrata – *Klasse:* Amphibia – *Unterklasse:* Batracomorphes – *Ordnung:* Temnospondyli – *Familie:* Ichthyostegidae
Alter: Ober-Devon
Verbreitung: Ostgrönland
Größe des Fossils: Länge 1,5 m
Beschreibung: *Ichthyostega* sah vermutlich aus wie ein schwerfälliger Salamander mit einem schuppigen Körper. Er ist durch die Anordnung der Knochenplatten gekennzeichnet, die den Schädel bilden. Die Nasenlöcher sitzen auf der Unterseite des Schädels. Auf dem Schädeldach sind die Orbitae zu erkennen, etwas weiter hinten befindet sich das Parietalforamen. Die paarigen Gliedmaßen sind wie bei den typischen Amphibien angeordnet. Die Schwimmflosse war unpaarig und wurde – ähnlich wie bei den Fischen – durch Hautstrahlen verstärkt. Schwanz und Ventralseite des Körpers hatten kleine Schuppen.
Biologie – Ökologie: *Ichthyostega* ist der älteste bekannte Tetrapode. Die Fazies der grönländischen Lagerstätten, in denen die Gattung gefunden wurde, weisen auf Süßwasserablagerungen hin. Die Form des Schwanzes lässt trotz der Amphibienfüße vermuten, dass *Ichthyostega* nur im Wasser lebte. Zahlreiche Merkmale rücken *Ichthyostega* in die Nähe der Rhipidistia, einer Unterordnung der Fischordnung Crossopterygii. Die Gattung scheint zwischen diesen und den Land bewohnenden Stegocephalen zu stehen, die möglicherweise von ihr abstammen.

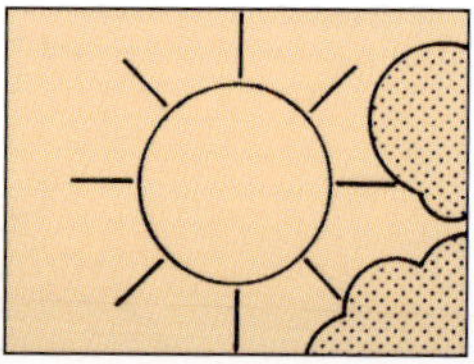

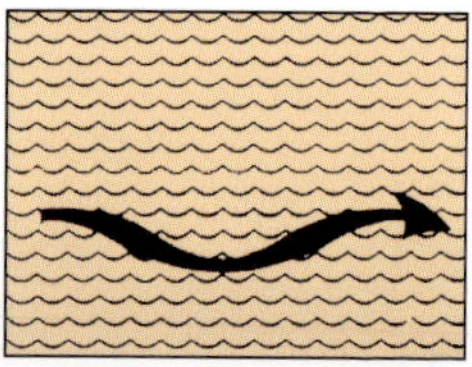

Klassifizierung: *Stamm:* Vertebrata – *Klasse:* Amphibia – *Unterklasse:* Anthracosauria – *Familie:* Seymouriidae
Alter: Ober-Karbon – Unter-Perm
Verbreitung: USA (in den Sedimenten der Grenzgebiete von Texas)
Größe des Fossils: Länge ca. 60 cm
Beschreibung: Anhand der gefundenen Knochenfragmente ließ sich ein relativ kleines Tier rekonstruieren, das aufgrund seines Schwanzes und der allgemeinen Körperform den Salamandern näher stand als den Fröschen. Das charakteristischste Merkmal ist der Schädel mit einer massigen Kappenform. Die Knochen, aus denen er besteht, sind sehr dick und skulptiert, daher wird diese Art zu den stegocephalen Amphibien gezählt. Der Schädel ist über einen einzigen Hinterhauptshöcker mit der Wirbelsäule verbunden.
Biologie – Ökologie: Dieses Fossil ist deshalb so interessant, weil es gleichzeitig Merkmale von Reptilien und von Amphibien zeigt. Einige Experten ordnen es den Reptilien vom Typ des *Pareiasaurus* zu. Analysen haben jedoch gezeigt, dass *Seymouria* atmete, indem sie Luft einsog, so wie es die rezenten Frösche tun. Überdies weisen Spuren von Muskelansätzen an den Rippen auf die Möglichkeit von Atembewegungen hin. Einen weiteren Seymouriamorpher, der zur Gattung *Kotlasia* gehört, hat man in den Sedimenten des Ober-Perms im Gebiet der ehemaligen Sowjetunion gefunden.

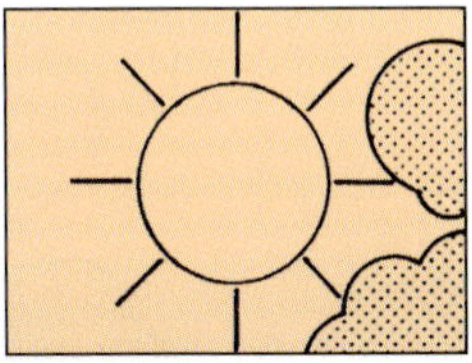

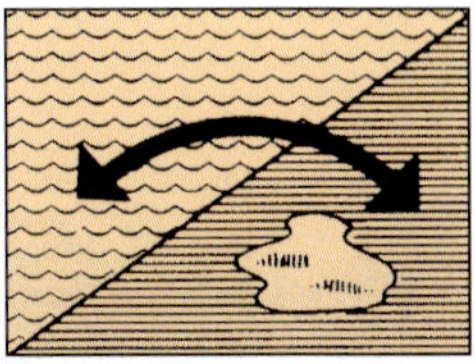

307 ARCHEGOSAURUS

Klassifizierung: *Stamm:* Vertebrata – *Klasse:* Amphibia – *Unterklasse:* Phyllospondyli
Alter: Perm
Verbreitung: Preußische Rheinprovinz (Lebach), Europa, Indien
Größe des Fossils: Länge 1,5 m
Beschreibung: *Archegosaurus* hat einen länglichen, dreieckigen Schädel, der sich zu einer langen Schnauze verjüngt. Die Schädelwölbung ist von einem Dach aus tief skulptierten Hautknochen bedeckt. Der Schädel hat zwei Nasenlöcher, zwei Orbitae und ein unpaares Parietalforamen, das der Lage des Scheitelauges entspricht, das bei den rezenten Amphibien nicht mehr vorhanden ist. Die Zähne haben eine charakteristische Faltung, die Gaumenzähne sind paarweise angeordnet. Der Schultergürtel setzt sich aus skulptierten Hautknochen zusammen, die zu denen des Schädels analog sind und den Platz der normalen Knochen einnehmen. Der Schultergürtel weitet sich zu einem echten Brustpanzer; der restliche Körper war von Schuppen bedeckt.
Biologie – Ökologie: *Archegosaurus* sah vermutlich aus wie ein großer Salamander. Sinneskanäle auf der Kopfoberseite deuten darauf hin, dass er im Wasser lebte. Früher wurden alle Amphibien des Paläozoikums unter dem Begriff Stegocephalia zusammengefasst; inzwischen ist man jedoch der Ansicht, dass diese Gruppe zu heterogen ist, um eine systematische Einheit bilden zu können.

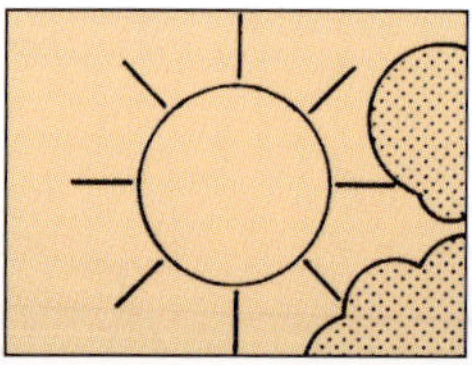

Klassifizierung: *Stamm:* Vertebrata – *Klasse:* Amphibia – *Unterklasse:* Anura – *Familie:* Ranidae

Alter: Kimmeridgium

Verbreitung: Frankreich (Département Ain: Cérin)

Größe des Fossils: Länge 10 cm

Beschreibung: Die Überreste der ersten echten Anura wurden in den Gebieten des Ober-Juras gefunden. Die Tiere besaßen bereits zu dieser Zeit die morphologischen Merkmale der rezenten Formen. Der Schädel setzt sich aus wenigen Teilen zusammen. Der Körper ist insgesamt sehr massig; die hinteren Extremitäten sind deutlich länger und kräftiger als die vorderen. Die sehr kurze Wirbelsäule besteht aus nur neun Wirbeln und setzt sich hinten in einem verlängerten Knochen, dem Urostyl, fort. Er entstand aus der Verschmelzung der Schwanzwirbel. Die verlängerten Ilia sind mit den Querfortsätzen des einzelnen Kreuzbeinwirbels verwachsen. Die Beinknochen sind ebenso wie die Vorderarmknochen bereits relativ eng miteinander verwachsen. Die Rippen hatten sich bereits zurückgebildet und wurden morphologisch durch stark verlängerte Querfortsätze der Wirbel ersetzt.

Biologie – Ökologie: Die fossilen Anura lebten wie die rezenten Frösche in der Umgebung von Süßwassergebieten. Als Lungenatmer waren sie gut an das Landleben angepasst, blieben jedoch bei der Fortpflanzung, im Larvenstadium und für einen großen Teil des ausgewachsenen Daseins vom Wasser abhängig.

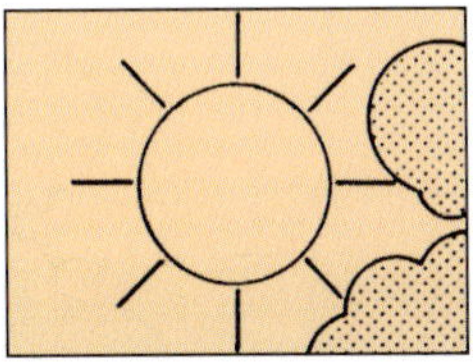

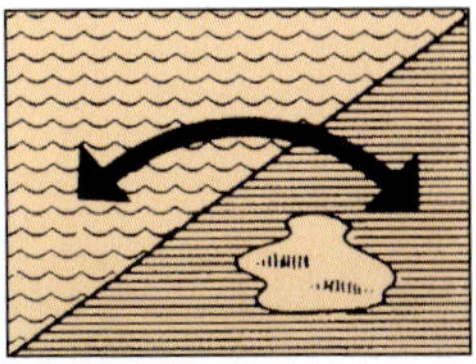

309 HOMOEOSAURUS JOURDANI

Klassifizierung: *Stamm:* Vertebrata – *Klasse:* Reptilia – *Unterklasse:* Lepidosauria – *Ordnung:* Rhynchocephalia
Alter: Ober-Jura
Verbreitung: Europa
Größe des Fossils: Länge 20 cm
Beschreibung: Die Augenhöhlen dieses kleinen eidechsenähnlichen Tieres sind groß, das Parietale weist einen schmalen Mediangrat und ein kleines Loch auf. Die breiten Frontalien sind miteinander verbunden. Die verwachsenen Intermaxillarien tragen vorne nur einen scharfen Zahn. Die Zähne des oberen Maxillares sind akrodont und enden in einer dreikantigen Spitze. Die dünnen vorderen Thoraxrippen sind mit langen, unvollständig verknöcherten Sternalstücken verbunden. Die beiden Kreuzbeinwirbel tragen kurze Rippen; die Rippe des vorderen Kreuzbeinwirbels ist verbreitert und in zwei Afterflügel geteilt. Es sind mehr als 40 Caudalwirbel vorhanden. Der Schultergürtel ist schwach verknöchert. Die stabförmigen Schlüsselbeine sind in einem Bogen gekrümmt. Die Coracoidien sind klein und weisen eine einfache Kerbe am Innenrand auf. Die an den Enden verbreiterten Oberarmknochen besitzen ein Loch für den Epicondylus.
Biologie – Ökologie: *Homoeosaurus* ist in seltenen Formationen des europäischen Ober-Juras anzutreffen. Man unterscheidet ihn anhand seiner geringeren Größe und des Aussehens seiner Wirbel von *Hatteria,* einer rezenten Gattung Neuseelands.

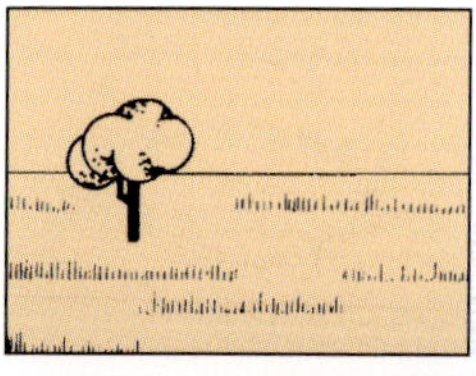

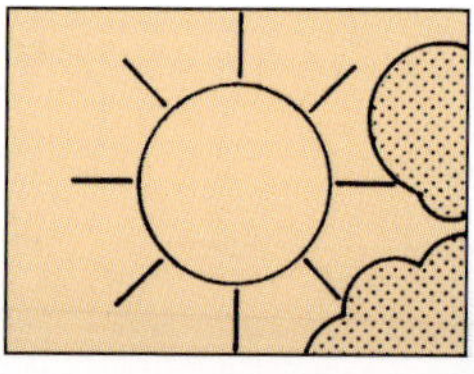

Klassifizierung: *Stamm:* Vertebrata – *Klasse:* Reptilia – *Ordnung:* Ichthyosauria – *Familie:* Ichthyosauridae
Alter: Unter-Jura – Ober-Kreide
Verbreitung: Europa
Größe des Fossils: Länge bis zu 10 m
Beschreibung: Die Ichthyosaurier sahen aus wie Delphine. Der voluminöse Kopf wird nach vorne von kräftigen Kiefern verlängert, in denen zahlreiche konische Zähne sitzen. Die Nasenlöcher befinden sich hinter diesen Kiefern in der Nähe der riesigen Orbitae. Die Gliedmaßen sind zu Schwimmflossen umgeformt und weisen eine deutliche Vermehrung der Fingerglieder auf. Die Tiere haben zwei Flossen, eine dreieckige Rückenflosse und eine vertikale, heterozerke Schwanzflosse.

Biologie – Ökologie: Die Ichthyosaurier waren räuberische marine Reptilien, die in allen jurassischen und kretazischen Meeren verbreitet waren. Sie zeigten eine perfekte Anpassung an eine pelagische Lebensweise im Meer. Hieraus resultiert ihre Ähnlichkeit mit den Delphinen. Sie ernährten sich vor allem von Cephalopoden; man fand deren Überreste in gut erhaltenen Exemplaren ebenso wie in Koprolithen. Die Ichthyosaurier waren Lebendgebärer, wie der Fund von Embryonen beweist, die in der Embryonalstellung in fossilisierten Adulttieren eingerollt waren.

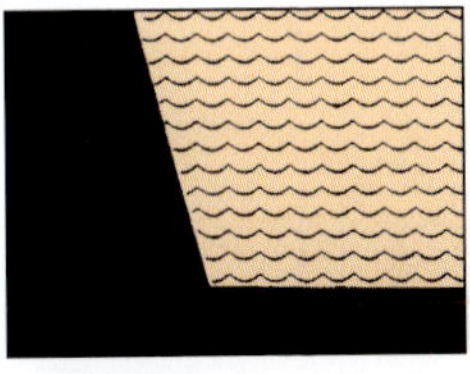

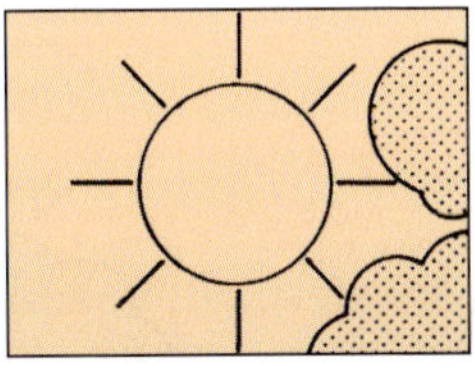

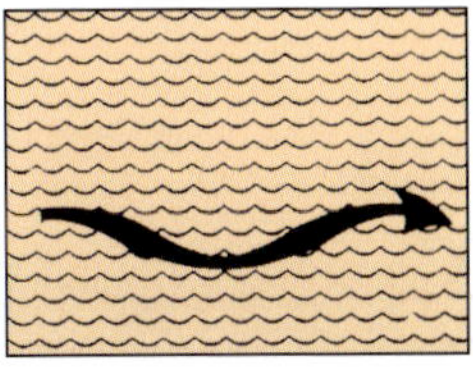

311 IDIOCHELYS FITZINGERI

Klassifizierung: *Stamm:* Vertebrata – *Klasse:* Reptilia – *Ordnung:* Chelonia – *Familie:* Plesiochelyididae
Alter: Ober-Jura – Unter-Kreide
Verbreitung: Deutschland, Frankreich
Größe des Fossils: Länge 40 cm
Beschreibung: *Idiochelys fitzingeri* hat einen annähernd runden Panzer. Die Marginalia bilden einen discoidalen Rahmen und sind durch einzelne Verlängerungen des Plastrons mit diesem verbunden. Das Plastron besteht aus neun verwachsenen Platten. Der Hals ließ sich nicht zurückziehen, konnte jedoch zur Seite gedreht werden. Das Becken ist mit dem Carapax verwachsen. Die Struktur des Kopfes ähnelt der der Meeresschildkröten. Mehr als 20 Caudalwirbel formen den langen Schwanz, ein charakteristisches Merkmal der Süßwasserschildkröten. Die Gliedmaßen waren vermutlich nicht ausreichend entwickelt, um als Flossen zu dienen.
Biologie – Ökologie: Die Schildkröten, die zur Gattung *Idiochelys* gehören, ähneln aufgrund ihrer Kopfstruktur sowie aufgrund der Trennung zwischen den verschiedenen Teilen des Carapax den Meeresschildkröten. Sie hatten jedoch einen langen Schwanz und den typischen Gliedmaßenaufbau der Süßwasserschildkröten. Aufgrund der Mischung aus eindeutigen Merkmalen der Meeresschildkröten und typischen Merkmalen der Süßwasserschildkröten wird die Gattung als interessante und wichtige Übergangsform zwischen den Meeres- und Süßwasserschildkröten betrachtet.

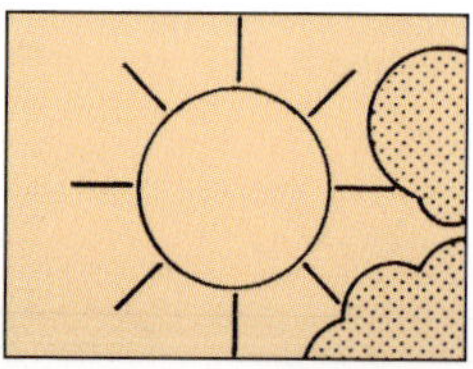

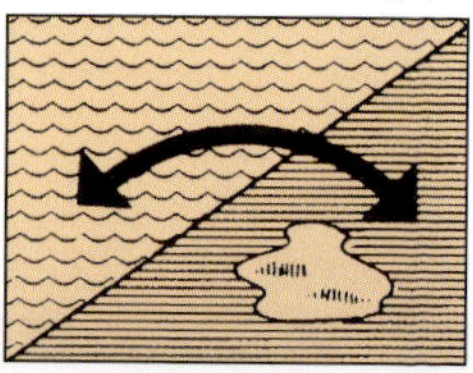

Klassifizierung: *Stamm:* Vertebrata – *Klasse:* Reptilia – *Ordnung:* Chelonia – *Familie:* Testudinidae
Alter: Miozän – Pliozän
Verbreitung: Südfrankreich
Größe des Fossils: Länge bis 1,5 m
Beschreibung: Die ersten Chelonia-Vertreter traten im Perm auf. Erst in der Trias jedoch bildeten sie einen doppelten Knochenpanzer, bestehend aus einem dorsalen Carapax und einem ventralen Plastron. Der Carapax wird bei allen Formen aus verschmolzenen Rippen, stacheligen Fortsätzen und Hautknochenplatten gebildet. Das Plastron besteht ausschließlich aus Hautknochenplatten. Carapax und Plastron sind in der Regel miteinander verwachsen. Bei der Gattung *Testudo* war der Panzer von hornförmigen Hautschilden bedeckt, und das Becken war weder mit dem Plastron noch mit dem Carapax verwachsen. Bei der rezenten Form ersetzt ein hornförmiger Schnabel die Zähne.
Biologie – Ökologie: Die Ordnung Chelonia stellt die am höchsten spezialisierte Gruppe der Reptilien dar. Die ersten permischen Formen waren vor allem Landbewohner; die Anpassung an ein pelagisches Leben im Wasser fand erst in der Kreide statt. Die Vertreter der weitaus jüngeren Gattung *Testudo* (Ober-Miozän) sind deutlich als Landbewohner zu erkennen. Zu dieser Gattung gehören Riesenarten, die 1,5 m lang werden konnten. Sie hat noch einen rezenten Vertreter, *Testudo elephantura,* ein auf den Seychellen lebendes Relikt.

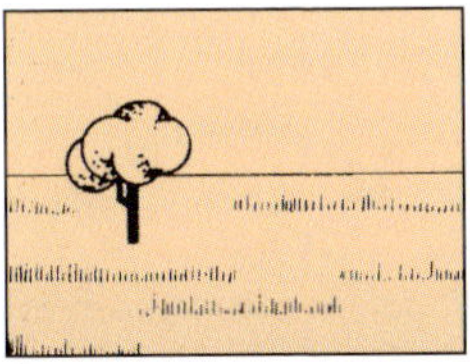
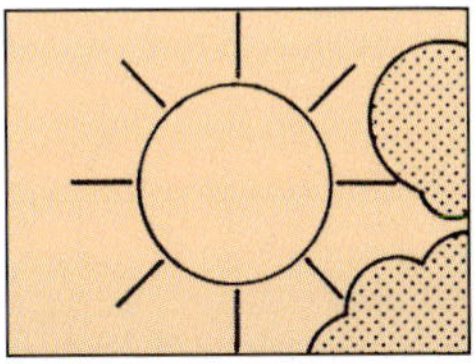

313 CROCODILEIMUS ROBUSTUS

Klassifizierung: *Stamm:* Vertebrata – *Klasse:* Reptilia – *Ordnung:* Crocodylia
Alter: Kimmeridgium (Ober-Jura)
Verbreitung: Frankreich (Département Ain: Cérin)
Größe des Fossils: Länge 56 cm
Beschreibung: Von *Crocodileimus robustus* wurde nur ein einziges vollständiges Skelett im Lithografischen Kalk von Cérin gefunden, das im Museum von Lyon ausgestellt ist. Neben seinem Seltenheitswert ist dieser bemerkenswerte Saurier vor allem aufgrund seines ausgezeichneten Erhaltungszustandes interessant, der seine Untersuchung praktisch ebenso einfach macht wie an einem lebenden Tier. Es handelt sich um ein kleines Krokodil. Der sehr lange Kopf nimmt etwa ein Fünftel der Körperlänge ein und hat eine lange Schnauze mit einem herzförmigen Ende. Die Kiefer sind solide; der Unterkiefer trägt auf jeder Seite 21 Zähne, im Oberkiefer befinden sich 24 auf jeder Seite. Die Zähne sind lang, spitz zulaufend und leicht nach hinten gekrümmt. Sie sind im Durchschnitt etwa 6 mm hoch und ähneln sich auffallend. Die gut ausgebildeten Gliedmaßen haben dicke Knochen. Der Vorderfuß weist fünf Finger auf, der Hinterfuß dagegen nur vier. Der breite Schwanz ist relativ kurz. Der Bauchschild besteht aus dicken Platten mit vier, fünf oder sechs Seiten.
Biologie – Ökologie: Die langen, schmalen Kiefer von *C. robustus* mit ihren dünnen, spitzen Zähnen scheinen darauf hinzuweisen, dass sich das Tier hauptsächlich von Fischen ernährte. Überdies lassen der – vor allem auf der Bauchseite – sehr starke Panzer, der den gesamten Rumpf bedeckte, sowie der Schwanz darauf schließen, dass *C. robustus* weder wendig noch schnell schwamm. Die starke Ausbildung der vorderen Gliedmaßen zeugt jedoch von einer besseren Bewegungsfähigkeit, als dies bei den anderen Telosauriern der Fall war. All diese Merkmale deuten darauf hin, dass *C. robustus* ein wenig aktives Krokodil war, das in strömungsarmen Gewässern lebte, mit Sicherheit in Süßwasser, möglicherweise in einem ähnlichen Lebensraum wie die rezenten Gaviale.

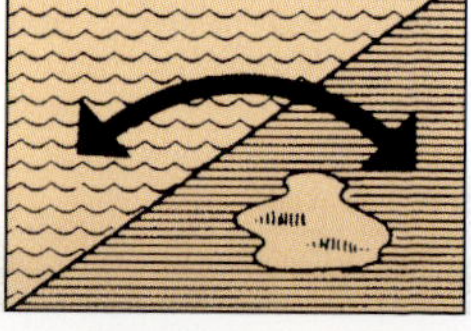

 COELOPHYSIS

Klassifizierung: *Stamm:* Vertebrata – *Klasse:* Reptilia – *Ordnung:* Sauripelvia – *Familie:* Procompsognathidae
Alter: Keuper
Verbreitung: USA (New Mexico)
Größe des Fossils: Länge 60 cm
Beschreibung: Der kleine *Coelophysis* hat Ähnlichkeit mit *Tanystropheus.* Diese Formen haben ihren Platz an der Basis der Dinosaurierevolution. Anhand des Skeletts kann man sich eine relativ genaue Vorstellung vom lebenden Tier machen. Durch eine Verbreiterung des Schambeins wird die Schambeinfuge verstärkt; dieses Merkmal geht mit der Zweifüßigkeit einher. Tatsächlich lief *Coelophysis* auf den Hinterbeinen, wobei er mit seinem langen Schwanz das Gleichgewicht hielt. Die langen zahlreichen Halswirbel belegen, dass dieses Reptil einen langen Hals hatte. *Coelophysis* gehört zu der Unterordnung Theropoda, einer Gruppe zweifüßiger Fleischfresser. Aufgrund der äußerst feinen und dünnwandigen Knochen ist das Skelett sehr leicht.
Biologie – Ökologie: *Coelophysis* war vermutlich ein lebhaftes, bewegliches Tier. Die Geschichte der Theropoda begann in der Obertrias mit Formen wie *Coelophysis.*

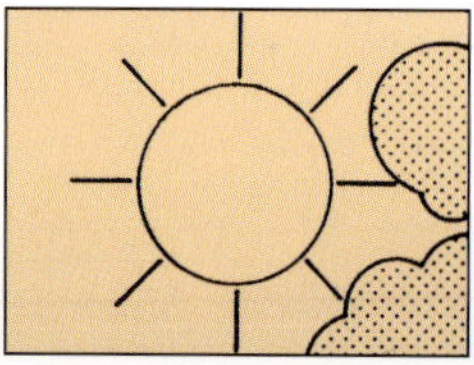

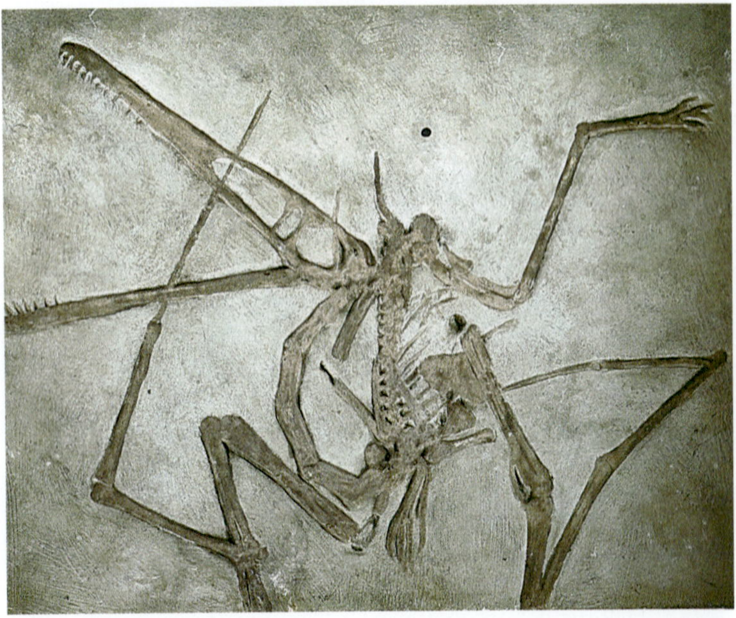

Klassifizierung: *Stamm:* Vertebrata – *Klasse:* Reptilia – *Ordnung:* Pterosauria – *Familie:* Pterodactylidae
Alter: Jura – Ober-Kreide
Verbreitung: Europa, Afrika
Größe des Fossils: Flügelweite 50 cm
Beschreibung: *Pterodactylus* brachte Formen unterschiedlicher Größe hervor; einige waren so klein wie ein Spatz, andere so groß wie ein Adler. Der sehr lange Kopf hatte schnabelartig verlängerte Kiefer, die nur im vorderen Teil Zähne trugen. Der Schwanz fehlt. Wie alle Pterosaurier zeigt auch diese Art einige Anpassungsmerkmale, die sie in die Nähe der Vögel rücken, z. B. Röhrenknochen zur Verringerung des Gewichts und ein kielförmiges Brustbein, aus dem später die Carina hervorging. Die Flügel sind jedoch grundsätzlich verschieden von denen der Vögel. Sie werden wie die Fledermausflügel durch eine Hautmembran gebildet, die von der vorderen Extremität gestützt wird. Bei *Pterodactylus* hält jedoch nur ein einziger Finger die Flügelmembran, bei der Fledermaus sind es vier.
Biologie – Ökologie: Die fliegenden Reptilien versuchten als Erste, den Luftraum zu erobern. Diese Fossilien findet man in marinen, aber auch in lakustrinen Sedimenten. Die Tiere lebten vermutlich an Ufern und ernährten sich von Fischen, die sie mit ihrem Schnabel von der Wasseroberfläche aus fingen. Man nimmt an, dass *Pterodactylus* ein schlechter Flieger war und sich kaum von der Küste entfernte.

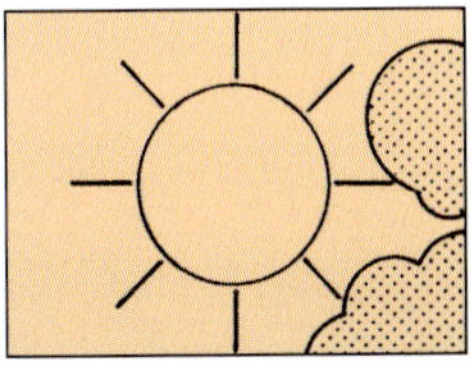

ARCHAEOPTERYX LITHOGRAPHICA

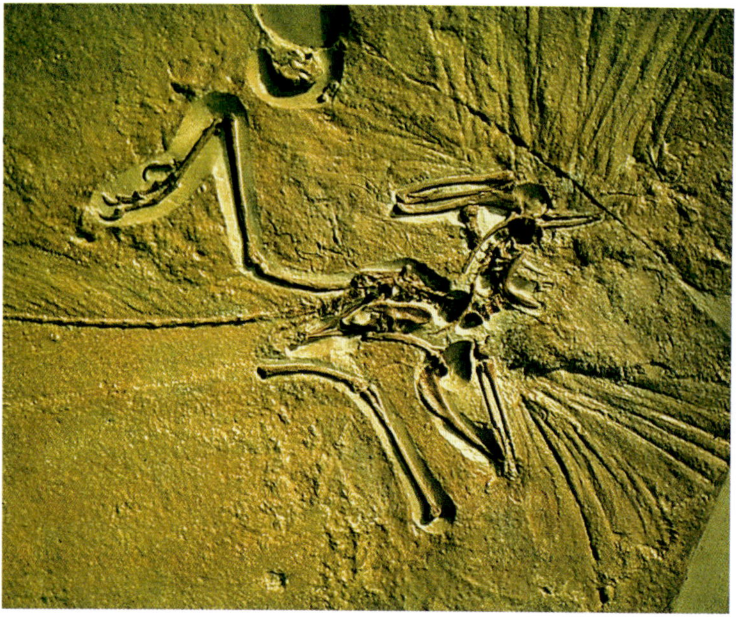

Klassifizierung: *Stamm:* Vertebrata – *Klasse:* Aves – *Unterklasse:* Archaeornithes – *Familie:* Archaeopterygidae
Alter: Kimmeridgium
Verbreitung: Deutschland (nur Solnhofen und Umgebung)
Größe des Fossils: Tier ca. 50 cm
Beschreibung: Der in Solnhofen entdeckte *Archaeopteryx* hat etwa die Größe eines Huhns. Der runde Schädel trägt einen langen, spitzen Schnabel mit scharfen Zähnen. Die Wirbelsäule besteht aus amphicoelen Wirbeln und endet in einem langen Schwanz. Die vorderen, zu Flügeln umgeformten Extremitäten weisen drei freie Finger mit Krallen auf. *Archaeopteryx* zeigt Merkmale der Reptilien (z. B. freie Metacarpalia und Metatarsalia, Brustbein ohne Carina) und der Vögel (z. B. Federn, zusammengewachsene Schlüsselbeine). Aus der Skelettstruktur geht hervor, dass das Tier vermutlich nur zum Gleitflug fähig war.
Biologie – Ökologie: Diese ersten Vögel sind aus der Sicht der Evolutions-Paläontologie sehr bedeutsam, da sie eine Brücke zwischen den Vögeln und den Reptilien schlagen. Es gilt als sicher, dass sich die Lebensweise von *Archaeopteryx* aufgrund seines Körperbaus deutlich von der der rezenten Vögel unterschied. Er war ein schlechter Flieger und lebte auf Bäumen.

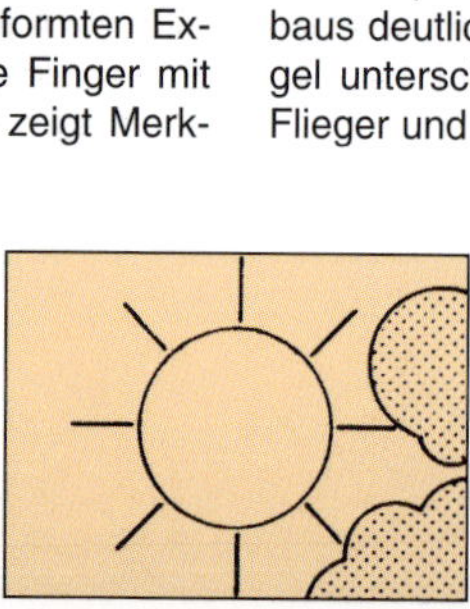

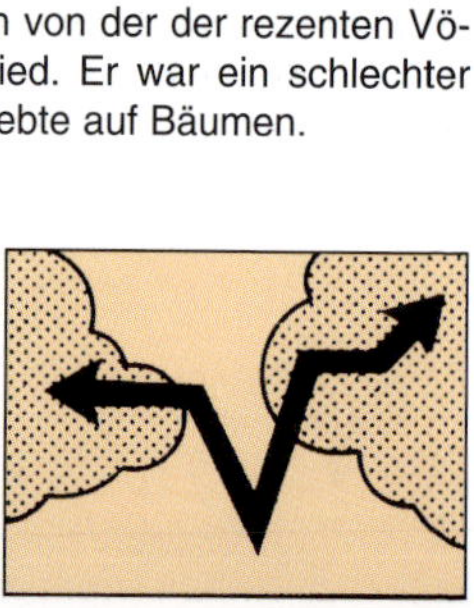

Klassifizierung: *Stamm:* Vertebrata – *Klasse:* Mammalia – *Ordnung:* Proboscidea – *Familie:* Elephantidae
Alter: Pleistozän
Verbreitung: Westeuropa, ehemalige UdSSR, Eurasien, Nordamerika
Größe des Fossils: Backenzahn ca. 25 cm, Risthöhe des Tieres etwa 3,5 m
Beschreibung: Der Schädel von *Elephas (Mammuthus) primigenius,* dem Mammut, ist voluminös und läuft spitz zu. Er trägt stark gebogene, 4 m lange Stoßzähne. Die hohen, breiten Backenzähne ähneln einer Feile. Sie tragen schmale und verfältelte Schmelzlamellen. Der Körper des Tieres war von einem wolligen Vlies bedeckt.

Biologie – Ökologie: *E. primigenius* war von allen Proboscidea am weitesten verbreitet. Das Wollhaarmammut lebte in kalten Gebieten gegen Ende des Pleistozäns. Als Tundratier ist es charakteristisch für die Gletscherfauna. Es handelt sich hierbei um den bekanntesten der ausgestorbenen Elefanten. Man hat zahlreiche vollständige Körper in den vereisten Schluchten Sibiriens gefunden. Diese außergewöhnliche Art der Konservierung ermöglichte es, Untersuchungen an den Weichteilen des Tieres und an seiner Wolle durchzuführen. Außerdem gelang es, seine Ernährungsweise anhand der Analyse des Mageninhaltes zu bestimmen.

GOMPHOTERIUM ANGUSTIDENS

Klassifizierung: *Stamm:* Vertebrata – *Klasse:* Mammalia – *Ordnung:* Proboscidea – *Familie:* Trilophodontidae
Alter: Unter-Miozän – Mittel-Miozän
Verbreitung: Europa, Nord- und Südamerika, Afrika, Asien
Größe des Fossils: Zahn 15 cm, Risthöhe des Tieres 2,5 m, Länge 4,5 m
Beschreibung: *Gomphotherium (Trilophodon) angustidens* hatte die Größe eines kleinen Elefanten. Der relativ lange Schädel hat eine lange Mandibularfurche. Jeder Kiefer trägt ein Paar gut entwickelte, gerade, nahezu horizontale Stoßzähne. Sie werden von einem Schmelzband überzogen, das ursprünglich vermutlich alle Stoßzähne bedeckte und bei den rezenten Elefanten vollkommen verschwunden ist. Die Backenzähne weisen große runde Höcker in vier oder fünf Reihen und wenig Zahnzement auf.
Biologie – Ökologie: Die Proboscidea (Rüsseltiere) bildeten im Tertiär eine sehr große Gruppe und vertreten eine der wichtigsten Evolutionsphasen der Säugetiere. Sie stammen vermutlich aus Afrika; dort wurde *Moeritherium* entdeckt, ihr ältester bekannter Vorfahre, der etwa die Größe eines Schweines hatte. Später verbreiteten sich die Rüsseltiere in ganz Europa, in Asien und schließlich in Nord- und Südamerika. Es gibt nur noch zwei rezente Vertreter: *Elephas indicus* in Asien und *Loxodonta africana* in Afrika.

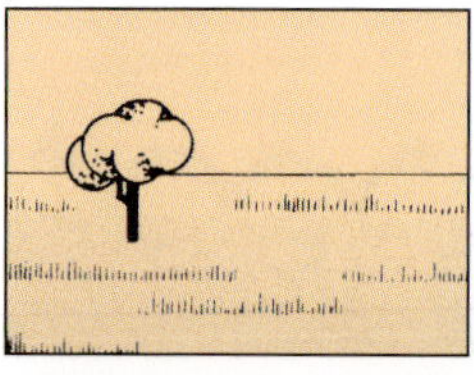

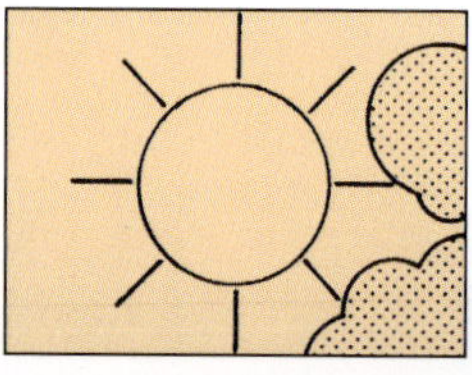

Klassifizierung: *Stamm:* Vertebrata – *Klasse:* Mammalia – *Ordnung:* Perissodactyla – *Familie:* Palaeotheriidae
Alter: Lutetium
Verbreitung: Westeuropa
Größe des Fossils: Risthöhe 1 m bis 1,5 m
Beschreibung: *Palaeotherium crassum* war mittelgroß und ähnelte einem unvollkommen entwickelten Vertreter der Equidae. Sein Aussehen glich insgesamt einem Tapir. Der Kopf ist stark ausgeprägt und hat ein kurzes Nasenbein, was auf einen kurzen Rüssel hinweisen könnte. Alle Gliedmaßen sind dreizehig, der mittlere Finger ist dominant. Die Dentition ist vollständig, die Prämolaren ähneln den Molaren und sind von den Eckzähnen getrennt.

Biologie – Ökologie: Die Gattung *Palaeotherium* ist mit zahlreichen Arten vertreten, die von Georges Cuvier nach Knochenfunden im Pariser Gips beschrieben wurden. Die späteren Funde ganzer Skelette bestätigten teilweise die Rekonstruktionen des berühmten französischen Naturforschers, mit Ausnahme vielleicht des Rüssels, der eine reine Hypothese bleibt. Die bekannten Arten weisen unterschiedliche Größen auf: Einige waren so groß wie ein Schwein, andere erreichten sogar die Größe eines Nashorns. Die Gattung *Palaeotherium* liefert Leitfossilien für das Ober-Miozän und tritt unvermittelt im europäischen Lutetium auf. Im Oligozän wird sie immer seltener und stirbt schließlich aus.

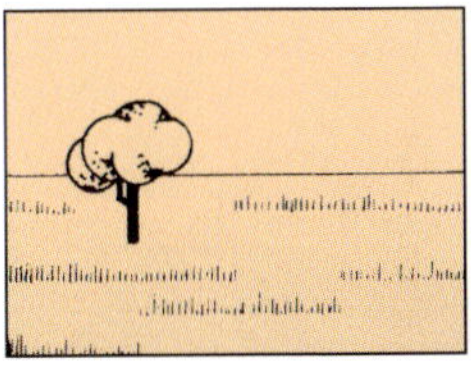

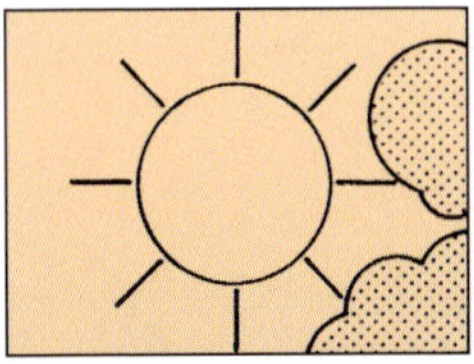

 COLLENIA INDOSA

Klassifizierung: *Stamm:* Cryptogamae – *Klasse:* Thallophyta – *Ordnung:* Schizophyllali – *Familie:* Cyanophyceae
Alter: Präkambrium – Silur
Verbreitung: Nordamerika, China, ehemalige UdSSR, Afrika
Größe des Fossils: Ø der Kalklinsen bis 7 m
Beschreibung: *Collenia indosa* bildet kalkige Krusten. Die ebene Oberfläche dieser Konstruktionen wird in unregelmäßigen Abständen von kleinen Kuppeln unterbrochen. *Collenia* besteht aus unregelmäßigen, mehr oder weniger gewundenen, ineinander verschachtelten Lamellen. Im Querschnitt hat sie ein gestreiftes Aussehen. Es sind keine Verzweigungen zu sehen. Das Wachstum vollzog sich durch aufeinander folgende Anlagerungen von Schichten an der Außenseite. Außer einigen faserigen Kohlepartikeln sind keine Spuren von Zellen zu erkennen. Man geht jedoch aufgrund von Beobachtungen an rezenten Algen davon aus, dass dieses kalkige Gebilde das Ergebnis der Aktivität mikroskopisch kleiner Algen, der Cyanophyceae, ist.
Biologie – Ökologie: *Collenia* ist eine Versteinerung, die durch die Photosynthese von Meeresalgen entsteht, die in geringen Tiefen leben. Diese mussten durch Photosynthese Chlorophyll bilden, ohne sich in hohem Maße den ultravioletten Strahlen auszusetzen. Wie alle Stromatolithen spielten sie eine bedeutende Rolle beim Ausfällen der ersten Kalke.

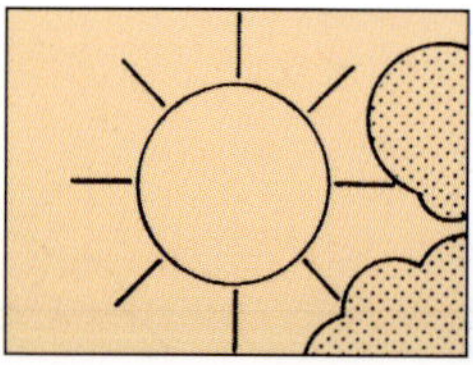

Klassifizierung: *Stamm:* Cryptogamae – *Klasse:* Thallophyta – *Ordnung:* Schizophyllali – *Familie:* Cyanophyceae
Alter: Präkambrium
Verbreitung: Nordamerika, China, ehemalige UdSSR, Indien, Nordafrika
Größe des Fossils: Ø der Säule 6 m bis 8 m
Beschreibung: *Conophyton* steht am Anfang der Stromatolithenbildung, d. h. kalkiger geschichteter, Bioherme bildender Massen. Diese Anhäufungen bestehen aus einer großen Anzahl von subzylindrischen, unverzweigten, sehr nahe beieinander stehenden Säulen. Die seitliche Oberfläche dieser Säulen ist unregelmäßig und weist Wülste und Spitzen auf. Im Querschnitt lassen sich runde oder ovale Formen erkennen. Das Wachstum der Stromatolithen war vermutlich jahreszeitlich bedingt; in der Feinanalyse wäre sogar ein Tagesrhythmus nachzuweisen. Man nimmt an, dass *Conophyton* ein Prokaryont war und Chlorophyll besaß. Der Niederschlag von Kalziumkarbonat an der Oberfläche der Algen bildete die Grundlage für diese teilweise gigantischen Krustenstrukturen.
Biologie – Ökologie: *Conophyton* lebte in Gemeinschaft mit anderen Stromatolithen in epikontinentalen Meereszonen. Das seichte Wasser hatte vermutlich einen relativ hohen pH-Wert.

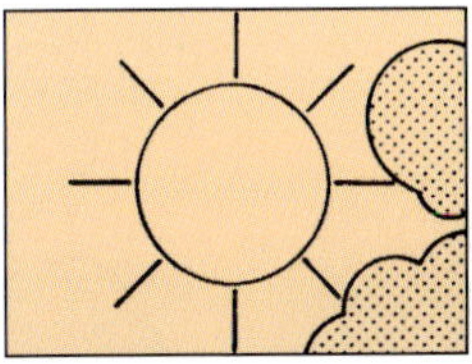

322 LITHOTHAMNIUM (ROTKALKALGE)

Klassifizierung: *Stamm:* Cryptogamae – *Klasse:* Thallophyta – *Ordnung:* Rhodophyllali – *Familie:* Corallinaceae
Alter: Jura – Gegenwart
Verbreitung: Weltweit
Größe des Fossils: einige Dezimeter breit
Beschreibung: *Lithothamnium* ist eine Rotalge, die auch heute noch anzutreffen ist. Die Zellwände des Thallus verkalken. Der Thallus besteht aus einer horizontalen, periodisch in drei Dimensionen wachsenden Lamelle; dort erkennt man übereinander liegende Zellfäden. Stellenweise sind auch Verzweigungen sichtbar. Sie haben Ähnlichkeit mit kleinen Korallenzweigen und teilen sich dichotom. Diese mehr oder weniger dicken, an Felsen oder Gehäusen festgehefteten Kalkkrusten bilden manchmal kleine Riffe, so beispielsweise das „Maerl" der bretonischen Küsten und die Algenstraße an den Mittelmeerküsten. Man nennt *Lithothamnium* auch Rotkalkalge.
Biologie – Ökologie: *Lithothamnium* bevölkert bestimmte Meeresgründe in bis zu 100 m Tiefe, auf denen schwache Strömungen herrschen. Diese Alge kann in Gemeinschaft mit Korallenriffen leben, man findet sie jedoch auch in kalten Gewässern.

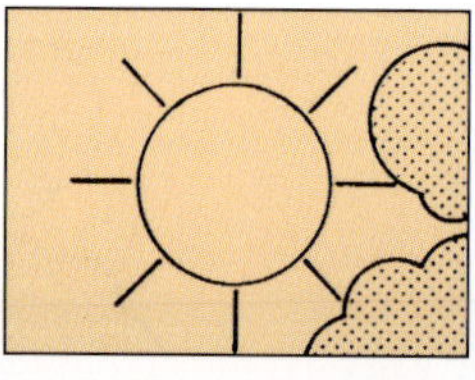

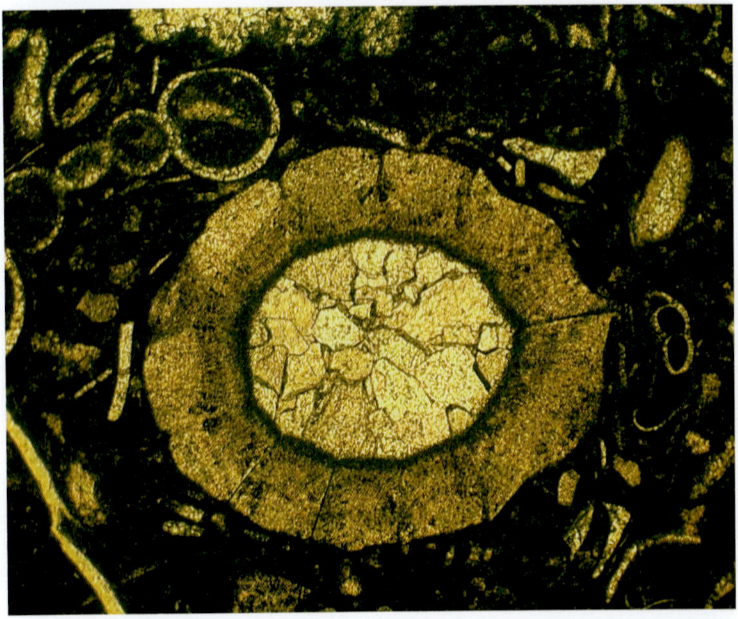

Klassifizierung: *Stamm:* Cryptogamae – *Klasse:* Thallophyta – *Ordnung:* Charophyllali – *Familie:* Characeae
Alter: Devon – Gegenwart
Verbreitung: Weltweit
Größe des Fossils: Oogonium 0,5 mm bis 1,5 mm, Pflanzengröße unbekannt
Beschreibung: Die Struktur der *Charophyta* hat sich seit dem Paläozoikum nicht verändert. Die fossilen *Chara,* die man findet, sind Stängel ohne Blätter und Fruktifikationen. Sie haben eine helicoidale Struktur; ihre Rinde besteht aus langen, röhrenartigen, gekrümmten Zellen, die spiralig angeordnet sind. Die Fortpflanzungsorgane bilden sich in den Zweigachsen. Es handelt sich um äußerst robuste Oogonien, die ausgezeichnete Leitfossilien für das Tertiär des Pariser Beckens sind. Oogonien sind kleine, eiförmige Strukturen, deren eines Ende sich wie ein Flaschenhals verlängern kann und deren Oberfläche von spiraligen Furchen durchzogen ist. *Charophyta* sind Übergangsformen zwischen Thallophyta und Bryophyta.
Biologie – Ökologie: *Charophyta* leben in stehenden süßen oder brackischen Gewässern. Sie bilden Büschel oder durchgehende Teppiche in zeitweise auftretenden Wasserpfützen mit veränderlicher Salinität in semiariden Zonen. Der Stängel kann mit Kalk verkrusten, so dass die Armleuchteralgen durch zahlreiches Auftreten Gesteine bilden. Man schreibt ihnen das Entstehen des „Meuliere“ (kieseliger Kalkstein) des Pariser Beckens zu.

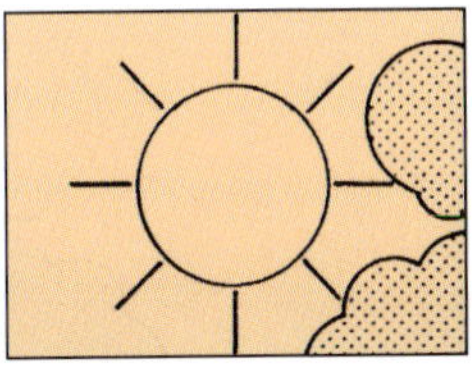

Klassifizierung: *Stamm:* Cryptogamae – *Klasse:* Lycophyta – *Ordnung:* Lepidodendrales – *Familie:* Sigillariaceae
Alter: Westphalium – Stephanium
Verbreitung: West- und Nordeuropa
Größe des Fossils: Pflanze 30 m
Beschreibung: *Eusigillaria* ist ein Baum vom Wuchs einer Palme mit einem geraden Stamm, der an der Spitze ein Büschel Blätter trägt. Die Rinde des Stammes weist Längskanäle auf; zwischen diesen Rippen erkennt man sechseckige Spuren von Blättern, die in Quirlen angeordnet sind und Längsstreifen am Stamm bilden. Diese Abdrücke tragen elliptische Narben, die abgeworfenen Blättern entsprechen. Der obere Blattschopf besteht aus langen, lanzenförmigen Blättern und ist von einem Rand großer Ähren umgeben, die längliche Sporen tragen und durch lange Blütenstiele mit dem Stamm verbunden sind. Die Ähren bestehen aus einer Achse, an der große Schuppen befestigt sind, die die Sporangien tragen. *Sigillaria* sind heterospore Pflanzen.
Biologie – Ökologie: *Eusigillaria* war eine weit verbreitete Form in den Formationen des Ober-Karbons und wuchs auf sumpfigen Böden der Karbonwälder. Mit *Lepidodendron* vertrat sie eine der beiden Hauptgattungen der Baumartigen in diesem Wald.

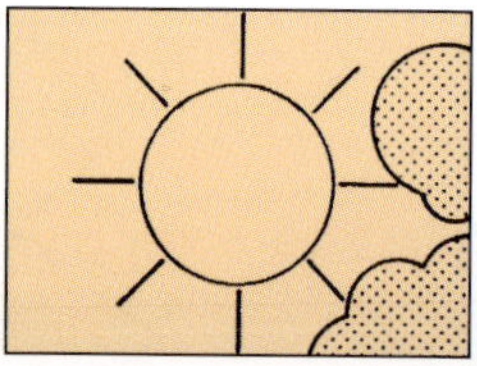

Klassifizierung: *Stamm:* Cryptogamae – *Klasse:* Lycophyta – *Ordnung:* Lepidodendrales – *Familie:* Lepidodendraceae
Alter: Ober-Karbon
Verbreitung: Südamerika (Polarregionen), Nord- und Westeuropa, Grönland
Größe des Fossils: Höhe der Pflanze 25 m bis 30 m
Beschreibung: *Lepidodendron* ist ein baumartiges Bärlappgewächs des Paläozoikums. Er ähnelt einem Baum mit zylindrischem Stamm. An der Spitze verzweigt er sich dichotom und bildet schirmartige Zweigbüschel. Die langen, schmalen Blätter hinterlassen auf der Rinde rautenförmige, spiralig angeordnete Blattnarben. Diese Blattpolster tragen eine große Narbe, die von zwei kleineren Narben umgeben ist und von einer Furche eingerahmt wird. Im Querschnitt zeigt sich das zentrale Mark des Stammes. Das dicke Periderm verleiht dem Stamm Festigkeit. Die Fruchtstände sitzen an den Enden der Zweige. Sie bestehen aus eng übereinander liegenden Fruchtblättern, die an der Basis Sporangien tragen. *Lepidodendron* ist eine heterosporangiate Form.
Biologie – Ökologie: *Lepidodendron* ist ein Baum des Karbonwaldes. Er wuchs in Sumpfgebieten und Lagunen auf schlammigen, torfhaltigen Böden. Dort gab es auch viele Quastenflosser.

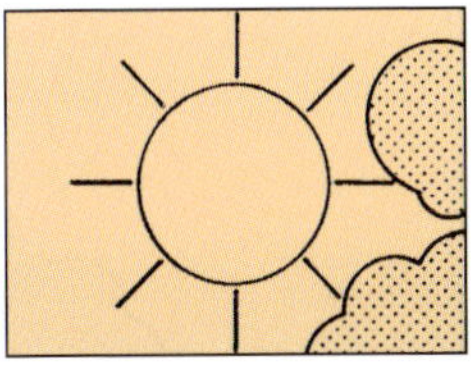

STIGMARIA

Klassifizierung: *Stamm:* Cryptogamae – *Klasse:* Lycophyta – *Ordnung:* Lepidodendrales
Alter: Karbon – Perm
Verbreitung: Europa
Größe des Fossils: Ø des Rhizoms bis 20 cm, Länge einige Dezimeter, Größe der Pflanze unbekannt
Beschreibung: *Stigmaria* hat eine zylindrische Form und verzweigt sich in regelmäßigen Abständen dichotom. Sie ähnelt einer großen Wurzel, die in der Waagerechten ein Kreuz bildet. Einige Exemplare von *Stigmaria* sind jedoch eher vertikal ausgerichtet. Die Oberfläche zeigt kreisrunde, spiralig angeordnete Narben, die jeweils dem Ansatz einer „Wurzel" entsprechen, die im rechten Winkel entsprang. *Stigmaria* ist kein Wurzelstock, sondern ein großes unterirdisches Rhizom, das viele „Würzelchen" trug. Man vermutet, dass derartige horizontal angeordnete Rhizome zu den Lepidodendren und *Eusigillaria* gehören. Die vertikalen Rhizome hingegen werden *Subsigillaria* zugeordnet.
Biologie – Ökologie: *Stigmaria* ist ein unterirdisches Organ der Lepidodendrales, mit dem sich die großen Bäume des Karbonwaldes ausreichend in den lockeren Sumpf- und Torfböden verankern konnten. Man findet zahlreiche Fossilien dieses Typs im Liegenden der Kohleschichten.

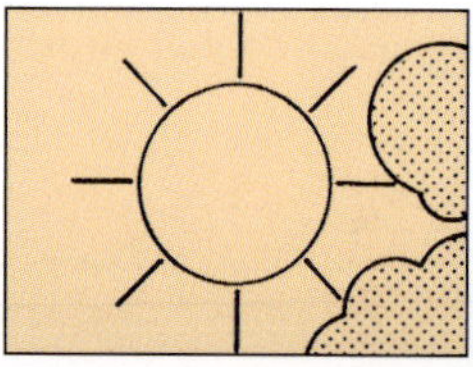

Klassifizierung: *Stamm:* Cryptogamae – *Klasse:* Lycophyta – *Ordnung:* Lepidodendrales – *Familie:* Sigillariaceae
Alter: Ober-Karbon – Perm
Verbreitung: Deutschland, Frankreich, Belgien
Größe des Fossils: Pflanze bis 30 m
Beschreibung: *Syringodendron* ähnelt wie *Eusigillaria* einer Palme von 20 m bis 30 m Höhe. Der Stamm ist nicht gerippt. Seine Rinde kann sich verdicken, und der Baum speichert an dieser Stelle Wasser. Wie bei *Eusigillaria* sind quirlig angeordnete, sechseckige Blattnarben zu erkennen. Sie bestehen aus drei kleinen Narben, über denen die Spur einer Ligula zu sehen ist. Die schmalen Blätter enden in einer Spitze. Sie haben einen sechseckigen Querschnitt und erreichen eine Länge von 30 cm bis 60 cm. Die Sporenähren bilden eine Krone an der Basis des Blattbüschels oben am Stamm. Im Querschnitt der Äste zeigt sich das zentrale Mark, das von bastig-holzigen Geweben umgeben ist, die sich sekundär entwickelten.
Biologie – Ökologie: *Syringodendron* wuchs vermutlich außerhalb der Sumpfgebiete. Sie hatte sich der Trockenheit angepasst, die zunehmend auf den Kontinenten herrschte.

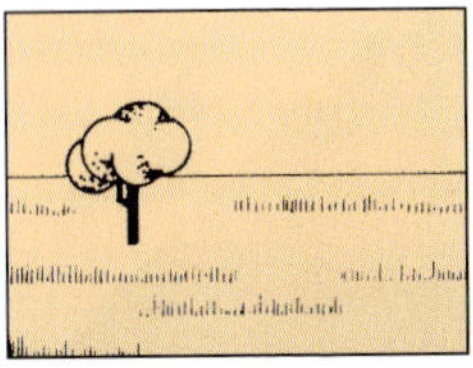

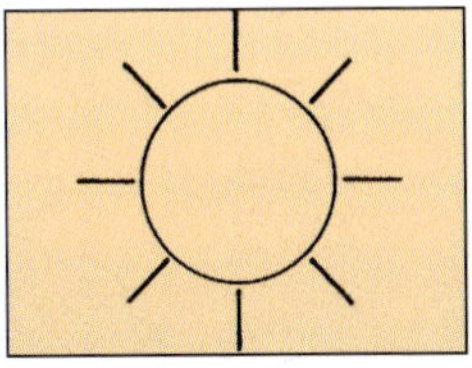

ANNULARIA

Klassifizierung: *Stamm:* Cryptogamae – *Klasse:* Sphenophyta – *Ordnung:* Equisetales – *Familie:* Calamitaceae

Alter: Karbon

Verbreitung: Westeuropa, Nordamerika

Größe des Fossils: Blätter 1,5 cm, Gesamtgröße der Pflanze unbekannt

Beschreibung: *Annularia* hat Ähnlichkeit mit einem großen, baumartigen Schachtelhalm. Es handelt sich um einen Trieb mit Blattquirlen, den man isoliert in den Sedimenten findet. Auf den gefundenen Stammteilen sind Rippen zu sehen. Die schmalen Blätter können oval, lanzettförmig oder spatelförmig sein. Sie breiten sich horizontal zu einer Krone aus. Ihre Basen sind von dünnen Blattscheiden umgeben und bilden eine kurze Manschette um den Stamm. Sie haben eine einzige Blattader in medianer Position und weisen eine dorsoventrale Symmetrie auf. Jedes abfallende Blatt hinterließ auf dem Stamm eine kreisrunde Narbe. Ältere Stämme tragen keine Blätter mehr.

Biologie – Ökologie: *Annularia* bildet die Belaubung der Pflanzen aus der Familie der Calamitaceae. Man findet *Annularia* zusammen mit fossilen Calamiten und verwandten Formen.

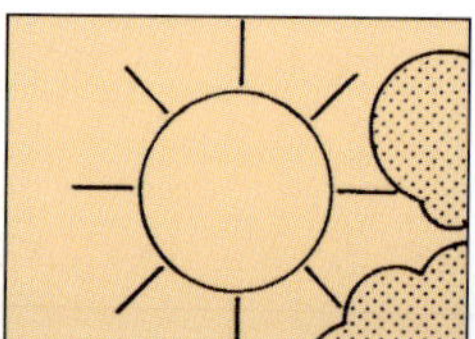

Klassifizierung: *Stamm:* Cryptogamae – *Klasse:* Sphenophyta – *Ordnung:* Equisetales – *Familie:* Calamitaceae
Alter: Ober-Karbon – Unter-Perm
Verbreitung: Ruhr, Belgien, China, Nordamerika
Größe des Fossils: Blatt bis 2 cm, Höhe der Pflanze 20 m bis 30 m
Beschreibung: *Asterophyllites* repräsentiert ein Blattorgan, das man als Abdruck in den Sedimenten des späten Paläozoikums findet. Die Zweige können fein geriffelt sein. Sie tragen an jedem Knoten Blattquirle. Diese Quirle bestehen aus zehn bis 30 schmalen, an der Basis nicht verwachsenen Blättern, die nicht auf einer Ebene, sondern nach oben versetzt angeordnet sind. Jedes Blatt steckt in einer Blattscheide, läuft in einer Spitze zu und ist dorsoventral symmetrisch. Eine einzelne Blattader in medianer Position nimmt ein Viertel bis die Hälfte der Blattbreite ein. Auf beiden Seiten sind Stomata (Spaltöffnungen) zu erkennen. Die größeren Zweige tragen an jedem Blattgrund zwei gegenüberliegende kleine Zweige, die sich an ihren Enden zu ährenförmigen Fortpflanzungsorganen umformen können.
Biologie – Ökologie: *Asterophyllites* ist die Belaubung eines Calamiten. Die Pflanze selbst wuchs im Karbonwald in Sumpfgebieten ebenso wie die Cordaiten und die Lepidodendren. Sie war vermutlich an ein Leben in Überschwemmungsgebieten angepasst.

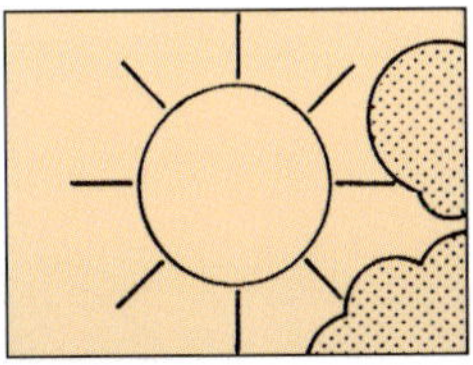

CALAMITES

Klassifizierung: *Stamm:* Cryptogamae – *Klasse:* Sphenophyta – *Ordnung:* Equisetales – *Familie:* Calamitaceae
Alter: Mittel-Karbon – Unter-Perm
Verbreitung: Deutschland (Saarland, Ruhrgebiet), Frankreich (Nordfrankreich: Gegend von Calais, Bretagne), Belgien, Niederlande, Großbritannien
Größe des Fossils: Höhe der Pflanze 15 m bis 20 m
Beschreibung: *Calamites* ist ein großer Baum vom Wuchs eines Schachtelhalms. Alle Sprossachsen sind hohl und gegliedert. Nach dem Tod der Pflanze füllten sie sich mit Sedimenten; auf diese Weise bildete sich ein fossiler Ausguss des Markraums. Jeder Knoten, der durch einen quer verlaufenden Boden zu erkennen ist, trug eine Blätterkrone. Die Blätter hinterließen beim Abfallen eine Narbe. Überdies sind auf derselben Höhe auch Spuren von Ästen zu erkennen. Die Sprossglieder tragen alternierende Rippen. Analog dazu weisen die fossilisierten Ausgüsse der zentralen Hohlteile Furchen auf. Die Wurzeln sind quirlständig auf einem Rhizom angeordnet, das vertikal im Boden steckte. Die Fortpflanzungsorgane haben die Form von Ähren und ähneln denen eines Schachtelhalms. Wie alle Schachtelhalmgewächse hatte auch *Calamites* keine Blüten. Die Pflanze war heterospor.
Biologie – Ökologie: *Calamites* wuchs in tropischen und subtropischen Sumpfgebieten. Sie trug zum Aufbau des Karbonwaldes bei.

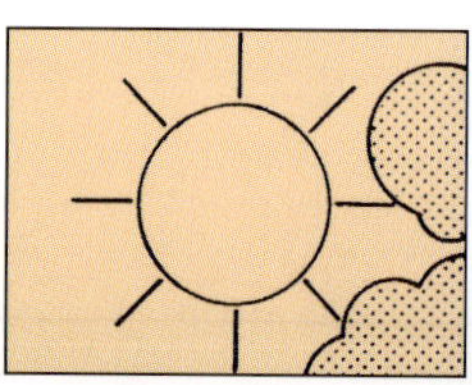

Klassifizierung: *Stamm:* Cryptogamae – *Klasse:* Sphenophyta – *Ordnung:* Sphenophyllales – *Familie:* Sphenophyllaceae
Alter: Ober-Devon – Perm
Verbreitung: Europa
Größe des Fossils: Blattlänge 1,5 cm, Ø der Sprossachse 1 cm bis 2 cm, Höhe der Pflanze bis 30 m
Beschreibung: *Sphenophyllum* ist eine krautige Pflanze vom Wuchs einer Liane. Sie hing vermutlich im Buschwerk. Die schlanke, massive Sprossachse ist gegliedert und trägt wenige Rippen. Die stiellosen Blätter bilden an der gesamten Sprossachse entlang Quirle. Sie sind an der Basis schmal und verbreitern sich dann; ihr distales Ende ist bogenförmig und fein gesägt. Die Blätter haben keine deutlich sichtbare mediane Blattader; die Adern sind dichotom. An derselben Sprossachse können die unteren Blätter ungeteilt, die oberen geteilt sein. Es sind auch nicht alternierende Zweigquirle zu erkennen. Die fruchttragenden Ähren werden von quirlig angeordneten Schuppen gebildet, die alternierend Sporangien und sterile Blätter tragen.
Biologie – Ökologie: Einige Arten von *Sphenophyllum,* deren Blätter in feine Riemen unterteilt waren, lebten vermutlich im Wasser. Die anderen Arten waren Schlingpflanzen, und man findet sie zusammen mit Bäumen, die auf trockenem Boden wachsen und ihr Laub abwerfen.

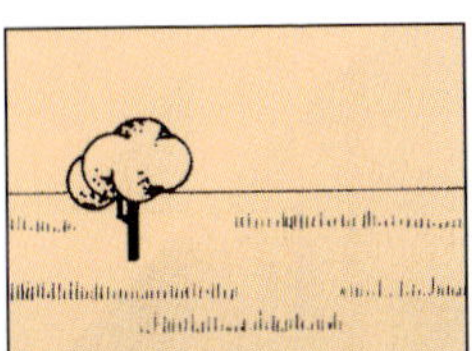
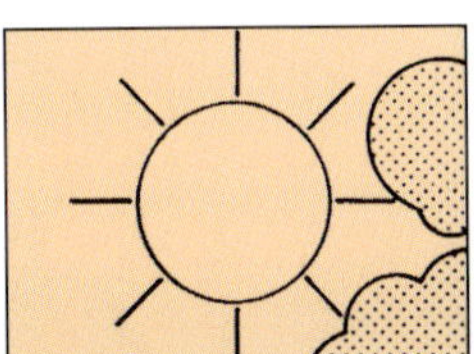

LONCHOPTERIDIUM

Klassifizierung: *Stamm:* Cryptogamae – *Klasse:* Pteridospermaphyta – *Ordnung:* Pteridospermales – *Familie:* Alethopteridaceae

Alter: Westphalium

Verbreitung: Mitteleuropa, China, Nordamerika

Größe des Fossils: Fiederblättchen 2 cm, Gesamtgröße der Pflanze unbekannt

Beschreibung: Die Überreste von *Lonchopteridium* lassen keine Rückschlüsse auf das Aussehen der Pflanze insgesamt zu. Die einzigen bekannten Organe sind Wedel, die denen der rezenten Farne sehr ähnlich sind. Diese großen Wedel sitzen an kurzen Stängeln; man nimmt an, dass die Pflanze ein buschähnliches Aussehen hatte. Die Achse der Blattorgane, die Rhachis, trägt kleine, ovale, grüne Blättchen, die Fiederblättchen. Sie haben keinen Stiel, sondern sitzen mit ihrer ganzen Basis an der Rhachis. An der Oberfläche ist eine stark vernetzte Aderung zu erkennen. Die Seitenadern bilden bis zu den Rändern der Fiederblättchen eine Art Netz mit polygonalen Maschen.

Biologie – Ökologie: *Lonchopteridium* gehörte vermutlich zur Flora der Kohlewälder. Die Pflanze wuchs in einem feuchten Milieu in Meeresnähe. In solchen feuchten Bereichen, die zur marinen Zone gehören, aber von riesigen Sumpfwäldern bewachsen waren, bildete sich später die Steinkohle.

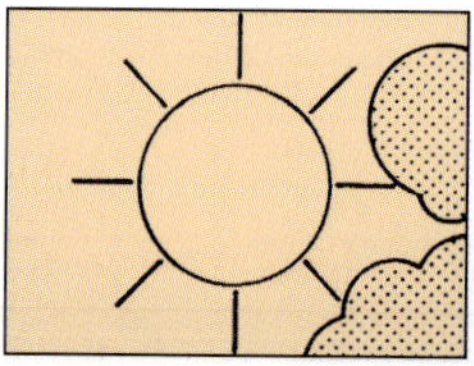

Klassifizierung: *Stamm:* Cryptogamae – *Klasse:* Pteridospermaphyta – *Ordnung:* Pteridospermales – *Familie:* Neuropteridaceae
Alter: Westphalium – Stephanium
Verbreitung: Europa
Größe des Fossils: Fiederblättchen 1,8 cm, Gesamtgröße der Pflanze unbekannt
Beschreibung: *Neuropteris* ist eine große Pflanze mit holziger Sprossachse und farnähnlichen Blättern. Die Wedel sind groß, die Rhachis weist Längsstreifen auf und teilt sich an ihrem Ende. Auf dem nicht gegabelten Teil sind große kreisförmige Fiederblättchen zu erkennen. Nur der Medianteil ihrer gerundeten, herzförmigen Basis sitzt an der Rhachis. Sie hat eine Mittelrippe, von der fächerförmig Büschel von Blattadern ausgehen. An den Verzweigungen der Rhachis sind die Fiederblättchen länglicher; ihre Mittelrippe erreicht den Blattrand nicht, und die gebogenen Blattadern verzweigen sich mehrfach.
Biologie – Ökologie: *Neuropteris* konnte Samen bilden, vermehrte sich aber auch vegetativ durch Ausläufer. Sie wuchs in den Steinkohlewäldern und war auch Bestandteil der Galeriewälder, die im Stephanium auftraten.

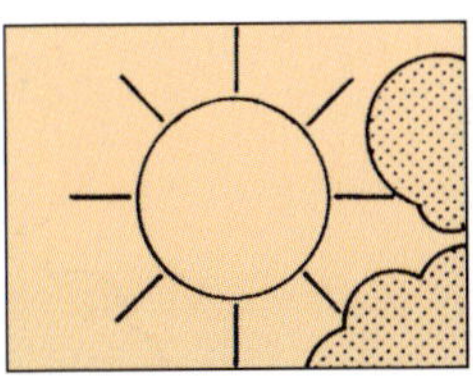

334 PECOPTERIS

Klassifizierung: *Stamm:* Cryptogamae – *Klasse:* Filicophyta – *Ordnung:* Marattiales – *Familie:* Pecopteridaceae

Alter: Ober-Karbon – Perm

Verbreitung: Europa, China, ehemalige UdSSR, Sumatra, Nordamerika

Größe des Fossils: Fiederblättchen 1,2 cm, Gesamtgröße der Pflanze unbekannt

Beschreibung: *Pecopteris* hatte das Aussehen eines baumartigen Farns. Die Hauptachse trägt mehrere Nebenachsen und weist eine große Mittelrippe auf. Die relativ großen länglichen Fiederblättchen sind mehr oder weniger in Lappen unterteilt, ihr distales Ende ist gerundet. Sie sitzen mit ihrer ganzen breiten Basis an der Achse und sind auf dieser Höhe teilweise miteinander verwachsen. Die Aderung ist deutlich zu erkennen: Aus der stark hervortretenden Mittelrippe entspringen zahlreiche feine Blattadern. Sie sind verzweigt und bilden in jedem Lappen des Fiederblättchens Fächer. Die kleinen Samen tragen an der Seite kurze Flügel wie die rezenten Flügelfrüchte. Jeder Samen sitzt am Rand der Unterseite eines fruchtbaren Fiederblättchenlappens.

Biologie – Ökologie: *Pecopteris* vermehrte sich durch Ausläufer. Die Pflanze wuchs in den Torfsenken der Kontinentalzonen. Man findet sie zusammen mit Moosfarnen, Lepidodendren und Farnen.

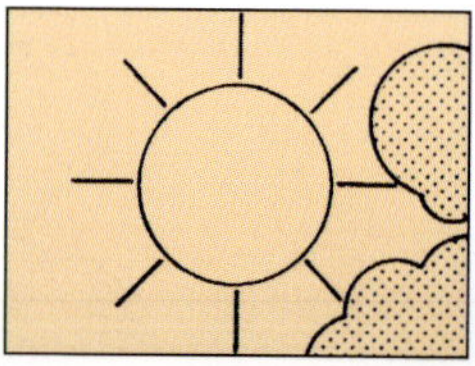

Klassifizierung: *Stamm:* Cryptogamae – *Klasse:* Pteridospermaphyta – *Ordnung:* Pteridospermales
Alter: Namurium – Westphalium
Verbreitung: Europa
Größe des Fossils: Fiederblättchen 1 cm, Gesamtgröße der Pflanze unbekannt
Beschreibung: Die Abdrücke dieser Pflanze erinnern an einen Farn. Es ist eine deutliche Tendenz zur Dichotomie zu erkennen. Die Wedel haben eine Hauptachse, von der Sekundärachsen mit Fiederblättchen ausgehen, die mehr oder weniger in runde Lappen unterteilt sind. In der Nähe der Basis sind sie stärker geteilt. An ihrer Basis verjüngen sie sich und sind direkt an der Achse befestigt. Die Blattadern gehen fächerförmig vom Befestigungspunkt am Stängel, der Mark enthält, aus; die Mittelrippe fehlt. Man hat Blütenstände gefunden, die mit den Wedeln verbunden sind. Jeder Samen sitzt im Zentrum eines sechszähnigen Fruchtbechers. Die Pollensäcke sind gruppenweise auf einem Blütenboden angeordnet, der mit einem langen, sehr dünnen Blütenstiel am Zweig befestigt war.
Biologie – Ökologie: *Sphenopteris* wuchs in dichten Gruppen im Unterholz der meernahen Sümpfe. Die Pflanze gehörte außerdem zur Krautvegetation, die die Ufer von Süßwasserseen bedeckte.

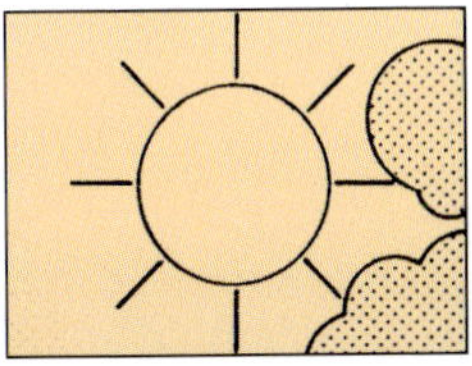

Klassifizierung: *Stamm:* Praephanerogamae – *Klasse:* Cycadophytina – *Ordnung:* Bennettitales – *Familie:* Incertae sedis
Alter: Ober-Karbon – Ober-Kreide
Verbreitung: Österreich, Frankreich (Jura), Nordschottland, Yorkshire
Größe des Fossils: Pflanze 30 cm
Beschreibung: *Pterophyllum* hatte das Aussehen eines Baumes mit kurzem, massivem Stamm und einem Strauß breiter, zusammengesetzter Blätter an der Spitze. Die aneinander stoßenden, mehraderigen, länglichen Teilblättchen sitzen mit der breiten Basis an der Rhachis. Die Blattnarben sind rautenförmig. Man vermutet, dass die rezente Blüte aus der Fruchtbildung von *Pterophyllum* hervorging: Der männliche Teil, der den zentralen Blütenboden umgibt, setzt sich aus kleinen Blättern zusammen, deren Fiederblättchen Mikrosporangien tragen. Im Prinzip handelt es sich hier um blattförmige Staubgefäße. Der weibliche Teil nimmt den zentralen Blütenboden ein und besteht aus zahlreichen Schuppen, die jeweils eine Samenanlage tragen. Das Ganze ist von schützenden Schuppenrosetten umgeben.
Biologie – Ökologie: *Pterophyllum* erlebte seine Blütezeit im Keuper. Diese Pflanze passte sich an zunehmend heißere und trockenere Umgebungen an, und zwar vor allem durch die Verdickung der Cuticula, die die Blätter bedeckt.

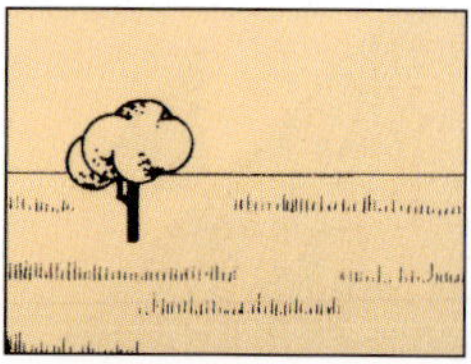

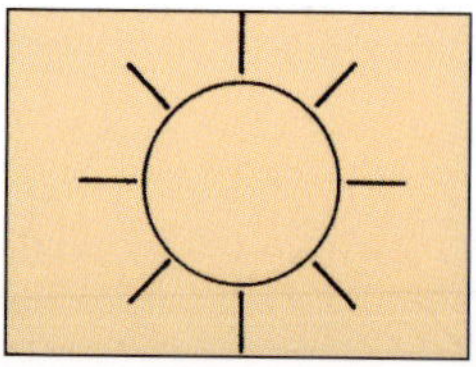

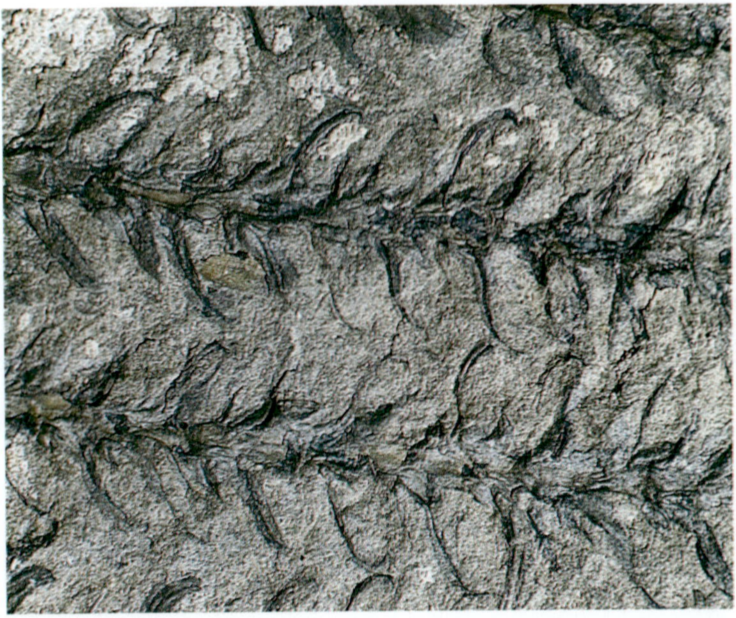

Klassifizierung: *Stamm:* Phanerogamae – *Klasse:* Coniferophytina – *Ordnung:* Lebachiales – *Familie:* Lebachiaceae
Alter: Ober-Karbon – Perm
Verbreitung: Westeuropa
Größe des Fossils: Bis 10 cm
Beschreibung: *Lebachia* ähneln den rezenten Araukarien. Es handelt sich um mittelgroße Bäume mit vertikalem, schlankem Stamm. Die Verzweigungen erster Ordnung sind in der horizontalen Ebene zu finden. Die Äste verzweigen sich wiederum, ebenfalls horizontal, dichotom in Äste zweiter Ordnung. Die kleinen Blätter sind lang gestreckt, kielförmig und enden in einer Spitze. Die Fortpflanzungsorgane bestehen aus fruchtbildenden Zapfen. Diese Fruchtzapfen sind zylindrische Blütenstände von 20 cm bis 30 cm Länge; sie bestehen aus Schuppen, an deren Basis man jeweils ein echtes Samenkorn findet. *Lebachia* gehört zu den ersten bekannten Phanerogamen.
Biologie – Ökologie: *Lebachia* trat erstmals auf, als die Vegetation der Steinkohlewälder verschwand. Man findet sie in den weiten Alluvialebenen zusammen mit Farnen und Schachtelhalmen. Vermutlich bewaldete sie auch die höheren Lagen.

 ZAMITES

Klassifizierung: *Stamm:* Phanerogamae – *Klasse:* Coniferophytina – *Ordnung:* Bennettitales – *Familie:* Incertae sedis
Alter: Trias – Kreide
Verbreitung: Österreich, Frankreich (Jura), Yorkshire, Nordschottland
Größe des Fossils: Teilblättchen 8 cm, Pflanze 8 m bis 10 m
Beschreibung: Von *Zamites* fand man Abdrücke von Blättern und Blüten sowie Samenkörner. Die gefiederten Blätter bestehen aus einer Reihe länglicher Teilblättchen, die entlang einer Achse angeordnet sind. Die Teilblättchen haben die Form von Lanzenspitzen und weisen eine leicht divergierende, sich dichotom teilende Aderung auf. Sie sitzen mit dem zentralen Teil ihrer gerundeten Basis an der Achse. Der Befestigungspunkt ist durch eine kleine Schwiele markiert. Die Pflanze hat zahlreiche zwittrige Blüten. Diese Fortpflanzungsorgane sind eigentlich umgeformte Blätter. Es handelt sich dabei um kleine Rosetten mit kurzem Stiel, die zwischen den Blättern sitzen. Die wenigen Samenkörner, die gefunden wurden, weisen einen Embryo mit zwei Keimblättern auf.
Biologie – Ökologie: Auf den Blättern von *Zamites* sind Spaltöffnungen zu erkennen, die gut gegen Austrocknung geschützt sind. Es scheint, als hätte sich die Pflanze nach und nach an ein trockenes und heißes Klima angepasst.

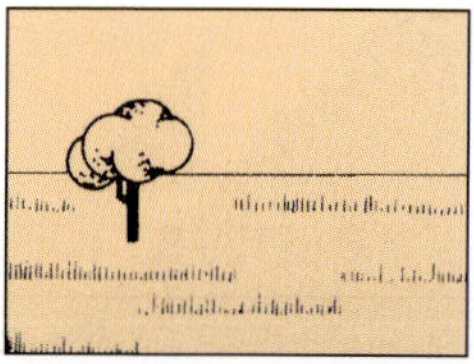

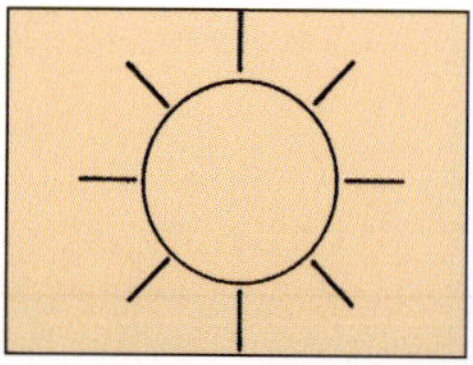

Klassifizierung: *Stamm:* Phanerogamae – *Klasse:* Angiospermae – *Ordnung:* Palmales – *Familie:* Palmae
Alter: Ober-Kreide – Gegenwart
Verbreitung: Europa
Größe des Fossils: Ø des Stammes 20 cm, Baum bis 20 m
Beschreibung: Palmen findet man je nach Art einzeln oder in Gruppen. Die Stämme sind unterschiedlich groß und tragen Blattnarben. Sie sind von übereinander angeordneten faserigen Blattscheiden bedeckt; dies deutet auf ein ständiges Wachstum jedes einzelnen Blattstiels hin. Die Blätter sind in einem Strauß an der Spitze des Stammes angeordnet; je nach Art sind sie fächerförmig oder gefiedert wie bei den Dattelpalmen. Sie tragen keine parallele Aderung. Der Baum ist mit Wurzeln, die von der Stammbasis ausgehen, im Boden verankert. Die Blüten sind zu Blütenständen gruppiert, die sich in der Regel am Ansatz der Blätter befinden.
Biologie – Ökologie: Palmen sind Pflanzen der warmen Zonen, die in der Nähe von Flüssen und im Regenwald wachsen. Ihre geografische Verbreitung änderte sich im Laufe der Zeit: Im Tertiär reichte die für ihre Ansiedelung günstige tropische Klimazone viel weiter nach Norden als in der Gegenwart.

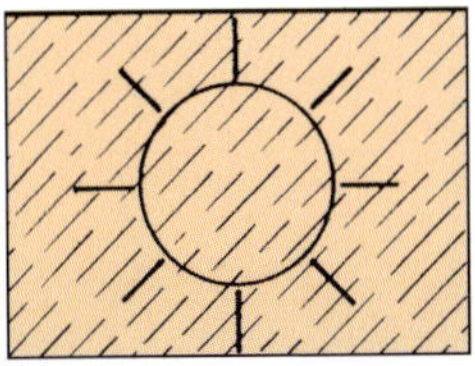

340 VERKIESELTES HOLZ

Klassifizierung: *Stamm:* Phanerogamae – *Klasse:* Coniferophytina – *Ordnung:* Araucariales – *Familie:* Araucariaceae
Verbreitung: Weltweit
Größe des Fossils: Samenbehälter 0,5 mm bis 1,5 mm
Beschreibung: Verkieselte Holzstücke sind interessante Studienobjekte. Aufgrund der vollständigen Tränkung der Pflanzen mit Kieselsäure blieb ihre Struktur bei der Fossilisation erhalten. Unter dem Mikroskop erkennt man die Zellen und die Saft führenden Gefäße. Im Yellowstone-Nationalpark kann man eine ganze Folge von übereinander gelagerten, verkieselten Wäldern besichtigen. Sie starben durch vulkanische Ascheregen ab und wurden auf diese Weise in einer Umgebung, die reich an Kieselsäure ist, verschüttet. Später eintretende Fumarolenphänomene spielten beim Fossilisationsprozess ebenfalls eine Rolle. Man findet verkieselte Stämme auch in den Rotsedimenten des Perms, die in subtropischen Klimazonen entstanden sind. Beobachtungen an den Rhizomen der Nympheaceae in Madagaskar ermöglichten es, den Fossilisationsprozess zu erklären. Grundsätzlich kann jede Baumart verkieselte Überreste bilden. Daher ist es oftmals schwierig, diese Fossilien einer bestimmten Art zuzuordnen.

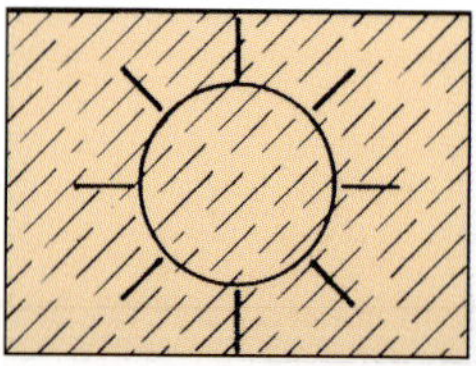

Klassifizierung: *Stamm:* Phanerogamae – *Klasse:* Angiospermae – *Ordnung:* Glumales – *Familie:* Gramineae
Alter: Tertiär – Gegenwart
Verbreitung: Weltweit
Größe des Fossils: Ø 5 cm, Höhe bis 3 m
Beschreibung: Das Schilf gehört zu den Gramineae; die Epidermis seiner Stängel und Blätter ist mit Kieselsäure verkrustet. Die Pflanze besitzt unterirdische Triebe, die Rhizome, die sehr lang sind und sich verzweigen können. Sie weisen Knoten auf, an denen man zahlreiche echte Wurzeln erkennen kann. Die oberirdischen Stängel stehen aufrecht und sind nicht verzweigt. Sie sind hohl; das Mark ist nur noch an den Knoten vorhanden, an denen es Querböden bildet. Im Querschnitt sind zahlreiche Leitbündel zu sehen, die in konzentrischen Kreisen angeordnet sind. Die langen, schmalen Blätter bestehen aus zwei Teilen: einem zylindrischen Basisteil, der zum großen Teil den Stängel umgibt, und einem freien lanzettförmigen Teil, der zahlreiche parallele Blattadern aufweist. Der Blütenstand des Schilfs ist eine zusammengesetzte Traube.
Biologie – Ökologie: Schilf wächst in Sumpfgebieten in heißem oder gemäßigtem Klima. Es pflanzt sich über einen einkeimblättrigen Samen fort. Seine Vermehrung geschieht vor allem vegetativ über ein Rhizom, das sich verzweigt.

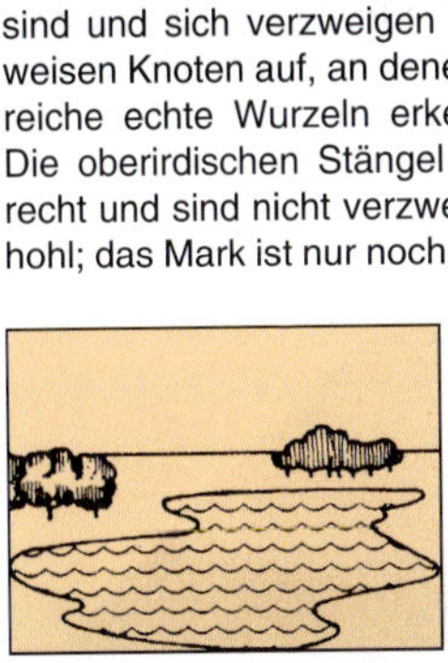

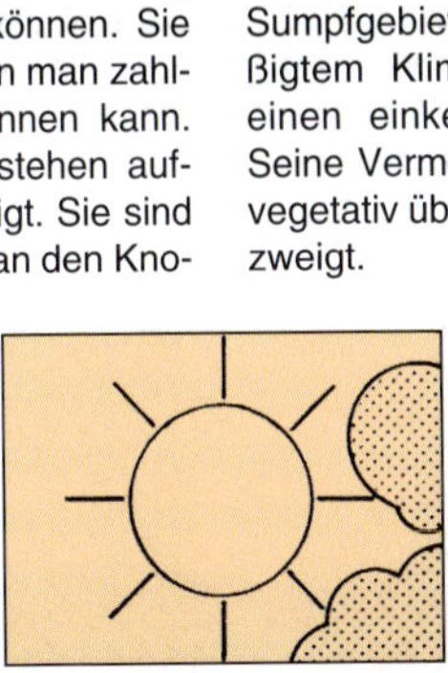

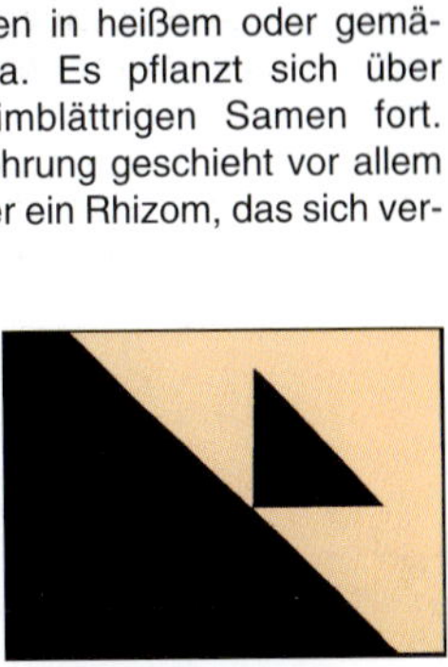

GLOSSAR

AALENIUM: Stufe des Mittel-Juras
ABBEVILLIUM: Zeitabschnitt des Paläolithikums
ABSENKUNG: Einsinken eines Sedimentbeckens im Lauf der Sedimentation
ABSOLUTES ALTER: Durch die Radiochronologie bestimmtes Alter
ACEPHAL: Ohne Kopf; Acephalen: alte Bezeichnung für Lamellibranchia
ACHEULIUM: Frühgeschichtliche Kulturstufe des Paläolithikums
ADDUKTORMUSKEL: Muskel der Lamellibranchiata zum Schließen der Schalen (einer bei den Monomyaria, zwei bei den Dimyaria)
AGGLUTINIERT: Fremdkörper, verklebt durch Tierausscheidung, siehe S. 47
AGNATH: Ohne Kiefer; Agnatha: älteste Klasse der Wirbeltiere (erstes Auftreten im Ordovizium)
ALBIUM: Stufe der Unter-Kreide
ALTER: Der Stufe entsprechender Zeitraum
ALVEOLE: Kleine Höhlung; siehe Abbildung S. 54
AMBULAKRALFELD: Siehe Abbildung S. 57
ANISOMYAR: Siehe heteromyar
ANISOTROP: Substanz, deren physikalische Eigenschaften in Abhängigkeit von der Richtung wechseln
ANOPHTHALMIE: Augenlosigkeit
ANTHROPOIDEN: Zusammengefasste Gruppe von Affen und Hominiden
ANTHROPOMORPHE: Gruppe der Altweltaffen ohne *Cercopithecus*
ANTHROPOZOIKUM: Quartär
APEX: Spitzes Ende des Schneckenhauses
APTIUM: Stufe der Unter-Kreide
APTYCHUS: Fossil erhaltenes Operculum der Ammoniten
AQUITANIUM: Stufe des Tertiärs zu Beginn des Miozäns
ÄRA: Größerer Zeitabschnitt in der Geologie; unterteilt in: Paläozoikum (Dauer: 340 Mio. Jahre), Mesozoikum (Dauer: 165 Mio. Jahre), Tertiär (Dauer: 65 Mio. Jahre) und Quartär (dauert noch an)
ARAGONIT: Karbonat, aus dem bestimmte Gehäuse oder Panzer bestehen ($CaCO_3$)
ARCHÄOZOIKUM: Synonym zu Präkambrium
AREA: Feld zwischen dem Wirbel und den Schlossrändern bei den Brachiopoden
ARENIGIUM: Stufe des Unter-Ordoviziums
ARGON: In der Radiochronologie verwendetes Element
ARMKLAPPE: Dorsalklappe der Brachiopoden, die das Brachidium trägt
ARTICULATA: Siehe Brachiopoden
ASHGILLIUM: Stufe des Ordoviziums
ASTIUM: Stufe des Ober-Pliozäns
ATELOSTOMATA: Gruppe der irregulären Seeigel ohne Kauapparat
AULODONTA: Reguläre Seeigel
AURIGNACIUM: Frühgeschichtliche Kulturstufe des Paläolithikums vor ca. 30 000 Jahren
AUSTRALOPITHECINEN: Erste Vertreter der Hominiden
AUTUNIUM: Stufe des Unter-Perms
AZOISCH: Unbelebt; Sedimentschicht oder Gestein ohne Fossileinschluss
BAJOCIUM: Stufe des Mittel-Juras
BARREMIUM: Stufe der Unter-Kreide
BARTONIUM: Stufe des Eozäns
BASALE: Siehe Abbildung S. 57
BATHONIUM: Stufe des Mittel-Juras
BELEMNITEN: Cephalopoden, anzutreffen vom Karbon bis zum Eozän; rein fossile Formen
BENNETTITALES: Fossile Pflanzen aus der Gruppe der Gymnospermen (Nacktsamer); Verbreitung: Keuper bis Ober-Kreide

BENTHISCH: Bodenbewohnende Lebewesen (sessil oder vagil) im Meer oder in Süßwasser
BENTHOS: Gruppe aller benthischen Lebewesen
BERNSTEIN: Fossiles Harz
BERRIASIUM: Stufe der Unter-Kreide
BIBER: Vergletscherung des Tertiärs vor 5 Mio. bis vor 2 Mio. Jahren
BIOHERM: Riff-, linsenartige oder anders begrenzte Struktur organischen Ursprungs, eingelagert in anderem Gestein
BIOLITH: Von Organismen gebildetes Gestein
BIOSTRATIGRAFIE: Stratigrafie auf der Grundlage von Untersuchungen der Fossilien in den Sedimenten
BIOSTROM: Flache Gebilde wie z. B. Muschelbänke
BIOTIT: Auch Dunkelglimmer; Mineral mit radioaktiven Bestandteilen für radiochronologische Messungen
BIOZONE: Primäre biostratigrafische Einheit auf der Grundlage des Fossilgehalts einer Sedimentschicht
BIVALVIA: Synonym zu Lamellibranchiata
BLASTOIDEA: Fossile Klasse der Echinodermen, Auftreten vom Ordovizium bis zum Perm
BRACHIDIUM: Armgerüst der Brachiopoden, an dem das Lophophor sitzt
BRACHIOPODEN: Wichtiger Stamm der Lophophorata; nach Vorhandensein oder Fehlen der Zähne, mit denen die Klappen artikulieren, unterteilt in Articulata und Inarticulata
BREVICON: Kurzkegelig
BRYOZOA: Stamm mit i. d. R. koloniebildenden Arten (Moostierchen)
BUNTSANDSTEIN: Stufe der Trias des Germanischen Beckens
BYSSUS: Faseriger Verankerungsapparat bestimmter Lamellibranchiata („Muschelbart")
CALLOVIUM: Stufe des Mittel-Juras
CAMPANIUM: Stufe der Ober-Kreide
CARADOCIUM: Stufe des Ober-Ordoviziums
CARAPAX: Rückenpanzer der Schildkröten
CEPHALON: Kopfschild, vorderer Teil der Trilobiten
CEPHALOPODEN: Bedeutende Klasse der Mollusken, zu denen Ammoniten, Nautiliden und Belemniten gehören
CHALCEDON: Siliziumvarietät, aus der manche Fossilien bestehen (Gehäuse, Steinkern)
CIDAROIDA: Reguläre Seeigel, Typusfossil: *Cidaris*
CNIDARIA: Wichtiger Stamm der Coelenterata mit zahlreichen Fossilien (Korallen, Medusen)
CONIACIUM: Stufe der Ober-Kreide
CONODONTEN: Mikrofossilien
COUVINIUM: Stufe des Mittel-Devons
CRANIDIUM: Siehe Abbildung S. 59
CROMAGNONMENSCH: Neuzeitmensch vom Typ *Homo sapiens,* gefunden in Les Eyzies-de-Tayac-Sireuil im französischen Departement Dordogne im Cromagnongebiet, Alter: ca. 30 000 Jahre
CROSSOPTERYGII: Mit den Amphibien verwandte Fische, aufgetreten im Devon; rezenter Vertreter: *Coelacanthus* (Latimeria)
CRUREN: Kleine Fortsätze, die das Brachidium bilden
CRUSTACEA: Klasse der Arthropoden, Vorkommen seit dem Kambrium (Krebse)
CYRTOCON: Leicht gebogenes Gehäuse einiger Nautiliden
CYSTOIDEA: Rein fossile Klasse der Echinodermen, Vorkommen vom Ordovizium bis zum Ober-Devon
DANIUM: Älteste Stufe des Paläozäns
DATIERUNG: Altersbestimmung eines Fossils oder einer Sedimentschicht
DELTIDIUM: Dreieckige Zone unter dem Foramen; siehe Abbildung S. 50
DELTOIDEUM: Siehe Abbildung S. 57
DESMODONT: Ohne eigentliche Zähne
DETRITUS: Zerfallende Organismen
DEVON: Periode des Paläozoikums

DIMYAR: Gehäuse mit zwei Abdrücken von Muskelansätzen (Dimyaria: Gruppe der Lamellibranchia)
DIPNEUSTA/DIPNOI: Fische, die zur Kiemen- und Lungenatmung fähig sind
DIVERSIFIKATION: Ausweitung, Spezialisierung
DOGGER: Synonym zu Mittel-Jura
DONAU: Vergletscherungsphase zu Beginn des Pleistozäns
DURCHLICHTET: Meereszonen, in die Licht dringt
DYSODONT: Muschelschloss mit reduzierten Schlosszähnen
ECTOPROCTA: Bryozoa; Bedeutung: Afteröffnung außerhalb des Tentakelkranzes
EIFELIUM: Stufe des Mittel-Devons
EINGESCHALTET: Zwischen zwei Sedimentschichten liegend
ELASMOBRANCHII: Unterklasse der Fische
ELEUTHEROZOA: Stiellose Echinodermen (Seegurken, Seesterne, Seeigel, Schlangensterne)
EMSIUM: Stufe des Unter-Devons
ENDOCYCLISCHE SEEIGEL: Reguläre Seeigel
EOZÄN: Serie des Tertiärs vor 55 Mio. Jahren bis vor 35 Mio. Jahren
EQUISETALES: Im Karbon und im Perm aufgetretene Pteridophyta
EVOLUT: Siehe Abbildung S. 56
FALUN: Detritisches Gestein aus Gehäusen von Mollusken (Lamellibranchiata) oder anderen Tieren in einer tonig-sandigen Matrix; lagert sich in seichtem Salzwasser ab
FAMENNIUM: Stufe des Ober-Devons
FAZIES: Merkmal eines Gesteins auf der Grundlage von lithologischen oder fossilen Kriterien; z. B. Kalkfazies
FAZIESFOSSIL: Fossilien als geografische/ökologische Indikatoren; siehe S. 32 ff
FISCHE: Oberklasse der aquatischen Wirbeltiere
FLOSZELLE: Blütenförmige Struktur um das Peristom einiger irregulärer Seeigel
FORAMEN: Loch im Gehäuse, durch das der Stiel der Brachiopoden austritt; siehe Abbildung S. 51
FORAMINIFEREN: Zu den Rhizopoden gehörende Protozoa; zahlreiche fossile Formen
FRASNIUM: Stufe des Ober-Devons
FRUSTULA: Zweikammeriges Schutzgehäuse der Diatomeen (Kieselalgen)
GASTROPODEN: Klasse der Mollusken; zahlreiche fossile Formen
GEDINNIUM: Stufe des Unter-Devons
GEHÄUSE: Mineralisierte externe Hülle bestimmter Lebewesen (z. B. Seeigel, Foraminiferen)
GEOCHRONOLOGIE: Methode der Altersbestimmung von Sedimentgesteinen auf der Grundlage ihres Fossilgehalts (relative Altersbestimmung) oder anhand radioaktiver Elemente (absolute Altersbestimmung)
GIVETIUM: Stufe des Mittel-Devons
GLABELLA: Siehe Abbildung S. 59
GLAUKONIT: Zeitgleich mit der Lagerstätte entstandenes, tonhaltiges Mineral, das die Altersbestimmung des Sedimentgesteins ermöglicht, in dem es enthalten ist
GLIEDER: Durch Gelenke verbundene feste Elemente; z. B. Stielglieder der Crinoiden (Trochiten)
GNATHOSTOMATA: Tiere mit Kiefern; alle Wirbeltiere mit Ausnahme der Agnatha sowie alle irregulären Seeigel mit Kauapparat
GONATOPAR: Siehe Abbildung S. 59
GRAPTOLITHEN: Klasse der Stomochordata
GRIMALDI: Ort in Norditalien; Fundstelle der Überreste eines Neuzeitmenschen, der mit dem Cromagnonmenschen verwandt ist
GÜNZ: Vereisungsphase im Altpleistozän
GYMNOSPERMEN: Unterstamm der Spermaphyten; alle Pflanzen, deren Samenanlagen nicht durch Fruchtblätter geschützt sind (Nacktsamer); hiervon gibt es zahlreiche Fossilien

GYROCON: Lockere Spiralform einiger Nautilidengehäuse
HADAL: Lebewesen in Meerestiefen unter 6000 m
HAFNIUM: Für Datierungen in der Radiochronologie verwendetes Metall
HALBWERTSZEIT: Zeitspanne, nach der die Hälfte einer Anzahl radioaktiver Atome zerfallen ist
HEMIPELAGIT: Marines Sedimentgestein mit ca. 25 % terrigenem Anteil, häufig am Kontinentalfuß gebildet
HETERODONTA: Gruppe der Lamellibranchia mit nicht gleichförmigen Schlosszähnen
HETEROMYAR (auch: ANISOMYAR): Gehäuse mit zwei unterschiedlichen Adduktormuskelabdrücken (Heteromyaria: Gruppe der Lamellibranchia)
HETTANGIUM: Stufe des Unter-Juras
HOLOSTOM: Ganzrandiges Peristom der Seeigel, ohne Einkerbungen
HOLOZÄN: Serie des Quartärs
HOMINIDEN: Alle Formen, die der Gattung Mensch zugeordnet werden (Australopithecinen, *Archanthropini, Pithecanthropi,* Neandertaler, *Neanthropini)*
HOMOMYAR: Synonym zu isomyar
HYALIN: Transparente Gehäuse der Foraminiferen, die einem Becher aus Kalzit ähneln
INCERTAE SEDIS: Fossil, dessen Position in der Systematik nicht eindeutig festgelegt ist
INSEKTEN: Klasse der Arthropoden, Vorkommen seit dem Devon
INTEGRIPALLIAT: Muschelschale mit nicht eingebuchteter Mantellinie auf der Innenseite
INVOLUT: Gehäuse, bei dem die Endwindung die vorhergehenden umfasst; siehe Abbildung S. 56
ISOBATHISCH: In gleicher Tiefe befindlich
ISOCHRON: Von gleicher Dauer, altersgleich
ISOMYAR: Muschelschale mit zwei gleichen Adduktormuskelabdrücken (Isomyaria: Gruppe der Lamellibranchia)
ISOTOP: Stabile oder instabile chemische Elemente mit derselben Atomzahl, aber unterschiedlicher Massenzahl; z. B. O^{16} und O^{18}
ISOTROP: Objekt, das aus jedem Blickwinkel dieselben optischen Eigenschaften aufweist
JUGUM: Mediane Wölbung der Cruren
JURA: Periode des Mesozoikums
KALEDONISCHE OROGENESE: Gebirgsbildender Zyklus vom Oberen Kambrium bis zum Unter-Devon
KAMBRIUM: Periode des Paläozoikums
KARBONAT-: In Zusammensetzungen: Sedimentgesteine, die meist aus Kalk (Kalziumkarbonat) bestehen (z. B. Karbonatplattformen, Riffkalke)
KARBONATE: Gesteine oder Minerale mit CO_3^{-2}-Ionen; z. B. Kalzit, Aragonit, Dolomit; aus den beiden ersten Formen bestehen häufig Gehäuse oder Schalen von Fossilien
KARDINALAREA: Ebene, oft dreieckige Fläche zwischen dem Wirbel und dem Schlossrand bei einigen Lamellibranchiata
KARDINALZÄHNE: Zähne am Gehäuse von Lamellibranchiata in Höhe des Wirbels
KEUPER: Stufe in der Ober-Trias
KIMMERIDGIUM: Stufe des Ober-Juras
KLAPPE: Teil des Gehäuses von Lamellibranchiata, Brachiopoden, Diatomeen oder Ostrakoden
KONKRETION: Ablagerung chemischen oder biochemischen Ursprungs um einen Kern herum oder auf einem Organismus; z. B. Algenkonkretion
KONTINENTALRAND: Vom Meer bedeckter Rand eines Kontinents, im Gegensatz zum Meeresboden
KOPROLITHE: Fossilisierte Exkremente von Reptilien oder anderen Lebewesen, die in verschiedenen geologischen Epochen gelebt haben; diese Exkremente können manchmal Aufschluss über die Ernährungsweise des Tieres geben

KREIDE: Periode des Mesozoikums; viele Gesteine dieser Periode bestehen aus Kreide, daher der Name
LA CHAPELLE-AUX-SAINTS: Ort im französischen Department Corrèze, Fundort eines 40 000 Jahre alten Neandertalers
LABRUM: Lippenartig herausstehende Ambulakralplatte am Hinterrand des Mundes bei spatangiden Seeigeln
LAKUSTRIN: Gebunden an das Vorhandensein eines Sees
LAMELLIBRANCHIATA: Klasse der Mollusken von großer stratigrafischer Bedeutung; Synonym: Bivalvia
LATERNE DES ARISTOTELES: Kauapparat der Seeigel; siehe Abbildung S. 58
LEDIUM: Entspricht dem Lutetium
LEITFOSSIL: Fossilien, die Anhaltspunkte zur zeitlichen Bestimmung von Gesteinen bieten; siehe S. 32 ff
LIAS: Synonym zu Unter-Jura
LIGAMENT: Elastisches Band, das auf Druck das Öffnen von Muscheln bewirkt
LIGAMENTAREA: Stelle unter dem Wirbel mancher Muscheln, an der das Ligament ansetzt
LIMIVOR: Schlamm fressend
LIMNISCH: Lakustrine oder sumpfige kontinentale Sedimentbecken
LINKSGEWUNDEN: Schneckengehäuse mit nach links ausgerichteten Windungen; siehe Abbildung S. 53
LITHOGRAFISCHER KALK: Kalkstein mit sehr feiner Körnung wie in Solnhofen
LITHOPHIL: Steine oder felsige Untergründe bevorzugend
LITORAL: Küstenbereich in der Gezeitenzone
LLANDEILIUM: Stufe des Mittel-Ordoviziums
LLANDOVERIUM: Stufe des Silurs
LLANVIRNIUM: Stufe des Mittel-Ordoviziums
LOBUS: Siehe Abbildung S. 55
LOPHOPHOR: Organ zur Nahrungsaufnahme und Atmung; Merkmal der Gruppe der Lophophorata, zu denen u. a. die Stämme der Brachiopoden und der Bryozoa gehören
LOPHOPHORATA: Siehe Lophophor; aufgetreten im Kambrium
LUDLOWIUM: Stufe des Silurs
LUNULA: Vorderer Teil der Area
LUTETIUM: Stufe des Eozäns
MAASTRICHTIUM: Stufe der Ober-Kreide
MADREPORARIA: Riffbewohnende Cnidaria (Steinkorallen)
MAËRL: Bretonischer Begriff für eine Anhäufung von Kalkalgen-Detritus
MAGDALENIEN: Alle Kulturelemente des Ober-Paläolithikums (vor ca. 10 000 Jahren)
MAKROFOSSIL: Fossil von ausreichender Größe zur vollständigen Beschreibung und Untersuchung mit bloßem Auge
MALM: Synonym zu Ober-Jura
MARINÉSIEN: Abschnitt im Eozän
MERGEL: Mischung aus Kalk und Ton
MESOGÄA: Meer zwischen Afrika und Eurasien (in der Mitte der Erdmassen) während des Mesozoikums und des Tertiärs; Synonym: Tethys
MESOZOIKUM: Ära; Synonym: Erdmittelalter
MEULÈRE: Kieselige Einschlüsse in lakustrinem Mergel oder Kalk
MIKROFOSSIL: Fossil, dessen vollständige Untersuchung nur mit der Lupe oder dem Mikroskop möglich ist; z. B. Foraminiferen, Pollenkörner
MIKROPALÄONTOLOGIE: Studium der Mikrofossilien
MINDEL: Zweite Vergletscherung des Quartärs vor ca. 500 000 Jahren
MIOZÄN: Serie des Tertiärs
MOLLUSKEN: Weichtiere; Stamm der Wirbellosen (Lamellibranchiata, Scaphophoda, Gastropoda und Cephalopoda)
MONOMYAR: Muschelschale mit nur einem Adduktormuskelabdruck (Monomyaria: Gruppe der Lamellibranchiata)
MORPHOLOGIE: Bau, „Bauplan“
MOUSTÉRIEN: Kulturstufe der Neandertaler im Mittel-Paläolithikum

MUSCHELKALK: Stufe in der Trias
MYOPHOR: Gebilde, die dem Ansatz von Muskeln dienen
NABEL: Leichte Vertiefung auf dem Gehäuse von Mollusken und Foraminiferen, die die Position der Windungsachse anzeigt
NAMURIUM: Stufe des Unter-Karbons
NANNOFOSSIL: Wenige Mikrometer großes Fossil
NAUTILIKON: Mehr oder weniger involute Form bestimmter Nautiliden (auch: nautiloid)
NEANDERTALER: Zweig der Hominiden
NEANTHROPINI: Rezenter Zweig der Hominiden (Neuzeitmensch), Ursprung vor 300 000 Jahren *(Homo)*; Typusfossil: Cromagnonmensch
NEOGEN: Subsystem des Tertiärs, umfasst Miozän und Pliozän
NEOLITHIKUM: Sehr rezente Periode der Menschheitsgeschichte, charakteristisches Merkmal: Herstellung und Gebrauch von polierten Steinen (ca. 7000 bis 1500 Jahre v. Chr.)
OLD RED SANDSTONE: Durch Arkosen und roten Sandstein charakterisiertes Gestein, das typischerweise eine lakustrine oder Lagunenfauna einschließt (Placodermi); typische Devonfazies auf dem nordatlantischen Kontinent (Kanada, Irland, England)
OLIGOZÄN: Serie des Tertiärs
OOID: Kleine Kugel aus einem Kern und konzentrischen Schichten
OPERCULUM: „Deckel", z. B. zum Verschluss der Schneckenhaus-Mündung
OPISTHOBRANCHIA: Gruppe der Gastropoden
OPISTHOGYR: Gehäuse mit nach hinten geneigtem Wirbel
OPISTHOPAR: Siehe Abbildung S. 59
ORDOVIZIUM: Periode des Paläozoikums
ORNITHISCHIA: Zu den Dinosauriern gehörende, fossile Reptilien
OROGENESE: Prozess der Bildung von Gebirgszügen
ORTHOCON: Gerades Gehäuse einiger Nautiliden
OXFORDIUM: Stufe des Ober-Juras
OXYCON: Linsenförmiges Gehäuse mit scharfkantiger Externseite bei Ammoniten
PACHYDONT: Schloss mit ein bis zwei dicken, unsymmetrischen Zähnen zum Graben
PACHYOSTOSE: Deutliche Dickenzunahme eines Gehäuses
PALAEANTHROPINI: Neandertaler (Hominide)
PALÄOBODEN: In der Vergangenheit entstandener Boden, der im Originalzustand ausbeißen oder von Sedimenten bedeckt sein kann
PALÄO-ENVIRONMENT: Gesamtheit der Lebensbedingungen eines Milieus der Vergangenheit
PALÄOGEN: Periode des Tertiärs (Paläozän, Eozän und Oligozän)
PALÄOGEOGRAFIE: Rekonstruktion der Kontinentverteilung in der Erdgeschichte
PALÄOLITHIKUM: Abschnitt der Frühgeschichte
PALÄORELIEF: Altes, von Sedimenten bedecktes Relief
PALÄOTEMPERATUREN: Temperaturen vergangener Epochen, die anhand der Analyse des Isotopenverhältnisses geschätzt werden können
PALÄOZÄN: Serie des Tertiärs (Danium, Montium und Thanetium)
PALÄOZOIKUM: Ära; Synonym: Erdaltertum
PALYNOLOGIE: Wissenschaft von den fossilen Pollen und Sporen
PARATETHYS: Überbleibsel der Tethys im Tertiär, reichte von Österreich bis zum heutigen Schwarzen Meer
PEBBLE CULTURE: Geröllkultur; Kulturstufe auf der Grundlage von Werkzeugen aus scharfkantigem Geröll, hergestellt von *Australopithecus* oder *Homo habilils*
PEDOLOGIE: Bodenkunde
PELAGISCH: Im freien Meerwasser treibendes oder schwimmendes Lebewesen; Gegensatz: benthisch

PELECYPODA: Synonym zu Lamellibranchiata
PENEPLAIN: Große, von der Erosion abgetragene Fläche
PERIODE: Stratigrafische Einheit
PERIPROKT: Feld, das den After umgibt
PERISTOM: Feld, das den Mund umgibt
PERM: Periode des Paläozoikums
PHANEROGAMEN: Gesamtheit der Samenpflanzen
PHANEROZOIKUM: Äon, Abschnitt, der das Paläozoikum, Mesozoikum und Känozoikum umfasst
PHRAGMOKON: Teil des Cephalopoden-Gehäuses; siehe Abbildung S. 54
PITHECANTHROPI: Fossile Hominidengruppe
PLACODERMI: Fossile Panzerfische
PLASTRON: Bauchpanzer der Schildkröten
PLATICON: Linsenförmiges Gehäuse mit gerundeter Externseite bei den Ammoniten
PLEISTOZÄN: Serie des Quartärs
PLEUREN: Siehe Abbildung S. 59
PLIENSBACHIUM: Stufe des Unter-Juras
PLIOZÄN: Serie des Tertiärs
POLYPAR: Kalkskelett, das von einigen Cnidaria-Polypen ausgeschieden wird
PONTIUM: Stratigrafische Einheit zwischen Miozän und Pliozän
PORTLANDIUM: Stufe des Ober-Juras
PRÄKAMBRIUM: Dem Paläozoikum vorausgehende Ära
PRIDOLIUM: Stufe des Silurs
PRIMATEN: Säugetiere auf der höchsten Evolutionsstufe
PROLOCULUS: Anfangskammer des Foraminiferengehäuses
PROOSTRACUM: Teil des Belemnitengehäuses; siehe Abbildung S. 54
PROPAR: Siehe Abbildung S. 59
PROSOBRANCHIA: Gastropoden
PROSOGYR: Gehäuse mit nach vorn geneigtem Wirbel
PROTASPIS: Erstes postembryonales Entwicklungsstadium der Trilobiten (Larvenform)
PROTEROZOIKUM: Der jüngere Teil des Präkambriums
PROTOZOA: Unterreich, umfasste alle einzelligen Tiere; Gegenteil: Metazoa
PTERIDOPHYTA: Blütenlose Gefäßpflanzen (Nacktfarne, Bärlappgewächse, Schachtelhalmgewächse und Farnartige)
PYGIDIUM: Schwanzschild; hinterer Teil des Trilobitenpanzers und der Xiphosura; siehe Abbildung S. 59
QUARTÄR: Jüngste Periode der Erdgeschichte, gekennzeichnet durch die Entwicklung des Menschen und die vier Vereisungsphasen (Günz, Mindel, Riss, Würm)
RADIALE: Siehe Abbildung S. 57
RADIOCHRONOLOGIE: Methode zur Altersbestimmung von Gesteinselementen anhand ihrer Radioaktivität
RADULA: Raspelorgan; mit Zähnen besetztes Chitinband bei den Mollusken
RECHTSGEWUNDEN: Bezieht sich auf die Windungsrichtung (hier: rechts) eines helicoiden Gehäuses, wenn sich der Apex oben befindet und die Mündung zum Betrachter zeigt
REGULÄRE SEEIGEL: Seeigel, bei denen sich After und Mund an den Polen des Tieres gegenüberliegen und sich in der Symmetrieachse befinden
RELATIVES ALTER: Stellung eines Ereignisses in der geologischen Zeittafel im Verhältnis zu einem anderen Ereignis
REPTILIEN: Klasse der Tetrapoden (Wirbeltiere) mit Schuppen, wechselwarm, dominant im Mesozoikum
REZENT: Gegenwärtig noch lebend
RHÄTIUM: Stufe der Trias
RHYNCHOLITH: Fossil von der Form einer Lanzenspitze, Überrest eines Cephalopodenkiefers
RIFFKALKSTEIN: Aus einer Anhäufung von Gehäusen oder Skeletten

von Rifflebewesen entstandener Kalkstein (siehe Biolith)
ROSTRUM: Siehe Abbildung S. 54
RUDISTEN: Sessile, riffbewohnende Lamellibranchiata mit Pachyostose; häufig im Jura und in der Kreide
SANTONIUM: Stufe der Ober-Kreide
SATTEL: Abschnitt in den Lobenlinien von Ammonitengehäusen; siehe Abbildung S. 55
SÄUGETIERE: Klasse der Wirbeltiere, aufgetreten gegen Ende der Trias
SAUROPSIDA: Zusammenfassung der Klassen der Reptilien und der Vögel, einschließlich der fossilen Formen
SAUROPTERYGIA: Rein fossile Gruppe mariner Reptilien
SAXONIUM: Stufe des Perms
SCAPHOPODA: Klasse der Mollusken, Typusgattung: *Dentalium;* Vorkommen seit dem Ordovizium
SCHALENKALK: Kalkstein, der sich hauptsächlich aus mehr oder weniger zerbrochenen Schalen von Lamellibranchiaten zusammensetzt
SCHILD: Hinterer Teil der Kardinalarea
SCHIZODONT: Schloss mit hervorstehenden Schlosszähnen an der Schale von Muscheln
SCHLOSSRAND: Linie, an der bei den Brachiopoden die beiden Klappen in der Wirbelregion aneinander stoßen
SEDIMENT: Ablagerung, Schicht
SEDIMENTATION: Ablagerungsvorgang
SEPTUM: Scheidewand
SERIE: Stratigrafischer Begriff; eine Serie umfasst mehrere Stufen
SESSIL: Am Untergrund festgeheftetes Lebewesen (Gegenteil: vagil)
SEYMOURIAMORPHA: Fossile Amphibien, aufgetreten im Karbon
SIKULA: Siehe Abbildung S. 60
SIEGENIUM: Stufe des Unter-Devons
SILUR: Periode des Paläozoikums
SINANTHROPUS: Fossiler Mensch, entdeckt in China
SINEMURIUM: Stufe des Unter-Juras
SINTERKALK: Synonym zu Travertin
SINUPALLIAT: Muschelschale, deren Mantellinie Einbuchtungen aufweist
SIPHO: Röhre bei den Lamellibranchiata oder Organ bei den Cephalopoden, die/das das Tier mit der Anfangskammer verbindet
SOLUTREEN: Kulturstufe der Altsteinzeit, Merkmal: sehr fein gearbeitete Spitzen und lorbeerblattförmig ausgearbeitete Blätter aus Feuerstein
SPATANGOIDA: Irreguläre Seeigel vom Typ *Spatangus*
SPINDEL: Siehe Abbildung S. 53
SPONGIA: Schwämme; Tierstamm mit sehr einfachem Körperbau
SQUAMATA: Reptiliengruppe, die Eidechsen und Schlangen umfasst, aufgetreten seit der Trias
STEPHANIUM: Stufe des Ober-Karbons
STRATIGRAFISCH: Die Altersfolge der Schichtgesteine betreffend
STROMATOLITH: Aus Algen und Sediment entstandenes Gestein (vor allem aus Cyanophyceen)
STUFE: Grundeinteilung der Erdschichten, definiert durch eine Gruppe von fossilen und lithologischen Merkmalen, die durch die Zuweisung eines relativen oder absoluten Alters die chronologische Einordnung ermöglichen
SUTUR: „Naht“
TABULATA: Gruppe der Madreporaria mit horizontalen Scheidewänden; z. B. *Halysites*
TAXODONT: Schloss mit zahlreichen gleichförmigen Zähnen (bei Lamellibranchiata)
TAYACIUM: Kulturstufe des Unter-Paläolithikums in der Dordogne (Tayac) vor ca. 150 000 Jahren
TECTUM: Lat. für Dach
TEGMEN: „Kelchdecke“
TEMNOSPONDYLI: Stegocephali (Amphibien), aufgetreten im Devon, ausgestorben in der Trias
TERTIÄR: Periode; Beginn vor 65 Mio. Jahren, Ende vor 1,8 Mio. Jahren
TETHYS: Synonym zu Mesogäa

TETRACORALLIA: Cnidaria, bei denen die Anzahl der Septen genau 4 oder ein Vielfaches von 4 beträgt
THALLOPHYTA: Thalluspflanzen (Algen, Pilze, Flechten und Charophyta)
THALLUS: Vegetationsapparat von Algen oder Pilzen
THANETIUM: Oberste Stufe des Paläozäns
THEKE: Siehe Abbildung S. 60
THURINGIUM: Oberste Stufe des Perms
TIDAL: Gezeiten- (intertidal: zwischen Niedrigwasser und Hochwasser, supratidal: oberhalb der Gezeitenzone)
TOARCIUM: Stufe des Unter-Juras
TOURNAISIUM: Stufe zu Beginn des Karbons
TRAVERTIN: Kalkstein, der sich auf pflanzlichem Detritus ablagert; beim Zersetzen hinterlässt der Detritus Hohlräume
TREMADOCIUM: Stufe des Unter-Ordoviziums
TRIAS: Periode zu Beginn des Mesozoikums
TRILOBITEN: Rein fossile Klasse der Arthropoden, Leitfossilien für das Paläozoikum
TROCHIT: Fossiles Crinoiden-Stielglied, anzutreffen in bestimmten Kalksteinen (Trochitenkalk)
TUFF: Vulkangestein, das durch die Anhäufung von Pyroklasten entstanden ist
TURBIDIT: Durch Suspensionsströme abgelagerte detritische Sedimentschicht, i. d. R. von geringer Dicke
TURONIUM: Stufe der Ober-Kreide
TURRILITICON: In loser oder normaler Schneckenspirale eingerollt
TYRRHENIUM: Abschnitt des Quartärs im mediterranen Bereich
UMBO: Synonym zu Wirbel
UNGLEICHKLAPPIG: Muschel mit nicht symmetrischen Klappen
VALANGINIUM: Stufe der Unter-Kreide
VALLESIUM: Stratigrafischer Abschnitt des Miozäns
VILLAFRANCHIUM: Abschnitt an der Grenze zwischen Tertiär und Quartär
VIRGULA: Teil eines Graptolithen; siehe Abbildung S. 60
VISEUM: Stufe des Unter-Karbons
WENLOCKIUM: Stufe des Silurs
WERFÉNIUM: Stufe der Unter-Trias
WESTPHALIUM: Stufe des Ober-Karbons
WÜRM: Vereisungsphase im Quartär, von 80000 bis 10000 v. Chr.
YPRESIUM: Stufe des Eozäns
ZECHSTEIN: Abschnitt des Ober-Perms
ZOOECIUM: Siehe Bryozoa

REGISTER